Philippe Meisburger

C’est arrivé en avril

https://philmeisauteur.home.blog/
https://www.facebook.com/PhilippeMeisburgerAuteur/
Contact: https://philmeisauteur.home.blog/contact/

Du même auteur:

Le livre qui parle de toi
M+ Éditions – Septembre 2022.
ISBN: 978-23-821-1100-0

ISBN numérique : 979-10-262-3599-6
EAN papier : 979-88-425-7966-2
DEPOT LEGAL : Août 2022

À Karine
qui a fermé ses yeux trop tôt,
après m'avoir néanmoins sauvé la vie...

Prologue.

La fin du monde arrivera. C'est déjà arrivé.

Quand une météorite géante frappa le golfe du Mexique, il y a 65 millions d'années, ce fut la fin du monde des dinosaures ... mais le début de l'ère des mammifères.

Notre ère.

Quand les parents de Vincent moururent dans ce stupide accident de voiture, ce fut pour lui la fin du monde de sa jeunesse... mais le début de son envie farouche de devenir médecin.

Son ère.

Mais quand les événements d'avril eurent lieu...

PARTIE 1 - LES JOURS OÙ LA TERRE S'ARRÊTA.

1.

Jersey City, New Jersey, Liberty State Park, non loin de Manhattan, USA, 11 avril, 06h17 – cinq minutes avant le lever du soleil.

— Tout est en place, à nous de jouer...

À la lumière de l'aube naissante, deux hommes à l'allure anodine sortent d'un van noir. L'un d'eux porte un grand sac de sport, l'autre inspecte discrètement les alentours.

La voie est libre.

Traversant le parc d'un pas alerte, ils ne songent pas un instant à profiter de la vue majestueuse sur l'île de Manhattan, encore nimbée dans la lumière bleutée d'un matin sans nuages.

— Plus que quatre minutes. Dépêche-toi !

Les bords de l'Hudson sont aménagés de manière à offrir au promeneur LA vue sur le cœur économique de l'Amérique : la fameuse skyline de Manhattan.

Une vraie carte postale...

Mais ça, les deux hommes n'en ont cure. Arrivés face à la balustrade qui longe les abords du fleuve, ils ouvrent leur sac pour en tirer une caméra professionnelle, ainsi qu'un solide trépied.

— Trois minutes.

Sitôt le matériel en place, le leader cadre une splendide vue panoramique, avec en son centre la *One World Trade Center* tower. C'est la plus haute tour de l'île, construite en lieu et place des tours jumelles.

Là où notre siècle a commencé...

Le leader jette un œil à son collègue :

— Deux minutes.

Autour d'eux, quelques badauds que l'heure et la fraîcheur matinale n'ont pas rebutés.

— Une minute.

Le ciel bleu nuit fait place à un liseré orangé, annonçant l'imminence du lever du soleil. Tout est calme. Étrangement calme pour cette ville qui ne dort jamais.

Trop calme.

— Dix, neuf, huit, sept, six...

Les premiers rayons du soleil font leur apparition, éclairant le sommet du *One World Trade Center*, qui luit à présent tel un joyau à la lumière du jour naissant.

— Cinq, quatre, trois, deux, un...

L'homme n'a pas le temps de terminer son compte à rebours que soudain, tout bascule. Une gerbe d'explosions d'une violence inouïe, déclenchée simultanément à tous les niveaux de la tour, noie cette dernière sous un déluge de feu qui embrase le gratte-ciel, transformé en torche ardente, au cœur de la ville.

Stupéfaction des passants. Cris d'angoisse. Seuls les deux hommes restent calmes. Eux savent que ce n'est que le début.

Et que c'est beau vu d'ici.

Quelques instants après, de nouvelles détonations retentissent.

Plus fortes.

Plus nombreuses aussi.

Cette fois, ce n'est plus un immeuble en particulier, mais l'ensemble de la skyline de Manhattan qui explose, dans un déchaînement infernal de bruit et de fureur, sous l’œil impassible de la caméra.

Le leader contemple avec satisfaction la destruction de la ville, emportée par les flammes et le fracas.

— Et l'aventure ne fait que commencer...

Son acolyte jette un œil par-dessus son épaule. C'est alors qu'il voit quelque chose. Quelque chose qui le fait blêmir.

— Chef, c'est quoi ce truc ?

2.

Quelque part…

Des roches rouges à la tombée de la nuit. Visions floues. Temps flou. Quelques conifères desséchés par la chaleur intense. C'est l'été. Il est là. Avec elle.

Oui *elle*.

Il ne sait pas qui elle est, mais assurément, c'est *elle*.

Elle est belle, elle est brune, son corps est svelte et élancé. Ses longs cheveux forment de larges boucles qui rougeoient à la lumière du soir.

Ils marchent ensemble au sommet d'un plateau rocheux, typique de l'Ouest américain. Elle lui semble de plus en plus belle. Elle porte une petite robe noire, plus adaptée aux soirées mondaines qu'aux balades en pleine nature.

Elle...

Elle se tourne vers lui, mais étrangement, il ne parvient pas à distinguer son visage. Et surtout pas ses yeux.

Il y a aussi ce grand rocher noir – mais est-ce réellement un rocher ? – qui se dresse là, devant eux. Il est immense. Une bonne vingtaine de mètres de haut.

Elle pose sa main droite à sa surface, confiante. Soudain le minéral noir de jais se met à irradier une lumière intense, plus brillante que celle du soleil.

Un bruit ample et grave, comme le grondement d'un tremblement de terre, se met à résonner. Un grondement d'apocalypse monte alentour telle une clameur infernale. On dirait le cri dément d'une nature devenue folle.

Tout tremble. Sauf elle.

La vision se brouille à mesure que le bruit et les vibrations gagnent en intensité. La chaleur de l'été se transforme en froid glacial.

Grelottements. Malaise.

Elle, au contraire, semble sereine. Étrangement sereine.

Au cœur de ce vacarme, elle prononce distinctement deux mots, deux simples mots, portés par sa petite voix douce :

— Sedona... lumière !

Puis il se réveille...

Ce n'était donc qu'un rêve...

Les tremblements et le grondement infernal nés dans le songe n'ont cependant pas disparu. Tout comme l'envie de découvrir l'identité de cette mystérieuse inconnue...

3.

Résidence étudiante, Brooklyn Heights, Brooklyn, New York, USA, 11 avril, 06h23.

Les yeux de Vincent s'ouvrent, comme montés sur ressorts. Il est en nage bien que transi de froid. Comme si la réalité avait décidé d'écrire une suite à son rêve.

Un rêve en train de virer au cauchemar.

De toute évidence, quelque chose ne tourne pas rond. Les fenêtres de sa chambre ont volé en éclats. Des centaines de débris coupants comme des lames de rasoir jonchent son édredon. L'air frisquet du matin s'engouffre par le trou béant, porteur d'une odeur âcre.

Le grondement sourd a fait place à un concert de sirènes stridentes. Voitures de Police, pompiers, ambulances. Une atmosphère bizarre, faite de tension, de stress et d’adrénaline est palpable. Le jeune homme jette un œil à son réveil :

6h24 du matin.

— Bordel, qu'est-ce qui se passe ? Le seul jour où j'aurais pu dormir un peu...

Intrigué, Vincent s'extirpe de ses draps. Alors qu'il est sur le point de poser pied à terre, il constate avec étonnement que le sol est lui aussi jonché de bris de verre. Il saisit alors ses pantoufles – heureusement à l'abri sous son lit – les enfile, puis se tourne vers ce qui reste de sa fenêtre.

Le spectacle qu'offre New York ce matin-là est apocalyptique.

Une épaisse fumée sombre monte de derrière les immeubles d'en face. Ces derniers lui bouchent la vue sur Manhattan. L'ampleur du nuage ne laisse cependant aucune place au doute : quelque chose de terrible vient de frapper la ville.

Aux fenêtres des bâtiments alentour, elles aussi comme soufflées par des explosions, d'autres New-yorkais assistent à ce spectacle, impuissants. Dans le ciel, les oiseaux fuient à tire-d'aile, tandis qu'un incessant ballet d'hélicoptères parachève ce tableau de fin du monde. Ne manque plus que l'air de la *chevauchée des Walkyries* et on se serait cru en plein *Apocalypse Now*.

— Qu'est-ce que...

Vincent n'a pas le temps de terminer sa phrase que quelqu'un frappe à sa porte.

— Ouvre Vince', c'est Dylan !

Vincent Skyvington et Dylan Parker n'étaient qu'au sortir de leur adolescence lorsqu'ils se sont rencontrés, sur les bancs de la fac de médecine.

Vincent, originaire de Columbus dans l'Ohio, a toujours été un urbain dans l'âme. Dylan, c'est tout l'inverse. Ce dernier venait d'un petit village paumé, quelque part au nord-ouest de l'État de New York, non loin de la chaîne des Appalaches. Tout aurait dû les opposer, mais parfois, la vie fait bizarrement les choses...

Bien qu'étant devenus bons amis, chacun garde une part de mystère, restant pudiques quant à leurs vies respectives. Sur un plan professionnel, Vincent s'est spécialisé en ophtalmologie tandis que Dylan a opté pour la traumato'.

Encore vêtu de son seul caleçon et de ses pantoufles, Vincent s'empresse de lui ouvrir :

— Tu peux me dire ce qui se passe ?

Dylan jette un œil effaré à la vitre soufflée et aux bris de verre omniprésents, avant d'inviter son ami à le suivre :

— Viens mater la télé mec, c'est énorme !

Dans la hâte, Vincent enfile un Jean et un T-shirt, avant de rejoindre les parties communes de la résidence, où Dylan l'attend, vissé au poste.

— Tu peux croire ça ?

CNN, MSNBC, Fox News, toutes les chaînes passent en boucle les mêmes images : celles d'une Manhattan calme aux lueurs de l'aurore qui, soudain, part en fumée.

Le spectacle hypnotise les deux étudiants, leurs yeux rivés à l'écran. Dans la lucarne, entre les différentes estimations des pertes humaines toujours revues à la hausse, les journalistes se montrent tous plus alarmistes les uns que les autres, agitant le spectre du terrorisme de masse, des armes de destruction massive et, in fine, de la guerre.

— C'est pire que le 11 septembre...

Sur l'écran, toujours ces mêmes images en boucle. Le calme… puis la tempête.

— À ton avis, qui est derrière tout ça ?

Une pointe d'inquiétude s'est glissée dans la voix de Dylan. Vincent n'en mène guère plus large :

— Aucune idée...

— Un groupe terroriste ? Un État voyou ?

— J'en sais rien… mais j'aimerais savoir qui a filmé ça !

— Sans doute une caméra de surveillance…

— Impossible…

— Pourquoi ?

— …

Vincent se pince les lèvres puis continue, la voix chargée d'émotion :

— Avant… avant l'accident de mes parents, tu sais que je voulais étudier le cinéma, que je rêvais de devenir réalisateur…

— Oui…

— Alors crois-moi quand je te dis que ces images sont pro de chez pro. Le cadrage est parfait, l'exposition nickel, même quand la ville saute. Normalement, les images auraient dû être surexposées lors de l'explosion, alors que là…

Avoir une solide culture de l'image, ça aide à l'ère des fake news…

Dylan n'a pas le temps de répondre que son téléphone se met à sonner :

— Dylan Parker... oui... oui... il est avec moi... oui... tout de suite, on arrive !

— C'est qui ?

— L'hosto. Ils veulent qu'on rapplique illico. Avec ce qui vient de se passer, tu m'étonnes qu'ils ont besoin de tout le monde sur le pont…

4.

Dans les rues de New York, USA, 11 avril, 07h11.

Le trafic déjà intense en temps normal a fait place à un chaos indescriptible. Des policiers aux carrefours sont obligés de régler la circulation. Ça crie, ça hurle, ça klaxonne. Au beau milieu de cette foule grouillante, Dylan et Vincent, à bord de leur voiture :

— Fallait s'attendre à ce que ce soit le bordel !

— On n'est pas près d'arriver...

Il règne une ambiance détestable dans la ville. Quelque chose entre l'atmosphère du jeudi noir et de l'après Pearl Harbor. Dans les embouteillages, les insultes fusent. Le ciel ne cesse de s'obscurcir, noirci par les fumées de l'incendie géant qui a succédé aux explosions. À la radio, le maire de New York vient d'annoncer que la ville allait être placée en état d'urgence.

Soudain, la sonnerie du portable de Vincent retentit. Il décroche.

— Jenny ? C'est toi ?...

Après la mort de leurs parents, Jenny avait pris Vincent sous son aile, essayant tant bien que mal de reprendre le flambeau, jusqu'au jour où elle s'était trouvé un mari en la personne d'un jeune entrepreneur, resté comme elle à Columbus.

— Vince', tout va bien ?

Une pointe d'anxiété est perceptible dans sa voix.

Visiblement, elle est déjà au courant...

— Oui, rassure-toi Jenn'. Tout va bien malgré ce que tu as pu voir à la télé...

— Qu'est-ce que je suis contente qu'il ne te soit rien arrivé ! T'imagines pas le *flip* quand j'ai vu que Manhattan avait été détruite par ces terroristes...

— Moi je vais bien, par contre, faudra remplacer les vitres de l'appart'. Là, j'ai juste mis un meuble devant, mais...

— Non Vince', oublie l'appart', rentre chez nous à Columbus. Je ne veux pas que tu restes là-bas, c'est trop dangereux. Ici tu seras en sécurité. Il ne se passe jamais rien à Columbus, et c'est tant mieux comme ça. Quant à tes études, il y a aussi des facs ici et...

— Mais Jenn'... j'ai du travail ici, une vie ici... La vie, ce n'est pas fuir comme tu l'as fait, c'est affronter les problèmes. Et pour l'instant, les problèmes sont ici...

— Pas de ça Vince'... écoute, je suis allée voir sur Twitter... il y a des rumeurs qui disent que d'autres villes de la côte sont également touchées. Tu n'es pas en sécurité là-bas...

Manque plus que ça. L'imagination débordante des twittos biberonnés à la sauce X-Files.

— Écoute... l'autre jour j'ai lu un tweet qui disait que Ben Laden n'est pas mort, mais qu'en fait il se planquerait en compagnie d'Hitler dans une base secrète, sur la face cachée de la Lune... donc les infos sur Twitter...

Jenny soupire.

— OK, d'accord, Twitter, c'est plein de fêlés, mais si je t'avais dit que Manhattan sauterait ce matin, tu m'aurais prise pour une dingue hier soir encore, alors...

— Alors oui, Manhattan a sauté, et du coup, je suis parti pour moi aussi exploser mon compteur d'heures sup'.

— Vince', pour l'amour de Dieu, écoute-moi ! Ils disent aussi que les gusses qui ont fait ça n'en ont pas fini avec New York, que ce n'est qu'une question d'heures, que les autres quartiers vont sauter d'ici peu, et que...

À son tour, Vincent lâche un soupir.

Comment peut-elle...

— Jenn'...

...

— Jenn'... qu'est-ce que tu crois que Maman aurait aimé que je fasse en pareille situation ?

Silence.

Voilà. Elle a compris...

— Vince'... promets-moi de faire attention.

— Promis, Jenn'. Je t'aime.

— Moi aussi.

Vincent raccroche. Une larme perle sur sa joue.

Maman...

Dylan lui lance un regard entre tristesse et compassion :

— Ça va, Vince' ?

— À ton avis ?

5.

Central General Hospital, Queens, New York, USA, 11 avril, 08h33.

L'hôpital est cerné de véhicules équipés de gyrophares. Des policiers et des militaires forment un cordon de sécurité, filtrant les entrées. Dylan et Vincent, enfin extirpés de l'immense embouteillage, arrivent sur place. Un officier de Police leur fait signe de passer leur chemin :

— Circulez, circulez !

Vincent exhibe sa carte d'internat au policier. Ce dernier leur intime de se garer sur le côté. D'un pas alerte, les deux jeunes médecins parcourent les quelques dizaines de mètres qui les séparent de l'entrée de l'hôpital. Alors qu'ils passent devant un groupe de soldats, Vincent croit saisir des bribes de conversations. Aussitôt, ses yeux s'écarquillent.

Ils viennent de parler de « ce qui vient de se passer à Baltimore »...

Comme mû par un réflexe, Vincent tend l'oreille. Immédiatement, les soldats changent de conversation, toisant ostensiblement l'interne un peu trop curieux.

Devant l'entrée du bâtiment, une noria incessante d'ambulances et de voitures de pompiers fait des allées et venues. Les blessés affluent en masse. Leur état en dit long sur la violence des explosions qui ont ravagé la ville.

— Urgence absolue, 'laissez passer, urgence absolue...

Au moment où les deux internes s'apprêtent à franchir la porte de l'établissement, une nouvelle détonation retentit.

Énorme.

Terrible.

Titanesque.

Tout tremble. Les quelques vitres encore intactes sont aussitôt soufflées. Dylan et Vincent sont fauchés net par l'onde de choc. Autour d'eux, le temps est comme suspendu. Tout est silencieux, mais tout s'agite. Vincent comprend immédiatement la situation :

Je souffre d'un choc auditif. Ce n'est heureusement que passager...

Le premier son qu'il perçoit est celui de la voix de Dylan. Le jeune homme est en proie à la panique :

— Brooklyn, ces salauds ont fait sauter Brooklyn !

Vincent, pris de panique, se retourne et découvre avec stupeur une nouvelle colonne de fumée noire qui s'élève dans le ciel, venant se mêler à celle montant de Manhattan. Ses yeux hallucinés découvrent une réalité tout simplement trop incroyable pour qu'on puisse l'assimiler.

C'est pas possible. Mon chez moi. Mon dernier vrai chez moi.

Des reflets rougeoyants laissent deviner l'ampleur de l'incendie qui fait rage en contrebas.

Ça doit être l'enfer là bas... et dire qu'à quelques minutes près, on était parmi les victimes...

Le cœur du jeune interne se met à palpiter, tandis que son regard fixe comme hébété l'immense colonne de fumée, témoin du désastre.

Mais qu'est-ce qui se passe aujourd'hui ?

Vincent n'a pas le temps de cogiter davantage. Une main ferme vient se poser sur son épaule :

— Évacuation, évacuation générale...

Hagard, l'interne n'a pas remarqué que les militaires s'étaient déployés, prenant possession du bâtiment, intimant à tous l'ordre de quitter la ville :

— Quoi ?

L'ordre se fait plus ferme :

— On évacue. On évacue toute la ville. L'état de siège vient d'être décrété. Ordre d'évacuer New York au plus vite...

Vincent n'en revient pas :

— Et les blessés ? Et les gens qui attendent nos soins ici ?

— Évacués vers d'autres hôpitaux, hors de la ville.

— Mais...

Le militaire prend un ton plus martial :

— 'Discutez pas, c'est un ordre ! La ville passe sous commandement militaire. Si vous avez de la famille en dehors de New York, allez chez eux, sinon des tentes de survie vont être érigées et vous pourrez y être relogés en attendant de...

Dylan et Vincent restent interdits. Ils ne saisissent pas encore ce qui vient de se passer. Ou plutôt leur esprit refuse de comprendre. Autour d'eux, les militaires répètent inlassablement la consigne, l'air déterminé. Déjà les premiers civils quittent l'hôpital, obéissant aux ordres des soldats.

Celui qui les a abordé précédemment revient à la charge :

— Vous êtes toujours là ? Évacuation générale, qu'on a dit. Exécution !

Toujours éberlué, Vincent hasarde :

— Monsieur... je suis étudiant ici... j'habite à Brooklyn, mais je suis de Columbus, et lui est de...

— DeRuyter, près de Syracuse, État de New York.

Le militaire souffle avant de lancer :

— Alors rentrez chez vous, auprès de vos familles...

Avant d'ajouter, sur un ton grave :

— ...de toute façon, si vous habitiez Brooklyn, il n'y a plus rien là-bas... remerciez Dieu qu'il vous ait épargné, car croyez-moi, c'est tout ce qu'il reste à faire...

Les deux étudiants échangent des regards incrédules. Même si leur formation médicale leur a appris à faire face à tout, rien ne peut vous préparer à un événement aussi inconcevable que celui qui se déroule sous leurs yeux.

— Mais nos affaires ?

— Elles étaient à Brooklyn ?

— Oui, à l'appart'...

Le ton du militaire se fait un brin cynique :

— Alors considérez ça comme un gain de temps pour votre déménagement...

Dylan et Vincent, encore sous le choc, se dévisagent mutuellement.

Affaire d'être moins seuls face à l'indicible...

— Vince, qu'est-ce qu'on fait maintenant ?

Vincent laisse échapper un souffle, avant de répondre, fataliste :

Sa voix est celle d'un homme ayant déjà connu la fin d'un monde...

— Je crois que Jenny a raison : Il est temps de rentrer chez nous...

6.

Interstate[1] 87, Yonkers, Banlieue nord de New York, USA, 11 avril, 09h36.

Le ciel bleu du matin commence à se charger de nuages alors que les routes s'encombrent de voitures. Dylan et Vincent ont opté pour la sortie nord, tentant tant bien que mal de s'extraire de l'agglomération new-yorkaise. Tout autour d'eux n'est plus que chaos et improvisation. Bien qu'ils aient été parmi les premiers à prendre la route sitôt l'ordre d'évacuation donné, ils n'ont pu échapper à l'embouteillage monstre qui s'est aussitôt formé aux abords de la ville.

Dans les voitures, des familles entières, souvent en pleurs, tentent désespérément de s'enfuir de cet enfer qu'est devenu New York.

Des images comme on n'en voit qu'en temps de guerre...

---

[1] Les *interstates* sont peu ou prou l'équivalent américain de nos autoroutes.

Dans le rétroviseur, Vincent fixe un enfant, assis à l'arrière du véhicule qui les suit. Sa mère fait son possible pour le consoler, mais à l'impossible nul n'est tenu.

Au moins a-t-il encore ses parents...

Les gares ferroviaires de New York étant – sans surprise – fermées, Dylan et son ami ont convenu de faire un crochet par Syracuse afin de déposer Vincent à la gare, d'où il pourrait aisément prendre un train pour Columbus et rejoindre le domicile de sa sœur. Dylan rentrerait ensuite chez lui, dans son village natal.

À part ces quelques considérations d'ordre pratique, pas un mot n'est échangé dans l'habitacle. Les deux internes ne sont pas d'humeur à parler, préférant écouter les bulletins d'informations qui se succèdent à la radio.

10h40.

Lentement ils parviennent à s'extirper des bouchons, qui désormais paralysent New York.

Heureusement qu'on est parti à temps...

Le flot de véhicules se fait moins dense, un rythme de croisière s'installe sur l'*interstate.*

Un semblant de normalité dans cette journée de fous.

C'est alors que la radio interrompt brutalement ses programmes :

— Excusez-moi Bruce... je suis obligé de vous couper, car une terrible nouvelle vient de nous parvenir. Après New York, il semblerait que la ville de Baltimore ait à son tour été touchée. Nous ne pouvons pas vous en dire plus à l'heure actuelle, mais comptez sur nous pour vous tenir informés dès que nous en saurons davantage...

Dylan écarquille les yeux :

— Baltimore ! C'est quoi ce délire !?

— C'est donc de ça qu'ils parlaient ce matin...

— Quoi ?

— Quand on est arrivés à l'hosto, juste avant que ça ne saute, j'ai entendu des types en treillis parler de quelque chose à Baltimore, et quand ils m'ont repéré, ils ont changé de sujet direct...

— Et c'est maintenant que tu me dis ça ?

— Écoute mec, je n'étais pas sûr d'avoir bien entendu, mais là, c'est quand même *strange*...

— Grave !

Soudain, un voyant du tableau de bord se met à clignoter.

L'essence.

— Là on peut encore rouler quelques bornes mais après, va falloir faire le plein. 'Faut d'ailleurs en profiter avant qu'il y ait rupture de stock.

— Si on pouvait manger un bout au passage, ça ne serait pas du luxe vu la route qui nous attend...

7.

Sur une aire d'autoroute au nord de New York, USA, 11 avril, 11h14.

Idéalement situé face à la station-service, un *McDonald's*. Dylan et Vincent y entrent sans mot dire.

À l'intérieur règne une atmosphère lourde, aux antipodes du monde coloré et pétillant associé à ces lieux. Pas de musique comme à l'accoutumée, mais un téléviseur accroché au mur, vers lequel tous les regards convergent. Même les serveurs semblent ailleurs, comme happés par les événements.

Sur l'écran de la télévision, l'image d'une caméra à bord d'un hélicoptère survolant une ville en ruine. On croirait voir les images de certains quartiers de Londres, de Dresde ou d'Hiroshima à la fin de la Seconde Guerre mondiale. Un bandeau rouge en bas de l'écran en mentionne froidement l'origine :

En direct de Baltimore.

Ou plutôt du peu qu'il en reste.

Dylan et Vincent en restent bouche bée, bloquant sans même s'en apercevoir la file d'attente du restaurant.

Un homme, la bonne cinquantaine, apostrophe Vincent :

— Tout ça, c'est les bougnoules ! Maintenant on va leur casser la gueule, on va raser leur pays d'enfoirés et les réduire en bouillie que même les chiens errants n'en voudront pas pour bouffer !

— Calmez-vous, monsieur, nous ne savons pas encore qui est derrière tout ça...

— Me calmer ? Après tout ça vous voulez que je me calme ? Je vais vous le dire tout de suite, espèce de petit imbécile, c'est à cause de mauviettes comme vous qu'on en est là ! Ça fait longtemps qu'j'le dis, ces boucaques, 'faut les atomiser, les a-to-mi-ser !

Le serveur vient couper net cette discussion, sur le point de s'envenimer :

— Que désirez-vous ?

À présent attablés, les deux étudiants avalent leurs *Big Mac Coca* sans faim, les yeux rivés à l'écran. Les images qu'il déverse ne sont pas de nature à ouvrir l'appétit. Dylan est le premier à décrocher, alors que Vincent reste comme hypnotisé par l'écran.

— Au fait Vince', t'as déjà dit à ta frangine que tu rentrais ?

— Non, t'as raison, je vais l'appeler.

Répertoire. Jenny. Appel en cours... bip bip bip bip... Ça sonne dans le vide.

Vincent essaie une nouvelle fois.

Répertoire. Jenny. Bip bip bip... Sans succès.

— Alors ?

Changement de stratégie. Cette fois, le jeune homme compose manuellement le numéro. Ses doigts pianotent de plus en plus fébrilement sur le clavier de son smartphone.

Bip bip bip...

— Ça ne répond pas ?
— Non.
— Elle l'a peut-être coupé ?
— Elle ne le coupe jamais, c'est une vraie geek. Et même s'il était coupé, il y aurait son répondeur, alors que là...
Bip bip bip...
Des sueurs froides envahissent Vincent.
Jenny...
Il essaie à nouveau. Bip bip bip.
Pourtant il y a du réseau ici...
Soudain, le jingle des *Breaking news* retentit. Vincent lève la tête, craignant déjà le pire. À l'écran, Bernie Scofield, le Président des États-Unis, s'apprête à prendre la parole depuis la Maison-Blanche, debout devant un pupitre surmonté de deux micros, la mine grave. À son apparition, une clameur monte dans le restaurant, avant de faire place à un silence de mort.
Tout le monde écoute, tout le monde a compris que l'histoire est en marche.
— Mes chers compatriotes, citoyens des États-Unis d'Amérique, je tiens à être à vos côtés en ces moments difficiles que traverse notre pays. Nous faisons face à une menace d'un genre et d'une amplitude extrême, comme jamais notre Nation n'a eu à en connaître par le passé. Même les heures sombres de la guerre civile, même le funeste 11 septembre 2001 risqueront bientôt de n'être que des événements anodins, à côté de ce que nous vivons... et que nous nous apprêtons sans doute à vivre à nouveau, dans les heures à venir. D'abord New York ce matin, frappée par deux fois, puis Baltimore, rayée purement et simplement de la carte, voilà à présent que...
Submergé par l'émotion, le Président ne parvient pas à terminer sa phrase. Le rythme cardiaque de Vincent s'accélère tandis que dans sa tête, une pensée tourne en boucle, virant à l'obsession :

Pas Columbus, pitié, Pas Columbus...

Après avoir repris son souffle, le Président se ressaisit et continue, terrible :

— ...que la ville de Columbus, Ohio, vient à son tour d'être frappée par une déflagration, d'une puissance plus grande encore que celle qui a mis à genou les deux autres villes de notre grand pays...

Un bandeau annonçant la mort d'au moins un demi-million de civils apparaît à l'écran. Vincent s'effondre, terrassé par le choc. Sa tête vient s'abattre sur la surface de la table, juste à côté de son smartphone, qui continue à biper dans le vide.

— ...sachez, mes chers compatriotes, que ces crimes ne resteront pas impunis. Où que se cachent leurs auteurs, nous les poursuivrons, nous les traquerons, et nous les vaincrons. Que ce soit bien clair : les États-Unis d'Amérique n'ont jamais cédé face aux menaces, et nous ne céderons pas cette fois-ci. Soyez-en sûrs, mes chers compatriotes, nous finirons par infliger un traitement exemplaire aux coupables de ces horreurs...

Vincent tourne mollement la tête afin de suivre l'intervention du Président. Son corps est amorphe, seule la stupéfaction qui l'envahit semble le maintenir en vie :

— J'espère bien qu'on va les faire morfler, ces salauds !

Au cœur de l'émoi provoqué par l'annonce, seul Dylan prête attention à son ami. Ses mains viennent se poser sur celles de son collègue, en signe de soutien.

— T'es pas seul mec, je suis là...

À l'écran, le Président continue. Jusque là compatissante, sa voix devient ferme, à la hauteur des décisions qu'il s'apprête à annoncer :

— ...par conséquent, comme il devient tristement clair que ceux qui sont derrière ces atrocités ne s'arrêteront pas là, il est de mon devoir de prendre dès maintenant des mesures exceptionnelles, afin de vous protéger de ces... monstres. J'ai donc décidé d'élever le niveau de sécurité au maximum sur l'ensemble du territoire, mais également de déclarer notre Nation en état de guerre. Cela signifie des pouvoirs extraordinaires accordés, pour un temps limité, mais nécessaire, à nos forces armées...

— Et qu'ils les butent tous, jusqu'au dernier !

La voix de Vincent n'est plus qu'un soupir.

— ... par ailleurs, afin d'éviter autant que possible les pertes humaines inutiles et cruelles pour nos concitoyens, j'ai décidé l'évacuation totale de toutes les villes de plus de deux cent mille habitants. J'ai bien dit l'évacuation totale de toutes ces villes. Toute la communauté nationale devra être solidaire de ces réfugiés d'un nouveau genre. Je vous demande donc, chers concitoyens des villes et villages non directement concernés par cette mesure, de bien vouloir faire tout, je dis bien tout, ce qu'il est possible pour accueillir un maximum de ces réfugiés chez vous, à vos domiciles, et de les intégrer à vos foyers. Quant à ceux qui ne pourront pas être relogés, des tentes...

Vincent, affalé, regarde le Président parler. Un air inexpressif remplace à présent la colère sur son visage.

À nouveau son monde vient de s'écrouler.

Quelques clients attablés alentour remarquent l'état du jeune homme. L'un d'entre eux le secoue légèrement.

— Ça va monsieur ?

Incapable de répondre, Dylan se fait son porte-parole :

— Il est de Columbus...

Inutile d'en rajouter. Tout le monde a compris. Des regards compatissants se posent sur un Vincent en pleine liquéfaction. Seul le vieux raciste bougonne dans son coin :

— Ça lui apprendra, à ce petit con...

Dylan, inquiet, se penche sur son ami. Ce dernier semble vouloir articuler quelque chose, mais les mots peinent à sortir :

— Je... je peux venir chez toi... ?

S'en suit a un bref instant de flottement, puis enfin Dylan acquiesce :

— Oui mon pote. Bienvenu chez moi...

8.

Interstate 87, sur la route, État de New York, USA, 11 avril, 12h57.

— Que Dieu vous bénisse, et que Dieu bénisse l'Amérique.

Pour la énième fois, la radio diffuse le discours du Président des États-Unis, que les éditorialistes ont déjà baptisé le « Discours du 11 avril ». Aux alentours, le décor urbain qui bordait l'*Interstate* a fait place à des forêts aux arbres encore nus. Le ciel affiche une couleur uniformément plombée. Après deux heures dans les embouteillages, à la sortie de l'agglomération new-yorkaise, Dylan et Vincent roulent à présent à vive allure, fuyant les zones urbaines devenues trop dangereuses.

Dans la voiture, pas un mot. Seule la radio a la parole.

— Et nous venons d'apprendre que Detroit vient à son tour d'être touchée...

Avant cela, Boston et Richmond ont eu droit au même sort.

— Ça te gêne si je coupe ?

Il y a comme une supplique dans cette demande. La supplique d'un Vincent qui en a déjà assez enduré pour aujourd'hui.

— Non, vas-y.

Le bruit du moteur emplit à présent tout l'espace sonore. Ça et de temps en temps le son d'une voiture qui les dépasse. Les arbres défilent, sur des miles et des miles. Leurs branches encore nues leur donnent un côté fantomatique, comme les statues damnées d'un temps révolu.

Le temps d'avant.

À la hauteur d'Harriman, petit village du conté d'Orange, Dylan quitte l'*Interstate* 87 pour emprunter la route n°6 en direction du nord-ouest.

Et toujours ces arbres nus sur le bord de la route...

À la route n°6 succède la NY17, bordée d'arbres tristes et monotones.

Au niveau de Monticello, dans le Conté de Sullivan, un pont surplombe la NY17. Quelques hommes s'y tiennent debout, applaudissant les voitures qui passent. Des banderoles arborant des slogans peints à la hâte sont accrochées le long de la route. Tous appellent à l'unité nationale. « *Américains, unissons-nous* », « *Les terroristes ne passeront pas* », et même un dernier « *New York, Baltimore, Columbus, Boston, Richmond, Detroit, Atlanta, Chicago, nous ne vous oublierons jamais* ».

— Atlanta...

— Chicago...

Passé ce pont, la morne route se poursuit encore et encore. À la tristesse du paysage vient s'ajouter la pluie. D'abord un crachin, puis des précipitations de plus en plus drues. À présent, le crissement des essuie-glaces sur le pare-brise s'ajoute à l'austère bande-son de ce voyage. Leur mouvement pendulaire hypnotise un peu Vincent.

Un peu...

Près du village de Livingston Manor, conté de Sullivan, à nouveau un pont, et toujours le même rituel : hommes applaudissant et banderoles. Un nouveau slogan fait son apparition : « *Bienvenue aux réfugiés* ». Et Philadelphie s'est rajoutée à la liste des villes détruites, sans même que cela ne suscite une émotion particulière.

Forêt, arbres, champs, pâturages, La NY17 fait place à la route 206, la route 206 à la route 8, la pluie au déluge, la tristesse à encore plus de tristesse...

À Norwich, comté de Chanango, une banderole mentionne pour la première fois la « *3e guerre mondiale* », tandis que Miami rejoint la liste des villes martyres. Vingt miles plus tard, le panneau indiquant *prochaine sortie DeRuyter* apparaît enfin.

Il est à présent près de dix-huit heures. Enfin ils touchent au but.

Dylan et Vincent roulent à présent sur Cortland street, la rue principale du village. Des maisons en lattes de bois, typiques des zones rurales de l'est des États-Unis, s'étendent à perte de vue, le long de l'axe central de la localité. De grands arbres sont plantés de part et d'autre de la rue. Malgré la météo et la morosité ambiante, les fleurs multicolores qui ornent les extrémités des branches de certaines essences annoncent l'arrivée imminente du printemps. À droite à un carrefour, une pizzeria aux murs beiges, *Sal's Pizza*, a des petits airs de haut lieu de la jeunesse locale. Puis arrive la sortie du village.

Vincent ne comprend pas :

— C'est pas ici que t'habites ?

— Pas exactement. La ferme de mes parents est à l'extérieur du patelin, après Old mill road.

Peu après la sortie du village, une petite route quitte la NY-13, pour s'enfoncer dans les collines avoisinantes.

Old mill road.

Ils roulent encore un bon mile avant d'atteindre une ferme isolée, entourée de fil de fer barbelé. Une pancarte dressée à l'entrée précise fièrement : *Propriété Parker – Intrus et rats non tolérés*.

— Rats ?

— Oui... c'est comme ça que mon père appelle les membres du parti démocrate[2].

Ok, je vois où je suis tombé...

— D'ailleurs, le voilà...

9.

Ferme Parker, DeRuyter, État de New York, USA, 11 avril, 18h04.

La voiture vient de s'arrêter, dans la cour de la ferme. Le bâtiment principal, qui fait office de maison, est construit en rondins de bois encastrés entre eux, donnant un aspect chaleureux à l'édifice. Deux granges attenantes dessinent avec la maison une sorte de cour intérieure, en terre battue. Leurs murs peints en rouge rappellent le décor de la Scandinavie rurale.

Dylan saute hors du véhicule et se précipite vers ses parents. Le père est une montagne de muscles au visage carré et très viril. Il arbore fièrement une moustache à la gauloise, qui lui donne un côté brut de décoffrage. La mère est une brune aux cheveux courts, assez menue, visiblement dans l'ombre de son mari.

— Qu'est-ce qu'on est heureux que tu sois rentré sain et sauf !

— Qu'est-ce que je suis heureux de vous retrouver après tout ça, d'être enfin chez moi...

Dylan se jette dans les bras de ses parents. Dans son regard, un mélange de soulagement vient se tinter d'une forme d'angoisse. Vincent, toujours assis côté passager, assiste à la scène sans ressentir la moindre émotion.

---

[2] Diminutif de *DemocRats*. Péjoratif. Employé dans des spots de campagnes républicains, dénigrant leurs adversaires.

Ou plutôt se concentre-t-il pour ne pas laisser monter ces dernières.

Dylan lui fait signe de sortir.

— Qui est ce garçon ?

— Vincent, Vincent Skyvington, je vous avais déjà parlé de lui, vous savez...

— C'est ton pote de la résidence ?

À son tour, Vincent quitte l'habitacle et vient serrer la main des parents de son ami. La poigne vigoureuse du père lui écrase presque les phalanges.

— Et qu'est-ce qu'il vient faire ici, celui-là ?

J'ai connu meilleur accueil...

Vincent toise un instant le père.

Alors c'est toi, le mec qui n'aime pas les rats ?

— J'étais étudiant à New York... mais je suis originaire de Columbus...

Le regard froid du père Parker toise le jeune homme.

— ...et je suis avant tout un Citoyen des États-Unis d'Amérique...

La mine des parents de Dylan devient tout de suite plus compréhensive.

La fibre patriotique. Voilà sur quoi je dois jouer...

Le regard du père se fait compatissant. La mère le serre même dans ses bras.

— Je suis Kelly, et voici Jack, mon mari.

— Enchanté de faire votre connaissance.

Plus vite je me casserai d'ici...

Et madame Parker d'ajouter :

— Les Jones et les Miller vont eux aussi accueillir des réfugiés, tout comme les parents de Brian.

Vincent préférerait fuir cet endroit au plus vite. Retrouver la ville, retrouver sa sœur. Mais pour l'instant, il est naufragé là, dans cette ferme au beau milieu de nulle part.

Va falloir que je prenne sur moi...

L'intérieur de la maison est agréable et chaleureux. Certes très différent des habitats urbains auxquels il est habitué, mais de cette construction en bois émane une indéniable atmosphère de foyer solide et uni. La pièce principale, au rez-de-chaussée, fait à la fois office de salle de séjour et de salle à manger. Une télévision à écran plat ainsi que des canapés règnent en maîtres sur la partie séjour, tandis qu'une grande table en bois massif, rustique, mais solide, fait office de salle à manger, dans le coin opposé de la pièce. Une cuisine américaine avec un plan de travail moderne complète le décor, juste à côté d'un escalier en bois, qui monte à l'étage.

Madame Parker s'empresse de mettre Vincent à l'aise :

— Vous devez être fatigués par ce long voyage...

Pas que par le voyage. Les émotions fortes, ça fatigue encore davantage.

— Dylan, montre-lui la chambre d'amis...

— OK, m'man.

Dylan invite Vincent à le suivre au premier étage. Ce dernier consiste en un long couloir bordé de portes de chaque côté.

— Là, c'est la chambre de mes parents, ici la mienne...

Vincent découvre les lieux. Son regard inspecte les moindres recoins.

— Là les WC / Salle de bain, et ici la chambre d'amis, où tu dormiras.

Il y a une dernière porte, au bout du couloir. Une porte que Dylan omet de présenter.

— Et là, c'est quoi ?

Un instant, Dylan reste interdit, puis il lance :

— Oh, c'est une vieille remise. On n'y met jamais les pieds. Faut pas y aller...

Vincent n'est pas dupe. Il a remarqué. Il y a soudain comme une gêne dans la voix de son ami. Néanmoins il acquiesce, non sans remarquer sur la poignée de cette porte des traces d'usure nombreuses.

Nombreuses et *récentes*.

10.

Ferme Parker, DeRuyter, État de New York, USA, 11 avril. 18h32.

— Je peux vous donner un coup de main, Madame Parker ?

— Vous pouvez dresser la table avec Dylan.

Quoique se sentant intrus dans ce cocon familial, Vincent n'a pas le choix.

Je dois faire des efforts pour m'intégrer.

Tandis que Dylan lui montre où l'on range la vaisselle, la télévision débite son flot d'horreurs. Villes rasées, corps carbonisés, déclarations martiales.

— Saint-Louis, La Nouvelle-Orléans, Houston, Denver, Phoenix, San Francisco, Los Angeles...

La liste des villes frappées augmente d'heure en heure, à un rythme de plus en plus soutenu.

— À ce rythme-là, il n'y aura bientôt plus rien à détruire, lâche Dylan...

— L.A.[3] détruite, c'est quand même la poisse. Hollywood se serait sans doute régalé de faire un film sur toute cette histoire...

Dylan acquiesce.

— Grave. Même si depuis aujourd'hui, c'est la vie de tous les jours qui semble *made in Hollywood.*

---

[3] *L.A.* est l'abréviation courante employée par les Américains pour désigner la ville de Los Angeles.

18H50. La table est à présent dressée. La mère de Dylan fait un petit signe discret à l'attention de son fils. Pas assez discret pour échapper à la vigilance de Vincent.

— Viens, Vince’, on fait encore un tour dehors avant de manger, histoire de décompresser un peu...

L'air du soir est encore frais en cette saison. La pluie a cessé et les nuages plus épars laissent à présent entrevoir des coins de ciel bleu. Dylan et Vincent se tiennent à présent debout côte à côte, dans la cour de la ferme, les yeux dans le vague. Dylan grille une cigarette dont la fumée s'envole, portée par le vent froid du nord.

C'est alors que Vincent passe à l'attaque :

— Qu'est-ce que ça veut dire tout ça ?

— Quoi ?

— Ce petit signe de ta mère, comme si elle voulait que je sorte d'ici. Comme si...

— Comme si quoi ?

— Comme si je gênais...

— Écoute... C'est normal qu'on soit bousculés. D'abord ces événements, puis mon retour, et ensuite ton arrivée ici. C'est clair que ça fout le bordel dans l'organisation de tous les jours. On ne sait pas combien de temps on devra rester là, donc voilà... Ta famille aurait réagi comment si j'avais débarqué chez toi, comme ça ?

Sa famille. Papa... Maman... Jenny... là t'as touché juste, mon pote...

— Mais rassure-toi Vince', on est peut-être un peu chamboulés, mais c'est normal de s'entraider...

Dylan lui met une tape amicale dans le dos.

— Et toi, t'en dis quoi de ce bazar ?

Vincent reste un instant pensif.

— Oh moi, je n'arrive même plus à penser... ce qui nous arrive, qui est derrière tout ça, je n'en peux plus... Je ne pense plus qu'à profiter du temps qu'il reste... et de la beauté de la nature.

Vincent a beau être un citadin pur jus, le charme bucolique des choses simples qu'offre ce cadre rural l'apaise. Les mottes d'herbe verte, les premières fleurs aux arbres, le paysage de collines ondulant sous ses yeux...

Les deux jeunes hommes restent un moment là, sans rien dire, quand soudain la porte de la maison s'ouvre. C'est Madame Parker :

— C'est prêt, venez les garçons...

L'ambiance à table est sinistre. Personne ne parle, sauf la télé. Et les regards aussi.

Les informations passent en boucle les mêmes images, toujours plus terrifiantes. Seattle s'est ajoutée à la liste des villes touchées, mais ça, plus personne n'y prend garde.

Business as usual...

Les spécialistes de défense et de sécurité se succèdent à l'antenne, avec toujours le même mot à la bouche : *terrorisme*.

C'est alors que Vincent décide de briser la glace :

— Je n'y crois pas.

Aussitôt, les Parker se tournent vers lui, incrédules. Vincent en profite pour enfoncer le clou :

— Ce ne sont pas des terroristes qui sont derrière tout ça.

— Hein ?

— C'est impossible. C'est trop gros. C'est forcément *autre chose*.

— Qu'est-ce que tu racontes, Vince' ? D'habitude tu détestes ces histoires de conspiration, tout ce courant *ReOpen 9/11*[4], et voilà que tu tombes dans le même délire ?

— Oui je sais, ce n'est pas mon genre, et c'est d'autant plus probant du coup... excuse-moi, mais tu te doutes bien que j'ai cogité toute la journée, et là, j'ai beau réfléchir, tourner la

[4] *ReOpen 9/11* est une association américaine doutant de l'explication officielle des attaques du 11 septembre 2001. Ses membres sont persuadés qu'une autre vérité se cache derrière ces tragiques événements et souhaitent rouvrir le dossier.

question dans tous les sens, y a trop de trucs qui ne collent pas...

— Comment ça ?

— Tu te souviens de ce que je t'ai dit ce matin, à propos des images à la télé...

— Les images de Manhattan ?

— Oui. Ça ne pouvait en aucun cas être des images de caméra de surveillance. Trop pro. Trop comm'.

Les Parker écoutent à présent attentivement.

— Puis quand Brooklyn a explosé, t'as vu à quelle vitesse l'armée a évacué tout le monde ? T'as vu à quelle vitesse l'état de siège a été décrété ? Pas même une minute après les événements, tout était en place !

Le père de Dylan décide de se mêler à la discussion :

— Écoutez jeune homme, sachez qu'à m'a table, l'armée de notre beau pays, on ne la critique pas !

— Je ne la critique pas, Monsieur, je constate. En 2001, ils n'étaient pas foutus d'empêcher des avions détournés depuis plus d'une heure d'aller se crasher au cœur de New York, et là ils sont prêts à intervenir et à évacuer une ville aussi grande dans la minute, avec des ordres clairs et un plan rodé. Non monsieur, je ne critique pas, je constate juste que l'efficacité de notre armée est devenue étrangement... efficace.

Le père Parker dévisage Vincent d'un air suspicieux. Ce dernier poursuit son exposé, de plus en plus sûr de son fait :

— Enfin je constate quand même un truc bizarre. Toutes les principales villes de ce pays sont parties en fumée. Toutes, sauf Washington.

Dylan écarquille les yeux. C'était là, sous leurs yeux, évident, tellement évident que personne n'a même songé à y penser.

Il s'adosse contre sa chaise en bois, bouche bée.

Et si mon pote avait raison ?

11.

Ferme Parker, DeRuyter, État de New York, USA, 12 avril, 00h57.

Vincent se réveille en sursaut, le corps trempé de sueur, tiré d'un cauchemar.

Columbus... ils ont détruit Columbus...

Son rêve ne lui a épargné aucun détail. La boule de feu qui s'engouffre dans la maison de sa sœur. Son regard pétrifié de terreur, la chaleur infernale, puis son corps se transformant en torche humaine, au milieu de l'enfer.

Vision d'horreur.

Il regarde l'heure sur son smartphone. Il est presque une heure du matin.

Où suis je ? Ah oui, chez Dylan... enfin chez ses parents...

Une douce lumière bleutée filtre à travers les volets de la chambre d'amis. Vincent se lève et va voir à la fenêtre. La nuit est froide, mais le ciel d'une limpidité extraordinaire. Les étoiles brillent comme jamais elles ne le font en ville. Vincent contemple un instant ces astres étincelants.

Ça m'apaise. Un peu.

Passé ce fugace moment de grâce, il retourne s'asseoir sur le bord de son lit et saisit son smartphone. Il le contemple un instant, comme s'il s'agissait d'une sorte de talisman, son dernier lien avec la vie. Il prend une profonde respiration avant de composer le numéro de sa sœur.

Par pitié, faites qu'elle s'en soit tirée, aidez-moi...

Bip bip bip... Toujours les mêmes tonalités froides et impersonnelles, qui balaient un peu plus encore le faible espoir qui lui reste.

Il raccroche, mort d'angoisse, mais résigné.

Avant de se recoucher, il se rend aux toilettes. Alors qu'il regagne sa chambre, sur la pointe des pieds, il entend quelque chose grincer. Ce n'est pas le parquet, ça vient d'ailleurs. C'est métallique. Ça vient...

Ça vient de la porte, au fond du couloir.

La porte de la remise où l'on ne va soi-disant jamais...

Vincent jette un regard furtif dans cette direction. À sa grande surprise, la poignée est en train de tourner.

On essaie de l'ouvrir. De l'intérieur.

Le jeune homme hâte le pas, retournant dans sa chambre à pas de loup, tout en gardant un œil sur ce manège.

Soudain, la porte du fond s'entrouvre.

Une main de femme en sort. La douce main d'une jeune femme...

12.

Ferme Parker, DeRuyter, État de New York, USA, 12 avril, 01h02.

Les yeux rivés sur le couloir, Vincent n'en croit pas ses yeux. De ce que Dylan lui avait décrit comme une remise sans intérêt se détache une silhouette, qui se fraie un chemin à tâtons à travers le couloir.

Le sang de Vincent ne fait qu'un tour.

C'est elle. ELLE. La fille que j'ai vue hier matin, dans mon rêve. Celui dont l'explosion de Manhattan m'a tiré.

Pas de doute possible. Ça ne peut être une coïncidence. Elle a la même démarche, la même posture, le même tout. Comme dans son rêve, seuls ses yeux restent encore un mystère.

Et pour cause, elle est visiblement... aveugle.

Sa longue chevelure brune aux boucles amples, son visage harmonieux et son corps svelte, tout concorde. Vêtue d'une simple chemise de nuit blanche, elle s'avance lentement à travers le couloir, balayant l'espace devant elle à l'aide de ses mains.

Lentement, elle se dirige vers lui, quand soudain elle s'arrête net, figée, à l'écoute :

— Qui est là ?

Vincent ne pipe mot.

— Qui est là ? Je sens qu'il y a quelqu'un...

Le jeune homme retient sa respiration.

Ne pas me faire repérer. Je sais bien que, privés de la vue, certains aveugles développent une imagination débordante, réagissant au moindre bruit...

Mais pour le coup, force est de constater que la jeune non-voyante est dans le vrai, et qu'il y a bien un intrus dans la place.

Lui.

Lentement, il ferme la porte de sa chambre, tout en veillant à ne faire aucun bruit.

Je tirerai ça au clair demain. Là, ce n'est pas l'heure de jouer les Sherlock Holmes...

C'est alors que, dans le silence de la nuit, la poignée de sa porte se met à grincer. Le bruit, pourtant ténu, emplit tout l'espace sonore.

La jeune femme hurle :

— QUI ÊTES-VOUS ?

Soudain la lumière s'allume dans le corridor. La porte de la chambre des parents s'ouvre brusquement. La mère Parker en sort en trombe, tandis que le père reste en retrait, sur le pas de la porte. Madame Parker court prendre la jeune femme dans ses bras, alors que Dylan ouvre à son tour, dépité.

Je savais bien qu'il finirait par la découvrir...

Alors que madame Parker serre la jeune femme dans ses bras, cette dernière s'exclame, d'une voix terrifiée :

— Qui est là, maman, qui est là ?

La jeune femme fond en larmes dans les bras de la mère.
— C'est rien ma puce, on va tout t'expliquer...

13.

Ferme Parker, DeRuyter, État de New York, USA, 12 avril. Quelques minutes plus tard.

— Donc tu t'appelles Karen, c'est ça ?
— Pas Karen. Karine. C'est un peu l'équivalent français de ce prénom.
La jeune aveugle a une voix très douce. La même voix que Vincent a entendue dans son rêve, celle qui a prononcé les mots *Sedona* et *Lumière*.
Ils sont à présent tous assis autour de la table en bois du rez-de-chaussée. Karine bien sûr, Vincent aussi, mais également Dylan et ses parents. Seule une lampe à pétrole accrochée au plafond, dont la mèche a néanmoins fait place à une ampoule électrique, illumine la scène d'une lumière chaude et intimiste.
Vincent, encore sous le coup de l'émotion, n'en revient pas :
— Mais pourquoi tu ne m'as jamais parlé de ta sœur ?
— Demi-sœur...
Le jeune homme met un instant à comprendre. Alors Dylan précise :
— Elle est née du premier mariage de maman...
— Avec un Français... précise aussitôt le père Parker d'une voix lasse, comme pour souligner son agacement devant cet état de fait.
Négligeant la remarque de son beau père, Karine continue :

— Oui. Papa est mort quand j'étais bébé. Accident de travail. Je ne l'ai jamais connu. Tout ce qu'il me reste de lui, c'est son nom et ma double nationalité.

— Tu es donc franco-américaine et tu t'appelles... ?

— Faure. Karine Faure.

Vincent fixe la jeune femme. L'étonnant mélange de force et de fragilité qui émane d'elle le fascine.

— Mais tu es plus jeune que Dylan, non ?

— Oui. J'ai dix-neuf ans. Lui aussi est né d'une première union entre mon beau-père et...

— Ça, on s'en fout, *fifille*. Maintenant, ta mère est ma femme et basta.

Madame Parker fusille son mari du regard.

— En attendant, Dylan, ça ne m'explique pas pourquoi tu m'as caché son existence. S'il y a bien quelqu'un qui peut te comprendre, c'est moi...

— C'est que...

Karine coupe net son demi-frère :

— C'est que je lui ai demandé de ne jamais parler à quiconque de moi et de mon existence...

— Pourquoi ?

— Parce que je... je...

Envahie par l'émotion, la jeune femme peine à trouver les mots. Dylan vient à sa rescousse :

— Parce que Karine n'a jamais réussi à assumer sa cécité... elle... elle s'estime comme morte depuis qu'elle a perdu l'usage de ses yeux...

La jeune femme acquiesce, sans mot dire.

— Mais pourquoi garder le secret avec moi ? En tant qu'ophtalmo, on est formé à ces questions-là, y compris à l'accompagnement psychologique de ceux qui perdent la vue. J'aurais pu t'aider sur ce coup-là, j'aurais pu l'aider...

La jeune femme hoche négativement la tête.

— Non Vincent, personne ne peut m'aider. Il faut avoir connu cette situation pour comprendre ce que je vis. Ne plus voir du jour au lendemain, devoir faire le deuil définitif de la lumière, c'est...

Une larme se met à couler sur la joue de la jeune femme. Vincent lui place tendrement un mouchoir dans le creux de sa main.

— Merci...

Vincent reste un instant sans rien dire, fixant la jeune femme, avant de reprendre :

— En effet, je n'ai jamais expérimenté ça dans ma chair et j'espère ne jamais avoir à le faire, mais le deuil, crois-moi, ça je connais. Quand mes parents, mes deux parents, sont morts, à cause de ce crétin avec sa caisse pourrie, j'ai appris ce que signifie le mot deuil...

Et puis il y a Jenny aussi... même si pour elle, je garde un infime espoir...

— Moi aussi, continue Vincent, j'oscillais entre déni et colère...

Karine le coupe illico :

— Tu l'es encore, au vu des adjectifs que tu emploies à l'encontre de cet individu...

Touché. Bien que non-voyante, elle a vu juste...

— Non, enfin oui, mais non...

La voix de Vincent se fait plus vindicative :

— ...j'ai décidé de faire de ma douleur une force. C'est pour que plus jamais il n'y ait d'enfant qui ait à se retrouver sans parents à cause d'un chauffard comme ce... que j'ai décidé de devenir ophtalmo. Pour qu'il n'y ait plus jamais de Vincent Skyvington qui perde papa et maman à cause d'un mec qui prend le volant malgré sa cataracte non soignée, il faut que plus personne ne perde la vue à cause de cette sale maladie, qui m'a pris mes parents. C'était ma douleur, c'est devenu mon moteur. Faire quelque chose de ma vie pour...

Karine ferme un instant les yeux, avant de répliquer :

— Je comprends. Mais moi, j'avais trouvé ma voie dans la vie. Je voulais devenir photographe.

Vincent ne sait quoi lui répondre.

Photographe... j'ai encore gaffé... vite, trouver une diversion...

— Mais au fait, comment...

— Comment je suis devenue aveugle ?

Vincent acquiesce. La jeune femme prend son temps, puis finit par se lancer :

— C'était il y a trois ans...

*

Trois ans plus tôt.

Karine a seize ans. C'est l'été. Comme de nombreux jeunes de son âge, elle s'est trouvé un petit boulot. Rien de bien passionnant, juste de quoi se payer l'appareil photo de ses rêves. Elle a réussi à se faire engager comme caissière au *Big M supermarket.*

Un jour, dans l'après-midi, au début du mois d'août, un homme se présente à la caisse. Ce dernier n'est pas un client comme les autres. Alors qu'elle a les yeux rivés sur les différents produits que les clients passent sur son tapis roulant, soudain, en lieu et place des salades, boites de conserve et autres bouteilles, une arme entre dans son champ de vision.

Une arme braquée sur elle.

— La caisse ou j'te bute !

L'homme qui l'aborde ne lui est pas inconnu. C'est un junkie, un paumé, le raté du village. Il a déjà eu quelques démêlés avec la Police, mais jamais rien de grave. Du moins jusque là.

— T'as entendu salope, la caisse ou j'te...

Aussitôt, le service d'ordre intervient. Le vigile met le braqueur en joue. Le jeune brigand, pris de panique, aggrave son cas. Sans ménagement, il passe derrière la caisse et prend

Karine en otage. Le junkie braque son arme sur la tempe de la jeune femme, se servant d'elle comme bouclier humain.

— Doucement, tu vas me suivre sans faire de geste brusque, et toi le vigile, pas un geste ou je la fume...

Karine obtempère, implorant du regard le vigile de ne rien tenter d'inconsidéré. Ce dernier a toujours le junkie dans sa ligne de mire. Les autres clients se sont mis à plat ventre, terrorisés par la scène. Les deux hommes se toisent, tandis qu'inexorablement, le junkie s'approche de la sortie du magasin, tenant toujours son otage en joue.

Dans le regard du vigile, on sent la haine enfler. Sa gâchette le démange. Il est sûr de lui, sûr de mettre dans le mille. Son doigt effleure plusieurs fois la détente. Alors que le junkie est à deux doigts de sortir du supermarché, le vigile saisit sa chance et tire. En pleine tête.

Le junkie s'effondre, terrassé. Hélas, dans un dernier réflexe, son doigt se contracte sur la gâchette de son pistolet, toujours vissé à la tempe de Karine.

Le coup part. Puis c'est le trou noir.

Ça aurait pu être le point final.

Ça aurait dû.

Deux semaines plus tard, Karine se réveille. Elle est dans l'unité de soins intensifs de l'hôpital de Syracuse. Et il y fait bigrement sombre...

— Pourquoi personne n'allume la lumière ?...

C'est là qu'on lui annonce la terrible nouvelle. Balancée sans ménagement, par une voix montant de derrière un rideau de ténèbres :

— Vous êtes vivante, certes, et votre pronostic vital n'est plus engagé... mais la balle a tranché net vos nerfs optiques. Vous serez dorénavant... non-voyante.

Nouveau trou noir. Éternel. La fin des jours jusqu'à la fin de ses jours.

La fin de ses rêves aussi...

*

— Et depuis ce jour, ma vie n'a plus de sens, sinon de trouver un moyen d'en finir...

C'est sur cette terrible sentence que la jeune femme termine son récit, relevant sa chevelure pour dévoiler une cicatrice, encore aisément visible.

— Tu vois ?

À nouveau, Vincent ne sait quoi dire, encore sous le choc du récit de la jeune femme. Néanmoins, quelque chose ne colle pas. Vincent le lui fait immédiatement remarquer :

— Tu dis que tu veux en finir... mais avant, là haut, tu as crié en sentant ma présence...

— Oui...

— C'est un geste de survie. Un geste d'une personne qui veut protéger sa vie, qui veut continuer à vivre...

Pas de réponse...

14.

Ferme Parker, DeRuyter, État de New York, USA, 12 avril, 08h04.

Nouveau jour après une courte nuit. Attablés autour d'un copieux petit-déjeuner, Vincent, Dylan et ses parents émergent à peine.

Karine n'est, quant à elle, pas encore debout.

À l'extérieur, le ciel gris de la veille a fait place à un grand soleil. Seuls quelques cumulus de beau temps ornent l'azur de leur blancheur.

— Le bureau est fermé, on ne bosse pas aujourd'hui...

Le père Parker vient de recevoir l'info par SMS.

— Pas étonnant avec ce qui se passe...

À nouveau, la télévision monopolise la conversation. Tous les regards y convergent, comme happés par le charme hypnotisant de son écran, devenu le robinet des malheurs du monde.

Et plus de la seule Amérique.

— Rio de Janeiro, Mexico, Buenos Aires, Lima, Sydney, Melbourne, Jakarta, Singapour, Bangkok, Shanghai, Hongkong,...

Le présentateur égraine, impassible, la liste des nouvelles agglomérations dévastées au cours de la nuit. Son ton monocorde ne choque personne.

On s'habitue à tout, même au pire...

À l'écran, toujours les mêmes scènes d'horreur et de désolation.

— Bordel, ça frappe aussi à l'étranger maintenant !

À nouveau, Vincent tique devant la qualité et le professionnalisme des images illustrant l'explosion de certaines villes, notamment Rio et Sydney. Il garde néanmoins ses réflexions pour lui, trop occupé à pianoter sur son portable, tentant de joindre sa sœur par SMS.

En vain.

À l'écran, une mère pleurant son enfant mort passe en gros plan. Bien que pudique sur ses sentiments, Vincent remarque que Dylan n'est pas insensible à ce qu'il voit :

— En tout cas, quoi que ce soit, ça ne vise pas uniquement notre pays...

— Je crois qu'on a bien fait de creuser cet abri, fiston...

— Grave papa, à l'époque je pensais qu'on était dingues, mais là...

De quel abri parlent-ils ? Dylan ne m'a jamais parlé d'un quelconque abri...

— C'est quoi ce truc ?

— L'abri antiatomique. Tu n'as pas vu la trappe en arrivant ?

Soudain, Karine fait son apparition. Vêtue d'un jean bleu et d'un pull-over rouge vif, sur lequel ses amples boucles brunes glissent en douceur, elle descend l'escalier à tâtons pour venir s'asseoir à table, où un bon chocolat chaud l'attend.

Elle est encore plus belle ainsi. Grande, svelte, divine... ne manque que la lumière à ses yeux...

La jeune femme salue son monde d'un bonjour éteint.

— Bonjour, Karine...

— Ah, Vincent est déjà là...

La jeune femme relève la tête, regardant presque dans la bonne direction. Un rayon de soleil vient frapper son œil gauche, sans qu'elle s'en aperçoive le moins du monde.

Elle est peut-être aveugle, mais qu'est-ce qu'elle a de beaux yeux !

Ses yeux sont d'un vert olive tirant sur le vert sapin, avec une petite tache brune au milieu, d'où partent des rayons ambrés, dessinant comme un soleil autour de ses pupilles, semblables à des joyaux. Un mélange détonnant.

Détonnant et si charmant.

Seul son regard perdu dans le vague trahit sa cécité.

— J'ai appris pour Jenny... Sincères condoléances...

— Il reste de l'espoir pour ma soeur. Maigre certes, mais...

Karine le coupe net :

— C'est aussi ce que je me disais au début, malgré l'avis des médecins...

— Mais de grands progrès ont été faits au niveau des nerfs optiques, le professeur....

À nouveau, la jeune femme l'interrompt d'un ton amer :

— On a dit la même chose à Gillian, quand elle a perdu la vue...

— Qui est Gillian ?

— Mon instructrice à la fédération nationale des aveugles. C'est elle qui m'a appris à me servir de ma canne, à lire le braille... elle a eu son accident il y a plus de vingt ans, et à l'époque déjà, on lui avait dit qu'elle en avait pour un ou deux ans max avant que les médecins ne trouvent comment guérir ça, donc tu vois...

Pas faux...

Vincent avait récemment lu une publication scientifique à ce sujet, portant sur des tests vaguement probants, entrepris sur des souris de laboratoire. Mais de là à ce qu'ils débouchent sur une avancée thérapeutique applicable à l'homme, il y aurait encore un long chemin à parcourir...

Tandis que les autres quittent la table, en direction de la télévision et de son flot de monstruosités, Karine et Vincent restent attablés, face à face.

— Tu es toujours là, Vincent ?

— Oui.

La jeune femme se met à chuchoter :

— Alors j'aimerais te montrer quelque chose...

15.

Aux alentours de la ferme Parker, DeRuyter. État de New York, USA, 12 avril. Dans la matinée.

Karine et Vincent sont à présent aux abords de la ferme. Un petit sentier en terre se dessine devant eux, traversant un bois, en direction du sommet de la colline, à laquelle la ferme est adossée. Bien qu'ayant pris sa canne blanche avec elle, la jeune femme préfère se laisser guider par Vincent, laissant celle qu'elle appelle *Blanchette* sagement pliée dans son sac.

— Il... il n'y a personne ?

— Non, il n'y a absolument personne. Pourquoi ?

— Depuis que je suis comme ça... aveugle quoi... j'ai peur... j'ai peur de la foule. J'ai peur que quelqu'un qui m'a connue avant ne puisse me voir... comme ce que je suis devenue...

— Tu n'as pas à avoir honte d'être aveugle...
— Je sais... je ne devrais pas... mais... non rien...
La gène de la jeune femme est évidente. Vincent lui pose la main sur l'épaule, pour la rassurer.
— Je... tu me laisserais découvrir ton visage...
Une expression de tendresse gagne le visage du jeune homme :
— Oui...
Hésitante, Karine lève ses bras et, après un ultime mouvement de recul, ose approcher ses doigts en direction de l'épiderme du jeune homme.
— Vincent, tu es sûr...
En guise de réponse, il lui prend la main droite et la guide doucement en direction de son visage. La jeune femme, rassurée, ferme les yeux pour savourer. Lentement ses doigts graciles explorent les moindres détails du faciès de son nouvel ami, explorant précautionneusement chaque centimètre de peau, une peau à la texture agréable, quelques poils de barbe qui piquent, des paupières à présent closes, le cheveu soigné, et des lèvres...
Ces lèvres que j'aimerais sentir contre ma peau...
Délicatement, les doigts de la jeune aveugle explorent les courbes de ce visage, tout en douceur. À mesure qu'elle découvre Vincent, son expression se fait radieuse, comme si sous ses doigts se dessinait l'image de l'homme qu'elle a toujours voulu avoir à ses côtés.
— Vincent...
Ce dernier ne sait quoi répondre. Ou plutôt, il n'ose pas.
Qu'est-ce que ta présence me fait du bien...
La jeune femme poursuit son exploration méticuleuse, passant au cou et aux épaules. À son tour, Vincent ferme les yeux pour mieux apprécier.
...ta douceur, ta candeur, tout ce qui fait que tu es toi... j'ai connu quelques filles dans ma vie, mais aucune qui m'ait autant ému, autant touché, autant happé que toi...

Lentement, elle retire sa main et ouvre à nouveau ses yeux. Une discrète larme semble poindre du côté de son œil droit. Vincent tire un mouchoir de sa poche et lui pose délicatement entre ses doigts. Façon de lui dire qu'il a vu.

Et qu'il a compris...

La jeune femme essuie sa larme, presque penaude. Vincent la regarde s'exécuter, littéralement sous le charme de cette fille singulière mais si touchante.

Elle souffle un bon coup, semblant reprendre ses esprits :

— Dis-moi, je suis peut-être aveugle, mais j'ai bien vu que ça ne collait pas entre toi et mon beau-père...

Perspicace, la fille...

— Disons qu'un *rat* doit savoir se faire petit lorsqu'il s'abrite dans la tanière de l'*éléphant*[5]...

Karine esquisse un petit sourire complice.

— Tu sais, il n'est pas vraiment méchant. Il est juste un peu...rustre. J'imagine bien qu'en tant que mec de la ville, tu dois avoir une image assez ringarde de nous autres, à la campagne... tu sais, il y a des imbéciles et des types bien partout...

— Ne t'en fais pas, Karine, ne t'en fais pas...

À nouveau, elle a mis dans le mille...

Imperceptiblement, la jeune femme serre un peu plus son étreinte autour du bras de Vincent.

— Vince'... je peux t'appeler comme ça ?

— Oui, bien sûr...

— Vince'... qu'est-ce que tu vois ?

La jeune femme fixe le paysage de son regard éteint, tandis que Vincent commence à le lui décrire :

— Il y a des collines, un sapin planté là dans le pré, puis le petit chemin... Enfin au fond, on voit le village. Il a l'air calme vu d'ici.

— Et... est-ce que ça te paraît beau ?

---

[5] Aux États-Unis, l'éléphant est le symbole du parti républicain, l'éternel adversaire des démocrates.

— C'est magnifique...

Karine dégaine alors son smartphone de la poche de son jean. C'est le téléphone aux couleurs les plus flashy que Vincent n'ait jamais vu. Karine tend l'engin à Vincent, lui laissant découvrir une inscription en braille, gravée à même la coque.

— 'Y a marqué quoi ?

— Mon nom... sinon, dis-moi, tu peux m'orienter vers le sapin ?

Vincent s'exécute.

C'est alors que l'incroyable se produit. Karine tend son portable à bout de bras et lance une application de photographie. D'un doigt délicat, elle effleure le centre de l'écran. Aussitôt, une voix de synthèse sort de l'appareil.

— *Arbre... Conifère...*

Sous les yeux stupéfaits de Vincent, Karine pivote légèrement sur sa gauche.

— *Arbre... Conifère... dans le tiers droit de l'image.*

Le doigt de la jeune femme effleure à présent le tiers gauche de l'écran du smartphone.

— *Arbres nombreux et horizon. Début de forêt. Exposition correcte. Horizontalité parfaite.*

Un gros bouton rouge apparaît au bas de l'écran, en même temps que résonne une petite clochette synthétique. Karine appuie vaguement sur le bouton. Aussitôt, le smartphone émet un nouveau bip, plus long et plus grave.

Clic-clac, c'est dans la boîte.

La jeune femme se tourne vers Vincent et lui tend son smartphone, afin de lui montrer le résultat.

— 'Faut toujours mettre un élément fort au tiers de l'image pour une composition harmonieuse. C'est l'une des bases de la photographie... alors, ça donne quoi ?

Vincent n'en croit pas ses yeux. Le résultat est plutôt réussi. Une vraie carte postale. Lui même avait souvent moins de succès quand il prenait des photos.

— Je n'avais jamais vu ça, une photographe non-voyante !

— Grâce à cette application spécialement faite pour nous, on peut se débrouiller...

Il avait déjà vu un reportage sur une jeune Française, passionnée de coiffure, devenue aveugle dans un accident de la route. Elle avait réussi à monter son salon et à reprendre son travail, malgré son handicap[6].

Mais une aveugle photographe, ça, c'est une première...

— Je dois te paraître lourde, je sais, mais ce smartphone, c'est tout ce qui me raccroche à la vie... c'est là que j'ai mis toutes mes images, c'est là que j'ai mis toutes les couleurs, c'est là que sont toutes les photos que j'ai prises avant de devenir... comme ça, et c'est là aussi que sont toutes les photos que j'ai prises depuis... même si je ne les verrai sans doute jamais, je me dis que, qui sait, un jour...

La jeune femme tend son portable à Vincent. Son regard parcourt les centaines de clichés contenus dans la l'appareil.

— Y a combien de mémoire là dedans ?

— Pas mal, en effet. Et en plus, il est waterproof.

Vincent s'arrête sur une image sublime, montrant des rochers au sommet d'une colline, dans la lumière dorée du soir. Au premier plan, des graminées et autres herbes folles dessinent comme des volutes tandis que dans le ciel, un fin nuage filtre les rayons du soleil, comme dans les images bibliques. Une délicieuse atmosphère de douceur estivale émane de ce cliché aux teintes chaudes.

— C'est quoi cette photo ?

— Décris-la-moi.

Le jeune homme s'exécute. Karine marque une pause et ferme ses yeux tout en se pinçant la lèvre.

— C'est... c'est le plus bel endroit du coin... c'est une photo qui date du temps où j'avais encore mes yeux... que c'était beau, un soleil couchant vu de là-haut...

L'amertume envahit sa petite voix.

---

6 Véridique.

— C'est où ?
— Ça n'est pas loin d'ici... à environ un demi-mile, le long du sentier...
Elle indique au jugé le chemin qui serpente à travers la forêt, derrière la ferme.
— Je n'y suis jamais retournée depuis que...
La jeune femme se met à trembler. Vincent comprend.
Elle est sur le point de craquer.
À nouveau, il la serre affectueusement contre lui.
— Tu... tu m'y guiderais ?
Vincent n'a pas le temps de répondre qu'un cri monte de la ferme. C'est Dylan. Vincent lâche aussitôt la jeune femme et se retourne. Derrière lui, le jeune homme lui fait signe, en panique :
— Venez voir ça, c'est énorme !

16.

Ferme Parker, DeRuyter, État de New York, USA, 12 avril. Quelques minutes plus tard.

Tout le monde est à présent agglutiné autour de la télévision, comme des moucherons autour d'un lampadaire. Dylan, Jack, Kelly, Vincent et Karine. Cette dernière s'est lovée dans les bras du jeune homme, ce qui n'a pas échappé au regard vigilant de son demi-frère.

À nouveau, le présentateur égraine les noms des villes réduites en cendre par les mystérieuses explosions. Le phénomène semble voyager d'est en ouest. Après le continent américain et la zone Asie-Pacifique, voilà que le reste du monde est également touché : Moscou, Téhéran, Riyad, Istanbul, Le Caire, Athènes, Rome, Paris, Berlin, Madrid, Londres, Stockholm...

Le tout agrémenté d'images dignes des plus grands studios pour Moscou, Paris, Berlin et Londres.

— Ils ont bien dit Paris ?...

Une émotion toute particulière s'est glissée dans la voix de la jeune femme. Vincent la serre contre lui pour la réconforter, avant de prendre la parole :

— Téhéran, Riyad, Istanbul, Le Caire, voici de quoi fermer le clapet au facho d'hier, qu'on a croisé au Mac Do...

— Mais si ce ne sont pas les Arabes, c'est qui !? Des cocos ? Des activistes style Wikileaks ?

— En tout cas, je constate que Washington est toujours debout...

Le père Parker, taciturne, semble de moins en moins goûter aux remarques du jeune homme.

Par contre, il reste totalement insensible au rapprochement opéré par sa belle-fille.

Vincent continue :

— Mais que font nos services secrets ? Que fait la NSA ? Elle écoute tout le monde, mais n'est pas foutue de mettre le grappin sur des mecs, qui ont quand même bien dû se coordonner pour monter un truc pareil !

L'argumentation de Vincent a beau être sans faille, Dylan refuse tout net d'en entendre parler :

— Tu ne vas quand même pas nous accuser nous, les États-Unis, d'être derrière tout ça ! C'est évident qu'en épargnant Washington ils veulent nous faire croire ça, et toi, comme un con, tu tombes dedans à pieds joints !

— C'est possible en effet, mais si ce n'est pas ça, si les nôtres ne sont pas dans le coup, comment tu peux expliquer toutes ces images hyper *clean* où l'on voit ces villes exploser ? C'est clairement ceux qui sont derrière tout ça qui les ont livrées aux médias, et là, personne n'enquête, personne n'en parle, pas même un commentaire, tu ne trouves pas ça bizarre ?

À l'évocation du mot *commentaires*, Dylan se saisit de sa tablette.

— Le secret des sources, tu connais ?

— Et la raison d’État ?

— Que sais-tu de ce qui se passe en coulisses ? C'est évident qu'ils ne nous disent pas tout, et heureusement d'ailleurs, pour le bien de l'enquête.

Pas faux en effet.

À l'écran, les horreurs succèdent aux horreurs. Corps fondus par la chaleur ou pauvres hères ayant eu le malheur de survivre, comme dans les ruines d'Hiroshima. Ils ne sont à présent plus qu'un réceptacle de douleurs, poussant des cris d'agonies à vous glacer le sang, amplifiés par le son haute fidélité du système de *home cinema* des Parker.

— Je crois que c'est la première fois que je préfère être aveugle...

La voix de Karine trahit tout son dégoût. Le dégoût du genre humain. À nouveau, Vincent la prend dans ses bras et la serre contre lui.

Ça la réconforte. Un peu.

— On 'peut pas couper ça un instant ? Vous voyez bien dans quel état ça la met...

Dylan s'exécute.

— On peut, parce qu'il y a mieux sur le net...

Pendant que Vincent s'occupe de Karine, Dylan dégaine sa tablette. Il la tend à son pote, fier d'avoir une longueur d'avance sur lui. À son tour, Vincent prend connaissance de sa découverte, trouvée sur ce qui semble être une sorte de blog :

« Nos sous-marins nucléaires dans le golfe Persique sont en train de remonter à la surface. Aucun ordre dans ce sens n'a été donné par le commandement militaire. Nous pensons qu'un virus informatique les a infectés, préparez-vous à... »

— C'est quoi encore que ce site conspirationniste ?

— Mate le logo en haut de l'écran...

C'est incroyable...

Vincent reconnaît immédiatement ce logo ovale sur fond bleu qui orne le haut de la page web. Aucun doute possible : ce n'est pas là un quelconque blog plus ou moins fantasque. Le site qu'il consulte en ce moment même est le site officiel de la Maison-Blanche.

Le père Parker vient se joindre à son fils, découvrant à son tour ce que Dylan a déniché.

— Fiston, je crois qu'il est temps de préparer l'abri...

17.

Ferme Parker, DeRuyter, État de New York, USA, 12 avril. Après midi.

La lourde trappe en fer de l'abri antiatomique s'ouvre d'un coup sec, laissant la lumière inonder l'entrée. Un escalier en béton donne accès à cette tanière, qui ressemble à s'y méprendre à l'intérieur d'un sous-marin, coulé sous la cave de la ferme. Le lieu est exigu et froid, formé de deux parties distinctes, éclairé par une série de tubes fluorescents, dont émane une lumière dure et glaciale.

Un petit coin living équipé d'une cuisine pour un total d'environ neuf mètres carrés à l'entrée, suivi d'une chambre à coucher constituée de deux paires de lits superposés et exigus, avant d'atteindre, au fond du tunnel, une lourde porte en fer portant la mention *Cellier*.

Jack est le premier à pénétrer dans l'abri, suivi de son fils Dylan et de Vincent.

Le père Parker pose ses mains sur les hanches, admirant son œuvre.

— On a construit ça après le 11 septembre. Tu te souviens des heures qu'on a passées à creuser ce trou, fiston ?

Le regard lourd de Dylan en dit long :

Je me souviens surtout des corvées alors que je n'étais encore qu'enfant, quand tu me demandais de t'aider à construire cet abri, alors que moi, je voulais aller jouer au basket avec les potes. Je me souviens aussi des roustes que tu m'as mises ici, et même de ce week-end où tu m'as enfermé là, dans le noir total, sans manger ni boire, puni pour être rentré trop tard d'une soirée entre potes au lycée...

Le père Parker continue, inflexible :

— Mon grand-père en avait déjà creusé un, à l'époque de la crise des missiles de Cuba, mais mon idiot de vieux l'a fait démolir après la chute du mur de Berlin. Heureusement que je suis moins con que lui, et plus travailleur aussi...

Vincent n'en revient pas.

Ce mec est peut-être limite parano, mais il va jusqu'au bout de son truc...

Un autre détail lui saute aux yeux : il n'y a que quatre lits.

Or on est cinq à présent...

— Et je dormirai où ?

Le père Parker se tourne vers lui, haussant les épaules.

— C'était juste prévu pour nous, gamin...

Puis, désignant vaguement un coin de béton glacial situé près de l'entrée, il continue :

— Bon, y a des sacs de couchage en haut, tu dormiras par là...

Charmant...

— En tout cas fiston, tu vois maintenant pourquoi je t'ai toujours interdit d'en parler... Si les gens savaient qu'on a ce truc, on aurait plein de flemmards moins prévoyants que nous qui voudraient se planquer chez nous à l'heure qu'il est... on devrait sans doute se battre contre ces parasites pour défendre nos droits, peut-être même l'arme au poing, et crois moi que je n'aurais pas hésité...

Jack fait semblant d'avoir un fusil à pompe entre ses mains, tirant sur une horde d'assaillants imaginaires. Face aux velléités guerrières du père Parker, Vincent a un mouvement de recul.

— Quoi, t'es pas content gamin ? Lance Jack sur un ton ferme. Faudra t'y faire. La vie, c'est pas le pays tout mignon tout rose des machins trucs que sa frangine regardait quand elle était gamine...

— Les Bisounours... précise Dylan.

— Ouais, ou un truc du genre. La vie, c'est la jungle, mec, c'est la guerre. Les plus forts survivent, les plus cruels survivent. Les petits hippies, eux... bang !

Bang...

Les derniers mots du père Parker glacent littéralement le sang de Vincent. Jack est, quant à lui, déjà passé à autre chose, montrant à présent à son fils une trappe en fer, intégrée au mur de l'abri.

— Bon, là, c'est le système d'aération, avec filtre antiparticules. 'Y a aussi une radio, pour capter tout ce qui se dit sur les ondes. On peut même écouter les fréquences militaires avec. 'Y a aussi ce bouton qui sert à communiquer avec l'extérieur...

Le père Parker appuie dessus et se met à parler. À travers la trappe entrouverte, on entend sa voix, ou du moins un avatar métallique de cette dernière, résonner depuis un haut-parleur situé quelque part à l'extérieur.

— Là derrière, dans le cellier, 'y a des rations de survie, mais aussi les armes. Deux fusils d'assaut, quelques pistolets et pas mal de munitions. De quoi tenir deux ans, enfin deux ans, c'est ce qui était prévu pour quatre personnes...

Il insiste.

De la sueur commence à perler sur le front de Vincent

Son truc sur les parasites *dont on se débarrasse à coup de* bang, *c'est sa façon de me dire ce qu'il pense de moi...*

Le père Parker continue le tour du propriétaire :

— Bon, là, il y a le coin prévu pour la télé... On va la descendre avec toute la collection de DVD, comme ça on aura de quoi s'occuper en attendant...

— Et ça marche comment ? Je veux dire, s'il y a une guerre, l'électricité risque d'être coupée, et...

— 'Y a un générateur, au fond du cellier. Là aussi, c'est prévu pour deux ans. Tu vois gamin, je n'ai rien laissé au hasard...

C'est indiscutablement bien pensé.

— Allez, maintenant, faut tout ramener là en bas. En priant qu'on fasse ça pour que dalle…

18.

Ferme Parker, DeRuyter, État de New York, USA, 12 avril. Plus tard dans l'après-midi.

Le déménagement bat son plein. Une ambiance énergique règne dans la maison. Comme avant le grand départ pour les vacances.

Sauf que là, ce ne sont pas des vacances qui s'annoncent...

Entre sacs et cartons, Dylan croise Vincent dans les couloirs :

— Monte aider Karine, comme ça a l'air de coller entre vous deux...

Vincent ne manque pas de remarquer son sourire en coin. Il s'exécute, non sans un certain plaisir, grimpant les escaliers quatre à quatre, pour rejoindre la jeune femme dans sa chambre.

La fameuse *remise où personne ne va jamais.*

Dès qu'il entre, il est d'emblée frappé par l'omniprésence des couleurs vives, des papiers peints aux différents objets qui constellent l'endroit. Au moment de son arrivée, la jeune femme est en train de préparer méticuleusement une série de sacs de voyage, dans lesquels elle entrepose soigneusement ses affaires. À tâtons, elle rassemble ses sous-vêtements quand le jeune homme se décide à se manifester.

Surprise, Karine émet un petit cri. Le jeune homme tente aussitôt de la rassurer :

— C'est moi, Vincent...

— Tu aurais pu frapper avant d'entrer !

Vincent sourit alors que la jeune femme referme précipitamment son sac, ôtant de sa vue ses parures intimes.

— Je peux t'aider ?

— Oui... Tu peux décrocher mes posters et les ranger soigneusement dans une pochette. J'y tiens beaucoup.

En rentrant, il n'avait même pas remarqué les posters. Un objet par ailleurs des plus incongrus dans la chambre d'une non-voyante. C'est alors que son regard se pose sur ces derniers. Ce qu'il découvre le laisse sans voix.

C'est ça, c'est là.

Les posters ne représentent pas telle ou telle starlette dont la jeune femme aurait pu être fan, mais des paysages.

Des paysages de l'Ouest américain.

Malgré l'aridité des lieux, cet endroit semble magnifique, comme hors du temps. On dirait qu'il en émane une force irréelle, une force qui vous protège et vous invite à vous glisser dans un bain de sérénité. Du zen à l'état pur.

Cependant, ce qui frappe Vincent, ce n'est pas la beauté du lieu. Ce qui le frappe, c'est que cet endroit, il le connaît.

Il l'a déjà vu la veille.

Non pas en vrai, mais dans son rêve.

Le rêve où Karine lui est apparue.

Dans le bleu intense du ciel, un nom s'affiche en lettres capitales : *Sedona, Arizona.*

— Sedona !

Le premier mot que Karine a prononcé, dans son rêve...

— Oui... tu connais ?

— Oui... euh... non... Et toi ?

— Non. Je n'y suis jamais allée. Mais c'est un endroit qui me tient à cœur.

— Pourquoi ?

Karine hésite un instant avant de répondre.

— Ça va te paraître bizarre, mais depuis que je suis aveugle, je ne rêve que de cet endroit...

— Comment ça ?

Ainsi donc, elle aussi voit Sedona dans ses rêves...

— Parce que... non... ça va te paraître trop bizarre...

— Dis-moi...

Je ne peux pas, il me prendrait pour une dingue... mais en même temps...

— Parce que je suis sûre que c'est là-bas que je recouvrerai la vue...

Vincent reste perplexe.

C'est bizarre. Ce qu'elle me dit n'a aucun sens, pourtant je comprends parfaitement ce qu'elle ressent... en tout cas depuis mon rêve de la veille... c'est un sentiment étrange...

Le regard du jeune homme se fixe sur l'un des posters en particulier. On peut y voir une vue panoramique sur une splendide vallée de pierre rouge, couverte d'une végétation typique des zones désertiques, étonnamment verdoyante par ailleurs.

Dans le coin en bas à droite de l'image, on peut lire *Airport Mesa, Sedona.*

— Il n'y a pas de clinique spécialisée dans la chirurgie des yeux là-bas à ce que je sache...

— Je sais.

— Mais alors pourquoi devrais-tu recouvrer la vue là-bas ?

— Si je le savais... c'est une évidence pour moi, c'est tout.

— C'est tout ?

— Oui... Disons que Sedona est considéré par beaucoup comme un haut lieu spirituel... Les Amérindiens voyaient en cet endroit le nombril du monde... un peu comme l'Oracle de Delphes pour les Grecs anciens. En fait, d'après ce que j'ai pu entendre dire, les deux endroits se ressembleraient pas mal. Même énergie, même *feeling*, et, pour certains, même porte vers *autre chose.*

Vincent est consterné.

Oh mon Dieu, je suis tombé sur une folle du New Age[7]...

En même temps, il sait pertinemment qu'au vu de l'avancement actuel de la science médicale, ce genre de croyances sont les seules à même de lui laisser un mince espoir, fût-il illusoire, de sortir un jour des ténèbres dans lesquelles le destin l'a plongée, depuis bientôt trois ans.

Et que dire de mes propres histoires de rêves... ça non plus, ce n'est pas très rationnel...

C'est alors que le regard de Vincent accroche un détail du poster. Sa notice de copyright. C'est une édition remontant à l'été dernier.

Soit bien après que Karine ait perdu la vue.

Il cherche et trouve les notices similaires sur les autres posters. À chaque fois, ces dernières révèlent par déduction la même information : toutes ces images sont postérieures à la cécité de Karine. Elle n'a donc jamais pu les voir.

Quel intérêt de tapisser ses murs de posters quand on est aveugle ?

Comme si elle lisait dans ses pensées, Karine lâche, penaude :

— Toi aussi tu me prends pour une dingue, c'est ça ?

Tout en décrochant soigneusement les posters chers au cœur de la jeune femme, il lui répond un énigmatique :

— Je te comprends peut-être mieux que tu ne le penses...

---

[7] Le *New Age* – littéralement « Nouvel âge » ou « Nouvelle ère » – est une croyance moderne et protéiforme développée surtout aux États-Unis à partir des années 60, mêlant religion, mysticisme et paranormal. https://fr.wikipedia.org/wiki/New_Age

19.

Ferme Parker, DeRuyter, État de New York, USA, 12 avril. 17h42.

La lumière du jour commence à pâlir. Dans la maison, l'ambiance est étrange. La satisfaction du travail accompli se mélange à la nostalgie.

La nostalgie des jours au grand air.

Réunis autour de la grande table en bois, tous savent que c'est là leurs derniers moments passés dans un monde un tant soit peu normal. Dans quelques heures, ils iront se terrer dans le bunker exigu pour y passer Dieu seul sait combien de temps les uns sur les autres, confinés dans l’attente de l’hypothétique renaissance du monde. Une perspective qui ne réjouit personne, même les plus durs d'entre eux.

Mais pour l'instant, ils ont faim, et le dîner vient d'être servi, un peu plus tôt qu'à l'accoutumée. Une bonne viande en sauce avec des pâtes et de la salade.

Ce soir, pas de télévision. Elle a déjà gagné l'abri en compagnie de la collection de DVD. Seul un vieux poste de radio retransmet en crachotant les dernières nouvelles du monde extérieur.

Ces dernières ne sont guère rassurantes.

— Nos sous-marins dans le golfe Persique, dans le golfe du Mexique ainsi que ceux croisant dans le Pacifique sont tous remontés à la surface, sans que l'armée n'ait pu nous en dire davantage. Des rumeurs font état d'un piratage informatique à grande échelle. Notre force de frappe nucléaire...

— T'avais peut-être raison avec tes cyberactivistes...

La radio continue sa litanie informative :

— Le Président Scofield a fait préparer *Air Force One* et s'apprête à se mettre en sécurité, en un lieu tenu secret.

— Ça, ça veut dire qu'il est déjà arrivé, commente le père Parker.

Dylan acquiesce.

— Et ça veut dire que pour nous aussi, c'est l'heure d'y aller, dès qu'on aura fini de manger.

Karine, le regard dans le vide, hésite à se lancer :

— Pa... Papa... je peux te demander quelque chose ?

— Qu'est-ce qu'y a, *fifille* ?

— J'aimerais aller une dernière fois là-haut, sur la colline, respirer l'air frais et...

La réponse de Jack tombe comme une sentence. Irrévocable.

— Non.

— Mais papa, une dernière fois avant d'aller s'enfermer là en bas, une dernière fois...

— C'est non. Non et non.

— Vincent serait d'accord pour m'y guider...

Le jeune homme relève aussitôt la tête.

Je n'ai jamais été consulté sur un tel projet, mais une dernière bouffée d'air frais avant des mois de cohabitation avec ce vieux parano n'a pas de prix... surtout s'il y a un moment d'intimité avec Karine à la clé...

— Je lui ai dit que...

Son beau-père lève les yeux au ciel.

— Chéri... accorde-lui au moins ça, intercède alors madame Parker. Il ne lui reste plus grand-chose dans sa vie à la petite, alors s'il te plaît...

Jack souffle bruyamment.

— Bon, si Vincent va avec toi, c'est OK. Mais vous avez jusqu'au coucher du soleil, et pas une minute de plus. Après, on fermera l'abri et tant pis pour les retardataires...

Au ton sec de sa voix, on sent bien que le père Parker ne rigole pas, et qu'il est prêt à condamner sa fille à une mort certaine si nécessaire.

Sa belle-fille.

Quelques minutes plus tard, le temps d'enfiler une veste, Karine et Vincent sont sur le point de quitter une dernière fois la ferme. La jeune femme lui indique par où passer.

— C'est au bout du chemin, là où on était ce matin.

— OK.

Cette fois, Vincent ne la guide pas. Karine a décidé de déployer *Blanchette*. Ensemble ils se mettent en marche, au son régulier des *tap tap* de la canne blanche. Le père Parker les suit un temps des yeux, avant de prendre son fils à part, à l'abri des regards de son épouse :

— Dylan, j'ai un service à te demander...

— Quoi p'pa ?

— Suis-les, suis les discretos et tiens-moi au courant de leurs faits et gestes.

— OK p'pa.

— Et au fait, l'heure du coucher du soleil, ça vaut pour toi aussi... mais si nécessaire, tu les lâches et tu rappliques...

20.

Chemin forestier, DeRuyter, État de New York, USA, 12 avril, 18h13.

Karine et Vincent empruntent à présent le petit chemin entraperçu le matin même, à travers la forêt qui recouvre la majeure partie des collines alentour. La végétation est dense. Vincent n'a aucun mal à s'imaginer Dylan enfant y trouver refuge, lors de parties de cache-cache avec sa sœur. Le chemin devient un sentier étroit, obligeant Karine et Vincent à marcher en file indienne, lui devant, elle suivant derrière, toujours au son régulier des *tap tap* de sa canne.

Ils parviennent à un embranchement.

— Par où maintenant ?

— À gauche...

Ils continuent leur chemin, longeant toujours le sentier.

— Dis-moi ce que tu vois...

— Des arbres, plein d'arbres, et au bout, la sortie et sans doute l'endroit que tu cherches. Certains arbres sont en fleurs, d'autres ont déjà de petites feuilles, mais la majorité d’entre eux sont encore nus.

— J'arrive à sentir l'odeur des fleurs. J'entends aussi le sifflement des oiseaux... ça doit être un rouge-gorge...

Un petit sourire s'esquisse sur le visage de la jeune femme.

Liberté chérie, comme tu vas nous manquer...

Chaque petit détail de la nature leur semble magique. Vincent remarque la mousse sur le tronc de certains arbres, le ciel qui s'assombrit, des choses qui avant lui paraissaient insignifiantes, mais qui soudain prennent tout leur sens, au moment d'aller s'enfermer dans le cylindre de béton sous la ferme, en compagnie de la famille Parker.

Coupés de la nature...

À une centaine de mètres derrière eux, Dylan les suit à pas de loup, pour éviter de se faire repérer.

Les parties de cache-cache se sont révélées payantes.

— En marche vers sommet. 'Ont pris le sentier de gauche.

SMS envoyé.

Soudain Karine s'arrête net, comme figée sur place.

— J'ai entendu quelque chose...

Dès qu'il voit sa sœur s'immobiliser, Dylan se jette à plat ventre, caché dans les fougères.

— Il n'y a rien...

Vincent balaye les environs du regard. Certes, il ne fait plus clair comme en plein jour, mais on y voit encore assez bien.

Assez pour repérer un éventuel intrus.

— Je suis pourtant sûre que... lâche Karine, dubitative.

Vincent hausse les épaules. Le duo se remet en marche, direction le sommet de la colline. Dylan relève la tête et souffle. Pas trop fort néanmoins, pour éviter de faire capoter sa mission.

— Ça doit être moi, se ravise la jeune femme... ça me fait toujours ça quand je sors de chez moi, j'ai toujours l'impression qu'on m'épie...

— C'est ton imagination, *ma jolie...*

Ma jolie, il a bien dit *ma jolie.*

Elle se pince la lèvre, n'osant y croire.

— Tu sais ce que DeRuyter veut dire ?

— Non.

— Ça veut dire *le chevalier* en Néerlandais. Mais les garçons d'ici ne sont pas très chevaleresques...

— Oh, tu sais, à ton âge, ma sœur disait la même chose des mecs de Columbus...

Jenny... tiens, que devient-elle ? Est-elle toujours vivante ? ... je n'ai presque pas pensé à elle aujourd'hui, depuis que je suis avec Karine en fait... qu'est-ce qui m'arrive ? C'est comme si je l'avais déjà oubliée...vite, changer de sujet...

— Tu as l'air d'avoir une sacrée culture générale... c'est étonnant pour une fille de ton âge...

— Oh ça, que DeRuyter veut dire chevalier, tout le monde le sait ici... mais il est vrai que depuis que j'ai appris le braille, je passe plus de temps à lire qu'à regarder des séries à la télé...

Malgré les importants progrès en matière d'accessibilité, Vincent est bien placé pour savoir que le rapport entre les aveugles et la télévision est souvent tendu, surtout pour ceux qui ont connu le monde des voyants.

— Au fait Vince', tu as déjà entendu parler du mythe d'Orion ?

— Orion... comme la constellation ?

— Oui. Comme les étoiles.

À l'évocation du mot *étoile*, Vincent sent une pointe de nostalgie dans la voix de la jeune femme.

— Dans la mythologie grecque, Orion était un géant à qui un roi jaloux avait fait crever les yeux.

Ça, je ne le savais pas. Je ne connaissais que les étoiles qui portent ce nom, et c'est déjà pas si mal... cela dit, pas étonnant que tu t'intéresses à cette légende... le héros est aveugle, comme toi. Le parallèle est évident...

— Les dieux lui ont alors dit qu'il devait marcher inlassablement vers l'est, et qu'arrivé au bout du monde, il recouvrerait la vue. Et effectivement, une fois arrivé sur les bords d'une grande mer que les Grecs imaginaient être à l'extrémité orientale du monde, la lumière revint à ses yeux...

— Une bien belle histoire...

Et forcément une légende qui ne peut que toucher la jeune aveugle.

— Dans la mythologie, les dieux lui ont même donné un guide pour l'aider à trouver son chemin, il s'appelait Cédalion.

— Et moi, tu aimerais que je sois ton Cédalion ?

Karine rougit.

Il a compris...

— Oui, sauf que moi, je ne dois pas marcher vers l'est, mais vers Sedona, Arizona.

Karine et Vincent suivent le sentier sur une bonne centaine de mètres encore, avant de déboucher de la forêt, non loin du sommet de la colline. Les rochers sont bien là, baignant dans la superbe lumière dorée du soir, comme sur la photo qu'il avait vue le matin même, sur le portable de Karine. Seules manquent à l'appel l'herbe haute et les fleurs d'été. En découvrant les lieux, Vincent comprend immédiatement en quoi cet endroit est cher au cœur de la jeune femme, et pourquoi elle aimait si souvent s'y rendre, du temps où elle y voyait encore.

C'est juste magnifique ici...

Le point de vue est splendide, surplombant des vagues de collines recouvertes de champs et de forêt. Les gros rochers, qui trônent au sommet de la colline, confèrent à ce lieu son caractère insolite et quasi mystique. Vincent les contemple un instant. Ils lui paraissent semblables à deux mégalithes, veillant sur leurs destinées.

Tapi à l'orée de la forêt, Dylan en fait de même.

— Sont arrivés en haut.

Message envoyé.

— Wow!

Vincent reste bouche bée devant la splendeur du paysage.

— C'est beau, hein...

Le jeune homme ne peut qu'abonder dans ce sens.

— Tout est jauni par la lumière du couchant, et les ombres sur les rochers...

Une petite larme se met à couler sur la joue de Karine. Vincent comprend aussitôt ce que cela veut dire :

Je ne dois pas trop lui décrire ce que je vois. Je raviverais une plaie encore béante.

À tâtons, Karine prend Vincent par le bras :

— Aide-moi à cadrer...

La jeune femme replie *Blanchette* et dégaine son portable, s'apprêtant à photographier derechef son panorama fétiche. Vincent lui prend le bras quand soudain, quelque chose change dans le ciel.

Vincent se retourne. Ses yeux s'écarquillent.

— Bordel, c'est quoi ça ?

— Quoi ?

À l'est, un immense nuage s'est formé. De couleur bleutée, il ressemble un peu aux nuages d'orages qui sévissent en été, mais celui-ci a quelque chose de différent. De nombreux bourgeonnements se dessinent le long de son corps principal, qui évolue très rapidement.

Trop rapidement.

À première vue, le phénomène ressemble un peu à ces vidéos présentant de manière accélérée la formation des tornades. Tout va vite, très vite.

Et surtout, ça vient dans leur direction.

— Y'a un truc bizarre dans le ciel là, comme une espèce de nuage...

— Un nuage comment ? Décris-le-moi...

— Un nuage comme... il arrive sur nous...

L'instant d'avant, l'étrange nuage était encore au loin, sur l'horizon. À présent, il les surplombe déjà, recouvrant la moitié du ciel. Il semble comme agité de puissants mouvements internes, comme s'il bouillonnait.

De toute évidence, il ne s'agit pas d'un phénomène naturel.

Voyant Vincent s'agiter, Dylan jette à son tour un regard par-dessus son épaule. Lui aussi découvre l'étrange phénomène. À son tour, l'angoisse le gagne.

Plus le temps d'envoyer de SMS, juste le temps de me dire que j'aurais mieux fait de désobéir à mon père... au moins cette fois...

Au sommet de la colline, l'émerveillement a fait place à un vent de panique :

— Il est comment, le nuage ? Vincent, dis-moi...

Le jeune homme est incapable de répondre. Il reste figé, bouche bée, devant ce spectacle aussi merveilleux qu'inhabituel. Tout à coup, deux cylindres noirs, comme deux cigares fins émettant une lumière blanche pulsée à l'arrière jaillissent du nuage, filant à toute allure en direction du nord-ouest.

En direction de la ville de Syracuse, à une trentaine de miles de là.

Vincent pousse un hurlement de terreur :

— DES MISSILES !

— Des QUOI !?

— Là, j'ai vu deux missiles... ils fonçaient tout droit vers...

Vincent n'a pas le temps de terminer sa phrase que Karine l'empoigne et le serre contre son corps. Fort. Elle lève sa tête vers lui pour l'embrasser.

Plus le temps d'attendre. C'est maintenant ou jamais.

Ils s'enlacent de toutes leurs forces, comme au cinéma. Si leur vie doit s'arrêter là, alors que ce soit dans l'amour.

Leur amour naissant.

Il ferme les yeux, les siens le sont déjà. Ils se tiennent droits comme des I, au sommet de la colline, quand l'impact a lieu.

À dix-huit heures trente-quatre et sept secondes.

Une énorme lumière, bien plus brillante que celle du soleil, emplit d'abord l'horizon, puis le ciel tout entier.

Et puis plus rien.

À moins que…

PARTIE 2 - SEULS AU MONDE.

21.

Quelque part...

La couleur rougeoyante du monde vu à travers ses paupières closes, voilà la première chose que Vincent perçoit. Il sent qu'il est couché, à même le sol, dans l'herbe humide du matin.

Où suis-je ?

Les événements de ces derniers jours lui reviennent par bribes. Manhattan, Brooklyn, Columbus, Jenny, son arrivée à DeRuyter, sa rencontre avec Karine, leur escapade du soir, les missiles, le baiser, l'explosion...

Et puis plus rien.

Il essaye de bouger ses membres. Rien à faire. Aucun de ses muscles ne répond à l'appel. Il est comme prisonnier dans son corps.

Mon Dieu, faites que je ne sois pas atteint du locked-in-syndrom, *ce mal terrible dont souffrent certaines victimes d'AVC, qui se réveillent quasi intégralement paralysés. Mais en général, ceux-là pouvaient encore bouger leurs paupières. Or moi, je ne peux plus bouger le moindre cil...*

Il tente de bouger ses jambes, ses bras, sa tête, d'ouvrir la bouche. Rien.

Il a l'impression que même ses poumons ne respirent plus, que son cœur s'est arrêté de battre.

Pourtant, il est là, et bien là.

Et si c'était ça, la mort ? Si la mort n'était ni le paradis, ni le jugement dernier, ni la réincarnation, ni même le néant ? Si la mort était juste la conscience d'être là, sans néanmoins être capable d'agir sur quoi que ce soit. Pour l'éternité.

Ce serait l'Enfer...ça ne pourrait être que ça.

L'explication tient la route. Terrible. Après tout, la dernière chose dont il se souvient est cette immense déflagration.

De quoi expliquer ma mort probable.

Soudain, il entend une voix. La douce voix d'une jeune femme. Aucun doute possible, c'est elle, c'est Karine :

— Où-suis je ? Aidez-moi, je suis aveugle et...

Elle est vivante. Il l'entend bouger, à quelques mètres de lui.

Bouger...

— Maman ? Papa ? Vous êtes là ?

Pas de réponse.

Il aurait aimé lui répondre, mais pas moyen d'ouvrir la bouche, ni même d'émettre un son en agitant l'un de ses membres. Pas même un petit raclement de gorge.

— Vincent ? Dylan ?

Silence.

Je suis là, bordel, je suis là...

Vincent sent la panique monter en lui, à l'idée de passer le restant de l'éternité dans cet état. De son côté, le cœur de la jeune femme se met à battre de plus en plus fort.

Où suis-je ? Quand suis-je ?

Soudain, une idée lui traverse l'esprit.

Elle cherche quelque chose dans la poche de son jean. Son smartphone. Il est bien là. Lui au moins reste un allié fidèle. Elle en effleure la surface et active son système de synthèse vocale.

— *Nous sommes le treize avril, il est huit heures et douze minutes du matin*, déclame la voix électronique de l'appareil.

Vincent entend la voix de synthèse. Dans sa tête, tout se bouscule :

Le treize avril ? Huit heures du mat ? Ça fait donc plus de douze heures que je suis là ? Mais si j'avais passé la nuit dehors, je devrais être transi de froid... Karine aussi d'ailleurs, pourtant elle ne semble pas s'en plaindre...

La jeune femme vérifie la présence de *Blanchette* à ses côtés. Elle aussi répond présente. Cela fait une seconde amie fidèle. Mais Vincent, où peut bien être Vincent ? Elle se souvient avoir été à ses côtés avant que...

— Vincent, Vincent, VINCENT !

Elle crie aussi fort que possible. L'écho de sa voix est le seul à lui répondre.

Je suis là, Karine, mais je suis prisonnier de mon corps. Au secours, viens me sauver...

Aussi bizarre que cela puisse paraître, il *sait* que Karine a le pouvoir de le tirer de son état, sans qu'il n'ait d'explication logique à cela. C'est comme une évidence. Une intuition.

C'est surtout son dernier espoir. Comme lui-même semble représenter le dernier espoir de la jeune femme.

Le rythme cardiaque de Karine grimpe en flèche.

— VIN-CENT !

Elle essaie de se remémorer chaque détail des derniers instants, avant de perdre connaissance. Ils se sont embrassés, ils se sont enlacés. Il ne peut donc pas être loin, à moins que...

Elle tâte les alentours. Rien que de l'herbe.

Mais où es-tu Vincent, tu ne peux pas être loin... si seulement j'avais mes yeux, juste une fois, là, pour me sortir de ce pétrin...

À quelques mètres de là, le jeune homme est lui aussi en proie à la panique :

Si seulement j'avais un moyen de t'indiquer où je suis... Karine, par pitié, trouve-moi et délivre-moi...

Le cœur de la jeune femme bat à rompre. Celui du jeune homme reste inerte.

Elle tâte frénétiquement les alentours, du bout de sa canne. Rien. Elle n'ose s' écarter de là où elle se trouve, de peur de se perdre.

De se perdre... et de le perdre.

Lui vient alors une idée. Elle reprend son smartphone, lance son application de photo et, d'un doigt agile, balaye les différentes parties de l'écran.

— *Herbe. Herbe. Rocher. Herbe. Arbres. Herbe.*

Son application de photographie pour aveugles lui décrit sommairement ce qui s'affiche à l'écran. De l'herbe, un rocher, des arbres, et encore de l'herbe.

Mais pas de Vincent.

Il n'est pas là.

Prenant garde de ne pas s'éloigner, elle fait le tour d'elle même, balayant le panorama de son smartphone. Son œil électronique.

Son dernier lien avec le monde des voyants.

La voix de synthèse énonce, imperturbable :

— *Herbe. Rocher. Arbre.*

Karine clique de plus en plus frénétiquement sur l'écran. Elle a déjà balayé les trois quarts du panorama quand soudain, entre les herbes, rocher et autres pierres énoncées par la voix monocorde de l'appareil, voilà autre chose. Juste au moment où Vincent la perçoit comme étant tournée vers lui.

— *Corps humain. Horizontal.*

Ce corps ne peut être que le mien. Je suis donc encore fait de chair et d'os. Je ne suis pas un fantôme. Ou pas tout à fait. Ça ne peut donc pas être l'Enfer. Ou alors juste l'Enfer sur terre...

Pour Karine aussi, l'espoir renait. L'espoir que ce corps horizontal soit celui de Vincent.

À tâtons, la jeune femme s'avance dans cette direction, vérifiant toujours qu'elle maintient le bon cap, via la caméra de son smartphone.

— *Corps. Horizontal...*

Puis enfin, elle le trouve.

Un corps. Un corps d'homme.

Du bout de ses doigts, elle l'explore. Ça semble bien être Vincent, allongé dans l'herbe. Elle reconnaît la forme de son visage qu'elle a découvert la veille.

— Vincent, réveille-toi !

Aucune réponse.

Elle prend son pouls. Rien.

Elle écoute sa respiration. Silence complet.

C'est mauvais signe...

— VINCENT !

Elle secoue alors le jeune homme. De plus en plus fortement. Elle lui colle même une paire de claques pour essayer de le tirer de sa torpeur.

Aïe, ça fait mal !

— Tu vas te réveiller, bordel ! Tu n'as pas le droit d'être mort, tu n'as pas le droit !

Des sanglots envahissent la voix de la jeune femme.

— 'Me laisse pas Vincent, 'me lâche pas...

Fais quelque chose Karine, libère-moi...

Soudain, la jeune femme a comme une intuition.

Embrasser Vincent.

À tâtons, elle trouve ses lèvres, se penche sur lui et accomplit sa mission, comme le font les princes charmants pour réveiller les princesses endormies, dans les contes de fées.

Sauf que là, les rôles sont inversés.

Elle l'embrasse en y mettant tout son cœur...

Soudain il ouvre les yeux. L'instant d'après, il peut également bouger le reste de son corps. Ses poumons respirent à nouveau et son cœur se remet à battre. Il est libre, LIBRE !

C'est comme une renaissance. Une violente renaissance. Comme si le baiser de la jeune femme m'avait tiré des griffes du néant.

— Karine !

La jeune femme relâche son étreinte et pousse un soupir de soulagement.

— Vincent ! Qu'est-ce que tu m'as fait peur !

Le jeune homme se lève prestement et regarde autour de lui.

— Merci de m'avoir libéré ! Un moment j'ai cru que tout explosait et puis l'instant d'après, je me suis réveillé là où tu m'as trouvé, comme prisonnier de mon corps... comment c'est possible un truc pareil ? Une chose pareille est incompréhensible...

Il fixe un instant le doux visage de celle qui l'a ramené à la vie.

Qu'est-ce qu'elle est belle...

La jeune femme l'enlace fougueusement :

— Ça m'a aussi fait ça un instant, quand je me suis réveillée... puis j'ai pensé à toi, à aller à Sedona, et soudain mon corps s'est comme délivré, comme si quelque chose en moi s'était déverrouillé.

— Quand tu as pensé à Sedona ?!

— Oui.

Vincent est perplexe. Tout ça est si bizarre qu'il ne sait par où commencer. Karine se glisse contre son corps, s'accrochant à lui comme à une bouée de sauvetage.

— On est où là ?

— Toujours sur la colline...

Vincent observe les alentours. Tout semble normal. Le ciel est bleu, le soleil brille. Au loin, le village de DeRuyter est calme.

— Ton vieux doit avoir fermé l'abri...

J'espère qu'il l'a fermée, sa boîte de conserve ! Si tu crois que j'aimerais être enfermé avec ton parano de vieux alors qu'une si belle journée s'annonce...

Vincent contemple la nature généreuse qui s'offre à lui. Tous les voyants sont au vert. Il est libre, il est avec elle, et tout danger semble avoir disparu.

— En tout cas, il a flippé pour rien, parce qu’à part ce nuage bizarre, visiblement rien ne s'est passé, tout est comme...

Karine le coupe sèchement :

— Non Vincent, tout à changé...

— Comment ça ?

— Écoute bien...

— J'entends rien...

— Justement, c'est ça qui est bizarre. Normalement, à cette saison, le matin, tu entends le chant des oiseaux, les insectes qui volent, les voitures au loin, les...

parfois, bien écouter, c'est ne rien entendre du tout...

— Je n'avais pas remarqué... qu'est-ce que ça veut dire ? Qu'est-ce qui se passe ?

— Tu crois qu'ils sont tous paralysés ?

À nouveau, leurs intuitions sont à l'unisson. Tous deux sentent confusément qu'ils sont les seuls à avoir été affectés de la sorte, et que le sort réservé au reste du monde devait être différent. Si tout semble normal en apparence, quelque chose au plus profond d'eux-mêmes leur dit que rien ne serait plus jamais comme avant.

C'est comme une évidence.

— Écoute, rentrons déjà à la ferme et allons voir ce qui s'y passe. Là-bas on devrait déjà y voir plus clair...

22.

Chemin forestier, DeRuyter, État de New York, USA, 13 avril, 08h23.

Karine et Vincent descendent lentement de la colline. Alors qu'ils s'apprêtent à regagner le sentier forestier, quelque chose au sol attire le regard de Vincent :

— Quoi, qu'est-ce qu'il y a ?

— Là, j'ai vu un truc...

Vincent se baisse et dégage un objet de sous les broussailles.

— C'est le téléphone de Dylan. On dirait qu'il marche encore...

Vincent reconnaît immédiatement le smartphone de son ami, avec sa coque aux couleurs d'un groupe de punk rock à la mode.

— Qu'est-ce qu'il fout là ?

— Aucune idée.

Si son téléphone est là, c'est que Dylan n'est pas loin. Ou alors qu'il s'est vraiment passé quelque chose d'extraordinaire.

— Dylan, Dy-lan ! T'es où ?

Aucune réponse.

— Tu le vois quelque part ?

Vincent scrute les environs. Pas de Dylan en vue.

— Dylan, Dy-laaaan !

Le smartphone de Dylan indique des signes de faiblesse. Son écran se brouille par moment. Avant qu'il ne rende l'âme, Vincent décide de fouiller les différents répertoires pour en savoir davantage. Peut-être son ami avait-il pu capter quelque chose des étranges événements de la veille...

Photos... rien.

Historique du navigateur... rien.

SMS...

Ce qu'il découvre le laisse sans voix :

— Bordel, il nous espionnait !

— Quoi ?

— Écoute ces messages :

Envoyé à *Papa*, 12 avril, 18h18 : En marche vers sommet. 'Ont pris le sentier de gauche.

Envoyé à *Papa*, 12 avril, 18h31 : Sont arrivés en haut.

— Attends, tu veux dire que...

— Oui. Que Dylan nous a suivis et nous a espionnés pour le compte de ton beau-père...

— Donc il était là-haut avec nous ?

— On dirait...

— Mais alors où est-il ? T'es sûr que tu ne le vois pas quelque part ?

Vincent balaye à nouveau la forêt du regard. Aucune trace de Dylan. Pas plus que d'une autre forme de vie animée d'ailleurs, même paralysée.

À part ça, tout semble normal.

Trop normal.

— Dylan, Dy-laaaaan !

Vincent a un paquet de questions à lui poser.

Que s'est-il passé ? Pourquoi les espionnait-il ? Pourquoi transmettait-il ces informations à son père ?

Mais au vu de la situation, c'est avant tout la perspective de trouver un troisième être humain en vie qui l'intéresse. Ne pas être seul au monde, fût-ce avec Karine...

— Il est peut-être rentré ?

— Sans son portable ? Ça ne lui ressemble pas...

— On ne sait pas ce qui s'est passé hier soir, donc peut-être...

Vincent jette un œil à sa compagne. À elle et à son smartphone polychrome.

— T'as le numéro de tes parents dans ton phone ?

— Oui. J'ai le fixe de la maison et le portable de mon beau-père.

— Appelle. Au point où on en est...

Karine pianote sur l'écran de son smartphone.

— Pas de réseau.

— 'Y en a normalement là-haut ?

— Quatre barres, trois barres par mauvais temps.

— Fais une recherche réseau...

Karine s'exécute. Quelques instants plus tard, la sentence tombe, sous la forme de la voix électronique de son smartphone :

— *Aucun réseau disponible.*

Vincent tente à son tour sa chance, à l'aide du téléphone de Dylan, mais ce dernier choisit ce moment précis pour rendre l'âme. Quant à son propre téléphone, ce dernier refuse tout simplement de s'allumer.

— La batterie doit être morte.

— Tu l'avais chargée quand ?

— Avant-hier soir... ça devrait encore marcher...

Vincent reste un instant pensif.

Quelque chose ne tourne pas rond, mais quoi...

23.

Entrée de la propriété Parker, DeRuyter, État de New York, USA, 13 avril, 08h57.

Karine et Vincent débouchent du chemin forestier. La ferme est en vue.

Durant la descente, le silence de la nature les oppresse.

Un silence de mort.

Presque imperceptible au début, l'absence de tous ces petits sons qui habillent le quotidien se révèle vite pesante, inquiétante même.

Potentiellement lourde de signification aussi.

Le rouge-gorge entendu la veille ne siffle plus, les insectes ne bruissent guère davantage. Heureusement, l'odeur des arbres en fleur leur met un peu de baume au cœur.

— Tu vois quelque chose ?

— La ferme, mais aucune trace de qui que ce soit.

Le bâtiment est intact. Les granges autour aussi. Tout semble calme.

Trop calme.

Dans la cour, la voiture de Dylan n'a pas bougé d'un pouce.

Karine et Vincent poussent la porte du bâtiment principal. Le bois est toujours aussi chaleureux, mais il manque quelque chose : la vie. Tout résonne, chaque bruit, même le plus imperceptible, semble se réverbérer à l'infini.

Comme dans le vide.

— Maman ? Papa ? Dylan ?

Aucune réponse.

Une sensation étrange s'empare des deux jeunes naufragés, mélange d'angoisse et de curiosité morbide.

— Y a quelqu'un ? 'Y A QUELQU'UN ? Oh oh...

Silence. Pas même un craquement.

— Ils doivent être dans l'abri...

Le jeune couple contourne la maison, cap sur la lourde trappe en fer qui en garde l'accès.

Contre toute attente, celle-ci est ouverte aux quatre vents.

— Y a quelqu'un là-dedans ?

Pas de réponse.

— Je vais descendre voir.

L'intérieur du bunker est plongé dans une nuit quasi totale. Seule l'entrée est quelque peu éclairée, par la lumière filtrant de la trappe. Vincent actionne l'interrupteur situé en contrebas de l'escalier, comme le père Parker l'avait fait la veille.

Clic. Rien. Noir total.

— Ça ne marche pas !

— Quoi ?

— La lumière...

— Tu veux que j'y aille ?

S'il y a bien une chose dont Karine n'a plus peur, c'est de l'obscurité.

— Oui viens... et ramène ton portable...

À la lumière bleutée et blafarde du smartphone de la jeune femme, Vincent devine les alentours à un ou deux mètres devant lui. Il balaye l'espace à l'aide de sa torche improvisée, découvrant partie par partie l'intérieur de l'abri. Le coin living est comme il l'avait vu la veille. La télé et les DVD sont à présent en place, mais aucun élément ne suggère que quiconque y ait passé la nuit.

Quoi qu'il se soit passé, ça a dû être rapide.

Le couple s'avance vers le cœur de l'abri, s'enfonçant toujours plus profondément dans l'obscurité. Seule la faible lumière du smartphone éclaire leurs pas. L'atmosphère déjà pesante devient suffocante. Ils atteignent à présent la partie chambre à coucher. Les deux paires de lits superposés sont bien là, mais rien ne semble indiquer qu'ils aient servi.

Tout est propre, trop propre.

— Ils ne sont pas là.

Mais alors, où sont-ils ?

— Allons voir le cellier...

Toujours plus loin, toujours plus profondément au cœur de ce boyau sombre en forme de cul-de-sac... Plongé dans l'obscurité, ce lieu est encore plus oppressant qu'à l'accoutumée. Chacun de leur pas résonne dans ce cylindre en béton froid, auquel les ténèbres confèrent l'ambiance glaciale d'un tombeau.

Ils gagnent à présent le fond de l'abri, naviguant dans une nuit noire à peine percée par la faible lumière émise par le smartphone de la jeune femme. Vincent se retourne brièvement pour jeter un œil à la trappe d'accès.

Toujours ouverte. Ouf.

Il pousse alors la porte du cellier. Un lieu plongé dans le noir total.

— J'ai besoin que tu m'éclaires là...

Il découvre un lieu impressionnant. Presque aussi grand que le reste de l'abri. Des centaines de rations de survie y sont entassées du côté gauche, ainsi que des bidons d'eau scellés. La paroi de droite fait, quant à elle, office d'armurerie : fusils d'assaut, fusils de chasse, pistolets et surtout munitions à foison. Seul un étroit passage serpentant entre toutes ces provisions donne accès au fond du cellier.

— Incroyable !

Karine n'est pas impressionnée.

Je ne connais que trop cet endroit. Mes premières expériences du noir ont eu lieu ici, comme pour Dylan...

Avec le recul, ces quelques heures de punition passées sans la moindre lumière lui semblent totalement dérisoires.

— Faudrait peut-être en prendre un, par sécurité...

— Un flingue ? Pas question Vince' !

— On ne sait pas ce qui se passe là dehors, alors juste pour pouvoir se défendre, au cas où...

Karine hausse la voix. Elle ne sait que trop bien où les armes à feu peuvent mener, et leur évocation fait l'effet de chiffon rouge agité devant elle.

— Non. Si tu cherches absolument une arme, on ira chercher une des battes de base-ball de Dylan. Elles sont dans sa chambre, je saurai t'y guider.

Vincent accepte le deal.

Le couple explore à présent le fond de l'abri, là où le générateur électrique est censé se trouver.

— Tu sais comment on allume ce truc ?

— Ici... on l'allume derrière le machin métallique, quelque part par là.

La jeune femme indique vaguement la direction d'une trappe en fer, située à côté du générateur. Vincent l'ouvre et y découvre un grand levier, avec deux positions.

On et *Off*.

Aussitôt, il le tire pour le mettre sur *On*.

— Alors ?

Rien. Puis au bout de quelques secondes, un bruit de machines monte de derrière la trappe. Lentement, le générateur s'allume.

— Ça marche ?

Un après l'autre, les tubes fluorescents du plafond se mettent à briller. Vincent se retourne et découvre l'abri, soudain inondé de lumière. Ses yeux s'étant déjà habitués à la pénombre, il lui faut quelques secondes d'adaptation pour ne plus être ébloui.

— Oui, c'est bon.

La lumière fait son retour. Pas les Parker. Ni personne d'autre. Personne d'autre qu'eux deux.

— 'Faut mettre la télé pour savoir ce qui se passe...

Ne plus être seuls, se connecter au monde, comprendre enfin ce qui se passe là dehors...

Vincent se hâte vers l'avant de l'abri et allume l'appareil. Sans succès.

Rien. Pas même le fameux écran bleu qui, en temps normal, indique une absence de signal. Pas même de parasites...

— Ça ne marche pas ?

Des sueurs froides commencent à gagner les deux survivants. Vincent se penche par-dessus le téléviseur pour en vérifier les branchements. Tout semble OK. Le raccordement électrique, l'antenne, tout est correctement mis en place, mais rien ne fonctionne. Vincent tente alors sa chance avec le lecteur de DVD, là encore sans résultat.

— Rien à faire. On dirait que tout le matos a grillé.

Oui, mais pourquoi ?

— Essaie la radio.

Karine a raison. Le père Parker avait lourdement insisté sur les fonctionnalités de la radio, permettant même de capter les fréquences militaires. Vincent ouvre la trappe donnant accès à l'appareil. Un matériel au look vintage l'y attend.

— Tu sais faire marcher ce truc ?

— Mon beau-père m'avait une fois montré. Il y a un bouton rotatif pour changer de fréquences, et d'autres pour changer le type de fréquences qu'on veut écouter.

Sans oublier le gros bouton marche/arrêt .

Vincent allume la radio. Crachotements. Au moins cet équipement là, rustique certes, semble indiquer des signes de vie.

— Alors...

— Tu entends comme moi...

Parasites, électricité statique, mais aucun signal d'origine humaine.

Lentement, Vincent balaye d'une main fébrile l'ensemble du spectre de fréquences que l'appareil est en mesure de capter. Les sueurs froides redoublent tant l'enjeu est lourd.

Trouver une trace de vie.

Karine ferme les yeux pour mieux se concentrer, posant son menton sur le pommeau de *Blanchette*. Un moment ils croient entendre quelque chose, comme une voix perdue au loin parmi les parasites.

Fausse alerte hélas.

Leur imagination a comblé le vide.

Ondes FM, ondes courtes, ondes moyennes, ondes longues. Ils passent un bon moment à tenter d'entrer en contact avec le reste du monde. En vain.

La tension monte d'un cran. L'énervement commence à poindre.

— C'est pas possible, mais c'est pas possible !

— Tu crois que la radio aussi est naze ?

— Non, mais je crois que...

Vincent fait une pause, en plein milieu de sa phrase.

Mon Dieu, faites que j'ai tort...

— Je crois que plus personne n'émet là dehors !

— Tu déconnes ?

— Non, en ondes longues, tu captes tout ce qui se dit sur plus de 1000 miles[8] à la ronde avec ce genre de matos, alors que là...

---

[8] 1000 miles = 1600 kilomètres.

Le crachotement caractéristique des parasites vient terminer la phrase du jeune homme.

Un terrible sentiment de solitude s'empare du jeune couple. Heureusement qu'ils sont là, l'un pour l'autre. L'idée initialement saugrenue d'être seuls au monde, d'être les deux derniers êtres humains à la surface de cette planète commence à les hanter de plus en plus, comme un cauchemar devenu réalité.

On est peut-être les derniers, les tous derniers...

Vincent bidouille encore quelques minutes la radio, sans plus de résultats.

Soudain, le jeune homme sent une ombre se dessiner derrière son épaule. Il se retourne en sursaut.

Ce n'est que Karine. Personne d'autre.

— Tu m'as fait une de ces peurs !

— Excuse-moi...

Reste à savoir ce qui est le pire : être seuls au monde, ou bien rencontrer quelqu'un en pareilles circonstances...

Vincent coupe la radio et referme la trappe.

— Je crois qu'on ne tirera plus rien de ce machin.

Karine acquiesce.

— Allons voir dans la maison.

Ensemble, ils sortent de l'abri. Le soleil est déjà haut dans le ciel, la température plus douce aussi, mais toujours aucun autre signe de vie autre que la leur.

— Si on ne trouve rien dans la baraque, on ira voir au village.

Le jeune homme est le premier à pénétrer dans la maison.

Toujours rien.

Karine y entre à son tour.

— 'Y a quelque chose de bizarre ici...

Sans blague ?

Tous deux le ressentent. Un lieu d'habitude plein de vie soudain désert...

— Allons voir à l'étage...

Lentement, ils gravissent l'escalier. Chaque pas résonne. Chaque marche enjambée laisse entrevoir à Vincent un peu plus de la maison désespérément vide. Chaque son, même le plus infime, emplit l'espace sonore, laissé vacant par la vie disparue. Une atmosphère pesante s'installe dans la durée. Arrivés à l'étage, tout semble là encore bien trop calme.

— Tu crois qu'ils sont simplement allés dormir ?

Inutile de répondre, tous deux sont bien conscients que leur hypothèse est aussi naïve que fausse. Et aisément vérifiable.

Karine pousse la porte de la chambre des parents.

— Personne.

— Maman...

Vincent serre un instant sa compagne d'infortune entre ses bras, pour la réconforter.

Pour se réconforter aussi.

Il ose ensuite pousser la porte de la chambre de Dylan. Vide, elle aussi.

— Lui aussi est parti ?

Parti...

— En tout cas, 'y a personne...

Par contre, les battes de base-ball sont bien là.

Ça pourra être utile...

Personne non plus dans la chambre d'amis. Les toilettes inutilisées. Reste à inspecter la chambre de Karine.

Vincent s'arrête un instant devant la porte pour y coller l'oreille. Rien.

Lentement, il l'ouvre. Personne. Juste le lit de son amie, avec un livre posé sur les draps.

— T'as oublié un bouquin dans le déménagement...

— Quel bouquin ?

Le jeune homme se penche pour découvrir la couverture.

— Un bouquin sur Sedona.

Monomaniaque, la fille...

— Attends, tu veux dire un vrai bouquin, imprimé en noir, enfin je veux dire, avec du texte, comme ceux que les voyants lisent ?

— Oui.

— Vince'... J'ai jamais eu de bouquin comme ça sur Sedona. Je ne sais pas d'où il peut venir...

L'anxiété est palpable dans la voix de la jeune femme.

— Quoi ?

Vincent ouvre le livre. À la vue de son contenu, ses yeux s'écarquillent.

— Quoi, qu'est-ce qu'il y a ?

Le jeune homme feuillette l'ouvrage.

— Karine, je veux bien te croire...

— Quoi ?

— Ce bouquin est bizarre...

— Comment ça ?

Vincent le parcourt de plus en plus rapidement.

De plus en plus nerveusement aussi.

— Il a je ne sais pas combien de pages, mais elles contiennent toutes le même mot, écrit des centaines et des centaines de fois...

— Quel mot ?

— Sedona !

Les pages du livre sont effectivement toutes identiques, couvertes de lignes entières composées du seul mot Sedona. Sedona Sedona Sedona Sedona Sedona Sedona Sedona Sedona Sedona Sedona Sedona Sedona Sedona Sedona sur un bon millier de pages.

Pas une image, pas un autre mot, juste des Sedona par milliers. Par millions.

Karine tente vainement de cacher sa stupeur. Les battements de son cœur s'accélèrent, la sueur perle sur son front, ses jambes se mettent à flageoler.

J'ai peur. Peur de chez moi. Peur de mes rêves. Peur de moi même. Peur d'être à l'origine de ce cauchemar.

— Allons-nous-en... je ne veux pas rester ici...
Vincent n'est guère plus rassuré que son amie :
— Tu sais où sont les clés de la bagnole de Dylan ?

24.

Propriété Parker, DeRuyter, État de New York, USA, 13 avril, 10h04.

— Ça ne marche pas !

Assis au volant de la voiture de son ami, Vincent tente en vain de faire démarrer le véhicule. Les clés sont manifestement les bonnes, elles tournent aisément dans la serrure, sauf que rien ne se produit. Assise à ses côtés, Karine a pris place sur le siège passager avant.

— Essaie encore.

Il s'exécute, mais rien n'y fait. Rien ne semble fonctionner. Même pas l'autoradio.

— Ça doit être tout grillé là-dedans, l'électronique de la bagnole doit être morte.

Après le portable de Dylan, celui de Vincent, la télé, le lecteur de DVD, voici à présent que la voiture les lâche. Ni Vincent ni la jeune aveugle n'arrivent à croire à une simple coïncidence.

— C'est pas possible que tout tombe en panne comme ça, lâche Karine, dépitée. C'est comme si tout ce qui dépend de l'électronique était HS....

Vincent tourne lentement la tête en direction de sa compagne d'infortune.

C'est ça...

— Qu'est-ce que tu viens de dire ?

— Que ce n'est pas possible que... ou alors tu penses à...

— Oui. Une impulsion électromagnétique. Ce truc qui fout en l'air toute l'électronique à la ronde quand une bombe atomique explose.

Bombe atomique. Le mot est lâché. Un mot synonyme de fin du monde.

Non seulement cette arme détruit tout sur des kilomètres à la ronde, mais en plus, elle grille l'électronique sur des distances bien supérieures au souffle de la seule explosion. Seuls certains équipements bien protégés, enterrés profondément et peu miniaturisés, comme la vieille radio du père Parker, peuvent espérer survivre à une telle impulsion. La crainte d'une telle attaque avait d'ailleurs décidé l'US Army à sécuriser ses communications électroniques, jetant là les bases d'Internet, à la fin des années 60.

Si leur hypothèse devait être la bonne, alors oui, les événements des jours précédents, les villes qui partaient en fumée, n'étaient qu'un hors-d’œuvre, une brise légère avant l'ouragan.

— Ton père n'a pas de compteur Geiger dans son abri ? Tu sais, ces machins qui permettent de mesurer la radioactivité ?

De toute façon, s'ils sont irradiés, c'est déjà foutu.

— Non, mais 'y en a au lycée, dans la salle de physique.

— Alors on y va !

— À pieds ?

— Si l'électronique a été détruite par la bombe, inutile de tester la voiture de tes parents, elle est plus moderne encore.

Et donc encore davantage dépendante de la technologie.

La jeune femme reste un instant pensive.

— J'ai peut-être une idée.

Quelques instants plus tard, la porte en bois de l'une des granges s'ouvre. À l'intérieur, quelques ballots de paille, un vieux panneau de basket, un établi, des outils divers, des vis, des boulons. Et au fond, contre le mur, un vieux tandem qui ramasse la poussière.

— Il est là ? Tu le vois ?
— Oui. Notre fier destrier nous attend de pied ferme !

25.

DeRuyter, État de New York, USA, 13 avril, 10h31.

Cheveux au vent, ils dévalent Old Mill road, en direction de DeRuyter. Il conduit, elle est assise à l'arrière. Comme la route descend, l'effort est moindre et le plaisir de se sentir enfin libres leur met un peu de baume au cœur. La longue crinière de Karine flotte telle une oriflamme, tandis que le fond d'air se radoucit, à mesure que le soleil monte dans le ciel.

— C'est la première fois que je fais du vélo depuis que j'ai perdu la vue, quel kif !

Ce moment de liberté contraste avec les moments d'angoisse traversés dans la matinée.

Mais ce n'est là qu'un répit de courte durée.

Ils entrent à présent dans DeRuyter. Un DeRuyter tel que personne ne l'a jamais connu. D'un calme si total qu'il en est inquiétant.

— 'Y a... 'Y a des gens ? Tu vois quelqu'un ?

Vincent hésite quelques instants avant de répondre, comme pour laisser le temps à son amie de prendre conscience du silence de mort qui règne alentour.

On dirait qu'on a posé une chape de plomb sur le village...

— Personne, absolument personne. C'est comme à la ferme, mais au niveau de tout le patelin...

Personne dans les rues, personne dans les jardins, personne aux fenêtres, pas de voitures sur la route, un endroit vide de toute vie humaine ou animale. Il n'y a là plus que Karine, Vincent, et leur angoisse qui monte, monte...

Vincent va sonner à quelques portes. Peu de sonnettes semblent fonctionnelles, seuls quelques vieux modèles entièrement mécaniques émettent encore un son strident.

Néanmoins même là, personne ne vient ouvrir.

— Ils ne peuvent pas tous être au boulot ! 'Doit bien y avoir des retraités dans le coin, non ?

Le jeune homme se colle à la vitre d'une maison pour regarder à l'intérieur. Il y découvre une salle de séjour tout à fait normale. Normale, mais vide.

C'est de la folie !

Un écriteau *Attention au chien* est apposé au portail d'une maison avoisinante, mais aucun aboiement ne se fait entendre. Vincent toque encore à quelques portes, sans plus de succès.

— Alors ?

— C'est comme si tout le monde s'était volatilisé...

Leurs deux cœurs battent de plus en plus fort.

— Ils sont peut-être paralysés, comme nous ce matin ?

— Non. On verrait des corps figés, des voitures accidentées, alors que là, il n'y a juste personne.

— C'est vraiment *space*... Si une bombe atomique les avait tués, il y aurait des morts par centaines, ça serait deg', comme dans un film d'horreur... mais pas ça, pas... rien !

Rien...

Les maisons auraient été touchées, certaines seraient parties en fumée, alors que là, tout est intact, nickel, propre. Un vrai petit village modèle, sauf que plus personne, ni homme ni bête, ne semble l'habiter.

À part nous deux.

— 'Y a quelqu'un ? Oh hé, 'y a quelqu'un ?

Pas de réponse. Ou alors juste celle de leurs cœurs qui s'emballent, frappant contre leurs poitrines respectives.

— Arrêtez de déconner ! Montrez-vous bordel, on 'va pas vous bouffer !

— Si vous avez besoin d'aide, on est là !

Seul l'écho daigne leur répondre.

Continuant leur exploration de la localité, Karine et Vincent arrivent en face de la pizzeria. Un commerce. Là, il devrait y avoir du monde. Les employés par exemple. Eux au moins sauraient les renseigner.

En temps normal, il y a toujours quelqu'un chez *Sal's Pizza...*

En temps normal...

Ils poussent la porte de l'établissement, dans l'espoir d'y trouver âme qui vive.

Raté.

Personne chez *Sal's Pizza.*

Un établissement désert, comme figé dans le temps. Karine a de la peine à croire ce que Vincent lui décrit. Pourtant son ouïe le lui confirme : personne là non plus.

— 'Y a quelqu'un ? Répondez s'il vous plaît ! Répondez...

Aucune réponse.

— Mais qu'est-ce qui se passe, bordel ?!

Vincent se met à jurer. À ses côtés, Karine frissonne :

— On est seuls... seuls...

Le jeune homme s'avance dans la pizzeria déserte, puis soudain s'arrête, comme pétrifié.

— Mon Dieu...

— Quoi... quoi Vincent ?

— Tu 'devineras jamais le menu du jour...

— Quoi ?

— Aujourd'hui 13 avril, Sal's Pizza vous recommande la *Sedona Pizza*, une pizza aux piments et au Chorizo *forte*, au bon goût *caliente* de l'Arizona, *arriba* !

Sedona. Toujours Sedona.

Encore l'endroit dont je rêve...

Quelqu'un a bien dû écrire cela. Quelqu'un qui ne veut pas se montrer, mais qui est peut-être encore tapi alentour, voire ici même, dans la pizzeria.

Quelqu'un... *ou quelque chose...*

Karine vient se blottir contre son ami. Tout son corps tremble.

— Sortons... sortons d'ici...

Vincent, de plus en plus angoissé, ne se fait pas prier.

Le couple reprend son chemin sur Railroad street, en direction du lycée.

Avoir un but, ça aide à tenir...

— Tu le vois déjà ?

— Je crois, oui...

Le lycée de DeRuyter est une imposante bâtisse en brique rouge, constituée de plusieurs bâtiments en forme de cubes imbriqués, ornés de fenêtres rectangulaires.

Un grand parking situé à sa droite permet, en temps normal, aux professeurs comme aux élèves d'y venir en voiture[9]. Mais ce matin là, sans surprise, aucun véhicule n'y est garé, et aucun élève ne se promène sur le campus, d'habitude grouillant de vie.

Une pelouse parcourue par plusieurs allées bétonnées donne accès à l'entrée principale. Au beau milieu de l'herbe verte, encore couverte de rosée, se trouve un panneau en forme d'une grande lettre D, traversée par une fusée rouge :

Lycée de DeRuyter, domicile des Rockets

— C'est l'équipe de basket du lycée, j'étais dans l'équipe féminine avant de...

Vincent n'a aucun mal à l'imaginer déployant ses longues jambes, pour s'élancer à l'assaut du panneau, balle à la main, prête à marquer un panier.

Elle devait être une bonne basketteuse avant de perdre la vue...

Ils atteignent à présent le sommet des marches donnant accès au bâtiment. À la grande surprise de Vincent, la porte

[9] Dans de nombreux États américains, le permis de conduire peut être passé dès l'âge de 16 ans.

est ouverte. À l'intérieur, un couloir sombre les attend, timidement éclairé par de fins rais de lumière, filtrant par l’entrebâillement des portes attenantes.

En revanche, aucune trace d'un quelconque élève à la ronde...

Un interrupteur situé à gauche de l'entrée permet en temps normal d'allumer les plafonniers. Vincent tente sa chance, sans succès.

Il nous faudra donc traverser ce long couloir obscur si on veut mettre la main sur ces maudits compteurs Geiger...

— Les salles de physique sont dans l'aile sud.

— OK, dis-moi par où aller...

Karine et Vincent s'engagent dans l'obscur couloir central de l'établissement. Les casiers typiques des lycées américains – un par élève – défilent devant les yeux d'un Vincent qui parvient à peine à les deviner, dans la pénombre des lieux.

À mesure qu'ils s'éloignent de l'entrée, la pénombre se fait de plus en plus oppressante. Peinant à s'y adapter, Vincent discerne de moins en moins les contours.

Encore quelques dizaines de mètres ainsi, et nous serons deux aveugles...

À nouveau, le grand silence, qui règne dans ces couloirs, contraste avec le caractère autrefois si vivant de ces lieux. Seuls résonnent les *tap tap* de la canne de Karine et le pas léger de Vincent.

C'en est impressionnant, terrifiant même.

Heureusement les pupilles des yeux de Vincent se dilatent lentement. Il commence à distinguer quelques détails, alors qu'ils pénètrent toujours plus profondément, dans les entrailles du bâtiment.

— T'avais aussi un casier ?

— Oui. Mais après avoir perdu la vue, le mien était à part, au fond.

— Tu es retournée au lycée après être devenue aveugle ? Pourtant tu m'avais dit que tu ne sortais plus depuis...

La réaction après une cécité soudaine est très variable, Vincent le sait bien. Certains restent cloîtrés chez eux des années avant de reprendre une vie sociale, d'autres s'y remettent plus rapidement. Au vu de ce que la jeune aveugle lui avait confié la veille, il avait cru comprendre que la première option était la bonne.

Visiblement je me suis trompé.

— Je suis d'abord allée un an dans une institution spécialisée où j'ai appris le braille et à me débrouiller sans l'usage de mes yeux. Puis à la rentrée dernière, je suis revenue en *Junior year*[10], avec *Blanchette*... mais ça s'est mal passé et au bout de trois mois...

La jeune femme ne termine pas sa phrase. Elle se contente de glisser l'extrémité de *Blanchette* entre les mains de Vincent. Cette dernière est légèrement tordue.

— Souvenir de mes *amis*...

Tout est dit...

Le duo arrive enfin au bout du couloir, là où ce dernier aboutit sur une intersection en T. Comme Karine l'a décrit, se trouve là un casier à part, portant une mention écrite en braille.

Malgré l'obscurité des lieux, Vincent devine aisément les tags insultants et même obscènes recouvrant le casier.

— Je vois, lâche pudiquement Vincent, omettant volontairement de décrire les graffitis qu'il vient de découvrir.

Karine passe les doigts sur l'inscription en braille. Dès les premières lettres, son expression se fige, stupéfaite.

— C'est... C'est pas possible !

La jeune femme se met à bégayer. Le corps de Vincent se raidit :

— 'Y a écrit quoi ?

---

[10] L'équivalent de notre classe de première en France.

Vincent s'en doute bien. La réponse de Karine confirme ses craintes : les six lettres de son prénom ont fait place à un autre mot, en six lettres également :

— Sedona !

La terreur gagne la jeune aveugle.

— Qu'est-ce qui se passe Vincent, qu'est-ce qui se passe ?!

Le jeune homme ne sait quoi répondre. Il balaie frénétiquement les différents couloirs des yeux, à la recherche de tout danger potentiel. Un instant, il a envie de rebrousser chemin, pour s'enfuir au plus vite de ce lieu à l'atmosphère irrespirable.

Je ne peux pas faire ça... je dois savoir. Savoir si on a été irradiés, savoir si la grande lumière vue hier soir était celle de l'explosion d'une bombe atomique...

Pour cela, il doit mettre la main sur les compteurs Geiger, bref affronter un second couloir obscur qui s'étend là, devant lui.

— Viens, ne traînons pas... c'est par où les classes de physique ?

— À gauche.

D'un pas alerte, Karine et Vincent s'engouffrent dans ce nouveau couloir.

— C'étaient quelles classes ici ?

— La géographie...

Vincent jette un œil dans l'une des salles attenantes. Son sang ne fait qu'un tour.

— OK, je vois.

Au tableau, il y a un mot. Un seul mot.

Sedona.

Pourquoi ?

Pas question de s'attarder là. Vincent hâte le pas, prenant Karine par le bras pour avancer plus rapidement. Le jeune homme ne juge pas nécessaire de faire part de sa découverte à son amie. Son cœur qui s'emballe s'en charge déjà.

Boum boum... boum boum...

Au bout du couloir, une nouvelle intersection.

— À droite. Au fond. Salle H34.

La peur rend la jeune femme laconique.

Le duo accélère la cadence. Vincent se retourne plusieurs fois pour voir si personne ne les suit. L'ambiance devient de plus en plus lourde. À chaque porte devant laquelle ils passent, Vincent s'imagine quelqu'un ou quelque chose qui en jaillirait, prêt à fondre sur eux.

Leurs cœurs battent de plus en plus fort, à mesure que leurs pas s'accélèrent. Enfin ils touchent au but. Salle H34.

La porte s'ouvre sur une salle de physique-chimie standard, aux paillasses blanches typiques. Vincent jette un œil rapide au tableau.

Rien.

Ouf.

Karine désigne le fond de la salle au jugé.

— Les compteurs... ils sont dans la grande armoire qui doit être là-bas...

La grande armoire est bien là, comme prévu. Vincent l'ouvre prestement. Une dizaine de compteurs Geiger d'un modèle plutôt ancien s'y trouvent entreposés sur l'une des étagères.

— Tu les as trouvés ?

— Oui, espérons qu'ils marchent.

Vincent allume le premier d'entre eux. HS.

Le second aussi.

— Bordel !

L'inquiétude grimpe à nouveau.

Pas plus de succès avec le troisième.

Heureusement, le quatrième semble fonctionner. C'est un modèle légèrement différent.

Plus rustique...

— Ça donne quoi ?

— 0,09 microsievert[11] par heure.

— Ça veut dire quoi ?

Vincent survole la notice d'utilisation, qui traîne au fond de l'armoire.

— Le niveau normal est entre 0,04 et 0,26 microsievert par heure.

— Donc c'est bon ?

— Oui... Enfin en tout cas ça veut dire qu'aucune bombe atomique n'a explosé dans la région...

Il s'autorise une pause avant de continuer :

— ... mais ça ne nous explique pas ce qui se passe depuis ce matin.

— Tu veux dire que...

— Oui. On ne va pas mourir irradiés, ce n'est pas une explosion atomique qui a mis toute l'électronique HS, mais le mystère n'en est que plus épais...

Les jambes de la jeune femme flageolent. Celle-ci semble de plus en plus affectée par la tournure que prennent les événements. Elle vient chercher du réconfort dans les bras d'un Vincent toujours aux aguets.

— Bon, on embarque le Geiger et on se casse d'ici...

26.

DeRuyter, État de New York, USA, 13 avril, 11h21.

Enfin libres. Karine et Vincent sortent en trombe des murs oppressants du lycée. La jeune femme se retourne une dernière fois, faisant face au bâtiment en brique rouge. Elle dégaine son smartphone et prend une photo des lieux, sous le regard incrédule de Vincent.

---

[11] Le Sievert – et donc le microsievert – est une unité de mesure de la radioactivité.

— Qu'est-ce que tu fais ?

— 'Photo. Tu sais, avant d'être aveugle, j'ai passé de super moments ici...

Le jeune homme écarquille les yeux.

— Mais attends... ton portable... il marche !

Le smartphone de Karine fonctionne effectivement à merveille, alors que tout le reste de l'électronique, à part les modèles les plus rustiques et les plus robustes, semble HS.

— Qu'est-ce que ça veut dire ?

— C'est comme si tout le monde avait été touché par *quelque chose*, mais que ce quelque chose nous avait épargnés, juste nous deux...

— Comment ça ? Quand une bombe saute, elle saute pour tout le monde, elle ne fait pas d'exception.

— Oui, mais là, c'était manifestement autre chose, comme le Geiger nous l'a indiqué. Il s'est passé quelque chose, mais ce quelque chose n'était pas une bombe. Quoi que ce soit, ça nous a épargnés, pour une raison ou une autre...

La jeune femme reste un instant pensive.

— Ça ne colle pas...

— Pourquoi ?

— Ton portable, Vince'. Tu l'avais sur toi. Si ta théorie était la bonne, il devrait marcher. Or lui aussi est naze...

Bien vu.

Vincent n'en est que plus perplexe. Mais surtout, il a faim :

— Avant tout, faut se trouver de quoi manger. On ne réfléchit pas bien le ventre vide...

Ils avaient sauté le petit déjeuner sans s'en rendre compte.

— Avant je t'aurais dit d'aller chez Sal's Pizza, mais là...

Vincent reste un instant pensif, puis il se lance :

— Ils vendaient de quoi manger, dans ton supermarché ?

À l'évocation du lieu qui lui a coûté ses yeux, Karine se braque.

— Pas là-bas. Je me suis juré de ne jamais y retourner. Jamais !

— Si tu veux, j'y entrerai seul alors...

*

Karine et Vincent, à nouveau juchés sur leur tandem, roulent en direction de la sortie nord du village, là où se trouve le *big M supermarket* de DeRuyter. Ce dernier a plutôt l'air d'une grande supérette que d'un véritable supermarché. Aux alentours, quelques maisons isolées, à la sortie du village, entourées çà et là d'un ou deux arbres, dessinent un paysage dégagé.

Arrivés face au magasin, Vincent pose pied à terre.

— Bon, tu m'attends là, je ne serai pas très long.

Karine fait la moue.

— Reviens vite.

— Je te le promets.

D'un pas alerte, Vincent s'engouffre dans la supérette. Personne à l'intérieur. Une série d'étals bien remplis l'y attendent. Il jette un regard triste aux deux caisses enregistreuses, se demandant sur laquelle Karine travaillait alors que sa vie a basculé.

— 'Y a quelqu'un ?

Il ne prête même plus attention à la non-réponse qui suit, tant cette dernière commence à être banale.

À côté des caisses, un présentoir dédié au quotidien local. Le jeune homme y jette un œil : Sedona en une, et une série d'articles qui se contentent de répéter inlassablement le même mot : Sedona Sedona Sedona Sedona... comme dans le livre trouvé précédemment, dans la chambre de son amie.

Là aussi, pas de réelle surprise.

Mais qui a bien pu approvisionner ce magasin...

Vincent se faufile entre les étals. Tout est là. Boîtes de conserve, viande sous cellophane, pâtes, salades. Il y a aussi des sacs de sport, accrochés le long du mur. Vincent en décroche un et y glisse toute la nourriture qui lui passe entre les mains. Au détour des étals, il trouve également une lampe torche ainsi que les piles adéquates. Sans ménagement, il déchire l'emballage des piles et en insère un jeu dans la lampe.

Test. OK, ça marche.

Au moins on aura de la lumière pour un certain temps...

Il reprend ses emplettes de plus belle, prenant sans ménagement une bonne dizaine de jeux de piles, avant de mettre le cap sur la sortie. Près des caisses, de délicieuses barres chocolatées *coupe-faim* sont avantageusement disposées là. À nouveau, Vincent en rafle la moitié du stock avant de s'élancer vers la sortie du magasin, sans même penser à payer, comme un pillard.

À peine dehors, il s'apprête à rejoindre Karine. C'est alors qu'il la voit accroupie à même le sol, à côté du tandem, en pleurs.

— Qu'est-ce qui se passe ?

Il court vers elle et l'aide à se relever. La jeune femme semble en proie à une crise de panique.

— Quelque chose... quelque chose m'a frôlé...

— Quand ça ?

— Là, il y a moins d'une minute...

— Tu l'as pris en photo ?

La jeune femme fait non de la tête.

— C'est venu de là et c'est parti vers là.

Vincent jette un œil dans la direction pointée par la jeune femme.

Rien. Absolument rien.

— Désolé Karine, je ne vois rien du tout. C'est ton imagination qui...

La jeune femme fond en larmes. Elle n'a plus qu'une seule envie. Partir. Fuir cet endroit. Fuir ce village. Accomplir son destin.

Aller à Sedona.

— 'Me laisse pas Vincent, je crois que je vais devenir dingue...

Le jeune homme la serre fort dans ses bras.

Moi aussi, moi aussi je suis en train de perdre pied...

27.

Propriété Parker, DeRuyter, État de New York, USA, 13 avril, 13h18.

— Donc tu es sûre que tu veux partir ?

Karine et Vincent sont de retour à la ferme, sains et saufs. Une délicieuse odeur de pâtes et de sauce tomate en train de mijoter monte du coin cuisine, où le jeune homme prépare le repas sur le vieux poêle à bois. Attablée, Karine l'attend patiemment. Après les bizarreries du village, ce lieu désert, mais familier, qui a pourtant été le théâtre de l'apparition de l'étrange livre sur Sedona le matin même, a désormais l'allure d'un havre de paix.

— T'as donc pas compris que si on reste ici on est foutu ? Qu'est-ce qu'on peut faire nous, là, tous seuls ?

La jeune femme est excédée par les réticences de son ami. Ce dernier tente comme un beau diable de la ramener à la raison :

— Écoute, ici on a à manger pour je ne sais pas combien de temps, on a de l'eau, on a chaud, et toi tu voudrais prendre la route pour aller je ne sais où, au fin fond du Far West ? Tu as pété une durite où quoi ?

— Et qu'est-ce on fera quand on aura tout mangé et tout bu ? OK au début ce sera plus facile, mais après, on va crever ici, sur place, comme deux idiots incapables d'écouter leur...

— Leur quoi ?

— Leur intuition !

Intuition. Le mot est lâché. Vincent lève les yeux au ciel.

— Et tu penses qu'on aura plus de chance de s'en tirer en traversant le pays avec les moyens du bord, en allant dans un coin à gourous perdu au fin fond de l'Arizona plutôt qu'en restant ici, à attendre que quelqu'un vienne nous chercher ?

— Personne ne viendra nous chercher ici ! 'Y a plus personne dehors... Tu entends ça ?!

Karine brandit son smartphone en direction de Vincent, déclenchant la synthèse vocale de l'appareil :

— *Aucun réseau disponible.*

— Tu sais, je ne crois pas que ce soit un hasard qu'on se soit rencontrés. On a une mission. Je le sais, je le sens... Tu dois me guider pour aller jusqu'à Sedona, pour résoudre ce mystère, retrouver où sont passés les gens... et retrouver mes yeux...

À nouveau Vincent soupire.

Bien sûr, on est les élus... 'y avait plus de sept milliards d'habitants sur cette planète, et c'est nous qu'on aurait choisis ? Faut arrêter les séries B, ma grande !

— T'as qu'à y aller toute seule, à ton Sedona !

— Je le ferais pardi, si j'avais encore mes MAUDITS YEUX !

Vincent plonge son regard dans celui éteint de sa compagne d'infortune.

Elle vient de le toucher en plein cœur.

Face à la beauté de ses yeux même éteints, je ne peux rien...

La jeune femme continue, comme galvanisée :

— Et puis toi, tu veux vraiment rester dans une baraque où des bouquins apparaissent comme ça sortis de nulle part, dans un patelin bizarre où tout te dit, tout te hurle d'aller avec moi à Sedona ? Tu ne sens pas que si on reste ici, on est foutu ?

Le regard de Vincent est comme scotché à ce qui reste de celui de Karine. Cette dernière se fait plus implorante :

— Sois mon Cédalion, Vincent, guide-moi jusqu'à Sedona. Crois-moi, ici, on va devenir dingues et on va finir par mourir de faim. Sur la route, on rencontrera peut-être d'autres survivants...

Le jeune homme reste stupéfait par l'ardeur avec laquelle la jeune aveugle défend sa cause.

— Au moins là, on aura de l'espoir...

L'abattement gagne la jeune femme, au bord des larmes.

— Et comment qu'on fera pour manger ? Pour boire ?

— Comme on a fait aujourd'hui, pardi ! Tant qu'on 'rencontre personne, on prend ce qu'il y a sur place, on fait les magasins. Tu sais, s'il n'y a plus de propriétaire, il n'y a plus de propriété, et s'il n'y a plus de propriété, il n'y a pas vol...

Le raisonnement est sans faille.

D'ailleurs Vincent lui-même n'avait éprouvé aucune honte à piller la supérette le matin même, alors que c'était loin de ses habitudes.

De ses habitudes du monde d'avant.

— Pareil pour les fringues, pour tout, on se servira sur le tas, ça prendra le temps qu'il faudra, mais on finira par y arriver, par arriver à Sedona, par trouver quelqu'un et résoudre ce mystère. Suis ton intuition, suis mon intuition. Suis-moi. C'est Sedona ou rien...

Le jeune homme jette un œil aux pâtes en train de cuire. Celles-ci se tordent dans l'eau salée, formant une sorte de S.

S comme Sedona.

Il ferme un instant les yeux pour réfléchir. Ce qu'il a vu ces dernières heures a ébranlé ses certitudes cartésiennes les plus profondes.

— Dis-moi, pour aller d'ici à Sedona, 'faut bien passer par Columbus, non ?

Il a une idée derrière la tête. Mais surtout, il veut tenter le tout pour le tout.

Retrouver ma sœur, retrouver Jenny, et avec elle, un semblant de vie normale.

— Ça doit pouvoir se faire...

— Si on trouve ma sœur vivante là-bas, tu serais d'accord pour rester vivre avec nous ?

Karine hésite un instant. Pas bien longtemps en fait. La petite voix intérieure de son intuition est formelle :

Non seulement c'est là le seul moyen de le convaincre, mais si mon intuition est correcte, Jenny ne sera pas au rendez-vous. Il n'aura dès lors d'autre choix que de continuer avec moi direction Sedona, d'être le Cédalion que j'attends...

— OK, c'est d'accord. On passe d'abord par Columbus.

28.

Propriété Parker, DeRuyter, État de New York, USA, 13 avril, 15h42.

Les préparatifs pour le grand départ battent leur plein. Vincent a dressé une liste du matériel indispensable pour un tel voyage, et compte bien organiser leur départ de la manière la plus rationnelle qui soit.

— Elle devrait être dans la grange.

— Celle où 'y avait le vélo ?

— Non l'autre.

Debout dans la cour de la ferme, Karine désigne au jugé la seconde grange.

— Je la vois.

Une vieille remorque pouvant contenir un bon mètre cube d'objets en tout genre traîne là, entre les ruines d'un vieux tracteur rongé par la rouille, et des balles de paille qui devaient faire le bonheur des chats alentour.

Enfin du temps où il y avait encore des chats...

Vincent tire la remorque à bout de bras, jusqu'au centre de la cour. L'effort le fait transpirer. Pour se mettre à l'aise, il se débarrasse de son T-shirt, révélant un torse musclé qui n'aurait pas manqué de charmer Karine, si elle avait pu le voir.

— Normalement, on peut l'accrocher derrière le tandem...

— Oui, il y a un crochet là. Maintenant, faut prendre le nécessaire et surtout ne rien oublier.

Quelques vivres pillées le matin même au supermarché, deux ou trois bidons d'eau remontés de l'abri, la lampe torche, une lampe frontale trouvée dans l'abri, de nombreux jeux de piles, des vêtements de rechange, couteaux, fourchettes, assiettes et verres en plastique, tout le nécessaire prend place dans la remorque. Vincent entame une série d'allées et venues entre l'habitation principale, l'abri et la remorque, tandis que Karine, assise sur le pas de la porte, donne ses instructions.

— Dommage qu'on ne puisse pas prendre la radio...

Dommage en effet, mais l'objet est bien trop grand, bien trop lourd et surtout dépendant du groupe électrogène de l'abri.

— N'oublie pas les couvertures et les sacs de couchage.

À nouveau, Vincent s'exécute.

— Ton père n'avait pas de bouquin sur la survie en milieu hostile ou un truc du genre ?

— Pas à ma connaissance.

Bizarre pour un vieux parano comme lui...

Il effectue néanmoins un dernier tour dans l'abri, s'éclairant à l'aide de la lampe torche volée le matin même, pour voir s'il n'a rien oublié. Soudain son rayon se braque sur les armes entreposées là.

C'est tentant...

— Karine... je sais que tu ne seras pas d'accord, mais j'aimerais quand même prendre un...

— Non !

La voix d'habitude douce et fluette de la jeune femme se montre soudain d'une grande fermeté.

Quand c'est non, c'est non...

— Tu sais tout ce qui peut se passer sur un tel trajet ? Il ne s'agit plus juste de rester ici, à la maison, mais de parcourir la moitié des États-Unis à vélo, alors moi, je me sentirais plus rassuré avec un flingue ou deux.

— Non. Pas question !

Sans le dire à sa jeune amie, Vincent s'empare d'un pistolet, qu'il glisse discrètement dans la remorque. Pas assez discrètement pour échapper à l'ouïe fine de dame Karine :

— Tu sors ça tout de suite de là et tu le remets à sa place ! Tu m'entends Vincent !

Aucun sens des réalités, cette fille... t'es pas en France ici, t'es aux États-Unis, au pays du deuxième amendement[12] *!*

Subrepticement, la jeune femme prend la situation en main. Sans même qu'il ne s'en rende compte, elle dirige Vincent à la baguette, ou plutôt à la *Blanchette*.

— Tu pourrais aussi aller me chercher le câble USB pour charger mon portable, dans ma chambre...

— T'as quel niveau de batterie ?

La jeune femme effleure l'écran de son smartphone.

— *Batterie chargée à 100%*

— Tu déconnes ? Avec toutes les photos que tu as prises ? T'es sûr que l'indicateur de batterie de ton phone n'est pas naze ?

— Regarde par toi même...

Vincent jette un œil à l'appareil. Aussi incroyable que cela puisse paraître, l'information semble correcte. Toutes les fonctions sont nominales.

— 'Jamais vu ça...

[12] Le deuxième amendement de la Constitution des États-Unis d'Amérique est celui qui garantit le droit à tout citoyen américain de porter des armes à feu. https://fr.wikipedia.org/wiki/Deuxi%C3%A8me_amendement_de_la_Constitution_des_%C3%89tats-Unis

Un peu comme le reste de ce qu'on vit, depuis maintenant soixante-douze heures...

Vincent grimpe les escaliers quatre à quatre, à la recherche du câble demandé. Il finit par le trouver, posé sur une commode, dans la chambre de la jeune aveugle. Alors qu'il récupère l'objet, il ne peut s'empêcher de jeter un œil au livre sur Sedona, mystérieusement apparu le matin même. Ce dernier, toujours posé à même le lit, agit sur lui comme une piqûre de rappel :

La sécurité, tu oublies. Là où tu vas, nul homme n'est encore allé...

Sur le chemin du retour, il pousse la porte de la chambre de Dylan. Les battes de base-ball sont toujours là, tentantes, mais il lui vient une meilleure idée.

Une intuition *comme dirait Karine.*

Il pénètre dans la chambre des parents et fouille la table de nuit du père Parker. Il y découvre un couteau à cran d'arrêt, petit et discret. Vincent l'ouvre pour en examiner la lame. Tranchante à souhait.

Il glisse sa trouvaille dans la poche arrière de son jean, se disant que c'est déjà ça. Puis il descend retrouver son amie.

— Voilà le câble...

— T'en as mis du temps...

Ils embarquent encore quelques objets divers et déjà l'après-midi touche à sa fin. Il est à présent près de dix-huit heures. Tout le matériel est fin prêt, chargé dans la remorque, sanglé comme il faut.

À la lumière du soleil déclinant, le jeune homme contemple le résultat de son labeur. Karine prend place à ses côtés et lance, d'une voix enjouée :

— J'ai trouvé un nom pour notre vélo....

— Lequel ?

— Et si on l'appelait le *Sedona express* ?

— OK, va pour *Sedona express...*

La voilà qui donne un nom à un vélo... qu'est-ce qu'elle peut être gamine par moments...

— Alors, on part quand ?

Vincent la dévisage, incrédule.

— Attends, on mange d'abord, ensuite on dort, et demain matin, quand on sera bien frais, on prendra la route. Viens, on rentre...

Karine fait une petite moue, mais se résigne tout de même à suivre l'avis de son ami. Le jeune homme tourne les talons et pousse la porte de la ferme. Alors qu'il envisage déjà une soirée tranquille, autour d'un bon repas en guise de récompense pour tout le travail accompli de la journée, il s'arrête net, poussant un cri d'effroi.

— Quoi Vince'... qu'est-ce qu'il y a ?

— Karine... changement de programme... on part... on part illico !

— Pourquoi ?

Sur toute la longueur des murs de la grande pièce centrale, une inscription géante vient de faire son apparition, écrite en lettres de sang.

Cette dernière est sans équivoque :

« Sedona now ![13] »

29.

Sur la route, État de New York, USA, 13 avril, 20h57.

Les roues du *Sedona express* avalent les miles. À la force des mollets, le paysage défile à toute allure, malgré le poids non négligeable de la remorque. Un large sourire illumine le visage de Karine, contente d'entreprendre enfin le périple dont elle rêve.

[13] Sedona, tout de suite !

J'ai trouvé mon Cédalion, je file vers Sedona... lumière, couleurs, me voilà !

Au loin derrière eux, le village de DeRuyter, vide, mort, s'efface déjà tandis qu'ils pénètrent dans l'épaisse forêt qui les sépare du hameau suivant.

Depuis leur départ, aucune voiture, aucun véhicule, ni même aucune trace de vie n'a pointé le bout de son nez. Ils auraient pu partir plein ouest, en direction de Cuyler, la route à priori la plus directe pour rejoindre Sedona, mais Vincent a préféré tenter la route du nord-ouest, vers la ville de Syracuse.

Peut-être reste-t-il quelqu'un là-bas...

L'espoir, toujours l'espoir...

Avant de partir, il a bien solidement fixé le compteur Geiger au guidon du tandem, afin d'éviter de tomber par mégarde dans une zone contaminée.

— 0,07 microsievert...

— Ça baisse encore...

Le soleil s'est couché depuis peu et, dans le ciel d'un bleu de plus en plus profond, les premières étoiles apparaissent. Ils traversent à présent une forêt de feuillus encore nus, quand soudain la route débouche sur une clairière aménagée, avec tables, bancs et aire de repos disposant d'un auvent, muni d'un large toit.

— On s'arrête là pour manger ?

— Attendons qu'on soit dans le prochain village...

— Je ne vois pas de village vu d'ici... et honnêtement, si là-bas c'est comme à DeRuyter, t'es sûre de vouloir y casser la croûte ?

La seule idée de manger seuls, à la table d'inconnus mystérieusement disparus, au cœur d'un endroit vidé de tous ses habitants les fait frissonner.

Pas question !

Ils posent pied à terre auprès des tables et tirent d'épais sandwichs de leur sac.

Après l'effort, le réconfort.

Autour d'eux, la lumière décline de plus en plus vite. Vincent retourne à la remorque et s'équipe de la lampe frontale, trouvée dans l'abri.

— Faut que j'allume, sinon je n'y vois plus rien.

— Je me disais bien, il fait un peu sombre...

Le jeune homme esquisse un léger sourire.

Elle sait rire de son handicap, c'est bon signe...

— Tu vois déjà les étoiles ?

À nouveau, à l'évocation du mot *étoile*, quelque chose se serre dans la gorge de la jeune aveugle.

— Oui, c'est hallucinant combien y en a ici...

Vincent le citadin a l'habitude des cieux dégradés par la pollution lumineuse, alors que là, en pleine campagne, par temps de black-out généralisé, s'offre à ses yeux un belvédère exceptionnel sur la voûte céleste.

— Tu trouves ça beau ?

— C'est magnifique ! On dirait des milliers de joyaux brillant là, juste au-dessus de nous.

Et peut-être plus que pour nous...

Le jeune homme tente de se repérer dans le ciel.

Paradoxalement, il est plus difficile de retrouver les constellations les plus usuelles sous un ciel pur que sous un ciel d'une qualité inférieure, les schémas traditionnels étant bousculés par une myriade de corps célestes invisibles en temps normal.

— Là, c'est la Grande Ourse...

— Tu connais les étoiles ?

— Un peu, oui. Quand j'étais ado, j'étais membre de la société astronomique de Columbus. J'y ai appris à jongler avec les astres, comme mon père avant moi...

Mon père... je n'ai plus pensé à mes parents depuis ce matin... jamais cela ne m'était arrivé...

— Est-ce que tu vois le Lion dans le ciel ?

Vincent lève la tête. Si cette fameuse constellation des cieux printaniers devait être là, elle serait immanquablement cachée par les arbres alentour. Il prend donc un peu de champ, pour aller observer la voûte céleste depuis le milieu de la clairière.

— Oui, il est là. Le grand félin trône fièrement dans le ciel.

— Ça a toujours été ma constellation préférée...

— Pourquoi ?

— Elle apparaît au printemps, quand le temps redevient beau, et nous accompagne dans le ciel du soir jusqu'à la période des orages d'août. C'est la constellation des beaux jours, la constellation de l'insouciance...

Et de l'espoir de la retrouver...

Vincent acquiesce.

— J'aurais pourtant parié que c'est Orion, ta constellation fétiche...

— Non... je me souviens que c'est une belle constellation, mais tu sais, la légende d'Orion et de Cédalion n'a commencé à me fasciner que depuis...

À nouveau, la voix de la jeune femme se noue :

— ...depuis que je n'ai plus trop l'occasion de regarder les étoiles...

Elle pose délicatement sa tête sur l'épaule du jeune homme. Elle se sent en confiance auprès de lui.

— Et puis, il y a Lion dans Cédalion..., glisse-t-elle à l'oreille de son ami.

Cède à Lion...

Il serre fort sa compagne d'infortune contre lui. Elle qui peut se montrer horripilante dans ses accès de gaminerie n'en est pas moins une jeune femme extrêmement attachante. Alors qu'elle se laisse aller entre ses bras, il s'accorde un moment pour observer la kyrielle d'astres qui illuminent ce ciel magique. Étoiles et planètes sont à leur place, là où il s'attend à les voir scintiller sous la voûte.

Au moins ça me permet d'évacuer une hypothèse qui commençait à me trotter dans la tête : celle d'avoir été téléportés dans une autre dimension.

— Je crois qu'on va s'arrêter là pour ce soir, on va sortir les sacs de couchage et aller sous le toit, là-bas.

Bien qu'il n'ait pas décrit l'auvent à Karine, celle-ci lui fait confiance.

— Tu n'as pas peur des bêtes ?

Vincent sourit :

— C'est toi qui m'as appris à écouter... et alors, qu'entends-tu ?

Rien. Pas un bruit. Pas même un insecte ou un souffle de vent. Juste le silence froid d'une nuit de rêve, sous les étoiles étincelantes.

Être seuls au monde, ça a aussi ses avantages...

30.

Dans la clairière, au bord de la route, État de New York, USA, 14 avril, 06h41.

Les premiers rayons du soleil levant filtrent à travers la végétation, éclairant les deux naufragés encore chaudement emmitouflés dans leurs sacs de couchage. La nuit s'est révélée plus froide que prévu. De la vapeur de condensation sort de leurs bouches à chaque respiration. Soudain, sous ses paupières encore closes, les yeux de Vincent se mettent à bouger rapidement. Il rêve. Le même rêve que trois jours auparavant, juste avant l'explosion de Manhattan. La seule différence est qu'à présent, il distingue parfaitement les yeux de son amie à ses côtés.

En fin de rêve, le froid le saisit, la grande lumière l'inonde à nouveau tandis que la jeune femme énonce les deux mots magiques :

— Sedona... Lumière...

Dès qu'elle prononce le mot *lumière*, ses yeux s'ouvrent.

Où suis-je ? Ah oui, dans la clairière. Avec elle...

Le soleil est déjà levé, mais l'air du matin est encore glacial. Vincent est transi de froid.

On a peut-être commis une erreur en décidant de passer la nuit dehors, surtout en cette période de l'année.

Encore engourdi, il extirpe péniblement ses bras du sac de couchage et caresse la chevelure de son amie. Durant la nuit, elle a rapproché son sac du sien afin qu'il l'enveloppe de sa chaleur.

— Karine, réveille-toi, le jour s'est levé...

La jeune femme émet un léger râle.

— Mmmm laisse-moi dormir...

Prenant soudain conscience de la température extérieure et de ce qu'elle implique, Vincent se ressaisit et vérifie aussitôt la température du sac de couchage de son amie, craignant que sa langueur ne soit due au froid qui lentement l'emporte.

Heureusement, elle a bien chaud. Elle n'est juste pas du matin et préfère se réveiller en douceur.

— Il fait froid... râle la jeune femme.

Une vraie petite Française...

— Normal. On a dormi dehors toute la nuit, et comme la nuit était claire...

La jeune femme ouvre lentement ses yeux au regard éteint, face à Vincent.

Face à son Cédalion...

— La prochaine fois, on essaiera quand même de s'arrêter dans un patelin...

Après la nuit glaciale qu'on vient de vivre, on ne va pas se faire prier...

Les deux amis se lèvent, tirent un autre sandwich préparé la veille du sac, puis se remettent en selle direction Syracuse, première étape de leur odyssée. À nouveau le *Sedona express* avale le bitume, sans croiser âme qui vive.

Au bout de quelques miles, ils parviennent à un village. Ce dernier est une sorte de DeRuyter miniature, articulé autour d'une rue principale portant le nom évident de *Main Street*.

Il est à présent huit heures du matin et là encore, aucune trace de vie. Pas même un chien aboyant sur leur passage.

— Je connais ce village. J'avais une copine qui habitait là...

— Où ça ?

— Sur *Main Street,* une maison en bois bleu ciel, je crois... elle s'appelait Carolyn Carter.

Elle en parle déjà au passé et n'est plus très sûre quant à la couleur de la maison. Avec les années, sa mémoire visuelle s'estompe lentement mais sûrement...

— Bon, on va essayer de la trouver...

Le *Sedona express* reprend lentement sa route, sur *Main Street.*

Une *Main Street* déserte.

La sensation oppressante d'une solitude absolue saisit Vincent, encore plus forte que la veille. Un instant, il envie même sa jeune amie, que sa cécité protège de ce terrible spectacle.

On dirait un village privé de toute son énergie vitale...

— Oh hé ! 'Y a quelqu'un ?

À nouveau, seul l'écho répond présent.

Karine demande à Vincent de lui décrire ce qu'il voit. Ce dernier ne se fait pas prier. Parler lui permet de libérer – un peu – l'angoisse qui l'envahit. Il raconte par le menu les maisons, les arbres, les commerces. Ils croisent une bâtisse en bois vert pâle, ornée d'un auvent qui fait face à la route. Une galerie d'art, semble-t-il.

Vincent s'en étonne :

— 'Y a ça dans ce patelin ?

Une galerie d'art en pleine cambrousse ? 'Jamais entendu parler d'un truc pareil...

— Oui. Ils font de la sculpture et surtout de la céramique. Du très beau travail.

— Et elle s'appelle comment, cette galerie ?

— *Gandee gallery*, si je me souviens bien.

— Ah, ça a dû changer de propriétaire alors...

— Pourquoi, ça s'appelle comment maintenant ?

— Devine...

— Non...

— Gagné...

Karine et Vincent s'arrêtent un instant, posant pied à terre, face à la *Sedona gallery*.

— Tu déconnes ?

Elle pose sa main sur l'épaule de Vincent. Il ne ment pas, elle le sent.

Ici donc aussi...

— Et la radioactivité ?

Le jeune homme jette un œil au compteur Geiger, toujours solidement fixé au guidon :

— 0,08 microsievert. Ça a un peu remonté, mais ça reste dans la fourchette basse.

Ils reprennent leur chemin le long de *Main Street*, toujours désespérément vide.

— La maison de Carolyn ne devrait plus être trop loin...

En effet, une maison en lattes de bois beige, située sur le côté droit de la route, porte la mention « Carter » sur sa boîte aux lettres.

— 'Y a un grand sapin sur la droite ?

— Oui, c'est là. Et un paillasson avec un chien dessiné à l'entrée.

Vincent omet délibérément d'informer son amie quant à son erreur, au sujet de la couleur de l'habitation.

— Tu vois quelqu'un ?

— Personne.

Karine se raidit.

Sans surprise. Je suis peut-être aveugle, mais je ne suis pas sourde....

Le jeune couple gare le *Sedona express* contre la barrière en bois, qui délimite la propriété des Carter. Pas la peine de mettre l'antivol. Vincent descend de sa monture et aide Karine à en faire de même.

— Allons voir à l'intérieur.

La demeure des Carter est une maison de plain-pied posée au milieu d'un jardin. Vincent essaye d'en ouvrir la porte, sans succès. C'est fermé. Il jette un regard alentour et remarque un piquet en fer planté dans le sol, sans doute destiné à servir de tuteur à une plante grimpante. Le jeune homme s'en saisit et défonce une fenêtre. Dès qu'elle entend les bris de verre, Karine sursaute :

— Qu'est-ce que tu fais ? C'est quoi ce bruit ?

— C'est moi. Je vais inspecter la baraque.

Voilà à présent que j'entre chez les gens par effraction. Encore un comportement que je n'aurais jamais eu auparavant.

Vincent balaie du pied les derniers bris de vitre et saute à l'intérieur. Il y découvre un petit salon avec un coin télé, un canapé et une petite table ronde.

Un îlot de normalité au cœur d'un maelstrom de folie...

— Tu vois quelque chose ?

— Rien de spécial. Juste une maison comme y en a plein dans le coin, mais personne à l'intérieur.

Sur la table, une facture. Vincent en profite pour glaner des informations.

— Ses parents s'appelaient bien Harry et Megan ?

Karine acquiesce.

— Oui, c'est bien eux.

Sauf qu'ils ne sont pas là...

Vincent examine plus en détail la facture, et en particulier son émetteur. Une société de vente de dosettes de café sur internet. Quand il découvre le nom de la société, son sang ne fait qu'un tour. Le jeune homme décide d'ouvrir la porte à Karine, avant d'explorer plus en avant la maison.

— Tu trouves quelque chose ?

Cuisine, chambres, salle de bain, WC, tout y passe. Vincent retourne auprès de Karine et lui fait son rapport :

— 'Y a personne dans la cuisine, la chambre du fond est vide.

— Et à part ça ?

Comment lui dire...

— La chambre de Carolyn...

Karine ferme les yeux.

J'ai compris.

La jeune femme sent les larmes monter derrière ses paupières closes, alors que Vincent balaye les dernières poussières d'espoir :

— ...vide, elle aussi.

Karine vient se blottir entre ses bras, cherchant une maigre consolation auprès du jeune homme.

— Carolyn...

Vincent lui caresse le dos avant de la gratifier d'un baiser.

Elle en a bien besoin... et moi aussi...

— Et ses parents ?

— Comme les autres...

— T'as rien trouvé sinon ?

Il lui fait humer une dosette de café prélevée dans la cuisine.

— Ça sent bon...

— Tu 'devineras jamais la marque...

— C'est quoi ?

— Sedona Coffee !

Karine reste bouche bée.

— Allons-nous-en d'ici... vite...

Laissant le village derrière eux, Karine et Vincent reprennent la route, chevauchant leur fier destrier à roues, comme deux fuyards tentant de sauver leur peau face à ce qu'il y a de pire : *l'inconnu.*

Entre la disparition mystérieuse de toute forme de vie et le mot Sedona qui apparaît de partout, ils ne sauraient dire ce qui leur semble le plus étrange. Les deux énigmes se télescopent dans leurs cerveaux en ébullition.

Tout doit être lié...

Ils traversent à présent un paysage de collines douces, où champs et prairies se succèdent, recouverts de pissenlits en fleur. Karine demande à s'arrêter un instant pour photographier cet océan doré.

— Comme ça doit être beau...

Et comme c'est étrange que la batterie de son smartphone ne faiblisse pas...

Après cette pause artistique, le duo reprend la route, atteignant la prochaine localité sur les coups de onze heures trente. Un village au nom lourd de signification, au vu des événements des dernières heures :

Pompey, comté d'Onongada, État de New York.

À nouveau, la localité est déserte. La vie y semble avoir été éradiquée plus radicalement encore que de son homonyme romain.

— Ici aussi ?

— Tout pareil.

Ils ne prennent même pas la peine de s’époumoner à la recherche d'hypothétiques habitants, tant il leur paraît évident qu'il n'y en a plus.

Et qu'ils commencent à s'y habituer...

Ces lieux vides de toute trace de vie sont, en moins de quarante-huit heures, devenus la norme. La banalité presque.

Les villes explosant de par le monde des jours précédents ? Oubliées. Jenny ? Presque idem. Quant à Dylan et aux parents Parker, ils appartiennent déjà au passé. Le monde a changé et ils s'y sont adaptés.

Avec une facilité déconcertante d'ailleurs...

Tout juste vérifient-ils encore que les portes des maisons sont fermées à clé. À leur grande surprise, ils en trouvent une ouverte.

Mais bien sûr personne à l'intérieur.

Heureusement pour Karine et Vincent, les anciens propriétaires de cette demeure cuisinaient au gaz, grâce à un vieux four alimenté par de lourdes bonbonnes. À l'aide de cet équipement rustique, ils peuvent enfin s'offrir un vrai repas chaud, le premier depuis la veille.

En inspectant plus en avant les lieux, ils découvrent dans le réfrigérateur – en panne quant à lui, faute d'électricité – de la viande encore consommable et un reste conséquent de purée de pommes de terre.

Voilà qui fera leur repas, accompagné d'eau gazeuse.

Vers les coups de treize heures, ils quittent la maison qu'ils ont squattée le temps d'un déjeuner, sans même que Vincent ne remarque les cartes postales punaisées sur le mur de l'entrée. Toutes vantent les beautés d'un coin désormais célèbre du sud-ouest du pays :

Sedona.

Treize heures dix. Karine et Vincent reprennent la route. Pompey, Jamesville, puis enfin l'entrée sud de Syracuse, via East Brighton Avenue. Les champs cèdent lentement leur place à un décor périurbain, puis franchement urbain.

Le jeune couple traverse à présent le pont qui surplombe l'échangeur entre l'*Interstate* 481 et la 81, juste après *Intrepid Lane.*

Mais toujours pas âme qui vive.

— Bordel, même sur l'*interstate* 'y a personne !

Un spectacle aussi insolite que Times Square vide sur les coups de midi...

Des quartiers résidentiels s'étendent à perte de vue. Sans âme qui vive. Dans le ciel d'azur, aucune trace de traînées de condensation, comme les avions en laissaient régulièrement... du temps où il y en avait encore.

S'il n'y a plus d'avions, alors ce phénomène touche le monde entier. Quoi de plus mondialisé que le trafic aérien ? Or s'il n'y a plus d'avions dans le ciel, le phénomène doit être global...

Si Vincent s'est rapidement habitué à voir les campagnes vides, constater le même phénomène dans l'univers urbain qui lui est familier le terrifie littéralement. Son regard balaie le décor en quête du moindre mouvement : un petit vieux, un chien, un pigeon, un insecte, même un de ces ennuyeux moustiques...

Tout, mais pas rien !

Pourtant tel est le spectacle que lui offre Syracuse ce matin : des maisons proprettes alignées le long de rues bordées d'arbres... et puis c'est tout. Le contraste entre ces banlieues résidentielles intactes et la disparition de toute vie n'en est que plus angoissant. À nouveau, le jeune homme sent des sueurs froides monter, malgré la douceur bienveillante des rayons d'un soleil de plus en plus chaud.

Un soleil chaud pour un monde devenu glacial... quelle ironie !

Karine tire Vincent de ses pensées :

— Tu ne dis plus rien, qu'est-ce qu'il y a ?

— Tu ne peux même pas t'imaginer...

Les ténèbres dans lesquelles baigne la jeune femme, où le son prend le pas sur l'image manquante, lui renvoient pourtant les mêmes informations. Elle n'a jamais entendu pareil silence.

Surtout pas en ville.

— Niveau radioactivité, ça donne quoi ?

— Ça oscille entre 0,07 et 0,08 microsievert. Rien de spécial.

Je me demande si ce Geiger fonctionne bien... mais en même temps, ce que j'ai sous les yeux confirme sa mesure... si une bombe atomique avait dévasté Syracuse, plus aucune de ces maisons ne serait debout. Or elles trônent fièrement là, sous le soleil de ce bel après-midi d'avril. À moins que l'explosion n'ait été plus éloignée encore... non. Impossible. Dans ce cas, les maisons seraient certes intactes... mais leurs habitants aussi...

Vincent a beau tourner le problème dans tous les sens, ça ne colle pas. Sans dire qu'aucune bombe ne peut expliquer l'apparition soudaine de toutes ces références à Sedona.

À commencer par la plus terrifiante d'entre elles, celle géante qui a précipité notre départ.

Ils atteignent à présent le cœur de la ville. Même au milieu des buildings, là où la ville ne dort jamais, cette dernière semble s'être endormie, laissant la chaussée au seul *Sedona express*, qui traverse le centre historique de Syracuse à toute allure, sans même tenir compte de la signalisation routière.

Quelques centaines de mètres plus loin, Karine et Vincent décident de poser pied à terre, quittant leur monture pour explorer l'endroit à pied. La jeune femme déplie *Blanchette* et se met dans les pas de son ami.

— 'Y a quoi, là ?

— De grands immeubles, mais tous semblent vide. Il n'y a personne dans les rues. Là il y a une agence de voyages qui propose d'aller à...

Vincent a un blanc. Avant même qu'il ne reprenne, Karine a compris. Le jeune homme reste stupéfait par ce qu'il découvre :

— ...Sedona, tandis qu'en bas de l'immeuble voisin, le *Sedona Barber* affiche dans sa vitrine un rabais pour les coupes *Sedona style*.

— C'est incroyable...

Où qu'il pose son regard, les références à Sedona sont omniprésentes.

Bizarre, quand on roulait sans vraiment observer en détail les alentours, je ne me souviens pas avoir vu tant de références à Sedona. Mais dès qu'on s'arrête, dès qu'on prend le temps de regarder, c'est comme si les différents éléments mentionnant ce nom me sautaient au visage... un peu comme si le monde autour de nous réagissait à nos arrêts impromptus. Comme s'il était mécontent que nous n'allions pas de l'avant. En fait, c'est comme si l'univers nous criait de ne pas interrompre notre effort qui ne doit avoir qu'un seul but : Sedona.

Il fait part de son idée à Karine.

— Tu déconnes ?

— Non, je t'assure. Dès qu'on ralentit, on en voit.

— C'est normal. Si on s'arrête, c'est justement pour observer. Et quand on observe, on voit.

Pour une fois, la jeune aveugle endosse l'habit de la cartésienne de service.

— Oui, mais souviens-toi d'hier soir... tu voulais partir, je voulais rester, et soudain... *Sedona now*...

La jeune femme reste bouche bée.

Il a raison.

— Et tous les Sedona qu'on a trouvés à DeRuyter, le livre, les pizzas, mon casier... ?

— C'est comme si quelque chose voulait nous pousser à partir, pour qu'on aille coûte que coûte en direction de...

Le jeune couple finit la phrase à l'unisson :

— ...Sedona...

L'hypothèse est élégante. Délirante, mais élégante.

Pas davantage que le reste. Depuis hier, c'est un peu comme si le monde entier avait sombré dans un délire total, alors une bizarrerie de plus ou de moins...

Ils inspectent en vitesse le salon de coiffure. Un salon assez vieillot dont l'entretien laisse à désirer. Personne à l'intérieur bien entendu. Dans un coin, une toile d'araignée, vide elle aussi.

Après le salon de coiffure, ils poussent la porte de quelques immeubles voisins. Vides, obscurs et menaçants.

Un peu comme les couloirs du lycée de DeRuyter, mais sur différents niveaux, en plus terrifiants encore.

Vincent y pénètre de quelques pas, guère plus, tant il a l'impression désagréable que *quelque chose* d'invisible l'y observe.

Quelque chose qui me dit que non, ce n'est pas par là qu'il faut aller...

Le jeune homme veut déjà se remettre en selle, quand sa compagne d'infortune lui demande d'aller jeter un œil aux locaux de l'agence de voyages.

À nouveau, l'endroit est vide. À l'exception de grands posters promotionnels qui vantent les mérites de la seule et unique destination qui vaille : *Sedona, Arizona.*

Sur le bureau de l'accueil, une carte routière des États-Unis est posée là, bien en évidence. Le jeune homme s'en saisit et la déplie. À mesure que le papier crisse et que Vincent la découvre, Karine sent la tension monter, tandis que son compagnon se met à blêmir :

— Oh mon Dieu...

— Quoi ?

— Il y a un tracé au feutre rouge là, sur la carte...

— Comment ça ?

— Je ne sais pas, mais c'est comme si quelqu'un y avait noté une route.

— Quelle route ?

— Syracuse – Sedona...

La jeune femme reste pantoise.

C'est de la folie...

Karine ne croit pas si bien dire. Un détail n'a pas manqué de sauter aux yeux de Vincent, un détail qu'il n'omet pas de révéler à son amie :

— ...avec un détour par Columbus...

31.

Sur la route, État de New York, USA, 15 avril.

Après une nuit passée dans le séjour d'une maison à Warners, dans la banlieue ouest de Syracuse, le jeune couple reprend la route plein ouest, en direction de Buffalo.

Et par là même aussi de Sedona...

Ils roulent à présent sur une nationale, d'habitude peu recommandée aux véhicules tels que le leur, que l'absence de toute autre forme de circulation rend parfaitement praticable pour le *Sedona express.*

Autour d'eux, le paysage alterne entre champs et prairies. Le soleil, de plus en plus généreux, réchauffe les corps et les cœurs.

— Il fait bon...

De temps en temps, ils s'accordent une pause photo afin que Karine puisse immortaliser les paysages que Vincent lui décrit. Des photos toutes plus belles les unes que les autres.

Détail notable : depuis qu'ils suivent l'itinéraire préconisé par la carte trouvée précédemment, plus aucune apparition du mot *Sedona* n'est à signaler. Par contre, la vie, qu'elle soit humaine ou animale, reste aux abonnés absents. Seule la végétation semble être restée en place, à commencer par les arbres qui, lentement, se parent de petites feuilles d'un vert tendre.

Leur plan se déroule comme prévu. Dès qu'ils repèrent un supermarché, ils y font leurs *emplettes*, ce qui leur permet de manger et de boire sans attaquer leurs réserves.

Jordan – Weedsport – Port Byron – Montezuma - Tyre... les villages de la banlieue ouest de Syracuse défilent les uns après les autres. Vides bien sûr.

16 avril, 17 avril, 18 avril...

Autour d'eux, la nature devient de plus en plus belle. D'immenses prairies aux innombrables herbes folles s'étendent à perte de vue.

— Qu'est-ce que j'aimerais les voir...

Clic-clac, photo dans la boîte.

Un rythme de croisière s'installe, avec petit-déjeuner dans la maison squattée la veille, pique-nique champêtre en guise de repas de midi, puis, aux alentours de dix-sept heures, recherche d'un hébergement pour la nuit.

À chaque nouveau domicile élu, Vincent teste s'il y a du courant électrique.

Sans succès.

Puis vient l'heure du dîner, suivi d'un long moment à l'extérieur, pour se reposer de la journée sur la route. Le couple s'assoit alors dans un jardin, face à des couchers de soleil qui se font plus extraordinaires de jour en jour. Puis une fois la nuit tombée...

Quelle merveille... merci la vie pour ces purs moments de grâce...

Karine la campagnarde est dans son élément, Vincent le citadin apprécie chaque jour davantage cette vie au grand air. Aucun d'eux ne souhaiterait revenir au monde d'avant.

Pour les vêtements sales, là aussi, le pillage systématique des supermarchés qu'ils rencontrent sur leur chemin remplace la lessive. Seule la toilette – à l'eau de pluie froide, récupérée dans des citernes que certains particuliers avaient mises en place à cet effet – est un moment un peu moins agréable.

Le monde est à eux et ils sont le monde. Un monde de plus en plus beau, de plus en plus chaleureux, à l'image de la relation de plus en plus solide qui les unit.

Un soir, à la terrasse d'une maison squattée, Karine prend un selfie face au soleil couchant, avant d'embrasser tendrement Vincent sur la bouche.

Ils sont bien.

Ils sont seuls.

19 avril, 20 avril, 21 avril...

La route défile sous les pneus du *Sedona express*. Les petites feuilles deviennent grandes. La verdure recouvre chaque jour davantage les branches autrefois nues, tandis que les boutons d'or remplacent les pissenlits en fleurs.

De nouveaux sujets photographiques pour la belle Karine...

Après la route nationale, ils tentent l'*interstate*. En tandem. Le spectacle de ces deux naufragés avalant – seuls – le bitume de cette autoroute est des plus insolites. Le lendemain, plus hardis encore, ils empruntent à nouveau l'*interstate*, mais à contresens cette fois-ci. Sans encombre.

Pour faciliter leur progression, ils décident de se délester des rations de survie.

Avec tout ce qu'on trouve dans les supermarchés, pas besoin de traîner ce poids derrière nous...

Arrivés à la hauteur de la ville de Buffalo, ils contournent cette dernière, mettant le cap au sud-ouest, le long des Grands Lacs.

22 avril, 23 avril, 24 avril...

La tension des premiers jours a totalement disparu. Tout comme les gens, les animaux, et les traînées de condensation des avions.

Mais ça, ils ne s'en soucient plus guère...

Moment de légèreté.

Autour d'eux, le paysage évolue vers toujours plus de variété.

De plus en plus beau, de plus en plus serein...

De plus en plus chaud aussi. Ce qui ne manque pas d'incommoder Karine :

— Pff, j'ai envie de me mettre en jupe...

Sauf qu'on n'a pas pensé à emporter de jupes...

Par hasard, ils traversent juste un village comportant un magasin de prêt-à-porter.

— Va pour une virée *shopping*...

La jeune femme sort de la cabine d'essayage, un T-shirt et une jupe en jean autour de la taille.

— Alors, ça te plaît ?

Vincent entonne le refrain de la chanson du film *Pretty woman.*

Pretty woman, walking down the street...

Elle essaie une autre tenue, puis une autre, et une autre encore, toujours au son de la célèbre chanson. Elle va et vient entre les rayons et la cabine d'essayage, telle une Julia Roberts en pleine séance de *relooking.*

Vincent immortalise la séance à l'aide du smartphone de la jeune femme.

Il en profite pour vérifier l'état de la batterie.

Toujours pleine... incroyable...

Un T-shirt bleu orné de fleurs aux couleurs vives, une jupe orange flottant autour de ses longues jambes, son ample chevelure au vent, elle se sent bien, parée pour la suite de l'aventure, heureuse de vivre.

Pour conclure cette pause *shopping*, direction l'opticien, de quoi s'équiper en lunettes de soleil pour les beaux jours.

— Je me disais bien, 'fait beaucoup trop clair la dehors... lance Karine avec humour.

Ils reprennent la route sous le doux soleil printanier. Tous deux sifflent à présent des airs joyeux.

De temps en temps, lors des pauses déjeuner, ils improvisent des concerts virtuels, lui à l'*air guitar*[14], elle au smartphone, qu'elle utilise en guise de micro factice, chantant à tue-tête des chansons l'une plus pop que l'autre.

Ils retombent en adolescence, ils retombent en enfance. Ils se replongent dans leurs années d'insouciance.

Quand il avait encore ses parents.

Quand elle avait encore ses yeux.

---

[14] L'*air guitar* consiste à faire semblant de jouer de la guitare tout en n'ayant rien dans les mains. D'abord un jeu, cette pratique est devenue un art à part entière, avec des concours organisés au niveau international. https://fr.wikipedia.org/wiki/Air_guitar

D'ailleurs, elle en a presque oublié sa cécité.

Leur bonheur simple aurait fait plaisir à voir, sauf qu'il n'y a plus personne pour se délecter du spectacle.

Un soir, alors qu’ils font à nouveau face à un coucher de soleil, Vincent ose :

— Quel kif d’être avec toi !

— C’est un langage de jeune médecin, ça ?

— De jeune médecin amoureux oui, chez qui cet amour fait remonter la fougue et la liberté de ses trop courtes années adolescentes, à l’époque où on s’en foutait du qu’en-dira-t-on. :-)

Elle lui répond d’un baiser langoureux qu’elle ponctue, dans le creux de l’oreille :

— Moi aussi, je te kiffe…

De l’État de New York, ils passent en Pennsylvanie. De la Pennsylvanie à l'Ohio, suivant toujours la route tracée sur la mystérieuse carte...

La radioactivité se maintient dans une fourchette basse, entre 0,07 et 0,1 microsievert.

Au soir du 2 mai, à leur arrivée dans un village aussi désert que couvert de fleurs, Vincent a tout de même un pincement au cœur, à l'idée d'être les seuls à profiter de ces moments de bonheur.

— Je crois qu'on est vraiment les derniers êtres vivants sur cette planète...

Karine le prend dans ses bras et l'embrasse.

— Eh bien alors, l'amour aura fini par triompher...

Elle dit cette phrase avec une naïveté et une sincérité déconcertante.

Tout simplement. Comme une enfant.

Mais le plus troublant est que Vincent pense à l'unisson : Il aura fallu que tout le monde disparaisse pour enfin être bien.

C'est beau et terrible à la fois.

Presque aussi terrible que le panneau qu'il remarque, à la sortie de la localité :

Columbus – 37 miles.

Ils ne sont plus qu'à 37 miles de chez lui. Ou plutôt de ce qui le fut.

Fini de rire...

32.

Sur la route en direction de Columbus, État de l'Ohio, USA, 3 mai, 13h28.

Le *Sedona express* a repris sa route en direction du sud-ouest, traversant un paysage champêtre. Au loin, la silhouette encore floue d'une ville commence néanmoins à se découper à l'horizon.

Columbus. C'est Columbus...

Malgré la douceur du soleil printanier, l'ambiance n'est plus à la fête.

Fini les chansons...

Karine, les yeux clos derrière ses lunettes de soleil, pédale aussi vite que possible, peinant à suivre le train d'enfer que, sans s'en rendre compte, Vincent lui impose depuis leur départ, ce matin.

Soudain, le compteur Geiger se met à biper.

— 0,6 microsievert, le double de la dose normale !

— Qu'est-ce qu'on fait ?

— On avance. D'après la doc que j'ai lue au lycée, on peut aller jusqu'à 2,5 microsieverts sans risque, alors tant qu'on n'atteint pas ce chiffre, on fonce sur Columbus...

Depuis la veille, depuis que Vincent a vu le panneau indicateur, Jenny est revenue dans sa vie comme un boomerang.

J'ai beau m'être attaché à Karine, Jenny reste ma sœur, mon dernier lien de sang. Mais là, avec ce que le Geiger indique, les chances de la retrouver en vie s'amenuisent encore un peu plus...

À mesure que le tandem s'approche de la ville, la radioactivité grimpe. 0,8 microsievert, 1 microsievert, 1,3 microsievert, 1,6 microsievert... la nature verdoyante cède lentement sa place à un décor calciné. Plus un brin d'herbe n'est debout.

C'est comme si tout ici avait brûlé...

Quelques miles plus tard, ils découvrent la première trace de vie. Ou plutôt de ce qu'il en reste.

— Bordel, les vaches...

— Des vaches ? Tu vois des vaches ?

— Oui, mais toutes brûlées. C'est comme si l'enfer s'était abattu ici...

Visiblement, il s'est passé autre chose ici que dans le reste du pays. Quelque chose qui a agi avant la mystérieuse lumière.

Vincent contemple effaré le spectacle qui s'offre à ces yeux :

Ce que je vois là est l'œuvre de l'homme, comme le Président l'a annoncé à la télé. Ça s'est passé il y a vingt-deux jours. Une éternité déjà.

La traversée du village suivant confirme le diagnostic : maisons brûlées, arbres soufflés, et premières carcasses humaines, réduites à l'état de cendres.

Le couple doit s'arrêter un instant. Vincent rend son petit déjeuner sur le bord de la route, tandis que Karine lui formule une requête :

— Je t'en prie, cesse de me décrire ce que tu vois tant que ça reste comme ça...

Pour la seconde fois de ma vie, je remercie le ciel d'être aveugle... l'odeur me suffit amplement.

Ils reprennent la route plein ouest, traversant feu les villages de Pataskala et de Blacklick, avant de pénétrer dans East Columbus.

Retour au bercail...

Vincent ne peut croire ce qu'il voit. Tout autour de lui, des ruines calcinées remplacent les quartiers qu'il a connus durant sa jeunesse. Son rythme cardiaque augmente, sa pression artérielle grimpe en flèche. Il pédale toujours en direction du domicile de sa sœur, regardant alternativement la route et le compteur Geiger, évitant surtout de se confronter à la vue de ce que la ville qui l'a vu grandir est devenue, soufflée par le déferlement du feu atomique.

Les maisons qui lui étaient familières ne sont plus que de noirs amoncellements de détritus.

Le compteur Geiger se met à hurler :

2,1 microsieverts.

Vincent n'en a cure. Il doit savoir. Malgré la radioactivité, il avance, toujours et encore, quitte à rouler en zigzag.

— Qu'est-ce que tu fais, Vince' ?

— J'évite les voitures.

— Les voitures... 'y a des voitures ici ?

— Oui... des épaves carbonisées un peu partout en travers de la route.

Enfin, le *Sedona express* entre dans Bexley, le quartier où habitait Jenny. Là où Vincent aurait dû se réfugier, là où il ne se passe soi-disant jamais rien.

Désormais, ce sera le cas. Cet endroit est stérile pour des générations...

Le quartier autrefois résidentiel n'est plus qu'un vaste champ de ruines.

Vision d'apocalypse par 2,4 microsieverts ..

Vincent trouve l'entrée de Byrden road, là où Jenny a élu domicile. Sa gorge se noue. Un silence de mort s’abat sur le couple tandis que le jeune homme réduit la cadence, pédalant de moins en moins vite, avant de freiner doucement.

— Qu'est-ce qui se passe ?

— On est arrivé. On est chez elle.

C'est l'heure de vérité...

Karine écoute. Seuls le léger mouvement d'air et la respiration de plus en plus frénétique de son ami lui parviennent aux oreilles. Et toujours cette terrible odeur de brûlé.

Mais pas de Jenny.

Dans ce lieu autrefois plein de vie ne règne à présent plus que le silence. Un silence que seule la respiration saccadée de Vincent vient briser, avant qu'il ne lâche, desespéré :

— Pas elle... pas sa maison... PAS JENNY...

Vincent imagine sa sœur dans son intérieur coquet, voyant venir sur elle la boule de feu qui avale la ville, avant de l'engloutir à son tour. De rage, il se saisit d'une pierre et la jette contre ce qu'il reste des murs de la maison.

— Bordel !

— Vincent... allons-nous-en...

Mais Vincent n'entend pas. Il ne veut pas entendre. Il n'est plus qu'une boule de nerfs à vif :

— Je vais choper celui qui a fait ça et je vais l'étriper ! Ce monstre va payer. Le prix fort !

— Vincent...

Le jeune homme prend Karine par le bras et l'invite à le suivre à l'intérieur des ruines de la maison de Jenny. Arrivés dans ce qui semble être les décombres d'un salon, elle l'entend fondre en larmes.

— Vincent...

— Elle est là, Karine, elle est là...

— Jenny ?

Il met un long moment à répondre, avant de lâcher timidement, comme un enfant :

— Oui...

Jenny n'est plus qu'un morceau de viande carbonisé à la forme vaguement humaine.

— Comment tu sais que c'est elle ?

Vincent guide Karine et lui laisse découvrir un objet métallique à moitié fondu, au niveau des mains de sa sœur.

— C'était son alliance. Je la reconnais, elle n'a pas totalement fondu...

Karine s'accroupit à côté de son ami et passe un bon moment à le consoler, le prenant dans ses bras, le serrant aussi fort que possible.

Je dois être là pour lui. Impérativement.

— Vincent. On est une famille maintenant. Je suis là. Tu peux compter sur moi et tu le pourras toujours...

Le jeune homme serre fort son amie contre lui. Il en a besoin. Il a besoin de sentir un être aimant à ses côtés.

Elle sait être mature parfois. Bien plus mature que la majorité des filles de son âge, malgré ses accès de gamineries...

Vincent plonge son regard dans celui éteint de sa consœur d'infortune.

Ses yeux lui sont désormais inutiles, mais son cœur les remplace à merveille. Et celui-ci regarde vers moi...

Dehors, le soleil commence à décliner. Mais ça, Vincent ne s'en soucie guère, et Karine ne le voit pas.

Aucun des deux n'a faim.

Vincent passe le début de la soirée à creuser une tombe décente pour sa sœur. À la lumière dorée du soleil couchant, il y dépose la dépouille de Jenny.

— Adieu, frangine...

Une larme coule sur sa joue. Sur celle de Karine aussi. Puis il recouvre le corps de sa sœur de terre, avant d'y planter un bout de métal, reliquat d'un temps révolu. Il y grave un pudique *Jenny* à l'aide du couteau à cran d'arrêt subtilisé le jour du départ, dans la chambre du père Parker.

Jenny...

— Repose en paix...

Karine prend son ami entre ses bras et essuie ses dernières larmes. Le crépuscule a déjà fait place à l'heure bleue et aux premières étoiles.

— Partons, partons d'ici...

La voix de la jeune femme s'est fait supplique.

— Oui, c'est tout ce qu'il reste à faire...

C'est donc le ventre creux, mais sous un ciel de rêve, aux milliers d'étoiles étincelantes en plein cœur de la ville, que le jeune couple reprend la route, fuyant cet endroit de malheur aussi vite que possible.

Si l'humanité est capable de commettre un tel carnage, alors sa disparition n'est que bon débarras...

Mais dans leur fuite éperdue, Vincent ne remarque pas que le nom de la rue a changé. En lieu et place de la plaque indiquant l'entrée de Byrden road, se trouve désormais celle de *Sedona street...*

33.

Sur la route, au sud-ouest de Columbus, État de l'Ohio, USA, 6 mai, 10h28.

Trois jours déjà qu'ils ont quitté la ville martyre de Columbus. Karine et Vincent avancent machinalement vers l'ouest, tentant vainement d'oublier l'horreur atomique. Le décor calciné de la ville a de nouveau cédé sa place aux paysages ruraux, exempts cependant de toute vie humaine ou animale.

La bonne ambiance des jours précédant l'entrée dans Columbus n'est pas revenue. La morosité s'installe, rendant pénibles les longues journées passées à rouler toujours plus vite, toujours plus loin. Le paysage alentour est de moins en moins beau, moins verdoyant qu'avant, comme brûlé par un soleil caniculaire.

Il fait de plus en plus chaud, ils ont de plus en plus faim.

Heureusement, un supermarché à l'entrée d'une agglomération pointe le bout de son nez.

— Faut qu'on mange, j'ai trop la dalle.

— Moi aussi...

Le jeune couple gare le *Sedona express* face à l'entrée du magasin et se met en quête d'un bon repas. Ils trouvent rapidement le rayon des viandes sous vide, promesse d'une panse bien pleine.

Sauf que ce jour-là, en retirant la pellicule de cellophane qui enveloppe leurs victuailles, une désagréable odeur pestilentielle monte de leur butin. Karine la renifle à son tour. Son verdict est sans appel :

— Cette viande est pourrie, on ne peut pas la manger.

Le réseau électrique étant en panne, les réfrigérateurs des supermarchés le sont aussi, et la viande a fini par se gâter.

C'est d'ailleurs étonnant qu'elle ait tenu aussi longtemps, vingt-quatre jours depuis la grande explosion...

— Faut se rabattre sur les conserves...

Un réchaud à gaz *emprunté* dans le magasin plus tard, voici Karine et Vincent déjeunant à côté du *Sedona express*, à l'ombre du supermarché. Raviolis en boîte pour tous. Ce plat leur permet certes de couper la faim, mais ne peut constituer à long terme la base de leur alimentation.

Vincent a le regard dans le vague :

— Pourquoi j'ai abandonné les rations de ton père...

— Ne t'en veux pas. J'étais d'accord avec toi... on a été trop optimistes, c'est tout. Maintenant, faut trouver autre chose...

— Dommage qu'on n'ait plus accès au net, je suis sûr qu'en tapant « survie » sur Google, on aurait appris plein de choses qui nous auraient été utiles.

— 'Y a d'autres moyens d'avoir accès à ce genre de savoirs.

— Ah bon ?

— T'as pensé aux livres ? Tu sais, les bouquins en papier...

Comme à la préhistoire, c'est à dire avant le web.

— Allons faire un tour à la bibliothèque municipale.

Trente minutes plus tard.

Karine et Vincent se tiennent face à l'austère bâtiment, au cœur d'une petite ville, aussi vide que les précédentes.

— Viens Karine, la porte est ouverte.

Au rythme des *tap tap* de *Blanchette*, le couple pénètre dans ce temple du savoir.

— Ça m'étonne que ton père ne t'ait rien appris de tout ça... il m'avait pourtant l'air à fond dans le trip survivaliste.

Le survivalisme est un mouvement tant idéologique que pragmatique, qui prophétise l'imminence d'une grande catastrophe qui va tôt ou tard finir par s'abattre sur nos civilisations, et qui préconise de se tenir prêt à y faire face le cas échéant. Ses adeptes passent une bonne partie de leur temps libre à s'entraîner aux différentes techniques de survie, gage de leur adaptation au monde post-apocalyptique qu'ils pressentent.

Bref, exactement l'état d'esprit d'un type qui creuse un abri antiatomique sous sa ferme.

— Il l'était, mais...

— Mais quoi ?

Karine semble troublée.

Comment dire...

— Tu sais, mon beau-père ne m'a jamais vraiment considérée comme sa fille...

La jeune femme ferme les yeux et s'arrête à nouveau, cherchant du réconfort. Vincent la prend dans ses bras.

— Je 'crois pas qu'il m'ait jamais aimé...

Une larme coule sur la joue de la jeune femme, larme que Vincent s'empresse de sécher.

— Pourquoi ?

— Parce que je suis tout ce qu'il détestait. Il me reprochait d'être rêveuse, fleur bleue, d'être une fille tout simplement, et aussi d'être binationale, française par-dessus le marché... mon beau-père considérait les Français comme la lie de l'humanité. Une bande de feignasses, la baguette sous le bras et le béret sur la tête, toujours râleurs, toujours en grève ou au bistrot, à l'inverse des Américains, durs à la tâche.

C'est un peu caricatural, certes...

— Pour lui, le monde était binaire. Il y avait les forts et les faibles, les *winners* et les *loosers*, les bons et les mauvais, les fainéants et les bosseurs, ceux qui allaient crever et ceux qui allaient s'en tirer, et quand en plus de toutes les autres tares qu'il me trouvait j'ai perdu l'usage de mes stupides yeux, tu devines dans quelle catégorie il m'a cataloguée...

Dans un premier temps, Vincent ne sait quoi dire. Il se contente de serrer Karine plus fort encore dans ses bras, puis il lui glisse au creux de l'oreille :

— Pour moi, tu es une fille forte. Tu as tenu bon, tu tiens bon malgré tout ça, tu n'as pas hésité à partir à l'aventure malgré ton handicap, crois-moi Karine, tu es tout sauf une fille faible...

À nouveau, une larme coule sur la joue de la jeune femme.

Ce sont là les mots que j'ai toujours attendus de la part d'un homme...

Elle l'embrasse longuement avant de lui lâcher un simple, mais très sincère merci. Puis ils se remettent en quête de livres sur l'art de la survie en milieu hostile.

— Comment c'est classé tout ce *bins* ?!

À son tour, Vincent râle.

Il n'est pourtant pas Français...

Il est juste de cette génération pour qui le mot *recherche* est invariablement précédé des mots *moteur de*, un garçon de son époque, qui n'a jamais connu le monde sans le web, et pour qui le classement des bibliothèques tient du mystère archéologique.

— Désolée Vincent, mais à moins qu'il n'y ait des livres en braille, je ne peux pas t'aider...

Elle prend à nouveau appui sur *Blanchette,* tandis que son ami se dépatouille comme il le peut dans la montagne d'ouvrages qui s’amoncelle sur les étagères. Au bout d'un bon quart d'heure, le jeune homme vient à bout de l'ordre bibliothécaire.

— Ça y est, j'en ai un ! *Survire en milieu hostile*, édité par l'union nationale des survivalistes.

Il s'empresse de s'attabler auprès de son amie.

— C'est intéressant ?

— Oui, 'y a pas mal de trucs... ah là, il y a une liste des savoir-faire de base qu'il faut acquérir si l'on veut être capable de s'en tirer tout seuls.

— Quoi par exemple ?

— Reconnaître les plantes, chasser, pêcher...

— Oh non...

Karine blêmit. Les traits de son visage deviennent ceux d'une fille qui vient de découvrir quelque chose de terrible.

— Quoi ?

— Qu'est-ce que tu veux chass... ?

La jeune femme n'a pas à finir sa phrase. Vincent vient à son tour de saisir l'ampleur du désastre.

— On est dans la mouise, on est dans la mouise grave...

Si la survie passe par la chasse et la pêche, alors faut-il encore qu'il y ait du gibier. Or, depuis la grande lumière, on est seuls. Tout seuls...

Le silence qui les enveloppe est assourdissant. On aurait dit que le tocsin venait de sonner.

Leur tocsin.

Voilà. Ils ont compris. Ils sont faits. Ils peuvent s'en tirer sans les hommes, mais pas sans les bêtes. Même l'option végane est condamnée à moyen terme, car les végétaux dépendent des pollinisateurs. Or s'il n'y a plus d'animaux, il n'y a plus de pollinisateurs, donc à terme plus de plantes.

Ne resteraient que les champignons. Mais on ne peut se nourrir exclusivement de la sorte...

Bref, c'est là l'effet papillon dans toute sa splendeur. *Un battement d'ailes...*

La réaction en chaîne est lancée, tel un compte à rebours annonçant l'extinction de toute vie à la surface de la Terre.

Déjà qu'elle ne tient plus qu'à nous deux...

Ils empruntent tout de même le livre avant de repartir, toujours davantage vers l'ouest, direction Sedona, là où se rendent tous ceux qui croient encore aux miracles...

Car c'est bien de cela qu'ils ont à présent besoin...

34.

Plus loin sur la route, État de l'Indiana, USA, 9 mai, 11h54.

À nouveau le *Sedona express* dévore les miles. L'atmosphère déjà morose des jours précédents fait place à un terrible sentiment d'abattement.

Sans les animaux, on est fichus. Et on a été assez cons pour avoir mis presque un mois pour nous en rendre compte...

Même les fleurs qui égaient encore le paysage sont foutues d'avance.

De l'Ohio ils passent à l'Indiana. L'herbe sèche, brûlée par les rayons d'un soleil caniculaire, ondule dans le vent chaud venu du sud. Pour éviter l'insolation, Karine et Vincent se couvrent la tête à l'aide de T-shirts, glanés çà et là.

À chaque fois qu'ils pénètrent dans un village, le même scénario se répète : Vincent cherche la moindre trace de vie.

Quelqu'un comme nous. Quelqu'un qui sait ce que l'on vit, et qui a peut-être trouvé une solution. On ne peut pas être les seuls...

— Eh oh, montrez-vous...

Personne ne répond. Jamais. Ni homme ni bête.

Vincent se met à trembler. Ses yeux fouillent le décor avec l'énergie du désespoir. En vain.

Karine le prend alors dans ses bras et lui glisse un bisou dans le cou.

— Faut avancer, on n'a pas le choix...

Vers Sedona. Toujours...

Le couple reprend alors sa course, le cœur un peu plus lourd qu'avant, à mesure que les ailes de l'espoir se brisent.

Alors qu'ils traversent un hameau en piteux état, isolé au milieu de nulle part, Vincent freine soudain, sans en avertir son amie.

— Ça ne va pas, Vince' !?

— Je viens de voir un truc là...

— Quoi ?

— Une baraque... une baraque avec de la fumée qui en sort...

Un mince filet de fumée blanche filtre de la cheminée attenante à l'une des maisons.

— Tu crois qu'il y a quelqu'un ?

— Si on ne va pas voir, on ne saura jamais...

L'espoir. C'est la seule chose qui nous permet de tenir...

Ils s'approchent autant qu'ils le peuvent de la maison, sans quitter leur tandem. C'est un taudis de petite taille, pas plus que quatre mètres de côté, ressemblant davantage à un grand abri de jardin délabré qu'à une vraie maison. Le mince filet de fumée continue néanmoins à s'échapper de la cheminée.

Ils ne sont à présent plus qu'à une dizaine de mètres.

À portée de voix.

— Y'a quelqu'un ? Eh oh, y'a quelqu'un ?

Le léger souffle du vent est le seul à leur répondre.

— Monsieur... madame... qui que vous soyez, nous ne vous voulons aucun mal...

— On est juste des naufragés, des naufragés de ces événements, comme vous...

Aucune réponse.

— À mon avis, il est mort de trouille, comme on l'aurait été à sa place si quelqu'un nous avait interpellés, à la ferme.

Pas faux...

— Possible. Je vais aller voir.

Vincent s'approche de la maison, tout en répétant ses appels :

— Monsieur, madame, n'ayez aucune crainte, nous ne venons pas pour vous voler, nous venons en paix...

Par sécurité, le jeune homme vérifie tout de même la présence du couteau à cran d'arrêt, dans la poche arrière de son jean.

Il est là. Tant mieux...

Vincent atteint le pas de la porte. Il tente de se pencher afin de regarder à travers les fenêtres aux carreaux brisés, en vain. Il prend alors une profonde respiration et se décide à tourner la poignée.

La porte s'ouvre.

Machinalement, Vincent a un mouvement de recul, de peur d'être accueilli à la *Winchester*.

Aucune détonation. Aucun son autre que le bruissement du vent chaud, qui inlassablement continue à souffler sur ce silence de mort.

Le jeune homme prend son courage à deux mains et se précipite à l'intérieur, couteau paré, scrutant aussi vite que possible l'obscurité des lieux.

L'intérieur du taudis est encore en pire état que l'extérieur. Un vieux lit en paille avec des couvertures miteuses occupe un coin de l'unique pièce, tandis qu'une vieille table en bois, vermoulue et bancale, trône au milieu, entourée de deux chaises dans un état similaire. En bord de table, une épaisse loupe est posée là, comme oubliée par son propriétaire.

Mais pas âme qui vive. L'endroit est inoccupé.

— 'Y a personne, Karine, tu peux venir...

À son tour, la jeune femme pénètre dans la modeste habitation. Vincent la lui décrit sommairement.

— Mais alors la fumée ?

— Une loupe. Les rayons du soleil entrent par une fissure du toit et viennent se focaliser à travers elle. Ça a mis le feu à de vieux journaux qui traînaient par terre...

— Comme par hasard... et si cette loupe était le moyen qu'a trouvé le propriétaire de ces lieux pour allumer un feu ?

— Pour faire quoi ?

— J'en sais rien... se signaler, signaler sa présence... ou tout simplement cuisiner...

Vincent reste un instant pensif.

Le soleil change de position chaque jour dans le ciel. Cela aurait quand même été un drôle de hasard que l'angle ait juste été le bon juste, pile au moment où on arrive... non, ça ne peut être une coïncidence...

— C'est clair, 'y a quelqu'un ici...

— T'es sûr que tu ne vois personne ?

Le silence de Vincent a valeur de réponse. Karine retourne sur le perron et se met à crier aussi fort que sa voix fluette le lui permet :

— Oh oh, on est là, on ne vous veut aucun mal, montrez-vous...

Puis soudain elle se tait. Pour écouter.

Seul le vent lui répond.

Vincent décide de prendre les opérations en main :

— Bon, on va s'installer là, au cœur du hameau. On va y faire notre pause déjeuner. Si quelqu'un est dans les parages, il n'aura qu'à se manifester...

Le repas de midi – encore une boîte de raviolis réchauffée au gaz – est servi à l'ombre du mur nord de la maison fumante.

L'ambiance est étrange. Elle écoute, il scrute les parages, guettant le moindre mouvement, le moindre son. De temps en temps, ils avalent un ravioli, faisant le moins de bruit possible, pour ne pas rater le moindre indice qui aurait pu les mettre sur la piste d'une hypothétique rencontre.

— Personne, absolument personne...

Vincent en profite pour observer les autres maisons du hameau, sans y remarquer la moindre trace de vie. Il tente sa chance dans deux ou trois d'entre elles, malgré les appels à la prudence de sa compagne.

Mais là encore, il fait chou blanc.

— Montrez-vous, je vous assure, on ne vous veut aucun mal... s'il vous plaît, nous aussi on en a marre d'être seuls...

Aussitôt le repas terminé, Karine suggère de repartir au plus vite de cet endroit qu'elle sent de moins en moins.

Il y règne comme une odeur de peur. Reste à savoir s'il s'agit de la nôtre, ou celle de son potentiel occupant...

— On reste, tranche Vincent.

— Pourquoi ?

— Pour l'obliger à se montrer.

Le jeune homme hausse soudainement la voix :

— Eh oh, qui que vous soyez, où que vous soyez, sachez qu'on ne partira pas d'ici avant de vous avoir parlé, alors plus vite vous vous montrerez, plus vite nous vous ficherons la paix !

— Ça ne va pas, Vincent ?

Le jeune homme glisse sa réponse à l'oreille de Karine, sur le ton de la confidence :

— Au contraire. C'est peut-être notre seule chance de rencontrer quelqu'un de vivant, alors crois-moi, on ne va pas la laisser passer...

Exit le plan initial. Plus question de reprendre la route.

On reste là. Le temps qu'il faudra...

Vers quatorze heures, la chaleur du soleil devient si intense qu'ils renoncent à rester dehors, préférant se rabattre sur le taudis fumant.

Karine se couche un instant sur le lit en paille, tandis que Vincent continue à guetter les alentours.

Personne à l'horizon.

L'après-midi s'écoule lentement, très lentement, toujours sur le qui-vive. Sous le toit en tôle, la chaleur devient étouffante. Karine, en nage, brasse l'air avec sa jupe.

— 'Fait trop chaud...

— Et dis-toi que ça, ce n'est rien à côté de l'Arizona...

Vers 16h30, Vincent tente une nouvelle exploration du hameau, plus méthodique cette fois. Karine l'accompagne, armée de son éternelle *Blanchette,* tentant de rassurer de sa voix douce toute personne qui se serait trouvée là.

De se rassurer elle-même aussi...

Personne. À moins que l'individu qu'ils cherchent ne se soit lui aussi déplacé de maison en maison, afin de ne pas se faire repérer... mais non, ils l'auraient vu, ou pour le moins entendu.

— Il a dû s'être planqué dans l'herbe haute. Peut-être à une dizaine de mètres d'ici, peut-être encore moins. Il doit nous observer, nous guetter, mais ne veut pas se montrer.

Il nous guette. Il doit être tout près. Qui qu'il soit...

Pour couper court à la peur qui s'empare du couple, Vincent décide d'explorer les abords proches du hameau, fouillant méthodiquement chaque mètre carré d'herbe, afin de ne laisser aucune chance à quiconque y aurait trouvé refuge.

Là encore, il revient bredouille.

— Alors, qu'est-ce qu'on fait ?

19h00. Réchaud. *Raviolis.*

— On squatte sa baraque et on monte des tours de garde...

Karine n'en revient pas :

— Des tours de garde ? Mais comment... t'as oublié que j'y vois encore moins que si j'avais été avalée par un cachalot par 1200 pieds de fond ?

— Peut-être, mais t'as de bonnes oreilles, et en pleine nuit, sans lumière, c'est sans doute plus efficace que de bons yeux...

La nuit venue, Vincent met son plan à exécution. Il se dévoue et prend le premier tour de garde à 22h, tandis qu'elle tente de trouver le sommeil après cette journée éprouvante. Elle s'endort enfin vers les 23h30, juste avant le quart suivant, qui lui est assigné. Conscient de la rudesse de la journée qu'il lui a imposé, Vincent décide de l'épargner, embrayant sur un second tour de garde, puis sur le suivant encore. Vers les 3h30 du matin, alors que rien n'a bougé, ses paupières deviennent lourdes, trop lourdes.

Il tente de réveiller Karine afin qu'elle le remplace, mais ne parvient même pas à la rejoindre. Il s'effondre à même le sol, terrassé par le sommeil.

Le matin suivant. La jeune femme ouvre lentement ses yeux sur son océan de ténèbres quotidien, tout en bayant aux corneilles.

— Vincent, t'es où ?

La réponse vient sous la forme de ronflements.

— Vincent ? VINCENT !

Le cri de sa compagne le tire du sommeil.

— Karine... où... quand ?

La voix électronique du smartphone de la jeune femme lui apporte la réponse :

— *Nous sommes le 10 mai, il est 9 heures et 17 minutes...*

Le 10 mai ? 9h17 ? Mais alors...

— Bordel, je me suis endormi !

Le jeune homme saute illico hors de la maison pour voir si quelque chose a bougé.

Mon erreur est impardonnable. Heureusement, le Sedona express, *garé là depuis la veille, n'a pas bougé. Ouf.*

Il examine les lieux. Rien à signaler.

Karine vient le rejoindre.

— Tout est là ?

— Plus de peur que de mal, mais dorénavant 'faudra faire gaffe. Ce soir, 'faudra pas la moindre faille.

— Ce soir ? Tu veux rester là jusqu'à quand ?

— Tant qu'il faudra, et tant qu'on le pourra...

N'ayant plus de sandwich pour le petit déjeuner. Ils doivent à nouveau se rabattre sur leur réchaud et une boîte de...

— J'en peux plus de ces raviolis !

— Moi non plus...

Quelques instants plus tard, la flamme du réchaud vacille avant de s'éteindre.

'Plus de gaz.

Karine et Vincent se contentent donc de raviolis à peine tièdes.

Ils auraient bien tenté de se servir de la loupe découverte la veille, sauf qu'allumer un feu à l'aide de cette technique requiert un savoir-faire qu'aucun des deux ne maîtrise.

— On a quoi d'autre à manger ?

Vincent dresse rapidement l'inventaire du *Sedona express*. Il ne leur reste plus que deux boîtes de... raviolis.

Le jeune homme scrute une nouvelle fois les alentours, cherchant désespérément la moindre trace de vie animée. Toujours rien. Un voile de larmes vient brouiller son champ visuel, tandis qu'il fond en sanglots.

— On va crever. On va crever tous les deux...

— Vincent...

— Pourquoi on a pas pu y passer, comme les autres...

— Vincent !

— ...

Karine le serre dans ses bras, pour tenter de le réconforter. Elle en profite pour lui glisser au creux de l'oreille :

— Allons-nous-en... ici il n'y a plus d'espoir, tu sais où on doit aller...

Le jeune homme soupire :

— Oui... je crois qu'on va devoir laisser tomber. De toute façon, si cette maison avait un occupant, il se serait manifesté depuis longtemps... tant pis, on va manger ces raviolis froids, et après, on se casse...

Les raviolis à peine tièdes leur paraissent immondes.

Mais c'est ça ou rien.

Une fois leur repas terminé, ils se remettent en selle.

Alors qu'ils sont sur le point de partir, un morceau papier journal porté par le vent vient s'écraser sur la joue gauche de Karine.

— C'est quoi ce truc ?

— Juste un truc qui volait, là...

Vincent la débarrasse de l'intrus. Il y jette tout de même un bref coup d'œil.

Un seul mot y est écrit. En grand :

Sedona.

35.

Grande banlieue d'Indianapolis, État de l'Indiana, USA, 12 mai, 10h24.

Le *Sedona express* entre à toute vitesse sur le parking d'un hypermarché. Ce dernier est aussi désert qu'immense, à l'image de l'imposant magasin que Karine et Vincent viennent de dénicher. Le paysage, toujours rural, porte néanmoins les premiers stigmates de l'urbanisation, dont ce temple de la consommation n'est qu'un des nombreux avatars. Seule manque l'animation qui, normalement, foisonne en ces lieux, remplacée par l'imposant silence qui désormais règne sur un monde d'où toute vie s'est évanouie.

Ils garent leur tandem contre le mur de l'hypermarché et y pénètrent par une porte coulissante, bloquée en position ouverte.

Faute d'électricité, le magasin est plongé dans l'obscurité. Vincent allume sa lampe torche et balaie les alentours de son faisceau.

— OK, on peut y aller...

Le jeune couple parcourt les allées, poussant un caddie trouvé à l'entrée, non loin des caisses. Cela fait deux jours qu'ils ne mangent plus qu'un repas par jour. Des raviolis en boîte froids, au goût immonde. Heureusement, les maisons qu'ils squattent chaque soir sont équipées de puits à pompe manuelle, qui leur permet au moins de se désaltérer à l'eau fraîche, puisée directement dans la nappe phréatique.

En passant par le rayon prêt-à-porter, ils prennent le temps de se trouver des couvre-chefs plus pratiques que leurs T-shirts, afin de se protéger des rayons ardents du soleil. Karine débusque un grand chapeau de paille, tandis que Vincent opte pour une casquette aux couleurs d'une fameuse équipe de base-ball.

Ils en profitent également pour troquer les jeans de Vincent pour des bermudas légers, tandis qu'elle craque pour une robe verte au tissu très doux, qui lui aère agréablement les jambes.

Alors qu'elle l'essaie, elle a soudain la désagréable impression d'être épiée.

— Qui est là ?

— 'Y a que moi...

— Non, je suis sûre qu'il y a quelqu'un d'autre. Ça me fait toujours ça quand je sens que quelqu'un me regarde. Ça m'a fait pareil le soir où je t'ai senti pour la première fois, à la ferme.

Vincent balaie les rayons avoisinants du faisceau de sa lampe, sans voir âme qui vive.

— C'est encore ton imagination qui te joue des tours...

Le couple continue sa progression à travers les allées sombres de l'hypermarché, mais à présent, la désagréable sensation d'être épié par des yeux tapis dans l'obscurité gagne également Vincent. Il se retourne plusieurs fois, tentant de surprendre un éventuel intrus, braquant soudainement le rayon de sa lampe torche sur lui. Sans succès.

Son rythme cardiaque s'accélère, tandis que les sueurs froides reviennent à la charge.

En parcourant les rayons, ils tombent sur des recharges de gaz pour leur réchaud, ainsi qu'un nombre conséquent de jeux de piles pour la lampe torche.

Au moins une bonne chose de faite...

Alors qu'ils se servent, résonnent comme de légers bruits de pas. Rapides et quasi inaudibles.

— Chut Vince', plus un bruit !

Au début, seule Karine les perçoit, mais très vite, son compagnon les entend à son tour.

— C'est par là...

Estimant que la meilleure défense est l'attaque, le jeune homme décide de se diriger hardiment vers l'origine de ces bruits, tout en balayant frénétiquement les environs du rayon de sa lampe. Karine ferme ses yeux pour mieux se concentrer sur l’environnement sonore. Tous leurs sens sont en alerte.

Ils débouchent sur le rayon alimentation. Des centaines de barquettes de viande sous vide les attendent, tentantes à souhait. Le jeune homme se rue sur l'une d'entre elles et en déchire la cellophane.

À nouveau, une terrible odeur de moisi emplit l'atmosphère.

— Beurk !

Il en ouvre quelques autres. À nouveau la même odeur infecte s'en dégage.

— 'Y a plus rien à bouffer !

Ses nerfs sont à vif.

Toute la nuit, j'ai rêvé de viande, et maintenant que je suis devant une montagne de steaks, je ne peux pas y toucher...

Le supplice est terrible. L'odeur de moisi emplit l'atmosphère, comme un voile de mort s'étendant sur le jeune couple. Karine essaie de réconforter le jeune homme par sa présence, mais son dépit est palpable.

À nouveau, les pas légers se font entendre.

— C'est par là...

Vincent prend Karine par le bras, la guidant droit en direction de l'origine de ces bruits mystérieux. À l'arrivée, un immense rayon de boîtes de conserve les attend. Des légumes, des fruits, mais pas de viande.

Ou alors juste en guise de farce dans des... raviolis.

— Au moins on va pouvoir varier un peu...

Le jeune homme décrit la scène à son amie. Soudain, cette dernière lui intime l'ordre de se taire.

— Chut !

Le silence. Ou presque.

Karine tourne lentement sa tête vers la droite.

— Ça vient de là...

Vincent n'entend rien. Quand soudain, un son venu d'un autre âge, d'au moins un mois dans le passé, se fait entendre. C'est un petit son discret, mais dans le silence de mort, ce petit son emplit tout l'espace sonore :

Mi.

Le jeune homme s'avance d'un pas rapide vers l'extrémité du rayon des conserves, d'où ce son semble provenir, lampe torche à la main.

Alors qu'il touche au but, les pas légers détalent.

Il se casse, c'est donc que la peur est dans son camp...

— Montrez-vous, on ne vous veut pas de mal. On est dans la même mouise que vous...

Aucune réponse.

Vincent en profite pour balayer l'endroit du faisceau de sa lampe. Ils sont arrivés au rayon nourriture pour animaux.

Tandis que Vincent peste, Karine remonte ses cheveux en chignon, dégageant ses oreilles, pour mieux écouter.

C'est cet instant que les petits pas choisissent pour se manifester à nouveau.

Mi.

C'est tout proche, à deux mètres d'eux au maximum. Mais surtout, ça semble être émis au ras du sol.

Aussitôt, Vincent braque sa lampe torche vers le bas et croise *son* regard.

— Karine... il y aura de la viande au dîner...

— Comment ça ?

Les petits pas se font à nouveau entendre. Plus doux cette fois, juste avant qu'au timide *Mi* ne succède un plus franc *Miaou.*

— C'est un chat ?!

— Oui. Un beau chat bien dodu, au poil roux tigré, avec de grands yeux verts comme les tiens...

— Mais tu ne vas pas...

Déjà, elle entend le son du couteau à cran d'arrêt qui s'ouvre.

— Vincent, non ! Ne lui fais rien !

— Dans le livre sur la survie, ils disent bien qu'on doit chasser...

— Vincent non, NON !

Karine est terrifiée. Terrifiée à l'idée que son ami puisse attenter à la vie de ce pauvre animal.

— Non, NON !

Le jeune homme s'arrête net, excédé :

— Et voilà, avec tes cris, il est parti. Alors, contente, miss protectrice des animaux ?

L'ironie est perceptible dans sa voix.

— On ne va quand même pas manger un chat !

Vincent lève les yeux au ciel, irrité par cet accès de gaminerie.

— C'est de la viande. De - la - viande ! Réveille-toi, mademoiselle fleur bleue, on est dans la vie, la vraie. Pas chez les Bisounours. Et dans la vie, tu as le choix entre tuer... ou crever.

— Tu parles comme mon père, tu me dégoûtes !

Elle laisse éclater un sanglot, avant de continuer :

— Je pensais que tu étais différent, je pensais que...

— Que quoi ?

— Que toi au moins tu serais... humain !

Il tente de la prendre dans ses bras, mais elle le repousse.

— Arrête de faire l'enfant !

La jeune femme a un mouvement de recul.

— Si c'est comme ça, alors laisse-moi là. Je préfère crever ici que de devenir un monstre comme tous les autres...

Elle laisse couler ses larmes.

— Karine...

Ses jambes chancellent. Elle s'affale à même le sol, tout en continuant à pleurer. Avec le retour d'un calme relatif, les petits pas refont surface.

— Bute-moi plutôt que de le buter...

Si c'est ça la vie, je préfère être morte... et je regrette d'être née...

Soudain, quelque chose de chaud et douillet vient se frotter contre sa jambe.

C'est le chat.

À son tour, elle le caresse, sous le regard médusé de Vincent.

— Tu ne le touches pas, Vince' ! Sinon je...

Sinon quoi ?...

Le félin se met à ronronner.

— De moi tu n'as rien à craindre, petit chat, mais fuis comme la peste les autres êtres humains...

Vincent n'en croit pas ses yeux. Il a faim, et voilà *l'autre* qui se prend d'affection pour ce chat.

Elle est folle...

Sous les caresses de Karine, l'animal opère un léger déplacement et tente de débusquer quelque chose à coup de patte.

— Qu'est-ce qu'il fait ?

— Ce qu'on devrait être en train de faire, il cherche à bouffer...

— Vincent...

— Il cherche à ouvrir un paquet de croquettes...

— Donne-les-lui...

— Pfff...

Comme Vincent ne se montre pas coopératif, elle s'en charge, à tâtons. Elle trouve l'ouverture du paquet et verse une belle ration, à même le sol. Aussitôt servi, le chat se met à manger frénétiquement, sous les caresses de sa mère nourricière.

Debout à côté d'elle, mais n'osant agir, Karine sent la présence de Vincent. Un Vincent qui bout intérieurement.

Une fois son repas terminé, l'animal se lèche les babines, avant de s'enfuir aussi vite que possible, à travers les rayons du supermarché.

— Voilà, contente la petite sainte ?

— Oui. Ce chat est la première forme de vie qu'on rencontre en un mois et toi la première chose qui te passe par la tête est de lui faire la peau. Tu me dégoûtes, Vincent !

— Deviens réaliste pour une fois, miss flower power !

— Moi je me demanderais plutôt comment ce chat a pu atterrir là. Je ne crois pas que cet animal soit apparu maintenant, là, par hasard. S'il a pu être là, c'est peut-être qu'il y a d'autres animaux. Peut-être même que tous les animaux sont de retour, et peut-être même les hommes...

Autant les animaux ce serait cool, autant les hommes non. Surtout si les meilleurs valent à peine un Vincent...

— Tu crois que... ?

— Faut vérifier...

Vincent tend la main à Karine pour l'aider à se relever, mais également en guise d'excuses.

Je lui dois des excuses. Sous ses dehors de fille idéaliste, elle sait être très logique et, malgré sa cécité, visionnaire même.

Il se demande comment il a pu se laisser aveugler de la sorte, incapable de voir plus loin que le bout de viande qui lui pendait sous son nez. La réponse s'impose d'elle-même :

La faim.

Poussant le caddie aussi vite que possible, Karine et Vincent filent vers la sortie de l'hypermarché.

Vers la lumière.

Ils franchissent les portes du magasin, regagnant l'air libre, sur le gigantesque parking vide.

Pourtant, quelque chose a changé...

— Tu entends ? Tu entends ça, Vincent ?

Des gazouillements d'oiseaux, des bruissements d'insectes, une mouche qui passe par là...

Vincent n'en croit pas ses yeux. Dans les airs les hirondelles ont repris leur ballet, comme si de rien n'était, tandis que plus haut encore, un faucon fait du sur-place, guettant une proie.

— Les... les animaux...

— Oui Vincent, les animaux sont de retour !

Un papillon monarque aux ailes dorées vient voleter entre Karine et Vincent. Quelque chose de chaleureux vient les frapper de plein fouet. Une onde de bonheur.

La vie, tout simplement..

— Oui... oui... venez les animaux...

La voix de Karine s'emplit d'émotion. Une libellule de passage lui laisse entendre son léger battement d'ailes.

Vincent ne comprend pas.

Ça fait un mois que toute forme de vie a disparu, et soudain, c'est comme si d'un coup de baguette magique, tout le règne animal avait décidé de faire son grand retour. Juste au bon moment. C'est incompréhensible...

Par contre, aucune trace d'une quelconque présence humaine. Entre moineaux et hirondelles, les traînées de condensation des avions ne sont pas revenues, ni aucun bruit d'origine artificielle.

Vincent charge le butin du jour dans la remorque du *Sedona express*, laissant un instant de répit à Karine et à ses rêveries. Alors qu'il l'invite à reprendre la course, la jeune femme lui demande, encore émerveillée :

— Tu n'es pas content du retour des animaux ?

La réponse n'est pas celle qu'elle espère :

— Si. On va pouvoir chasser.

36.

Hoosierville, à l'ouest d'Indianapolis, État de l'Indiana, USA, 15 mai, 08h39.

Le voyage vers l'ouest se poursuit, sous un ciel d'azur où hirondelles et martinets enchaînent voltige sur voltige. Si les animaux sont bel et bien de retour, il n'en est pas de même pour les êtres humains ni pour le réseau électrique, toujours HS.

Le couple a passé la nuit dans une ferme à Hoosierville, petite bourgade d'à peine une cinquantaine de maisons, à l'ouest d'Indianapolis. Entre champs de blé encore vert et bosquets, c'est un hameau typique de ce coin de la Grande Prairie.

La veille, Karine et Vincent se sont à nouveau disputés. En effet, en explorant la maison qu'ils occupaient, le jeune homme a trouvé un fusil de chasse en parfait état de marche, ainsi que de nombreuses munitions.

Une arme à feu.

— Que tu le veuilles ou non, ce matin, j'irai chasser. On partira plus tard.

Et voilà que ça recommence...

— Vincent...

— Promis, je ne descendrai pas de chat...

L'ironie est perceptible dans sa voix.

Plusieurs photographies, accrochées aux murs des différentes pièces de la maison, représentent les anciens propriétaires des lieux, ramenant lièvres et lapins de garenne de leurs parties de chasse. La région doit donc être giboyeuse.

— On a tout ce qu'il faut dans les conserves...

— Oui, mais tu vois, moi, j'ai envie de viande. De viande ! Pas juste de cette pâte informe qu'il y a dans les raviolis...

— Tu dois vraiment faire ça ?

Vincent se prend la tête, excédé d'avoir à répéter une énième fois :

— C'est l'ordre naturel des choses, Karine... on a des armes, on est des prédateurs. Si un animal avait faim et s'il avait les moyens de te tuer, il te mangerait sans hésiter, autant toi que moi d'ailleurs. Le fort tue le faible. C'est comme ça...

— Alors à nous d'inventer un autre monde ! À nous de cesser de nous soumettre à cette... cette dictature !

— Et comment tu veux faire ça, *chérie* ?

Redescends sur terre, Karine...

— Déjà en se contentant des boîtes...

— Alors comme ça tu veux te contenter des boîtes... tu sais comment vivaient les animaux qui ont fini en farce dans ces raviolis ? Tu sais comment ils étaient traités ? La viande aux hormones, tu connais ? Les fermes géantes où les vaches ne voient jamais le jour, ça te parle ? T'as bien bouffé la viande qu'on trouvait dans les magasins du temps où elle était encore comestible, mais t'as déjà vu comment ça se passe dans un abattoir ?

'Pas le choix. Faut que je la réveille, il faut que je lui fasse comprendre ce qu'est réellement la vie...

Karine se met à trembler, tandis que Vincent poursuit :

— Moi, je veux juste aller tirer un lapin. Un lapin qui aura eu une vie heureuse dans la nature, jusqu'à ce qu'une balle ne le... ne l'empêche d'avoir des rhumatismes, ou de se faire bouffer par une autre bestiole. Alors, t'as encore quelque chose à dire contre ça, la miss ?

La mettre face aux réalités et à ses propres contradictions. C'est comme ça que je dois faire... Pour son bien d'ailleurs. Notre situation nes nous permet plus de faire dans le sentiment.

La méthode est efficace. Karine ne sait quoi répondre.

— Bon, je comprends que tu ne veuilles pas m'accompagner, alors si tu veux, tu restes ici, je reviens dans deux heures au plus...

Heureusement que quand j'étais ado, Papa m'a initié à la chasse, dans les forêts autour de Columbus. Ça me fait une petite expérience en la matière.

— Et moi, je fais quoi, moi ?

Le jeune homme hausse les épaules.

— Il y a un beau jardin à fleurs derrière la maison, peut-être de quoi faire quelques photos...

Sur ce, il prend congé de Karine et se met en chasse, à travers les champs de blés qui s'étendent à l'infini.

Karine reste un instant assise, pensive.

Il a touché juste. Je ne suis qu'une petite idiote, rêveuse et idéaliste, mais quand il s'agit de passer à l'action, je suis bien moins héroïque que j'aimerais l'être...

Dans les champs alentour, Vincent est aux aguets. Il observe chaque détail, à la recherche d'une trace animale.

*

Du côté de la maison, la jeune femme sort visiter le jardin de leurs hôtes, armée de son indéfectible *Blanchette*. Elle entend des abeilles voler alentour.

C'est bon signe.

À tâtons, elle repère les fleurs dont Vincent lui a parlé. Elle se saisit alors de son smartphone et s'accroupit, tentant d'en cadrer une.

— *Fleur, Marguerite...*

*

Une paire d'oreilles dépasse soudain des blés en herbe. Dès qu'il la voit, Vincent arme son fusil.

*

Karine vérifie l'état de sa batterie.

— *Batterie chargée à 100%.*

Elle cadre.

Il vise.

Clic.

Pan.

Le bruit de la détonation parvient aux oreilles de la jeune aveugle.

Il a tiré.

Il a osé.

Elle se laisse glisser dans l'herbe fraîche du jardin, comme en symbiose avec l'animal qui vient d'être sacrifié, contemplant de ses grands yeux ouverts l'infinie noirceur du monde qui l'entoure.

Gisant à même le gazon à côté d'elle, son smartphone lui annonce une autre nouvelle, par l'entremise de sa voix de synthèse :

— *Batterie chargée à 90%...*

37.

Sur la route, État de l'Illinois, USA, 18 mai, 13h17.

Quittant l'Indiana, Karine et Vincent ont franchi la frontière de l’État de l'Illinois le matin même, du côté du village de Darwin. Le décor brûlé par la canicule se fait plus sec encore. Les fleurs aux couleurs autrefois vives se fanent, comme la relation au sein du couple, qui se délite chaque jour davantage.

De sa chasse, Vincent a ramené deux lièvres qu'il a cuits le soir même, prenant soin de conserver les restes dans des bocaux étanches, trouvés au domicile de leur hôte d'un soir. Ce gibier au goût délicieux, Vincent le déguste seul, attablé dans la cuisine.

Dans la chambre d'en face, tout aussi solitaire, Karine se nourrit d'une boîte de petits pois.

Ambiance...

Le jour suivant, ils n'échangent pas un mot, se contentant de pédaler toujours plus en avant vers l'ouest. Derrière ses yeux clos, une idée tourne en boucle dans la tête de la jeune aveugle :

La légende de Cédalion ne précise pas que ce dernier doit être sympa avec Orion, juste qu'il le guide à bon port, et c'est là le seul élément qui me garde auprès de lui...

Vincent, quant à lui, se dit que cette petite bouderie va bien finir par cesser.

Le soir même, alors qu'il entame la suite du lièvre de la veille, la voix penaude de sa compagne d'infortune se manifeste :

— Je peux en prendre... un peu ?

La tentation est trop forte.

Elle a cédé.

Il la fixe, un sourire en coin.

— Tiens, voilà pour toi...

Le jeune homme prend un malin plaisir à lui servir un excellent morceau, cuisiné dans une sauce exquise, *à la Française*, une recette qu'il tient d'une de ses *girlfriends*[15] hexagonales, qu'il a connue à New York.

Incapable de résister davantage, Karine se rue sur ce délice, oubliant ses réticences vis-à-vis de l'art de la chasse. Néanmoins, sa nuit suivante est hantée de cauchemars.

Des cauchemars et des remords.

Le lendemain, ils parviennent au village de Walnut, Illinois.

L'endroit est désert, à part ces pénibles mouches qui ne cessent de les harceler depuis le retour des animaux.

En explorant l'agglomération, ils tombent sur une maison dotée de clapiers. De petits lapins morts de faim y sont enfermés. On décèle encore aisément les traces laissées par leurs pattes lors de leurs tentatives d'évasion, aussi vaines que désespérées. Vincent hésite un instant avant de décrire sa découverte à Karine, qui à nouveau s'emporte contre l'injustice du destin :

— Monde de...

Il lui fait remarquer qu'elle n'a pas eu la même réaction face à la disparition des êtres humains. À nouveau Karine ne sait quoi répondre, alors elle change de sujet :

— Pourquoi gardaient-ils ces pauvres bêtes enfermées dans ces cages ?!

La question n'est pas idiote. Vincent trouve la réponse au détour d'un tiroir :

— Le type était survivaliste. Il est là, sur la liste d'une sorte d'amicale.

Le jeune homme examine le document plus en détail. Il y trouve une série de noms et d'adresses d'autres membres, dont un qui attire son attention :

---

[15] Petite amie en anglais.

Jim Barnes – Responsable des vivres et du stockage - Allright

— Intéressant...

— Tu crois qu'il y a de quoi manger là-bas, chez ce monsieur Barnes ?

— Ça se pourrait bien...

Un léger sourire s'esquisse sur le visage de Karine :

— Promets-moi que s'il y a de la viande bien conservée là-bas, de la viande qu'on pourra prendre avec sur la route, tu ne chasseras plus...

À nouveau le jeune homme lève les yeux au ciel :

— Qu'est-ce que ça peut te faire ?

— La mort de chaque animal me fait mal, mais si ceux-là sont déjà morts, alors inutile d'en tuer d'autres.

Cette fois, l'argument de la jeune femme fait mouche.

Mais surtout, il présage d'un gain de temps considérable.

— En tout cas le mec habite un patelin au nom prédestiné, Allright, Illinois.

— C'est loin d'ici ?

Vincent fouille quelques tiroirs et trouve rapidement une carte détaillée de la région.

— C'est juste à côté, à sept miles d'ici, on peut encore aller faire un saut chez lui cet après-midi...

Le couple regagne le *Sedona express*, direction Allright, emportant avec lui la liste trouvée dans le tiroir. Le paysage, fait de champs entrecoupés de bosquets, est bien plus beau dans ce coin de la prairie. L'herbe semble plus verte, moins brûlée par le soleil, malgré le temps caniculaire qui se prolonge.

La nappe phréatique doit être proche...

Deux heures plus tard, ils atteignent Allright.

C'est là sans nul doute la plus petite localité qu'ils ont visitée de toute leur odyssée : il n'y a qu'une seule habitation, dont l'adresse correspond sans surprise à celle mentionnée sur la liste.

— Au moins on ne perdra pas de temps à chercher...

Le *Sedona express* franchit l'entrée de la propriété. Cette dernière est constituée de deux granges et d'une maison principale de bonne facture, mélange de pierre de taille et de béton armé recouvert d'un crépit blanc, ressemblant un peu à ces grandes maisons de maître du sud des États-Unis.

Le couple gare sa monture contre le mur, près de l'escalier qui donne accès à l'entrée principale de la demeure, avant de tenter sa chance à la loterie des portes closes.

Par chance, c'est ouvert.

À l'intérieur, un long couloir sombre et un escalier qui donne à l'étage. Machinalement, Vincent appuie sur l'interrupteur électrique qui se trouve non loin de l'entrée et, contre toute attente, la lumière s'allume dans toute la maison.

— 'Y a du jus !

Vincent n'en croit pas ses yeux.

— Comment ça ? T'as de la lumière ?

— Oui, ça marche nickel...

Soudain inondé de lumière, l'intérieur révèle toute la richesse de sa décoration, faite de nombreux meubles et bibelots anciens. Chandeliers, vases, assiettes peintes et tableaux représentant des héros de la guerre de Sécession... une décoration un peu rétro, mais luxueuse.

— Mais s'il y a de la lumière, alors...

S'il y a de la lumière, peut-être trouverons-nous ici des survivants. D'autres êtres humains que nous...

— Excusez-nous d'être entrés comme ça, nous ne vous voulons aucun mal...

Aucune réponse.

Ils décident d'explorer plus en avant la maison. À l'entrée de chaque pièce, leur rythme cardiaque grimpe, leurs muscles se tendent, redoutant une rencontre hostile.

Hostile ou tout simplement décidée à protéger son bien.

Pièce après pièce, ils doivent se rendre à l'évidence : ici aussi, il n'y a personne.

Reprenant leur exploration, ils découvrent par le menu cette belle demeure. Le rez-de-chaussée est du même acabit que l'entrée : classique, cossu, trahissant néanmoins un style de vie bourgeois à l'ancienne. Une salle à manger richement meublée, un séjour où seul le système home cinéma de dernier cri trahit la modernité, et, à l'étage, deux chambres spacieuses donnant sur des balcons ornés de garde-fous, en fer forgé. Dans chacune d'elles, des lits à baldaquin équipés de moustiquaires semblent attendre le retour de leurs propriétaires disparus.

On dirait une déco' du XIXe siècle...sauf que là, pour la première fois, l'électricité fonctionne...

Alors qu'ils décident de regagner le rez-de-chaussée, Karine s'arrête, en plein milieu de l'escalier :

— Il y a quelque chose ici...

— Quoi ?

— Tu ne le sens pas ? On dirait comme... un courant d'air...

Elle a raison... Vincent le sent aussi.

— 'Doit y avoir une autre pièce qu'on a pas encore trouvée, ailleurs dans la maison...

Peut-être celle où les propriétaires des lieux se sont réfugiés, à leur arrivée...

Suivant le discret mouvement d'air, ils dénichent une porte en fer, située exactement sous l'escalier, cachée par un meuble ancien. Poussant de toutes ses forces, Vincent en dégage l'accès.

— T'avais bien raison, elle est là... qu'est-ce qu'on fait maintenant ?

Karine colle une oreille à la porte. Aussitôt, ses yeux s'écarquillent :

— Vincent... j'ai l'impression d'entendre un bruit de machine de l'autre côté...

Le jeune homme écoute à son tour, confirmant le diagnostic de son amie.

— Allons voir...

Prenant son courage à deux mains, il ouvre la porte dissimulée. Cette dernière donne sur un puits en béton équipé d'un escalier en colimaçon aux marches métalliques, qui semble descendre jusqu'aux enfers. Quelques instants après avoir ouvert la porte, une série d'ampoules électriques, incrustées dans les parois du puits, s'allument tour à tour, éclairant l'escalier devant eux, comme une invitation à en emprunter les marches.

— Bordel, c'est quoi encore ce *bins*...

— Quoi ?

Vincent décrit brièvement ce qui vient de se passer. Karine n'est pas surprise. Surtout après avoir entendu le bruit de machines, qui monte bel et bien des profondeurs du puits.

Un bruit qui n'est pas étranger au jeune couple...

— On dirait un générateur, comme celui de l'abri de ton beau-père.

Karine acquiesce.

— Voilà pourquoi 'y a du courant ici. En tout cas, si c'est comme à la maison, ils doivent être là en bas...

Vincent hésite à progresser davantage. Il jette un œil à son amie. Cette dernière semble résolue.

— Qu'est-ce qu'on attend ?

Ils entament donc la descente en file indienne, lui devant, elle derrière, *Blanchette* à la main, non sans avoir au préalable pris soin de bloquer la porte donnant accès à cet endroit, à l'aide d'un vase en guise de cale improvisée.

À mesure qu'ils progressent vers les profondeurs qui s'étendent sous la maison, l'angoisse monte. Chacun de leur pas résonne sur les marches métalliques, les rapprochant toujours davantage de *quelque chose* qui les prend aux tripes :

L'inconnu.

Tout semble possible dans un lieu comme celui-ci, à commencer par la mauvaise surprise de voir la porte d'en haut se refermer sur eux, et de se retrouver piégés là, dans ce sous-sol au milieu de nulle part.

L'oubliette parfaite.

Leurs cœurs battent de plus en plus fort, leurs mains deviennent moites. Par précaution, Vincent préfère annoncer sa venue :

— Nous ne vous voulons aucun mal, n'ayez pas peur...

Malgré ses intentions amicales, il anticipe une éventuelle réaction hostile du fait de leur intrusion. Pour plus de sécurité, il s'empare du couteau du père Parker et en ouvre la lame.

Mieux vaut prévenir que guérir...

Une trentaine de mètres en contrebas, ils parviennent à l'autre extrémité de l'escalier. Ce dernier débouche sur un réduit en béton armé, qui donne sur une lourde porte antiatomique.

Entrouverte.

Comme un petit goût de piège...

— Hé oh, 'y a quelqu'un ?

Si oui, il doit se faire bigrement discret. Ou peut-être profite-t-il du bruit de machine, quasi assourdissant, qui masquerait aisément tout mouvement discret...

Soudain, la lumière s'éteint. Noir total.

Vincent lâche un cri de surprise.

— Qu'est-ce qui se passe, Vince' ?

Le clic de la lampe torche a valeur de réponse.

— La lumière s'est arrêtée, sans doute une minuterie...

— Possible. Mon beau-père avait l'intention d'installer un truc pareil dans l'abri...

À la lumière de la lampe torche, les ombres de Karine et Vincent se parent d'un air menaçant. L'atmosphère froide et lugubre de ces lieux pèse sur eux. À nouveau, les sueurs froides sont de la partie.

Vincent finit par trancher :

— On remonte...

La décision du jeune homme est sans appel.

— Tu ne veux pas voir ce qu'il y a derrière la porte ?

— Et se faire enfermer ici, derrière cette lourde porte ? Non merci !

— Vince', le listing que tu as trouvé parle de vivres et de stockage. Tu sais où elles étaient entreposées chez nous ?

La réponse est évidente.

Dans le Bunker. Et il en est sans doute de même ici.

Vincent ferme un instant les yeux puis, après être resté un instant là à écouter malgré le vacarme des machines, il se lance.

À Dieu vat...

Dans un moment d'inconscience, il tire la lourde porte de l'abri antiatomique. Ce dernier est encore plongé dans l'obscurité et le bruit, celui du générateur qui tourne à pleines turbines.

Armé de sa lampe torche, le jeune homme y pénètre. Aussitôt, la lumière se fait.

— Wow !

L'émotion de Vincent est palpable.

— Quoi ? Qu'est-ce qu'il y a ?

— Karine, on est sauvés...

— 'Y a des gens ?

— Non, mais tes vœux sont exaucés...

Le jeune homme prend sa compagne dans ses bras et la serre fort, comme pour lui signifier que le cauchemar est terminé.

Devant eux se trouve le trésor des trésors : des montagnes de rations de survie, de conserves maison, de la viande fumée, et personne pour leur vouloir du mal.

De la nourriture de premier choix laissée à l'abandon.

De quoi tenir des années...

38.

Allright, État de l'Illinois, USA, 18 mai, 17h38.

— Du confit de canard fait maison, sens-moi ça comme c'est bon !

Vincent exulte. Karine ferme les yeux pour mieux se concentrer sur son sens de l'odorat. Elle sent monter jusqu'à elle la délicieuse odeur de ce mets raffiné.

— On va se faire un de ces gueuletons...

— Qu'est-ce que j'aimerais que tu puisses voir toutes ces conserves... crois-moi chérie, on a touché le jackpot !

Il n'y a plus aucune condescendance dans le mot *chérie.*

Le jeune couple reste une bonne demi-heure dans l'abri, à découvrir un après l'autre les trésors qu'il renferme.

Du pur bonheur.

À nouveau, il serre sa compagne dans ses bras.

— Promis, je ne chasserai plus.

Elle se laisse aller entre ses bras musclés.

Enfin il a compris.

Le repas qui suit cette découverte est mémorable. Confit de canard, truite fumée, fromages, salades, et même du bon vin français, trouvé dans un coin de l'abri aménagé en cave.

Un pommard.

Un délice...

L'air du soir est doux. La couleur orangée du soleil couchant inonde de sa chaude lumière la salle de séjour. Le couple décide d'aller se promener autour de la maison. Tout autour d'eux respire la quiétude, tout n'est que douceur de vivre. Dans le ciel vierge de toute traînée de condensation, les hirondelles ont entamé leur ballet virevoltant, tandis que le jardin exhibe ses fleurs multicolores, de toutes formes et tailles, s'épanouissant sous les derniers rayons de l'astre du jour.

Vincent décrit, Karine photographie.

— Si seulement je pouvais voir tout ça...

Je le verrai, patience... À Sedona, on me rendra mes yeux. Alors toutes les merveilles qui auront défilé devant mon regard éteint me seront rendues d'un seul coup...

— Vérifie quand même ta batterie...

Elle lui a caché que cette dernière commençait à se vider.

— Batterie pleine à 100%...

Étonnement de la jeune femme.

Je n'ai pourtant pas eu l'occasion de la recharger...

Derrière la ferme, un petit chemin de terre donne sur un bosquet, situé plein nord. Un vieux panneau en bois indique :

Vers l'étang du paradis.

— Allons voir ça...

Deux cents mètres plus loin, au beau milieu d'une clairière en plein centre du bosquet, il est là, encore plus beau que dans leurs rêves. Un étang à la surface parfaitement lisse, bordé de joncs, de roseaux et de carex, avec en son milieu une petite île couverte d'herbes folles, sur laquelle pousse un arbre solitaire. Une échelle en bois est adossée contre l'arbre, qui a dû faire office de plongeoir. Un endroit simplement merveilleux.

Il est vingt et une heures. La lumière du couchant qui baigne l'endroit est juste magique. À nouveau, Vincent décrit les lieux à son amie.

— J'adorais photographier les carex, ces plantes ont toujours un excellent rendu à l'image.

La jeune femme s'exécute. Un flash de lumière sort du smartphone, surprenant Vincent.

— 'Y a un flash dans ce truc ?

— Qu'est-ce que tu crois ? De nos jours, les portables n'ont plus grand-chose à envier aux appareils reflex...

En plus de l'évidente beauté des lieux, une grande douceur semble émaner de cet étang. Vincent en touche la surface et constate avec surprise que son eau est chaude, comme celle des mers du sud.

— 'Doit y avoir une source thermale dans le coin...

À son tour, Karine enlève une chaussure et constate de même :

Elle est délicieuse.

Un large sourire se dessine sur son visage. Sans mot dire, elle range son smartphone avant de se dévêtir, retirant tour à tour ses chaussures et sa robe, finissant en petite tenue.

— Qu'est-ce que t'attends, on y va !

La jeune femme plonge avec délice dans les eaux chaudes de l'étang.

— Et puis pourquoi pas...

À son tour, Vincent retire ses vêtements, avant de pénétrer dans ce bain de douceur, à la suite de son amie.

Les heures qui suivent sont parmi les plus belles de leur vie. Nageant dans les eaux délicieuses du bien nommé étang du paradis, ils sont comme deux poissons dans l'eau, alternant brasse, crawl, dos... et surtout farniente, aux nombreux endroits où ils ont pied, sur de gros galets, le dos caressé par les feuilles des roseaux.

Par moment, Vincent quitte l'étang pour grimper à l'échelle adossée à l'arbre, sur l'île centrale. Il entame alors une série de plongeons au cœur de cette piscine de rêve.

— Wow ! Quel kif ! J'ai toujours adoré plonger !

La lumière dorée du coucher de soleil fait place au crépuscule puis à l'heure bleue, ce moment singulier de la journée où les premières étoiles font leur apparition. Tout autour d'eux, la nature semble en fête, comme si elle célébrait leur unité retrouvée. Des lucioles de toutes les couleurs s'envolent des roseaux, formant dans l'air comme un ballet de lumière, sous les feux des étoiles qui, une à une, apparaissent dans le bleu foncé du ciel. Des biches qui passent par là regardent un instant ce couple épanoui, profitant de ce moment de grâce dans les eaux de leur étang enchanté, tandis qu'un rossignol chante pour sa belle. Rien au monde n'aurait pu être plus beau, ils le savent, savourant chaque instant de ce cadeau que la vie leur offre.

C'est devenu si rare...

— Est-ce qu'on voit déjà le Lion ?

Les étoiles constellent par milliers un ciel qui s'est paré de son voile bleu nuit, dominé par une lune presque pleine. Vincent lève ses yeux et reconnaît, presque à la verticale de leur paradis, la constellation préférée de son amie.

— Il est là, juste au-dessus, il veille sur nous...

Karine fait signe à Vincent de s'approcher puis, dès qu'il est à portée, l'embrasse fougueusement.

— Je t'aime.

— Moi aussi.

Ils ne sortent de l'eau qu'aux alentours de minuit, pour rejoindre tout trempés, mais ivres de bonheur, l'une des chambres de la grande maison.

Le bonheur de ces quelques heures de baignade a balayé tous leurs souvenirs néfastes. Toutes leurs envies de quitter cet endroit aussi :

— Karine, pourquoi continuer à courir après une chimère ? Il n'y a rien à

Sedona, alors qu'ici...

La jeune femme ne sait quoi répondre.

Moi aussi, j'ai envie de rester là, dans ce paradis...

La chaleur de cette nuit caniculaire aidant, leurs deux corps s'enlacent, derrière le voile ténu des moustiquaires.

Une heure du matin. Tous deux dorment à poings fermés, un sourire béat sur les lèvres. Lui s'est endormi sur le côté, face à elle, tandis que Karine, les yeux clos, est couchée sur le dos, ses mains délicatement posées sur son ventre...

39.

Allright, État de l'Illinois, USA, 19 mai, 06h41.

Le jour est déjà levé, mais les deux tourtereaux auraient encore bien fait la grasse matinée, si un bruit étrange et lancinant n'avait pas tiré Vincent de son sommeil.

Ça vient de l'extérieur.

Il ouvre ses yeux encore embués, enfile en vitesse un caleçon et un débardeur blanc avant d'aller voir à la fenêtre. Au beau temps des jours précédents a succédé un ciel plombé, à l'aspect pré-orageux.

Ce qui le frappe immédiatement, ce sont les oiseaux dans le ciel. Il y en a des milliers. Des corbeaux, des canards, des oies et toutes sortes de volatiles traversent les airs à tire d'aile, en direction de l'ouest. Il comprend aussitôt l'origine du bruit qui l'a tiré du sommeil : le croassement incessant des corbeaux qui forme une nappe sonore aussi lancinante qu'inquiétante.

— Qu'est-ce que c'est encore que ça ?

— Quoi ? Qu'est-ce que tu vois ?

Karine vient à son tour de se réveiller.

— ...et c'est quoi ce bruit ?

— Tu ne me croiras jamais... dans le ciel, il y a un truc bizarre... les oiseaux... les oiseaux se cassent tous vers l'ouest...

Vers Sedona...

— Ce sont eux qui font ce bruit ?

Vincent acquiesce. Le spectacle est hallucinant et angoissant à la fois. Cette grande migration semble annoncer quelque chose d'apocalyptique. C'est comme si tous ces volatiles tentaient désespérément de fuir quelque chose.

Quelque chose qui doit venir de l'est.

On aurait dit comme un gigantesque vol d'étourneaux, sauf que là, tous les oiseaux des environs semblent s'être joints à ce qui ressemble fort à un sauve-qui-peut généralisé. Vincent est comme hypnotisé par cette vision quand soudain, quelque chose dans la prairie attire son regard.

Un cerf.

Lui aussi court en direction de l'ouest, affolé.

Un second fait de même.

Un troisième l'imite à son tour. Puis un daim, des sangliers, des lapins, et toute la faune terrestre qui, à l'image des oiseaux, semble fuir vers l'ouest, redoutant un péril imminent.

Un péril que nous seuls n'avons pas encore identifié...

L'angoisse est palpable. Les bras du jeune homme se couvrent de chair de poule.

La fenêtre de cette chambre donne plein ouest... impossible de voir ce qui fait flipper les animaux...

— Ça, ça pue...

— Qu'est-ce qu'on fait ?

— Habille-toi, faut se tenir prêts à déguerpir...

Karine s'exécute, enfilant sa longue robe verte, tandis que Vincent s'engouffre dans un jean.

Si les animaux ont une telle frousse, on ne va pas tarder à savoir pourquoi... et il y a fort à parier que quand on saura, on n'en mènera pas large...

La nappe de croassement se fait bourdonnement, le bourdonnement grondement. Karine range prestement son smartphone et *Blanchette* dans son sac avant d'agripper le bras de son ami, direction la sortie de la maison.

Arrivés en bas, Vincent tire la porte d'un geste brusque. Cette dernière s'ouvre sur un spectacle inouï : des centaines d'animaux qui passent en trombe à travers la cour, ne se souciant guère du jeune couple, fuyant toujours éperdument en direction de l'ouest, au point d'en faire trembler le sol. Le jeune homme fixe le spectacle d'un regard quasi halluciné.

— J'ai jamais entendu parler d'un truc pareil...

Qu'est-ce qui peut leur coller une telle frousse...

Au bout d'une minute, le flot des animaux s'arrête net. Karine et Vincent en profitent pour descendre dans la cour, dans l'espoir d'élucider ce nouveau mystère.

À peine ont-ils fait quelques mètres dehors que les tremblements reprennent.

Plus forts, plus amples.

— Qu'est-ce qui se passe, Vincent ? VINCENT...

Le hurlement de la jeune femme essaie vainement de couvrir l'énorme grondement qui s'élève des entrailles de la Terre.

La réponse de Vincent ne se fait pas attendre :

— Séisme...

La jeune femme s'agrippe à son ami. Lui fait instinctivement de même, comme un enfant cherchant du secours auprès de sa mère. Des réflexes instinctifs, venus du fond des âges refont surface, alors que le monde autour d'eux tremble de plus en plus fort.

C'est comme si la terre entière passait au mixer. Nous aussi...

Tout vibre. Leurs corps frêles face aux éléments qui se déchaînent sont le reflet de leur insignifiance. Autour d'eux, des crevasses s'ouvrent. Vincent est obligé de pousser Karine par surprise, afin de lui éviter de tomber dans l'une d'elles.

— Vince', qu'est-ce qui se passe ?

Enfin une ultime secousse, plus forte encore que les précédentes, vient clore ce cauchemar. La terre cesse de bouger, tout retourne au calme.

Un calme de mort...

— C'est... c'est fini ?

— Oui Karine, c'est...

Vincent n'a pas le temps de finir sa phrase que, devant ses yeux terrifiés, les murs de la maison commencent à se lézarder.

— Oh non...

Les fissures avancent comme un cancer fulgurant, couvrant toute la bâtisse de métastases.

— Quoi Vincent ?

— La baraque... elle s'effondre !

Karine n'a pas à demander de précisions, elle entend clairement les pans de murs s'effondrer. La maison qui les abritait cinq minutes auparavant tombe littéralement en lambeaux. Un nuage de poussière s'élève de l'endroit où la bâtisse se trouvait, ne tardant pas à envelopper le jeune couple, qui se met à tousser. Quelques instants plus tard, le voile se dissipe, offrant à Vincent une vue imprenable sur l'étendue des dégâts :

— Bordel, le tandem !

— Quoi ? 'Y a un problème avec le *Sedona express* ?

Karine se l'imagine. Il l'a sous ses yeux. Un lourd pan de mur est tombé sur leur monture, réduisant cette dernière à l'état d'épave, autant le tandem que la remorque.

Vincent met un temps à répondre. Un silence lourd de sens.

— On... on a tout perdu...

L'abattement et la peur transpirent de sa voix éteinte.

Le *Sedona express* en vrac, l'accès à l'abri gorgé de victuailles définitivement enseveli sous des tonnes de gravats... en l'espace de quelques secondes, tout a basculé, réduisant leurs espoirs à néant.

Comment rallier Sedona à présent ? Comment avoir la moindre chance de ne pas mourir de faim, de soif ou de plein d'autres choses encore sur le chemin ? Comment survivre tout simplement ?

Ne leur restent plus que les vêtements qu'ils portent sur eux, le couteau de Vincent, le smartphone de Karine, et *Blanchette.*

La panique gagne le jeune homme, aveuglant son jugement. À nouveau, la cécité de Karine, qui lui épargne ce spectacle apocalyptique, l'aide à réfléchir :

— Calme-toi Vincent. De toute façon, on n’a pas le choix, 'faut avancer.

— Et comment tu veux avancer maintenant ?

La voix du jeune homme monte dans les aigus, comme pour mieux faire sentir son dépit à sa consœur d'infortune. À nouveau, la réponse est évidente, mais Vincent refuse de s'y résoudre.

— À pieds Vince', ... 'faut continuer à pied.

— Comment tu veux aller à Sedona à pied ?! Tu sais à quelle distance c'est ?

Quel manque d'imagination...

— Je ne te parle pas de marcher jusqu'à Sedona, seulement jusqu'à un prochain abri, le temps de se trouver un nouveau moyen de locomotion...

Dans l'Amérique vide de tous ses habitants, le Sedona express *n'est sans doute pas le seul tandem existant, et leur remorque en rien irremplaçable...*

Ils se mettent donc en chemin, le long de la route goudronnée, cap plein ouest, en direction de Sedona, qui n'est plus qu'à la bagatelle de 1500 miles de là...

40.

Sur la route, à l'ouest d'Allright, État de l'Illinois, USA, 19 mai, 14h00.

Cela fait sept longues heures qu'ils marchent, au rythme régulier des *tap tap* de *Blanchette,* fidèle au poste, ouvrant le chemin à la jeune aveugle. La route est droite et sans dénivelé, ce qui permet au moins au couple d'avancer sans trop de fatigue, la tâche étant déjà assez rude ainsi.

La grisaille du matin a fait place à un ciel d'azur, au sommet duquel trône un soleil de plomb. N'ayant rien pu manger le matin même, la faim les tenaille. La soif aussi, tandis qu'inlassablement, ils poursuivent leur route vers l'ouest.

— De l'eau, de l'eau...

Privés de leurs couvre-chefs, le soleil ardant tape durement sur leurs crânes. En désespoir de cause, Karine décide d'arracher le bas de sa robe pour en faire deux bandanas, un pour elle et un second pour Vincent.

Ce n'est pas Byzance, mais c'est déjà ça...

*

15h00.

Des mirages se forment sur la route. On dirait de l'eau, de l'eau à laquelle on ne parvient jamais. Vincent en vient à jalouser la cécité de son amie, qui lui épargne au moins cette cruelle tentation. La veille encore, ce liquide leur paraissait abondant et facilement accessible, mais à présent, seuls sur cette route au cœur de la Grande Prairie, ils en mesurent toute l'importance.

*

16h00.

Des vautours dans le ciel. Autour d'eux une nature desséchée par la terrible canicule. Pas une goutte d'eau ne semble exister à des miles à la ronde. Les muscles de leurs jambes sont en feu, tandis que faim et soif leur font voir leurs premières hallucinations.

— On dirait... on dirait une ferme la devant...

Vincent est en proie au délire. Karine a, quant à elle, compris qu'il lui faut économiser sa salive...

*

17h00.

Enfin du concret. Un chemin en terre donnant sur la route se dessine. À son entrée, un panneau indique fièrement :

Propriété de Tom Mitchell
vétéran des deux guerres d'Irak.
Toute intrusion formellement interdite.
Réponse armée.

Une ferme. À quelle distance ils ne sauraient le dire, ne la voyant pas encore d'où ils se trouvent, mais si un abri doit exister au cœur de cette prairie brûlante, c'est ici ou nulle part.

— On y va, articule Karine, au bord de l'épuisement.

Le couple s'engage sur le chemin en terre.

Si la route goudronnée et plate était déjà un avant-goût du purgatoire, ce chemin tortueux se révèle être les prémices de l'enfer, surtout pour la jeune aveugle qui manque plusieurs fois se tordre la cheville sur ce terrain accidenté.

— Courage, ma grande...

À nouveau, elle ne répond pas, préférant garder pour elle le peu de salive qu'il lui reste.

*

17h30.

Au loin, une bâtisse semble se dessiner. Avec elle, un peu d'espoir de ne pas finir là, déshydratés, au cœur de la Grande Prairie.

*

17h45.

La ferme est à présent clairement visible. C'est une bâtisse rustique, en bois défraîchi, mais c'est toujours mieux que rien. Côté ciel, du changement s'annonce à l'ouest, sous la forme de nuages noirs typiques des puissants orages du Middle West, qui valent à cette région des États-Unis le surnom de *Tornado Alley*.

Karine, épuisée, peine à garder le rythme. Lentement, elle se laisse distancer de quelques mètres.

— Vincent, attends-moi...

Elle est obligée de marquer un court arrêt. Elle en profite pour vérifier l'état de la batterie de son smartphone.

— *Batterie pleine à 53%.*

53% ?!

Si Vincent s'était retourné, il aurait pu lire la surprise sur son visage.

Comment la batterie a-t-elle pu se vider à cette vitesse ? N'aurais-je pas dû la recharger la veille, alors qu'on était dans cette maison, équipée d'un générateur ? Est-ce là l'effet d'une trop longue exposition au soleil ? Mon téléphone n'est-il pas tout simplement défectueux ?

Au fond d'elle, Karine sait que son appareil est fonctionnel, mais que l'état de sa batterie trahit peut-être *autre chose* qu'une simple donnée technique...

*

17h55.

Ils ne sont plus qu'à une centaine de mètres de la ferme, visiblement abandonnée comme toutes les autres bâtisses qu'ils croisent depuis le début de leur odyssée. À bout de forces, ils n'ont même plus l'énergie de demander s'il y a quelqu'un.

Tout ce qu'on veut, c'est trouver une porte ouverte, de l'eau et de la nourriture...

Pourtant, quelque chose semble différent ici. Ils ne sauraient dire quoi, mais autant Karine que Vincent le ressentent. Mais après cette longue journée de marche sous ce soleil infernal, ils sont trop las pour discuter de la situation.

Plus que cinquante mètres.

Plus que trente mètres.

Puis soudain, une détonation.

Une balle de gros calibre passe à une dizaine de centimètres de leurs têtes. Ils en ont senti le souffle, tout près d'eux.

Dans un ultime éclair de lucidité, Vincent plonge sur Karine et l'entraîne avec lui dans les hautes herbes.

De toute façon, 'y a pas d'autre cachette ici...

Quelqu'un a tiré sur eux.

Ils ne sont plus seuls au monde...

PARTIE 3 - L'HUMANITÉ RETROUVÉE

41.

Près de la ferme de Tom Mitchell, État de l'Illinois, USA, 19 mai, 17h58.

— Je vous ai dit de ne plus revenir !

C'est sa voix. La voix d'un autre homme. Une voix colérique et visiblement alcoolisée, mais surtout la voix de quelqu'un qui demande à être laissé en paix.

Il doit donc y avoir de nombreux survivants. Plein d'autres survivants peut-être...

Cachés parmi les hautes herbes, Karine et Vincent ne sont plus que tremblements.

Pan. Un nouveau tir. Proche. Pour leur rappeler que le bonhomme n'est pas du genre commode. La jeune aveugle glisse à l'oreille de son ami :

— 'Faudrait lui dire qu'on ne lui veut aucun mal...

— Tu veux lui dire en face et te prendre une balle en pleine tête ?

Non merci, j'ai déjà donné...

— Alors, qu'est-ce qu'on fait ?

— J'ai une idée...

Le jeune homme retire son débardeur le plus discrètement possible, tentant de ne pas se faire repérer.

— File-moi *Blanchette...*

Karine ne comprend pas où son ami veut en venir. Néanmoins, elle lui fait confiance. Sans hésiter, elle lui remet sa compagne de ténèbres, à l'extrémité de laquelle le jeune homme noue solidement son vêtement.

— C'est pour faire un drapeau blanc. C'est notre seule chance.

Vincent hisse l'étendard de fortune et l'agite vigoureusement dans les airs.

— Ne tirez pas, nous ne vous voulons aucun mal !

La réponse sera orale ou plombée.

— Qui c'est qui que vous êtes encore ?

La syntaxe de l'inconnu est des plus approximatives.

Il est bourré. 'Va falloir faire gaffe...

— Juste deux personnes perdues. Aidez-nous, nous ne sommes pas armés, nous ne vous voulons aucun mal...

Nouvelle détonation. Cette fois, il a néanmoins tiré en l'air et non sur eux.

— Retournez dans votre hélico de malheur ! Vous pouvez dire de ma part au général d'aller se faire foutre ! Jamais je n'obéirais à ce traître !

Le général ?

— Quel général ?! De qui parlez-vous ?

— 'Faites pas le malin, vous savez très bien que c'est de cette enflure de général Skinner dont je vous parle, et si vous arrivez à sortir vivants de chez moi, vous lui direz de ma part d'aller là où est sa place : en Enfer !

— Monsieur... nous ne connaissons pas ce général. Nous ne sommes pas des militaires. Nous sommes juste deux jeunes gens perdus depuis tous ces événements. Avant ça, j'étais étudiant en médecine à New York et mon amie était...

— Lycéenne, chuchote Karine.

— Lycéenne dans un patelin paumé, près de Syracuse.

Merci pour patelin paumé...

— Alors montrez-vous, je verrai tout de suite si vous êtes avec ce chien de général ou pas...

À voix basse, Karine hésite :

— Qu'est-ce qu'on fait ?

— Je crois qu'on n'a pas le choix...

Vincent prend alors son courage à deux mains et se lève. Il découvre son interlocuteur, debout dans la cour de sa ferme, fusil à la main. Grand, black, au visage buriné par la vie, il porte des vêtements troués de toutes parts qui lui donnent un air de marginal.

Un marginal au regard halluciné qui pointe son arme sur moi...

— T'as pas dit qu'y a une gonzesse avec toi... ?

L'homme s'approche, méfiant, tout en gardant un œil alentour, comme s'il cherchait à débusquer d'éventuels complices.

— Qu'elle se montre ou je te bute !

Lève-toi Karine, je t'en supplie.

Encore couchée dans l'herbe haute, la jeune femme est tétanisée à l'idée de faire face à cet homme armé, aux intentions pour le moins hostiles, tapi quelque part dans les ténèbres qui l'enveloppent.

L'homme tient Vincent en joue. Son doigt titille la gâchette.

Karine, je t'en prie...

Enfin la jeune femme trouve le courage de se lever et de lui faire face :

— Je suis là.

Sa petite voix se fait aussi ferme que possible. S'ensuit un instant de flottement.

Dans quelques secondes, je saurai si je reverrai à Sedona, ou bien si je devrai me contenter d'une grande lumière ici même, avant de rejoindre le paradis...

— Que... qu'est-ce qu'il fait ?

— Il nous regarde, il a l'air surpris de nous voir, tous les deux...

Le grand black dévisage le jeune couple, puis il se lance :

— Vous venez de Syracuse, c'est ça ?

— De DeRuyter, à une trentaine de miles au sud de Syracuse...

— On va voir si vous dites vrai...

Oui, mais comment ?

— Dites-moi mademoiselle, vous connaissez l'histoire de votre ville ?

Vincent jette un œil à sa compagne. Cette dernière semble comme abasourdie.

— Dis oui, je t'en prie...

— Mais je n'y connais rien...

— Dis oui ou il nous plombe, je le vois dans son regard...

L'homme s'approche toujours plus près, pointant toujours plus résolument son arme sur le couple.

— Je vous repose la question, connaissez-vous l'histoire de votre ville, ou bien préférez-vous l'histoire de la fille qui va crever dans les bras de son mec, du genre là, maintenant ?

C'est tout de suite plus clair comme ça...

— Euh... oui...

— Bien...

L'inconnu toise un long moment la jeune femme. Elle le sent, elle sent l'odeur de l'alcool suinter de tous ses pores.

Ce type me dégoûte...

— Alors dites-moi mademoiselle, comment s'appelait votre ville au début ? Elle ne s'est pas toujours appelée Syracuse, vous devez le savoir...

Vincent n'en a aucune idée, mais plus inquiétant encore, le visage de son amie trahit la même ignorance.

Comme quoi sécher les cours d'histoire, ça peut vraiment être... mortel !

— Est-ce que c'était Milan, Corinth ou Webster's landing ?

Qu'est-ce que j'en sais ?

— Monsieur, je suis de DeRuyter, pas de...

L'homme campe sur ses positions, inflexible :

— Milan, Corinth ou Webster's landing ?

La main de l'inconnu se tient prête à tirer. Bien qu'imbibé, il ne fait aucun doute qu'il sache viser juste, même dans son état lamentable.

— Je répète. Milan, Corinth ou Webster's landing ?

Pas de 50-50. Pas d'avis du public. Pas de possibilité de téléphoner à un ami. Pas même la possibilité de s'arrêter là. C'est réponse A, B ou C, sachant que les deux mauvaises seraient sanctionnées séance tenante à coup de plomb dans la cervelle. Un concept à creuser pour exploser l'audimat...

— Dernière sommation. Milan, Corinth ou...

Tant pis si je me goure...

— La troisième. Webster's...

— Webster's landing ?

— Oui, c'est ça.

Elle vient de valider. « C'est mon dernier mot ». Peut-être même pour de bon...

Un interminable silence suit la réponse de la jeune femme. Le temps que le rythme cardiaque du couple s'emballe à en faire exploser leurs cages thoraciques.

Enfin, l'inconnu se décontracte.

— Bravo. Je vous crois à présent. Les types de ce bâtard de Skinner sont des incultes qui ne connaissent rien à l'histoire de notre grand pays.

Karine et Vincent poussent conjointement un ouf de soulagement. L'expression du visage de l'inconnu change du tout au tout, allant jusqu'à se faire amicale.

— Venez, rentrez, si vous êtes bien ceux que vous prétendez être, vous devez être morts de fatigue...

42.

Ferme de Tom Mitchell, État de l'Illinois, USA, 19 mai, 18h11.

L'intérieur de la ferme est des plus spartiates. Il rappelle un peu les baraques des pionniers que l'on pouvait voir dans les westerns, toutes faites de lattes de bois, plancher compris, avec un vieux poêle en guise de chauffage, tandis qu'un barbecue sert de cuisinière. À cela s'ajoute une table en chêne, quelques chaises, rien qui n'aurait dépareillé au temps de la conquête de l'ouest, y compris la lampe à pétrole accrochée au plafond, qui est visiblement la seule source d'éclairage dont cet homme dispose. Seule une vieille radio portable, planquée sous une étagère, trahit un peu de modernité.

L'homme range son fusil et s'empresse de préparer des cafés à ses hôtes, tandis que ces derniers s'installent autour de la table.

— Je m'appelle Tom Mitchell, mais ça, vous devez déjà le savoir...

Vincent acquiesce.

— J'étais sergent dans les Marines de notre bon vieil oncle Sam, où tout le monde m'appelait *MadTom*, Tom le fou...

Quelle surprise...

— ...et au fait, 'croyez pas que j'ai pas vu votre manège là dehors... mais j'ai capté que, bien que vous étiez en flip, vous avez malgré tout osé répondre, ce que les types du général n'auraient jamais fait...

Il se saisit d'une bouteille de Whisky posée sur son plan de travail et s'envoie une bonne rasade d'alcool dans le gosier.

— Comme vous l'avez p'tet vu sur la pancarte, je suis vétéran des guerres d'Irak.

Il exhibe à présent ses plaques militaires, qu'il porte autour du cou, sous son T-shirt.

— C'était le bordel là-bas, et maintenant, c'est aussi le bordel ici...

Karine et Vincent écoutent Tom sans l'interrompre, tandis que ce dernier pose trois verres et la bouteille de tord-boyaux sur la table.

— D'abord toutes ces villes qui sautent puis cette grande lumière...

— Vous avez également vu la lumière ?

— Bien sûr, vous croyez que je suis aveugle ? Tout le monde l'a vu et paf ! C'était déjà le lendemain matin...

— Vous aussi vous ne pouviez pas bouger ?

— Ah non... je me suis réveillé là, il était déjà 9 heures du mat'... c'est là qu'ils sont arrivés.

— Qui ça ?

— Ben les types du général Skinner pardi... vous 'les avez pas rencontrés ?

— On... on n'a rencontré personne depuis ce jour-là.

Karine abonde :

— Ça fait plus d'un mois qu'on est juste nous deux...lui et moi...

Le sergent Mitchell semble comme abasourdi :

— Ben ça, ça m'en bouche un coin ! Mais comment vous avez fait alors ?

Karine et Vincent narrent brièvement leur histoire. Le réveil sur la colline, la disparition des gens et des animaux, l'exploration de DeRuyter, leur décision de partir....

— Décision stupide, une vraie gaminerie, les coupe net le sergent Mitchell. Moi je serais resté chez moi. D'ailleurs je suis resté chez moi...

Après cette interruption, le jeune couple poursuit son récit. Leur départ, le passage par Columbus, le retour soudain des animaux. Par contre, ils ne pipent mot sur les mystérieuses apparitions du mot Sedona qui ont émaillé leur parcours.

— Eh bien, croyez-moi, c'est un miracle que vous soyez encore en vie... et c'est encore plus un miracle que vous n'ayez jamais rencontré ces types en noir...

— Qui sont ces gens ?

— Oh, des mecs des commandos. Ils sont tout habillés de noir, même leur cagoule. Comme les types des forces spéciales qu'on envoyait contre les terroristes. Croyez-moi, ces mecs vous foutent la chair de poule quand ils se pointent, même à moi, qui pourtant en a vu d'autres, là-bas, dans l'enfer irakien...

— Quand nous sommes venus, vous nous avez confondus avec eux, non ?

— C'est ça fiston, tu comprends vite...

— Mais qu'est-ce qu'ils vous veulent ?

Le sergent Mitchell soupire :

— Toujours la même chose : que je rejoigne leurs rangs. Ils disent que mes états de service feraient de moi une excellente recrue... non, mais franchement, vous avez vu ce que je suis devenu après leurs deux saletés de guerres ? Moi, une excellente recrue ?! Je ne suis plus qu'une loque, un bon à rien !

Sur ce, il avale une nouvelle gorgée d'alcool.

— Quels rangs ?

— Oh une unité au nom bizarre dont je 'me souviens même plus du nom... mais ce qui est sûr, c'est que je ne servirai jamais sous les ordres de ce salaud !

— Qui ça ?

— Ce fils de pute de général Skinner.

— Qui est ce général ?

— J'en sais foutre rien. Mais croyez-moi, je connais l'armée comme si c'était moi qui l'avais faite, et il n'y a jamais eu de général Skinner. Donc j'en déduis que ce type est un félon, une sorte de putschiste qui a profité de ces événements bizarres... si ça se trouve, c'est même lui qui est derrière tout ça...

Karine et Vincent sont à présent pendus aux lèvres du vieux sergent.

Soit ce type est fou à lier, soit il s'est passé plein de choses dont on ignore tout, depuis que la grande lumière a changé le cours du monde...

L'ancien militaire profite de son monologue pour servir à ses hôtes de généreux verres de son alcool maison :

— J'vous l'dis, y a plus qu'ça d'bon sur cette foutue planète...

Le sergent Mitchell prend son verre et trinque avec Vincent. Alors qu'il veut en faire de même avec Karine, il se rend compte que quelque chose cloche...

C'est comme si elle ne me voyait pas...

— Ça 'va pas mam’zelle ?

Son regard d'ancien militaire désabusé croise celui éteint de la jeune aveugle, perdu dans le vide.

L'homme se rend soudain compte de son handicap :

— Oh, excusez-moi mon enfant...

Karine relève sa chevelure, exhibant la cicatrice laissée par la balle qui l'a plongée dans la nuit éternelle :

— Moi aussi, j'ai eu ma guerre...

Bien qu'elle ne puisse le voir, la jeune femme sent le regard que l'ancien militaire porte sur elle. Ce dernier devient soudain respectueux. Puis elle l'entend fondre en larmes :

— J'avais un pote, Warren... il s'est pris une balle au même endroit que vous, lors de la bataille de Falloujah. Ça lui a tranché net les nerfs optiques...

— Moi c'était à la bataille du supermarché de DeRuyter, il y a bientôt trois ans, mais le résultat est le même...

L'empathie de l'ancien militaire est palpable. Il ferme un instant les yeux, ému, avant de lâcher, sur le ton de la confidence :

— Écoutez, je ne devrais pas vous le dire, mais il y a une semaine, les types du général Skinner sont revenus me voir, à bord de leurs maudits hélicoptères...

En général, les choses que l'on ne devrait pas savoir sont celles dont la connaissance nous est la plus impérative...

— ...ce jour-là, ils n'étaient pas venus pour me recruter, ils étaient venus pour autre chose...

— Pour quoi ?

— Ils sont venus pour me dire qu'ils étaient à la recherche d'une jeune aveugle, brune aux yeux verts, environ vingt ans, un peu dans votre genre...

Le sang du couple ne fait qu'un tour :

— QUOI ?!

— Oui... on aurait dit que c'est une question de vie ou de mort pour eux. Ils étaient déterminés à la capturer morte ou vive et m'avaient prévenu que quiconque ne coopérerait pas pour faciliter son arrestation serait exécuté sur-le-champ...

Les cœurs de Karine et Vincent se mettent à battre la chamade :

— Attendez... vous croyez que mon amie est celle qu'ils cherchent ?

— Vous avez croisé beaucoup d'aveugles correspondant au signalement ces derniers temps ?

L'argument est imparable.

Soudain, Karine intime à tous l'ordre de se taire.

— Chut !

Le silence. Impératif.

Vincent s'apprête déjà à demander pourquoi, quand lui aussi commence à les entendre.

On dirait un bruit de pales... les pales d'un hélicoptère...

Lentement, le sergent Mitchell se retourne et porte son regard en direction de la fenêtre sur sa droite.

C'est là qu'il le voit.

Au loin, un aéronef noir semble se détacher des lourds nuages d'orages qui s'amoncellent au-dessus de la ferme. Ses yeux s'écarquillent :

Ça ne fait aucun doute, c'est l'un de leurs hélicoptères. Et il vole droit sur nous...

Aussitôt l'ancien militaire se lève et pousse sans ménagement la table, révélant une trappe cachée sous cette dernière, qu'il ouvre d'un geste sec. Une échelle en bois, située sous la trappe, se déploie illico, donnant accès à un bunker garni de vivres et de bidons d'eau.

De quoi tenir un siège interminable.

— Planquez-vous là-dedans, j'essaierai de les enfumer ou au moins de les ralentir. Et si ça tourne mal, fuyez par le tunnel du fond. Il y a une voiture prête à démarrer avec des lance-roquettes chargés. Les clés sont sur le contact...

Quoi ? Quel tunnel ? Quelle voiture ? Et c'est quoi cette histoire de lance-roquettes ?

Malgré le déluge de question qui les assaille, Karine et Vincent ne se font pas prier. Le couple se dirige aussitôt vers l'échelle. Alors que Vincent s'apprête à descendre dans la cachette, le sergent Mitchell l'interpelle, lui tendant un pistolet :

— Vous risquez d'avoir besoin de ça...

Vincent remercie le vieux militaire et prend l'arme. Cette fois, même l'idéaliste Karine ne refuse pas. Elle vient de consulter discrètement l'état de charge de la batterie de son portable.

20%…

43.

Bunker sous la ferme de Tom Mitchell, État de l'Illinois, USA, 19 mai, 18h26.

Vincent emprunte l'échelle en premier, aussitôt suivi par Karine, s'enfonçant dans l'obscurité de la cave-bunker du sergent Mitchell. L'endroit est sombre, mais le léger interstice entre les lattes du plafond laisse filtrer juste assez de lumière pour que le jeune homme puisse deviner les alentours. Alors que ses pupilles se dilatent, Vincent découvre une cave carrée en béton armé, d'une bonne vingtaine de mètres de côté, transformée en un labyrinthe complexe, aux recoins nombreux et obscurs, fait de caisses en tout genre, qui constituent les stocks entreposés là par le sergent Mitchell. Une disposition visiblement astucieuse, imaginée par l'ancien soldat, destinée à lui permettre de se cacher en cas d'attaque, et d'avoir l'avantage sur un éventuel pillard.

Du très bon travail.

Au fond, en direction du sud, un rideau dissimule approximativement l'entrée d'un tunnel dont on ne voit pas le bout.

C'est sans doute là que se trouve la voiture prête à partir que l'ancien militaire a évoquée...

Vincent balaie l'endroit du regard.

— Karine, 'Faut qu'on se sépare...

— Quoi ?

— C'est toi qu'ils cherchent, alors s'ils nous trouvent ensemble, on est morts. S'ils ne trouvent que toi, je pourrai tenter quelque chose pour te sauver...

— Tu crois vraiment qu'ils en ont après moi, que je suis la personne qu'ils recherchent ?

— J'en sais rien, mais même s'il y a erreur sur la personne, tu corresponds au signalement et dans le doute, si ces types sont vraiment des durs comme le sergent l'a dit, ils n'hésiteront pas à te rafler...

— Mais...

— Planque-toi là...

Vincent vient de débusquer deux recoins sombres. Un pour Karine, un second pour lui.

— De là je pourrai veiller sur toi sans attirer l'attention.

Encore chamboulée par les événements, la jeune femme accepte sans broncher de rester tapie là où Vincent lui propose de se cacher, s'accrochant à *Blanchette* comme à une bouée de sauvetage.

— Et range-moi cette canne ! Ils sont à la recherche d'une aveugle, ce truc te trahirait encore plus que tes yeux...

Karine s'exécute et range *Blanchette* dans son sac. Vincent prend place dans le recoin d'en face. De là, il peut la voir. Malgré la chaleur étouffante, des sueurs froides s'emparent de la jeune femme, la laissant tremblante comme si elle était enfermée dans un camion frigorifique.

Pourquoi moi ? Pourquoi l'armée en aurait-elle après une jeune aveugle sans défense et la traiterait-elle comme l'ennemi public numéro un ? Cela aurait-il un rapport avec mes visions au sujet de Sedona ?

Le bruit de l'hélicoptère, jusqu'à là discret, résonne à présent jusque dans cette cave.

Il ne doit plus être loin.... mon Dieu... que me veulent-ils ?

Vincent, caché en face, voit l'angoisse envahir son amie. La jeune femme semble en proie à la panique.

À l'étage, le sergent Mitchell fait les cent pas. Karine et Vincent remarquent que, depuis leur cachette, on entend parfaitement ce qui se passe au-dessus, même si les sons sont un peu étouffés.

Ce type a même pensé à l'acoustique de sa planque, afin d'avoir l'avantage sur d'éventuels assaillants... pour un homme qui se décrit lui-même comme étant une loque, c'est plutôt pas mal...

Les pales de l'hélicoptère s'arrêtent de tourner. Il vient d'atterrir. Le rythme cardiaque de Karine s'emballe.

Ils sont là. Ils sont là pour moi...

La jeune aveugle n'est plus que tremblements.

L'instant d'après, la porte de la ferme s'ouvre brutalement, aussitôt suivi de pas fermes et résolus.

— Où est-elle ?

Ce sont eux. Les commandos. La détermination dans leur voix est sans appel. Le sergent Mitchell tente néanmoins d'esquiver :

— De qui voulez-vous parler ?

Aussitôt, un coup sourd retentit, comme un violent uppercut envoyé à la poitrine, suivi d'un gémissement de douleur doublé du bruit d'un corps qui s'affale, à même le sol.

Le sang du couple ne fait qu'un tour.

Ils sont vraiment prêts à tout pour mettre la main sur Karine...

— Où est-elle ?

— Je ne vois pas de qui...

Nouveaux coups. Visiblement des coups de rangers dans le ventre d'un homme à terre.

— 'Fais pas l'idiot... t'as besoin de trois verres pour boire ta gnôle ?

Vincent blêmit.

Les verres...

Ils ne les ont pas enlevés de la table avant d'aller se cacher dans l'abri...

Maintenant ils savent qu'il y a trois personnes ici. Mitchell, Karine... et moi.

Karine, en prise à une crise d'angoisse, tâte les environs pour essayer de se repérer. Des caisses, des bidons … mais rien qui puisse lui être utile.

À l'étage, l'interrogatoire continue :

— Allez au diable !

— Toi d'abord !

Une détonation retentit. Terrible. Le son semble comme se réverbérer sur tous les murs de la cave, amplifiant encore sa violence. Les cris de douleur qui suivent glacent littéralement le sang de Vincent.

— Ma jambe bordel, ma jambe !

Ils n'ont pas tiré pour tuer. Juste pour faire souffrir, un pur acte de torture.

— Mec, tu vois cette balle. Tu as le choix... tu parles et j'abrège tes souffrances, ou tu te tais et je te fais exploser ton bras avec, avant de te laisser là, agonisant dans ton sang, pendant qu'on fouillera ta baraque... tu crois qu'on n'a pas vu ta trappe là, sous la table ?

S'en suit un bref silence, immédiatement suivi du son d'un pistolet que l'on arme.

— C'est bon... ils sont en bas...

Il nous a trahis...

— Merci... connard !

Une nouvelle détonation retentit. Fatale.

La torture, ça marche.

— Fouillez en bas, elle ne peut pas être loin...

Le rythme cardiaque du couple grimpe en flèche.

— … et son complice non plus.

Complice. Le mot est tombé.

À présent, moi aussi je suis recherché...

Vincent, terrifié, comprend qu'il n'y a plus qu'une seule issue :

La fuite...

— Viens Karine, faut qu'on se casse de là...

En une fraction de seconde, Vincent bondit hors de sa cachette et file chercher Karine. Il prend la jeune femme par le bras, n'hésitant pas à la bousculer, direction le rideau qui dissimule le tunnel.

— 'Cours pas si vite !

— 'Pas le choix...

Les deux fuyards n'ont pas encore franchi le rideau qu'une voix martiale s'élève dans leur dos, depuis l'échelle :

— Ils sont là !

Sans hésiter, Karine et Vincent s'engouffrent dans le tunnel obscur, courant aussi vite que possible.

— 'Y a pas d'obstacles, fonce !

La jeune femme n'a d'autre choix que de faire confiance à son ami.

Ce n'est pas le moment de se poser trop de questions. Même si courir à travers les ténèbres est flippant au possible, c'est toujours mieux que de se retrouver face à l'un de ces monstres...

Devant les yeux hallucinés de Vincent, l'obscur boyau défile à toute allure. Une voix derrière eux crie :

— Ils sont partis par là, attrapez-les !

Aussitôt les balles sifflent. L'une d'entre elles frôle l'épaule de Vincent, heureusement sans la toucher. Tout en courant, le jeune homme retire le cran de sûreté du pistolet et réplique, tirant à l'aveuglette derrière lui.

Espérons que ça les ralentira...

Au bout d'une cinquantaine de mètres, le tunnel débouche sur quelques marches grimpant en direction d'une sorte de crypte, creusée à même la terre.

Un cul-de-sac.

Au cœur de la crypte se trouve une voiture. Une vieille Ford d'un modèle datant des années soixante.

Avant l'électronique donc...

— La bagnole est là !

Les pas rapides de leurs poursuivants aussi.

Sans attendre, le jeune homme s'installe au volant tandis que Karine, elle aussi sous l'effet de l'adrénaline, trouve rapidement la porte arrière. Elle s'engouffre à bord du véhicule, plongeant sur la banquette arrière.

— Les clés sont là, comme le sergent l'avait dit, sauf qu'il n'y a pas de route. Nulle part où aller.

Quelle idée de garer une voiture au fond d'un cul-de-sac...

Aussitôt, une nouvelle salve de balles retentit. Les pare-brise du véhicule volent en éclats. Instinctivement, Karine et Vincent se baissent pour éviter d'être touchés, alors que les bris de verres emplissent l'habitacle. Sur la banquette arrière, Karine est à présent entourée d'un bon millier de débris, coupants comme des lames de rasoir.

— Démarre !

— Pour aller...

Vincent allait déjà ajouter le mot « où » lorsqu'il aperçoit un rayon de lumière filtrant à travers la paroi d'en face. Les balles de leurs poursuivants viennent d'en révéler la véritable nature :

C'est un camouflage, un camouflage en terre qui cache la sortie...

Sans hésiter, le jeune homme démarre, mettant hardiment le cap sur le mur de terre situé face à lui. Dès que le parechoc de la vieille Ford le heurte, ce dernier vole en éclats, dévoilant derrière les mottes de terre projetées par l'impact un chemin recouvert d'herbes folles. Ce dernier donne sur une route goudronnée, à une dizaine de mètres devant eux.

— Accroche-toi Karine !

La jeune femme ne pipe mot. Vincent écrase le champignon tandis qu'une nouvelle salve de balles résonne. Arrivé au niveau de la route, il braque à droite. Les pneus crissent. Le véhicule emprunte la direction de l'ouest, pour s'enfuir au plus vite de ce lieu de malheur, pied au plancher. Dans le rétroviseur, un homme du commando se tient debout parmi les décombres du mur-camouflage, un talkie-walkie entre les mains.

Ainsi donc malgré la grande lumière, leur matos est parfaitement fonctionnel...

Tentant de ne pas s'entailler les mains sur les débris de verre alentour, Karine se relève timidement :

— Ça a marché ?

— Je ne sais pas. 'Y a un type là qui semble appeler des renforts avec son talkie...

— Des renforts ? Quels renforts ?

La réponse ne se fait pas attendre : l'hélicoptère noir à bord duquel le commando est venu a déjà décollé, s'apprêtant à les prendre en chasse. À travers le trou béant qui remplace le pare-brise arrière, Karine perçoit clairement le son de son rotor qui s'approche, tandis que Vincent le fixe dans son rétroviseur, se découpant sur le fond sombre du nuage d'orage, qui a encore gagné en vigueur.

Une véritable course-poursuite s'engage. Le rythme s'emballe. Vincent accélère. Peine perdue. Le son du rotor qui s'approche glace littéralement la jeune Karine :

— Qu'est-ce qu'on fait maintenant ?

— Le sergent a parlé d'un lance-roquettes... 'y a quelque chose de ce genre-là derrière ?

Karine retire son bandana et l'enroule autour de sa main droite, afin de ne pas se couper. Elle tâte vainement la banquette arrière.

— Non, je n'ai rien trouvé.

L'hélicoptère se rapproche dangereusement, continuant à les suivre à la trace. Soudain, une rafale tirée depuis l'engin arrose la zone. Les balles transpercent le plafond du véhicule, au-dessus du siège passager avant.

Un peu plus à gauche et on finissait troués de partout...

La sueur perle sur le front de Vincent, en nage :

— À tous les coups, le lance-roquettes est dans le coffre...

— Qu'est-ce qu'on fait ?

Leurs deux cœurs battent la chamade.

Boum boum, boum boum...

C'est alors que Vincent remarque un bouton inhabituel sur le tableau de bord du véhicule. Ses yeux peinent à croire ce qu'ils voient. À côté de l'allume-cigare se trouve un bouton rouge, manifestement bricolé, portant la mention *rear heatseeker.*

Tête chercheuse thermique arrière.

Sans hésiter, il appuie sur le bouton. À sa grande surprise, le coffre du véhicule s'ouvre. Un mécanisme se met alors en branle, dévoilant une batterie de fusées, à l'arrière du véhicule.

— Qu'est-ce qui se passe ? C'est quoi ce bruit ?

— Tu 'me croiras jamais, c'est digne de James Bond ce truc !

Sous les yeux incrédules de Vincent, le rétroviseur change d'orientation, tandis qu'une mire de guidage, invisible auparavant, fait son apparition.

C'est incroyable...

Le bouton *rear heatseeker* se met à clignoter, émettant une lumière vive.

— Vince', qu'est-ce qui se passe ?

L'hélicoptère noir est presque sur eux. Une nouvelle salve de tirs vient frapper la voiture. Par chance, personne n'est touché.

Ils sont prêts à tout pour nous rattraper, morts ou vifs.

Afin d'éviter de se faire tirer comme un lapin, Vincent se met à zigzaguer aléatoirement.

— 'Faut tenter le coup...

— Tu veux tenter quoi ? Dis-moi...

Habité d'un courage qu'il ne se connaît pas, Vincent manœuvre de manière à aligner l'hélicoptère avec la cible peinte sur son rétroviseur.

— Dieu faites que ça marche...

Alors que l'engin s'apprête à nouveau à faire feu, Vincent appuie une seconde fois sur le bouton rouge, toujours clignotant. Aussitôt l'une des fusées s'élance vers le ciel pour aller s'écraser contre la queue de l'hélicoptère, qui explose dans un fracas terrible.

— Touché !

La détonation n'a cependant pas détruit l'hélicoptère. Privé de son hélice arrière, ce dernier devient incontrôlable, perdant de l'altitude à vue d’œil.

— Tu l'as eu ?

— Je crois...

C'est là que l'incroyable se produit. Deux hommes – visiblement les deux pilotes de l'appareil – sautent par-dessus bord. Au lieu de s'écraser sur le sol en contrebas, à mi-course, deux lumières d'un blanc bleuté très brillant s'allument, émanent de sortes de lampes LED accrochées au niveau de leurs ceintures. Leur chute cesse soudain, et, équipés de ces curieux engins, les deux pilotes se mettent à voler, s'enfuyant par la voie des airs.

— Bordel, ces types ont des jet-packs !

— Des quoi ?

— Une sorte de réacteurs individuels d'un nouveau genre, qui remplace avantageusement les parachutes.

Un équipement probablement top secret auquel n'a accès que la crème de la crème...

Karine et Vincent restent interdits. Le jeune homme arrête sa voiture en plein milieu de la route et sort de l'habitacle, pour mieux observer cet incroyable phénomène. Au loin, les silhouettes des deux pilotes se confondent déjà avec l'obscurité du nuage d'orage, tandis qu'à une centaine de mètres de là, l'hélicoptère à présent inoccupé est sur le point de s'écraser, dans les champs alentour.

— À terre !

Karine s'exécute, se jetant à plat ventre au sol.

Une gigantesque explosion retentit. L'hélicoptère vient de se crasher.

— Je n'arrive pas à croire qu'on s'en soit tirés !

Le jeune homme semble incrédule. Son amie bien plus fataliste :

— Oui. Mais maintenant, ils vont nous traquer jusqu'en enfer...

44.

Route champêtre, État de l'Illinois, USA, 19 mai, 19h03.

Une colonne de fumée sombre monte du champ qui borde la route, tandis que l'orage se fait toujours plus menaçant. À peine relevé, Vincent décrit le spectacle à son amie :

— Ça doit être terrible...

Vincent acquiesce, incapable de quitter la carcasse fumante des yeux :

— Faut aller voir si on trouve des indices sur le lieu du crash. Comme ça on saura peut-être pourquoi ils te cherchent...

— T'es sûr de toi ? J'ai un mauvais pressentiment...

— Plus on en saura, mieux ce sera...

Le jeune couple se met chemin, à travers les blés en herbe. Le décor a quelque chose d'apocalyptique. Le vent chaud balaie les épis tendres tandis que la fumée sombre répond comme un écho au gros nuage qui s'approche, au-dessus d'eux. Karine déplie à nouveau *Blanchette*, suivant tant bien que mal le rythme imposé par son ami.

— Il n'est plus très loin.

— Combien...

— Trente mètres...

Vincent garde un œil sur les environs.

Cette colonne de fumée doit être visible à des miles à la ronde. Pas question de traîner dans le coin où on sera vite repérés... mais on tient là une courte fenêtre de tir qu'il faut mettre à profit, pour glaner un maximum d'informations sur nos poursuivants...

Alors que le couple s'approche de l'engin, la chaleur des flammes qui en consument la carcasse devient de plus en plus intense, empêchant de progresser davantage.

— C'est un hélicoptère aussi noir que l'uniforme de ces hommes, ressemblant vaguement à un Black Hawk.

— Un Black Hawk ?

— Un hélico de combat. On les voyait souvent en action, en Somalie et pendant la seconde guerre d'Irak.

Soudain, un crachotement semble monter de l'appareil.

La radio.

Malgré les flammes, la radio de l'appareil fonctionne encore. De l'autre côté de l'émetteur, quelqu'un balance une sorte de jargon militaire :

— Base Cadix pour Caravelle 29. Répondez...

— Vince', qu'est-ce que...

Karine n'a pas le temps de finir sa phrase que Vincent lui colle sa main sur sa bouche, lui intimant de se taire. Il lui glisse au creux de l'oreille, à voix basse :

— Ne dis plus un mot... si cette radio marche, qui sait s'ils peuvent aussi nous entendre...

Les yeux de la jeune femme s'écarquillent. À son tour, elle confie discrètement quelque chose à son ami :

— Et si personne ne répond, ils vont rappliquer vite fait. Allons-nous-en...

Vincent acquiesce.

Ils tournent les talons, se disant qu'ils ont pris un risque inutile. Alors qu'ils s'apprêtent à regagner la route, Karine glisse sur quelque chose de lisse, laissant échapper un petit cri aigu avant de tomber à terre, parmi les blés en herbe.

— Ça va ?

— Oui, mais j'ai dérapé sur un truc là...

Vincent inspecte la zone et trouve l'objet qui l'a fait choir :

— On dirait une sorte de carte à puce.

— Une carte à puce ?

— Oui. Elle est tombée de l'appareil, pendant sa chute.

— Comment tu peux le savoir ?

— Il y a un logo dessus. Un logo représentant ces soldats face à trois voiliers, c'est assez clair, non ?

— Des voiliers ?

— Oui, de vieux bateaux ornés d'une croix, comme dans les films de pirates. Il y a une inscription aussi...

— Quoi ?

— Projet 1492 – accès niveau trois.

— Projet 1492 ?

— Oui...

— 1492 ? Ce n'est pas l'année où Christophe Colomb a découvert l'Amérique ?

— Si.

— Attends... si je me souviens bien, en cours d'Espagnol au lycée, on avait appris que Cadix était le port d'attache de Christophe Colomb, et que ces bateaux étaient des caravelles... or la radio dans l'hélicoptère parlait justement de caravelles et d'une base de Cadix...

L'étonnement gagne Vincent.

Mine de rien, Karine vient de débusquer une sérieuse piste...

— Tu crois qu'il y a l'Espagne derrière tout ça ?

La jeune femme hoche négativement de la tête.

— Non. À mon avis, ce sont juste des noms de code... tu m'as dit qu'on voit trois bateaux sur la carte...

— Oui...

— Lors de son premier voyage vers l'Amérique, celui où il a découvert le Nouveau Monde, Christophe Colomb était parti avec trois bateaux : La *Pinta*, la *Niña* et son vaisseau amiral...

Vincent complète la phrase de son amie, tout en prenant conscience de ce qu'ils viennent de découvrir :

— … la *Santa Maria*... Les trois caravelles représentées sur la carte... Oui, mais quel rapport avec nous ?

— Avec nous, je ne sais pas. Mais avec les événements de ces derniers mois, c'est évident : où vivons-nous depuis que ces trucs bizarres ont commencé, sinon dans un... Nouveau Monde ?

La symbolique est claire. Rien dans cette organisation ne semble improvisé.

Quelqu'un devait savoir de longue date ce qui allait se passer...

Encore abasourdi, Vincent glisse la carte dans la poche de son jean et se remet en marche, en direction de la voiture. Dans son regard, un trouble certain a fait place au quasi-optimisme des jours précédents. Au-dessus d'eux, le lourd nuage d'orage les surplombe. Le tonnerre se met à gronder.

— Allons vite nous réfugier dans la voiture...

Aussitôt de retour dans l'habitacle, Vincent démarre, mettant le cap plein ouest.

— 'Faut pas rester là. S'ils reviennent, on est morts.

— Qui sont ces hommes ?

— J'en sais rien... Mais je me demande ce qu'ils savent sur nous...

Le jeune homme marque une pause, avant de reprendre, plus sombre :

— … et surtout, pourquoi ils en ont après toi...

Alors que la voiture poursuit son chemin, Vincent se dit qu'il a peut-être eu tort d'omettre de décrire un détail à son amie : initialement, l'hélicoptère était venu de l'ouest.

De la direction de Sedona.

De la direction vers laquelle ils se dirigent à toute allure, comme pour mieux se jeter dans la gueule du loup...

45.

Route champêtre, près de Wild Creek, État de l'Illinois, USA, 19 mai, 22h18.

La nuit commence à s'abattre sur Karine et Vincent. Ces derniers roulent toujours en direction du couchant, fuyant aussi vite que possible cet endroit de malheur. Cela fait deux cents miles qu'ils parcourent une campagne à nouveau vierge, sans croiser âme qui vive, quand soudain, le moteur se met à crachoter.

— Que se passe-t-il ?

— L'essence. On n'a presque plus d'essence...

— Qu'est-ce qu'on fait alors ?

— Il y a quelques minutes, on a croisé un panneau indiquant le village de Wild Creek à cinq miles. On ne doit plus en être trop loin...

— Tu crois qu'ils ont une station essence là-bas ?

— J'en sais rien, mais ce n'est pas mon problème... de toute façon, vaut mieux abandonner cette caisse si on ne veut pas se faire gauler...

— Abandonner la voiture ? Mais comment on fera pour avancer alors ?

— Faudra se trouver autre chose... mais ce qui est sûr, c'est qu'avec une bagnole équipée d'un lance-missile à l'arrière, on 'risque pas d'être discrets, au cas où ces gars devaient revenir...

Tant bien que mal, ils parviennent aux abords du village, consommant les dernières gouttes de carburant du véhicule. Alors qu'il tombe définitivement en panne sèche, ils se trouvent juste aux abords d'un étang, en contrebas de la route.

— Faut pousser la bagnole dedans, pour qu'ils ne puissent pas la repérer depuis le ciel...

Karine et Vincent quittent leur véhicule et exécutent leur plan. La voiture plonge dans les eaux sombres et disparaît rapidement sous la surface.

Une bonne chose de faite...

La jeune femme, exténuée, prend appui sur l'épaule solide de son ami :

— J'en peux plus. Faut que je mange et que je dorme, cette journée a été infernale...

La faim et la soif tenaillent également Vincent.

Je n'ai rien avalé depuis hier et je ne tiens plus que par la montée d'adrénaline qui m'a boosté. Mais à présent que cette dernière cesse de faire effet, mes besoins physiologiques reviennent la charge...

Ils pénètrent dans le village de Wild Creek via South superior street. L'endroit est triste et lugubre.

On se dirait presque dans un pays du tiers-monde...

Une église, des fermes, et, au cœur du village, une station-service, qui fait également office de supérette de fortune.

— 'Y a des gens ?

— Non. Ça a l'air calme...

En tout cas, Vincent ne voit pas l'ombre d'un hélicoptère.

C'est déjà ça...

Comme dans toutes les localités qu'ils traversent depuis plus d'un mois, il ne semble plus y avoir âme qui vive dans ce village. Si la vie humaine est réapparue, cette réapparition n'est visiblement pas encore généralisée.

Et ce ne sont pas les meilleurs qui sont revenus...

Le couple parvient face à la station-service.

— Tu crois qu'il y a à manger là dedans ?

— Faut voir. Normalement oui.

La porte en verre de l'établissement est fermée à clé. En face, derrière une maison en lattes de bois beige, quelques vieilles épaves de voitures semblent traîner là depuis une éternité. Vincent va y faire un tour et, parmi tout ce bric-à-brac, déniche un cric que la rouille commence à ronger.

— Ça fera l'affaire...

Armé de sa trouvaille, il défonce la porte en verre de la station-service.

Voilà, c'est ouvert...

— Fais gaffe, 'y a plein d'éclats au sol...

Encore des débris...

À la lumière de la lune qui filtre par les baies vitrées du magasin, Vincent inspecte l'endroit. Sur le comptoir se trouvent des barres chocolatées.

Un concentré d'énergie.

Le jeune homme se rue dessus et pille l'ensemble du stock, qu'il partage avec sa compagne.

Enfin de la nourriture. Délicieuse.

Inspectant les lieux, il trouve une nouvelle lampe torche, ainsi que des jeux de piles.

De la lumière.

Dès qu'il allume la lampe, son faisceau se braque sur un personnage sombre, tapi dans l'obscurité d'un angle du magasin.

Vincent sursaute, lâchant un petit cri.

Un homme en noir !

Karine ne comprend pas :

— Qu'est-ce qui se passe ?

— Rien... mais j'ai eu une de ces frousses... 'y a un mannequin de couleur noire là, dans le coin... j'ai cru que c'était l'un d'entre eux, prêt à nous capturer...

Plus de peur que de mal donc. La respiration de Vincent reste néanmoins forte et hachée, encore sous le choc du coup de pression qu'il vient de se prendre.

— Bon, allons explorer le patelin...

À la lumière de leur lampe torche, ils visitent les maisons avoisinantes. Aucun occupant à signaler, à part un gros matou et des chiens qui aboient. Dans le cellier de l'une d'entre elles, ils trouvent de quoi manger.

— Oh non, pas encore des raviolis...

Éclairé par la seule flamme d'une cuisinière au gaz qu'ils ont débusquée, Vincent prépare le plat, à moitié à tâtons, tandis que son amie dresse la table.

— Tu 'veux vraiment pas que j'allume la lampe, ce serait quand même plus simple si j'y voyais quelque chose...

Karine refuse catégoriquement :

— Non. T'imagines si ces hélicos se pointent et voient de la lumière ? On serait grillés direct... et puis crois-moi, on peut très bien manger dans le noir...

Malhabile dans cette obscurité, Vincent manque de faire tomber la casserole où mijotent les raviolis. Cette expérience le rend encore plus admiratif de sa compagne, qui y voit encore moins que lui, mais qui se débrouille à merveille, même sans l'usage de ses yeux.

Le dîner, servi à la seule lueur de la lune filtrant à travers une fenêtre close, se déroule tranquillement, sans mot dire.

Enfin rassasiés...

Morts de fatigue, ils ne mettent pas longtemps à se trouver un bon lit pour la nuit.

Un tremblement de terre, des heures de marche sous un soleil de plomb, des rencontres pour le moins inamicales, une course-poursuite, un hélicoptère abattu et une foule de nouveaux mystères, cela en fait bien assez pour une seule journée...

La nuit qui suit est agitée. Tous deux dorment mal, se réveillant au moindre bruit. Vers les trois heures du matin, le jeune homme aperçoit une ombre qui s'approche de la fenêtre. Il est déjà sur le point de réveiller sa compagne lorsque l'intrus révèle sa véritable nature.

Ce n'est qu'un chat de passage.

Ouf...

Le lendemain matin, le chant du coq les tire du lit. Karine ouvre la fenêtre pour laisser entrer de l'air frais quand soudain, elle entend quelque chose d'inhabituel :

— On dirait... des chevaux.

Vincent les entend aussi. Il se presse pour regarder dehors. À quelques maisons de là se trouvent en effet deux belles bêtes, harnachées à l'avant d'un chariot, du même type que ceux employés par les pionniers, du temps de la conquête de l'Ouest.

Pourtant je n'ai rien vu de tel hier soir...

Karine, debout à ses côtés, semble ravie :

— De quelle couleur sont-ils ?

— Blancs, ce sont deux splendides chevaux blancs.

— Qu'est-ce qu'ils font là ?

— Ils devaient servir comme attraction touristique... il y a un panneau là, invitant les gens à faire des tours en chariot à dix dollars la balade. Sur le panneau, on les reconnaît bien, avec leur pelage blanc.

— Attends... tu me donnes une idée...

Le couple sort de la maison squattée la veille pour se rendre auprès de celle aux chevaux. Vincent décrit brièvement la scène à Karine, qui semble enchantée par cette nouvelle :

— Ils portent des œillères ?

— Non...

— Alors, qu'est-ce qu'on attend ?

— Pour faire quoi ?

— Vince'... t'as pas compris ? On vient de trouver le *Sedona express 2...*

Le jeune homme n'en croit pas ses oreilles.

Tu veux aller à Sedona avec ce chariot ?

Avant même qu'il ne puisse dire quoi que ce soit, Karine grimpe à son bord, et, à tâtons, trouve les rênes. Ces derniers traînaient là, à même la banquette du cocher.

— Monte Vince, on s'arrache...

— Attends... tu sais conduire ce genre d'engins ?

— Je te rappelle que je suis une fille de la campagne, et que ces chevaux ne sont pas aussi mirauds que moi...

Lentement le chariot se met en mouvement, obligeant Vincent à prendre le train en marche, prenant place aux côtés de Karine. Dès qu'elle sent sa présence à ses côtés, elle tire sur les rênes, poussant les chevaux à prendre de la vitesse.

— Ya ! En avant, mes fiers destriers...

Sous les yeux ébahis d'un Vincent qui n'en revient pas, le *Sedona express 2* prend la route cap plein ouest. Comme à l'époque mythique du Far West, immortalisée par Hollywood.

— *We're just two lonesome cowboys...* s'amuse à chantonner Vincent, à qui il ne manque plus guère que le stetson, alors que le chariot quitte nonchalamment la commune de Wild Creek.

Direction Sedona, droit devant...

46.

Nowhere Hideaway, sur la route près de Stony hill, État du Missouri, USA, 22 mai, 15h47.

Deux jours que le *Sedona express 2* parcourt les Grandes Plaines du Middle West, accablées par une chaleur caniculaire, qui ne semble pas vouloir s'arrêter.

Afin de ménager leurs montures, le couple a pris l'habitude de s'arrêter auprès de fermes, où le fourrage est abondant. Profitant d'un de ces arrêts, Karine baptise les deux chevaux des noms de *Sed* et *Donna.*

Elle vérifie aussi l'état de la batterie de son portable. À sa grande surprise, cette dernière affiche à nouveau 80% de charge, ce qui ne manque pas d'étonner Vincent :

— Comment c'est possible, ça ?

— Aucune idée, Vince'...

Laissant l'État de l'Illinois derrière eux, ils pénètrent à présent dans les vastes étendues de l'état du Missouri. Durant tout le trajet, ils n'ont plus croisé âme qui vive, ce qui leur va très bien.

Au vu de nos dernières rencontres, la solitude semble encore être notre meilleure alliée...

En milieu d'après-midi, ils parviennent à un hameau isolé, répondant au nom de *Nowhere hideaway*. La localité est constituée d'une quinzaine de maisons défraîchies et visiblement inoccupées, disposées en arc de cercle autour d'une grande place centrale en terre battue, donnant sur la route goudronnée, qui borde la localité au sud. En retrait des maisons, quelques granges complètent ce paysage rural. Tout autour, un océan de champs d'orge mûrit au soleil, de temps à autre planté d'un arbre solitaire, dessinant un paysage monotone, qui s'étend à l'infini.

Le *Sedona express 2* quitte la route pour la place centrale du village.

— Il y a du fourrage là, juste devant la grange...

Karine arrête l'attelage, qui a déjà parcouru une belle trotte aujourd'hui.

— Va leur chercher quelque chose à boire pendant que je leur donne à manger...

Vincent repère un puits à pompe manuelle, aux abords de l'une des granges. Par chance, des seaux en plastique se trouvent juste à côté. Vides. Le jeune homme s'empare de l'un d'entre eux et le remplit à la force de ses bras. Épuisé par la chaleur torride, il se verse un peu de ce liquide bienfaisant sur le torse, fermant un instant les yeux pour mieux apprécier la fraîcheur de cette eau providentielle.

Ça fait du bien...

Alors que le liquide finit de ruisseler sur son corps, Vincent ouvre à nouveau lentement ses paupières. Quelque chose dans le ciel attire immédiatement son attention. Un point sombre, presque immobile.

Il cligne des yeux. Le point noir est toujours là.

C'est bien plus grand qu'un oiseau...

— Oh non...

— Vince, qu'est-ce qu'il y a ?

L'angoisse de Karine est palpable.

— Là... il y a un truc dans le ciel... ça vient vers nous...

La jeune femme s'arrête aussi sec de bouger, à l'écoute.

Le cauchemar s'apprête donc à recommencer...

— Je n'entends rien...

Vincent ne perçoit, lui non plus, aucun son émis par l'aéronef. Mais il le voit clairement s'approcher de leur position.

— C'est un hélicoptère ?

Le jeune homme hésite avant de répondre :

— Non... on dirait plutôt un ballon. Un ballon à air chaud.

Au fur et à mesure que l'engin s'approche, Vincent parvient à y distinguer quelques détails. Il s'agit bien une montgolfière en toile rouge, avec une mince nacelle à sa base. L'aérostat perd graduellement de l'altitude, ballotté par le vent chaud du sud.

— S'il continue à descendre comme ça, il va tomber dans les champs, juste à côté du patelin...

Le ballon poursuit sa lente, mais inexorable descente, pour finir par atterrir là où Vincent l'a prévu, à une bonne centaine de mètres du couple, écrasant quelques épis d'orge au point d'impact, tandis que déjà son enveloppe se dégonfle.

— 'Y a des gens dedans ?

— Non, je ne vois personne, mais faut aller vérifier...

— Fais attention Vincent, ça peut être un piège...

Le jeune homme prend son courage à deux mains et met le cap en direction de l'aérostat qui vient de s'écraser, non sans au préalable avoir promis à sa compagne de rester sur ses gardes.

Ça veut dire prêt à dégainer...

Karine, peu rassurée, décide de se réfugier derrière le *Sedona Express 2*, tous ses sens restants en alerte.

Faites qu'il ne lui arrive rien... s'il se fait buter, je perds non seulement ma moitié, mais aussi mes espoirs de rejoindre Sedona...

Autour de Vincent, les hautes tiges d'orge ne favorisent pas une progression rapide. Heureusement, le ballon ne s'est pas écrasé trop loin de la route. Encore un petit effort et il parvient à rallier sa nacelle, désormais couchée sur le flanc.

Prudemment, le jeune homme s'approche de cette dernière, la main à la poche arrière de son jean, prêt à dégainer son couteau. Puis il jette un œil à l'intérieur. Ses yeux s'écarquillent, incrédules :

— Karine, viens voir ça !

— Quoi ?

— Viens, tu ne me croiras jamais...

— 'Y a pas de danger ?

— T'inquiète...

Le jeune homme rebrousse chemin, rejoignant sa compagne aux abords du champ. Il la prend par le bras et la guide en direction du ballon :

— Il y a une vieille dame et un bébé dedans...

— Un bébé ?

Toujours guidée par Vincent, Karine traverse à présent le champ d'orge. Les épis en herbe lui caressent les jambes.

— Oui. Je crois que la dame parle l'espagnol.

Espagnol. Espagne. Cadix. 1492. Tiens donc...

Ils se tiennent à présent face à la nacelle échouée. Une vieille dame aux cheveux blancs, à la peau mate et ridée, ainsi qu'un bébé d'environ 6 mois se trouvent à bord. Le bébé, vêtu d'une légère robe rose, pleure toutes les larmes de son corps, tandis que le visage de la vieille dame affiche un terrible rictus de douleur.

— Presque tous ses membres sont cassés, je ne sais pas ce qui lui est arrivé.

— Tu crois que le crash... ?

— Non. Ses blessures datent de plusieurs heures. Par ailleurs, elle a pris plusieurs balles dans la poitrine...

Pas besoin d'être médecin pour diagnostiquer le temps qu'il lui reste à vivre...

La vieille dame ouvre péniblement les yeux. Son regard fixe le jeune couple, en face d'elle.

— Madame, que vous est-il arrivé ?

En guise de réponse, elle bredouille une phrase à peine audible :

— *Peligro... peligro en el aire... ¡ El peligro esta por todas partes !*

Aussitôt, Karine traduit :

— Péril, péril dans les airs, le péril est partout...

Voilà qui n'est pas très rassurant...

Vincent temporise avant de reprendre :

— Qui vous a fait ça ?

Karine traduit. La vieille dame se contente d'un gémissement.

— Pouvons-nous faire quelque chose pour vous ?

La femme tend le bébé au jeune couple, leur demandant d'en prendre soin. C'est là son unique souhait.

— C'est ma petite fille, Lucia...

Au fond de la nacelle se trouvent deux passeports. Un au nom d'Alejandra Gomez, 88 ans, tandis que l'autre appartient à Lucia Gomez, née en novembre dernier. À en croire ces documents, les deux femmes seraient originaires de Progreso, dans l'État du Yucatán, au Mexique.

— Mais madame, nous ne pouvons pas...

— *Por favor...*

Karine vient poser sa tête sur l'épaule de Vincent, comme pour lui demander d'accepter.

Cette dame va mourir et nous demande de prendre le relais. Comment pourrions-nous refuser ?

Vincent est gêné.

Je ne suis pas capable de m'occuper de cet enfant tombé du ciel, surtout dans notre situation...

Sans attendre sa réponse, Karine se baisse et, à tâtons, trouve la petite Lucia.

— Lucia, je serai ta nouvelle maman... *Voy a ser su nueva madre, señora Gomez...*

La vieille dame lance un sourire bienveillant à la jeune aveugle.

— *Gracias...*

Karine serre l'enfant contre elle. Déjà ses angoisses et ses peurs se calment. Entre la jeune femme et le bébé, un lien se crée.

— Madame...euh *señora...* je serai aussi son papa... *moi papa Lucia...*

Soudain, l'expression de la vieille dame change du tout au tout. Elle pousse un grand cri de douleur tout en portant sa main droite à son cœur.

— Elle fait une crise cardiaque !

Comme un réflexe, Vincent tente de lui prodiguer les premiers soins. En vain.

Au vu de ses blessures, on n'aurait de toute façon pas pu l'emmener avec nous. Cette mort rapide est encore la meilleure chose qui puisse lui arriver...

Juste avant de mourir, la vieille dame a le temps de pointer le ciel du doigt, et d'émettre un ultime *Peligro*.

Aussitôt Vincent se retourne et comprend. Karine quant à elle les entend déjà. Occupés qu'ils étaient avec ces naufragés du ciel, ils n'ont pas prêté attention au son caractéristique des hélicoptères qui s'approchent d'eux à pleine vitesse. Maintenant il est trop tard. Ils sont trois et déjà presque sur place. Dans les yeux terrifiés de Vincent, une vision d'horreur : trois hélicoptères noirs s'apprêtant à fondre sur eux, fonçant tels des rapaces sur Nowhere Hideaway...

47.

Nowhere Hideaway, État du Missouri, USA, 22 mai, 16h48.

— Faut se planquer !

— Où ça ?

Vincent saisit le bras de Karine et l'entraîne dans sa course. Surprise, elle manque presque de lâcher la petite Lucia, toujours dans ses bras.

— Vincent, je ne peux pas aller aussi vite à travers champs, surtout avec l'enfant !

— Je vais la remettre dans la nacelle, on ira la chercher quand les hélicos seront partis...

Enfin si on le peut encore...

— Pas question, elle vient avec nous !

La voix de Karine se fait des plus fermes. La jeune femme serre fort la petite fille contre elle, comme pour la protéger.

Maintenant, c'est moi sa maman...

Vincent ne répond pas. Il se contente d'accélérer coûte que coûte, entraînant de plus belle son amie vers le hameau.

Je sais bien que son handicap lui rend cet effort quasi insurmontable, mais là, je n'ai pas le choix : c'est une question de vie ou de mort...

Derrière eux, les hélicoptères s'approchent à vive allure.

Pas le droit d'être faible. Pas le droit d'être humain. Juste le devoir d'être une machine de guerre...

Tout en guidant sa compagne, il balaie frénétiquement les lieux du regard, évaluant rapidement les possibilités qui s'offrent à eux.

Ou pour être plus clair, notre unique chance...

— Là-bas... une grange est ouverte...

Le jeune couple parvient à rejoindre la route qui borde le champ. Serrant toujours fort Lucia dans ses bras, Karine tente désespérément de suivre le rythme d'enfer que son compagnon lui impose, tandis que le son des rotors gagne encore en intensité.

— Trace, trace, ils arrivent !

Ils traversent aussi vite que possible la place centrale du village et parviennent in extremis à se réfugier derrière les portes battantes de la grange providentielle, que Vincent a débusquée. Aussitôt sa compagne et l'enfant à l'abri, le jeune homme se rue sur les deux battants de la porte, qu'il ferme au plus vite, tandis que déjà les hélicoptères survolent les abords du hameau.

Les deux battants ne s'emboîtent pas parfaitement, laissant entre eux une fente d'environ un centimètre de large. Aussitôt, Vincent y colle un œil :

Cette dernière va faire office de meurtrière.

Dans un vacarme infernal, les trois hélicoptères se posent sur la place centrale, cernant de toute part le *Sedona express 2*. Les chevaux, terrifiés, commencent à s'emballer...

Vincent commente d'une voix chevrotante :

— Le chariot... ils... ils vont se douter qu'on est là, à cause du chariot...

— Heureusement que j'ai tout gardé sur moi, dans mon sac. Mon téléphone, la carte 1492 et *Blanchette*.

Aussitôt, une bonne dizaine d'hommes vêtus de tenues commando noires jaillissent des hélicoptères. L'un d'entre eux, plus sûr de lui encore, observe les alentours tandis que ses collègues sécurisent les lieux, l'arme au poing.

— Fouillez toute la zone, il ne faut pas qu'ils nous échappent cette fois !

Ce doit être leur chef. Sa voix est ferme et résolue. Tout comme son envie de mettre la main sur eux.

Derrière leur judas de fortune, Karine et Vincent tremblent de peur.

Si on ne bouge pas, ils vont nous trouver. Mais où aller...

Le jeune homme inspecte l'intérieur de la grange du regard, cherchant désespérément une solution de repli.

Les hommes en noir se dirigent immédiatement vers le *Sedona express 2*, tandis qu'un détachement de deux individus va fouiller les restes du ballon, toujours bien visible dans le champ, à côté du hameau.

Heureusement qu'on n'a pas laissé la fillette là-bas...

Un cri monte du chariot :

— Ils ne sont pas là !

Le chef lui répond d'un signe de la main. L'homme en noir détache aussitôt les deux animaux. Vincent, aux premières loges, commente l'action à sa compagne :

— Ils font quelque chose avec les chevaux...

Karine imagine déjà le pire.

Ces hommes sont bien capables de les exécuter froidement, juste pour calmer leurs nerfs...

Une rafale d'arme automatique retentit.

Le pire est donc toujours certain...

— Ils les ont tués ?

La jeune femme est terrifiée à l'idée d'avoir raison.

— Non. Le type à juste tiré en l'air pour les faire fuir. Ils s'en vont à toute allure...

Vincent colle à nouveau son œil à la fente. Ce qu'il découvre le laisse bouche bée.

— Bordel, on n'est pas seuls...

Un individu portant une chemise à carreaux, un homme qu'ils n'ont pas remarqué jusque là, vient de sortir de l'une des maisons, située aux abords de la place centrale. Il se dirige d'un pas déterminé vers les commandos. Ces derniers échangent quelques mots avec lui, puis, rapidement, l'individu pointe du doigt la grange où le couple s'est retranché. Le chef le remercie avant d'ordonner à ses troupes d'aller inspecter les lieux. À présent, tout un bataillon d'hommes en noir s'approche d'eux, d'un pas résolu.

— Cibles dans la grange, je répète, cibles dans la grange...

— Ce mec nous a balancés ! Il a sans doute tout vu depuis notre arrivée...

Les jambes de Karine flageolent. Elle serre fort Lucia contre sa poitrine, tandis que Vincent, paniqué, fouille désespérément les lieux du regard, comme dans un état second.

Des ballots de paille, une vieille charrue, et puis une porte, au fond à droite...

— Viens, il n'y a pas une seconde à perdre !

Aux abois, le jeune homme prend Karine par le bras et l'entraîne dans sa fuite. Direction la porte, en quatrième vitesse...

Ils ont juste le temps de s'y engouffrer que déjà derrière eux, les hommes du commando pénètrent dans la grange.

Vide.

Leur chef est en rage.

— Où sont-ils !?

À peine sortis, toujours dans le feu de l'action, Vincent repère une seconde grange, isolée à quelques mètres à l'écart.

C'est ça ou rien...

Il entraîne sans ménagement sa compagne dans cette direction. L'adrénaline lui fait perdre toute conscience de la force, que l'énergie du désespoir libère en lui. Derrière eux, les hommes du commando inspectent à leur tour la première grange du regard. Au fond à droite, la porte par laquelle le couple a fui est restée ouverte. Et elle bat encore...

C'est un aveu...

Le chef du détachement comprend dans l'instant.

— Par là !

Heureusement, la seconde grange que Vincent vient de débusquer n'est pas verrouillée. Ils ont juste le temps de s'y réfugier que déjà leurs poursuivants sortent de leur planque précédente, empruntant la porte par laquelle eux-mêmes se sont enfuis.

— Fouillez toutes ces maisons, ils ne peuvent pas être loin !

Le rez-de-chaussée de la grange est vide.

Aucune cachette ici...

Seule une échelle en bois donne sur une sorte de mezzanine, faite de lattes de bois, où des ballots de foin s'entassent, sans doute pour les mettre à l'abri des rongeurs.

— 'Faut monter et se planquer derrière...

Vincent guide son amie jusqu'à l'échelle et lui intime l'ordre de monter, tandis qu'il garde un œil rivé sur la porte.

Elle peut s'ouvrir à tout moment. Et là, ce sera la fin...

Karine grimpe tant bien que mal, handicapée par la petite fille, toujours dans ses bras.

— Donne-moi Lucia, je monterai avec elle ensuite...

— Non, je la garde, j'arrive à monter d'une seule main...

Malgré son handicap et le fardeau que représente la petite fille, Karine parvient au sommet de l'échelle.

Elle m'épate, cette fille...

Vincent la suit aussitôt. Tous deux ont à présent gagné la mezzanine.

— Et maintenant on fait quoi ?

Il y a là une série d'empilements de ballots de foin, derrière lesquels ils peuvent tenter de se cacher.

Ça devrait suffire, pour peu qu'ils ne fouillent pas trop méticuleusement l'endroit...

— Faut se planquer là et espérer. C'est la seule chose à faire...

Ils ont à peine le temps de se dissimuler que déjà la porte de la grange s'ouvre. Serrés l'un contre l'autre dans la chaleur moite, Karine et Vincent sont morts de peur. Leurs jambes chancellent tandis qu'ils tentent de retenir leur respiration.

Rester discrets...

Un homme en noir aux pas légers pénètre dans la grange, aussitôt suivi par un second.

Plop... plop...

À l'étage, plus aucun bruit. Karine, en nage, ferme les yeux et se concentre.

Ne surtout pas faire le moindre bruit...

C'est le moment que choisit la petite Lucia pour ouvrir grand sa bouche, prête à hurler.

Elle va nous trahir...

Sans ménagement, Vincent lui colle sa main sur la bouche, pour l'empêcher d'émettre le moindre son. Quitte à lui couper la respiration.

Je préfère avoir sa mort sur la conscience que notre mort à tous...

Soudain, un craquement. C'est l'échelle. Un des hommes du commando est en train de l'emprunter, se rapprochant dangereusement du lieu où le couple s'est retranché.

Un barreau, deux barreaux... le bruit se rapproche. Vincent prend une dernière fois sa respiration, se préparant à tenir en apnée aussi longtemps que possible. Karine en est quant à elle déjà à une dizaine de secondes sans respirer. Ses poumons commencent sérieusement à lui réclamer de l'air frais.

Sans un bruit, l'homme en noir parvient au sommet de l'échelle et pose le pied sur la mezzanine, faisant grincer le bois. Il n'est à présent plus qu'à quelques mètres de ses cibles.

Heureusement, la forte odeur du foin masque nos transpirations...

Chaque seconde semble durer des heures. Leurs poumons les font souffrir le martyre, torturés par l'apnée qui leur est imposée, tandis que l'homme en noir inspecte froidement les alentours, déambulant lentement, très lentement, le long des ballots de foins empilés.

De l'air, vite...

Le militaire semble être en train de régler une sorte d'appareil, à en croire les petits bruits électroniques qui parviennent aux oreilles du jeune couple. Puis c'est à nouveau le silence, interminable.

Tic tac...

— Bordel, ce fichu machin ne fonctionne pas !

L'homme n'est plus qu'à deux mètres de ses proies.

— Comment ça ? Demande son collègue, resté au rez-de-chaussée.

Juste en contrebas de celui d'en haut, à en croire le son de leurs voix...

— Fait trop chaud ici. La température est la même que celle du corps humain, 37 degrés, on ne peut pas les détecter aux infrarouges...

De rage, l'homme en noir saisit son arme automatique et arrose méthodiquement les différents ballots de foin à coup de mitraille, dans un crépitement d'enfer.

C'est la fin... heureux de t'avoir connue, Karine...

Les coups de feu se rapprochent. Encore trois ballots, deux ballots...

C'est alors que l'arme du militaire arrive à court de munitions.

— Saloperie de...

Déjà l'homme en noir est en train de recharger.

C'est notre seule chance...

Vincent n'hésite pas une seconde. Il jaillit hors de sa cachette et assène un violent coup de poing à la tête de son poursuivant, faisant voler l'homme de la mezzanine, droit sur son collègue situé en contrebas.

Deux pour le prix d'un.

Enfin, Karine et Vincent peuvent respirer.

Quel bonheur de laisser à nouveau l'oxygène inonder nos poumons qui crient famine...

— Qu'est-ce qui se passe, Vince' ?

Il se passe que les tirs du militaire ont révélé que l'un des ballots adossés au mur de la grange obstruait un trou donnant sur l'extérieur, et que c'est peut-être là leur unique chance de s'enfuir, avant qu'il ne soit trop tard.

Alertés par les rafales d'arme automatique, les autres hommes du commando accourent déjà.

— Par là !

Le jeune homme saisit à nouveau son amie par le bras. C'est ce moment que la petite Lucia choisit pour se mettre à hurler.

Alertés par ses cris, les pas des militaires se font plus rapides encore.

Aussi vite que possible, Vincent dégage le reste du ballot qui obstrue encore le trou. Ce dernier donne sur le jardin d'une maison attenante à la grange. Par chance, juste en dessous de l'orifice nouvellement révélé, les propriétaires des lieux ont choisi d'installer un trampoline, dans ce qui était manifestement une aire de jeux, destinée aux enfants qui ont dû habiter ici.

Les pas de leurs poursuivants se font pressants.

— Saute ! Ordonne Vincent.

Karine hésite à se lancer. Vincent la pousse sans ménagement, avant de se jeter à son tour dans le trampoline, tandis qu'une nouvelle rafale d'arme automatique résonne déjà derrière lui.

Surprise de ne pas s'écraser au sol, Karine, qui serre toujours fermement la petite Lucia contre elle, rebondit contre la membrane en caoutchouc, tandis que Vincent y atterrit à son tour.

C'est là qu'il remarque qu'ils ne sont pas seuls dans ce jardin.

Face à eux se trouve un homme. Ce dernier se tient droit, debout en plein milieu de la pelouse. Il doit avoir la cinquantaine, à en croire sa chevelure poivre et sel.

Mais il ne porte ni tenue commando ni chemise à carreaux.

— Venez, il n'y a pas un instant à perdre...

Karine s'étonne :

— Qui parle ?

Vincent n'a aucune idée de l'identité de cet homme. Mais l'individu ne semble pas hostile. Et surtout, il leur offre son aide.

On n'est pas en état de faire la fine bouche...

— Venez, planquez-vous dans ma cave...

— Pourquoi ?

— 'Discutez pas si vous 'voulez pas être pris !

L'homme leur fait signe de le suivre. Déjà, les soldats tambourinent à sa porte.

— Ouvrez ! C'est un ordre !

L'inconnu ne prête guère attention aux demandes des militaires. Il guide le couple à travers son domicile avant de leur indiquer une porte cachée derrière une plante d'intérieur.

— Venez, par ici, faites vite... glisse l'inconnu à voix basse.

La porte secrète donne sur une cave obscure. À nouveau, Vincent est contraint de presque étouffer la petite Lucia afin qu'elle ne les trahisse pas par ses pleurs.

— Planquez-vous là dedans, je vais essayer de les mener sur une fausse piste...

Les militaires tambourinent de plus belle. De manière plus insistante aussi.

— Dernière sommation. Ouvrez ou nous défonçons la porte !

Karine et Vincent ont à présent rejoint l'abri de fortune que l'inconnu leur a généreusement offert. L'endroit est sombre et humide, une sensation renforcée par la chaleur omniprésente, qui rend l'atmosphère suffocante.

Aussitôt cachés, le jeune homme desserre l'étreinte qu'il s'est vu contraint d' imposer à la petite Lucia. Cette dernière en profite pour éclater en sanglots.

Désolé petite, mais je ne peux pas faire autrement...

Vincent retire son bandana pour en faire un bâillon qu'il serre fort sur la bouche de la petite fille.

— Ça ne va pas ? Qu'est-ce que tu lui fais ?

— 'Pas le choix. Tu sais ce qu'ils en feront s'ils la trouvent ?

Il a hélas raison...

Soudain, un grand bruit résonne à l'étage. La porte vient d'être défoncée.

— J'arrive, j'arrive...

C'est la voix de l'inconnu.

— Fouillez toute la maison, ils sont là !

— Ils sont passés par le jardin et ont filé vers la maison en face, je n'ai rien pu faire...

Au moins il semble sincèrement nous couvrir...

— Ouais, ben t'as intérêt à dire vrai mon salaud, parce que si on les trouve chez toi, tu ne peux même pas t'imaginer ce qui t'attend. Fouillez tout !

À nouveau Vincent est réduit à balayer du regard l'endroit où il se trouve.

On ne peut pas avoir fait tout ça pour échouer là, maintenant...

Mais cette fois, il a beau chercher, il n'y a aucune échappatoire. C'est l'ultime cul-de-sac.

En désespoir de cause, il tire son couteau de sa poche.

Dérisoire...

Karine est pétrifiée. Les pas des militaires résonnent dans toute la maison. Depuis leur planque, ils peuvent entendre ces derniers fouiller l'endroit millimètre par millimètre, retournant sans ménagement lits, armoires, et tout élément qui se mettrait en travers de leur chemin. Soudain la voix colérique d'un homme en noir retentit à travers la maison :

— Ils sont où ces bâtards ?

La réponse vient de la bouche d'un autre commando :

— Chef, venez voir...

Sa voix semble provenir directement de derrière la porte, celle donnant sur leur ultime cachette. Aussitôt, des pas fermes et décidés s'approchent. Les hommes en noir ne sont plus qu'à un mètre d'eux. Seule la mince porte en bois les sépare encore de leurs poursuivants. Karine n'est plus que tremblements, tandis que Vincent s'agrippe à son couteau, dans l'espoir d'en blesser au moins un.

Une petite vengeance avant le pire...

— Une porte... une porte que vous nous avez cachée. Où mène-t-elle ?

— Je...

— Très bien, vous l'aurez voulu...

Le bruit d'un pistolet qu'on arme résonne à travers toute la cave.

Karine et Vincent sont morts de peur. Ils se bouchent les oreilles, pour se protéger du son sec de la détonation. Cette dernière ne viendra pas : le talkie-walkie de l'un des militaires se manifeste juste à temps :

— ... oui... oui... on arrive tout de suite !

— Qu'est-ce qui se passe ?

— Ils ont été repérés deux maisons plus loin. Venez vite.

Aussitôt les soldats quittent la maison, non sans décocher un coup de poing à l'inconnu, par pur plaisir sadique.

Une fois les intrus dehors, Karine et Vincent osent un ouf de soulagement. Vincent desserre – un peu – le bâillon qui empêche la petite Lucia de respirer.

La porte de la cave s'ouvre et inonde le couple de lumière. Vincent est contraint de se protéger les yeux pour ne pas être aveuglé.

— C'est bon, ils se sont cassés...

— Vous ça va ?

La chemise de l'inconnu est en sang.

C'est une réponse en soi...

— Montez à l'étage. Ils ont tout fouillé là-haut, ils n'y reviendront pas, alors qu'ici...

— On a entendu...

Discrètement, le couple grimpe l'escalier et prend position dans une chambre, laissée sens dessus dessous par la fouille musclée opérée par les hommes du commando. Vincent jetterait volontiers un œil par la fenêtre, mais l'inconnu lui fait signe de se baisser.

— Faites gaffe, ils pourraient vous voir ! Planquez-vous plutôt derrière le lit...

Il a raison.

Karine et Vincent suivent son conseil.

— Je vous dirai ce qu'ils font...

Ils passent la demi-heure suivante cachés, assis par terre, quand enfin le bruit des hélicoptères qui décollent les libère.

— Ils sont partis ?

— Oui. Avant de se casser, ils ont encore frappé le type qui vous a balancés...

Ainsi donc l'inconnu a lui aussi tout vu, depuis leur arrivée...

Karine et Vincent peuvent enfin se détendre. Un peu. Le jeune homme débarrasse la petite fille de son bâillon.

— Excuse-moi, petite Lucia, mais j'ai dû te faire mal pour te sauver la vie...

Il serre l'enfant contre lui et lui fait un bisou sur le front, comme pour tenter de se faire pardonner, avant de la confier à nouveau à sa compagne, qui réclame déjà la petite fille.

Tandis que Karine pouponne, Vincent va voir l'inconnu :

— Pourquoi avez-vous fait tout ça pour nous ?

— Je vous expliquerai cette nuit, quand on aura quitté ce patelin...

48.

Nowhere Hideaway, État du Missouri, USA, 23 mai, 00h24.

— Il est temps d'y aller...

Afin de ne pas attirer l'attention de l'individu à la chemise à carreaux, Karine, Vincent et la petite Lucia sont restés cachés à l'étage jusqu'au soir, tandis que l'inconnu donnait l'impression d'être seul.

La jeune femme a profité du reste de la journée pour faire plus ample connaissance avec le bébé, qui semble de plus en plus en osmose avec elle. À ses côtés, Vincent lui décrit les sourires qui illuminent son petit visage.

Qu'est-ce que j'aimerais les voir...

À présent il fait nuit noire. L'homme qui les a balancés dort assurément. L'inconnu peut se permettre de laisser descendre le couple. Dans son garage, un minivan flambant neuf, de couleur ocre foncé, les attend.

— Il marche ?

— Oui. Je l'ai bricolé de manière à ce qu'il ne dépende plus de l'électronique...

Vincent décrit l'engin à sa compagne.

— 'Faudra le pousser pour sortir, sinon le bruit du moteur réveillera le gusse dans l'autre maison. Une fois hors du patelin, on pourra mettre les gaz...

Ils mettent Lucia à bord, sur la banquette arrière, puis poussent le véhicule aussi discrètement que possible, profitant de l'obscurité jetée par un voile de nuages, qui obstrue la lumière de la lune.

À force d'huile de coude, ils parviennent à éloigner le véhicule d'un bon demi-mile, à l'écart du hameau. Une distance à priori suffisante pour que leur départ ne les trahisse pas. Vincent embarque à l'avant, à côté de l'inconnu, tandis que Karine prend place à l'arrière, avec l'enfant.

Le minivan démarre, d'abord doucement pour faire le moins de bruit possible, puis plus franchement, une fois Nowhere Hideaway clairement derrière eux, roulant vers l'ouest sous un ciel étoilé.

— Désolé de ne pas m'être présenté avant, je suis James Richardson, mais tout le monde m'appelle Jim...

Karine et Vincent font à leur tour les présentations. Ils racontent leur aventure dans les grandes lignes, et notamment leur technique de pillage systématique des magasins, croisés en chemin. À nouveau, ils omettent volontairement toutes les références à Sedona. La jeune femme raconte également comment elle a perdu la vue, à la caisse du supermarché de DeRuyter.

— Et elle, c'est Lucia. Elle est mexicaine et elle est arrivée dans le ballon que vous avez vu cet après-midi, celui qui s'est écrasé dans le champ...

— Pourquoi nous avez-vous sauvés ? demande enfin Vincent.

C'est la seule question qui vaille...

Jim marque une pause :

— Parce que moi aussi je les déteste, ces gars...

— Qui ça ? Les commandos ?

— Oui. Ils me sont tombés dessus la première fois du côté de Des Moines, Iowa.

— Des Moines ? Vous n'êtes pas de Nowhere' ?

— Moi, de ce trou paumé ? Non. J'ai suivi la même stratégie que vous. Je vis du pillage des magasins, j'ai connu la même déconvenue avec la viande avariée, et moi aussi j'ai été soulagé le jour où les animaux sont réapparus. Je suis arrivé à Nowhere' il y a deux jours, en me disant que je resterai là quelque temps, affaire de souffler un peu...

— Donc vous ne connaissez pas cet homme qui nous a balancés ?

— Non. Je croyais ce hameau inhabité. Je ne l'avais même jamais vu, ce type...

— Comme nous quoi...

Ils échangent ensuite au sujet des événements des dernières semaines. Lui aussi a vu la grande lumière et s'est réveillé le lendemain, chez lui, à Owatonna, Minnesota. Par contre, il n'a pas ressenti la paralysie dont Karine et Vincent ont été victimes à leur réveil, juste après la grande lumière.

À ce sujet, Jim a une théorie :

— Ça doit être une sorte de bombe atomique...

Vincent est dubitatif :

— Une bombe bizarre cela dit, qui ne détruit rien, mais qui fait disparaître puis réapparaître les choses...

— Et qui semble toucher tout le monde sauf quelques élus, ajoute la jeune aveugle.

Des élus. À nouveau Karine vient de balancer ça, spontanément. L'idée est néanmoins lumineuse... et si nous étions des sortes d'élus ?

— Des élus de quoi ? De qui ? Je ne me suis jamais présenté à la moindre élection...

La jeune femme n'en sait bien sûr rien. C'est juste son intuition qui lui souffle ça.

Sa fameuse intuition...

La discussion reprend, au sujet de Jim :

— Racontez-moi, dans quelles conditions vous sont-ils tombés dessus pour la première fois, à Des Moines ?

Jim raconte alors sa première rencontre avec les hommes en noir, alors qu'il dévalisait tranquillement un supermarché. Soudain, il les a vu débarquer, armés de lampes torches. Ils n'ont pas mis longtemps à le trouver et à lui imposer un interrogatoire musclé.

— À quel sujet ?

— Ils voulaient savoir ce que je sais.

— Comment ça ?

— Justement, je ne savais pas de quoi ils parlaient. Par contre ils avaient un accent typiquement américain. Je ne sais pas qui ils sont, mais je peux vous assurer qu'ils sont bien de chez nous...

Karine et Vincent n'ont jusqu'à présent pas prêté attention à ce détail pertinent.

Le jeune homme reprend le fil de la discussion :

— Est-ce que vous avez entendu parler d'un certain général Skinner ?

— Non jamais, pourquoi ?

— Et d'un certain projet 1492 ?

— Non... mais qu'est-ce que vous avez tout à coup, on dirait un interrogatoire...

Vincent adopte une attitude moins inquisitrice :

— Non, excusez-moi... mais comprenez que nous aussi, nous menons notre enquête à partir des éléments en notre possession...

Karine et Vincent racontent alors leur rencontre avec le sergent Mitchell. Ils arrangent cependant un peu la vérité, prétendant que ce dernier a abattu l'hélicoptère d'où est tombée la carte 1492, omettant volontairement de narrer leur première rencontre avec les commandos, ainsi que leurs exploits guerriers face à l'aéronef qui les avaient pris en chasse.

— 1492 ? J'en sais rien... moi ça me fait penser à Christophe Colomb...

— Comme nous...

— 1492 c'est... c'est quelque part le début de notre histoire, l'histoire de l'Amérique... vous croyez que ça a un rapport avec tous ces événements ?

— On le suppose...

1492... le début de notre histoire... ou sa fin...

— C'est peut-être le nom de code de cette arme ?

— Quelle arme ?

— Eh bien cette grande lumière que nous avons tous vue, vous et moi.

Jim croise le regard éteint de Karine dans le rétroviseur.

— Enfin... excusez-moi...

— Vous avez le droit d'utiliser le verbe voir avec moi. J'ai l'habitude.

Il y a tout de même une pointe de nostalgie dans la voix de la jeune femme.

La nostalgie de la lumière...

— Peut-être, en effet. Mais que croyez-vous que cette lumière ait pu être ?

— Une sorte de bombe, comme je vous l'ai dit... un engin de fin du monde qu'on nous a balancé pour nous renvoyer à la préhistoire, une espèce de truc qui bousille l'électronique et qui... je ne sais pas...

— Qui aurait pu faire une chose pareille ?

— J'en sais rien... 'y a tant de monde qui rêvait de nous dézinguer... mais si vous voulez mon avis, c'est sans doute les mêmes qui ont aussi fait le coup des villes, juste avant...

Vincent commence à être trop fatigué pour réfléchir.

Je suis néanmoins toujours assez réveillé pour comprendre que quelque chose ne colle pas dans cette théorie...

— Ce qui est sûr, c'est que ceux qui sont derrière ce truc ont drôlement réussi leur coup. Nous voilà réduits à errer sur les routes de notre bonne vieille Amérique, pour tenter de survivre et de nous trouver un coin au chaud...

S'en suit un instant de flottement. Vincent reprend :

— Au fait, où comptez-vous aller comme ça ?

— Oh, moi, j'ai pris une carte et j'ai tiré au hasard un coin où aller...

— Où ça ?

La réponse de Jim fait l'effet d'une bombe :

— C'est tombé sur Sedona, Arizona.

Le sang du couple ne fait qu'un tour.

— SEDONA ?

49.

Station-service, État de l'Oklahoma, USA, 23 mai, 09h38.

La voiture de Jim se gare face à une station-service, à l'entrée d'une petite ville. Ils ont roulé jusqu'à l'aube, ne s'accordant que trois heures de sommeil, à l'intérieur même de leur minivan, avant de reprendre la route, passant de l'État du Missouri à celui de l'Oklahoma.

À présent, la petite Lucia s'est réveillée et pleure de plus belle. Elle a faim.

Elle n'est pas la seule...

— Attendez-moi dans la voiture, je vais chercher de l'essence et de quoi manger...

Jim se dévoue. Ce dernier leur a expliqué que, faute d'électricité, les pompes à essence ne fonctionnent plus, mais qu'il y a toujours des jerricans d'essence dans ce genre d'endroit, qui permettent de faire le plein.

Sinon, il y a toujours l'option de siphonner un réservoir...

L'homme du Minnesota met le cap sur la station-service, tandis que le couple patiente, à bord du minivan. Dès que l'homme y pénètre, le visage amical de Karine se fait méfiant. Elle s'approche de Vincent et lui glisse à l'oreille, sur le ton de la confidence :

— Ne le lâche pas des yeux et dis-moi tout ce qu'il fabrique...

— Pourquoi ?

— Fie-toi à mon intuition, ce mec, je ne le sens pas...

— Tu déconnes ? T'as oublié qu'il nous a sauvés hier !?

— Justement, je n'oublie pas. Je trouve ça même très suspect, presque autant que ce qu'il nous a dit cette nuit, au sujet de Sedona...

— Il a bien le droit d'y aller aussi, non ?

— Oui, mais t'as entendu ses explications ? Il a tapé au hasard sur la carte parce qu'il cherchait un coin au chaud.

Moi je n'y crois pas une seconde. Si je cherchais juste à fuir les rigueurs de l'hiver, je n'hésiterais pas une seconde, je mettrai le cap sur la Floride, mais en aucun cas je n'irais à Sedona juste pour cette raison, d'autant que ce coin de l'Arizona peut être franchement glacial en hiver...

— Peut-être qu'il veut poursuivre vers le Mexique et l'Amérique centrale, où il fait au moins aussi chaud qu'en Floride...

— Peut-être oui, mais il n'en a pas parlé. Cependant tu auras sans doute remarqué la gêne dans sa voix, quand on a réagi à sa déclaration...

— Je crois plutôt qu'il a dû être surpris de notre réaction...

— Pourtant il n'en avait pas l'air... non, je pense tout simplement qu'il en a trop dit, qu'il a *buggué*, et qu'il s'en est rendu compte trop tard.

Vincent reste un instant pensif.

Et si Karine avait raison ?

Lui aussi commence à douter de leur nouvel *ami*.

— Que fait-il ?

Vincent lève les yeux. Plus de Jim à l'horizon.

— Bordel, il est où ?

— Sors, sors et retrouve-le, à tous les coups il nous prépare une saloperie...

Le jeune homme s'exécute et file d'un pas décidé vers l'intérieur de la station-service. Jim est là, caché par un kiosque à journaux.

— Que faites-vous ?

— Je prends des couches pour la petite, et j'ai aussi trouvé des petits pots pour bébé. Par contre, 'y a pas de lait...

L'homme du Minnesota a également débusqué pas mal de nourriture ainsi qu'une caisse de bouteilles d'eau minérale, une découverte très utile par ce temps caniculaire.

— Faites voir les pots...

Jim s'exécute. La date de péremption est proche, mais pas encore dépassée.

L'homme retourne faire un tour à l'intérieur du magasin, pour y dénicher quelques victuailles supplémentaires. C'est alors que Vincent remarque qu'il possède un téléphone portable, qui dépasse de la poche arrière de son pantalon.

— Attendez... Qu'est-ce que vous avez là ?

Le jeune homme pointe sa trouvaille du doigt.

— Mon smartphone, mais il ne marche plus depuis que...

— Montrez-le-moi !

Jim fixe un instant Vincent, défiant, avant de lui remettre son téléphone. Le jeune homme l'examine aussitôt. Le téléphone ne risque pas de fonctionner : la carte Sim en a été retirée.

L'homme du Minnesota hausse les épaules :

— La confiance règne... c'est ainsi que vous me remerciez pour hier ?

Vincent se sent soudain un peu bête.

— Excusez-moi, Monsieur Richardson.

Son visage esquisse un léger sourire.

— Allez, en voiture fiston, nous avons des bouches à nourrir...

50.

Sur la route, État de l'Oklahoma, USA, 24 mai, 14h27.

Le paysage morne et plat, brûlé par le soleil incandescent, défile autour de la voiture. À l'intérieur, la chaleur devient intenable, malgré les fenêtres grandes ouvertes. Toute l'électronique étant grillée, la climatisation en a également fait les frais.

— Fais chaud...

Tandis qu'à l'arrière Karine pouponne la petite Lucia, les deux hommes ont les yeux rivés sur le paysage.

— Je croyais l'Oklahoma plus vert que ça au printemps...

Jim confirme.

— Mais avec cette canicule...

Ils s’arrêtent un instant à l'ombre d'un arbre solitaire, qui borde la route. Juste le temps de manger un casse-croûte et de changer Lucia. Alors que Karine s'affaire auprès de l'enfant, Jim et Vincent discutent de la meilleure route à suivre.

Soudain, la jeune femme leur intime l'ordre de se taire. Ils s'exécutent sur-le-champ.

Au loin, un très discret bruit de rotor se fait entendre...

— Ils reviennent... vous les voyez déjà ?

Les deux hommes scrutent l'horizon. Au loin à l'ouest, Vincent distingue deux petits points noirs. Aussitôt Jim va chercher une paire de jumelles dans le coffre du minivan, afin de mieux observer ces intrus.

Mais aussi déceler leurs intentions.

— Oui, ce sont eux, mais ils sont encore loin...

L'angoisse gagne Karine :

— Y a-t-il un coin où se planquer ici ?

Le paysage alentour est désespérément plat, à l'exception de l'unique arbre sous lequel ils se sont abrités. Tout autour n'est qu'herbes desséchées par le soleil.

— Non, mais ils n'ont pas l'air de venir vers nous...

En fait, les hélicoptères semblent rester au loin, sur l'horizon, en vol stationnaire.

Comme s'ils cherchaient quelque chose.

Malgré ces nouvelles rassurantes, Karine reste dubitative :

— Cachons-nous quand même derrière la bagnole. Il vaut mieux qu'ils ne voient que le van et pas nos têtes...

Pas question de revivre Nowhere Hideaway...

Jim et Vincent obéissent. Commence alors l'attente, tous leurs sens aux aguets. De temps en temps, l'un ou l'autre jette un œil afin de voir si les intrus sont encore dans le ciel. Karine opte quant à elle à nouveau pour la stratégie des yeux clos, afin de mieux se focaliser sur son sens de l’ouïe.

Au bout d'un bon quart d'heure, la voie est à nouveau libre.

On va pouvoir repartir.

Soulagé, Vincent note néanmoins qu'il vaut mieux ne pas rester ici, car ces engins pourraient revenir à tout instant et les voir. Avant d'embarquer aux côtés de la petite Lucia, Karine lance, fataliste :

— Oh, je crois qu'ils nous ont déjà repérés depuis longtemps...

51.

Aux alentours de Shamrock, État du Texas, USA, 26 mai, 15h08.

Ils ont traversé l'Oklahoma sans encombre, malgré l'observation répétée d'hélicoptères au loin, qui leur a valu quelques haltes improvisées. Ils sont à présent dans le *Panhandle*, la partie nord de l’État du Texas, coincé entre l'Oklahoma et le Nouveau-Mexique, roulant à vive allure en direction d'Amarillo, sur la mythique route 66. La terre est ici plus ocre et les paysages plus désolés encore, à mesure qu'ils s'approchent des régions arides du Sud-ouest américain.

Voilà trois jours qu'ils voyagent ensemble. Passées les suspicions des débuts, une vraie confiance s'est installée au sein du groupe. Le soir, lors des arrêts dans les maisons squattées, Jim aime par-dessus tout prendre une douche froide, pour se débarrasser de la sueur accumulée pendant les journées brûlantes. Dès que l'eau se met à couler, il chante aussi fort que faux de vieilles chansons country qu'il affectionne particulièrement, ce qui a le don de faire rire Karine.

L'arrivée de Lucia a radicalement changé cette dernière. De gamine un peu trop rêveuse, elle s'est muée en jeune maman. Alors que les hommes passent la soirée dehors, elle est aux petits soins auprès de l'enfant.

À l'approche de la ville de Shamrock, une halte-ravitaillement est décidée. Ils garent leur véhicule sur le parking de l'unique supermarché à la ronde, situé aux abords nord de la ville, prêts à sévir.

— Allez-y vous deux, je reste là avec la petite...

Les deux hommes s'exécutent, pénétrant au pas de charge à l'intérieur du magasin. Karine quant à elle, après un bisou sur le front de la petite Lucia, déplie *Blanchette* pour se dégourdir un peu les jambes, sans toutefois s'éloigner du minivan.

Elle a soudain la désagréable impression d'être épiée. Elle reste un instant figée, à l'écoute.

— 'Y a quelqu'un ?

Aucune réponse. Ce silence ne rassure en rien la jeune femme, tous ses sens en alerte.

Alors qu'elle s'apprête à regagner le véhicule, une main vigoureuse vient se plaquer sur sa bouche, l'empêchant de crier. Karine tente de se débattre. Elle parvient même un instant à se dégager de l'emprise de son agresseur invisible.

— Au secours !

La jeune femme crie aussi fort que possible. L'instant d'après, un violent coup vient s'abattre sur sa tête.

À l'intérieur du supermarché, alors qu'il est en plein pillage, Vincent s'arrête net :

— J'ai cru entendre quelque chose...

Aussitôt son regard glisse en direction de la baie vitrée donnant sur l'extérieur.

Sur le parking du magasin, d'où le cri a semblé provenir...

Ses yeux s'écarquillent.

— Bordel, c'est qui ceux-là ?

À son tour, Jim lève la tête et les voit : deux individus emmènent Karine et la petite Lucia à bord d'une voiture beige, qu'ils n'ont pas remarquée jusque là.

Aussitôt, ils lâchent leur butin pour se ruer en direction du parking. Alors que Jim et Vincent sortent du magasin, la voiture beige quitte déjà les lieux, emmenant la jeune femme et l'enfant à son bord.

— Non ! Hurle Vincent, tout en ramassant le seul souvenir de Karine que les kidnappeurs ont daigné laisser sur place : *Blanchette*, son éternelle canne blanche.

Par contre, aucune trace de son sac contenant la carte 1492 et son smartphone...

Sans hésiter, Jim grimpe à bord du Minivan. Il allume immédiatement le moteur.

— Vite Vince', monte, 'faut pas se laisser distancer si on veut avoir une chance de la retrouver...

Vincent saute à bord, prêt à se lancer aux trousses de ceux qui viennent de le priver de sa moitié.

52.

Dans une voiture.

Karine reprend conscience. Le noir total qui l'enveloppe lui semble encore plus obscur que d'habitude. Les derniers événements lui reviennent par bribes :

Le parking, la main, le coup, et puis plus rien.

Elle prend soudain conscience de l'environnement qui l'entoure. Elle est à présent assise sur la banquette arrière d'une voiture qui roule à vive allure, coincée entre la petite Lucia qui pleure, et le corps massif d'un homme à la musculature impressionnante. Quelque chose de métallique entrave ses poignets.

Des menottes.

Son cœur se met à battre la chamade.

Mon Dieu... ils m'ont faite prisonnière... et quand on sait de quoi ils sont capables... espérons qu'ils ne fassent rien à Lucia...

Elle tâte les alentours.

Blanchette, où est Blanchette...

Son rythme cardiaque s'accélère encore.

La chaleur moite fait monter les fortes odeurs de transpiration émises par l'homme assis à ses côtés, auxquelles vient se mêler comme un parfum.

Un parfum de femme.

— Qui êtes-vous ? Que me voulez-vous ? Où allons-nous ?

Pas de réponse.

La voiture tourne à gauche, puis à droite, puis à nouveau à droite, puis à gauche... Karine est totalement désorientée.

— Parlez-moi, qu'est-ce que vous me voulez ?

Soudain la voiture s'arrête. Une voix masculine, au timbre grave et puissant, interpelle la jeune femme :

— Sors. Immédiatement.

Karine s'exécute sans discuter. Dès qu'elle s'est extirpée du véhicule, elle sent à nouveau la poigne vigoureuse de l'homme la pousser dans le dos.

— Avance, c'est un ordre...

Privée de *Blanchette,* Karine est réduite à marcher à tâtons, les bras menottés tendus devant elle. Elle remarque néanmoins à la réverbération des sons qu'elle se trouve dans un lieu exigu et clos fait d'une matière dure, comme du béton ou de la pierre.

Sans doute une cave ou un garage souterrain...

À nouveau, elle sent l'imposante main de son kidnappeur lui saisir le bras, pour la guider sans ménagement vers un escalier en béton sur lequel elle manque de trébucher, tandis qu'une autre personne semble s'occuper de son sac et de Lucia.

— Aïe, doucement !

Elle est hissée dans ce qui à l'air d'être une sorte de salle de séjour. L'homme l'installe dans ce qui semble être un grand fauteuil, plutôt confortable, placé dans ce qui doit être le coin d'une grande pièce ornée de tapis. Elle entend également l'autre personne, au pas plus léger. Cette dernière actionne quelque chose, visiblement un engin électronique. Un léger bruit d'électricité statique se fait entendre, couvert par les pleurs de Lucia.

La voix grave de l'homme surgit soudain des ténèbres, s'adressant visiblement à son acolyte :

— La porte est fermée à clé et le brouilleur est en place. Je m'occupe de l'enfant...

Alors que les pleurs de Lucia se calment, une main de femme vient alors délivrer Karine de ses menottes. Cette dernière, terrifiée, ose aborder sa libératrice :

— Qu'est-ce que vous me voulez ?

La réponse vient sous la forme d'une voix douce et agréable :

— Calmez-vous mademoiselle. On vous a arraché à leurs griffes et on va tout vous expliquer...

53.

Shamrock, État du Texas, USA, 26 mai, 15h19.

La voiture de Jim et Vincent pénètre dans la ville de Shamrock. Des maisons de plain-pied faites de lattes de bois séparées par une terre désertique, brûlée par un soleil infernal, bordent les rues qui suivent un rigoureux plan en damier.

— Si ça se trouve, ils ont déjà filé ailleurs...

Vincent est paniqué à l'idée de ne jamais revoir Karine. Jim se montre rassurant :

— Ça m'étonnerait. 'Y a rien à des miles à la ronde. Je suis sûr qu'ils sont encore ici quelque part, dans la ville...

Le jeune homme est dubitatif.

Si j'avais été l'un de ces kidnappeurs, la première chose qui me serait venue à l'idée aurait été de fuir à toutes jambes...

La voiture beige les a distancés dès la sortie du parking. Les deux hommes en sont réduits aux conjectures.

— 'Faut fouiller la ville en quête d'indices...

— Comment tu veux faire ça ?

— Regarder, observer, déduire. Et inspecter maison par maison.

Pas de chance, il y en a des milliers...

L'homme du Minnesota gare sa voiture à l'angle entre North Houston Street et la 9th street east.

— Bon, tu prends à gauche, moi je prends à droite.

Jim se montre directif. Vincent n'a rien à opposer à cet homme qui semble sincèrement vouloir prendre l'affaire en main.

Pourtant il ne connaît Karine et l'enfant que depuis quelques jours et donne l'impression d'être très indépendant. Karine est certes une jeune femme très attachante, mais la débauche d'énergie que Jim met en œuvre afin de la retrouver a quelque chose de troublant... et s'il était tombé amoureux d'elle ?

— ...et prends-en un, ça pourra t'être utile.

Jim vient d'ouvrir la boîte à gants. Deux pistolets se trouvent à l'intérieur. Un pour chacun.

— Il est chargé, donc au moindre pépin, t'hésites pas...

L'homme du Minnesota saute hors du minivan, l'arme au poing, inspectant les maisons de son côté. Vincent, moins assuré, tente quant à lui de débusquer un indice de l'autre côté de la rue.

Mais quel indice chercher ?

Le jeune homme toque aux portes, regarde par les fenêtres, examine la route à la recherche de traces de pneus. Rien. L'absence de Karine le désoriente littéralement.

Du fait du handicap de son amie, il s'est toujours senti comme l'élément moteur de leur duo, mais à présent qu'elle ne se trouve plus à ses côtés, il se rend compte à quel point sa présence lui est indispensable.

À nous deux nous ne formions qu'un...

Soudain, la voix de Jim résonne de l'autre côté de la rue :

— Vince', viens voir...

Le jeune homme accourt immédiatement.

— J'ai vu de la fumée sortir d'une baraque, là-bas...

Vincent regarde dans la direction indiquée par Jim, mais ne voit rien de spécial.

— En tout cas, il y en avait juste avant...

— OK, allons voir par là-bas...

Bien que dubitatif, Vincent est prêt à se raccrocher à la moindre lueur d'espoir. Dans sa tête, une seule idée tourne en boucle :

Retrouver Karine. À tout prix.

54.

Dans la grande pièce.

Assise dans le fauteuil, Karine écoute avec attention ce que la femme à la voix douce lui narre :

— Je suis Janice Winslow et avec mon mari Terry, nous nous battons dans la résistance contre ce salaud de général Skinner, comme vous aussi croyez le faire.

Le sang de la jeune femme ne fait qu'un tour.

— Skinner, vous le connaissez ?

— Hélas oui, nous le connaissons... écoutez mademoiselle, nous n'aurons sans doute pas beaucoup de temps avant qu'ils ne vous repèrent, alors je vous en prie, faites bien attention à ce que nous allons vous dire...

Karine, abasourdie, est tout ouïe. Dans la voix de son interlocutrice, l'angoisse est perceptible.

Ils sont en train de risquer leur vie pour moi... mais pourquoi ?

— Quand nous avons appris que le général a failli mettre la main sur vous, nous nous sommes dépêchés pour intervenir, avant qu'il ne soit trop tard. Nous avons fui la base pour tenter de vous intercepter avant qu'ils ne parviennent à vous livrer...

— Me livrer ? À qui ? Au général ? Qui veut me livrer ?

Et quelle base ?

La voix douce continue, de révélation en révélation :

— Les deux hommes avec lesquels vous voyagez... nous vous avons délivré de ces salauds parce qu'il faut absolument empêcher le général de vous mettre le grappin dessus...

— Vincent n'est pas un salaud. Il n'est pas avec le général, on a même...

Non. Je ne peux pas leur raconter l'histoire de l'hélicoptère qu'on a descendu...

— Depuis quand connaissez-vous ces individus, mademoiselle Karine Faure ?

Mademoiselle Karine Faure. Ainsi ils savent qui je suis. À moins qu'ils n'aient découvert mon identité à l'instant, en trouvant mes papiers, toujours nichés au fond de mon sac.

— Je connais Vincent depuis...

— Avant ou après que les villes n'explosent ?

Karine reste un instant bouche bée, ne sachant quoi dire. Puis elle ose :

— Il est arrivé à la ferme avec mon frère. C'était un réfugié de la ville de Columbus...

Il y a comme un instant de flottement, comme si ses interlocuteurs étaient stupéfiés par ce qu'elle vient de leur révéler.

— Columbus... tiens donc, voilà un élément que nous n'avions pas... je vois que vous êtes au courant pour le projet 1492...

— Vous avez fouillé mon sac ?

— Oui, à l'instant. Mon mari vient de trouver la carte d'accès à ce funeste projet...

Ils savent donc tout...

Janice continue :

— Et on y a aussi trouvé ça...

La femme s'approche de la jeune aveugle. Elle lui tend son sac, l'invitant à palper un renflement au sommet de ce dernier.

— C'est quoi ?

Terry, l'homme à la forte corpulence, prend à son tour place à côté de la jeune femme. Il lui confie un appareil électronique, du genre calculette, qu'il l'invite à découvrir à tâtons. L'engin émet une série de bips brefs et aigus dès qu'on l'allume. Terry approche alors l'appareil du renflement au sommet du sac. Aussitôt les bips deviennent plus brefs et plus aigus.

Cet engin réagit à mon sac ? Comment est-ce possible ?

— Un traceur, ma chère, une puce qu'on a plantée là afin de suivre tous vos faits et gestes...

Karine est éberluée.

Comment ce bidule a pu atterrir là ?

Elle entend alors Terry extirper la puce de son sac, à l'aide d'un couteau, avant de la piétiner violemment, ce qui a pour effet immédiat de faire cesser les bips du détecteur.

— Et pour info, sachez que 1492 est la date où ce brave Christophe Colomb a découvert notre bonne vieille Amérique...

— Ça, je le sais, je suis peut-être aveugle, mais pas idiote...

— Ah bon ? Donc si vous êtes dotée d'une telle sagacité, vous avez sans doute fait le rapprochement entre 1492,

Christophe Colomb... et la ville qui fut baptisée en son honneur...

Karine blêmit.

Le monde qu'elle s'est bâti ces deux derniers mois s'écroule.

Non, c'est pas possible...

— Oui mademoiselle Faure, je vous parle bien de Columbus, la ville d'où prétend venir votre cher... comment s'appelle-t-il déjà ?

*

Il s'appelle Vincent, et avec son complice Jim, il s'approche de l'une des rares maisons en brique de la ville. Jim lui fait remarquer la présence de traces de pneus encore fraîches, qui donnent sur un garage attenant à la maison.

— On y va, tiens-toi prêt à intervenir...

Aux fenêtres, les rideaux sont tirés, comme si à l'intérieur, quelqu'un tentait de s'y cacher...

*

— Voyez-vous mademoiselle, ces individus qui vous accompagnent se présentent sans doute comme étant vos amis, mais les apparences sont trompeuses...

Karine n'en revient pas de s'être laissée aveugler à ce point.

C'est pas possible, C'EST PAS POSSIBLE !

— Mais pourquoi... pourquoi moi ?

— Parce qu'ils ont besoin de vous, parce que vous êtes la clé de voûte de tout le système...

— Comment ça ? Quel système ?

Terry vient se mêler à la conversation :

— Ils ont besoin de vous... ils ont besoin de vous à Sedona...

Soudain, la porte vole en éclats, aussitôt suivie d'une série de tirs nourris. Karine se recroqueville en position fœtale, tentant de se protéger de toute cette violence. Quand les armes cessent de parler, une voix qu'elle espérait ne plus jamais entendre déchire soudain tout l'espace sonore.

— Qu'est-ce que je suis content de te retrouver. C'est nous, on est venus avec Jim pour te sauver...

C'est Vincent.

Le traître.

55.

Shamrock, État du Texas, USA, 26 mai, 15h31.

— Ne m'approche pas, ne t'approche plus jamais de moi, tu m'entends !

Vincent n'en revient pas. Lui qui pensait être accueilli en sauveur, voilà que sa moitié le repousse.

Ils ont dû lui raconter quelque chose pour lui embrouiller le cerveau...

Au sol, Janice Winslow gît agonisante, tandis que Terry s'est enfui par une porte arrière. À nouveau, Jim prend les choses en main :

— Je vais choper ce fumier...

Déjà il se lance à sa poursuite, laissant Vincent seul avec Karine et la femme.

— Qu'est-ce qu'il t'arrive, Karine ? Qu'est-ce qu'ils t'ont dit ?

— Tout. Ils m'ont tout dit sur vous. Et surtout sur toi...

Le jeune homme n'en croit pas ses oreilles.

— Attends, c'est quoi ce délire ?

*

Jim saute hors de la maison, à la poursuite de Terry. Ce dernier est un grand black baraqué, qui court comme l'éclair.

L'homme du Minnesota accélère le pas. L'instant d'après, il aperçoit sa proie, sautant par dessus une barrière, au détour d'une maison. Il bifurque alors sur sa droite pour lui couper la route, l'arme toujours au poing.

Terry accélère à son tour, ouvrant à coup de pied un portillon qui donne sur un jardin mitoyen.

Très vite, il évalue la situation.

Des sous-vêtements pendent encore à une corde à linge, tendue entre deux arbres. Il passe en trombe à travers les petites culottes depuis longtemps sèches. Le décor défile de manière hachée et trépidante devant ses yeux.

À son tour, Jim traverse le jardin, à la poursuite du colosse noir, qui déjà saute par dessus un grillage donnant sur le jardin voisin. L'homme du Minnesota, leste comme un chat, lui emboîte le pas, bien déterminé à rattraper sa proie...

*

Janice essaie de dire quelque chose.

À tâtons, Karine se précipite auprès d'elle.

— Sedona... lâche Janice d'une voix faible, articulant avec difficulté.

Vincent a bien entendu.

Ainsi tout ça a un rapport avec Sedona...

Au sol, baignant dans une marre de sang, Janice continue :

— Il faut que vous y alliez, mademoiselle Faure, il faut que vous alliez à Sedona, mais évitez la route après Flagstaff... Ils vous y attendent... ne vous jetez pas dans la gueule du loup...

Le jeune homme suit incrédule cet échange lunaire, entre cette femme mortellement blessée et une Karine, qui désormais semble lui accorder davantage de crédit qu'à lui.

— Pour faire quoi ? Qui m'y attend ?

— Passez par Secret Canyon, Secret Canyon...

Et puis plus rien. Le regard de Janice Winslow s'est éteint.

Elle vient de rendre l'âme.

La jeune aveugle fond en larmes, serrant dans ses bras la dépouille ensanglantée de sa nouvelle alliée. Vincent s'approche d'elle et tente de lui adresser la parole. Aussitôt Karine réplique, véhémente :

— T'ES ENCORE LÀ, TOI ?

La jeune femme hurle littéralement à la face de Vincent.

— Du calme...

En guise de réponse, Karine décoche un violent coup de pied à son ex-ami. Vincent n'en revient pas :

— Je ne sais pas ce que cette femme t'a raconté sur moi, mais sache que tout ça, c'est du flan... tu ne vas quand même pas croire une nana qui t'a, je te le rappelle, quand même enlevée à l'aide de l'autre gugusse...

— Ta gueule !

Il ne l'a jamais entendu parler ainsi...

— Dis-moi, qu'est-ce qu'elle t'a raconté ?

— Tout. Ton rôle auprès de Skinner, ton rapport avec 1492, et aussi la puce...

— Quelle puce ?

Vincent ne met pas longtemps à remarquer les restes de la puce électronique, que Terry a écrasée sur le sol.

— C'est quoi encore ce truc ?

— Tu le sais très bien, salaud ! C'est la puce que tu as mise dans mon sac pour que les hélicos nous retrouvent. C'est aussi grâce à elle que vous avez débarqué aussi vite ici...

Comment ils ont fait pour lui retourner le cerveau aussi vite ?

— Terry m'a débarrassé de cette puce que tu m'as plantée là...

Mais je ne t'ai pas...

Soudain, Vincent a une idée :

Ainsi donc le mec qui s'est enfui s'appelle Terry. Il faut impérativement le rattraper, afin de lui faire cracher le morceau. C'est le seul moyen qu'il me reste pour faire entendre raison à Karine...

À son tour, Vincent se lance sur les traces du fuyard, laissant Karine seule, prostrée à même le sol, pleurant Janice à chaudes larmes.

56.

Shamrock, État du Texas, USA, 26 mai, 15h38.

Terry fend l'air à toute vitesse, bifurquant à gauche entre deux maisons pour éviter un tir de Jim. Manque de chance, l'endroit est un cul-de-sac. Ses yeux balaient désespérément l'espace en quête d'une échappatoire.

Il n'y en a aucune.

Déjà l'homme du Minnesota est sur lui. D'un tir bien ajusté, il lui décoche une balle, pile entre les deux yeux.

— Va en enfer...

La détonation résonne encore lorsque Vincent arrive sur place, courant à perdre haleine.

— Bordel...

Le colosse noir baigne dans son propre sang. Mort.

— Yeah mec, je lui ai réglé son compte à ce salaud, comme ces bâtards d'Irakiens à l'époque.

Ainsi Jim est lui aussi un vétéran des guerres d'Irak...

— Tu ne crois pas qu'on aurait gagné à le choper vivant, pour l'interroger ?

— Non... Crois-moi mec, ce genre de types, il n'y a qu'une seule façon de les rendre sympas, c'est de les refroidir...

— Oui, mais en attendant, je fais quoi avec Karine maintenant ?

— Qu'est-ce qu'elle a encore, ta gonzesse ?

— Je ne sais pas, mais ce gars et la nana lui ont raconté des trucs bizarres. Ils lui ont monté la tête, genre qu'on serait des mecs du général Skinner ou un truc du style...

Jim lève les yeux au ciel :

— C'est pour ça que tu le voulais vivant ?

Vincent opine.

— Oui. Pour lui faire cracher le morceau, pour le forcer à lui dire que tout ça, ce n'étaient que des conneries...

L'homme du Minnesota fixe toujours le ciel d'un air désespéré.

— Attends, je vais lui dire ses quatre vérités, à ta meuf...

*

Jim et Vincent regagnent la maison où Karine a été emmenée par ses ravisseurs. Elle est toujours prostrée là, pleurant à chaudes larmes, aux côtés de la dépouille ensanglantée de Janice.

Lorsqu'elle perçoit le retour de ses ex-amis, elle a un mouvement de recul, tentant même de fuir. Une tentative qui tourne court dès le premier mur.

Pourquoi n'ai-je plus mes maudits YEUX !

— Allez-vous-en, je préfère encore crever ici plutôt que de dire un mot de plus à des salauds dans votre genre !

Ah oui, quand même...

Sans ménagement, Jim lui colle une baffe en pleine face :

— Aïe !

— Maintenant tu vas m'écouter, gamine... Vincent m'a tout raconté et notamment pour la puce. Alors écoute-moi bien parce que je ne le répéterai pas deux fois... Cette puce, c'est du vent...

— Ah oui, alors qu'est-ce qu'elle faisait dans mon sac ?

La jeune femme est toujours aussi énervée.

— Et comment tu sais qu'elle était dans ton sac, banane ?

— Ils me l'ont fait tâter avant de l'enlever. Je l'ai bien sentie. Ça faisait comme un renflement dans la bordure, et ils avaient un appareil qui bipait quand ils l'en approchaient...

Le sac traîne toujours là, au milieu de la pièce. L'homme du Minnesota le ramasse et inspecte la bordure suspecte. Une petite entaille y a bien été pratiquée. Mais surtout, il remarque d'autres renflements identiques le long de ladite bordure.

— Touche-moi ça, Karine... oui, tu as bien tâté un renflement, mais si tu inspectes ton sac en détail, tu te rendras compte qu'il y en à un autre là, et là... c'est ton sac qui est fait comme ça...

Le doute se lit à présent sur le visage de la jeune femme.

— Et la puce ? Et le détecteur ?

— Un bête tour de passe-passe au cours duquel ils ont utilisé ta cécité contre toi. Le type devait avoir une puce qui réagissait à sa machine, et la tenait suffisamment près de ton sac pour que tu puisses croire que le signal venait de là. Après, il ne lui restait plus qu'à la détruire pour à la fois faire disparaître les preuves de son bidonnage et passer pour un sauveur à tes yeux...

— Oui, mais Janice m'a encore dit d'autres trucs sur toi, Vincent. Elle m'a dit que tu étais lié au projet 1492.

Le jeune homme n'en croit pas ses oreilles :

— Comment ça ?

— Elle a fait le lien entre 1492, Christophe Colomb, et Columbus, ta ville natale...

Vincent est stupéfait. Stupéfait également de ne pas y avoir pensé plutôt.

Plus c'est gros, plus ça passe...

— Attends Karine... si j'étais mêlé à ce projet d'une quelconque manière, il m'aurait suffi de ne pas te décrire la carte qu'on a trouvée, ou alors de te décrire quelque chose de bidon pour que jamais tu ne fasses le lien...

La mine de Karine se fait dubitative.

Touché. Il est vrai que je n'ai jamais vu cette carte qu'à travers les yeux de Vincent, qui n'aurait eu aucun mal à me cacher sa véritable nature, si cela s'était avéré nécessaire pour lui...

— Karine, on est une famille, réfléchis... qui est avec toi depuis le début ? Qui s'est embarqué à ta demande dans ce voyage incroyable à travers les États-Unis, pour aller à Sedona ? Je ne t'ai jamais enlevé, moi... alors demande-toi, qui a intérêt à inventer tout et n'importe quoi pour nous diviser, si ce n'est ce cher général Skinner, pour qui ces deux gugusses bossaient à coup sûr ?

Jim acquiesce.

— Ils ont dit que vous aviez besoin de moi à Sedona.

— Je te rappelle que c'est *toi* qui m'as tanné pour y aller. Moi, j'étais pour qu'on reste peinard à DeRuyter...

Karine se met à trembler. Vincent sent qu'il touche au but.

— Et enfin, je te rappelle que c'est par leur faute que tu en es réduite à marcher à tâtons, alors que moi, je te ramène ta copine....

— *Blanchette...*

Alors que Vincent lui rend sa canne blanche, la jeune femme fond en larmes, penaude.

— Excuse-moi...

Vincent et Jim échangent des regards complices. L'homme du Minnesota tient à mettre les points sur les I :

— Bon, maintenant tu réfléchis, mais tu réfléchis vite. Heureusement que Vincent est moins bête que toi... bon, quand t'auras bien mouliné ça dans ta petite tête de gamine, tu nous le dis. On n'a pas que ça à faire. Si on pouvait reprendre la route, ce ne serait pas plus mal...

Karine demande une dernière faveur : pouvoir utiliser le mobilier de la maison pour changer Lucia et lui donner à manger.

— Allez, fais-le pendant que je siphonne leur essence...

L'homme du Minnesota fait un discret signe de la main à l'attention du jeune homme, l'invitant à le rejoindre à l'extérieur de la maison. Ce dernier s'exécute. Dès que les deux hommes sont à l'extérieur, Jim se plante face à Vincent et le fixe d'un air dur :

— Assez de cachotteries. C'est quoi cette histoire de Sedona ?

Alors Vincent lui avoue tout. La passion de la jeune femme pour cet endroit, les mystérieuses apparitions, absolument rien n'est occulté.

— Attends, tu ne vas pas me dire que tu es parti pour suivre les lubies de cette gamine ?

— Si t'avais vu ces *Sedona* qui apparaissaient de partout, crois-moi, toi aussi tu aurais flippé...

— Non, mais tu te rends compte de ce que tu me balances, mec ? À tous les coups c'est elle qui est derrière tout ça...

— Comment pourrait-elle ? Je te rappelle qu'elle est aveugle...

— Tu y crois vraiment, à sa cécité ?

— Tu as vu son regard comme moi...

— Oui. Et je trouve ses yeux bien trop normaux pour être ceux d'une aveugle...

— Attends, ça, je peux te l'expliquer. Ses yeux voient, mais ses nerfs optiques sont sectionnés. Ses globes oculaires sont comme les nôtres, à part qu'ils regardent dans le vide, faute de connexion avec le cerveau.

— T'es ophtalmo, non ? T'as vérifié ses radios ? Tu sais sans doute qu'il y a des gens qui savent très bien simuler la cécité ! Du temps où le service militaire était encore obligatoire, un tas de types ont employé ce truc, notamment pour éviter d'aller au Vietnam...

— Oui, mais attends, ça fait plus d'un mois que je la connais... elle ne pourrait pas jouer un rôle sur une aussi longue période...

— Ah oui ? Moi je vous ai vu l'autre jour, quand vous avez débarqué dans la baraque que je squattais, à Nowhere'. J'ai mis un moment pour capter qu'elle est miraude. Non crois moi, s'il y a bien quelqu'un ici dont je me méfie, c'est de cette nénette. Elle est... bizarre.

Ça, c'est une évidence. Et encore, je ne lui ai pas parlé des photos qu'elle prenait... une pratique qu'elle a d'ailleurs cessée dès que Jim est entré dans l'histoire... étrange, ça...

— En tout cas, fie-toi à mon expérience. Une meuf qui te fait faire trois mille bornes sur une simple intuition, c'est une sacrée manipulatrice...

57.

Route 66, à l'ouest d'Amarillo, État du Texas, USA, 27 mai, 11h39.

Ils ont repris la route, cap à l'ouest, direction l'Arizona. La chaleur torride des jours précédents devient étouffante, à mesure qu'ils s'approchent de la frontière avec le Nouveau-Mexique.

L'ambiance à bord de la voiture est elle aussi devenue lourde. La chape de plomb de la suspicion généralisée s'est abattue sur le trio. Malgré toutes les explications, quelque chose s'est rompu.

Médisez, médisez, il en restera toujours quelque chose...

Jim dévisage tour à tour Karine et Vincent, Vincent fait de même avec ses deux compagnons de voyage, tandis que la jeune aveugle reste silencieuse, assise les yeux fermés sur la banquette arrière, comme à l'écoute de tout indice suspect.

Ou pour camoufler le fait qu'elle ne soit pas vraiment aveugle...

Plus personne ne parle. Le voyage en devient terne et monotone, à l'image du désert aride qu'ils traversent. Tous ressassent les événements de la veille. Seuls les pleurs répétés de la petite Lucia brisent parfois ces longs moments de silences glacials.

Qu'il est loin le temps où nous chantions à tue-tête...

Depuis la matinée, Karine a soif, et la faim semble encore plus la tenailler que les jours précédents. Elle multiplie également les pauses pipi. Conséquence logique des quantités d'eau qu'elle ingère, pour combattre la chaleur omniprésente.

28 mai.

Ils sont à présent passés au Nouveau-Mexique. La chaleur monte encore d'un cran, noyant le trio sous sa propre transpiration, qui rend leurs vêtements collants. Faute de se parler, ils comblent le vide en buvant de l'eau, ce qui les oblige à augmenter la fréquence de leurs arrêts de ravitaillement.

Vers les treize heures, un panneau indicateur annonce une bifurcation en direction de Roswell, ville principalement connue pour un supposé crash d'OVNI en 1947 où, selon certains ufologues, des corps d'extraterrestres auraient été retrouvés.

Vincent tente de dérider l'atmosphère :

— Manquerait plus que les martiens soient dans le coup...

Jim le dévisage sans répondre.

Vincent continue :

— D'ailleurs avant, quand on a traversé la petite ville, j'ai un instant cru voir comme une soucoupe volante au loin, posée au beau milieu d'un quartier résidentiel...

Pas de réponse dans l'immédiat, puis au bout de quelques secondes...

— C'est pas étonnant, dans ce coin du pays, certains sont friands d'architecture... bizarre.

Puis c'est à nouveau le silence.

À l'horizon, les hélicoptères noirs apparaissent à nouveau, mais sans jamais se révéler menaçants.

— On dirait qu'ils nous ont lâchés...

Aussitôt Karine réagit :

— Quoi... il y a de nouveau des hélicoptères ?

La jeune femme se montre bien moins optimiste que son ami. Jim ne se mêle même pas à la discussion.

Le soir venu, ils squattent une maison de couleur rose pâle. Alors que Karine et Vincent donnent à manger à Lucia, Jim part à nouveau prendre sa douche quotidienne, massacrant de plus belle ses airs de country favoris, de sa voix de stentor.

— Dommage qu'il chante aussi faux, parce qu'avec l'organe qu'il a, il aurait pu faire *The Voice*...

Toujours Karine et son humour. C'est là son premier sourire depuis les événements du Texas.

29 mai.

Ils ont repris la route vers l'ouest, tandis que le thermomètre reprend sa course vers les sommets. Ils passent non loin de Gallup, avant de mettre le cap sur la frontière entre le Nouveau-Mexique et l'Arizona, qu'ils franchissent en fin de matinée. Un panneau indicateur mentionne Sedona à cent cinquante miles[16] de là.

— Enfin on arrive !

Cette nouvelle ravit Karine. Elle piaffe d'impatience comme une gamine devant ses cadeaux de Noël.

Ces derniers s'appellent rouge, vert, bleu, jaune, blanc... Bref, la couleur, la lumière, la vue, la vie...

Jim, toujours au volant de son véhicule, est en nage. Alors qu'ils traversent Lupton, premier village situé juste sur la frontière entre les deux États, l'homme arrête sa voiture, juste en face du grand panneau *Arizona welcomes you* – L'Arizona vous accueille – qui orne l'entrée de la localité.

Lupton est un village minuscule, constitué uniquement de quelques maisons accolées les unes aux autres, adossées à une roche rouge en forme de table. Dans la région on les

[16] 240 kilomètres environ.

appelle des *Mesas* – mot espagnol désignant ce meuble – célébrant ainsi à la fois la forme typique de ces roches caractéristiques du Sud-ouest américain, tout comme l'histoire tourmentée de la région, longtemps ballottée entre le Mexique et les États-Unis.

— Désolé, mais je suis cuit. 'Faut que je prenne une douche sinon je 'peux pas continuer à conduire...

— Si tu veux, je prends le volant...

— Non... attendez-moi... buvez quelque chose en attendant, c'est important par cette chaleur...

Jim quitte le véhicule, en quête d'une maison à occuper, le temps d'une douche. Aucune porte n'étant ouverte, l'homme du Minnesota est contraint de crocheter l'une d'entre elles pour pénétrer à l'intérieur, et faire couler le précieux liquide sur sa peau. À nouveau, ses chants résonnent.

Au loin, la forme sombre des hélicoptères se manifeste à nouveau.

— Oh non...

Pas besoin d'en rajouter. Karine a compris.

— S'ils arrivent, tant pis, tu lui fauches sa caisse et on se tire...

— Impossible. Il a pris les clés avec lui...

Déjà le jeune homme inspecte le village, à la recherche d'une éventuelle planque, au cas où...

— Va chercher Jim, dis-lui qu'on doit partir, douche ou pas douche !

Vincent s'exécute. Il crie aussi fort qu'il le peut, pour couvrir les chants de l'homme du Minnesota.

— Ça va, ça va, j'arrive...

Enfin, il sort de sa douche.

— Vite, 'y a des hélicoptères !

Alors qu'il s'apprête déjà à rejoindre Vincent, l'homme du Minnesota porte sa main à la poche arrière de son jean et s'arrête net, comme s'il venait de se rendre compte qu'il a oublié quelque chose, dans la maison.

— Attends une seconde, je reviens.

Il retourne vite fait à l'intérieur de l'habitation qu'il vient d'occuper brièvement, tandis que Vincent garde un œil sur les aéronefs. Heureusement, comme les jours précédents, ces derniers gardent leur distance.

Entre temps, Jim est de retour.

— Ils sont encore là ?

Vincent lève les yeux au ciel. Les engins repartent déjà, tandis que Jim reprend sa place, au volant de sa voiture.

Juste avant que Jim ne s’asseye, Vincent jette un œil et reconnaît l'objet qui dépasse de la poche arrière de son jean.

C'est sans doute ça, ce qu'il a oublié dans la salle de bain...

Son téléphone portable.

58.

Canyon Diablo, État de l'Arizona, USA, 29 mai, 12h14.

Il est sur le coup de midi quand ils arrivent à Canyon Diablo, Arizona.

Le paysage plat et désertique de l'est de l'état a fait place à une zone plus montagneuse, bordée de formations rocheuses de couleur ocre, aux noms évocateurs. Un soleil de plomb, proche du zénith, écrase de sa chaleur infernale cet endroit, qui a un petit air d'Australie.

Au bord de la route, une ferme isolée fait son apparition.

— Si on s'arrêtait là pour manger ?

Karine est réticente. Elle souhaite continuer, droit sur Sedona, qui n'est plus qu'à quarante miles de là. Vincent tente de la convaincre :

— Ça sera plus pratique pour changer Lucia. Passer tout ce temps dans cette voiture surchauffée ne lui fait pas de bien...

Jim penche également pour l'option arrêt, emportant la décision du groupe.

Il gare le minivan devant la ferme et sort de son véhicule, aussitôt suivi par le couple.

La porte de la ferme est verrouillée. Cela ne gêne en rien l'homme du Minnesota. Jim s'empare d'un bout de fil de fer qui traîne par terre, le tord, avant de l'introduire dans la serrure, qui cède aussitôt.

— Où avez-vous appris à faire ça ?

— Dans les *Marines*.

Voilà pourquoi il a fait l'Irak...

Vincent observe sa façon de procéder.

Je pense que je pourrais reproduire son geste. C'est bon à savoir. Des techniques de ce genre peuvent s'avérer utiles, surtout par les temps qui courent...

L'intérieur de la ferme est à peine plus frais que l'extérieur, et la cuisson du repas de midi ne fait que grimper davantage le mercure. La chaleur sature l'atmosphère. Karine utilise sa longue chevelure en guise d'éventail de fortune.

L'endroit est rustique, mais offre néanmoins tout le nécessaire pour assurer une vie relativement confortable au cœur de ce désert aride, qui visiblement peut se faire glacial l'hiver, à en croire la cheminée richement fournie qui équipe l'un des murs de la salle de séjour.

À la fin du repas, Vincent fait une proposition à Jim :

— Si vous le souhaitez, j'ai repéré une douche...

— Si vous n'y voyez pas d'inconvénients...

Karine fait la moue, mais n'ose contredire ouvertement son ami.

Aussitôt, l'ancien *Marines* met le cap sur la salle de bain et ferme la porte à clé derrière lui. L'instant d'après, l'eau se met à couler et les chants retentissent.

Enfin seuls, Karine laisse exploser sa colère :

— Pourquoi tu lui as proposé ça, imbécile ? Maintenant on va encore attendre je ne sais pas combien de temps avant de...

La voix de Vincent se fait chuchotement :

— Karine, j'ai l'impression que ta première intuition était la bonne...

— Comment ça ?

— Tu te souviens, dans la station-service, en Oklahoma, quand tu m'avais dit de ne pas le quitter des yeux, que tu ne lui faisais pas confiance ?

— C'est de l'histoire ancienne...

— Et ensuite ces deux personnes qui t'ont enlevée et qui t'ont dit que tu voyageais avec des sbires du général, des gens à sa solde qui auraient soi-disant réussi à mettre la main sur toi...

— Oui...

— Tu sais, juste avant de t'enlever, ils ont dû nous voir piller le supermarché ensemble, ils devaient être planqués aux alentours depuis un certain temps. Normal qu'ils aient cru que j'étais de mèche avec lui, s'ils nous ont vu sortir tous les deux de la bagnole, copains comme cochon...

— C'est quoi ce délire ?

— Un délire ? T'as pas remarqué que depuis qu'on voyage avec lui, les hélicos ne font plus qu'apparaître à l'horizon, sans pour autant nous embêter ? Toi même tu m'as dit qu'ils nous avaient sans doute déjà repérés... alors pourquoi ne sont-ils pas passés à l'action depuis ?

La stupeur gagne Karine, alors que Vincent continue :

— À mon avis, tu avais raison. Ils nous ont repérés depuis un bail, mais ne font désormais plus que leur mission, je veux dire leur nouvelle mission, à savoir nous surveiller et vérifier que leur plan se déroule comme prévu... et ce plan, c'est que Jim nous conduise droit dans la gueule du loup...

— Mais alors ça voudrait dire qu'il est de mèche avec les commandos... ça ne colle pas... rappelle-toi qu'ils l'ont frappé, à Nowhere'...

— Ça pouvait être une mise en scène. Moi je me souviens surtout qu'au moment où ils étaient sur le point de nous trouver, ils ont été appelés dans une maison voisine, où manifestement on n'était pas, et qu'après, ils sont repartis bredouilles, sans même penser à revenir fouiller la planque qu'on occupait. C'est bien trop amateur pour des soldats d'élite... à mon avis, ce qu'on a vécu à Nowhere Hideaway n'était qu'une gigantesque mise en scène, pour nous faire tomber dans les mains de ce Jim. Si ça se trouve, même leurs balles étaient à blanc...

Karine reste bouche bée.

— Mais Lucia... tu ne vas pas me dire que même Lucia est avec eux, ou bien ?

— Non, elle je ne pense pas. Elle, c'est juste le hasard de la vie...

La jeune femme respire.

Jim, OK, c'est peut-être un espion. Mais Lucia... Lucia est innocente, j'en suis certaine...

— Et tu ne sais pas la meilleure. Ce matin, à Lupton, il avait oublié son portable en sortant de sa douche. Quand il s'en est rendu compte, il est retourné le chercher, alors qu'il m'avait juré monts et merveilles que ce machin était HS. Bordel, tu irais chercher ton portable qui ne marche plus alors que des hélicoptères se ramènent vers toi, pour te buter ?

En même temps, question portable bizarre, Karine en connaît un rayon...

Vincent continue :

— Je suis sûr que si ce mec passe tant de temps sous la douche, ce n'est pas uniquement à cause de la chaleur... c'est aussi parce que ses douches lui servent de couverture pour communiquer avec je ne sais qui... sans doute quelqu'un en rapport avec ce général...

— Impossible. Il ne parle pas sous sa douche, il chante.

— À moins que ses chants ne servent à couvrir le bruit d'autre chose...

— Quoi ?

Vincent tapote dans la main de Karine comme on tapote sur le clavier d'un portable.

— Messagerie...

La jeune femme blêmit.

Ça se tient. Tout se tient.

— T'as remarqué qu'il se douche d'autant plus qu'on s'approche de...

Karine vient de comprendre. Son visage devient pâle comme un linge :

— ...Sedona !

Elle reste un instant là, comme assommée par ces révélations.

Tout colle. Même avec les révélations de Janice et Terry, qui ne se seraient trompés que sur l'identité et le rôle que Vincent joue auprès de moi...

Le jeune homme souffle un grand coup. Son air se fait penaud, presque coupable :

— Je ne t'ai pas tout dit, Karine...

— Quoi encore ?

— Quand on était à Shamrock, on a parlé de Sedona devant lui...

La jeune femme ferme les yeux. Son visage affiche le masque de l'abattement. Elle s'en souvient. Elle s'en souvient et comprend l'erreur qu'ils ont commise.

— Oh non...

— Pendant que tu changeais Lucia, il m'a fait sortir de la maison et m'a interrogé sur nous, et sur Sedona... comme il avait tout entendu, je n'ai rien pu lui cacher...

— Tu lui as tout dit ?!

Karine s'étouffe presque.

— Je te rappelle que c'est toi qui en as parlé devant lui la première, mais oui, je me suis dit qu'il en savait trop ou trop peu, alors autant tout lui dire...

J'ai commis la bourde de ma vie...

— S'il a informé le général de tout ça, ça peut expliquer pourquoi il nous recherche. Il doit savoir ce qui se cache derrière...

Vincent acquiesce :

— Faut tirer ça au clair, au plus vite...

Dans sa douche, Jim chante de plus belle.

Discrètement, Karine et Vincent s'approchent de la porte de la salle de bain. La jeune femme y colle son oreille. Elle entend l'eau, les chants... et comme un petit bruissement électronique.

Elle mime ce qu'elle a cru entendre à Vincent.

Si les bruissements électroniques ne sont pas nés de son imagination, il s'agit là d'une découverte capitale...

Aussitôt, Vincent a une idée. Il court chercher le fil de fer dont Jim s'est servi pour crocheter la serrure de la ferme, et imite en tout point sa méthode, qu'il a méticuleusement observée.

En tant qu'étudiant en médecine, j'ai souvent été amené à apprendre des gestes précis de la sorte.

Il introduit le fil de fer dans la serrure et, d'un geste habile, la fait sauter, ouvrant brusquement la porte de la salle de bain.

Ce qu'il découvre dépasse l'imagination...

59.

Ferme squattée, Canyon Diablo, État de l'Arizona, USA, 29 mai, 12h37.

Si la douche coule bel et bien, Jim n'est pas sous son jet. Ce dernier, tout comme ses chants, ne sert effectivement que de couverture sonore, destinée à cacher sa réelle activité : l'homme est en train de taper une sorte de SMS, à l'aide d'un clavier holographique, projeté depuis la base de son téléphone.

Un équipement que même James Bond lui aurait envié.

Pris sur le fait, Jim a un moment de stupeur. Une stupeur partagée par Vincent. Karine se rend bien compte que son ami vient de faire une découverte fondamentale :

— Qu'est-ce que tu vois ?

D'un geste leste, l'homme du Minnesota range son portable et dégaine une arme. Déjà il tient Karine et Vincent en joue.

Le jeune homme a un geste de recul, levant les mains en l'air, intimant à son amie l'ordre d'en faire de même.

Un sourire sadique se dessine sur le visage de Jim.

— Bon, on va passer aux choses sérieuses... d'abord toi la miraude, tu retournes à la bagnole avec le bébé, pendant que nous réglons ça entre hommes...

— Vas-y Karine... fais ce qu'il dit...

La voix de Vincent est nouée par l'angoisse. Karine comprend elle aussi ce qui se passe.

On est mal...

Tandis que la jeune femme s'empare à tâtons de la petite fille, se guidant de la main gauche avec son éternelle *Blanchette*, Vincent recule toujours davantage, à mesure que Jim avance, son arme toujours braquée sur lui.

Derrière lui, Karine passe la porte de la ferme, tournant le dos à l'ancien *Marines*.

— Ne lui faites rien, je vous en prie, épargnez Karine...

— T'inquiète. Elle est bien trop importante pour moi...

Moi par contre, je n'ai manifestement aucune valeur.

Tout en continuant à reculer, Vincent balaie les lieux du regard, à la recherche de toute solution qui pourrait le tirer de cette situation.

Il y a bien ce tisonnier en métal, posé juste à côté de la cheminée, mais je n'ai aucune idée de comment l'atteindre sans me faire exploser la cervelle...

— Tu sais que tu aurais fait un bon flic, Vince', mais uniquement un bon flic de bureau, parce que sur le terrain, tu ne vaux pas un clou...

Toujours dans son dos, Vincent entend Karine ouvrir la porte du minivan et asseoir la petite Lucia sur la banquette arrière.

— Qu'est-ce que vous avez l'intention de lui faire ? Pourquoi est-elle si importante pour vous ?

— Pour moi elle ne vaut pas plus que toi. Par contre le général à l'air d'y tenir comme à la prunelle de ses yeux...

— Pourquoi ?

— Aucune idée, et je m'en fous royalement. Le général m'a juste promis un rang d'officier dans son armée ainsi qu'une prime d'un million de dollars si je lui amène ta copine saine et sauve à Sedona, alors je fais le job...

Un million !? Pourquoi Karine vaut-elle un million de dollars ? Qu'est-ce qui peut justifier une telle mise à prix ?

Soudain Jim blêmit. Son regard se porte sur quelque chose à l'extérieur de la ferme, dans le dos du jeune homme.

— Ne faites pas ça, mademoiselle Faure !

Vincent se retourne. Sans qu'ils ne s'en rendent compte, Karine s'est emparée de l'un des pistolets qui traînent dans la boîte à gants, et s'est elle-même mise en joue, menaçant de se suicider.

— Si vous ne touchez qu'à un seul de ses cheveux, jamais vous ne m'aurez vivante !

— Mademoiselle Faure, lâchez cette arme immédiatement, vous pourriez vous faire mal...

Toute l'attention de l'ancien *Marines* se focalise sur la jeune femme. Vincent hésite un instant, puis décide de tenter le tout pour le tout.

C'est sans filet...

Il plonge vers la cheminée, s'empare du tisonnier et se rue sur Jim. Ce dernier se retourne, prêt à vider son chargeur sur Vincent, un Vincent qui passe à l'attaque.

Merci, l'effet de surprise...

Le jeune homme assène un violent coup au bras droit de l'ancien *Marines*, qui hurle de douleur. L'impact fait voler le pistolet hors de ses mains.

— Tu vas me le payer...

Jim se saisit alors d'un couteau qu'il gardait secrètement caché sur lui et se rue sur Vincent. Surpris, le jeune homme chancelle sous l'assaut et tombe à terre. Jim plonge sur lui pour le plaquer à terre, lui décochant un violent coup de poing à la mâchoire.

Prends ça, vermine !

Les deux hommes se battent à même le parquet, dans le *living* de la ferme. Vincent tente tant bien que mal de parer les coups de Jim. Ce dernier manque plusieurs fois de l'entailler, à l'aide de sa lame.

L'ancien *Marines* est nettement plus musclé et plus aguerri au combat que Vincent. Ce dernier se bat avec l'énergie du désespoir, mais cède toujours plus de terrain. Leurs deux corps, irrigués par l'adrénaline, se contorsionnent dans un ballet de fureur et de violence, à même le sol.

Inexorablement, l'homme du Minnesota prend le dessus.

— Ne lui faites rien ! intime à nouveau Karine.

Vincent tente de s'extraire de l'étreinte de Jim, mais la force de l'ancien *Marines* est colossale.

— Je vais te saigner, bâtard !

Nouveaux coups. Vincent n'en peut plus. Sentant l'avantage passer de son côté, l'homme du Minnesota colle son couteau sous la pomme d'Adam du jeune homme, prêt à lui trancher la gorge.

— *Adios, amigo...*

Perdu pour perdu, Vincent tente le tout pour le tout. Il roule sur le côté, parvenant de justesse à éviter la lame, qui l'instant d'après allait lui ouvrir la carotide. L'homme du Minnesota en profite pour lui asséner un violent coup à l'avant-bras gauche, lui lacérant l'épaule sur presque un demi-centimètre de profondeur.

Le jeune homme pousse un hurlement de douleur, tandis que le sang se met à gicler.

Jim s'apprête déjà à lui asséner un second coup, fatal, quand une détonation retentit.

C'est Karine.

Elle a tiré.

Les regards de Jim et Vincent se fixent sur elle, craignant déjà qu'elle se soit fait exploser la cervelle.

Heureusement, la jeune femme s'est contentée de tirer en l'air, pour faire diversion. Vincent profite de ce court instant de flottement pour décocher un puissant coup de poing à son adversaire, suivi d'un second puis d'un troisième.

J'ai la haine. La haine de toi, Jim. Une haine qui me fait même oublier la douleur de la blessure que tu viens de m'infliger.

Un filet de sang commence à couler du nez de l'ancien *Marines*, tandis que Vincent parvient enfin à s'extraire de son emprise. Il se rue immédiatement sur le pistolet qui traîne toujours là, à même au sol. Il a juste le temps de se retourner, braquant l'arme sur Jim, que déjà ce dernier s'apprête à se jeter une nouvelle fois sur lui.

Dès qu'il voit l'arme, solidement vissée au poing de Vincent, l'homme du Minnesota arrête net son assaut.

— Mains en l'air !

Jim s'exécute, tandis que Vincent se relève, marchant à présent en direction de l'ancien *Marines*.

À son tour d'avoir peur et de reculer...

— Ainsi donc Karine vaut un million de dollars... pourquoi ?

— J'en sais rien. Je vous l'assure. Je ne vous ai pas menti quand je vous ai dit que je déteste ces hommes, mais quand ils m'ont attrapé, dans le supermarché de Des Moines, ils m'ont fait l'offre dont je vous ai parlé et...

— Et bien sûr tu as accepté...

Jim recule encore, hésitant un instant avant de répondre :

— Ils m'ont dit que c'était ça ou bien ils me butaient sur-le-champ.

— Comment ils ont fait pour nous retrouver ?

— J'en sais rien. Tout ce que je sais, c'est qu'ils savent par moment où vous êtes et par moment ils ne le savent pas. Va savoir pourquoi... c'est pour ça qu'ils m'ont, entre autres, chargé de mettre cette balise dans le sac de Karine, justement pour avoir sa position à tout moment.

Ainsi donc il y avait bien une balise dans le sac de la jeune femme. La balise que Janice et Terry ont retirée...

Jim recule encore. Dans son dos, la porte de la ferme. Karine ne se trouve qu'à un mètre derrière. Quand elle l'entend se diriger vers elle, la jeune femme a un mouvement de recul.

Ne pas le laisser entrer dans ma zone de sécurité...

— Et ils t'ont demandé quoi d'autre ? Un million, ça fait une somme quand même...

— Ils m'ont demandé... ils m'ont demandé ça !

Subitement, Jim se met à courir en direction du minivan, échappant à la surveillance de Vincent. Le jeune homme bondit à son tour hors de la ferme, juste à temps pour le voir trafiquer quelque chose, sous le fauteuil passager avant du véhicule.

Vincent n'ose tirer.

Je risquerais de faire sauter la bagnole...

Après un bref instant d'indécision, il se rue en direction de l'ancien *Marines.*

— Je vais te crever, salaud !

— Non Vincent, ne le tue pas !

Ah Karine... Sainte Karine et ses principes peace and love *à la noix.*

Vincent n'est à présent plus qu'à deux mètres de Jim. Il le tient toujours fermement en joue.

— Qu'est-ce que tu fais, dégage de là !

Le ton est rageur.

Jim se relève.

— Mains en l'air ! T'as oublié ce que je t'ai dit !

À nouveau, l'ancien *Marines* obtempère et recule à mesure que Vincent progresse dans sa direction.

— Pitié, laissez moi la vie sauve... je vous laisse la voiture...

Tout en gardant Jim en joue, le jeune homme appelle Karine.

— Tâte sous le siège passager avant. Il a mis quelque chose et j'aimerais savoir ce que c'est...

En espérant que ce ne soit pas une bombe, que son ultime ordre n'ait pas été de nous faire sauter s'il n'arrivait pas à nous livrer...

Karine s'exécute, tandis que l'homme du Minnesota continue de reculer. Il se trouve à présent à deux mètres du véhicule, les mains en l'air, fixant avec défiance le jeune homme qui le tient en joue.

— 'Vas pas trop loin. Si on doit sauter, tu sautes avec nous...

Le ton est ferme. Vincent ne décèle néanmoins aucune trace d'inquiétude chez son adversaire.

Soit ce n'est pas une bombe, soit il n'attend plus rien de la vie...

— J'ai trouvé ça, lance Karine en se relevant.

La jeune femme vient de débusquer une puce électronique. Du même type que celle qui avait été placée dans la doublure de son sac. Celle-ci semble manifestement active.

Jim fixe toujours le jeune couple. Une lueur de haine brille dans son regard.

— Vous ne vous en tirerez pas comme ça. D'ici quelques minutes, *ils* seront là...

L'homme du Minnesota affiche un sourire narquois. Il dessine de petits ronds en l'air avec son index, comme pour mimer le mouvement d'un rotor, tout en imitant le bruit d'un hélicoptère en vol.

— Tchou tchou tchou...

Vincent ordonne à sa compagne de grimper à bord de la voiture, tandis qu'il en fait le tour, pointant toujours son pistolet en direction de l'ancien *Marines*.

— Écarte-toi. T'as entendu ?

Jim s'exécute.

— Plus loin que ça !

L'homme du Minnesota recule d'une bonne trentaine de mètres, tandis que Vincent embarque côté conducteur.

La clé est sur le contact. Vincent allume le moteur et démarre, tout en gardant un œil sur Jim dans le rétroviseur. Celui-ci semble attendre l'arrivée des hélicoptères, affichant toujours son sourire narquois.

— Voilà pour ton joujou !

Vincent jette la puce par la fenêtre, au vu et au su de son adversaire, avant de reprendre la route à toute allure, cap plein ouest.

Au loin, la silhouette de l'ancien *Marines* devient de plus en plus petite, avant de disparaître complètement.

Enfin débarrassés de lui...

— Pourquoi t'as pas voulu que je le bute, ce salaud ?

— On ne tue pas les gens comme ça...

— Ça se voit que t'as pas vu son regard là-bas, dans la ferme. Parce que lui, crois-moi, il n'aurait pas hésité une seconde...

— Et alors ? Tu ne vas quand même pas t'abaisser à son niveau ?

— En attendant, il va tout balancer. Il connaît la route que nous devions suivre ainsi que tous nos plans...

Karine ne sait quoi répondre.

Vincent a raison. À nouveau mon idéalisme nous met en péril...

— Tant pis, 'faudra changer d'itinéraire...

Le jeune homme bifurque au prochain carrefour, quittant la route principale pour une route sinueuse, qui mène vers les collines alentour.

Après le désert sec où ne poussent que quelques cactus et autres buissons desséchés par le soleil, les collines sont semblables à des îlots de verdure, recouverts de conifères. Arrivés au sommet de la première d'entre elles, à couvert sous les arbres, Vincent arrête subitement la voiture.

— Qu'est-ce qui se passe ? Qu'est-ce que tu vois ?

De là-haut, Vincent a une vue imprenable sur la vallée en contrebas. Les roches rouges de l'Ouest américain, noyées sous l'abondante lumière solaire, ont quelque chose d'insolite depuis ce belvédère. Au loin, la ferme n'est qu'un petit point sombre, autour duquel d'autres points plus sombres encore volent telles des mouches.

— Ils sont là.

— Qui ça ?

— Les hélicoptères...

— Que font-ils ?

— Ils sont en train de débarquer dans la ferme...

Vincent va chercher les jumelles. Trois aéronefs sont en train d'atterrir autour du bâtiment. Des hommes en tenue commando en surgissent, se dirigeant d'un pas alerte vers l'homme du Minnesota.

— Ils sont en train de lui parler...

À en croire ce qu'il voit à travers les jumelles, le ton monte entre Jim et les soldats. Soudain, deux hommes en noir mettent l'ancien *Marines* en joue, criblant son corps de balles. L'homme s'effondre dans la poussière, devant la porte de la ferme.

— Bordel !

— Quoi ?

— Les commandos... ils viennent de le liquider !

La vie humaine n'a donc aucune valeur à leurs yeux...

Karine reste bouche bée.

— Faut se barrer d'ici et vite... s'ils ont été capables de tuer un des leurs, que feront-ils de nous...

Karine et Vincent regagnent au plus vite la sécurité de leur minivan, avant de reprendre la route à travers la forêt, sous le couvert des arbres, enfin seuls, débarrassés de tout intrus et de toute puce traceuse.

Enfin ça, c'est ce qu'ils croient.

La puce que Jim leur a collée sous le siège n'était qu'un leurre, destiné à faire diversion. Cachée dans le double fond du coffre, une autre puce, celle qui équipe le véhicule depuis le début, continue d'émettre.

Bip bip... bip bip...

60.

Sur la route, Canyon Diablo, État de l'Arizona, USA, 29 mai, 14h31.

Karine, Vincent et la petite Lucia poursuivent inlassablement leur route. Ne sachant ce que Jim a pu dire à ses supérieurs, ils ne peuvent plus suivre la route de Flagstaff, comme initialement prévu. Ils se rabattent sur les itinéraires secondaires, des routes sinueuses qui serpentent à travers les collines, toujours à couvert, protégés par l'épaisse couverture végétale d'une forêt de conifères.

La jeune femme a pris place à côté de son compagnon, sur le siège passager avant. Lucia est assise à l'arrière, solidement harnachée par la ceinture de sécurité.

L'effet de l'adrénaline commence à se dissiper. La douleur de la blessure lance de plus en plus Vincent. Karine se met à renifler :

— C'est quoi cette odeur ?

Elle a senti quelque chose.

Vincent jette un œil à son bras. Il saigne toujours. Sa blessure lui fait de plus en plus mal.

Tout en continuant à humer l'air, Karine reprend :

— On dirait du sang... mais aussi quelque chose qui pue comme...

Comme une blessure qui s'infecte.

Le jeune homme ne répond pas.

— Vincent, ça va Vincent ?

Ça va de moins en moins. Il serre les dents, se mordant même la lèvre pour ne pas crier, tant sa blessure le lance.

— Vincent ! VINCENT !

Soudain, au détour d'un virage, une vieille cabane en bois, du genre de celles qu'occupaient les mineurs au dix-neuvième siècle, fait son apparition, nichée au cœur d'une clairière. Le jeune homme gare sa voiture en face, à l'entrée d'un chemin en terre qui donne sur la forêt.

— Désolé Karine, faut que je m'arrête là...

— Qu'est-ce qu'il y a ? C'est quoi cette odeur ?

— Mon bras... Jim m'a donné un coup de couteau dans le bras.

La jeune femme est stupéfaite.

Voilà pourquoi il a crié avant, pendant le combat...

— Pourquoi tu 'l'as pas dit ?

— Parce que ça allait... mais là...

Vincent ne parvient pas à finir sa phrase, tant la douleur qui l'envahit le fait souffrir.

— Laisse-moi faire...

Déjà Karine se lance à la recherche de la blessure de son ami. Très vite, elle se rend compte que la moitié gauche de son T-shirt est recouvert d'une substance gluante.

Du sang. Du sang en train de coaguler...

Karine a un mouvement de recul.

— Faut pas rester là, faut te soigner !

— Tu connais un hôpital avec du personnel en service dans le coin ?

L'affolement gagne la jeune femme, tandis que Vincent sent ses forces l'abandonner.

— Mais Vince'... tu es médecin...

— Oui... mais d'habitude je guéris les autres, et avec du matos adéquat...

Alors que là...

Elle continue à tâter le corps de son ami et finit par atteindre la blessure, du bout de ses doigts. Dès qu'elle touche la zone sensible, Vincent laisse échapper un hurlement terrible, comme si elle lui avait enfoncé une lame chauffée à blanc dans la plaie.

— Faut absolument désinfecter ça !

— Je sais... mais avec quoi ?

— Aucune idée...

— Faudrait peut-être aller voir dans la cabane...

De toute façon, c'est ça ou rien...

La voix de Vincent devient chancelante.

L'infection est sérieuse.

Il parvient à ouvrir la portière et, épaulé par Karine, à rejoindre la porte de la bicoque. Heureusement, cette dernière n'est pas fermée à clé.

Je suis à bout de force... je n'aurais pas pu la crocheter...

L'intérieur de la cabane est spartiate. Un lit, une table, des chaises et une armoire, le tout en bois défraîchi. De vieux rideaux qui tombent en lambeaux ornent les fenêtres closes, qui ont laissé s'accumuler une chaleur infernale dans l'unique pièce de cette habitation.

— Ouvre l'armoire...

La jeune femme s'exécute. Vincent a eu du nez : les occupants de ce genre d'endroits avaient pour habitude de noyer leur solitude dans l'alcool. Comme anticipé, plusieurs bouteilles de Whisky peuplent les étagères.

Au prix d'un effort insurmontable, Vincent déchire un bout de rideau qu'il imbibe généreusement d'alcool.

— Karine, faudra que tu me maintiennes ça sur la plaie pendant au moins deux minutes, quoi que je dise, quoi que je fasse, faut le faire pour désinfecter cette saloperie...

Je vais dérouiller. Grave. Mais c'est la seule façon d'éviter le pire...

À tâtons, la jeune femme repère le bras blessé et y applique le bout de rideau alcoolisé. Dès qu'il entre en contact avec la plaie, Vincent pousse un hurlement à faire trembler les murs. Une douleur indicible envahit son bras puis tout son corps.

C'est une véritable séance de torture.

Vincent hurle de toutes ses forces, mais Karine tient bon.

Ne pas lâcher... je lui fais mal, mais c'est pour son bien...

La douleur grimpe et grimpe encore. Les pieds du jeune homme trépignent, ses dents se serrent, son corps n'est plus qu'un supplice. Une fois les deux minutes passées, Karine noue le morceau de tissu autour du bras et y ajoute une rasade de Whisky supplémentaire.

— Espérons que ça suffira...

Vincent tourne à moitié de l'œil.

— Si une bactérie survit à ce traitement, c'est qu'elle est bonne pour aller coloniser Mars !

Ce tord-boyaux est visiblement une production artisanale. Pas très réglementaire, mais diablement efficace.

— Désolé Karine, on ne pourra pas continuer aujourd'hui... 'Faudra rester là ce soir. J'espère que ça ira mieux demain...

La jeune femme compatit.

Je comprends. Bien sûr que j'aimerais repartir illico vers Sedona. Mais je dois ménager ma monture, mon Cédalion...

— OK. On a encore quelques conserves dans le coffre, je nous ferai à manger...

Le jeune homme passe le reste de l'après-midi allongé sur le lit, tandis que lentement l'alcool désinfecte sa plaie. Il aide la jeune femme à changer Lucia et à préparer le repas pour les trois bouches à nourrir.

Je suis ses yeux, elle est mes bras. Ensemble, avec l'enfant, nous sommes l'amour...

Au début de la nuit, alors que Lucia dort déjà, ils sortent un instant sur le pas de la porte. Les quelques étoiles qui percent à travers la canopée étincellent déjà au firmament.

Vincent prend son amie dans les bras :

— Merci pour tout...

— C'est normal, mon amour...

Ils s'embrassent longuement, les yeux fermés. Quand Vincent les ouvre à nouveau, il est comme ébahi, stupéfait par le spectacle qui s'offre à lui.

— Que se passe-t-il ?

Tout autour d'eux, la nature s'est illuminée. Littéralement. Des milliers de lucioles volent dans les airs, tandis que les conifères alentour semblent émettre une douce et chaleureuse lumière. Un spectacle féerique, magique même, qu'il n'aurait jamais imaginé être possible à la surface de cette terre.

Bizarre, c'est exactement le genre de choses qu'on aurait vu dans tous les documentaires sur la région, or je n'en ai jamais entendu parler...

Tout n'est que douceur, tout n'est que beauté. L'ambiance rappelle un peu celle de l'étang du paradis, où déjà des lucioles avaient célébré leur bonheur retrouvé.

— C'est magnifique !

Vincent décrit ce tableau par le menu. Karine en est toute chamboulée...

— C'est comme... c'est comme si la nature réagissait à... *nous* !

Vincent affiche un grand sourire. Il a exactement la même intuition.

Mais comment la nature pourrait-elle faire cela ? Et pourquoi ?

— Faut que j'en fasse une photo pour voir ça, quand j'aurais à nouveau mes yeux...

Clic.

Karine en profite pour vérifier l'état de la batterie :

90%.

C'est à n'y rien comprendre...

Elle range son portable et se colle à son ami, l'embrassant à nouveau. L'instant est magique, leurs deux êtres ne font plus qu'un, fusionnant littéralement. Il est elle et elle est lui.

Emportée par la fougue et la passion, elle n'entend pas la discrète voix de synthèse de son téléphone. Cette dernière lui annonce pourtant que la charge de la batterie a brusquement chuté à 20%, tandis qu'au loin, un discret bruit de rotor résonne...

*

— On les a en infrarouge. On intervient ?

À l'intérieur de l'hélicoptère, les pilotes sont en communication directe avec leur supérieur, via un système de visiophonie holographique. L'homme se tient en retrait, ne laissant apparaître que ses mains dans le champ de l'*holocam*.

— Non. Il faut impérativement l'avoir vivante. Si vous intervenez, on risque le même fiasco que dans l'Illinois...

— Alors qu'est-ce qu'on fait ?

— Suivez-les, ne les perdez pas de vue. Pour le reste, je m'en charge...

Fin de communication.

Dans le bureau du supérieur, son aide de camp intervient :

— Vous voulez qu'ils tombent dans la nasse ?

— C'est une option... une option qui me permettra de me faire une idée plus précise quant à elle, et à sa véritable valeur...

L'aide de camp reste un instant pensif, les lèvres pincées. Puis enfin, il ose :

— Il est fort probable que les deux rebelles leur aient parlé de l'entrée souterraine, via Secret Canyon. Il serait embêtant s'ils...

L'homme qui coordonne l'opération, toujours assis dans l'ombre, a un léger sourire narquois.

— Non. Rassurez-vous. S'ils parviennent à Secret Canyon, dans moins de vingt-quatre heures, ce seront eux qui imploreront notre protection…

61.

Flagstaff, État de l'Arizona, USA, 30 mai, 10h29.

Après avoir passé la nuit dans la cabane, Karine et Vincent sont repartis à l'aube. Quatre heures plus tard, ils arrivent enfin dans la ville de Flagstaff, baignée de soleil. Le bras de Vincent va déjà bien mieux. Même si une douleur vive le lance toujours, au moins est-il à nouveau en état de conduire le minivan.

Flagstaff est une ville à l'allure sympathique, où maisons en bois et maisons en brique ocre alternent le long de rues bordées d'arbres aux feuilles d'un vert tendre, qui semblent luire sous la lumière de l'astre solaire. Vincent gare son véhicule sur un parking avoisinant, à l'ombre bienvenue d'une haie de cyprès.

Flagstaff est la dernière ville avant Sedona, qui n'est plus qu'à une trentaine de miles de là. Il est temps de nous préparer à l'ultime étape de notre voyage...

Vincent commence par dévaliser une pharmacie.

Ouf, ils ont des antibios... pour ma blessure, il est grand temps...

En sortant de là, il remarque une grande bâtisse, mélange de brique et de colombage, qui abrite l'office du tourisme local.

— Je vais voir s'il y a des infos intéressantes à piocher ici...

— Je viens avec toi.

Plus question de rester seule, depuis l'incident de Shamrock...

Karine prend la petite Lucia avec elle avant de pénétrer dans le bâtiment, à la suite de son ami. À l'accueil, de nombreux dépliants qui vantent les beautés de la région ornent les présentoirs. Vincent remarque aussitôt une carte topographique, détaillant par le menu tout le secteur autour de Sedona. Il s'en empare et la déplie sur le bureau de l'accueil.

— C'est exactement ce qu'il nous faut. Il y a tous les sentiers, tous les canyons, tous les cours d'eau...

— 'Y a aussi ce Secret Canyon dont Janice m'a parlé ?

Le jeune homme examine la carte et ne tarde pas à repérer l'endroit. On peut y accéder soit en continuant vers l'ouest, soit par le sud, en quittant la route pour un chemin en terre, juste avant d'arriver à Sedona. Poursuivant l'étude de la carte, il remarque qu'à plusieurs endroits le long du canyon, se trouvent des entrées donnant sur ce qui semble être les restes d'une mine abandonnée.

— À tous les coups, cette mine offre un passage sous la montagne et permet d'atteindre Sedona, en évitant la route principale...

Ainsi on contournerait les forces de nos poursuivants...

— Comment s'appelle cette mine ?

— *Lost mine*. Littéralement la mine perdue.

— Ce n'est pas très engageant...

— Oh, tu sais, les noms, ça ne veut pas dire grand-chose...

À nouveau, Vincent examine les différents plans et prospectus proposés par l'office du tourisme :

— Ils ont même un plan de cette *Lost mine*, avec l'horaire des visites guidées. L'endroit ne doit donc pas être si terrible que ça...

Le jeune homme s'empare du plan de la mine et le déplie par-dessus la carte topographique, récupérée précédemment. Se révèle à lui un dédale de galeries qui dessinent un véritable labyrinthe. Ce dernier débouche au sud sur un petit sentier non cartographié, qui mène directement à Sedona.

Vincent décrit sommairement ses découvertes à sa compagne :

— 'Faudra faire gaffe de ne pas se perdre si on prend ce chemin...

— Comment ça si on prend ce chemin ? Bien sûr qu'on le prendra ! Par où veux-tu passer sinon ?

Le regard de Vincent glisse à nouveau sur la carte topographique :

— On peut suivre la route directe sur Sedona, tenter de contourner en arrivant par le sud via Rimrock, ou alors par l'ouest en passant par Ashfork, Chino Valley, Prescott et le village de Cottonwood...

— Janice m'avait dit de ne surtout pas prendre la route reliant directement Flagstaff à Sedona, que les hommes du général nous y attendent et que...

— Possible en effet, mais à mon avis, s'ils gardent cette route, ils font de même avec les autres accès à la ville, ce qui ne me paraît pas bien compliqué, vu qu'il n'y a que trois routes possibles pour aller là-bas...

L'endroit offre presque la configuration idéale à qui souhaiterait leur tendre un piège.

Le jeune homme examine de plus près la carte, qui heureusement n'est pas avare de détails :

— Par contre, si on prend directement vers Sedona, on pourra s'arrêter ici, à Sterling pass, juste au-dessus de la ville. De là j'aurai une vue dégagée sur toute la vallée, et donc sur une éventuelle présence militaire. C'est aussi de là que ce serait le plus... enfin le moins compliqué pour rejoindre cette *Lost mine* de Secret Canyon. À mon avis, ça reste notre meilleure option...

Karine hésite un instant puis finit par accepter le deal, même si elle redoute toujours l'accès direct, que Janice lui a formellement déconseillé.

Et que mon for intérieur me déconseille également.

— Cela dit, si vraiment on doit crapahuter dans ces canyons, faudra être mieux équipés que nous ne le sommes...

— Ça, ça sent la séance *shopping*...

La jeune femme a vu juste. Ils quittent l'office du tourisme, emportant avec eux les différentes cartes, bien décidés à dévaliser un magasin de matériel de randonnée.

— Tu crois que ce sac fera l'affaire ?

Le couple trouve rapidement la boutique de ses rêves. Karine tâte déjà la découverte de son compagnon :

— Sans problème. On le prend...

— Faudra aussi penser à de la nourriture pour quelques jours...

— Et aussi des petits pots pour Lucia...

Pour Lucia justement, Vincent débusque un harnais qui permettra de transporter l'enfant tout en gardant les mains libres.

Vincent propose de délester son amie de la fillette :

— Si tu veux, je prendrai Lucia, pour que tu aies moins à porter...

— Pas question. Je la garde avec moi. Mais si tu pouvais me porter mon sac...

Marché conclu. Karine et Vincent visitent encore plusieurs autres magasins. Leurs bagages à présent chargés à ras bord de matériel de randonnée, ils regagnent le minivan. Vincent ouvre l'arrière du véhicule et y jette son barda, sans ménagement.

Soudain, quelque chose craque.

— C'est quoi encore, ça ?

La voix du jeune homme passe en un éclair de la jovialité à la stupeur.

— Quoi ? 'Y a quoi ?

— Karine... je crois qu'il y a un double fond dans le coffre...

— Tu déconnes ?

Vincent retire son sac et constate avec surprise qu'en effet, sa manière un peu rude de jeter ses affaires à l'arrière du véhicule a révélé un compartiment creux.

— Qu'est-ce qu'il y a dedans ?

Le jeune homme dégaine son couteau et fait sauter le double fond.

— Un ordinateur portable et... oh bordel !

— Quoi ?

La voix tremblante de Karine trahit son anxiété, celle de Vincent devient blanche de peur :

— Un traceur ! Comme celui que tu avais dans ton sac...

La jeune femme s'effondre à même le trottoir.

— Bordel, le salaud... il avait tout prévu....

— Oui. Et du coup les autres gusses savent pour sûr qu'on est là...

Aussitôt, Vincent se met à scruter les alentours, à la recherche de tout élément bizarre, qui aurait pu trahir une présence hostile.

Ils sont peut-être déjà là...

Rien à signaler. Ouf. Pas même un hélicoptère dans l'azur du ciel. Cependant, la tranquille ville de Flagstaff lui semble soudain s'être transformée en piège à ciel ouvert, où le danger est omniprésent.

— Faut peut-être regarder l'ordi...

Aucune réponse de Karine, toujours pétrifiée par la peur.

Le jeune homme ouvre alors l'ordinateur portable. Celui-ci se met immédiatement en marche, proposant une interface minimaliste, mais oh combien explicite :

Projet 1492 – L'opportunité d'un Nouveau Monde.
Veuillez entrer votre code d'accès.

— Projet 1492 ? L'opportunité d'un Nouveau Monde ?

— Qu'est-ce que tu racontes-là ?

— C'est ce qui est marqué sur l'écran...

Karine se relève, intriguée. Son cœur bat la chamade.

— Et attends... il y a un lecteur de cartes, intégré à la base de l'ordi...

La jeune femme s'empresse de sortir la carte à puce trouvée dans le crash de l'hélicoptère abattu dans l'Illinois, pour la donner à son ami. Ce dernier est déjà sur le point de l'insérer quand soudain, au dernier moment, elle lui retient le bras.

— Vincent, je suis sûre que c'est un piège. Tu te souviens qu'on avait parlé à Jim de cette carte...

Effectivement, je m'en souviens...

— Et si cet ordi avec cette page d'accueil *si alléchante* n'était qu'un piège, destiné à détecter une éventuelle intrusion de notre part, bref un truc destiné à nous berner, au cas où nous trouvions ce double fond ?

Mais également pour vérifier si nous avons vraiment cette carte en notre possession...

Vincent reste sans voix.

Karine a raison. Sa déduction est juste. Elle devient adulte. Elle commence à entrevoir le côté sombre de l'humanité...

— OK, on fait quoi alors ? On ne peut pas continuer avec cette voiture...

— On n'est plus qu'à trente miles, alors...

Vincent balaie à nouveau les lieux de son regard acéré.

— Karine, je crois que j'ai mieux...

— Quoi ?

— J'ai trouvé le *Sedona express 3*...

62.

Route 89A, entre Flagstaff et Sedona, État de l'Arizona, USA, 30 mai, 13h57.

Le *Sedona express 3* est un side-car vintage datant des années cinquante, qui trônait dans la devanture d'un magasin dévolu au mythe de la route 66, en plein cœur de Flagstaff.

Ça doit bien faire une quarantaine d'années que cet engin n'a plus servi.

Comme Jim leur a appris à siphonner l'essence des voitures, le plein n'a été qu'une formalité, à partir des réservoirs des véhicules abandonnés, omniprésents dans la ville.

Le trio roule à présent plein sud, direction Sedona. Vincent conduit, Karine et la petite Lucia sont assises dans le side-car, tandis que leurs sacs se trouvent à l'arrière, dans le dos de Vincent. Au vu des nombreux cours d'eau qui traversent la région, ils ont également rangé la lampe torche dans un étui étanche, qu'il porte en permanence sur lui.

Avant de partir, le couple en a aussi profité pour changer de vêtements. Vincent a opté pour une tenue camouflage aux couleurs ocre, semblables à celles alentours. Karine a quant à elle préféré la légèreté d'un T-shirt et d'un short à fleurs, malgré les protestations de son compagnon, qui a jugé ce choix peu adapté face aux périls qui peuvent les attendre sur la route. Cette dernière est bordée d'imposantes falaises d'un côté, et d'un profond précipice de l'autre.

S'il y a un barrage, il n'y aura nulle part où aller...

Alors que l'engin dévore l'asphalte, des sentiments contradictoires gagnent la jeune femme. D'une part le bonheur de toucher du doigt son rêve, le but de sa quête.

Atteindre Sedona, retrouver l'usage de mes yeux. Lumière...

Mais d'autre part, elle sent au fond d'elle qu'en s'y rendant, elle court à sa perte, comme si elle se jetait dans la gueule du loup. Et Vincent avec elle.

Ténèbres...

Entre les deux, son cœur balance.

Au bout d'un quart d'heure, le jeune couple arrive à la hauteur de Sterling pass. La route donne sur le col qui, à en croire les cartes, serait le dernier qui les sépare encore de leur destination. Mais surtout, la falaise qui bordait le côté droit de la route a fait place à une forêt de conifères et d'arbres rabougris, dans laquelle s'engouffre un sentier vaguement balisé.

Bref, on a là non seulement une solution de repli au cas où l'affaire tournerait au vinaigre, mais surtout, à en croire la carte, le début du chemin qui mène à Secret Canyon...

Vincent arrête le moteur et gare le side-car à l'ombre des premiers arbres.

— Attends-moi là. On est à deux pas du col. Je vais voir là-haut si la route est dégagée et je reviens illico...

Mon plan est simple : vérifier aussi discrètement que possible si la voie est libre. Si elle l'est, on continue droit sur Sedona, sinon, je reviendrai discrètement sur mes pas, afin d'emprunter le sentier...

— Fais attention à toi !

Le jeune homme prend congé de sa compagne et se met en marche, direction le col de Sterling pass, qui n'est plus qu'à une cinquantaine de mètres devant lui. À mesure qu'il s'avance, la magnifique vallée de Sedona, alternant pierres rouges et végétation verdoyante, se révèle à ces yeux.

Quel endroit sublime ! C'est sans doute l'incroyable beauté de ce paysage qui en a fait un haut lieu des traditions amérindiennes, avant d'être récupéré par les férus du New Age. Je comprends que l'on puisse être fasciné par cet endroit...

À son tour, Vincent tombe sous le charme de Sedona.

Pas longtemps cependant.

Soudain, alors qu'il atteint le sommet du col, son bel optimisme s'effondre.

Il vient de les apercevoir.

Ils sont là. En nombre.

Elle avait raison...

Le barrage est en place. À un mile en contrebas. Une vingtaine de voitures noires, six hélicoptères et une fourmilière d'hommes en tenue commando barrent la route, l'arme au poing.

Une véritable nasse...

Vincent s'avance encore de quelques pas, quand soudain l'agitation s'empare des militaires.

Comme si ces derniers avaient vu quelque chose...

À toute allure, ils grimpent à bord de leurs véhicules, direction Sterling pass.

Vers lui.

Vers nous.

Vincent écarquille les yeux, tandis que déjà deux hélicoptères décollent, fonçant dans sa direction.

Je ne sais pas comment ils ont fait, mais ils nous ont repérés...

Le jeune homme, pris de panique, tourne les talons et pique un sprint, en direction du side-car.

— Karine, faut se barrer, faut se barrer au plus vite ! Ils arrivent !

Le sang de la jeune femme ne fait qu'un tour. Heureusement qu'elle a déjà solidement attaché Lucia, grâce au harnais trouvé en ville.

On n'est jamais trop prévoyant...

— Des voitures, des hélicos aussi, faut s'enfuir... Oublie le sac !

Par chance, Karine garde toujours sur elle ses trésors les plus précieux : son smartphone, *Blanchette*, et maintenant Lucia.

Dès qu'il parvient à la rejoindre, Vincent prend la jeune femme par le bras et l'entraîne au pas de charge le long du sentier forestier, abandonnant en rase campagne le sac contenant les vivres, s'engouffrant en trombe dans cet océan végétal.

— Plus vite, faut pas traîner...

Le sol du sentier est inégal et constellé de nombreuses ornières.

— Je 'peux pas, j'ai peur de tomber...

Vincent ne prend même pas le temps de répondre. Il se contente de tirer plus fermement encore, mettant néanmoins un bras autour d'elle, pour tenter de la rassurer.

Au même instant, une dizaine de voitures arrivent à toute allure à la hauteur de Sterling pass. Une nuée d'hommes en noir en sort.

— Là, le side-car...

— Abandonné. Ils ont dû prendre par la forêt...

L'un des hommes inspecte déjà l'entrée du sentier.

— Regardez, il y a des traces...

— Campbell, Osborne, Ricardo, Irving, Nathan, Neal, Emerson, suivez-les... et prenez les chiens !

Le petit détachement se lance immédiatement à leur poursuite.

La végétation défile à toute allure autour du jeune couple. Malgré la difficulté du terrain, ce dernier a encore accéléré le pas, aiguillonné par les aboiements qui montent derrière eux.

C'est comme une battue, sauf que là, c'est nous le gibier...

Un petit bout de roche dépasse en travers du chemin. Il manque de faire trébucher Karine, mais le jeune homme la retient juste avant qu'elle ne tombe.

— Vincent, je ne peux pas... pense à Lucia aussi !

— On 'peut pas se laisser prendre, alors cours... pour toi et pour la petite...

Derrière eux, leurs poursuivants passent également à la vitesse supérieure. Les chiens suivent leur piste à la trace, progressant rapidement à travers la végétation, à laquelle se sont à présent ajoutés cactus et agaves.

Karine et Vincent mettent le turbo. Du moins autant qu'ils le peuvent. Soudain, la jeune femme sent quelque chose lui entailler la jambe.

— Je t'avais dit de ne pas te mettre en short, avec tous ces cactus !

— 'Fait trop chaud !

Alors que les aboiements se rapprochent, le sentier sort du couvert de la forêt pour se rétrécir, devenant une mince corniche d'à peine un demi-mètre de large, qui longe une paroi rocheuse surplombant une petite rivière, à une dizaine de mètres en contrebas.

— Je n'y arriverai pas...

Karine est à bout de souffle. Vincent tente malgré tout de lui faire accélérer le pas, quand soudain il remarque, le long du sentier, une roche glissante, comme un toboggan naturel, qui débouche sur la rivière. L'adrénaline qui se déverse dans son organisme dope ses facultés mentales, toutes focalisées sur un seul objectif : *survivre.*

— J'ai une idée...

Alors que les chiens ne sont plus qu'à une centaine de mètres derrière eux, Vincent ordonne à Karine de s'asseoir.

— Ça 'va pas la tête ?

— Fais ce que je t' dis !

La voix du jeune homme se fait impérative.

'Pas le temps de discuter...

Aussitôt assise, il la pousse en direction du cours d'eau. La jeune femme se met à hurler :

— AAAAhhhhh !

— T'inquiète, j'arrive...

Karine glisse le long de la roche et atterrit dans l'eau glaciale, totalement désorientée. Elle a l'impression que des centaines de lames de rasoir gelées s'enfoncent dans sa peau. Elle a envie de crier, mais sous l'eau, crier ne sert à rien.

Lucia est toujours solidement attachée à son torse, la première idée qui lui traverse l'esprit est de remonter à l'air libre, afin de sauver l'enfant de la noyade.

Quelques instants après, elle refait surface, au moment même ou un autre *splash* résonne, à côté d'elle. Vincent vient à son tour de plonger, la rejoignant dans cet enfer aquatique.

La jeune femme essaie de se relever, mais le courant de la rivière est trop fort. Elle retombe aussitôt, entraînée par le cours d'eau, tentant tant bien que mal de garder sa tête au-dessus de la ligne de flottaison.

Autour d'elle tout tourne. Le monde s'est transformé en un gigantesque chaos d'eau et de galets qui la ballottent comme un fétu de paille, quand soudain, une main ferme lui prend le bras.

Elle hurle de toutes ses forces. La main vient immédiatement se plaquer sur sa bouche, pour la faire taire.

— Chut... C'est moi, Vincent.

— Mais t'es complètement débile ! Tu aurais pu nous tuer ! T'imagines si Lucia s'était noyée ou si sa tête avait heurté une pierre ?

— Oui, mais c'était ça ou l'assurance qu'elle se prenne une balle en pleine tête !

Ou quelque chose dans le genre...

Le courant de la rivière a emporté le couple à couvert, sous les branches d'une épaisse forêt de conifères, loin du sentier qu'ils suivaient initialement. Cette couverture végétale confère à l'endroit un aspect imposant, comme une cathédrale de verdure, à travers laquelle la lumière d'un soleil proche du zénith filtre délicatement, donnant à ce lieu un aspect quasi onirique.

Ils se seraient bien arrêtés un moment pour profiter de la beauté du spectacle, si la situation n'était pas aussi désespérée.

Il faut avancer. À tout prix.

Leurs poursuivants sont depuis longtemps parvenus à l'endroit d'où Karine et Vincent ont sauté dans la rivière. C'est le dernier endroit où les chiens sentent leur odeur.

— Ils ont dû plonger...

Le chef du détachement acquiesce, tout en s'emparant de son talkie-walkie :

— Campbell pour barrage. Envoyez les hélicos avec les détecteurs infrarouges, ils ont filé vers la rivière...

En aval, Karine et Vincent nagent, se laissant porter par le courant qui les mène en direction de Secret Canyon. Ils ont délivré Lucia du harnais, Karine la porte désormais à bout de bras, tout en nageant, se propulsant à l'aide de ses jambes. Soudain le son mécanique d'un rotor fondant sur eux monte de derrière la paroi rocheuse.

— Plonge Karine, plonge !

À nouveau, la voix de Vincent s'est faite impérative.

— Mais Lucia...

— Infrarouges. Plonge !

La jeune femme vient de comprendre. Afin que la chaleur de leurs corps ne soit plus décelable par les caméras qui équipent probablement ces engins, il leur faut s'immerger. Elle retient sa respiration, espérant que Lucia en fasse de même.

C'est inhumain d'imposer un tel traitement à un bébé, mais visiblement, l'humanité est le dernier souci de ces monstres...

Elle s'enfonce aussi vite que possible dans l'eau glaciale, tenant toujours fort le bébé serré contre elle. À ses côtés, Vincent l'imite.

Sous l'eau, tous les sons leur paraissent plus graves et plus profonds, y compris celui des pales de l'hélicoptère qui lentement survole la zone.

Trop lentement.

Les secondes leur paraissent des heures, tandis qu'au-dessus d'eux, l'aéronef les attend tel un faucon, prêt à fondre sur ses proies.

À court d'oxygène, les poumons de la jeune femme se sont transformés en boule de feu. Enfin, le son de l'hélicoptère semble s'en aller. Incapable de rester une seconde de plus sous l'eau, elle refait surface, aussitôt suivie par Vincent, respirant une bonne bouffée d'air frais.

Lucia, quant à elle, tousse très fort.

Elle a bu la tasse.

— Vite, faut sortir de l'eau !

Vincent guide son amie en direction de la rive. La quinte de toux de l'enfant devient de plus en plus forte et préoccupante.

Arrivé sur la berge, le jeune homme récupère le bébé et le pose à même le sol, avant de s'activer autour d'elle.

— Qu'est-ce que tu fais ?!

— Je fais sortir l'eau de ses poumons... les bébés retiennent naturellement leur souffle quand ils sont sous l'eau... ils ont quand même passé neuf mois à flotter dans le ventre de leur mère avant, mais là, ça a quand même été un peu long...

Karine se met à sourire puis éclate de rire nerveusement.

Il est en train de la sauver... Dieu soit loué !

— Bon, maintenant qu'on les a semés, faut trouver l'entrée de cette mine...

63.

Sentier forestier au nord de Sedona, État de l'Arizona, USA, 30 mai, 16h31.

Malgré la chaleur torride qui pèse sur l'Arizona, le passage par l'eau glacée a transi le jeune couple de froid. Ils dénichent un endroit où le soleil perce entre les arbres pour se réchauffer un peu à sa lumière, tels des lézards.

— Fais quand même attention à la tête de la petite, 'faudrait pas qu'elle se choppe une insolation...

Même s'ils s'accordent une pause bien méritée, tous leurs sens sont en alerte.

Les commandos peuvent surgir à tout moment...

Karine commence à avoir faim. Vincent de même :

— Oui, mais on a laissé tout notre garde-manger dans le sac...

Pas question de retourner le chercher au side-car, ce serait se jeter dans la gueule du loup.

Le jeune homme déplie la carte topographique de la région et fait le point. Ils ont contourné Vultee arch et ne sont plus qu'à trois kilomètres de l'une des entrées de *Lost mine*, dans *Secret Canyon.*

Au dos de la carte figurent des informations au sujet de la faune et de la flore locale.

— Tu sais qu'il y a des tarentules et des serpents à sonnette dans la région ?

— Oui, et des scorpions aussi, sans parler des ours, d'après ce que j'ai entendu dans un documentaire...

Vincent confirme.

— Ils disent que le fruit de ce cactus est comestible...

Des cactus couverts de fruits poussent dans les parages. Le jeune homme en cueille un et le goûte.

Délicieux.

C'est là leur unique repas. Une bonne dizaine de fruits chacun, trois écrasés pour Lucia, puis ils reprennent la route, longeant le chemin qui serpente au fond d'une étroite gorge, bordée de lourdes parois en pierre, façonnées depuis des millénaires par les éléments.

Secret Canyon.

— Pas étonnant que ce lieu s'appelle ainsi. Si tu en loupes l'entrée, tu ne peux même pas imaginer trouver un truc pareil ici...

Secret Canyon mesure à peine quelques mètres de large, parfois même moins, obligeant à certains endroits le jeune couple à marcher en file indienne. Les parois portent encore les stries de torrents qui autrefois dévalaient les lieux, érodant la pierre année après année.

Après une bonne heure de marche, ils parviennent à une portion du canyon où ce dernier se fait un peu plus large. Des pétroglyphes en ornent les parois.

— Des dessins sur la roche...

La région est connue pour les nombreux sites dans ce genre, légués par les Anasazis, une tribu amérindienne disparue de longue date, bien avant que l'homme blanc ne foule ces terres pour la première fois.

— C'est splendide. On y voit des hommes chassant des bisons, tandis que d'autres sont agenouillés devant une sorte de grand prêtre, avec une espèce de tiare sur la tête. Au-dessus de lui, dans le ciel, plusieurs soleils semblent briller.

Karine a une autre hypothèse :

— Ou alors ils se prosternent devant un extraterrestre qui a une grosse tête, comme dans *Rencontres du troisième type*, et les soleils sont des soucoupes volantes...

Vincent se montre dubitatif.

Mouais... en même temps, vu les événements de ces derniers mois, pourquoi pas...

Ils poursuivent leur chemin à travers l'étroit canyon. Par moment, pour soulager son dos, Karine retire Lucia de son harnais et la confie à Vincent, le temps de décompresser un peu. Puis le couple reprend sa route.

Le ciel change de couleur, passant du bleu aux teintes orangées du soir, témoignant de l'imminence du coucher de soleil, tandis que la jeune femme présente les premiers signes de fatigue :

— Vince', tu ne veux pas qu'on s'arrête là ? Ça m'a l'air d'être une bonne planque...

— Pas ici, pas dans ce canyon... s'ils arrivent des deux cotés, nous sommes cuits, et l'entrée de la mine ne devrait plus être trop loin...

Karine fait la moue, alors Vincent enfonce le clou :

— Sans parler des tarentules, des serpents à sonnette, des scorpions et des ours... tu veux vraiment dormir ici, avec ces bestioles dans les parages ?

En effet. Continuons encore quelque peu...

Une demi-heure de marche plus tard, alors que la nuit est sur le point de tomber, le canyon débouche sur une clairière de forme vaguement carrée, d'une cinquantaine de mètres de côté, entourée de conifères et d'agaves. À son extrémité sud, une imposante falaise domine les lieux. Sa base est percée par l'entrée d'un tunnel, qui s'enfonce dans les ténèbres de la montagne.

Vincent décrit la scène à sa compagne.

— Selon la carte, c'est l'entrée n°4 de la *Lost mine.*

Le jeune couple s'aventure dans la clairière. Tout est calme. Lucia aussi. Bercée par le mouvement régulier de la marche, l'enfant s'est endormie.

— Je crois qu'on sera plus en sécurité dans la mine pour dormir. Les hélicos ne peuvent pas y entrer, et je doute qu'ils puissent nous capter aux infrarouges là dedans...

Soudain, le bébé s'agite et se met à pleurer.

— Aide-moi à sortir Lucia du harnais, je vais voir ce qu'elle a...

Vincent s'exécute. Il délivre l'enfant de ses sangles et la confie aux bras attentionnés de sa compagne.

— Qu'est-ce qu'il y a mon cœur, tu as...

Karine n'a pas le temps de finir sa phrase. Une nuée de spots à l'incroyable puissance, cachés dans la végétation alentour s'allume, noyant la clairière sous un déluge de lumière. Cette dernière aveugle littéralement Vincent. Au même instant, une voix amplifiée et métallique, venue de quelque part au-delà de ce rideau lumineux, se met à aboyer :

— Rendez-vous, vous êtes cernés !

Karine sursaute. Vincent, paniqué, examine la situation tout en se protégeant les yeux de l'intense lumière qui l'aveugle. Les spots qui les éclairent semblent se situer en hauteur, nichés dans les arbres. Seul le coté sud, celui de la paroi rocheuse et de l'entrée de la mine, n'est pas équipé de la sorte.

— Qu'est-ce qui se passe, Vincent ?

Autour d'eux, des formes humaines se dessinent de toute part, éclipsant une partie de la lumière. Vincent n'a aucun mal à les reconnaître.

Les commandos... ils doivent nous attendre là depuis un bon moment.

Son sang ne fait qu'un tour. Dans sa tête, un seul mot tourne en boucle :

Fuir.

— Cours Karine, cours ! Ils sont là !

Le jeune homme saisit le bras de son amie et l'entraîne dans une course éperdue, en direction de l'unique échappatoire : l'entrée de la mine. Déjà les hommes en noir dégainent leurs armes.

— Lucia, pense à Lucia... Vince, tu m'entends ?

— Justement. Pour elle aussi, il faut tracer...

Une première salve de tirs retentit. Vincent accélère encore. Soudain, il sent le bras de sa compagne le lâcher. Il se retourne brièvement. Malgré l'éblouissante lumière, il la devine.

À terre.

Il l'imagine déjà tombée sous le feu ennemi, alors qu'elle n'a que trébuché sur une pierre, qui jonche le sol.

— Vincent !

D'un geste rapide, il lui attrape la main, l'aide à se relever, puis immédiatement reprend sa course, en direction de la mine. Pourtant quelque chose semble différent. C'est comme si elle le freinait volontairement :

— Vincent, arrête... Lucia... j'ai perdu Lucia !

Le jeune homme jette un œil vers sa compagne. La petite fille a bel et bien disparu. Elle n'est plus dans ses bras ni dans le harnais.

Elle doit l'avoir lâchée dans sa chute...

Nouveau shoot d'adrénaline. En un éclair, Il évalue la situation : aveuglé par les spots, il ne parvient pas à distinguer l'enfant. Il devine par contre aisément les commandos qui s'apprêtent à fondre sur eux, l'arme au poing.

Plus d'amour, juste de la peur.

— Trop tard, 'faut la laisser...

Karine refuse d'avancer. Elle cherche Lucia, tâtant vainement les alentours, alors que les soldats gagnent du terrain.

— Lucia, il faut la retrouver !

Vincent a beau faire : aucune trace de l'enfant. Seules sont visibles les silhouettes de ces terribles hommes en noir qui s'apprêtent à les prendre en tenaille. Ils ne sont plus qu'à une vingtaine de mètres d'eux et accélèrent encore le pas.

— Plus le temps Karine, cours ! COURS !

Karine résiste. Vincent désespère.

Si seulement elle pouvait les voir, elle comprendrait...

Le jeune homme n'a plus le choix. Il tire de toutes ses forces sur le bras de sa compagne, l'obligeant à mettre un terme à ses vaines recherches et à reprendre sa course. Il la traîne littéralement derrière lui, contre son gré. Le couple n'est plus qu'à quelques mètres de l'entrée de la mine quand de nouveaux tirs retentissent.

— Vincent, non... on 'peut pas l'abandonner...

Il ne l'écoute plus. 'Plus le temps. 'Plus le droit.

Plus le droit d'être humain, plus le droit d'être parents. Tout ce qui compte, c'est de fuir. Encore et toujours.

Karine et Vincent s'engouffrent dans le tunnel obscur quand soudain, au bout de quelques mètres, les deux fuyards trébuchent en même temps.

Un fil tendu en travers du chemin vient arrêter net leur course.

Emportée par son élan, la chaussure de Vincent rompt néanmoins la mince cordelette.

Alors qu'il tente déjà de se relever, il jette un œil en arrière, en direction des soldats. Ces derniers ont cessé de les poursuivre. À présent, on dirait qu'ils se protègent le visage.

Instinctivement, Vincent fait de même.

Son sang toujours saturé d'adrénaline dope ses neurones. En une fraction de seconde, il comprend : en rompant le fil tendu, il vient d'amorcer une bombe.

Ces soldats ne sont que des rabatteurs. Ce lieu est piégé. Et moi, je suis tombé dedans à pieds joints, comme un con...

Une immense déflagration retentit. Son souffle projette le couple sur quelques mètres, vers l'intérieur de la mine, tandis que l'entrée de cette dernière s'effondre dans un fracas apocalyptique.

Juste avant de perdre connaissance, Vincent comprend que désormais, ils sont enfermés là, dans le noir le plus total...

64.

À l'intérieur de Lost mine, État de l'Arizona, USA, date et heure inconnue.

Il ouvre les yeux sur une nuit insondable. Elle aussi.

— Où sommes-nous ?

Les souvenirs leur reviennent par bribes. La clairière, les spots, les commandos, la fuite, Lucia, le fil, l'explosion...

— On doit être dans la mine... mais on est surtout dans le noir total...

Aveugles et un peu sourds aussi, le bruit de l'explosion fait encore siffler leurs oreilles.

En rien gênée par l'obscurité des lieux, Karine dégaine son smartphone. La lumière dispensée par l'appareil permet d'entrevoir ce qui semble être le boyau de la mine, et de l'autre côté, le tas de gravats qui désormais en condamne l'accès.

— Il est 21h35, on a dû être dans les vapes pendant quelques minutes.

— Probable...

— Est-ce que tu as pu récupérer Lucia ?

Lucia...

Vincent hésite à répondre.

— Vincent, ne me dis pas que...

— Karine, tu aimerais vraiment qu'elle soit ici, piégée dans cette mine avec nous ?

— Et toi tu es content de la savoir entre les mains de ces monstres ?

Il y a de la colère dans sa voix.

— Calme-toi mon amour, crois-moi que je ferai tout ce que je pourrai pour t'aider à la retrouver, mais j'ai dû faire ce que j'ai fait pour qu'ils ne te prennent pas. Tu comprends, je n'avais pas le choix, *pas le choix* !

— Vincent, je te déteste !

— Déteste-moi autant que tu veux, mais en attendant, il faut trouver comment sortir d'ici...

La jeune femme s'assied par terre et se met à sangloter.

— C'est de ma faute. Tout est de ma faute. Si je l'avais laissée dans le harnais, elle ne serait pas...

— Si tu l'avais laissée là-dedans, ta chute et l'explosion l'auraient probablement blessée, voir même tuée.

La jeune femme fond en larmes.

— Même ça je préférerais... tu sais ce que ça veut dire ? Ils peuvent tout lui faire à présent, la torturer même si nécessaire...

— Karine, non, ils ne vont quand même pas...

— C'est qui l'aveugle ici ? Tu as bien vu ce dont ils sont capables !

Les larmes de la jeune femme coulent de plus belle.

J'imagine déjà la suite : avoir le choix entre me livrer ou alors entendre au loin les hurlements de Lucia, subissant les sévices de ces hommes. Dans ce cas, je me rendrais, quitte à balancer Vincent si nécessaire. Finie la cavale...

Vincent s'accroupit aux côtés de sa compagne et la serre fort entre ses bras :

— Je suis là, je suis là pour toi. Je ne suis juste pas le surhomme que j'aurais aimé être, capable de défoncer les gravats et sortir d'ici, pour aller récupérer l'enfant des griffes de ces monstres et te la ramener triomphalement. Je te jure que je ferai ce que je peux pour la sauver mais désolé, je ne suis pas un super héros, je suis juste un jeune homme sans histoires qui aurait aimé que sa vie ne soit jamais chamboulée...

Il souffle.

Il est des moments où l'héroïsme, c'est juste ça. Se tenir aux côtés de nos proches dans la souffrance...

Tandis que la jeune femme sèche ses larmes, Vincent dégaine sa lampe torche. Il appuie sur l'interrupteur.

Rien.

Son cœur se met à battre la chamade. Il est effrayé à l'idée de devoir se frayer un chemin dans cette nuit insondable. Il tape un coup sur le manche de la lampe. Soudain, cette dernière se met à fonctionner.

Ce n'était qu'un mauvais contact.

À présent, le faisceau de sa lampe éclaire un tunnel creusé à même la roche, qui s'enfonce profondément au cœur de la montagne.

Il balaie les alentours de son rayon et ne manque pas de tomber sur l'éboulement, qui à présent bloque l'entrée – et surtout la sortie – de la mine. Il tente de retirer quelques gravats de là, mais se rend vite compte que c'est peine perdue.

— Il faudrait des semaines pour dégager ça à la main...

Or on n'a plus rien à manger. Plus rien à boire non plus. On serait mort bien avant d'avoir déblayé tout ça...

— 'pas le choix, faut avancer...

Vincent déplie le plan de la mine, récupéré le matin même, à l'office du tourisme. Il l'étudie un moment, tentant de définir le meilleur chemin pour rejoindre l'air libre, de préférence du côté de Sedona.

— Il faudra tourner ici, puis là...

C'est alors qu'il remarque une petite notice, écrite au dos de la carte. Il la lit à haute voix, à l'attention de son amie :

— *Lost mine* est une mine datant de la seconde moitié du dix-neuvième siècle. Elle fut creusée par les colons qui arrivèrent dans la région, à l'époque de la ruée vers l'or. Les Amérindiens vivant dans la région, qui considéraient cette montagne comme étant le domaine des Dieux, déconseillèrent à ces pionniers de s'aventurer à l'intérieur. Au bout de dix ans d'exploitation, un incident survenu non loin de l'entrée numéro quatre contraint les mineurs à abandonner cette partie, avant de cesser totalement son exploitation, au début du vingtième siècle.

— Vincent, tu ne m'a pas dit que l'entrée que nous avons empruntée était précisément cette entrée numéro quatre ?

Le jeune homme acquiesce, avant de continuer sa lecture, non sans appréhension :

— Longtemps perdue, d'où son nom, la mine fut redécouverte au début des années cinquante, dans le cadre de recherches menées par l'armée, en quête de lieux naturels susceptibles d'être convertis en abris antiatomiques, dans l'éventualité d'une attaque nucléaire menée par les forces du Pacte de Varsovie.

Vincent achève la lecture de ce court paragraphe. Karine lance, dépitée :

— Charmant. On a voulu prendre l'air une dernière fois avant d'être enfermés dans le bunker de mon vieux, et nous voici à présent dans ce qui aurait dû être... un abri antiatomique à la sauce kaki !

La boucle est bouclée...

La jeune femme se relève et se met en route, aux côtés de son ami, dégainant sa fidèle *Blanchette.* Les *tap tap* de sa canne résonnent dans le boyau rocheux, alors qu'ils s'enfoncent dans les profondeurs, guidés par le faisceau de la lampe.

Au bout d'une centaine de mètres, le tunnel débouche sur une intersection en Y.

— D'après le plan, c'est à droite...

Le couple poursuit dans cette direction. L'obscurité ambiante ralentit le pas du jeune homme, qui n'avance à présent guère plus vite que Karine. L'atmosphère, saturée d'humidité, est glaciale. La jeune femme se met à grelotter.

— J'aurais quand même dû t'écouter. Le short, c'était vraiment pas une bonne idée...

De petits ruissellements d'eau coulent le long des parois.

— Au moins il y aura de quoi boire, ou du moins s'humecter les lèvres...

À nouveau, une intersection se dessine devant eux.

— Là, c'est à gauche.

— Tu es sûr ?

Vincent vérifie sur son plan.

— Oui, à gauche.

22h15.

Ils ont à présent progressé d'un bon kilomètre à l'intérieur du tunnel à l'atmosphère de plus en plus froide, quand soudain, Karine intime l'ordre de s'arrêter.

— T'as entendu quelque chose ?

La jeune femme ne répond pas, se contentant de tâter les alentours à l'aide de sa canne.

— Non Vincent, mais le sol...

— Quoi le sol ?

Karine n'a pas le temps de répondre. La roche sur laquelle ils se tiennent se fendille, se craquelle, puis finit par se dérober littéralement sous les pieds du couple.

— Qu'est-ce que...

En un instant, la grotte s'effondre. Le sol en pierre fait place à un grand vide, qui semble s'étendre à l'infini. Karine et Vincent tombent à pic, fendant l'air, cap sur l'obscurité en contrebas. Soudain, leurs corps heurtent une paroi rocheuse, presque parallèle à leur chute, étonnamment lisse, comme un miroir. Au lieu de s'écraser à sa surface, ils se mettent à glisser le long, tombant chaque seconde davantage, cap sur les profondeurs de la montagne.

— AAAAhhhhhh !

Seul l'écho daigne leur répondre, tandis qu'ils glissent toujours plus bas, à une vitesse de plus en plus vertigineuse, comme deux luges lancées à toute vitesse sur une piste glacée.

Vincent balaie les alentours de sa lampe. Vers le haut, le boyau qu'ils parcouraient est déjà hors de portée, tandis que vers le bas, il n'y a toujours rien.

— Vincent, aide-moi !

C'est la voix de Karine, qui tombe à ses côtés. Son visage exprime une terreur sans nom qui s'est emparée d'elle. Elle glisse tout aussi inexorablement que lui, le long de la paroi, fendant les ténèbres à grande vitesse. Vincent n'en mène guère plus large.

— Maman...

Maman, je serai bientôt à tes côtés...

Au bout de quelques interminables secondes de chute, la paroi s'incline doucement, ralentissant lentement leur chute. Ils débouchent à faible vitesse sur le sol d'une grotte en granit, dans un boyau recouvert de sable, à des centaines de mètres en contrebas, voire davantage encore.

On n'est pas blessés, mais où sommes-nous ?

Alors que Vincent commence à prendre conscience de la situation, voilà que déjà le sol s'effrite à nouveau.

— Oh non, ça recommence !

Mu par l'énergie du désespoir, il prend Karine par le bras, l'entraînant à nouveau dans sa fuite. Cette dernière est stoppée net lorsque le sol de la grotte se déchausse.

Nouvelle chute...

Ils glissent derechef le long d'une paroi, encore plus lisse que la précédente.

— Au secoooouuuuurrrrsssss !

Des débris des roches qui composaient le sol de la grotte précédente les percutent. Par chance, ces derniers tombent presque à la même vitesse qu'eux, sans quoi ces impacts auraient probablement été fatals.

Heureusement que Lucia n'est pas avec nous...

Le jeune couple n'est plus qu'une boule d'angoisse, hurlant de terreur alors que leur chute se poursuit encore et encore, entraînant Karine et Vincent dans les profondeurs inexplorées d'un monde souterrain dont ils ne soupçonnent même pas l'existence. Ils ont tout de même le réflexe de se protéger le visage, alors que l'interminable descente se poursuit. Inexorable.

Soudain, un bruit infernal se fait entendre au-dessus d'eux, suivi d'un grondement terrible. Vincent pointe sa lampe en direction de ce son inquiétant. Ce qu'il découvre le glace d'effroi : d'immenses rochers, sans doute le reste de la grotte où ils avaient atterri précédemment, dévalent la paroi derrière eux, semblant même gagner du terrain, tandis que des éboulements plus légers continuent à les accompagner dans leur chute.

Si on survit à l'atterrissage, on va finir écrabouillés... ces cailloux doivent peser plusieurs tonnes...

Tout à coup, c'est le noir complet.

La terreur monte encore d'un cran.

Une pierre vient de heurter l'ampoule de la lampe-torche.

Fini la lumière...

Leurs corps glissent toujours le long de la paroi lisse, filant droit vers l'inconnu, dans le noir le plus total. Karine et Vincent sont pétrifiés de peur, pressés que ce cauchemar s'arrête enfin, d'une manière ou d'une autre.

On a fait tout ce voyage pour que Karine retrouve la vue, et c'est moi qui finirai la mienne dans le noir complet...

Tout tourne, tout valse, ils sont réduits à l'état de pantins manipulés par l'inexorable gravitation qui les fait tomber toujours plus bas.

Puis soudain, Vincent croit voir une lumière au loin.

Ça y est, c'est la fin. Le fameux tunnel que l'on voit au moment de la mort...

À nouveau, la pente de la paroi se fait plus douce. Leurs corps ballottés atterrissent presque en douceur dans une nouvelle grotte.

Une grotte étrange, que jamais ils n'auraient pu imaginer.

Cette dernière est bioluminescente. Les murs semblent enduits d'une substance bleu clair phosphorescente, qui émet assez de lumière pour que l'on puisse y voir comme au crépuscule. Du sol, composé de sable fin, émane la même lumière bleutée, à l'aspect onirique.

— Vincent, tu es là ?

Le jeune homme n'a pas le temps de répondre que les immenses rochers, ceux-là mêmes qui dévalaient la paroi derrière eux font leur entrée fracassante, obstruant dans un tonnerre assourdissant le chemin par lequel ils sont arrivés, soulevant sable et poussière alentour.

Une fois ce vacarme terminé, il répond, entre deux quintes de toux :

— Oui Karine, toi ça va ?

— C'était quoi ce bruit ?

— Le plafond de la grotte d'avant, ou du moins ce qu'il en reste... il bloque à présent le passage derrière nous...

Assise à même le sol, la jeune femme cherche quelque chose à tâtons :

— Vincent, tu vois *Blanchette* quelque part ?

Le jeune homme a beau fouiller l'endroit du regard, il n'y a aucune trace de la canne de son amie, qui explore de plus en plus frénétiquement les ténèbres qui l'entourent.

— Non... quand est-ce que tu l'avais pour la dernière fois ?

— Là-haut...

Il se retourne, faisant face aux gravats qui à présent obstruent le passage. C'est là qu'il trouve la fidèle canne de son amie. Ou plutôt ce qu'il en reste...

— Il y a un bout là...

Elle a dû la perdre dans sa chute et elle s'est mêlée aux gravats qui tombaient.

Sa canne a volé en éclats, dorénavant inutiles.

Karine encaisse le coup, les yeux dans le vague.

Blanchette... toi qui fendais l'obscurité pour moi... me voilà plus que jamais plongée dans le noir...

Vincent aide la jeune femme à se relever et la prend dans les bras, tentant tant bien que mal de la réconforter. La pauvre tremble de partout.

Inutile de demander, elle a compris...

— On est perdus, Vincent, on est perdus...

La voix de la jeune femme est chevrotante.

Vincent n'a plus ni carte ni lampe, tous deux disparus dans la chute. Karine y a laissé sa fidèle *Blanchette*, faisant du jeune homme plus que jamais son Cédalion. Elle s'accroche fermement à lui, comme on s'accroche à une bouée de sauvetage.

— ...qu'est-ce que tu vois, Vincent ?

Le jeune homme lui décrit l'incroyable spectacle. Ils sont au cœur d'une caverne de belle taille, d'où partent de nombreux boyaux, formant un dédale inextricable, éclairé par cette faible, mais persistante phosphorescence bleue, qui émane des parois. Stalactites et stalagmites, qui elles aussi émettent cette étrange lumière, forment comme des colonnes qui vont jusqu'au plafond, à une bonne dizaine de mètres au-dessus d'eux, tandis que le sable qui recouvre le sol, très doux au toucher, scintille par moment.

L'air ambiant est agréable, à une température proche des 25°C, donnant à cet endroit davantage l'atmosphère d'une nuit d'été que celle d'une grotte au plus profond des entrailles de la Terre.

Ce doit être le magma tout proche qui réchauffe ainsi l'atmosphère. On est visiblement tombés bien plus bas que ce que je n'ai cru...

— Je n'ai jamais entendu parler d'un endroit pareil...

La voix de Vincent trahit des sentiments contradictoires. Un mélange subtil de peur et d'émerveillement. Le jeune homme remarque que les rochers qui à présent obstruent le passage par lequel ils sont arrivés, sont les seuls à ne pas éclairer les alentours de cette lumière quasi irréelle.

C'est féerique, mais terrifiant à la fois.

— Qu'est-ce que j'aimerais le voir...

Vincent inspecte l'endroit. Il remarque que là où il pose le pied, la phosphorescence s'éteint un instant, avant de se rallumer lentement.

— Ce doit être une algue qui est responsable de ce phénomène, il paraît que c'est courant dans les profondeurs...

Les profondeurs... c'est donc bien là où nous sommes...

Vincent effleure l'un des murs de son doigt. L'effet est le même : extinction temporaire puis retour progressif de la phosphorescence, dessinant une éphémère traînée obscure à même la pierre, tandis qu'un peu de cette substance lumineuse reste collée à ses doigts.

Alors que le jeune homme découvre cette étrange grotte, Karine en profite pour vérifier l'état de la batterie de son téléphone.

12%.

Plus question de gaspiller en photographiant à tout va...

Vincent prend son amie par le bras et la guide, explorant avec elle cet endroit aussi mystérieux qu'insolite. Ils optent au hasard pour l'un des boyaux qui quittent cette salle, s'engageant dans l'une des galeries de cet étrange labyrinthe.

Partout autour d'eux, la bioluminescence est omniprésente. Elle remplace fort heureusement la lampe perdue.

Grâce à ce phénomène, nous ne sommes pas deux aveugles à présent...

Alors qu'ils progressent le long du tunnel, Vincent se retourne et remarque les traces sombres laissées par leurs pas dans le sable phosphorescent. Il décrit le phénomène à son amie.

— Au moins saurons-nous si on revient par mégarde sur nos pas...

C'est la version locale du Petit Poucet...

Le boyau débouche sur un croisement. Ils décident de poursuivre tout droit. À l'intersection suivante, ils prennent à gauche. Comme ce chemin mène sur un cul-de-sac, ils rebroussent chemin et s'engagent dans le tunnel de droite.

Bizarrement, l'étrange lumière dans laquelle baignent ces grottes semble rassurer Vincent, au moins un peu.

Après une bonne demi-heure de pérégrination au sein de ce labyrinthe, ils tombent sur une intersection, où des traces de pas encore fraîches semblent avoir altéré la bioluminescence du sol.

— On est revenu sur nos pas...

Vincent examine les traces trouvées. Elles semblent bien être le fait de deux paires de chaussures différentes.

Les leurs.

Des sueurs froides se mettent à couler sur le front du jeune homme.

On est perdus...

Ils continuent en suivant un chemin qui leur paraît encore inexploré. Ce dernier donne sur une caverne plus grande encore que la salle initiale, celle par laquelle ils sont arrivés dans ce réseau de grottes.

— Cet endroit est immense...

La jeune femme serre le bras de son compagnon. Elle est morte de peur.

Vincent lui passe la main dans le dos, pour la rassurer. Il ne peut néanmoins réprimer un léger tremblement, qui trahit sa propre angoisse.

On est perdus et je n'ai aucune idée de comment je pourrais nous sortir de ce dédale, que manifestement aucun être humain n'a jamais foulé avant nous...

Seule la beauté aussi magique qu'étrange de ces lieux l'empêche – pour l'instant – de sombrer dans la folie.

Le domaine des Dieux, que disaient les Amérindiens...

Il réprime un bâillement avant de reprendre sa route, suivant l'un des boyaux adjacents.

— Il y a toujours cette lumière ?

— Heureusement que oui...

Soudain, il y a comme un bruissement derrière eux. Karine se retourne aussitôt.

— Qui est là ?

Vincent examine à son tour l'étrange caverne bleutée.

Personne.

Pourtant j'aurais juré avoir moi aussi entendu quelque chose...

Ils continuent à progresser à travers ce royaume souterrain, tout en ayant l'impression désagréable que quelqu'un les épie, tapi derrière une stalagmite. Le jeune homme se retourne plusieurs fois, à l'improviste, pour s'assurer de ne pas être suivi.

Rien.

Pour autant, la sensation d'être la proie de quelque chose tapi à l'intérieur de ce dédale reste plus que jamais présente.

Progressant toujours davantage, ils croient à présent percevoir comme un clapotis d'eau, provenant d'un boyau encore inexploré, situé sur leur gauche. Ils empruntent aussitôt ce chemin et, au bout d'une centaine de mètres de marche, débouchent sur un endroit hallucinant.

Ils viennent d'arriver sur une plage de sable bleu phosphorescent, scintillant comme des étoiles, au cœur de ce qui est la plus grande caverne qu'ils n'ont jamais vue, et sans doute l'une des plus grandes au monde. Le plafond de cet endroit quasi onirique doit bien se situer à cinq cents mètres au-dessus de leurs têtes, tandis que le méandre d'un gigantesque fleuve souterrain s'écoule paisiblement à travers cet endroit insolite. Les parois, entièrement recouvertes de cette étrange algue phosphorescente, tranchent avec l'obscurité totale de l'eau qui, lentement, coule à travers cette cathédrale de lumière, au plus profond de la montagne. Un lieu digne du *Voyage au centre de la Terre* de Jules Verne.

— Wow, c'est incroyable !

Le jeune homme se baisse pour toucher l'eau du fleuve souterrain. Glaciale.

— Vincent, tu l'entends aussi ?

— Quoi ?

Karine pointe l'aval du fleuve.

— Là-bas, on dirait comme un bruit de machine...

Vincent ferme les yeux et croit lui aussi discerner un son mécanique au loin. À moins que ce ne soit son imagination ou un effet de réverbération des clapotis de l'eau, sur les murs de la caverne.

Le jeune homme bâille à nouveau. Ses paupières deviennent lourdes.

— Karine, excuse-moi... je dois me reposer un instant, je n'arrive plus à réfléchir. On essaiera de tirer cette histoire au clair plus tard...

La jeune femme, bien réveillée à présent, ne souhaite pas arrêter l'exploration de si tôt. Lui par contre est épuisé par cette journée, riche en rebondissements.

— Écoute, on va revenir à la caverne juste à côté, celle où il y a plusieurs sorties, et on va y dormir une ou deux heures, le temps de récupérer un peu...

— Pourquoi ne pas dormir ici ?

— Parce qu'à part plonger dans cette eau digne du pôle nord, il n'y a qu'un chemin pour s'enfuir, celui par lequel nous sommes venus. Ce serait l'endroit idéal pour nous tendre un piège. Retournons plutôt à la grotte d'avant. Là au moins, nous aurions le choix au cas où...

La jeune femme lui accorde ce moment de répit, dans la caverne adjacente au fleuve souterrain. Elle se love dans les bras de son homme, couché à même le sable bioluminescent, déjà en train de rejoindre les bras de Morphée.

Serrée tout contre lui, Karine songe à la pauvre Lucia, qu'elle imagine captive de ces commandos.

Pitié, ne lui faites rien...

Elle se demande néanmoins si sa propre situation, coincée ici dans ces cavernes inexplorées, n'est pas plus désespérée encore.

Puis elle s'endort à son tour…

65.

Cavernes bioluminescentes sous Lost mine, État de l'Arizona, USA, date et heure inconnue.

Ils dorment à poings fermés quand les bruits de pas font leur apparition.

Plop plop.

Ce sont des bruits fins et légers.

Plop.

Karine émet un léger râle dans son sommeil. Les pas cessent un instant d'avancer. Un instant seulement.

Plop plop.

Cette fois, l'ouïe fine de la jeune aveugle perçoit quelque chose. À ses côtés, Vincent dort encore. Et même qu'il ronfle.

Plop.

Karine ouvre ses yeux sur l'océan de ténèbres qui lui est familier. Cela l'aide néanmoins à se réveiller et à se tenir aux aguets.

Plop.

— Qui va là ?

Silence. Puis un nouveau pas.

Plop.

— N'approchez pas ! Qui êtes-vous ?

Plop.

Ça n'est pas forcément quelqu'un, ça peut très bien être autre chose. Une bête par exemple...

— Vincent, réveille-toi !

Elle secoue le jeune homme, trop profondément endormi pour réagir.

Plop plop.

Karine sent l'angoisse monter en elle. Et avec elle l'adrénaline.

Réfléchir... vite...

Plop.

Les légers bruits de pas ne doivent plus être bien loin, deux ou trois mètres au maximum.

Soudain, la jeune femme a une idée. Elle dégaine son smartphone et se prépare à prendre une photographie.

La faible luminosité que Vincent m'a décrite poussera le flash à se déclencher. Ça pourrait faire fuir cette chose...

Plop plop. La créature doit être toute proche à présent. Une dizaine de centimètres tout au plus.

Karine appuie sur le déclencheur. Le bruitage caractéristique retentit, simulant le son des antiques flashs au magnésium.

Clic-clac.

Aussitôt, les pas légers battent en retraite, par le même chemin d'où ils sont venus.

— Vincent. Vin-cent !

Le jeune homme se réveille en sursaut.

— Quoi ? Où... où sommes-nous ?

Ah oui. Les cavernes bioluminescentes. Je m'en souviens...

— J'ai cru entendre quelque chose ?

— Quoi ? Où ça ?

— Là, dans la caverne...

Aussitôt Vincent fixe l'endroit du regard. Le sable bioluminescent a bel et bien gardé la trace des pas, mais ces derniers ne sont de toute évidence pas d'origine humaine. Ce sont des traces longues et fines. Par contre, aucun signe de leur auteur à la ronde. Aucun bruit suspect non plus.

— Je crois que j'ai réussi à le faire fuir.

— Comment ça ?

— J'ai senti que c'était tout proche, j'ai demandé qui venait là, mais comme je n'ai pas eu de réponse, j'en ai déduit que ça devait être une sorte de bête...

— Une sorte de bête ?

— Oui. Et comme elle s'approchait toujours, je me suis dit qu'une bestiole des profondeurs ne devait pas aimer la lumière, alors je lui ai mis un coup de flash dans la gueule.

— Un coup de flash, comment ça ?

— Ben je l'ai pris en photo avec mon portable, et comme tu m'as dit qu'il faisait sombre ici, forcément le flash a dû se déclencher...

— Mais alors... tu dois avoir une image de la chose !

Mais c'est bien sûr... privée de la vue depuis trop longtemps, la jeune femme a tout simplement oublié le geste le plus élémentaire du photographe à l'ère numérique : consulter de visu ses clichés.

— File-moi ton portable...

Aussitôt la jeune femme lui tend. Vincent affiche la dernière photo en date. Le jeune homme pousse un cri d'effroi, manquant presque de lâcher le smartphone de son amie.

Il vient de *le* voir.

— Quoi ? Qu'est-ce qu'il y a Vincent ?

À l'intensité de sa réaction, ça doit être terrifiant...

— Karine... tu te souviens de ces dessins Anasazis qu'on a trouvés dans le canyon...

La voix du jeune homme chevrote de peur.

— Oui...

— Je crois que ton interprétation était la bonne...

La créature à l'écran est sans équivoque. On dirait une sorte de *Gollum*[17] hydrocéphale, avec un corps grisâtre et décharné, surmonté d'une tête disproportionnée, aux grands yeux noirs en amande. C'est l'archétype même de l'extraterrestre, tel que les témoins de prétendues rencontres avec ces êtres les décrivent habituellement.

— Tu veux dire que c'était un...

Elle vient de comprendre. *Ils* sont là. Dans les parages.

Ou du moins un de leurs représentants.

Alors que lentement les traces des pas de la créature s'estompent dans le sable, Vincent se relève, sans quitter des yeux la galerie par laquelle cet être semble s'être enfui.

— Le domaine des Dieux...

Je comprends mieux à présent...

Soudain, d'autres pas retentissent. Indubitablement humains quant à eux. Il semble venir de partout.

De partout sauf de la galerie par laquelle l'extraterrestre s'est éclipsé...

L'angoisse monte encore d'un cran.

Karine range son portable, non sans avoir auparavant consulté la charge de sa batterie.

1%.

C'est la fin.

Encore sous le choc de la photo de cet être d'outre-terre, Vincent bredouille :

— Si ce sont les commandos, on fait quoi ?

En clair, parions-nous sur l'humain ou sur l'inconnu ? Les soldats ou l'extraterrestre ?

Les pas sont rapides et viennent de toutes les directions. Karine se souvient soudain qu'elle détient toujours la carte d'accès au projet 1492.

---

[17] Personnage de fiction, apparaissant dans *Bilbo le Hobbit* et *Le Seigneur des Anneaux* de J.R.R. Tolkien – https://fr.wikipedia.org/wiki/Gollum

Si ce sont les commandos, vaut mieux que je ne me fasse pas chopper avec ça sur moi...

Elle laisse discrètement tomber la carte à terre, puis elle la glisse du pied sous une pierre qui traîne là.

Au même instant, un homme en noir pénètre dans la caverne. D'autres soldats le suivent aussitôt, arrivant par les autres voies d'accès, sauf celle empruntée par la créature. Karine et Vincent sont à présent cernés, dos au mur, tandis que les hommes en noir braquent leurs armes sur eux.

Celui qui semble être leur chef retire alors sa cagoule. C'est un homme au visage aguerri, les cheveux grisonnants, qui semble avoir roulé sa bosse.

Mais surtout, c'est un être humain. Un pur produit de la planète bleue.

— Rendez-vous, nous ne vous ferons aucun mal...

Vincent jette un regard à Karine. Cette dernière tremble de peur, mais semble néanmoins acquiescer.

La mort dans l'âme, ils lèvent les mains en l'air.

— C'est bon, on se rend...

L'un des hommes du commando, qui porte une arme quelque peu différente des autres, vise les jambes du couple.

À la lueur des parois bioluminescentes, Vincent parvient à identifier l'objet. Il s'agit d'un pistolet à fléchettes sédatives, comme ceux utilisés pour la capture des grands fauves.

L'homme tire deux fléchettes coup sur coup, une pour elle, l'autre pour lui. Aussitôt, leurs muscles se raidissent et un sommeil irrépressible les gagne. Leurs corps s’effondrent à même le sol.

Mais avant de sombrer dans le néant, Karine a le temps d'entendre cette phrase sibylline, prononcée par l'homme aux cheveux grisonnants :

— Unité S pour base Cadix. Nous tenons la *Santa Maria...*

PARTIE 4 - L'ENFER, C'EST LES AUTRES.

66.

Dans une cellule, lieu, date et heure inconnus.

Elle ouvre ses yeux sur un océan de ténèbres.

Il ouvre les siens et découvre le lit qu'il occupe, en compagnie de Karine. Ce dernier, quelque peu étroit pour eux deux, forme l'angle d'une chambre impersonnelle, aux murs en béton, d'environ quatre mètres de coté.

— Où sommes-nous ? Qu'est-ce que tu vois ?

Vincent lui décrit brièvement l'endroit. Le lit, la table de chevet, le béton des murs, la porte en fer, la télévision accrochée au mur, dans un coin de la chambre, la petite table métallique sur laquelle une télécommande est posée, et le coin douche et WC, dissimulé par un paravent opaque, séparé du lit par une petite penderie en métal.

Au-dessus de la table, un fac-similé de la plaque emportée par les sondes *Pioneer*[18] est accroché au mur, tandis qu'au plafond, deux tubes fluorescents éclairent de leur lumière crue et froide ce qui ressemble à une cellule de prison.

— Y a-t-il une fenêtre ? Des barreaux ?

— Non, rien. C'est comme si on était dans un sous-marin...

Ou dans un souterrain...

---

[18] Les sondes Pioneer 10 et 11, lancées respectivement en 1972 et 1973 par la NASA, sont les premiers engins spatiaux humains à avoir quitté le système solaire. Elles sont porteuses d'une plaque destinée à renseigner d'éventuelles intelligences extraterrestres sur notre identité. On y voit entre autres un homme et une femme nus, la représentation schématique de notre système solaire, ainsi que le symbole d'un atome d'hydrogène. Voir https://fr.wikipedia.org/wiki/Plaque_de_Pioneer

Le jeune homme retire la couverture et constate qu'ils portent les mêmes vêtements que lors de leur capture. Le short à fleurs de la jeune femme apporte une touche de fantaisie à ce lieu sinistre.

Détail notable : leurs vêtements sont à nouveau propres et secs.

Vincent s'assied sur le bord du lit et ouvre le tiroir de la table de chevet. Le sac de Karine s'y trouve. Aussitôt, le jeune homme le lui tend :

— À voir ta tête je me doute bien que tu n'as aucune idée de comment nous sommes arrivés là...

— Gagné... et toi ?

— Pareil. J'en sais rien. La dernière chose dont je me souvienne, ce sont les fléchettes sédatives. Depuis, plus rien...

— ...au fait, on est quel jour ?

— Aucune idée. Regarde ton portable...

La jeune femme ouvre son sac et y glisse sa main droite. Elle blêmit :

— Il a disparu...

Vincent se tourne vers elle, surpris :

— Quoi, tu n'as plus ton téléphone ?

La jeune aveugle a beau chercher, elle ne parvient pas à mettre la main dessus. À son tour, son ami examine le sac.

Vide.

— Il manque aussi la carte 1492...

— Non, celle-là, c'est moi qui m'en suis débarrassée...

— Quoi ? Quand ça ?

— Là-bas, dans la grotte, juste avant qu'ils ne nous arrêtent. Je l'ai glissée sous une pierre, qui traînait le sol.

— Pourquoi ?

— J'avais pas envie d'aggraver mon cas en me faisant chopper avec...

Vincent comprend son raisonnement.

J'aurais probablement fait pareil à sa place...

Il se lève et marche en direction de la penderie, qu'il ouvre lestement, en quête du smartphone de son amie.

Chou blanc...

Seuls des vêtements de rechange, à leurs tailles et à leurs noms, s'y trouvent soigneusement rangés. Des vêtements ressemblant à des uniformes d'infirmière pour elle, des tenues militaires pour lui, et pour les deux, des vêtements portant la mention *tenue civile*, constitués invariablement d'un T-shirt et d'un pantalon blanc.

— T'as vu ça Karine ? Dans tes fringues, ils ont même rajouté quelque chose en braille...

— Fais voir...

Vincent lui tend l'une de ses tenues. La jeune femme y trouve rapidement l'inscription et la lit. C'est son nom. *Karine Faure.*

— C'est quoi ce délire...

Le jeune homme poursuit l'inspection de la pièce. Sur la table, le long du mur, une canne blanche semble attendre sa propriétaire, cachée derrière la télécommande. Vincent tend l'objet à son amie, qu'elle inspecte de ses mains graciles :

— *Blanchette...*

— Ça ne peut pas être elle... rappelle-toi, *Blanchette* a été réduite en bouillie, lors de notre chute...

Karine confirme :

— Tu as raison. Tu te souviens du défaut que je t'avais montré, alors qu'on était au lycée, à Rudenter ? Cette canne-là est intacte, on dirait qu'elle est comme neuve...

— Alors appelons là *Blanchette 2...*

Tandis que Karine apprivoise sa nouvelle amie, Vincent poursuit l'exploration de la cellule. Il découvre un interrupteur à côté du lit, qui permet d'allumer et d'éteindre les tubes fluorescents du plafond. Par contre, aucune trace d'une quelconque poignée ou de tout autre mécanisme permettant d'ouvrir la porte.

Quelqu'un nous retient prisonniers... mais qui ? Et pourquoi ?

— Est-ce que Lucia est là ?

— Non, il n'y a que nous deux...

Karine baisse la tête, dépitée. Vincent, quant à lui se saisit de la télécommande et allume le téléviseur. Une musique d'ascenseur retentit aussitôt, dispensée par les haut-parleurs situés à la base de l'appareil, tandis qu'à l'écran apparaît le portrait d'un homme jeune, vêtu d'un uniforme miliaire. Ce dernier paraît sensiblement du même âge et de la même corpulence que Vincent.

— C'est qui ce mec ?

Aussitôt, une voix off vient couvrir la musique :

— Le général Skinner est le chef de cette base, et par conséquent, du monde libre. Il est le leader incontesté de tous les hommes encore debout, qui se battent pour leur droit le plus élémentaire : celui de vivre comme ils l'entendent, à la surface de leur planète. Vous êtes ses soldats et grâce à vous, nous vaincrons...

— Ainsi donc c'est lui, ce fameux général... il est effectivement jeune pour avoir ce grade. Je comprends les soupçons du sergent Mitchell...

— Attends Vincent, c'est quoi ce charabia qu'ils racontent ? Chef du monde libre, leader incontesté tout ça...

Du vrai langage de propagande, comme dans toute bonne dictature qui se respecte...

Le jeune homme n'a pas le temps de répondre. Brusquement, la porte métallique s'ouvre d'un mouvement vertical, de bas en haut.

Comme une guillotine à l'envers.

Deux militaires lourdement armés, vêtus d'un uniforme de l'armée américaine pénètrent dans la cellule :

— Mademoiselle Faure, monsieur Skyvington. Veuillez nous suivre...

67.

Lieu inconnu, date et heure inconnue.

Dès que Vincent passe la porte, son regard inspecte les lieux.

Où sommes-nous ?

Derrière les militaires venus les chercher, un véhicule de petite taille semble attendre le jeune couple. Dépourvu de vitres, il ressemble un peu à ces voiturettes à bord desquelles les golfeurs parcourent les greens. Le véhicule est stationné au milieu d'un long couloir en béton, large d'une dizaine de mètres et haut d'un peu plus de trois.

C'est comme un parking souterrain, un gigantesque parking souterrain...

Des tubes fluorescents à la lumière froide – les mêmes que ceux qui illuminent leur cellule – éclairent ce boyau, par ailleurs d'une propreté exemplaire, qui renforce encore la sensation d'être dans un lieu stérile, chirurgical. Tout le long des parois, des deux côtés, des portes similaires à celle de leur geôle sont disposées à espace régulier.

Vincent frémit.

Ça doit être une prison souterraine. Une gigantesque prison, dont ce couloir n'est que l'une des ailes.

Ses yeux étonnés cherchent le moindre indice. Tant par l'aspect général que par l'ambiance qui s'en dégage, l'endroit rappelle les bases secrètes des films de James Bond.

Dans ce cas, on serait chez le méchant *du film...*

Les deux militaires invitent poliment le jeune couple à monter à bord de leur véhicule, tout en s'assurant qu'ils mettent bien leur ceinture de sécurité.

Pour ne pas qu'on s'enfuie en chemin ?

Alors que Vincent dévisage les soldats d'un air suspicieux, Karine, tremblante, vient se coller à lui. Vincent lui passe le bras dans le dos, tentant de la rassurer :

— T'inquiète, je suis là...

La jeune femme pose sa tête contre son épaule et lui glisse discrètement à l'oreille :

— Eux aussi...

Les soldats ne semblent pas avoir entendu. Une fois le couple installé à l'arrière, ils appuient sur un bouton et, automatiquement, la voiturette se met en route, émettant un léger ronronnement. L'engin s'engage le long du couloir puis pénètre un second, puis un troisième. À mesure que l'immensité des lieux se révèle, Vincent reste pantois.

Ce n'est pas une prison... on dirait... c'est...

La stupéfaction du jeune homme est palpable. Karine la ressent :

— Décris-moi, chéri...

— C'est... c'est gigantesque... il y a des couloirs, certains sont grands comme des avenues, c'est comme une ville souterraine, coulée dans le béton d'un bunker géant... il y a même des trottoirs sur le côté...

À mesure que Vincent lui décrit ce qu'il voit, Karine est à son tour gagnée par l'étonnement

Qui a bien pu construire ça ?

Vincent poursuit, lui prêtant ses yeux par l'entremise de sa voix :

— Le sol est lisse, il réfléchit même le décor... on se croirait dans un film de science-fiction...

Aussi aseptisé surtout...

— ...sur le côté, il y a même de petits arbres qui poussent dans des pots carrés... et puis il y a des gens...

— Des gens ? Quels gens ?

— Des gens... ils marchent ou alors ils sont assis à bord de véhicules comme le nôtre... il y a des hommes, des femmes...

— Ils sont comment ?

— Il y en a de tous les âges. Des jeunes, des plus vieux... ils portent tous un treillis militaire, où alors dans les mêmes fringues que les *tenues civiles* qu'on a trouvées...

— Ils nous observent ?

— Non. En fait, ils n'en ont rien à faire de nous...

L'un des deux militaires qui les escortent jette un œil rapide sur le jeune couple. On dirait presque qu'il s'amuse de leur étonnement. Vincent en profite pour l'interroger :

— Qui sont toutes ces personnes ?

Les deux soldats font mine de ne pas entendre.

La voiturette pénètre à présent le couloir principal. Lorsque Vincent le découvre, il en reste bouche bée.

C'est hallucinant...

— Là on dirait une gigantesque avenue. Un peu comme les Champs-Élysées, mais sous terre. Le plafond doit bien être à une trentaine de mètres de haut... là on arrive dans une sorte d'énorme hall...

Et encore, je ne lui ai pas décrit les escaliers et plans inclinés qui mènent vers d'autres galeries, ni les écrans géants qui occupent certains murs. Le tout forme un véritable labyrinthe, un dédale à l'architecture carrée et glaciale, de celle que les Soviétiques n'auraient pas reniée...

Vincent ne trouve plus les mots.

On dirait la version artificielle des grottes bleues...

— C'est quoi cet endroit de malade ?

L'un des militaires se retourne, sans néanmoins adresser la parole au jeune homme. Ce dernier insiste :

— Qui a creusé ça ? Qui a construit ce truc ?

Pas de réponse.

— Oh, les gars, on a le droit de savoir ! Qui êtes-vous ? Que nous voulez-vous ? Pourquoi nous retenez-vous prisonniers ?

Enfin l'un des soldats daigne répondre. Sa réponse surprend le jeune couple :

— Vous n'êtes pas prisonniers. Au contraire, vous êtes libres à présent...

68.

Dans un bureau, date et heure inconnues.

Karine et Vincent sont à présent assis face à deux gradés, dans une pièce exiguë aux murs en béton, qui réverbèrent tous les sons. Les tubes fluorescents du plafond inondent l'endroit de leur lumière crue et froide, projetant des ombres franches et dures. Le mobilier est du même acabit : juste un bureau métallique et quatre chaises, faites de la même matière. Deux pour eux, deux pour les militaires. Dans le coin supérieur droit, une caméra de surveillance équipée d'un micro garde un œil imperturbable sur le jeune couple.

On est filmés...

Au fond de la pièce, le fac-similé de la plaque des sondes *Pioneer* orne à nouveau le mur.

Leur escorte les a déposés là sans mot dire, se contentant de les confier à leurs collègues, chargés semble-t-il de les débriefer.

— Dites-nous, comment avez-vous fait pour arriver jusqu'à nous ?

Tandis que sa compagne est toujours blême et tremblante, Vincent fixe ses interlocuteurs d'un regard défiant :

— Je ne dirai rien. Je ne dirai rien avant de savoir où nous sommes, ce que nous faisons là, pourquoi vous nous retenez prisonniers, pourquoi vous nous avez traqués depuis l'Illinois, ainsi que tout ce qu'on veut savoir sur ces soldats aux uniformes noirs, qui nous ont fait la misère...

La voix du jeune homme est *cash*, sa détermination à obtenir des réponses sans faille. Il toise les militaires tout en continuant :

— J'attends aussi vos explications quant à cette créature que nous avons croisée dans ces grottes bizarres, la nature de ces missiles et de la grande lumière que nous avons vue le 12 avril, ainsi que l'identité des salopards qui ont fait sauter nos villes juste avant...

Plus terre à terre, Karine ajoute :

— Et aussi quel jour nous sommes, s'il vous plaît...

Les deux militaires restent stoïques alors que Vincent reprend son réquisitoire, comme s'ils laissaient passer l'orage, s'efforçant de garder une attitude aussi neutre que possible.

— Bref, dites-nous tout ou alors vous n'aurez rien de nous !

Les deux gradés échangent un regard complice. Leur attitude impassible tranche avec la véhémence de Vincent :

— Calmez-vous, Monsieur Skyvington. C'est exactement pour cela que nous vous avons fait convoquer. Pour tout vous expliquer.

Son collègue renchérit :

— Nous sommes avec vous, pas contre vous. Calmez-vous...

Vincent reste sans voix.

Je m'attendais à tout sauf à ça. Moi qui pensais devoir batailler ferme, voilà que ces hommes souhaitent tout balancer d'eux-mêmes... c'est étrange...

Tout en gardant le jeune homme à l'œil, le militaire de gauche tire une tablette tactile de sa sacoche, posée contre un pied de sa chaise, puis commence sa narration :

— Je vois que vous faites avec raison le lien entre tout ça et les événements d'avril... sachez que pour nous, tout a commencé quatre mois plus tôt, dès le mois de décembre...

— Que s'est-il passé en décembre ?

En guise de réponse, l'homme à la tablette se contente de tendre l'objet à Vincent :

— Ça, monsieur... c'est en décembre, le 4 décembre précisément, que l'une de nos sondes, en orbite autour de Jupiter, a détecté pour la première fois leur vaisseau mère...

— Leur vaisseau mère ? Quel vaisseau mère ? Attendez, c'est quoi cette histoire ?

Ça dépasse les hypothèses les plus dingues que j'ai pu envisager...

Vincent jette un œil à la tablette, comme les militaires l'y invitent. L'image à l'écran ne souffre d'aucune ambiguïté. On y voit un cliché de la célèbre planète à la tache rouge avec, en avant plan, un gigantesque astronef de forme vaguement discoïdale, qui n'aurait pas dépareillé dans un film tel que *La guerre des étoiles*.

— Cette image a été prise par notre sonde le 4 décembre, la suivante le 5...

Nouvelle image. À présent l'immense vaisseau apparaît avec un luxe de détail inouï.

Vincent reste sans voix.

— Quant à celle du 6...

Un bout de l'astronef occupe désormais à lui seul tout le champ de la caméra, révélant toujours davantage de détails à sa surface.

— Ça a quelle taille de ce truc ?

La réponse tombe le plus naturellement du monde, comme s'il s'agissait d'une banalité :

— Environ 1500 miles de diamètre pour 200 de hauteur.

Les yeux de Vincent s'écarquillent :

— 1500 miles ?!?

Les militaires se contentent de hocher la tête. En face d'eux, Karine et Vincent, blêmes, en ont littéralement le souffle coupé, frappés de stupeur par l'incroyable révélation.

Si c'est vrai, alors cet astronef fait presque la taille de la moitié des États-Unis...

— C'est quoi, ce truc ? Qui a construit ce machin ?

— C'est un vaisseau spatial extraterrestre, filant droit en direction de la terre, s'apprêtant à nous envahir.

Envahir. Le mot est lâché.

Un peu comme dans les blockbusters hollywoodiens, mais cette fois, c'est réel. Cette image à elle seule répond de la plus claire des manières à pas mal de nos questions, à commencer sur l'identité de la créature croisée dans les cavernes...

Alors qu'elle reprend lentement son souffle, des milliers de questions assaillent Karine :

— Comment savez-vous qu'ils souhaitent nous envahir ? Comment connaissez-vous leurs intentions ? Comment pouvez-vous être surs qu'ils ne sont pas juste de passage ? Êtes-vous en contact avec eux ? Est-ce que...

Est-ce qu'on a la moindre chance ?...

À nouveau, les militaires attendent que la jeune femme ait fini de parler pour reprendre :

— Non. Ou du moins pas de la manière que vous espérez. Mais sachez qu'on peut très bien deviner leurs intentions par la simple mesure de la vitesse de leur astronef...

— Comment ça ? Juste comme ça vous pouvez déduire qu'ils veulent nous... nous tuer ?

Les deux gradés marquent une pause avant de continuer :

— Mademoiselle Faure, Monsieur Skyvington... avez-vous déjà voyagé dans votre vie, je veux dire, hors des frontières des États-Unis ?

Karine opine.

— Oui. Je suis allée à Paris, mais c'était avant que je ne sois aveugle...

— Bien. Pouvez-vous me dire, mademoiselle, la durée de votre vol en direction de la France ?

— Environ huit heures...

— Bien. Et je suppose qu'une fois arrivée là-bas, vous n'avez pas songé à vous y établir...

— J'aurais pu, je suis binationale, mais je ne parle pas assez bien le français, et de toute façon, j'avais une vie ici, en Amérique...

Les deux soldats échangent un regard complice.

— Maintenant dites-moi, mademoiselle Faure, imaginez qu'au lieu de huit heures, votre voyage ait duré mille ans, et que ce soient vos arrière-arrière-arrière grands parents qui aient entrepris ce dernier. Est-ce que vous vous seriez contentée de visiter quelques musées et d'aller voir la tour Eiffel comme toute bonne touriste qui se respecte, avant de prendre gentiment votre vol retour qui aurait à nouveau duré des siècles, ou bien vous seriez-vous installée là-bas, du genre *j'y suis, j'y reste,* quitte à déloger les *frenchies* si nécessaire, surtout si ces derniers vous étaient militairement inférieurs de plusieurs millions d'années, et que vous aviez pu les écraser comme on écrase un cancrelat ?

Le second militaire abonde :

— En gros mademoiselle, ce que nous vous demandons, c'est de réfléchir à la question suivante : est-ce que quand nos ancêtres ont débarqué ici, dans le Nouveau Monde, après des mois de voyage dans des conditions éprouvantes, se sont-ils contentés de profiter de la beauté des plages du Massachusetts avant de rentrer bien sagement chez eux en Europe, ou bien se sont-ils établis ici, fût-ce aux dépens des tribus autochtones, qui vivaient sur ces terres ?

L'argument des militaires est imparable. Réponse deux, bien évidemment.

— Ces créatures ont mis un peu plus de quatre mois pour atteindre l'orbite terrestre depuis Jupiter. Cela peut vous sembler rapide, mais ça ne fait que cinq fois la vitesse de la sonde *Pioneer 10*, que notre bonne vieille NASA a lancée dans les années 70...

Vincent jette un œil au mur du fond, où le fac-similé de la plaque emportée par cette sonde trône fièrement.

— À cette vitesse, le voyage depuis le système stellaire le plus proche met au moins quinze mille ans. Quinze mille ! Ces créatures ont mis le cap sur notre planète alors que nous autres les humains étions encore en pleine préhistoire, et vous voudriez qu'au terme d'un tel voyage ils ne soient que de passage ?

Karine et Vincent restent bouche bée, sous le choc.

Une fois de plus, l'argument met droit dans le mille...

À tâtons, la jeune femme cherche la main de son ami, pour se sentir moins seule face à ce séisme.

— Mon Dieu...

Les militaires continuent, imperturbables :

— Alors me direz-vous, comment savons-nous que ces êtres ne souhaitent pas juste venir chez nous, cohabiter pacifiquement avec notre espèce ? Eh bien sachez que ce vaisseau a atteint l'orbite lunaire exactement le 11 avril au matin. Cette date vous dit peut-être quelque chose...

Nouveau coup de tonnerre.

Et comment que cette date nous parle !

— Donc ce seraient eux qui...

— Oui monsieur Skyvington. Les villes, c'étaient eux, la grande lumière, c'étaient eux, la disparition de l'immense majorité de la population, c'était encore eux. Ce sont des tueurs de masse, des génocidaires, et à la fin, ça ne pourra être qu’eux ou nous. Voilà la vérité...

Le second militaire prend le relais de son collègue, enfonçant le clou :

— Avant cette date, nous avions encore quelques doutes, d'où la décision prise au plus haut niveau de ne rien communiquer aux médias, afin de ne pas angoisser inutilement la population. Mais hélas, à partir des événements d'avril, tout est devenu tristement... limpide.

Karine et Vincent écoutent le récit glaçant du militaire.

Ainsi donc ces êtres d'outre-terre sont venus pour jouer le rôle de l'ange exterminateur... Jenny, c'était eux... Les quelques milliards d'êtres humains qui ont disparu en même temps aussi. Tout le monde d'avant...

Le jeune homme sent une colère sourde monter en lui.

Si tout ça est vrai, alors il faudra leur exploser la gueule, comme dans Independance day...

Karine, penaude, peine à comprendre :

— Mais quel rapport avec nous ? Pourquoi nous avoir traqués ? Pourquoi avoir envoyé vos hélicoptères à nos trousses ?

Les militaires restent un instant dubitatifs.

— Nous ne voyons pas de quoi vous parlez, mais si vous souhaitez nous faire part de votre expérience, cela ne pourra que nous être bénéfique, afin de mieux cerner comment ces êtres procèdent. On sait déjà qu'ils peuvent projeter des hallucinations, qu'ils peuvent prendre l'apparence humaine et qu'ils savent dissimuler leurs engins sous d'autres apparences... Si vous le souhaitez, nous sommes prêts à prendre votre déposition...

— Vous croyez que nous avions affaire à... eux ?

Les deux hommes en armes acquiescent. Cela ne fait aucun doute.

Le couple raconte alors son odyssée dans les moindres détails. De leur départ de DeRuyter, chassés par les multiples apparitions du mot *Sedona*, jusqu'à leur capture par les hommes en noir, dans les grottes bioluminescentes, sous *Lost mine.*

— Sedona, voilà qui est intéressant...

— Pourquoi ?

— Parce que c'est exactement à la verticale de cet endroit que leur engin s'est immobilisé... à 250 miles au-dessus de Sedona.

Troisième coup de tonnerre.

Le jeune homme rapproche sa chaise de celle de son amie, faisant corps avec cette dernière.

On a peur. Tout simplement peur.

— Mais alors pourquoi ne l'avons nous pas vu dans le ciel ? Un objet de cette taille, aussi grand que tout l'ouest des États-Unis, planant en vol stationnaire à 250 miles au-dessus de l'Arizona, je l'aurais forcément vu ! Ça aurait même dû cacher le soleil dans tout l’État et même au-delà !

— Bien sûr, sauf que depuis qu'ils ont franchi l'orbite de Mars, ils ont activé une sorte de bouclier qui les rend invisibles dans le spectre de la lumière visible...

— Une sorte de cape d'invisibilité high-tech si vous voulez, ajoute le second militaire.

Le premier reprend, tout en manipulant sa tablette tactile :

— Par contre au radar, ça donne ça...

Le militaire tend à nouveau la tablette à Vincent. À l'écran, une image électronique sur laquelle l'immense astronef apparaît clairement, à l'endroit indiqué par les deux soldats. Pile à la verticale de Sedona.

Vincent fixe subjugué l'immense écho radar. À ses côtés, toujours plus tremblante, Karine fond en larmes...

— On a donc fait tout ça pour rien... Il n'y a rien à Sedona qui pourra me rendre mes yeux...

La jeune femme vient se blottir dans les bras de son ami, sous le regard compatissant des deux militaires.

— Désolé mademoiselle, mais vous vouliez savoir la vérité, nous vous l'avons révélée. Auriez-vous préféré qu'on vous mente ? Si vous souhaitez faire appel à la cellule d'aide psychologique...

Le rêve auquel je m'accroche depuis que je suis plongée dans les ténèbres vient de voler en éclat, fracassé sur le mur de l'implacable réalité. Ni à Sedona ni ailleurs dans le monde je ne recouvrirai la vue. Quand on a les nerfs optiques sectionnés, on reste aveugle jusqu'à la fin de ses jours. C'est moche, mais c'est comme ça. Point final.

La jeune femme se sent honteuse, honteuse d'avoir cru en ses rêves, honteuse d'avoir cru qu'un miracle pouvait avoir lieu si l'on parvient au bout du monde, comme dans la légende d'Orion...

Ainsi donc Orion et Cédalion n'étaient qu'une fadaise, un joli conte, mais rien de plus... et moi, je suis une triple idiote, juste assez bête pour croire à ces histoires, une stupide petite rêveuse comme le disait à juste titre mon beau-père...

Vincent serre la jeune femme contre lui. Sa tête vient se poser sur son épaule, ses yeux éteints fixent le vide infini qui l'entoure. Le jeune homme marque une pause, tentant vainement de réconforter son amie. Rien n'y fait.

Gênés, les deux militaires se lèvent :

— Souhaitez-vous que l'on vous laisse seuls un instant ?

Ils comprennent. Ils me comprennent. Ils nous comprennent. Ces gens ne sont pas des monstres. Ils sont... humains.

Vincent a, quant à lui, toujours des doutes.

Je veux savoir...

— Mais alors, qui étaient ces hommes qui nous ont traqués ? Qu'étaient ces hélicoptères ?

Les militaires haussent les épaules :

— Aucune idée. Si les hélicoptères que vous nous avez décrits ressemblent effectivement aux nôtres, pour le reste, je suis désolé de devoir vous dire que nous n'en savons rien. Tout ce que nous pouvons vous affirmer, c'est qu'on vous a trouvés hier, dans une clairière au sud de Flagstaff...

À nouveau, le soldat cherche une image dans sa tablette, qu'il tend à Vincent. On y voit à présent la clairière carrée, devant l'entrée numéro quatre de la *Lost mine,* dégagée de tout gravas. En plein milieu de l'image, le couple couché à même le sol, comme s'ils dormaient.

Une date figure en bas à droite de la photo :

— 4 juin ?

— Oui. Cette photo date d'hier. Pourquoi ?

Parce que la dernière date dont je me souviens est le 30 mai. Que s'est-il passé entre cette date et aujourd'hui ?

En examinant de plus près le cliché, Vincent remarque que Karine semble tenir quelqu'un entre ses bras.

On dirait... un bébé !

— C'est Lucia !

La première bonne nouvelle de la journée.

Karine relève la tête, les yeux encore noyés de larmes.

— Lucia ?

Les militaires échangent un bref regard.

— C'est la dernière question que nous souhaitions vous poser. Quelle est cette fillette qui se trouvait entre vos bras ? D'après les tests ADN, ce n'est pas votre enfant...

Vincent tique.

Ainsi donc nous avons été soumis à des tests ADN à notre insu...

Karine est quant à elle submergée d'émotion :

— C'est une... c'est sa grand-mère qui nous l'a confiée. Elle s'appelle Lucia Gomez...

— Lucia Gomez... très bien. Pour notre administration, elle s'appellera Lucy. Nous l'avons confiée au service puériculture de la base. Si vous voulez la récupérer, il faudra l'adopter légalement.

— On... on peut faire ça ?

— Il y aura quelques papiers à signer, mais rien de grave... depuis qu'on a changé de monde, on en a profité pour simplifier les formalités administratives...

Les militaires esquissent un sourire en direction du jeune couple, comme pour dissuader Vincent de reprendre son air suspicieux.

Changer de monde – l'opportunité d'un Nouveau Monde... tiens donc...

Un instant, le regard de Vincent croise celui des militaires. Ces derniers remarquent sa moue inquisitrice. Ils décident sur-le-champ de changer de sujet :

— Autre chose. L'autorité supérieure du travail de la base a épluché vos dossiers... elle vous a affectés aux tâches qu'elle a jugées les plus pertinentes...

— Comment ça ?

— Tout le monde est obligé de travailler à la base. C'est la règle, monsieur Skyvington.

— La base ? Quelle base ? Vous voulez dire ce complexe ?

— Oui. C'est ici que nous amenons tous les survivants que nous pouvons retrouver lors de nos incursions à la surface, contrôlée par les envahisseurs... cette base est tout ce qui reste de notre civilisation. Une civilisation devenue exclusivement souterraine, à cause de ces maudits *Aliens*...

Le second militaire continue :

— … C'est une ancienne base dépendant du NORAD[19], initialement construite pour s'abriter en cas d'attaque nucléaire. Quand ce vaisseau a été détecté, les autorités ont immédiatement ordonné sa réouverture et son aménagement en base de survie, au cas où cela venait à mal tourner... et ça a mal tourné, comme vous le savez...

— Le Président et toutes les plus hautes autorités politiques du pays auraient dû venir se réfugier ici, mais hélas, *Air Force One* a été abattu par les envahisseurs, au-dessus du Kansas...

— Mais alors qui dirige cette base ?

— Le général Skinner.

Le fameux...

— Qui est-il ? Comme vous le savez, nous avons déjà beaucoup entendu parler de lui, et si vous me permettez une réflexion personnelle, je le trouve bien jeune pour être général...

— En effet, notre général en chef n'a que vingt-sept ans, et jusqu'en avril, jusqu'à ces événements, il n'était d'ailleurs que capitaine, en charge de l'unité *top secrète* qui s'occupait de la réhabilitation de cette base, au cas où... Mais après la disparition de tous les échelons supérieurs de la chaîne de commandement, nous avons décidé à l'unanimité d'élever notre supérieur au rang de général en chef, commandeur suprême de cette base, et par conséquent des forces libres de l'humanité.

---

[19] Le NORAD (NORth american Aerospace Defense command) est un organisme militaire Americano-Canadien destiné à la surveillance et à la défense de l'espace aérien de l'Amérique du Nord.

Voilà qui explique comment cet inconnu au sein même de l'armée a pu grimper les échelons aussi vite pour devenir général à vingt-sept ans. Il était juste là au bon endroit au bon moment.

— Pour en revenir à ce que nous vous disions, monsieur Skyvington, nous vous avons affecté aux unités de récupération. Votre job sera de nous ramener les débris des aéronefs extraterrestres que nos chasseurs abattent. C'est une tâche très importante, car grâce au travail effectué par nos analystes, nous avons déjà appris beaucoup sur la technologie de nos... visiteurs.

— Grâce à ce savoir, il est probable qu'un jour prochain nous trouvions leur faille. Une fois qu'on l'aura trouvée, nous l'exploiterons pour mener à bien une attaque de grande ampleur, une attaque unique, foudroyante, qui nous donnera ce que nous méritons : la victoire.

Ainsi donc à la surface, contrairement à ce qu'on a cru voir, la bataille fait rage...

— Bref monsieur Skyvington, votre entraînement commencera demain matin. Bienvenue dans les forces armées du monde libre...

Le jeune homme reste bouche bée, incrédule, tandis que les gradés continuent :

— Quant à vous mademoiselle Faure, au vu de votre handicap, nous vous avons affectée aux unités médicales. Vous apprendrez à prodiguer des massages thérapeutiques qui feront le plus grand bien à nos soldats blessés...

Alors que Karine acquiesce, encore sous le choc des révélations, Vincent se permet une objection :

— J'étais médecin avant, est-ce que je ne pourrais pas assister Karine dans...

Ses interlocuteurs le coupent aussitôt :

— Désolé monsieur, mais les hommes valides, sauf exception rarissime, doivent servir dans une unité militaire. De plus, tous les postes dans nos unités médicales sont déjà pourvus. Vous pourrez néanmoins demander une dérogation auprès de l'autorité centrale qui...

Karine pose sa main droite sur l'épaule de son ami, comme pour lui dire d'accepter son sort, au moins un temps.

On s'est trompés de bout en bout sur la situation. Il est grand temps pour nous de nous mettre au service de ceux, lucides, qui continuent un combat dont nous n'avions même pas pris conscience...

Vincent se résigne et, la mort dans l'âme, signe les papiers d'engagement que les deux militaires lui tendent.

La jeune femme fait de même.

Désormais, ils seront le *private Skyvington*[20] et l'*infirmière Faure*.

Alors que les militaires sont sur le point de les raccompagner, Karine hasarde une dernière question :

— Au fait, je n'ai pas retrouvé mon portable, il est de toutes les couleurs et...

— Votre téléphone portable ? Attendez...

Le soldat vérifie quelque chose sur la tablette.

— Désolé. Vous n'aviez pas de téléphone sur vous quand on vous a trouvée... de toute façon, tous vos effets personnels ont été transférés dans vos appartements, comme vous avez sans doute déjà pu le constater.

— Mais alors, où...

Les militaires ne relèvent pas. Ils se contentent d'un laconique :

— Votre entraînement commencera demain à l'aube. Réveil à cinq heures. Tenez-vous prêts...

---

20 *Private* est le grade le plus bas dans l'armée américaine. Il correspond peu ou prou au deuxième classe dans l'armée française.

69.

Dans la base, 6 juin, 5h00.

Cinq heures du matin. La lumière s'allume. La télévision de leur cellule – qu'ils appellent désormais leur *appartement* – se met automatiquement en marche, au son d'un clairon résolument militaire. Dès que l'instrument se tait, une voix off ordonne à Karine et Vincent – et sans doute à tous les autres habitants de la base – de se lever, pour un nouveau jour de labeur consacré à libérer l'humanité du joug des extraterrestres.

Vincent est le premier à se réveiller, tandis que son amie peine encore à émerger. Encore à moitié dans le cirage, il constate néanmoins que sa blessure au bras ne présente plus aucune trace d'infection.

Ils ont dû profiter de ces quelques jours d'« absence » pour nous soigner...

Six heures moins le quart. Tous deux sont sur le pont, prêts à commencer leur formation. Un système de voitures automatiques vient récupérer Karine, tandis que Vincent, qui s'est vu offrir une tablette avec un plan en 3D de la base, a pour instruction de se rendre au niveau K2.

Comme convenu, Il a revêtu son uniforme militaire, elle sa tenue d'infirmière.

Grâce au plan tridimensionnel muni d'un moteur de recherche intégré, trouver le niveau K2 est un jeu d'enfant. Arrivé sur place, aucun doute n'est permis : la peinture kaki qui recouvre les murs annonce clairement là couleur.

C'est bien là que les unités militaires forment leurs nouvelles recrues. C'est là que je serai formé.

Les futurs soldats sont à présent rassemblés dans un grand hall en béton, alignés en rang d'oignon. Vincent jette un œil à gauche, puis à droite. Ses voisins, tous au garde-à-vous, font de même, sans qu'aucun n'ose parler.

On flippe tous...

Un immense drapeau reprenant le visuel de la plaque des sondes *Pioneer* recouvre une grande partie du mur du fond.

Soudain, l'une des portes donnant sur le hall s'ouvre. Deux militaires à la démarche assurée entrent dans l'arène. Le premier vient se planter devant les recrues, tandis que le second, un peu plus jeune, se tient quelque peu en retrait.

— Je suis le sergent Brolin, votre instructeur, et voici mon second, le caporal Harrison.

Si le caporal Harrison à un air de monsieur Tout-le-Monde, Brolin a tout du baroudeur. Musclé, viril, homme à poigne, la boule à zéro, il ressemble trait pour trait à l'image qu'on se fait d'un sergent instructeur. Toutes les recrues écoutent sa parole, qu'il dispense d'une voix ferme et sèche :

— Ici, ce n'est pas un camp de vacances. Ici, vous allez en baver, mais ici commence le chemin qui nous ramènera notre liberté !

Une acclamation monte de l'assistance, tandis que Brolin continue :

— Ici vous allez apprendre à vous battre. Ce sera dur, je ne laisserai rien passer, mais dites-vous que ce n'est rien à côté de ce que les autres *enfoirés* là-haut vous feront s'ils vous choppent... alors oui, je serai dur avec vous, mais c'est pour qu'une fois à la surface, vous soyez en mesure de botter le cul à ces *bâtards* ! Vous connaissez la chanson : c'est eux ou nous !

Ce sera nous ! reprennent en cœur toutes les recrues présentes, sous les yeux approbateurs de leurs instructeurs.

— Je vais commencer par vous présenter notre drapeau, notre nouveau drapeau.

Le sergent Brolin se tourne et pointe du doigt l'immense étendard qui orne le mur du fond.

La plaque de Pioneer...

— Ce drapeau est la copie conforme du premier message que l'humanité a envoyé, à l'attention d'éventuels extraterrestres. À l'époque, nous pensions encore que ces salauds pouvaient être amicaux. Quels naïfs nous étions... Comme vous le voyez, il nous représente nous humains, un mec et une *gonzesse*, ainsi que notre système solaire. Mais maintenant, il représente surtout nos valeurs. Notre humanité, notre planète, et notre savoir qui nous permettra de les vaincre. Désormais, vous devrez aimer ce drapeau comme vous aimiez notre bonne vieille bannière étoilée...

Nouveaux vivats. Tous fixent à présent leur nouvel étendard. Le drapeau des hommes libres, le futur drapeau planétaire, une fois l'humanité délivrée du joug des extraterrestres.

Finalement, il aura fallu attendre une attaque venue d'ailleurs pour envisager une véritable union mondiale... même si cette dernière est, pour l'instant, circonscrite au périmètre de cette base...

Le sergent reprend sa position initiale, face à ses recrues :

— Bon, sur ce, les nouveaux vont se présenter... vous !

Il désigne un homme à la peau matte.

— Je suis Matt Johnson et j'ai été récupéré dans mon bunker près d'Atlanta, il y a une semaine.

Vincent observe attentivement.

Ainsi donc certains sont parvenus à survivre dans des bunkers. Le plan du père Parker n'était donc pas si bête...

— Bienvenue parmi nous, *private Johnson.*

Tous répètent en cœur, puis le sergent passe la parole au suivant :

— Je suis Steven Kingsley et j'ai été retrouvé chez moi, il y a une semaine, au fond de mon bunker, dans le Wyoming.

Tous ont donc eu droit à une semaine de latence entre leur découverte et leur incorporation. Intéressant...

Le sergent Brolin fixe à présent Vincent, l'invitant à son tour à se présenter :

— Je suis Vincent Skyvington, et j'ai été retrouvé il y a une semaine dans une clairière, près de Sedona.

Une rumeur monte dans l'assistance. Brolin s'approche du jeune homme, aussitôt suivi du caporal Harrison. Il n'est à présent plus qu'à quelques centimètres de son visage. Vincent peut sentir son odeur, percevoir le doute qui habite ses yeux, tandis que le militaire reprend :

— Ainsi donc c'est vous, *Skywalker*, qui avez réussi à survivre à la surface jusqu'à la semaine dernière, malgré ces salopards qui grouillent là-haut ?

Le visage du militaire traduit un mélange de circonspection et d'étonnement. Vincent, quant à lui, est effaré par le jeu de mots sur son nom.

Comme si on ne me l'avait jamais faite, celle-là...

Il prend alors son air le plus dur, du genre *moi je ne suis pas là pour vos blagues à la con* :

— Je m'appelle Skyvington, sergent. *Skywalker*, c'était au cinéma...

Le militaire a un petit sourire.

— Pour nous, vous serez Skywalker... *private* Skyvington !

*

La voiture automatique qui emmène Karine sur son lieu de travail arrive à destination, au Niveau C1 de la base.

La jeune femme s'apprête déjà à déplier *Blanchette 2* quand des bras féminins viennent à sa rencontre, pour la guider sur les derniers mètres qui la séparent du point de rendez-vous. Elle se tient à présent debout, entourée d'autres femmes, dans une pièce en béton qui semble de bonne taille, à en croire la réverbération des sons alentour. Surgie des ténèbres, une voix douce est amicale se fait entendre :

— Je suis Wendy Henderson, votre instructrice spécialisée. Vous avez été affectées à cette unité en raison de vos personnalités, mais également de votre handicap. Vous allez vous présenter tour à tour...

— Je suis Tamara Gonzales, et je suis non voyante.

— Je suis Jennifer Kendall, et je suis non voyante.

Debout les yeux fermés, Karine se concentre.

La voix de Jennifer semble jeune. Sans doute a-t-elle plus ou moins mon âge...

Wendy reprend, invitant Karine à se présenter.

— Je suis Karine Faure, et je suis... non voyante.

Alors que la jeune femme prend la parole, il y a comme un blanc dans la salle.

— Quoi... qu'est-ce qu'il y a ?

Qu'est-ce que j'ai encore fait ?

Wendy, l'instructrice, vient la rassurer :

— Rien mon enfant, suivante...

— Je suis Kimberley Atkins, et je suis non voyante...

*

Le premier jour de formation touche à sa fin. Tandis que la voiture électrique ramène Karine chez elle, Vincent parcourt le dédale de couloirs à pied, son plan tridimensionnel en main.

La base est encore plus grande qu'il ne l'avait imaginée. En son cœur se trouve une véritable ville souterraine sur deux niveaux, construite autour d'un gigantesque puits central, qui a bien deux cents mètres de diamètre. Ce dernier ressemble en tous points à la cheminée d'un volcan éteint.

Vincent jette un œil dans le puits. Il semble sans fond.

Cet endroit est aussi immense qu'impressionnant...

L'organisation de la base est rigoureuse. Autour du puits central, une coursive large d'une dizaine de mètres, munie d'une balustrade qui longe l'abîme, donne sur des magasins, des restaurants, un coiffeur, un dentiste, une librairie, un cinéma, et même une boîte de nuit. Tous ces établissements ont semble-t-il pour fonction de simuler un semblant de vie normale, un centre ville grouillant et dynamique, au cœur de cet endroit hors du commun.

Des centaines de badauds déambulent nonchalamment dans ce décor incroyable. De temps en temps, on y croise des unités de Police militaire en patrouille, qui s'assurent qu'aucun problème ne survienne entre les habitants de ce gigantesque complexe.

Aux quatre points cardinaux, de larges couloirs aux faux airs d'avenues coulées dans le béton donnent accès aux différentes ailes de la base.

Vincent reste un instant bouche bée, incrédule devant cet endroit insolite.

Tout ça n'a pas pu être monté en quatre mois...

Alors qu'il arpente la coursive, son regard se porte sur l'intérieur des magasins. Le personnel y est exclusivement féminin. Ces dames portent toutes des uniformes aux couleurs de leurs enseignes. Idem dans le coin des restaurants. L'un d'entre eux, l'*Ol'dirty spaceman*, sert une nourriture fusion très tendance.

On dirait un petit coin de New York au cœur de la roche...

Sans s'en rendre compte, encore en prise à l'étonnement, Vincent marche au ralenti, gênant le flux rapide des habitués. On aurait dit un campagnard ébloui par les lumières de la ville, aisément repéré comme tel par les citadins.

Soudain, quelqu'un derrière lui l'interpelle :

— Alors, perdu *Skywalker* ?

Vincent se retourne. C'est le caporal Harrison.

— Caporal, je suis confus...

— Pas de manières, *Skywalker*. Ici on n'est pas en service. Appelez-moi Josh.

— Et moi Vincent... ou Vince' si vous préférez...

Son supérieur lui colle une bonne tape dans le dos.

— Alors, pas mal notre petit nid de taupes, hein Vince'...

Josh se rend bien compte de l'étonnement du jeune homme. Personne n'aurait pu s'imaginer qu'un tel lieu peut exister. Vincent demande, penaud :

— Qui a creusé tout ça ? Et quand ?

— Disons que ça date de la guerre froide...

— Même les magasins et tout le reste ?

Le caporal Harrison affiche un léger sourire :

— Faut bien se mettre à la page... mais c'est bien, je vois que tu es observateur. Tu feras un bon élément...

Sur ce, le caporal prend congé du jeune homme, avant de s'engouffrer dans l'*Ol'dirty spaceman.*

Un quart d'heure plus tard, Vincent regagne son *appartement*, situé dans l'aile ouest de la base. Il effleure la plaque métallique située sur le côté de la porte, qui s'ouvre aussitôt. Une voix féminine l'accueille :

— Vincent !

C'est Karine. Elle est déjà de retour, et elle est heureuse de le retrouver pour lui raconter sa journée. Au programme : les bases de l'art du massage. Vincent lui narre à son tour la sienne, faite d'exercices physiques.

— On abordera le tir la semaine prochaine.

À l'évocation des armes à feu, Karine fait une petite moue, mais n'ose plus s'opposer frontalement.

La donne a changé. Radicalement.

Ils parlent longuement de leurs nouveaux amis. Josh et le sergent Brolin pour lui, Wendy, Jennifer et Kimberley pour elle.

Ça fait du bien de voir de nouvelles têtes...

Une barquette cuisinée bien chaude leur est livrée sur le coup des 19h30.

De la paella.

De la nourriture espagnole...

Ce n'est certes pas de la cuisine gastronomique, mais ça se laisse manger, surtout après une longue journée de travail.

Et entre nous, ça change des raviolis...

— D'après ce que m'a dit Wendy, cette base serait quelque part dans les rocheuses, probablement dans le Colorado.

— Moi on m'a dit qu'on est dans le Nevada, mais bon...

À vingt heures, la télévision s'allume d'elle-même, diffusant une sorte de flash info, résumant les événements du jour dans la base : la victoire d'une certaine Kathleen Marshall à un concours de karaoké, organisé par l'un des bars de la ville, ainsi que l'arrivée de quatre nouvelles personnes, trouvées à l'extérieur.

— Tu crois qu'ils nous ont aussi présentés comme ça ?

— Possible...

Après les informations locales, la présentatrice fait le point sur les nouvelles découvertes du service d'analyse de la technologie extraterrestre. Selon la journaliste, un système de lasers surpuissants vient d'être percé à jour. Ce dernier équipera sous peu les unités terriennes libres.

— Ça promet...

Enfin, pour clore le journal, le général Skinner intervient en personne, affaire de galvaniser le moral du peuple de la base :

— Amies terriennes, amis terriens. Nos unités de recherche avancent à pas de géant. Ceux qui sont venus du ciel pensaient avoir affaire à une planète habitée par des êtres faibles, ne sachant pas se défendre. Ils pensaient ajouter notre chère terre à la liste déjà longue de leurs conquêtes, qu'ils pourraient piller notre monde sans que ses habitants ne se défendent, comme ils l'ont fait tant et tant de fois par le passé... ils se sont trompés. Lourdement. Oui mes amis, nous avons encaissé une lourde défaite en avril, due principalement au manque de sagacité de nos anciens dirigeants. Mais ce temps est révolu. Grâce à nos recherches, grâce au travail et à l'abnégation de tous les services de cette base, grâce à vous sans doute, bientôt nous serons en mesure de riposter, et de reprendre le contrôle de notre planète, de toute notre planète. Nos envahisseurs n'ont encore jamais eu à faire face à un peuple déterminé comme nous le sommes, déterminé comme vous l'êtes. Grâce à vous, à vous tous mes chers amis, la victoire est proche, et ce jour-là, nous, vous, tout le monde entrera dans la légende, une légende qui vivra éternellement, sur la terre comme au-delà. Amies terriennes, amis terriens, je vous le promets... nous sommes peut-être contraints pour le moment de nous réfugier ici, dans les entrailles de notre planète, tels les vers de terre que nous sommes aux yeux de nos envahisseurs, mais bientôt, nous allons libérer notre monde du joug de ces monstres, et demain, oui demain, je vous l'affirme, nous serons célébrés à la hauteur de nos exploits. Nos enfants, nos petits enfants, et pour les siècles des siècles, nous serons vus comme les libérateurs ultimes, ceux par qui enfin la paix et la liberté aura pu régner sur le monde, et, n'hésitons pas à le dire : sur la galaxie...

En quelques phrases, le général Skinner a su trouver les mots, révélant par la même occasion son talent de tribun hors pair. Il n'a pas son pareil pour gagner le cœur et l'âme des foules. Alors que son discours prend fin, Karine et Vincent s'enlacent, tandis que dans le couloir, où le discours était également retransmis en direct, des passants exultent. Ils n'ont jamais ressenti pareille force, pareilles perspectives.

Ensemble, tout est possible.

Vincent serre sa compagne dans ses bras et lui glisse à l'oreille :

— Qu'est-ce qu'on a été bêtes d'avoir peur de lui, ce mec est génial...

Karine acquiesce.

Les jours suivants sont la suite logique des précédents. Vincent se muscle, Karine travaille la flexibilité de ses doigts.

Pompes, massages.

Un soir, le couple découvre que leur télévision fait également office de téléphone, via un ingénieux service de visiophonie, qui relie tous les appartements et services de la base entre eux. Une infrastructure remarquable et très simple d'emploi.

Puis arrive le jour où Vincent a droit à sa première arme. Au début, les exercices de tir sont faciles, mais à fur et à mesure qu'il gagne en expérience, ses instructeurs en concoctent d'autres, de plus en plus difficiles, avec des cibles de plus en plus lointaines et mouvantes.

Karine en apprend chaque jour davantage sur l'art du massage, s'exerçant d'abord sur des mannequins en résine puis sur ses collègues.

Quelques jours plus tard, le sergent Brolin présente une réplique d'extraterrestre imprimée en 3D, détaillant les points faibles de ces êtres d'outre-terre.

— N'oubliez pas que la meilleure défense, c'est l'attaque. Visez la tête. Toujours. C'est non seulement leur partie la plus proéminente, mais également là où ils sont les plus vulnérables, et surtout, surtout, ne les regardez jamais dans les yeux, jamais...

— Pourquoi ?

— Parce qu'ils peuvent vous tuer d'un seul regard...

Au même moment, Wendy enseigne à Karine et aux autres élèves masseuses les parties sensibles du corps humain, là où il faut appuyer pour soulager les petits et les grands bobos.

Entre deux sessions de formation, le couple entreprend les démarches pour adopter Lucia. Ils peuvent en attendant lui rendre visite chaque jour, à la crèche de la base. Deux semaines plus tard, un message affiché à l'écran de leur télévision leur annonce que les autorités leur accordent officiellement la garde de l'enfant.

Le document est signé de la main même du général Skinner.

— C'est vraiment un chic type...

Le lendemain, la fillette, à présent âgée de huit mois, emménage dans l'appartement du jeune couple, où un lit supplémentaire, à la taille de l'enfant, est installé par les services techniques de la base. Elle retourne cependant chaque jour à la crèche, pendant que ses parents adoptifs suivent leur formation.

Jamais ils n'ont vu organisation aussi fiable, aussi sociale.

C'est comme si une société idéale naissait ici, sous terre, sous les décombres de l'ancien monde...

Si la charge de travail est intense – six jours de travail consécutifs à raison de dix heures par jour – ils sont libres le septième. Karine et Vincent le passent principalement auprès de leur fille adoptive. Ils se baladent avec elle, désormais assise dans une poussette, à travers les couloirs de la base. Leurs déambulations finissent toujours par converger autour du puits central, où ils ont pris l'habitude de s'offrir un dîner en amoureux à l'*Ol'dirty spaceman,* dont ils sont devenus des habitués.

Le lendemain, retour au boulot.

Vincent se rapproche du caporal Harrison. Ce dernier lui fait déjà miroiter une promotion.

Karine se lie quant à elle d'amitié avec Jennifer Kendall, vingt ans. Jennifer a perdu la vue il y a seulement sept mois, dans un stupide accident de ski, et n'est pas encore habituée à vivre avec son handicap. Les événements suivant le 11 avril ne l'ont par ailleurs pas aidée à faire le deuil de ses yeux. Se sentant en empathie avec la jeune femme, Karine la prend sous son aile.

Un soir, en rentrant de ses entraînements, Vincent croit voir comme un flash de lumière provenant des profondeurs du puits central. Aussitôt, il court voir, s'accoudant à la balustrade, fixant un moment les ténèbres qui tapissent ses profondeurs, sans voir le flash une seconde fois.

J'ai dû rêver...

Juin fait place à juillet, puis juillet au mois d'août. Mais sous la terre, toutes les saisons se ressemblent...

Vincent est devenu le roi du parcours du combattant, Karine la reine du massage, dont elle gratifie généreusement son compagnon le soir venu, après ses rudes journées passées à s'entraîner.

— Tes mains sont divines, mon amour...

Il devient un as du tir, elle une pro du point névralgique.

Il a l’œil du tigre, elle les doigts de fée.

Il rejoint l'unité de récupération 19, elle la section médicale n°76.

Un jour, après une séance d'entraînement particulièrement physique, le caporal Harrison – que Vincent n'appelle désormais plus que par son prénom – dit au jeune homme de passer le bonjour à Karine.

— Attends... comment tu sais que je vis avec quelqu'un ? Et comment tu sais qu'elle s'appelle Karine ?

Vincent a pourtant strictement séparé son activité militaire de sa vie intime, et jamais il n'a parlé d'elle lors des entraînements. Le jeune homme reste un instant dubitatif, tandis que Josh s'éclipse, sans mot dire.

Le même jour, lors de la pause déjeuner, Jennifer Kendall s'assied à côté de Karine. Cette dernière sent une gêne chez sa nouvelle amie :

— Qu'est-ce qu'il y a, Jenn' ?

— ...Je peux te poser une question ?

— Bien sûr, vas-y...

— C'est... c'est vrai que tu es allée à Sedona ?

— J'ai failli y aller. Mais le voyage s'est terminé juste avant...

Une pointe d'admiration se glisse dans la voix de Jennifer :

— Tu sais que je rêve de cet endroit depuis que j'ai perdu la vue ?...

Le sang de Karine ne fait qu'un tour.

Ainsi donc toi aussi...

— Comment ça ?

— Je... ça va te paraître bizarre, mais depuis que je suis aveugle, j'ai la certitude que si j'arrivais jusque là-bas, je recouvrirai l'usage de mes yeux... c'est débile, je sais, mais le truc le plus bizarre, c'est que dans mes rêves, c'est ta voix que j'entends me dire d'y aller...

Le soir venu, Karine raconte cet échange à Vincent, qui reste aussi incrédule qu'elle. À son tour, il lui fait part de la remarque de Josh. Mais surtout, il a une grande nouvelle à lui annoncer :

— Demain, je partirai pour ma première mission en surface.

La jeune femme le prend dans ses bras.

— Fais attention chéri... je ne veux pas te perdre. Je ne veux pas que Lucia soit orpheline à nouveau...

Il la serre longuement, pour mieux la rassurer, la couvrant de baisers, tandis que la jeune femme continue :

— D'autant plus que pour moi aussi, demain sera un grand jour. Je traiterai mon premier vrai patient...

Le couple reste un long moment enlacé.

Ils ont réussi à se créer un cocon douillet, dans les profondeurs de la terre. Mais ça, seule la mouche noire qui a élu domicile dans un coin de leur appartement en a été témoin...

En cette nuit du cinq au six août, ils s'endorment dans les bras l'un de l'autre, plus amoureux que jamais. À leurs côtés, Lucia dort paisiblement dans son berceau.

Karine est fière de lui, Vincent est fier d'elle.

Mais surtout, ils ont confiance en leur sauveur, le général Skinner.

70.

Héliport de la base, 6 août, 6h30.

La tension est palpable parmi les jeunes recrues, qui découvrent l'héliport de la base. Ce dernier ressemble à un immense hangar en béton, grand comme un stade olympique, que l'on aurait enterré là, sous terre. Une trentaine d'hélicoptères attendent leur ordre de mission. Sur l'un des côtés, une lourde porte métallique – encore fermée à cette heure-ci – donne sur l'extérieur.

Sur la surface qu'il nous faut désormais reconquérir...

Alors que Vincent pénètre sur l'héliport, un frisson lui parcourt l'échine. Parmi les aéronefs présents, il reconnaît immédiatement les *Black Hawk*, les hélicoptères noirs de triste mémoire, qui les avaient pourchassés dans les Grandes Plaines.

Ce sont eux... ou alors ceux qui nous ont poursuivis sont de diablement bonnes imitations...

Le jeune homme, comme sidéré, ne parvient pas à décrocher son regard de ces appareils. Une voix ferme le ramène à la réalité :

— Pourquoi vous rêvassez, *Skywalker* ?

C'est le sergent Brolin.

— Je...

— Dans l'hélico, et tout de suite...

Au milieu du hangar, deux hélicoptères géants de modèle soviétique attendent les recrues. Ce sont des transports de troupes.

— Unité 19, à bord de l'hélicoptère n°1...

Vincent et ses coéquipiers prennent place à bord de l'engin. Une quarantaine d'hommes peuvent embarquer dans ce monstre des airs.

— Il n'y a pas de fenêtres, c'est normal ?

— Oui. Mesure de sécurité.

Aussitôt la porte de l'engin se ferme sur eux.

Plus possible de faire marche arrière...

Les rotors commencent à tourner. Puis enfin, l'engin décolle. Autour de Vincent, tous les hommes se dévisagent, une lueur d'angoisse dans leurs yeux.

On a quitté terre... on part pour notre première mission...

L'hélicoptère s'élève dans un bruit infernal, tandis que le sergent Brolin dicte tant bien que mal ses dernières instructions :

— N'oubliez pas de mettre vos lunettes de soleil à l'extérieur. Après des mois sous terre, vos yeux ne sont plus habitués à l'intense lumière solaire...

Tous les hommes écoutent avec attention.

— Qu'est-ce qu'on va faire là-haut, sergent ?

Sa réponse aurait encore fait bondir quelques semaines auparavant :

— Récupérer les restes d'une soucoupe volante...

*

7h08. Après un dernier bisou sur le front de la petite Lucia, récupérée comme chaque matin par le service puériculture de la base, Karine arrive à l'unité médicale. Wendy l'accueille sur le pas de la porte, un peu nerveuse :

— Alors ma belle, prête pour le grand jour ?

— Je vais faire de mon mieux...

Wendy guide la jeune femme auprès de ses premiers patients. Des militaires, souvent de jeunes recrues, blessées à l'entraînement. Puis, sur le coup de neuf heures, son instructrice vient la voir :

— Karine, je sais que ce n'est pas l'idéal pour un premier jour, mais votre patient suivant est quelque peu... spécial.

— Comment ça ?

L'homme qu'on lui présente occupe une chambre à part, spécialement aménagée pour lui, isolée du reste du bloc médical.

— Pourquoi il n'est pas avec les autres ?

— Son cas est... différent. Je vous présente le lieutenant Matt Greer, de l'US Air Force.

— Il est pilote ?

— Il l'était. Sur F22. Malheureusement, il s'est pris une balle dans la moelle épinière, lors d'une mission. Il est depuis tétraplégique et muet... il ne communique plus que par clignement des yeux...

Karine ferme les siens. Bien qu'elle ne puisse le voir, la description que Wendy vient de lui faire la bouleverse littéralement.

Et dire que je croyais qu'il n'y avait pas pire destin que le mien, quand je me suis réveillée aveugle...

— C'était un de nos meilleurs hommes. L'élite de l'élite... un vrai héros de l'humanité... si on en avait eu plus de comme lui, on n'en serait pas là...

La jeune femme, encore sous le choc, entame néanmoins sa séance de massages, destinés à prévenir la survenue d'escarres. Avant de quitter la chambre, Wendy lâche :

— Je suis à côté, au cas où...

Karine entend le pas léger de son instructrice s'en aller, tandis que ses doigts de fée commencent par s'occuper des bras du blessé. Elle passe en revue tous ses muscles, allant de l'épaule à l'avant-bras, avant de terminer par un traitement des mains.

Soudain, alors qu'elle s'occupe de la paume gauche de son patient, cette dernière se referme d'un coup sec. Karine pousse un petit cri de stupeur, pas assez fort néanmoins pour attirer l'attention de Wendy.

La jeune femme hésite, puis lance, hésitante :

— Ça va, lieutenant ?

Il arrive parfois que les tétraplégiques aient encore un peu de mobilité dans les mains. Je l'ai appris lors de mes deux mois de formation...

Péniblement, l'homme allongé devant elle bouge un doigt, opérant une légère pression dans la paume de la main de Karine.

— Lieutenant...

Elle se souvient alors avoir entendu parler d'un code militaire très simple. Un coup pour oui, deux coups pour non.

Et s'il essayait de communiquer avec moi ?

— Monsieur, êtes-vous en train de me parler ?

Nouvelle pression.

— Un coup pour oui, deux coups pour non ?

Idem. Un seul coup.

Oui...

La jeune femme sent son rythme cardiaque grimper en flèche.

— Que... que voulez-vous me dire ?

Une pression.

— Oui ?

En guise de réponse, le militaire enchaîne quatre pressions successives, coup sur coup, de manière assez rapide.

Quatre coups. Ça ne correspond à rien...

— Quatre ?

Une pression.

Oui.

— Attendez... que voulez-vous me dire... ? Oui – quatre...

À nouveau, il reprend ses pressions dans la main de la jeune femme. Neuf pressions plus exactement.

— Oui... quatre... neuf...

Karine reste un instant dans l'expectative. Puis soudain, ça fait tilt. Elle comprend, au moment même où l'homme complète son message par une double pression.

— Ce n'est pas oui – quatre – neuf – deux, mais...

Oh mon Dieu...

La jeune femme s'approche du lit et vient se placer à hauteur de la tête de son patient, avant de lui glisser, au creux de l'oreille :

— Un – quatre – neuf – deux... 1492 ?

Une pression. Il confirme.

Le sang de Karine ne fait qu'un tour.

— 1492 ? Vous voulez me parler du projet 1492 ? Vous savez quelque chose à ce sujet ?

Le lieutenant Greer semble se détendre. Karine sent qu'elle vient de le soulager d'un poids terrible.

Il a enfin trouvé une interlocutrice à qui parler.

Moi.

À nouveau, le militaire effleure la paume de la jeune aveugle. Une seule fois.

— Un...

Neuf autres effleurements suivent.

— Neuf...

Karine est excitée comme une puce, à l'idée d'en savoir davantage sur ce mystérieux projet 1492.

Quatre effleurements.

— Un – neuf – quatre...

Six autres viennent clore le message.

— Un – neuf – quatre – six... 1946 ?

Une seule pression.

C'est oui.

— 1946 ? Que s'est-il passé en 1946 ?

*

Dix heures. L'hélicoptère de l'unité 19 rentre déjà à la base, atterrissant dans un vacarme assourdissant. Ils n'ont quasiment rien pu faire sur les lieux du crash, tant la violence de l'impact a pulvérisé la soucoupe.

— C'était rapide, cette sortie...

Le constat est unanime. Le sergent Brolin a heureusement réponse à tout :

— Vous savez les bleus, on vous ménage pour les premières fois. Et surtout ça nous permet d'évaluer si certains craquent...

Parmi les recrues, les questions fusent :

— Comment ils ont fait pour abattre cet engin ? Ces extraterrestres ne sont-ils pas des milliers, voire des millions d'années en avance sur nous ? C'est comme si un homme préhistorique arrivait à descendre un F18 !

— Ça, c'est le fruit du travail de vos pairs, ceux des autres unités de récupération. Grâce à eux, nos forces ont déjà fait d'énormes progrès au niveau armement depuis avril...

Le caporal Harrison tique ostensiblement, ce qui n'échappe pas à Vincent.

Les recrues ont beau avoir été informées des avancées technologiques acquises grâce aux unités telles que la leur, elles étaient néanmoins toujours impressionnées devant les progrès fulgurants accomplis par la recherche, en moins de quatre mois. Cette dernière a, semble-t-il, déjà permis de combler de larges pans du retard technologique que l'humanité accusait face aux envahisseurs.

Josh, qui s'est entre temps glissé aux côtés de Vincent, lui lâche à voix basse :

— Depuis la fin de la guerre, pas en quatre mois...

Aussitôt, le regard surpris du jeune homme se braque sur le caporal, tandis que ce dernier esquisse un discret sourire.

Un sourire complice...

Sur ce, les hommes de l'unité 19 prennent la direction des vestiaires de la base.

Alors que les recrues se changent, Vincent s'approche discrètement de Josh.

Là, c'est ma chance...

Profitant d'un angle mort, Vincent saute sur le caporal et plaque ce dernier contre un casier, l'air décidé.

Maintenant, je veux savoir.

Les deux hommes se fixent, les yeux dans les yeux. Ils se jaugent sous la lumière crue des spots qui éclairent les lieux. Vincent ouvre les hostilités :

— Assez de sous-entendus. Tu m'en as dit trop ou trop peu. Dis-moi tout ce que tu sais...

Un léger sourire se dessine sur le visage de Josh. Vincent s'attend à une réaction hostile de son supérieur, ce qui suit est diamétralement l'inverse :

— À la bonne heure. Tu ouvres les yeux...

— Qu'est-ce que tu veux dire par là...

Le caporal inspecte en vitesse l'endroit, pour s'assurer qu'aucun intrus ne soit en mesure de les entendre.

— Mec. Je 'peux pas t'en dire plus. Cherche ce qui s'est passé à Los Alamos en 46...

Los Alamos ? 1946 ?

— Qu'est-ce qui...

Soudain, l'attitude de Josh change du tout au tout. Il fixe quelque chose en face de lui, derrière Vincent. Le jeune homme se retourne aussitôt. Le sergent Brolin est là, derrière lui, l'air suspicieux.

— Ça ne va pas messieurs ?

— Si, si, on arrive...

Puis, dès que le sergent a tourné les talons, Josh glisse discrètement à l'oreille de Vincent :

— On ne peut pas se parler ici. Retrouve-moi ce soir à 20 heures tapantes, au *Ol'Dirty Spaceman...*

*

Le reste des journées respectives de Karine et Vincent se passent sans encombre, sauf que tous deux cogitent en boucle sur les révélations qui leur ont été faites. Afin d'éviter les soupçons, Vincent se tient à distance du caporal Harrison, faisant son possible pour cacher ses doutes.

Sur les coups de 18h30, alors qu'elle quitte l'unité médicale à bord de la voiturette mise à son service, Karine est soudain victime d'un malaise.

Qu'est-ce qu'il m'arrive...

— Ça ne va pas mademoiselle ?

Elle a la nausée. Tout tourne autour d'elle...

— Je... non...

Prise de vertiges, la jeune femme tombe dans les pommes, affalée sur la banquette arrière, inanimée.

71.

Appartement de Karine et Vincent, 6 août, 19h40.

Vincent arrive dans le couloir donnant sur son *appartement.* Son cœur bat la chamade tandis que dans sa tête, il répète les phrases qu'il s'apprête à balancer à sa compagne, pour l'informer de ses découvertes de la journée.

Karine, j'ai entendu des choses bizarres aujourd'hui...

Arrivé devant chez lui, son doigt effleure la plaque métallique. La porte s'ouvre, il s'engouffre dans l'appartement.

— Chérie, je dois te...

Il arrête net sa phrase. L'appartement est vide.

Pas de Karine ici...

— Karine, t'es où ?

Pas de réponse. Il jette un œil au berceau de Lucia. Elle aussi est aux abonnés absents.

D'habitude, c'est Karine qui la ramène le soir, après son travail. Il a dû se passer quelque chose...

Il jette un œil au coin douche. Personne à part la mouche noire.

Où est-elle ?

Sans hésiter, il allume la télévision et bascule en mode vidéophonie.

— Unité médicale 76, vite !

Wendy décroche. Dès que son visage apparaît à l'écran, Vincent envoie la sauce :

— Où est-elle ? Où est Karine ?

Le jeune homme est à cran. Plus le temps pour les formules de politesse...

J'ai peur. Peur pour elle.

— Monsieur Skyvington... votre compagne à quitté notre service comme chaque soir, elle devrait déjà être chez vous...

Vincent sent la sueur perler sur son front.

— Quelque chose ne va pas monsieur ?

Le jeune homme se pince les lèvres, en proie à une intense réflexion.

— Et merde !

À tous les coups, sa disparition a un rapport avec la discussion que j'ai eue avec Josh. Quelqu'un a dû nous écouter et s'en est pris à elle, dans l'espoir de me faire lâcher l'affaire...

— Ça va, monsieur Skyvington ? Vous avez besoin d'aide ?

— Moi ça va, mais Karine...

Si mon hypothèse est juste, alors toute la base...

— Rien, oubliez. Je l'entends arriver...

Il raccroche au nez de Wendy, sans en dire davantage. Bien sûr, aucune Karine à l'horizon. Il ouvre la porte de son appartement et examine le couloir des yeux.

Sans surprise, il n'y a pas de Karine.

Faut que j'en aie le cœur net, faut que j'aille au rendez-vous avec Josh...

Le jeune homme quitte alors l'appartement et se glisse à travers les couloirs de la base. En chemin vers le puits central, dès qu'il rencontre d'autres habitants, il prend garde à ne pas croiser leurs regards, tout en faisant attention à ne pas avoir l'air suspect.

Pas facile à concilier tout ça...

Au fur et à mesure de sa progression, il prend conscience du nombre ahurissant de caméras de surveillance qui équipent les lieux, occupant tous les points stratégiques, ne laissant aucun angle mort aux instances en charge de la sécurité intérieure.

Tout ça a quand même un sacré look d'état policier...

Il arrive au niveau du puits central, autour duquel bars et restaurants fleurissent. L'*Ol'dirty Spaceman*, où Josh lui a donné rendez-vous, est à présent dans sa ligne de mire.

Et si c'était Josh lui-même qui avait tout balancé ? Et si ses « révélations » n'étaient qu'un hameçon, destiné à repérer les gens un peu trop suspicieux ? Là encore, ce ne serait qu'une méthode classique et bien rodée, souvent utilisée par les régimes répressifs...

Alors qu'il s'approche du bar, la conviction que Josh est – directement ou indirectement – lié à la disparition de Karine lui devient une évidence.

C'est lui. C'est le coupable...

Sous l'effet de l'adrénaline, il accélère le pas et pénètre en trombe dans l'établissement, le regard décidé.

Il va cracher tout ce qu'il sait. Il va morfler s'il est arrivé quelque chose à Karine...

L'intérieur de l'*Ol'dirty spaceman* est design et cosy, un vrai bar branché, diffusant une musique électro-chic en guise de fond sonore.

Ambiance tamisée et résolument contemporaine.

Assis au bar, le caporal Harrison sirote un Bloody Mary. Dès qu'il le voit, Vincent met le cap sur lui d'un pas ferme :

— Alors, t'es content, mec ?

Le caporal Harrison affiche une mine incrédule :

— Hé, de quoi tu me parles, mon pote ?

— Tu le sais très bien. Karine...

Josh balaie les environs du regard.

Aucune oreille indiscrète à la ronde.

— Quoi Karine ? J'étais venu pour te parler de Los Alamos et toi tu me parles de...

— De ma nana qui a disparu, oui, à cause de tes soi-disant révélations. Je suis peut-être tombé dans la première partie de ton piège, mais je ne tomberai pas dans la seconde...

Le regard de Vincent se fait dur.

Si tu m'as trahi, t'es mort...

Josh semble tomber des nues :

— Comment ça disparue ?

— Elle a quitté son job normalement, mais n'est jamais arrivée à l'appart'. Dis-moi comment c'est possible, dans une base aussi protégée que ça !

Vincent désigne aussi discrètement que possible les caméras de vidéosurveillance qui filment également l'intérieur du bar.

L'étonnement se lit sur le visage de Josh.

— Je t'assure mec, je n'y suis pour rien... j'ai pris des risques en te parlant, ce n’est pas pour te balancer...

Vincent le toise.

Il y a quelque chose de sincère dans sa voix.

Le caporal continue :

— Si tu veux, je viens avec toi à sa recherche...

Vincent le fixe un instant, tentant de discerner le vrai du faux.

— OK, allons-y, mais pas d'entourloupe, pigé ?

Les deux hommes quittent l'*Ol'Dirty Spaceman* et se mettent à arpenter les couloirs de la base.

— Faudrait aller voir sur son lieu de travail...

Faute de mieux, Vincent acquiesce, mettant le cap sur les locaux de l'unité médicale, tandis que Josh continue :

— Je comprends que tu sois en flip, mec, mais crois-moi, s'il lui est arrivé quelque chose, je n'y suis pour rien. Moi j'étais venu pour te parler de ce que j'ai découvert...

La tête encore ailleurs, Vincent lui fait néanmoins signe de poursuivre.

— Écoute, Vince'. Ils t'ont dit qu'ils ont découvert ces extraterrestres en décembre, sur les clichés de la sonde en orbite autour de Jupiter, c'est ça ?

Le jeune homme acquiesce.

— Pour le vaisseau mère, c'est vrai, par contre, pour l'existence de ces êtres comme pour de larges pans de leur technologie, l'armée sait depuis au moins 1946...

Vincent s'arrête net et fixe le caporal, droit dans les yeux :

— 1946 ? Que s'est-il passé en 46 ?

Josh souffle un bon coup et lève la tête, comme s'il cherchait ses mots :

— Une soucoupe... une soucoupe s'est écrasée près de Los Alamos, en février 1946. Ils ont récupéré l'engin et ses occupants.

— C'était pas à Roswell ça, en '47 ?

— Non mec, oublie Roswell... Roswell, c'était un ballon-espion top secret à l'époque. Cela dit, quand ces histoires d'OVNI sont sorties au sujet de Roswell, ça a bien arrangé l'armée, qui a laissé faire. D'une part ça leur a permis de cacher leur ballon secret, et surtout, ça détournait l'attention du véritable incident, celui qui avait eu lieu l'an d'avant, à Los Alamos...

— Attends... Los Alamos, c'est pas là où ils ont fait la bombe atomique, le projet Manhattan[21] tout ça ?

— Si...

— Et tu crois que ça a un rapport ?

Josh hausse les épaules.

— Aucune idée. Possible, mais rien ne prouve cette thèse. Par contre, je suis sûr que le nombre de forces spéciales bien

[21] Le Projet Manhattan était le nom de code du projet destiné à doter l'armée américaine de la bombe atomique, durant la Seconde Guerre mondiale. Son quartier général était situé à Los Alamos, Nouveau-Mexique. Plus d'infos sur https://fr.wikipedia.org/wiki/Projet_Manhattan

armées qui à l'époque traînaient dans le coin n'est pas étranger à ce crash...

— Qu'est-ce que tu veux dire par là ?

Vincent est à présent tout ouïe. La réalité rattrape ses spéculations les plus hallucinantes.

— Que le crash de 46 était tout sauf accidentel... Ils ont délibérément abattu l'OVNI et fait prisonniers ses occupants.

— Prisonniers ?!? Pourquoi ?

— T'imagines le potentiel si on était arrivé à leur soutirer leur technologie ? On niquait direct les Russes et on devenait les maîtres du monde...

Vincent est bouche bée.

Ainsi donc la guerre interstellaire a bien eu lieu... dans le cadre de la guerre froide. Et c'est l'humanité qui a tiré la première...

— Et tu crois que ce qui est arrivé en avril, c'est leur réplique à... à notre agression ?

À nouveau Josh hausse les épaules :

— Je ne suis pas dans la tête de ces créatures, c'est possible... mais ce qui est certain, c'est que les autorités devaient s'en douter depuis un bail...

— Comment ça ?

— Non, mais mec t'as vu cette base ? Elle est juste immense ! T'as vu l'infrastructure ? Tu crois qu'ils ont mis combien de temps à construire ça ? Et tu crois que ça a coûté combien au contribuable, hein ?

— Ils ont dit que c'était un ancien abri antiatomique...

— Rien à voir. Les plus grands abris n'ont même pas un dixième de cette taille. Non, crois-moi, cette base a été construite de longue date, pour que tous les survivants d'une attaque de *leur* part puissent s'y planquer, et préparer la contre-offensive. Tout ça est prévu depuis des lustres...

L'hypothèse tient la route. L'étendue des révélations de Josh plonge Vincent dans une stupeur indescriptible, lui faisant oublier les froids couloirs en béton qui l'entourent.

Plus rien n'existe autour de lui, pas même les caméras de surveillance...

Josh continue :

— Ça laisse supposer qu'ils ont déjà une petite idée derrière la tête pour les vaincre, et qu'à l'heure où nous parlons, ils doivent déjà être en train de faire les derniers réglages, à partir des données qu'on leur ramène du terrain. Crois-moi, le big boss en sait bien plus sur ces créatures que toi et moi...

— Le big boss... tu veux dire le général Skinner ?

Josh acquiesce et poursuit :

— Écoute mec, j'ai appris il y a peu que certains hauts gradés, ici dans la base, ont compris la même chose, et qu'ils se posent de sérieuses questions quant aux réelles motivations du général. Crois-moi, tout n'est pas rose là en bas...

Vincent blêmit.

Après l'avoir fui comme la peste, on l'a considéré comme notre sauveur... et si la première impression était la bonne ?

— C'est qui ces gars ? Ces gradés qui se posent des questions sur le général ?

— J'en sais rien. Tout ce que je sais, c'est qu'ils se font appeler le groupe Vespucci.

— Vespucci ?

— Oui, du nom d'Amerigo Vespucci, le navigateur italien qui a donné son nom à notre continent, l'Amérique. Certains voient en Amerigo Vespucci le concurrent direct de Christophe Colomb. Alors que Colomb a cru toute sa vie être arrivé en Asie, Amerigo Vespucci a été le premier à piger que le Nouveau Monde est bien ce qu'il est : un continent encore inconnu des hommes de l'époque[22].

[22] Pour plus d'infos au sujet d'Amerigo Vespucci : https://fr.wikipedia.org/wiki/Amerigo_Vespucci

Christophe Colomb... 1492... et voilà à présent son concurrent... Vespucci... l'anti 1492. Tout se tient. Y compris au niveau de la symbolique.

Vincent en a la chair de poule.

Alors qu'il est encore perdu dans ses pensées, une main froide vient se poser sur son épaule. Une lourde main d'homme, musclée et robuste. Surpris, Vincent se retourne et découvre stupéfait l'identité de son propriétaire : le chef d'une patrouille de Police militaire, qui régulièrement effectue des rondes dans ces couloirs.

— *Private* Vincent Skyvington ?

Le jeune homme devient blanc comme un linge.

À présent, je suis l'homme qui en savait trop...

— Euh... oui... c'est... c'est moi...

— Suivez-nous...

Mon Dieu...

Il jette un œil sur Josh. Ce dernier n'en mène guère plus large.

Le policier enfonce alors le clou :

— C'est au sujet de Karine...

72.

Services hospitaliers de la base, 6 août, 20h53.

Vincent est assis dans la salle d'attente. La Police militaire l'a déposé là, sans lui en dire davantage, malgré ses demandes incessantes.

Espérons qu'ils ne vont pas se servir d'elle pour me faire chanter...

La couleur blanche immaculée des murs lui rappelle le temps déjà lointain où lui même passait ses journées dans ce genre d'environnement, alors qu'il était encore interne en ophtalmologie.

Dans une autre vie...

Soudain, la porte située en face de lui s'ouvre. Une infirmière l'invite à la suivre.

— Elle va bien, elle a juste fait un petit malaise vagal, sans doute lié à sa grossesse...

Le sang de Vincent ne fait qu'un tour.

— SA GROSSESSE ?!?

L'infirmière guide le jeune homme tout chamboulé vers l'une des chambres de l'hôpital. Karine est là, reprenant ses esprits, dans l'éclatante blancheur de ce lieu creusé à même la montagne.

— Vincent, qu'est-ce que je suis contente que tu sois arrivé...

Un large sourire se dessine sur le visage de la jeune femme...

— Karine, qu'est-ce que... On se protégeait toujours quand on...

La jeune aveugle reste un instant silencieuse, comme pour savourer le moment.

— Pas toujours, chéri. Souviens-toi de cette nuit de rêve, dans cette maison à Allright, juste après qu'on se soit baignés dans cet étang merveilleux...

Vincent porte sa main gauche devant sa bouche comme pour cacher sa stupeur.

Ça lui revient...

Emportés par l'euphorie de ce moment magique, en harmonie totale avec la nature, ils ont oublié la plus élémentaire des précautions.

Ou du moins, *il* l'a oubliée...

— Lucia aura un petit frère ou une petite sœur... Cet enfant scellera notre couple à jamais. Notre enfant...

— Mais tu ne vas pas... vu la situation on ne peut pas...

Surtout au vu des dernières révélations...

— Si Vincent, je veux le garder...

La candeur et l'évidence avec laquelle Karine parle de sa maternité désarment littéralement son compagnon. Ce dernier ne sait quoi dire, sinon la féliciter.

— Je serai maman, tu seras papa... pour de vrai cette fois !

Un médecin – un gynéco – vient les rejoindre dans la chambre.

— Vous devez être le futur papa ? Je suis le docteur Kasdan.

L'homme a une tablette tactile en main.

— Je vais vous montrer les échographies.

À l'image, le fœtus est déjà clairement visible. Vincent décrit l'image à sa compagne, qui se met à pleurer à chaudes larmes.

C'est dans ces moments-là que ma cécité me pèse le plus...

— Est-ce qu'on entend déjà battre son cœur ?

— Oui...

Deux manipulations de la tablette plus tard, le médecin déniche un fichier sonore qu'il fait entendre à la jeune femme.

Boum boum, boum boum...

Karine se pince les lèvres, ivre de bonheur.

C'est son cœur. Le cœur de l'enfant né de notre amour. Il bat là, dans mon ventre fécond...

Les larmes de Karine coulent de plus belle, tandis que Vincent à son tour chavire.

Ensemble, on va donner la vie.

— Vous avez déjà pensé à un prénom ?

Désolé, j'avais d'autres préoccupations ces derniers temps...

Le gynécologue fixe Vincent droit dans les yeux, avant de lâcher, innocemment :

— Si c'est un garçon, vous pourriez l'appeler Amerigo...

Le jeune homme dévisage le médecin.

— Amerigo... vous voulez dire comme le grand Amerigo Vespucci, l'homme qui a donné son nom à l'Amérique ?

Le docteur Kasdan ose un discret clin d'œil à l'attention de Vincent.

— Exactement monsieur Skyvington, comme le grand Amerigo Vespucci...

73.

Appartement de Karine et Vincent, 6 août, 22h18.

Le jeune couple vient de regagner son domicile, après être passé récupérer Lucia à la crèche. Karine, encore tout émue, est folle de joie.

Elle colle ses bras autour de la taille de Vincent et pose sa tête sur ses épaules.

— Tu te rends compte ! Tu seras papa et je serai maman. Ma-man...

Le jeune homme passe nerveusement sa main dans les cheveux, avant de lâcher, d'un ton grave :

— Oui je serai papa... mais je serai papa dans le mauvais camp...

— Qu'est-ce que tu me racontes là ?

La voix de sa compagne trahit sa totale surprise.

Je m'attendais à tout sauf à ça...

Vincent vient de casser l'ambiance. Il la regarde bien en face et reprend :

— Écoute... j'ai appris beaucoup de trucs aujourd'hui, et je crois qu'on fait fausse route totale...

— Tu... tu ne veux pas assumer l'enfant ?

La jeune femme marque aussitôt sa distance, tandis que Vincent tente de la rassurer :

— Si mon amour, l'enfant je l'assume bien sûr, mais pas dans ces conditions, pas ici, pas dans cette base, pas sous le commandement du général Skinner...

— Qu'est-ce qu'il y a... tu es bizarre tout à coup...

Vincent hésite un instant puis se lance. Il déballe tout. Tout ce que Josh lui a révélé. 1946, l'OVNI abattu, le fait que les autorités sont au courant de l'existence de ces êtres depuis au minimum cette date, les indices laissant penser que cette base a, dès sa construction, été prévue pour faire face à leur arrivée, le groupe Vespucci, ainsi que le message sibyllin que le docteur Kasdan lui a glissé, en toute discrétion, alors qu'ils étaient à l'hôpital.

Dans toutes ces explications, un élément retient particulièrement l'attention de la jeune femme :

— 1946 ?

— Oui... Si j'en crois Josh, c'est en 1946 que l'armée a descendu un OVNI au-dessus de Los Alamos... depuis ce temps-là, ils savent qu'un jour ils devraient payer l'addition, et faut croire que ce jour est venu... c'est parce qu'ils ont eu tout ce temps pour se préparer qu'un endroit comme cette base est possible...

La jeune femme reste bouche bée.

— 1946...

— Oui... ça fait un bail, hein...

Karine, abasourdie, se sent chanceler. Elle s'assied sur le bord du lit, le regard dans le vide, comme hébétée :

— C'est le nombre qu'il m'a dicté...

Vincent, stupéfait, tourne lentement la tête en direction de sa compagne :

— Qui ça... de quoi tu parles ?

À son tour, la jeune femme déballe tout. Le pilote tétraplégique, sa tentative de communication, ainsi que les deux dates qu'il lui a dictées : 1492 et 1946.

Vincent n'en revient pas.

Ainsi donc il y a deux sources indépendantes, mais concordantes, qui toutes mentionnent 1946, l'une faisant de plus le lien avec le mystérieux projet 1492...

Son verdict est sans appel :

— Comment on a pu être aussi bête !

Deux mois. Deux mois qu'on marche, comme des crétins. C'était pourtant gros comme une maison...

Tandis que Vincent peste contre lui-même, Karine reprend :

— Pourquoi Josh t'a dit tout ça ? Je veux dire, pourquoi à toi ?

— J'en sais rien... peut-être parce qu'il a confiance en moi, tout simplement... et d'ailleurs je pourrais te retourner la question... pourquoi cet homme t'a-t-il dicté ces deux dates ?

La jeune femme baisse les yeux, incapable de répondre, tandis que son ami s'assied à ses côtés, la serrant affectueusement entre ses bras :

— Écoute, je n'ai pas de preuve, mais j'ai l'impression que tout ça a un rapport avec ce qu'on a vécu, depuis le début. La grande lumière, les Sedona qui apparaissaient partout, ces hommes en noir qui nous ont traqués, tout... Crois-moi, ce que ces deux gradés nous ont raconté à notre arrivée n'était que de l'enfumage. OK, certains trucs comme le vaisseau géant devaient être vrais, mais le reste n'était que du bidon. Quand ils nous ont montré la photo de nous et de Lucia couchés sur le sol, à l'entrée de la *Lost mine*, c'était bien sûr une mise en scène. Une saloperie de mise en scène destinée à nous faire gober tout ça...

Vincent se relève. Il est en rogne, excédé par son propre aveuglement :

— Et ce qu'ils ne pouvaient expliquer, ils le mettaient sur le compte des extraterrestres...

Karine est écœurée. Vincent de même.

Plus j'y pense et plus je me rends compte que quelque chose d'énorme nous a échappé.

— Mais bordel, ils nous ont pourtant juré qu'ils ne savaient pas qui étaient nos poursuivants !

Le jeune homme revoit la scène se dérouler devant ses yeux. Celle où, à peine arrivés dans la base, les deux militaires chargés de leur révéler l'attaque des envahisseurs jurent monts et merveilles que ni eux, ni aucune autorité au sein de la base ne les a jamais traqués, et qu'eux-mêmes ne comprennent pas qui ces hommes en tenue de commando noire peuvent bien être...

Pourtant la blessure que je porte à l'avant-bras a toujours été là, pour témoigner de la réalité de ce qu'on a vécu, quand ces types nous traquaient...

Il continue, prenant progressivement conscience de l'énormité du piège :

— C'est pour ça qu'ils nous font bosser soixante heures par semaine. Pour nous empêcher de gamberger, pour nous empêcher d'y voir clair. C'est pour ça que l'unité à laquelle je suis affecté a des missions bidon, comme celle de ce matin, où on n'a rien eu à faire une fois sur les lieux... C'est une technique d'abrutissement classique, tous les dictateurs l'emploient. Abrutir de travail les masses pour ne pas qu'elles réfléchissent...

Karine hausse les épaules, ironique :

— Tu ne crois quand même pas qu'ils nous auraient dit la vérité s'ils sont vraiment derrière tout ça...

— Qu'est-ce que j'ai pu être bête...

— On l'a été tous les deux... mais l'important est de finir par ouvrir les yeux...

De la part d'une non-voyante, la remarque ne manque pas de piquant...

Vincent souffle à nouveau, puis reprend :

— Surtout que du coup, leur histoire de vaisseau lent qui aurait voyagé des millénaires pour venir nous envahir ne tient plus...

— Comment ça ?

— Si j'en crois Josh, ces créatures se sont pointées la première fois sur notre planète à Los Alamos, en 1946. Bon. Donc ces choses seraient venues pile-poil juste à côté de l'endroit où notre pays a conduit les premiers tests de la bombe atomique, un an plus tôt... ce serait quand même une drôle de coïncidence que ces gusses se pointent là, juste par hasard, non ? Ils auraient pu atterrir dans le Sahara, en Sibérie, en Amazonie, ou même en plein cœur de New York, alors pourquoi diable ont-ils choisi le seul lieu où l'armée pratiquait des recherches sur cette foutue bombe atomique, si ce n'était pas exactement ce qu'ils cherchaient...

— C'est clair...

— Donc leur arrivée doit avoir un lien avec ces essais nucléaires. Tu me suis ?

La jeune femme opine.

— Ce qui veut dire qu'ils ont repéré ces essais et qu'ensuite, il leur a fallu au plus un an pour venir. Les tests ont eu lieu en 45, et début 46, voilà qu'ils sont là...

À mesure qu'ils se rendent compte de l'étendue du mensonge, un frisson leur parcourt l'échine. Vincent marque une pause avant de reprendre :

— On peut donc déduire que contrairement à ce qu'on nous a dit, ces êtres dominent une technologie leur permettant de voyager à grande vitesse à travers l'univers, sans doute bien plus rapidement que la lumière. L'argument du vaisseau-monde lent, dont les occupants seraient contraints de nous envahir ne tient tout simplement pas... tout ça, le général et sa clique doivent le savoir, car je ne m'imagine pas un instant qu'il n'ait pas, lui aussi, fait le lien entre cet OVNI de 46 et les essais nucléaires de l'an d'avant. Donc tout ça, c'est du flan...

Karine abonde :

— On ne peut rien croire de leur part. Ils mentent. Ils mentent à tout le monde. Ils ont menti à Wendy, à Jennifer, à ton pote Josh,...

Vincent acquiesce.

J'ai honte. Honte d'être tombé dans ce piège grossier. Honte de m'être fait rouler par le général et ses sbires...

— Et sans doute qu'ils ont aussi menti au sujet de mon portable...

Le jeune homme tourne lentement la tête vers son amie :

— Il faut le retrouver. S'ils ne te l'ont pas rendu, c'est qu'il doit y avoir quelque chose dedans qui les inquiète...

Karine frissonne.

— Non Vincent, tu fais fausse route...

— Comment ça ?

— Réfléchis une seconde. S'ils avaient juste besoin de mon portable, ils n'auraient pas eu besoin de nous. Rappelle-toi... on a quand même descendu un de leurs hélicos. En temps normal, tu finis au bout d'une corde si les gusses à qui tu fais ça t'attrapent ! Or là, rien... et même qu'ils nous offrent le gîte et le couvert ! Tu connais beaucoup de types qui t'accueillent comme ça, à bras ouverts, après que tu leur aies tiré dessus ? Des gars qui te font limite passer pour des miraculés, de braves petits gars qu'ils prennent généreusement sous leur aile, dans leur grande et bienveillante famille, en mettant toutes leurs incohérences sur le dos des *aliens* ?

— Où veux-tu en venir ?

— Qu'ils nous ont amenés ici parce qu'ils ont besoin de...

— De quoi ?

La jeune femme en a la chair de poule.

— Ils ont besoin de vous, parce que vous êtes la clé de voûte de tout le système...

— Quoi ?! Qu'est-ce que tu me sors là ?

— C'est ce que Janice m'a dit, là-bas, au Texas, juste avant que toi et Jim ne lui plombiez la tête...

Vincent n'en revient pas. Karine, frémissante, enfonce le clou :

— Je crois que leur vrai problème, ce n'est pas mon portable, c'est...

La jeune femme est saisie de tremblements, à l'idée même de ce qu'elle s'apprête à énoncer :

— Leur vrai problème, c'est *moi* !

À peine a-t-elle dit ça, qu'elle fond en larmes.

Pourquoi moi ? Pourquoi dois-je endosser une telle responsabilité, dont je ne perçois ni les tenants ni les aboutissants ?

Plus que jamais, la jeune aveugle se sent plongée dans les ténèbres, le tout sous le regard impassible de la grosse mouche noire, toujours fidèle au poste, dans le coin de l'appartement...

*

Au même moment, ailleurs dans les entrailles de la Terre, un homme assis dans l'ombre est informé du fait qu'il y a un souci.

— Je sais. Cela nous contraint à avancer nos plans. Nous passerons à l'action demain...

74.

Appartement de Karine et Vincent, 7 août, 4h59.

Elle marche à ses côtés au cœur du décor ocre d'*Airport Mesa*, à Sedona. Une grande pierre noire aux formes d'un gigantesque cristal, plus sombre que la plus noire des nuits, dépasse des roches rougeoyantes alentour. À tâtons, elle cherche quelque chose à sa surface quand soudain, ses doigts entrent en contact avec une cavité, épousant la forme de sa main. Subitement, le cristal s'allume, devenant éclatant de lumière...

Lumière...

Puis c'est à nouveau le noir total.

Karine vient d'ouvrir les yeux sur ses ténèbres quotidiennes, tirée de son rêve par la sonnerie du clairon, qui comme chaque jour annonce l'heure du réveil.

À ses côtés, Vincent est déjà debout, mais ne pipe mot. Une ambiance lourde s'est abattue sur l'appartement.

Ce n'est plus le cocon de sécurité qu'on a cru y trouver. C'est redevenu notre cellule et cette base notre prison.

Ils ont encore longuement discuté la veille, notamment au sujet de la stratégie à suivre :

— Promis. On fait comme on a dit. On donne l'impression qu'il ne s'est rien passé, mais on reste vigilants. Au moindre élément inhabituel, t'hésites pas, tu m'appelles...

— Toi aussi... c'est pas le moment de jouer aux héros...

Vincent serre sa compagne entre ses bras, en espérant qu'il ne s'agisse pas d'un adieu. Après avoir déposé Lucia à la crèche, ils reprennent le chemin de leurs lieux de travail respectifs, tentant tant bien que mal de dissimuler leur malaise.

Sur les coups de 6h30, Karine arrive à l'unité médicale. Elle déplie *Blanchette 2* et se dirige vers ses premiers patients. Alors qu'elle s'apprête à prodiguer ses soins au tétraplégique qu'on lui a présenté la veille, une voix jeune et enjouée l'interpelle, en provenance du lit où son patient devrait se trouver :

— Wow la bombasse !

Ça ne peut être lui. Greer ne peut plus parler... et il ne m'aurait jamais abordée ainsi...

— Qui êtes-vous ?

— *Private* Robin, mais tout le monde m'appelle Rob, et vous, jolie mademoiselle ?

Où est passé Matt Greer, qui la veille encore occupait ces lieux ? En voilà un événement inhabituel...

— Jolie Madame, je vous prie. Je me marie dans deux semaines...

Un petit mensonge ne fait pas de mal... cela dit, si je pouvais vraiment épouser Vincent...

— Qui est le veinard qui va te...

— Dites-moi plutôt où vous avez mal...

— Oh moi, c'est juste une foulure de la cheville...

Elle s'occupe alors de son patient, tentant d'oublier ses commentaires déplacés.

— Ah ben si vous vous occupez comme ça de votre mec...

Mais c'est pas possible, quel macho !

Après avoir fini son travail auprès de ce jeune imbécile, elle décide de s'octroyer une pause bien méritée. Elle en profite pour s'enquérir au sujet de son patient de la veille.

Une voix inconnue lui répond :

— Désolée mademoiselle Faure, mais le lieutenant Greer est décédé dans la nuit...

Karine est interloquée.

Il était certes très amoché, et au vu de son état, sa mort ne pouvait être qu'une délivrance pour ce pauvre homme. Mais de là à mourir aussi vite... à moins que son décès ne soit lié à ce qu'il m'a dicté...

L'idée lui traverse un instant la tête, mais elle s'efforce de la chasser de son esprit.

— Pourquoi Wendy ne m'a rien dit ?

— Wendy... ah... Wendy est malade aujourd'hui. Je suis Samantha Norton, sa remplaçante.

C'est Wendy qui hier a insisté pour que je traite cet homme... et surtout, Wendy n'est jamais malade... nouvel événement inhabituel...

— Quelqu'un a vu Jennifer ?

— Elle aussi est malade, je crois...

Le lieutenant Greer mort, Wendy et Jennifer malades... ça fait beaucoup de surprises. Trop pour être une simple coïncidence...

Une angoisse sourde s'empare de Karine. Son cœur se met à battre la chamade.

— Qu'est-ce qu'elles ont ?

La voix de Samantha Norton trahit comme une gêne.

— Elles sont... malades. C'est tout ce que je sais...

*

À la même heure, Vincent arrive au hangar d'entraînement de son unité.

— Où est Josh ?

— Il est malade. Il doit rester alité quelques jours...

L'info n'a pas l'air de surprendre le sergent Brolin.

— Pourtant il semblait encore en forme hier...

— Oh, vous savez, certaines maladies se déclarent parfois très vite...

— Qu'est-ce qu'il a ?

La maladie des gens trop bavards ? Indigestion de plomb ?

— Aucune idée. J'ai juste eu un appel du centre médical tout à l'heure, pour m'informer que Josh avait besoin d'un peu de repos...

— Il est à l'hosto ?

— Non, d'après ce que j'ai cru comprendre ce n'est pas si grave. À l'heure qu'il est, il doit être bien au chaud dans son lit, le veinard...

Vincent est plus que circonspect vis-à-vis de la *maladie* de Josh. Cependant, le sergent Brolin semble sincère.

Comme lui même l'était encore la veille, pensant servir une noble cause au sein de cette unité.

— Allez chercher votre flingue, *private skywalker.* On a entraînement de tir ce matin...

Vincent obtempère et va chercher son arme – une mitraillette légère et très maniable – ainsi que trois chargeurs à l'armurerie, avant de reprendre son chemin, direction le stand de tir. Alors qu'il parcourt les couloirs qui y mènent, il passe devant la porte du bureau du sergent Brolin. Cette dernière est grande ouverte. Machinalement, Vincent y jette un œil. Son regard croise l'écran du système de communication interne à la base.

C'est tentant.

Un coup d'œil à gauche, un autre à droite... le jeune homme vérifie que personne n'est à la ronde.

C'est bon... ni homme ni caméra de surveillance...

À pas de loup, il se risque dans le bureau de son supérieur. Son rythme cardiaque s'accélère, tandis qu'il s'approche du visiophone.

Boum boum... boum boum...

Il hésite un instant puis se lance.

Je dois savoir.

— Appel. Josh Harrison. Unité 19. Numéro privé.

Le système de communication tente de joindre le caporal Harrison. Sans succès. La voix de synthèse du communicateur annonce, imperturbable :

— *Le caporal Josh Harrison est injoignable.*

Vincent vérifie qu'il est toujours seul.

Nickel...

Il tente un second appel :

— Appel. Cabinet du docteur Kasdan.

Cette fois, ça décroche. Assez vite d'ailleurs. À l'écran, la secrétaire du médecin apparaît, l'air stressée.

— Cabinet du docteur Kasdan bonjour. Je suis désolée, mais le docteur Kasdan est malade et doit se reposer quelques jours. Puis-je lui laisser un message ?

Cette épidémie soudaine n'est pas crédible un instant.

Angoisse... à nouveau, ses yeux balaient les environs, s'assurant d'être toujours seul, tandis que son cœur se met à battre la chamade.

Il tente un dernier coup de fil :
'Plus le choix...
— Appel. Karine Faure, unité médicale n°76...

*

La jeune femme s'affaire auprès de l'un de ses patients. Une femme au timbre de voix inconnu l'interpelle.
— Karine Faure ? Un appel pour vous...
Elle est surprise. Jamais personne ne tente de la joindre sur son lieu de travail...
Sauf qu'aujourd'hui, on a convenu de s'appeler si ça devait tourner au vinaigre... espérons qu'il ne soit rien arrivé de grave à Lucia ou à Vincent...
Dans l'écran du communicateur, Vincent voit l'inconnue guider Karine et la placer face à l'écran.
— C'est un certain monsieur Skyvington. Vous le connaissez ?
— C'est mon compagnon.
La femme repart vaquer à ses occupations, laissant Karine seule devant l'écran.
— Karine, tu peux parler ?
— Oui... je crois du moins...
— Chérie... il se passe des trucs bizarres ici. Josh est soi-disant malade, mais je n'arrive pas à le joindre chez lui, Kasdan idem.
La jeune femme blêmit.
— Donc chez toi aussi...
— Comment ça aussi ?
Le sang de Vincent ne fait qu'un tour.
— Chez moi Wendy est malade, pareil pour ma copine Jennifer...
La moindre chance que tout cela ne soit qu'une coïncidence vient de voler en éclats.
Le rythme cardiaque de Vincent grimpe encore.

Il faut agir. Vite.

— Ne bouge pas, je viens te chercher...

— Pour faire quoi ?

— Je ne sais pas. Improviser. 'Faut qu'on se casse d'ici si on ne veut pas être les prochains *malades* sur la liste...

Soudain, une voix au ton clairement martial se fait entendre derrière Karine. Vincent la perçoit parfaitement à travers le communicateur, sans pour autant que son émetteur n'apparaisse à l'écran. Ses premiers mots glacent littéralement le jeune homme :

— C'est elle ?

Vincent est scotché à l'écran. Ses yeux s'écarquillent alors que quatre hommes portant l'uniforme de la Police militaire font leur apparition, dans le coin droit de l'image.

— Mademoiselle Karine Faure ?

La jeune aveugle se retourne, faisant face aux voix qui l'interpellent.

— Oui...

— Suivez-nous, c'est urgent...

Aussitôt la communication est coupée.

Pourtant je n'ai pas raccroché, et elle non plus...

La panique gagne Vincent.

Qui sont ces hommes ? Que vont-ils faire de Karine ? Est-ce qu'on aurait dû se casser illico de cette base, dès les premiers doutes ? Si oui pour aller où ?

Instinctivement, il examine le bureau du sergent Brolin avant de fixer son regard sur son propre armement. Il porte sur lui sa mitraillette ainsi que trois chargeurs supplémentaires.

C'est déjà ça...

Dopé par l'adrénaline qui se déverse dans ses veines, il bondit hors du bureau et s'engage dans le couloir, direction le stand de tir où il est attendu.

Faire bonne figure. Faire comme si rien ne s'était passé et surtout, réfléchir...

Lorsqu'il arrive sur les lieux, son sang se glace. Quatre hommes de la Police militaire sont déjà là, en train de discuter avec le sergent Brolin. Déjà l'un d'eux l'aperçoit :

— Il est là !

Le jeune homme blêmit, ses jambes se mettent à trembler, tandis que les hommes de la Police militaire commencent à marcher dans sa direction, d'un pas ferme et décidé.

— Private Skyvington ?

Déjà l'un d'eux se prépare à tirer.

Moi aussi, je vais être « malade »...

Vincent jette un œil furtif dans son dos. Le couloir derrière lui est aussi vide que son sang est saturé d'adrénaline.

Réfléchir. Vite.

L'escadron s'approche de lui, l'arme au poing.

Il n'y a qu'une seule solution. La fuite.

Lestement, sans crier gare, il fait volte-face et s'engouffre aussi vite que possible dans le couloir. Déjà les premiers tirs résonnent, faisant voler en éclat la vitre d'un bureau avoisinant.

Cette fois, pour sûr ce ne sont pas des balles à blanc...

Les murs du couloir défilent à toute vitesse devant ses yeux, au rythme de son cœur qui bat de plus en plus vite. Derrière lui, les militaires se sont lancés à ses trousses.

— Rendez-vous, Skyvington !

Nouveau tir. La balle l'effleure sans l'atteindre.

Vincent parvient au bout du couloir. Il y a là une seule échappatoire : la porte située sur sa droite. Comme en transe, il en déclenche l'ouverture avant de s'y engouffrer tel un chat, alors que déjà ses poursuivants tirent une nouvelle salve.

De l'autre côté de la porte se trouve un hall. Des caisses en bois, des murs en béton, et surtout deux nouvelles portes, l'une à gauche, l'autre à droite.

OK, je fais quoi maintenant ?

Sans hésiter, il se glisse derrière l'une des caisses tout en essayant d'évaluer la situation.

C'est vite vu. La situation est désespérée.

Au même moment, la porte de droite s'ouvre sur d'autres soldats, qui à leur tour pénètrent dans le hall, l'air déterminé.

— C'est lui, attrapez-le !

Voilà ce qui arrive quand on en sait trop...

Vincent se rue sur la porte de gauche et l'ouvre précipitamment. Les pas de ses poursuivants se rapprochent, prêts à fondre sur lui.

Il évalue rapidement la situation. Cette nouvelle porte donne sur un petit couloir aux murs en béton, éclairés par les éternels tubes fluorescents de la base.

Et au fond, une autre porte.

Ma seule issue...

Sans hésiter, il fonce tête baissée à travers le couloir, ouvrant sans regarder la porte située à son extrémité.

Un homme en tenue militaire se tient de l'autre côté, l'arme au poing.

Vincent a un mouvement de recul.

Je suis cerné... je suis mort...

C'est là qu'il reconnaît celui qui lui barre la route. C'est le caporal Harrison.

Josh.

Ce dernier n'est visiblement pas « malade ».

— Vince', faut se barrer de là au plus vite !

75.

Couloirs de la base, 7 août, 7h24.

— Suis-moi, j'ai un plan !

Josh a l'air déterminé. Vincent, totalement dépassé par les événements, obéit sans discuter. Ils s'engouffrent dans un nouveau couloir, le cœur battant.

Une série de détonations résonnent derrière eux. Ce sont leurs poursuivants. Ils leur tirent dessus. Machinalement, Vincent charge sa mitraillette et se prépare à répliquer. Josh l'en dissuade :

— Non mec, garde tes munitions pour plus tard, on va en avoir besoin...

Une porte plus tard, ils débouchent sur des couloirs familiers : ceux de la ville souterraine, qu'ils ont l'habitude de fréquenter après leur travail. Quelques passants sont surpris de voir deux militaires hors d'haleine débouler ici, l'arme au poing, en plein secteur civil. L'un d'eux essaie même de s'interposer, mais Josh l'envoie valser sans ménagement.

Au même moment, la porte derrière eux s'ouvre. Des soldats lancés à leurs trousses en surgissent, forçant les deux fuyards à mettre le turbo.

Pas le temps de souffler.

Ils tentent de se frayer un chemin à travers le flux de plus en plus dense des badauds. Derrière eux, l'un des soldats crie :

— Ne tirez pas, on risquerait de blesser des innocents...

Josh et Vincent courent toujours. Une nouvelle intersection s'offre à eux. Machinalement, ils bifurquent à droite, direction un long couloir dans le quartier des boutiques, au bout duquel une autre patrouille arrive, prenant les deux fuyards à revers.

— 'Faut pas rester ici...

Examen rapide de la situation. Une porte sur la gauche. Ils s'y engouffrent illico. Ils ont juste le temps de se précipiter dans une boutique – une sorte d'espace culture où livres, magazines, CD et Blu-ray se font concurrence – que déjà la Police militaire, lancée à leurs trousses, pénètre à son tour dans l'établissement.

— Arrêtez-les, 'faut pas qu'ils s'échappent...

La boutique s'étale sur deux niveaux. Se faufilant à travers les présentoirs qui regorgent de livres en tout genre, Josh et Vincent parviennent face à l'escalier qui donne sur le niveau supérieur. Déjà leurs poursuivants sont sur leurs traces.

Vincent hésite :

— On fait quoi ?

— 'Pas l'choix, faut foncer...

Sans hésiter, Josh et Vincent plongent vers l'escalier, essuyant une rafale d'arme automatique. Ils grimpent les marches quatre à quatre alors que les policiers se ruent sur eux. Arrivés à l'étage, d'autres hommes sont déjà en place, prêts à faire feu. Les yeux de Vincent balaient frénétiquement les lieux, en proie à la panique. Le regard de Josh est bien plus déterminé. Sa vision de la situation est claire. Sans hésiter, il braque les policiers présents à l'étage :

— 'Bougez pas ou on vous bute !

Sa voix martiale ne laisse planer aucun doute quant à sa détermination. Toujours tenus en joue, les policiers s'écartent et laissent passer les deux fuyards. Ces derniers s'enfoncent dans un dédale de livres, alors qu'une nouvelle salve résonne derrière eux. Haletant, Vincent lâche :

— Ils ont Karine...

La réponse de Josh le glace littéralement :

— Je sais...

*

Entourée des hommes de la Police militaire qui l'emmènent, Karine quitte l'unité médicale pour embarquer à bord d'une voiture électrique, toujours sous bonne escorte. L'un des militaires a saisi sa canne blanche, la contraignant à se laisser guider pour fendre les ténèbres.

Elle prend place sur ce qui semble être la banquette arrière du véhicule. Aussitôt, deux robustes gaillards viennent s'asseoir de part et d'autre, comme pour l'empêcher de s'enfuir.

Comme si je pouvais me casser avec mes stupides yeux...

À bord, la radio est restée allumée. Cette dernière fait état de deux militaires qui auraient pété les plombs et qui seraient en fuite à travers la base, contre lesquels des renforts sont demandés.

Espérons que ce ne soit pas Vincent et son ami Josh...

La jeune femme tend l'oreille pour en savoir davantage quand soudain, quelqu'un coupe le poste.

Ça confirme...

Aussitôt, la voiture se met en mouvement. Le cœur de la jeune femme bat de plus en plus vite.

— Où m'emmenez-vous ?

Aucune réponse.

— Eh oh, je vous ai posé une question, j'ai le droit de savoir...

Son escorte n'est visiblement pas de cet avis.

Au bout de quelques minutes, le véhicule s'arrête. On l'invite à en sortir pour la guider à travers une porte étroite, direction un endroit exigu, où seuls elle et le militaire qui lui sert de guide peuvent prendre place.

L'homme daigne enfin lui répondre :

— Au paradis. Nous avons ordre de vous emmener au paradis, mademoiselle Faure...

*

Josh et Vincent franchissent les portes de la librairie et reprennent leur course le long de l'un des larges couloirs, qui donne sur le puits central. À la vue des deux hommes armés qui déboulent à toute vitesse, les badauds s'écartent en hurlant. Derrière eux, les premiers policiers sortent déjà du magasin, prêts à les prendre en chasse.

Les deux fuyards parviennent à la hauteur de la coursive qui borde l'impressionnant puits. Soudain, ils s'arrêtent net. Devant eux, une patrouille militaire les attend, l'arme au poing.

On est cernés.

Derrière, les policiers, devant, les militaires.

Vincent lance un regard inquiet à Josh :

— C'est quoi ton plan maintenant ?

— On se barre...

— Où ça ? T'as pas vu que...

Qu'il n'y a pas d'issue...

Josh le coupe sèchement :

— En enfer. On va en enfer. Là où ils ne nous chercheront jamais...

Vincent écarquille les yeux. Les forces qui les encerclent avancent de toute part. Leurs armes les tiennent en joue.

Au moindre geste, on est morts...

— Rendez-vous !

Vincent est perdu. Il balaie frénétiquement l'endroit du regard, en quête d'issues possibles.

Il n'y en a aucune.

Les types qui s'approchent n'ont pas l'air commodes, leur volonté de les arrêter sans faille. Le regard perdu de Vincent passe des uns aux autres, désespéré.

Soudain, Josh l'attrape par le collet et lui hurle un ordre. Un ordre impératif :

— Fonce vers la balustrade !

Terrifiés, les yeux de Vincent fixent la rambarde qui longe la coursive. Les hommes qui les cernent avancent toujours.

Perdu pour perdu...

Vincent déploie ses jambes, Josh en fait de même. Les deux hommes courent en direction du puits central, tandis que les militaires s'apprêtent à faire feu. À mesure qu'il s'en approche, le vide sans fond du puits central occupe tout le champ visuel du jeune homme.

OK je vois. Je vois à quel enfer Josh fait référence. La mort.

Son ultime ordre vient confirmer :

— Saute !

Sauter où ? Dans le vide ? Non, mais ça 'va pas ?

Ils ne se trouvent plus qu'à un mètre de la balustrade quand les premières détonations retentissent. L'une des balles érafle le bras de Vincent. L'adrénaline qui sature son sang l'empêche de ressentir la douleur. Tout ce qui compte est de fuir. Encore et toujours.

Si on se fait prendre, on est morts. Si on saute dans le vide, pareil. Deux solutions pour une même issue. Alors autant sauter...

Imitant Josh, Vincent envoie valser toutes ses barrières internes et plonge par dessus la balustrade, confiant son destin aux forces de la gravitation, cap sur une mort certaine, au fond de l'abîme du puits central, dans un hurlement de fin du monde.

Alea jacta est[23]*. Karine devra s'en tirer toute seule à présent...*

Les yeux fixés sur le puits, le chef de la Police militaire laisse éclater sa rage :

— Bordel !

Immédiatement, il contacte ses supérieurs pour les informer de la situation, tandis qu'au loin résonnent toujours les cris de Josh et de Vincent, tombant en chute libre dans les entrailles de la Terre...

---

[23] Locution latine signifiant que le sort en est jeté.

76.

Espace confiné, 7 août, 7h38.

Le lieu clos où Karine a été emmenée se révèle être un ascenseur, qui désormais monte à grande vitesse.

— Je vous le demande une dernière fois : où allons-nous ?

— Chez le général.

Le sang de la jeune aveugle ne fait qu'un tour.

— Dans son bureau ?

— Non, dans ses appartements privés...

77.

Puits central de la base, 7 août, au même moment.

Vincent n'est plus qu'un hurlement de terreur qui tombe telle une pierre, filant droit vers les ténèbres du puits central.

Le problème, ce n'est pas la chute, c'est l'atterrissage...

Alors qu'au loin les lumières de la base se font de plus en plus ténues, une forme sombre, tombant à la même vitesse, s'approche de lui.

Son cœur est sur le point de lâcher quand soudain il comprend : c'est Josh. Lui aussi tombe à pic, mais contrairement à Vincent, le caporal semble serein :

— Accroche-toi à moi...

Le regard de Vincent trahit sa totale incompréhension.

— 'Discute pas. Il nous reste...

Josh consulte sa montre.

— ...quatre secondes.

Le ton du caporal est ferme. N'ayant plus rien à perdre, Vincent lui fait confiance et s'accroche solidement à lui.

Je me demande à quoi tout ça peut bien rimer...

La montre de Josh émet une série de bips de plus en plus rapprochés, cessant au bout de quelques secondes. C'est alors que le caporal appuie sur un discret bouton, situé au-dessus de la poche droite de son pantalon. Aussitôt, deux lumières vives, semblables à des lampes LED attachées à sa ceinture, se mettent à briller, tandis que progressivement leur chute se ralentit.

Vincent reconnaît immédiatement l'objet.

C'est pas possible...

Le plan de Josh lui devient clair comme de l'eau de roche. Cette lumière provient d'une paire de ces jet-packs nouvelle génération, identique à celle utilisée par les pilotes qui se sont éjectés, lors de leur course-poursuite avec l'hélicoptère, dans l'Illinois.

Toujours solidement accroché aux épaules de Josh, Vincent n'en revient pas.

Où a-t-il pu avoir accès à ces engins ?

Soudain, alors que les lumières de la base ne sont plus qu'un reflet lointain, le fond du puits apparaît. C'est de la bonne vieille roche bien dure, contre laquelle il se serait déjà écrasé sans l'intervention de son ami.

Je te dois une fière chandelle, mon pote...

Le duo Josh-Vincent ralentit encore pour pratiquement se stabiliser, à environ un demi-mètre du sol, alors que les jet packs commencent à montrer des signes de faiblesse. Leur lumière se met à clignoter avant de s'éteindre brusquement, laissant la gravité reprendre ses droits.

Cinquante centimètres de chute, on peut encaisser ça...

La réception sur leurs pieds se fait sans heurts. Vincent n'en croit pas ses yeux. Ensemble ils ont atterri là, au terme d'un voyage sans retour, au fond du puits central de la base, qui vu d'ici prend l'allure sinistre d'une oubliette démesurée.

On a néanmoins survécu à ce qui devait nous mener à une mort certaine...

Tandis que Vincent est encore tout éberlué, Josh lui lance, en guise d'accueil :

— Bienvenue en enfer !

Le jeune homme, encore sous le coup de l'émotion, balaie ces profondeurs de son regard. Il repère rapidement l'entrée d'une grotte qui débouche sur la base du puits. Une lumière artificielle semble en émaner.

Josh de son côté examine ses jet packs :

— J'avais raison de compter au plus juste...

Il retire les deux engins de sa ceinture et les présente à Vincent. Une diode rouge portant la mention *batterie vide* clignote.

— 'Y avait juste assez de jus pour nous permettre d'atterrir, mais ce n'est pas avec ça qu'on repartira...

— Où t'as eu ces engins ?

— La curiosité n'est pas toujours un vilain défaut. J'ai fouillé dans les affaires du sergent...

Ainsi Brolin est dans le coup, de manière consciente et délibérée. Charmant...

Josh essuie la sueur qui perle sur son front. Vincent idem, tout en poursuivant sa découverte des lieux :

— C'est quoi cet endroit ?

— Là où tout se passe...

La réponse de Josh ne fait qu'épaissir le mystère.

— Tu es déjà venu ici ?

Le caporal ne répond pas. Il se contente d'inviter Vincent à emprunter le tunnel éclairé, cap sur l'inconnu...

*

Ailleurs dans la base, un homme assis dans l'ombre est en communication avec le chef de la Police :

— A-t-on retrouvé leurs corps ?

— Négatif. Mais ils ne peuvent pas avoir survécu à...

L'homme dans l'ombre le coupe net :

— Cherchez-les malgré tout. À force vous devriez connaître la devise : pas de corps, pas de morts...

Le chef de la Police baisse les yeux. Le mépris est palpable dans la voix de son interlocuteur.

— Ce sera fait, j'envoie tout de suite une unité au fond...

Sur ce, l'homme raccroche.Un autre individu vient le voir :

— Mon général, votre invitée est arrivée...

— Faites-la entrer...

*

Josh et Vincent s'engagent dans la grotte.

C'est de toute façon la seule issue accessible depuis le fond de ce puits...

Après quelques mètres de roche brute, le béton fait à nouveau son apparition, d'abord le long des parois puis également au plafond et au sol. Des tubes fluorescents, quoique moins puissants que ceux utilisés dans la base, éclairent les lieux d'une lueur vaguement bleutée et, au bout d'une trentaine de mètres, une double porte coulissante se dessine sur le mur gauche.

Vincent n'en croit pas ses yeux. Tous les sens en alerte, il ne tarde pas à tomber sur un élément tristement familier. À côté de la porte se trouve un lecteur de carte à puces, surmonté du logo du projet 1492 : les trois caravelles et les militaires.

Au-dessus de la porte, écrite à la peinture blanche, une inscription sans ambiguïté vient confirmer ses craintes :

Projet 1492 – Accès restreint.

Ainsi donc c'est là que...

Josh fait un signe à son ami :

— Tiens-toi prêt...

— Prêt à quoi ?

— À les buter. Faut profiter de l'effet de surprise...

Josh charge son arme et met en joue la porte – et surtout ce qui pourrait en sortir – invitant Vincent à en faire de même. Ce dernier obtempère, quoique sa posture soit plus hésitante.

Soudain, la porte s'ouvre. Deux militaires en tenue commando s'apprêtent à en sortir, l'arme au poing.

Des hommes en noir !

Josh ouvre le feu sur celui de gauche, qui s'écroule net. Vincent a un instant d'hésitation qui manque de lui être fatal. Le second homme en noir allait déjà ouvrir le feu sur lui quand enfin il se décide, une fraction de seconde après son ami, à appuyer sur la gâchette.

Le second homme en noir s'écroule net, fauché par les balles de Vincent.

— J'ai tué un homme...

Le jeune homme est blême. Josh lui met une tape amicale sur l'épaule :

— Sauf si on meurt avant, ce ne sera pas le dernier que tu buteras aujourd'hui...

Au même moment, la dominante bleutée des tubes fluorescents passe au rouge vif, tandis qu'une sirène stridente se met à hurler.

Vincent, toujours éberlué, semble hors service. Alors Josh prend la situation en main :

— Vite, faut les mettre en travers de la porte, pour l'empêcher de se refermer...

— J'ai tué un homme...

Le caporal le secoue.

— Mec, 'fais pas ta pucelle. Oui tu l'as buté, mais c'était toi ou lui. Alors maintenant montre-moi que tu es un homme, un vrai, et que j'ai bien fait de te faire confiance...

Vincent est toujours impassible, livide. Alors Josh enfonce le clou :

— ...et que tu mérites d'être avec une fille comme Karine...

La phrase de Josh fait l'effet d'un électrochoc, qui tire Vincent de sa tétanie.

À coup de rangers, ils poussent les deux cadavres en travers de la porte, empêchant cette dernière de se refermer sur eux, alors qu'ils pénètrent dans la zone interdite...

78.

Appartements personnels du général Skinner, 7 août, 7h52.

Toujours guidée par le policier militaire qui lui sert d'escorte, Karine arrive en un lieu qu'elle perçoit comme spacieux et ouvert. Des tapisseries doivent en recouvrir les murs, à en juger la réverbération des sons, tandis qu'un pas léger fait son entrée.

— Mademoiselle Faure, soyez la bienvenue chez moi...

Karine reconnaît immédiatement cette voix. Cela fait deux mois qu'elle l'écoute chaque soir, à la télévision. C'est le général Skinner. *En personne.*

Instinctivement, la jeune femme se braque.

— Quelque chose ne va pas, mademoiselle ?

Karine se fait violence pour ne pas répondre.

Pour ne pas lui cracher à la gueule...

— Je vous savais hélas non-voyante, mais pas muette...

La jeune femme pince ses lèvres pour ne pas répliquer.

— Détendez-vous...

La voix du militaire sait se faire douce. Elle ose alors :

— Ça rime à quoi tout ça ? Pourquoi m'avez-vous fait venir ici ?

Le général reste un instant face à Karine, suffisamment proche pour qu'elle puisse sentir sa présence là, tout près d'elle. La jeune femme en profite pour le jauger. L'homme doit avoir une corpulence proche de celle de Vincent.

— Patience mademoiselle. J'ai encore du travail aujourd'hui, mais je vous le promets, vous serez au courant de tout avant le coucher du soleil...

La réponse du général ne fait qu'accroître son envie de savoir.

— Je préfère vous prévenir, général. S'il arrive quoi que ce soit à Vincent, vous n'obtiendrez rien de moi, rien !

Le général souffle puis reprend :

— Détendez-vous. Aujourd'hui, j'ai décidé de vous offrir du bon temps. Une journée Spa – détente, je suis sûr que vous en mourez d'envie...

La jeune femme reste stoïque.

On ne m'achète pas comme ça...

— Considérez cette journée comme un cadeau. Mon cadeau à la sublime Karine Faure, qui illumine notre base de sa présence depuis maintenant plus de deux mois...

... et j'ai horreur des flatteries...

— Dites-moi général, pourquoi faites-vous tout ça pour moi ?

Pas de réponse.

— Vous ne faites pas ça pour...

Elle marque une pause avant de reprendre, ironique :

— ...pour mes beaux yeux !

Le général met un instant à répondre. Sans qu'elle le sache, il vient de croiser le regard éteint de ses superbes yeux verts.

Du temps où elle y voyait encore, du temps où son regard était franc, ses mirettes devaient faire des ravages dans la gent masculine...

— Vous me plaisez, mademoiselle Faure. Vous êtes vive, intelligente... il ne vous manque que la lumière dans vos yeux pour que vous soyez... allez, je dois y aller maintenant, profitez bien de la journée que je vous offre, ce genre de traitement coûte une petite fortune...

Sur ce, le général quitte la pièce, tandis qu'une voix de femme, douce et attentionnée, invite Karine à la suivre...

*

Josh et Vincent sont à présent à l'intérieur de la zone interdite, dans un entrepôt rempli de bric et de broc. Des caisses de toutes tailles et de toutes formes sont remisées là. Dès leur entrée, une sirène stridente se met à hurler, tandis qu'une lumière rouge pulsante éclaire les lieux tel un stroboscope.

Deux portes situées quasi côte à côte, l'une sur le mur du fond, l'autre sur le mur de droite, débouchent sur cet endroit. Josh les pointe du doigt, avant de faire remarquer que des caméras de surveillance en gardent l'accès.

— Je m'en occupe...

Il règle son arme en mode coup par coup et, de deux balles bien ajustées, abat les caméras. Aussitôt, le hurlement de la sirène s'arrête. Pas les lumières rouges pulsantes.

Vincent lance, terrifié :

— T'es débile, pourquoi t'as fait ça ? Ils vont nous repérer...

— Réfléchis... ils nous ont déjà repérés... par contre là, ils ne sauront pas si on a pris à droite ou tout droit. On les met dans le doute...

Une fois de plus, Josh a raison.

— Et maintenant, on prend par où ?

Des pas nombreux et rapides montent de derrière la porte de droite. Cela facilite grandement leur choix :

— On prend tout droit...

Les deux fuyards se ruent en direction de la porte, qu'ils ouvrent d'un mouvement leste. Celle-ci donne sur un hall gigantesque dont on ne voit pas le bout, garni de rangées de tables parallèles, formant comme un damier. Un nombre incalculable d'objets en tout genre – pour la plupart inconnus à leurs yeux – sont disséminés sur ces tables, comme en attente de triage. En découvrant cet endroit, Vincent ne peut s'empêcher de penser à une célèbre scène de film :

On dirait le final des Aventuriers de l'arche perdue, avec toutes les caisses remplies de secrets.

Tous leurs sens en alerte, Josh et Vincent parcourent à la hâte ces étals, jetant un œil aux objets qui y sont posés. De toute évidence, la majorité d'entre eux ne sont pas d'origine humaine.

C'est ici qu'ils amènent les épaves des soucoupes abattues pour examen. C'est donc vraiment là où tout se passe...

Soudain, il y a du mouvement.

Des hommes en tenue commando noire pénètrent à leur tour dans le hall, par le même chemin que les deux fuyards. Aussitôt, ces derniers se jettent à terre, entre les différentes rangées de tables, évitant de se faire griller aussi sec. Plaqué à même le sol, Vincent évalue en urgence la situation :

Impossible d'envisager le choc frontal. On en buterait quelques-uns, mais ils finiraient par nous descendre... impossible aussi de revenir sur nos pas : ils ont posté deux des leurs à l'entrée, 'faut trouver autre chose...

La seule issue envisageable est une porte en fer légèrement entrouverte, située le long du mur de droite, à quelques rangées de tables de là.

'Pas le choix, faut y aller...

Josh et Vincent se mettent à ramper, en direction de la porte. Soudain, un bruit résonne dans le hall, tout proche d'eux. Les deux hommes cessent net de bouger.

Ils sont là, à quelques mètres de nous.

Les soldats, résolus, appliqués, passent le hall au peigne fin. Ils se rapprochent, ils sont déjà de l'autre côté de la table, derrière laquelle les deux fuyards se cachent, la boule au ventre.

Les instants qui suivent durent des heures. Les pas lents et légers des hommes en noir semblent omniprésents. Ils ratissent méthodiquement les allées, ne laissant aucune chance à quiconque se cacherait ici. Ils sont à leur recherche avec comme mission d'en finir, et l'un d'entre eux n'est plus qu'à un mètre de leur cachette.

Chaque bruissement peut nous trahir...

Tandis que Vincent, tétanisé par la peur, emploie toute son énergie à ne pas faire le moindre mouvement, Josh balaie frénétiquement l'endroit du regard. Ce dernier se fixe sur la table d'en face, où il remarque un objet tranchant, sans doute un bout de carlingue de soucoupe volante. De quoi faire un couteau de fortune.

Il faut agir. Vite.

Sans crier gare, Josh bondit tel un éclair, se ruant sur l'objet. L'homme en noir qui s'apprête à inspecter leur planque le remarque trop tard : déjà le caporal lui plante l'objet en plein cœur, au terme d'un déchaînement de violence aussi rapide que brutal.

Net et sans bavure.

L'homme en noir s'effondre inanimé, baignant dans son propre sang, alors que d'autres soldats accourent. Josh intime à Vincent l'ordre de fuir :

— C'est maintenant, faut se barrer...

L'acte du caporal n'était en rien gratuit. Ce déchaînement soudain de violence a pour un court laps de temps désorganisé les soldats, les obligeant à rompre leur plan de ratissage systématique.

Ce n'était pas un meurtre, c'était une diversion.

Josh et Vincent en profitent pour avancer, le dos courbé pour ne pas être vus des autres soldats, se rapprochant de la porte en fer. Entre temps, les hommes en noir se sont déjà réorganisés, reprenant leur fouille méthodique des lieux, se concentrant vers la zone qu'occupent les deux fuyards, la rage au ventre.

Ils ont buté l'un des nôtres. Ils vont payer...

À nouveau, Josh et Vincent sont à terre, face à une nouvelle rangée de tables, à quelques encablures de la porte. C'est alors que Vincent remarque un objet, juste à un mètre devant lui. Ce dernier est différent du reste, bien plus coloré.

Mais surtout, cet objet lui est familier :

C'est le portable de Karine.

Le smartphone a beau se trouver quasiment à portée de main, impossible de le récupérer.

Tout mouvement nous trahirait...

C'est du moins son idée première. Il jette un œil au portable, un autre à la porte.

Avec un peu de chance, c'est jouable...

Les pas des soldats, bien que feutrés, se font à nouveau entendre. De plus en plus proches.

Ils ne peuvent plus être loin. À moi de prendre une initiative...

Il mime une fuite rapide en direction de la porte à l'attention de Josh, qui opine de la tête. L'instant d'après, il se lance.

Ou plutôt il joue sa vie à pile ou face...

Bondissant tel un tigre, Vincent s'empare du portable et se rue en direction de la porte, entraînant Josh dans sa fuite.

Aussitôt, une rafale d'armes automatiques retentit.

— Ils sont là !

Les autres soldats convergent vers leur position, au pas de charge.

On est repérés...

Josh et Vincent accélérèrent le pas, s'engouffrant lestement à travers la porte métallique, qui aussitôt se referme sur eux.

Le chef des soldats fait un signe à ses collègues, leur intimant de cesser la poursuite.

— Ils sont cuits...
Josh et Vincent n'ont pas encore saisi où ils viennent de mettre les pieds.
Tout ce qui compte, c'est d'avoir échappé à ces tueurs...
Pas longtemps cependant. L'instant d'après, Vincent se retourne. Ce qu'il découvre lui fait pousser un cri d'effroi, à vous glacer le sang...

79.

Appartements du général Skinner, 7 août, au même moment.

La femme à la voix douce guide Karine vers une petite cabine, où un maillot de bain deux pièces parfaitement ajusté à sa taille l'attend. Elle l'invite à le revêtir, à l'abri des regards. La jeune femme en profite pour l'interroger :
— Madame... pourquoi le général est-il aux petits soins avec moi ?
— Laissez-vous aller mademoiselle et ne vous tracassez pas. Si le général vous offre ce privilège, n'y voyez pas malice. Il est notre sauveur et nul doute qu'il a une intention louable derrière cette invitation. Détendez-vous mon enfant, tout va bien...

80.

Derrière la porte métallique, 7 août, plus le temps de regarder la montre.

Il y en a des dizaines, des centaines même. Josh se retourne et les voit à son tour. Leurs corps fins et leurs grosses têtes ne laissent aucun doute quant à leur identité : au centre de la pièce, des centaines de corps d'extraterrestres empilés forment un charnier, à l'odeur nauséabonde.

Les deux fuyards restent bouche bée devant ce spectacle apocalyptique. Ils ne remarquent même pas que les soldats ont cessé de les poursuivre, jusqu'à ce qu'ils entendent leurs rires, de l'autre côté de la porte. Ce n'est qu'à ce moment qu'ils remarquent qu'ils sont enfermés là, dans une pièce au plafond bas, aux murs recouverts de métal, sans aucune autre issue que la porte par laquelle ils sont arrivés, une porte sans poignée ni quelque autre moyen de l'ouvrir de ce côté-ci.

Voilà pourquoi les hommes en noir ont cessé de nous poursuivre. Ils n'étaient à nouveau que des rabatteurs, dont le but était de nous coincer dans ce cimetière des extraterrestres...

Soudain, la lumière s'éteint. Josh et Vincent se retrouvent plongés dans le noir le plus total.

Dans la petite pièce, tous les sons résonnent. Les battements de leurs cœurs sonnent presque comme un larsen.

Aussitôt, Josh allume la lampe qui équipe son arme. Elle n'éclaire pas beaucoup, juste de quoi y voir un peu, dans l'étroit faisceau qu'elle projette. Vincent fait de même. À cet instant précis, ce dernier éclaire les corps entassés des extraterrestres morts.

— Eh, viens voir ça...

Quelque chose vient de sauter aux yeux de Vincent.

— Regarde leurs corps, on dirait comme des traces de brûlures là...

Josh approche son arme, qui fait à présent office de lampe torche. À son tour, il constate les lésions sur les frêles membres de ces créatures d'outre-terre.

— Électriques, précise Vincent. Ce sont des brûlures électriques. En tout cas si leur métabolisme est le même que le nôtre...

Josh écoute Vincent tout en reniflant. Soudain, il détourne le faisceau de lumière pour éclairer les murs de la pièce.

— T'es sûr que ce sont des brûlures électriques ?

— Pourquoi ?

— Mate voir ça...

Josh invite Vincent à s'approcher d'un petit appendice qui dépasse du mur, que le faisceau de son arme éclaire à peine. À mesure qu'il s'en approche, Vincent découvre la nature de l'objet.

C'est un bec de gaz.

Oh mon Dieu, faites que ce ne soit pas...

Josh balaie la pièce de son faisceau. Il y a là trois autres becs, un sur chaque mur, équipés d'allume-gaz électriques. Sans mot dire, ils comprennent :

Cet endroit n'est pas un charnier, c'est un four crématoire...

Des traces récentes de chairs carbonisées, encore visibles par endroit viennent confirmer leur terrible constat.

C'est donc ça, cette odeur infecte...

Une terreur sans nom s'empare des deux fuyards.

On a échappé aux commandos pour se retrouver piégés là, dans un four crématoire, prêts à être brûlés vifs, en compagnie des restes de ces créatures...

Vincent ne parvient pas à réprimer un cri d'effroi. De l'autre côté de l'épaisse porte métallique, les rires reprennent.

Ce sont les soldats. Ils célèbrent à leur manière notre fin prochaine...

— On est morts...

La voix de Josh est fataliste.

Aucune issue. Aucun espoir.

Lui qui d'habitude ne lâche rien s'avoue vaincu.

Au même moment, un léger sifflement se fait entendre.

Du gaz.

L'odeur caractéristique du butane se répand dans la pièce.

Ça y est. La procédure est lancée...

Vincent est pris de vertige, son cœur est sur le point de lâcher. Josh, de son côté, n'est plus que tremblements. C'est alors que le jeune homme remarque un mouvement. Non pas au niveau de la porte, plutôt parmi les dépouilles d'extraterrestres, qui s'empilent au milieu de la pièce.

Il se rappelle de la mise en garde du sergent Brolin : ne jamais les regarder dans les yeux, ils peuvent nous tuer d'un seul regard...

Mais au point où on en est...

Il se hasarde à braquer la lumière sur leurs grosses têtes aux yeux en amande.

L'horreur monte encore d'un cran.

L'un d'entre eux n'est pas mort. Pas encore du moins. Il agonise, mais il lui reste un infime souffle de vie. Malgré la répulsion que ces êtres difformes lui inspirent, Vincent ne peut s'empêcher de se sentir en empathie avec cette créature.

— Josh, mate ça...

Le caporal hasarde un regard en direction de l'extraterrestre, mais n'ose pas croiser son regard. Vincent, lui, prend ce risque, juste avant que l'être ne ferme à jamais ses yeux démesurés.

Soudain, plein d'idées lui traversent la tête, comme un déferlement de pensées.

— Aide-moi à déplacer les corps...

Josh ne comprend pas.

— Pourquoi ?

— Il y a une trappe en dessous...

— D'où tu sais ça ?

Vincent n'en a aucune idée, mais depuis qu'il a osé regarder cette créature dans les yeux, c'est comme une évidence.

Comme si elle me l'avait communiqué par télépathie, avant de mourir...

Sans ménagement, ils déblaient les corps des extraterrestres, dévoilant progressivement une trappe fermée par deux battants en fer, que le charnier recouvrait intégralement.

— Comment on l'ouvre ?

— Il y a un module de commande, juste à côté...

Cachée sous la dépouille de l'un des êtres venu de l'espace, une petite grille métallique garde l'accès à un enchevêtrement de fils électriques, de toutes les couleurs.

— 'Faut l'ouvrir...

Aussitôt dit, aussitôt fait. Vincent continue, sûr de lui.

— 'Faut couper le bleu...

C'est à nouveau comme une évidence.

Et ça commence à inquiéter Josh...

— Comment veux-tu le sectionner, je n'ai pas de couteau ?...

Aussitôt Vincent se saisit de son arme et vise le fil en question.

— Ça 'va pas mec, le gaz...

Josh a raison. Un seul tir et tout prendrait feu. Ce serait du suicide...

Vincent tente alors le tout pour le tout, se servant du canon de son arme en guise de levier, tirant comme un malade sur le fil. Rien n'y fait, alors que l'odeur de gaz devient de plus en plus oppressante.

Les hommes en noir peuvent mettre le feu à tout moment...

Avec l'énergie du désespoir, le jeune homme se met à frapper et frapper encore, s'acharnant sur le fil, à l'aide de la crosse de sa mitraillette. Quand soudain, ce dernier finit par rompre.

Vincent n'en revient pas.

J'y suis arrivé...

Aussitôt le fil sectionné, les deux battants qui maintiennent la trappe fermée commencent à bouger pour enfin s'ouvrir, révélant un puits sans fond aux parois métalliques et lisses.

C'est sans doute par là qu'ils évacuent les cendres, une fois ces créatures carbonisées...

Les corps des extraterrestres qui jonchaient le sol tombent dans le vide. Aucun bruit d'impact ne monte des ténèbres en contrebas.

Ce puits doit vraiment être profond...

Sur l'un de ses bords, une échelle encastrée dans la paroi permet d'y descendre.

C'est notre dernière chance...

— Par là...

Vincent s'apprête déjà à emprunter cette échappatoire.

— T'es sûr, Vince ?

— Si t'as mieux à part finir en grillade...

Vincent a raison. Si je reste là, je suis foutu, alors autant le suivre...

Déjà le jeune homme s'enfonce dans les profondeurs obscures, barreau après barreau. À son tour, Josh emprunte l'échelle, pénétrant les ténèbres, cherchant son chemin à tâtons. Vincent est déjà deux bons mètres plus bas tandis que la tête de Josh dépasse encore de l'extrémité de l'échelle, s'offrant un dernier regard sur cet endroit sordide. Il remarque des étincelles qui crépitent au niveau des allume-gaz.

Ça va chauffer...

Soudain une grande lumière aux reflets orangés vient les éclairer par le haut.

Les flammes du crématoire... cet endroit mérite amplement son surnom : l'enfer.

Bien que les deux fuyards aient déjà progressé de quelques mètres en contrebas, l'intense chaleur dégagée par ce déluge de feu est insoutenable. Ils profitent néanmoins de la lumière offerte par ces flammes pour accélérer le pas, descendant toujours plus rapidement, le long de l'échelle.

Toujours plus bas...

— Je te dois une fière chandelle, Vince'.

C'est le mot...

— Sans toi, je crois que je serais le nouveau Giordano Bruno[24] !

Continuant à descendre, Vincent et Josh parviennent au dernier barreau de l'échelle. Cette dernière s'interrompt brutalement, alors que le puits aux parois lisses continue à s'enfoncer dans les profondeurs obscures.

Sur le mur opposé, une porte automatique, dépourvue de tout système d'ouverture. Vincent remarque néanmoins un interstice sous la porte, ainsi que des marques sous le dernier barreau de l'échelle. Ces dernières trahissent le fait que, de temps à autre, un sol télescopique pouvait se déployer sous la porte, obstruant temporairement le puits, permettant à ceux qui empruntent la porte en face de grimper à l'échelle.

Visiblement, c'est une échelle de service, à laquelle on accède normalement par la porte inférieure, une fois le sol télescopique déployé.

— Doit y avoir un bouton quelque part, au cas où ces mecs se trouveraient bloqués là...

Ou pas...

— Tu as quelque chose ?

Tout en se tenant d'une main, Vincent explore les parois de l'autre, à la recherche de tout élément permettant de déployer le mécanisme.

Soudain, les flammes du four crématoire cessent, et avec elle la lumière rougeoyante qui timidement les éclairait. Josh et Vincent se retrouvent à nouveau plongés dans les ténèbres, accrochés à l'échelle, au-dessus du vide.

— Non...

Continuant à tâtonner, Vincent sent son rythme cardiaque s'emballer.

— On fait quoi maintenant ?

La voix angoissée de Josh trahit son état d'esprit.

---

[24] Giordano Bruno a été brûlé vif le 17 février 1600 à Rome, pour avoir soutenu l'existence d'autres mondes habités dans l'univers. Davantage d'infos sur https://fr.wikipedia.org/wiki/Giordano_Bruno

Impossible de descendre. Impossible de rester là.

— Faut remonter, on n'a pas le choix...

En désespoir de cause, les deux fuyards font alors marche arrière. Josh, qui a emprunté l'échelle en dernier, ouvre à présent la marche.

— Vince', je ne sais pas si l'un d'entre nous s'en tirera, mais si la mort venait à nous séparer, j'aimerais que tu saches que ça a été un honneur de combattre à tes côtés...

— Pareil, Josh. Sans toi je n'aurais jamais pu...

— Écoute... Pour le cas où je venais à mourir et toi à survivre, je dois te dire que tout ça, c'est à cause de l'artefact 9.293.

— C'est quoi ce truc ?

— Ils l'ont trouvé à l'époque, dans le crash de '46, et aussi bizarre que ça puisse paraître, ça a un rapport avec Karine...

La stupeur saisit Vincent. Il s'arrête net :

— Mais Karine n'était pas encore née en '46...

— Je sais, c'est bien ça ce qui est le plus étrange... tout ce que je sais, c'est que le général garde cet objet dans un secteur appelé S4, et que lui non plus ne sait pas à quoi ça rime...

— C'est pour ça qu'ils nous ont traqués ?

— C'est même pour ça que vous êtes encore vivants...

Continuant leur remontée, ils parviennent presque jusqu'à la trappe donnant sur le crématoire.

Au même moment, la porte en fer s'ouvre.

Les hommes en noir !

Ces derniers entrent en trombe, remarquant immédiatement la trappe ouverte, ainsi que l'absence des corps carbonisés de Josh et de Vincent, qu'ils s'attendaient à trouver là. Le hurlement de colère de leur leader traduit à merveille sa déception.

Impossible de remonter à présent.

Une peur indescriptible gagne les deux fuyards, tandis que des pas s'approchent du bord de la trappe. L'instant d'après, trois hommes en noir se tiennent là, debout au-dessus d'eux, l'arme au poing, Josh et Vincent en ligne de mire.

Un quatrième, plus imposant encore, s'approche. C'est leur chef. Une lueur sadique brille dans ses yeux. Son ordre est sans la moindre ambiguïté :

— Liquidez-les !

Immédiatement, les soldats font feu, trouant de balles le corps de Josh. Il lâche un hurlement inhumain alors que les projectiles lui déchiquettent les organes. Ses mains lâchent les barreaux de l'échelle, laissant tomber son corps dans les profondeurs du puits, entraînant Vincent dans sa chute, sous le regard satisfait des hommes en noir.

Le jeune homme n'est, quant à lui, pas touché. Le corps de Josh a bien involontairement fait office de bouclier humain. Son sort n'est cependant guère plus enviable. Emporté par la chute de son collègue, son destin est scellé.

Il traverse en chute libre un océan de noirceur, se heurte parfois au mur lisse, tandis que son rythme cardiaque s'accélère, s'accélère...

Cette fois, c'est la fin. Aucun jet pack ne viendra me sauver. Les chats ont sept vies... mais je ne suis pas un chat...

Soudain, au bout du puits, une lumière bleutée apparaît, quasi irréelle.

Une lumière qui ne lui est pas inconnue.

Le puits débouche sur une immense caverne aux parois phosphorescentes, à l'inverse du sol, noir de jais. Vincent n'en croit pas ses yeux :

Je connais cet endroit. C'est l'immense caverne où coule le fleuve souterrain. Ça veut dire que cette base est construite dans Lost Mine ! Nous n'avons donc jamais quitté cette montagne, au nord de Sedona...

À mesure que la gravitation l'entraîne inexorablement vers le bas, les reflets bleutés des vaguelettes à la surface du fleuve commencent à apparaître.

J'ai donc encore une chance. Une infime chance.

C'est pour Vincent le moment de mettre à profit ses talents de plongeur.

Il se débarrasse de son arme, trop encombrante pour cet exercice. Cette dernière aurait de toute façon été inutilisable après un séjour dans l'eau.

Tout en tombant, il adopte le profil aérodynamique le plus adapté à un plongeon aussi extrême, espérant que le fleuve en contrebas soit assez profond, et que son cœur ne lâchera pas au contact de l'eau glaciale, dont la surface se rapproche à une vitesse affolante...

81.

Appartements du général Skinner, 7 août, au même moment.

La femme à la voix douce invite Karine à lui prendre le bras, pour se laisser guider. Elle l'emmène dans une autre salle, plus grande, construite dans la roche.

On dirait comme une caverne aménagée, à en croire la façon dont les sons se réverbèrent...

L'atmosphère y est chaude et moite. Un léger clapotis d'eau se fait entendre.

Karine comprend :

C'est une piscine.

L'inconnue l'invite à y entrer, la guidant vers un escalier équipé d'une rampe métallique. La jeune femme s'avance et immerge son corps dans une eau aussi délicieuse que celle d'un lagon de rêve. Aussitôt, les premières notes d'une musique de relaxation *new age* résonnent, montant d'une série de haut-parleurs, disposés de manière à assurer une stéréophonie parfaite. Douce, aérienne, la musique invite la jeune femme à se détendre dans ce bain voluptueux.

— L'eau est-elle à bonne température, mademoiselle ?

— Elle est parfaite...

Jamais Karine n'a connu pareil cocon de douceur, enveloppée dans ce liquide délicieux...

82.

Fleuve souterrain, sous la base, 7 août, au même moment.

Vincent percute la surface glaciale des eaux du fleuve souterrain. La sensation est horrible, comme si des milliers de lames de rasoir trempées dans l'azote liquide lui lacéraient le corps. Il aurait aimé crier, mais la violence de l'impact l'empêche d'ouvrir la bouche.

Ce n'est qu'une fois parvenu à la surface qu'il peut se libérer, hurlant sa douleur dans la gigantesque caverne. L'écho de son cri couvre les clapotis de l'eau.

L'instant d'après, il ouvre les yeux. Il est toujours en vie. Son cœur a tenu face au choc thermique. Son regard acéré examine les lieux, tandis que le courant du fleuve souterrain l'emporte. Le corps sans vie de Josh a, lui aussi, fini sa course ici. Il s'enfonce lentement dans ses eaux noires.

Repose en paix, mon ami...

Tout en nageant, il tente de se rappeler de ses dernières paroles :

Artefact 9.293, secteur S4. Ça date de 1946, mais ça a un rapport avec Karine...

N'ayant rien pour écrire, il doit graver ces informations dans sa mémoire.

Comment un objet aussi vieux peut-il avoir un rapport avec une jeune femme de 19 ans ?

Au bout d'un bon kilomètre, une plage de sable bleu apparaît dans son champ de vision. Il ne lui faut pas longtemps pour la reconnaître : c'est là où il a débouché, alors qu'il était perdu dans ce labyrinthe, en compagnie de Karine.

Il nage de toutes ses forces pour rejoindre la rive à temps, avant que le courant ne l'entraîne au-delà, vers un destin des plus inquiétants. À bout de forces, il parvient à s'échouer sur les dernières encablures de sable bleuté.

Vincent est transi de froid, à bout de forces, mais il a réussi à rejoindre la terre ferme.

Sauvé...

Le boyau qui mène de cette plage vers la caverne où les hommes en noir les ont capturés est toujours là, pareil au souvenir qu'il a de ces lieux.

C'est au bout de ce chemin qu'on s'est fait prendre... mais c'est également là qu'on a pour la première fois rencontré l'un de nos visiteurs...

Le jeune homme se relève. Le sable bioluminescent colle à ses vêtements gorgés d'eau, lui donnant l'apparence d'un être bleu fluorescent.

Avatar meets Voyage au centre de la Terre...

Il prend un instant pour souffler, avant de s'enfoncer dans le boyau bioluminescent.

*

— Ils étaient sur l'échelle de service. On en a eu un, et il a fait tomber l'autre. Ils doivent être morts à présent.

Le chef des soldats, toujours au bord de la trappe du crématoire, est en communication directe avec le général.

— Vous connaissez la devise, commandant...

— Oui Mon général. Pas de corps, pas de morts...

— Bien. Vous savez donc ce qu'il vous reste à faire. Trouvez-les et amenez-les-moi. Je les veux morts ou vifs.

Le commandant acquiesce.

— Morts de préférence, ajoute le général, accompagnant sa parole d'un petit rire sadique...

*

Progressant le long du boyau, Vincent parvient jusqu'à la caverne où il s'est fait prendre par les hommes en noir, quelque deux mois auparavant. Il examine un instant l'endroit, éclairé par l'étrange lueur bleutée de ces lieux. Karine lui a confié avoir glissé la carte 1492 sous une pierre aux alentours, juste avant qu'ils ne se fassent prendre.

Deux gros cailloux correspondant à la description jonchent le sol. Tour à tour, Vincent les soulève, mais ne trouve aucune trace de la carte magnétique.

Soit Karine était plus désorientée qu'elle ne le pensait, soit quelqu'un l'a récupérée depuis. Mais si oui, qui ?

L'idée que les hommes en noir aient pu la retrouver est la première qui lui traverse l'esprit.

Faites que ce ne soit pas ça...

Mais peut-être est-ce...

Vincent balaie la caverne du regard. Il ne met pas longtemps à retrouver le seul boyau duquel aucun homme en noir n'est sorti : celui où l'extraterrestre s'est réfugié, suite au coup de flash de Karine.

Et si c'était lui qui... ?

Prenant son courage à deux mains, Vincent s'avance prudemment, empruntant ce boyau étroit et sinueux.

L'exiguïté du lieu rend l'endroit encore plus oppressant. Les multiples méandres de cette grotte empêchent d'avoir une vision d'ensemble. Quoi qu'il y ait dans cette direction, il tombera fatalement nez à nez avec...

La dernière fois, nous avons accordé notre confiance à l'homme, il n'est pas beau, le résultat... Cette fois, je fais confiance à l'extraterrestre. Voyons où ça me mènera...

Au bout d'une cinquantaine de mètres, il parvient à un cul-de-sac. Un squelette encore partiellement recouvert de chairs en voie de putréfaction y a trouvé sa dernière demeure.

Vincent a un petit mouvement de recul.

Son corps atrophié et sa tête disproportionnée ne laissent aucun doute quant à son origine.

C'est le cadavre de l'extraterrestre...

Bien qu'il ait fini par s'habituer à leur existence, leur physique si particulier, rappelant un peu celui d'un fœtus géant, lui donne toujours le frisson.

Passé la stupeur, il examine les restes de la créature. Les impacts de balle au niveau du torse et surtout de la tête sont sans nul doute les causes du décès.

Ils l'ont abattu de sang-froid...

Examinant plus en détail la créature, Vincent remarque que son maigre bras droit pointe vers une pierre encastrée dans la roche environnante. Une pierre qui, contrairement au reste des cavernes alentour, n'est que faiblement bioluminescente.

Comme si les algues responsables de ce phénomène n'étaient que récemment parties à sa conquête. Cette pierre ne viendrait donc pas d'ici...

Le jeune homme examine la roche et tente de la retirer. Elle semble coincée. Il tire de toutes ses forces, mais rien n'y fait.

Il me faudrait une sorte de levier pour...

C'est là qu'il remarque les tibias de l'extraterrestre, qui jonchent le sol.

Il respire un grand coup et se saisit de l'un de ces os, s'en servant en guise d'outil. Il le place sous la pierre et tire, tire...

Le caillou bouge un peu. Vincent redouble d'efforts.

C'est alors que l'os craque.

Pas très résistantes, ces créatures...

Vincent se met au niveau du sol pour voir s'il parvient à distinguer quelque chose derrière cette pierre, qu'il a néanmoins réussi à faire bouger.

Rien. Que du noir. Le bout du cul-de-sac.

Alors qu'il est sur le point de se relever, il remarque que quelque chose est caché sous la pierre. Il l'examine à nouveau et ne tarde pas à reconnaître la carte d'accès au projet 1492.

C'est donc bien lui qui l'a récupérée, juste après que Karine l'ait cachée...

La carte est presque à portée de ses doigts. Il se penche autant qu'il le peut et, enfin, parvient à s'en saisir.

Elle est là, entre mes mains, telle qu'on l'a trouvée dans ce champ, dans l'Illinois. La carte d'accès à ce projet de malheur...

Il la range dans sa poche, aux côtés du portable de Karine, avant de se relever, prêt à continuer l'exploration de ce mystérieux réseau de galeries phosphorescentes.

C'est alors qu'il les entend. Des pas. Des pas qui se rapprochent.

Nombreux.

Humains.

Militaires.

Il jette un œil à la dépouille de l'extraterrestre, mort sous leurs balles.

Cette fois, c'est pour moi qu'ils viennent...

Alors qu'il fixe les restes de cet être gisant au sol, Vincent comprend avec horreur que la situation est encore pire qu'envisagée : à côté de la créature se trouvent les traces de ses propres pas. Il avait oublié l'une caractéristique qui rendent ces cavernes bioluminescentes uniques : chaque pas y laisse une empreinte durable dans le sable phosphorescent. Des traces qui immanquablement vont mener ces hommes à lui, piégé sans armes dans ce cul-de-sac...

83.

Appartements du général Skinner, 7 août, au même moment.

Karine a pris place dans une chaise longue, immergée dans l'eau délicieuse de la piscine. Seule sa tête dépasse de la surface.

La femme qui l'accompagne depuis le matin lui a décrit l'endroit, et notamment l'éclairage particulier dispensé par les spots qui illuminent le plafond, depuis le fond de la piscine. Un éclairage qui, selon elle, donne à ce lieu une atmosphère très intimiste.

La température de l'eau est parfaite. Un léger parfum de fleurs exotiques s'en dégage.

Toujours bercée par la musique relaxante, la jeune femme sent tout le stress des jours précédents la quitter, tandis qu'elle se laisse aller à une douce torpeur.

— Ça va comme vous voulez mademoiselle ?

— Oh oui, c'est divin... J'aimerais tant que Vincent soit là, à mes côtés...

— Je suis sûre que le général mettra un point d'honneur à lui offrir au plus vite un traitement de premier choix...

84.

Cavernes bioluminescentes, 7 août, au même moment.

Les pas s'approchent à grande vitesse. Paniqué, Vincent inspecte les lieux à la recherche de tout élément qu'il pourrait utiliser en guise d'arme. Il remarque une pierre à même le sol et s'en empare, avant de remonter le boyau.

Vite, sortir de ce cul-de-sac...

Ignorant les traces qu'il laisse au sol, il se rue au plus vite le long de l'étroit boyau, son arme de fortune toujours solidement à la main. Sur les derniers mètres, il a soudain une idée :

Avec ça, je peux les induire en erreur...

Il se met à marcher à reculons, veillant à poser ses pieds dans ses propres traces, laissées à l'aller.

Il débouche du boyau, regagnant la désormais célèbre caverne qui a vu son arrestation. Par chance, les soldats ne sont pas encore là, mais leurs pas sont très proches. Il entend même leur voix :

— Tu prends par là, je prends ici...

Pris de panique, il cherche un endroit où se cacher. L'instant d'après, il repère une stalagmite, qui relie le sol au plafond. Pierre au poing, il file se dissimuler derrière cette colonne calcaire. Son cœur bat la chamade, sa respiration haletante risque de le trahir à tout moment.

C'est alors qu'il entend comme un son d'hélice, montant d'une galerie proche. Pas l'hélice d'un hélicoptère, davantage celle d'un modèle réduit.

Un drone.

Ça y est. Il est là. Dans cette caverne. L'engin ne met pas longtemps à repérer les traces de pas que Vincent a laissées au sol. Il s'engage dans le cul-de-sac, tandis que Vincent longe la stalagmite, afin de ne pas entrer dans le champ de sa caméra.

Ouf, il ne m'a pas vu...

L'engin continue sa route sans le repérer. Du coin de l’œil, Vincent parvient néanmoins à l'apercevoir. C'est un quadricoptère, d'environ soixante centimètres d'envergure, armé d'une mitrailleuse.

Ils ne laissent rien au hasard, ces salauds...

En effet, le répit est de courte durée. Toujours caché derrière son pilier calcaire, il entend soudain les pas d'un homme en noir, qui pénètre dans la caverne.

— Il est là !

Ça y est, je suis repéré... à moins qu'il n'ait, lui aussi, vu que mes traces...

Vincent sent l'adrénaline monter en lui, tandis que son rythme cardiaque s'emballe. Le commando précise sa pensée :

— Il est allé voir *Grosse tête.*

Mon stratagème a fonctionné, ils me croient encore dans le cul-de-sac.

Aussitôt, l'homme en noir s'avance, ne prenant pas garde aux stalagmites alentour. Vincent retient son souffle, tentant de localiser les pas du militaire, qui semblent venir de sa droite.

Merci Karine de m'avoir appris, tout au long du voyage, comment tu utilises ton ouïe, afin de te repérer dans l'espace environnant...

Soudain, il entrevoit la silhouette de l'homme en noir.

C'est le moment ou jamais...

En un éclair, il se rue sur le soldat et bondit sur lui, frappant la tête de toutes ses forces, à l'aide de sa pierre. Surpris, le militaire n'a pas le temps de mettre Vincent en joue que déjà ce dernier lui explose sa boîte crânienne. L'homme en noir s'effondre à même le sol.

Du sang coule de sa tempe.

C'est fou comme on s'habitue à tuer...

Pas le temps de philosopher. Le vacarme de ce bref combat a déjà attiré d'autres soldats, qui s'approchent au pas de charge. Vincent a juste le temps de s'emparer du pistolet mitrailleur de sa victime que deux nouveaux soldats pénètrent dans la caverne. Instinctivement, le jeune homme les arrose de plomb, visant la tête au juger.

L'entraînement au tir avec Josh et le sergent Brolin n'aura pas été vain.

Les deux hommes s'écroulent net tandis que déjà Vincent les enjambe, remontant leurs traces encore fraîches dans le sable bioluminescent.

Ils vont m'aider à trouver la sortie, ces bâtards...

Le jeune homme parcourt boyau après boyau, tous les sens en alerte. À une intersection, il tombe nez à nez avec un nouveau binôme d'hommes en noir, qu'il liquide d'une rafale bien ajustée. Il en profite pour leur voler leurs chargeurs ainsi qu'une grenade assourdissante, que l'un d'entre eux porte à la ceinture.

Je suis devenu une machine de guerre...

Remontant toujours la trace de ses poursuivants, il débouche sur une grande caverne constellée de stalagmites. Au fond se trouve une porte coulissante en métal, surmontée d'un éclairage à base de tubes fluorescents, donnant sur l'entrée de ce qui semble être un complexe high-tech.

Seul problème : cinq hommes en noir en gardent l'entrée. Deux à droite, trois à gauche.

C'est le moment de dégoupiller la grenade, en mode nettoyage de printemps...

L'arme atterrit dans le sable bleu avant d'exploser dans une détonation assourdissante. Son explosion surprend les militaires de faction. Vincent en profite pour pénétrer en force, arrosant de plomb les hommes en noir momentanément désorientés, avant d'aller se cacher derrière l'une des stalagmites.

Deux hommes tombent. Ils ne sont donc plus que trois.

Trois contre un...

— Bordel, il est déjà là ! Il a eu Campbell et Farrow !

Ces paroles auront été la dernière erreur de leur auteur. Grâce à elles, Vincent le repère et lui règle son compte d'une rafale bien ajustée. Ce nouveau coup au but désorganise un peu plus les hommes en noir. Vincent saisit l'occasion pour avancer de deux colonnes supplémentaires, en direction de la porte.

Deux contre un.

Son sang saturé d'adrénaline et son premier meurtre du matin ont levé en lui toutes les inhibitions. Il se sent fort, prêt à affronter le monde entier, à commencer par le militaire qui s'approche de lui par la droite. Ce dernier a droit à une rafale en pleine tête.

Désormais, on joue à un contre un...

Ivre de violence, il glisse deux stalagmites plus loin, mitraillant les environs pour décourager toute tentative de riposte.

La meilleure défense, c'est l'attaque...

Il ne se trouve plus qu'à une stalagmite de la porte. Cette dernière est siglée du logo du projet 1492 et comporte, sur son côté droit, la désormais célèbre fente destinée aux cartes d'accréditation.

Vincent s'en approche, dégaine la carte, lorsqu’il sent quelque chose de froid lui heurter l'épaule. Machinalement, il se retourne. Il n'a pas rêvé : cet objet froid est le bout du canon de l'arme qui le tient en joue. Le dernier commando est parvenu à le localiser et a su profiter d'un instant d'inattention pour le mettre en échec.

Un contre un, avec avantage pour mon ennemi...

L'ivresse de la violence fait place à celle de la peur.

— Tu vas morfler, salaud...

Cette voix est celle de l'homme en noir. Son arme est braquée sur la tête de Vincent. Machinalement, ce dernier jette son arme et lève les bras, en signe de reddition. Dans les yeux de l'homme qui le tient en joue, il ne voit que de la haine.

— Tu vas payer pour Campbell, Farrow, Nichols et Miller...

Vincent examine les environs tout en reculant doucement. Ses neurones en surchauffe cherchent une solution. En vain. Les stalagmites environnantes sont trop éloignées pour espérer bondir hors de portée de l'arme qui le menace. La porte idem.

Vite, trouver une idée...

C'est là qu'il entend au loin les hélices du drone. Ce dernier semble s'approcher de la caverne où son destin est en train de se jouer. L'homme en noir le tient toujours en joue, continuant son monologue :

— Quand on t'aura buté, on va s'occuper de ta petite *chérie...* on va lui apprendre ce que c'est qu'un vrai mec...

Le militaire avance toujours inexorablement vers Vincent. Sa voix se fait venin. Arrivé dans l'axe entre les tubes fluorescents éclairant la porte et le boyau qui donne sur cette caverne, le jeune homme se met à genou, les mains jointes en prière.

— Par pitié, épargnez-la, faites de moi ce que vous voulez, mais ne faites rien à Karine...

Vincent lève les yeux et fixe l'homme qui le menace. Ce dernier a décidé de jouer avec sa proie avant de l'achever. Il s'approche de Vincent et plaque le canon de son arme contre le front du jeune homme, savourant le délicieux pouvoir de vie et de mort qu'il tient entre ses mains :

— Ta miraude, je vais lui faire bouffer ma...

Au même moment, le drone pénètre dans la caverne. À contre-jour, la seule chose que ses opérateurs voient est un homme debout qui en menace un autre, à genou, juste devant la porte. Ils en déduisent que l'homme en position de force est Vincent, cherchant un moyen d'entrer. Sans hésiter, ils font feu.

Les soldats ont eu ordre de liquider Vincent, pas de lui faire un brin de causette. Cet homme en pleine discussion qui en menace un autre ne peut donc être que leur adversaire. Et les ordres sont les ordres...

Profitant d'un bref moment de flottement, Vincent plonge se mettre à couvert, derrière une stalagmite, tandis que le dernier commando tombe sous les balles de son propre camp.

Grâce au drone ennemi qu'il a induit en erreur, Vincent vient de se débarrasser du dernier militaire qui gardait cet endroit de malheur, mais le plus difficile reste à faire :

Maintenant, faut régler son compte à cet engin de malheur...

L'aéronef arrive à grande vitesse. Ses opérateurs ne vont pas mettre longtemps à se rendre compte de leur méprise.

Comment descendre un quadricoptère quand on n'a sur soi que des vêtements mouillés ?

L'engin reste un instant en vol stationnaire, au-dessus du cadavre du soldat.

Ils doivent s'être rendu compte de leur erreur. C'est maintenant ou jamais...

Toujours caché derrière sa stalagmite, Vincent retire sa chemise trempée, dévoilant sa musculature sous son débardeur. Déjà le drone reprend sa route, volant dans sa direction.

Dans la direction où ses pilotes ont cru voir quelqu'un s'enfuir...

Il attend que l'engin soit à portée pour lui jeter sa chemise, droit sur sa caméra. L'instant d'après il déguerpit aussi sec, utilisant la stalagmite comme bouclier, tandis que le drone se met à mitrailler dans le vide.

Il était moins une...

Aveuglé, l'aéronef ne sait plus où aller. Il reste sur place, en vol stationnaire. Néanmoins son style de vol ne traduit aucun signe d'affolement de la part de ses pilotes.

Cet engin doit avoir d'autres capteurs que les caméras...

Vincent remarque des cailloux qui jonchent le sol de la caverne. Doucement, il se baisse pour en ramasser trois, évitant autant que possible de faire du bruit.

Avec un peu de chance, ce sont des capteurs audio...

Le jeune homme lance la première pierre à une dizaine de mètres de lui. Aussitôt, le drone se tourne et fait feu à l'aveugle, dans la direction de l'impact.

C'est ça. Ce bidule se repère au son...

Il lance un second caillou, dans l'angle opposé de la caverne.

Nouveaux tirs dans cette direction. Le drone lui tourne à présent le dos.

À la grâce de Dieu...

Le jeune homme sort de sa cachette et fonce sur l'engin, assénant le coup de grâce. Il se rue sur l'aéronef en lançant sa dernière pierre – la plus grosse – dans l'un de ses rotors, avant d'aller se remettre à l'abri, derrière l'une des stalagmites.

La pierre fait voler l'hélice en éclats. Devenu incontrôlable, le drone esquisse une chorégraphie improbable, faite de mouvements erratiques, tandis que sa mitrailleuse crache ses dernières cartouches.

Cette fois, ils flippent...

L'engin se fracasse contre les parois fluorescentes. Le son des hélices s'écrasant sur le mur se réverbère sur la roche environnante, aussitôt suivi du bruit caractéristique d'une masse métallique à présent inerte, qui s'écrase sur le sol.

Dans les grottes, terribles grottes, le drone est mort ce soir...

Vincent se hasarde hors de sa cachette. L'engin est là, au sol, HS. Sa chemise, qui recouvre toujours sa caméra, est trouée de balles.

Il ramasse son vêtement, ou plutôt ce qu'il en reste.

L'aéronef a un dernier soubresaut avant de s'éteindre pour de bon.

Plus de peur que de mal...

Le jeune homme récupère son arme avant de glisser la carte d'accès au projet 1492 dans la fente prévue à cet effet, à côté de la porte. Celle-ci s'ouvre aussitôt, donnant sur un long couloir, aux murs en béton froid.

Heureusement, personne ne m'y attend...

Il pénètre dans le couloir, l'arme au poing. La porte se referme sur lui dans un bruit lourd et métallique. C'est là qu'il remarque qu'il n'y a ni fente ni bouton pour l'ouvrir de ce côté-ci.

À nouveau, il est piégé, condamné à aller toujours plus en avant, dans les entrailles de cette base de tous les dangers...

85.

Appartements du général Skinner, 7 août, au même moment.

La femme aide Karine à sortir de l'eau, bordant la jeune aveugle de ses gestes tout en douceur. Sur les bords de la piscine, une autre dame l'attend. Cette dernière lui tend un peignoir sec, que la jeune femme revêt aussitôt. Elle la guide ensuite à travers un couloir baignant dans un air délicieusement doux.

— Vous verrez mademoiselle, la suite du programme est encore plus exquise...

86.

Dans le couloir, 7 août, au même moment.

Vincent avance à pas feutrés le long de l'immense couloir en béton gris, dont la monotonie chromatique n'est rompue que par un liseré jaune sur toute sa longueur, à hauteur d'homme. Encore détrempé et recouvert de sable bleu, le jeune homme ne met pas longtemps à se rendre compte que, malgré sa discrétion, ses chaussures laissent derrière elles des traces sans équivoque.

Ce fichu sable bioluminescent...

En regardant autour de lui, un autre élément lui saute aux yeux : il n'y a là aucune caméra de surveillance, alors que ces dispositifs sont omniprésents dans le reste de la base.

Au bout d'une centaine de mètres, le couloir dessine un angle droit, en direction de la droite. Prudent, Vincent s'arrête un instant, pour écouter :

Rien. Le silence. Je suis probablement seul ici... on ne va pas s'en plaindre...

Il hasarde alors un regard. À une cinquantaine de mètres de là se trouve un ascenseur, situé juste à côté d'une cage d'escalier.

Mais surtout, la voie est libre.

Il s'y engage d'un pas décidé, quand soudain, un bruit métallique retentit derrière lui. C'est la porte, celle qui sépare les cavernes bleues de ce couloir. Cette dernière s'ouvre sur des pas nombreux et rapides, ne laissant aucun doute sur l'identité de leurs auteurs : des renforts, d'autres hommes en noir, à qui Vincent n'a pas encore réglé leur sort.

Sans doute savent-ils que je suis ici...

Une voix monte aussitôt du couloir derrière lui :

— Regardez, ces traces sont encore fraîches...

Pourquoi faut-il que j'aie toujours raison ?

Aussitôt, Vincent troque son allure discrète et ses pas feutrés pour la seule stratégie qui vaille : la fuite en avant, cap sur l'ascenseur. Il est déjà sur le point de l'emprunter quand il se rend compte que son étroite cabine ferait une excellente souricière.

Sans parler du fait que l'ascenseur doit être relié informatiquement à la sécurité de la base. Tout mouvement suspect de ce dernier serait immédiatement remarqué. À moins que je ne puisse m'en servir pour faire diversion...

Il jette un rapide coup d'œil à l'écran tactile qui équipe la cabine :

— Secteur S2 (couleur jaune).

Ce dernier est en surbrillance.
Voilà donc où je me trouve...
— Secteur S3 (couleur orange).
— Secteur S4 (couleur rouge).
S4... là où, selon Josh, se trouverait le mystérieux artefact 9.293. Celui trouvé dans le crash de 46, qui lie Karine à tous ces événements...
— Secteur S5 (couleur noire).

Sans hésiter, il appuie sur *Secteur S4* avant de bondir hors de la cabine, s'engouffrant dans la cage d'escalier, tandis que déjà les portes pneumatiques de l'ascenseur se ferment.
Et que les pas de ses poursuivants venus des grottes se rapprochent dangereusement.
La cage d'escalier est sombre. Entièrement construite en béton, éclairée par quelques ampoules à la lumière vacillante, elle ressemble en tout point aux escaliers sordides des parkings souterrains, étroits et lugubres. Une bande jaune court le long de la rampe. Les mots *Secteur S2* y sont répétés sur toute la longueur.
C'est sans doute un escalier de secours, en cas de panne de l'ascenseur...
Sans attendre, Vincent grimpe les marches quatre à quatre, alors que l'ascenseur décolle à vide, direction le secteur S4.
Et que mes poursuivants viennent de passer l'angle droit, rendant toute retraite impossible.
Au bout d'une cinquantaine de marches, la bande jaune qui orne les murs vire à l'orange, tandis que les mots *Secteur S3* remplacent les S2 précédents. Au même moment, le martèlement des rangers des hommes en noir commence à résonner ici même, dans l'espace confiné de la cage d'escalier.
Ils sont là, à mes trousses. Ils ont sans doute pigé que l'ascenseur n'était qu'une diversion...

Vincent augmente sa cadence. Le martèlement incessant des pas de ses poursuivants agit sur lui comme autant de piqûres de rappel. Quelques dizaines de marches plus loin, il arrive au niveau d'un palier sur lequel débouche une porte donnant sur un couloir, surmonté de la mention *Secteur S3*. Du palier, l'escalier se poursuit vers le haut, sans doute en direction du secteur S4.

C'est alors qu'il entend une série de rafales d'armes automatiques qui résonnent à l'étage supérieur, aussitôt suivi d'un grognement désapprobateur.

Ils m'attendaient là-haut et n'ont pas dû apprécier le tour que je leur ai joué...

Vincent n'a pas le temps de dire ouf que déjà de nouveaux pas, toujours aussi rapides et décidés, empruntent la cage d'escalier. Cette fois, ils viennent d'en haut, tandis que ceux du bas redoublent d'intensité.

Si je reste là, ils vont me prendre en tenaille...

Écoutant autant son courage que la peur qui l'envahit, Vincent pousse brusquement la porte donnant sur la dernière échappatoire possible : le secteur S3.

Il débouche sur un couloir – heureusement vide – qui a quelque chose de familier pour l'ancien interne en médecine. Toutes les odeurs, tout le *feeling* de ce lieu suggèrent qu'il s'agit là d'un secteur médical, tant tout ici lui rappelle les hôpitaux qu'il avait l'habitude de fréquenter, du temps où il était encore étudiant.

En face de lui, une autre porte, surmontée de la mention *vestiaire*.

C'est l'occasion idéale de me débarrasser de cet uniforme mouillé, qui me colle à la peau...

Sans hésiter, il y entre. Le vestiaire est un étroit réduit comprenant deux armoires, l'une grande l'autre petite. Vincent ouvre la grande armoire et y trouve ce qu'il cherche : des tenues médicales, celles-là mêmes qu'infirmiers et docteurs portent au quotidien dans les hôpitaux, avec blouses blanches et masques chirurgicaux de couleur bleu ciel.

Vincent se débarrasse au plus vite de son treillis, qu'il jette dans là poubelle attenante, pour revêtir l'habit de médecin. Par curiosité, il ouvre également la petite armoire. Un grand sourire se dessine sur son visage. Pas longtemps cependant : l'instant d'après, des pas se font entendre.

Nombreux.

Rapides.

Décidés.

Ce sont les soldats. Ils investissent l'étage.

— Il ne peut pas être loin...

Le jeune homme comprend illico que s'il reste là, dans ce vestiaire en forme de cul-de-sac, à côté de l'uniforme mouillé, ce serait la fin. Il ajuste son masque chirurgical de manière à cacher au mieux son visage, pousse la porte, et se hasarde dans les couloirs, la peur au ventre. Ces derniers grouillent de soldats, qui passent l'endroit au peigne fin.

Faire comme si de rien n'était, pour ne pas être démasqué...

— Eh vous...

Une voix derrière lui l'interpelle.

Raté...

Vincent se retourne et tombe nez à nez avec deux hommes en noir, l'arme au poing, le regard décidé.

Pourvu qu'ils ne me reconnaissent pas...

— Vous avez vu un individu suspect roder par ici ?

— Un homme vêtu d'un treillis mouillé, avec du sable bleu ? Renchérit le second.

Vincent pointe le couloir du doigt, comme pour indiquer que le fugitif qu'ils cherchent est déjà loin. Aussitôt les militaires se mettent en marche, hâtant le pas dans la direction que le jeune homme leur a indiquée.

Ça a marché...

Soudain, leur leader fait volte-face. Vincent a juste le temps de battre en retraite, retournant à la hâte dans l'étroit vestiaire.

Ne jamais crier victoire trop vite...

L'homme en noir balaie le couloir de ses yeux inquisiteurs. Le médecin à qui il vient de parler a disparu.

— Où est-il ?

— Qui ça ? Le doc ?

— Oui. C'était lui. C'était Vincent.

Le militaire a compris. Il l'a reconnu. Juste un peu trop tard. Une erreur qu'il se jure de réparer sur-le-champ. Son œil entraîné est immédiatement attiré par la porte encore battante du vestiaire. Son diagnostic est sans appel :

— Il est là !

87.

Appartements du général Skinner, 7 août, au même moment.

Toujours guidée par le bras précautionneux de son accompagnatrice, Karine est conduite vers une autre pièce creusée à même la roche. Une table de massage l'y attend. D'envoûtantes odeurs d'huiles essentielles et d'encens embaument ce lieu, tandis qu'une discrète musique d'inspiration indienne lui confère un indéniable charme oriental.

— Veuillez vous déshabiller mademoiselle. Une fois que vous serez prête, Monsieur Ramesh viendra s'occuper de vous...

88.

Secteur S3, 7 août, au même moment.

Les hommes en noir ouvrent brusquement la porte du vestiaire. La petite armoire est grande ouverte. Des pistolets à fléchettes sédatives, du même genre que celui utilisé pour endormir Karine et Vincent lors de leur capture y sont rangés, alignés les uns derrière les autres.

À l'exception de deux pistolets aux abonnés absents...

— Oh non !

Le leader n'a pas le temps de finir sa phrase, que déjà il sent quelque chose lui piquer la jambe. Il tombe raide tétanisé, immédiatement suivi par son collègue, lui aussi terrassé de la sorte.

Caché dans le coin gauche du vestiaire, Vincent, armé des deux pistolets manquants, vient de leur décocher leurs passeports pour les bras de Morphée.

— Faites de beaux rêves...

L'arme a l'avantage d'être discrète, tout en étant d'une efficacité redoutable. L'idéal pour se débarrasser d'un ennemi sans être repéré. Chaque pistolet est initialement chargé de quatre fléchettes, ce qui lui autorise dorénavant encore six coups, trois par arme.

Vincent, toujours vêtu de sa tenue médicale, pousse prudemment la porte du vestiaire. Le couloir grouille de soldats.

— Fouillez les chambres par groupes de deux...

Les hommes en noir s'exécutent. Vincent profite d'une seconde de répit, alors que tous les soldats inspectent les chambres, pour se glisser dans celle attenante.

À priori, on dirait une chambre d'hôpital classique. Séparé par une porte opaque, un petit cabinet de toilette équipé d'une douche et d'un WC complète le décor, à l'image de toute chambre hospitalière moderne. Seuls détails notables : l'absence de fenêtre et la présence de sangles le long du lit, dont l'utilité ne présente pas l'ombre d'un doute.

On doit y accrocher des gens... mais pourquoi ?

Soudain, des pas se rapprochent. Deux hommes. Sans doute un binôme de militaires chargés d'inspecter les lieux.

Réagir. Vite...

Sans l'ombre d'une hésitation, Vincent plonge derrière le lit, s'apprêtant à faire feu à l'aide de ses pistolets à fléchettes. Anticipant une arrivée hostile, Il vise la porte. Cette dernière s'ouvre sur deux hommes en noir, à l'œil inquisiteur.

C'est eux ou moi...

Avant même qu'ils n'aient le temps de remarquer sa présence, Vincent appuie simultanément sur ses deux gâchettes. Les fléchettes vont se ficher dans les jambes des intrus, avec effet immédiat.

Bonne nuit les petits... encore quatre coups...

Il n'a pas le temps de souffler que déjà d'autres pas s'approchent.

Sans attendre, Vincent tire les corps flasques des deux hommes en noir en direction des toilettes. À peine les y a-t-il cachés que la porte s'ouvre à nouveau. Il a juste le temps de lui aussi se dissimuler à l'intérieur des cabinets, dont la porte reste entrouverte.

Deux nouveaux soldats pénètrent dans la chambre. Il peut à présent les voir par la porte entrebâillée.

N'aurais-je donc jamais droit au répit...

— T'as pas vu Dan et Brian entrer ici ?

— Si...

Déjà les hommes fouillent l'endroit à la recherche de tout élément suspect. Ils n'entendent que trop tard la porte située derrière eux s'ouvrir. Bondissant sur eux, Vincent fait feu, plantant deux fléchettes dans leurs nuques, à bout portant. Une pour chacun.

Les deux hommes tombent raide sur le sol.

Plus que deux coups. Vite, s'adapter...

Vincent jette un œil aux militaires qu'il vient d'envoyer au pays des rêves. L'un d'entre eux présente une corpulence proche de la sienne. Profitant d'un instant d'accalmie dans les couloirs attenants, le jeune homme troque ses vêtements médicaux pour ceux de l'homme en noir, enfilant pour la première fois l'imposante tenue sombre de ces troupes d'élite, bien plus inquiétants ainsi vêtus qu'ils ne le sont en caleçon.

Alors que Vincent est sur le point d'achever son déguisement, la porte de la chambre s'ouvre par surprise.

C'est le chef du détachement.

J'ai fait trop de bruit en me changeant...

— Il est...

Le militaire s'apprête à donner l'alerte.

— ...temps de faire dodo, complète Vincent, qui a gardé le pistolet à fléchettes à portée de main.

À son tour, le chef du détachement sombre dans la torpeur, tandis que le jeune homme finit d'enfiler la cagoule qui désormais cache son visage.

Mon passeport pour l'anonymat...

Il laisse ses armes à présent déchargées sur place, troquant ces dernières pour les mitraillettes caractéristiques des soldats, avant de sortir de la chambre, prêt à se fondre dans la masse de ses ennemis.

Il parcourt à présent le couloir grouillant d'hommes en noir, comme s'il était l'un des leurs. Malgré son déguisement, le fait d'être entouré par cette nuée anthracite, dévouée corps et âme au général Skinner, le rend nerveux, le regard fuyant.

Un seul faux pas et c'est la fin...

À peine une seconde après, l'un de ses « collègues » l'interpelle :

— Eh toi, t'as vu quelque chose ?

Si je réponds, je suis mort...

Vincent se retourne et hoche négativement la tête, le plus naturellement du monde.

Intérieurement, il est mort d'angoisse.

Il faut surtout qu'ils ne fouillent pas tout de suite la chambre dont je viens de sortir, où les corps endormis de leurs collègues jonchent le sol...

— OK, on va chercher plus loin. Toi, va avec Trevor à l'aile D. Il ne faut surtout pas qu'il puisse accéder à l'aile D...

Vincent lève le pouce en guise de réponse, tout en balayant du regard les environs, à la recherche dudit Trevor.

Ils arrivent donc à se reconnaître entre eux malgré les cagoules... et je suis censé en faire de même si je ne veux pas me faire prendre...

Il remarque aussitôt un homme rompant la formation. Ce dernier lui fait signe de le suivre.

Ce doit être le fameux Trevor...

Il lui emboîte le pas, pas mécontent de quitter ce nid de guêpes.

Mais pourquoi au fait ne veulent-ils pas que j'accède à l'aile D ?

Les couloirs de cet hôpital souterrain semblent s'étendre à l'infini. Tout en prenant soin de rester en retrait par rapport à Trevor, il remarque que certaines chambres ne sont pas dotées de poignées, et que leur accès est gardé par les désormais célèbres lecteurs de carte « 1492 ».

Ces dernières sont visiblement les cellules d'une prison médicalisée...

L'homme en noir que Vincent suit tire une sorte de talkie-walkie de sa combinaison et lance :

— Trevor pour black leader, nous pénétrons dans l'aile D, rien à signaler...

À mesure qu'ils progressent à travers ce dédale, l'angoisse monte...

L'angoisse d'être démasqué autant que celle de découvrir ce qui peut se tramer en ces lieux, à l'atmosphère de plus en plus glauque...

Soudain, au croisement de deux couloirs, ils tombent nez à nez avec deux autres hommes en noir, accompagnés d'un scientifique en blouse blanche. Les deux militaires poussent un lit à roulette sur lequel *quelque chose* est attaché, caché sous une épaisse couverture.

La *chose* tente désespérément de se défaire de ses entraves.

Vincent reste un instant hébété.

Puis soudain il comprend. Tout. Pourquoi il n'y a pas de caméras ici, à quoi servent les sangles des lits...

Cet endroit n'est pas un hôpital, c'est un laboratoire. Un laboratoire de l'horreur dont aucune trace ne doit exister...

Il doit vite se ressaisir, car déjà le scientifique l’interpelle :

— Aidez-moi vous deux, on ne sera pas trop de cinq pour s'en occuper...

Aussitôt Trevor acquiesce et vient prêter main-forte à ses collègues, les aidant à pousser le lit. Afin de ne pas attirer l'attention, Vincent, bien que terrifié, leur emboîte le pas.

Ce qui se passe ici doit être le quotidien de ces hommes... je suis en plein cauchemar...

Ils arrivent face à une intersection en T. Sur le mur d'en face, une porte donne accès à ce qui ressemble à un bloc opératoire. L'endroit est bardé de matériel électronique, avec néanmoins quelque chose de plus sombre et de plus angoissant qui plane dans l'air.

Le karma de ces lieux ?

Le petit groupe y pénètre en trombe, tandis que déjà les portes automatiques qui en gardent l'accès se ferment sur eux. Vincent comprend soudain où il a mis les pieds. Un panneau des plus explicite surmonte la porte, désormais close. Un panneau qui le glace d'effroi :

Centre d'interrogatoire n°3.

89.

Appartements du général Skinner, 7 août, au même moment.

Couchée sur la table de massage, une serviette recouvrant ses fesses et le haut de ses jambes, Karine entend le pas d'un homme corpulent pénétrer dans la pièce. Malgré son aspect massif, une grande bonté semble émaner de cet individu.

— Je suis le docteur Ramesh, masseur personnel du général Skinner. Laissez-moi vous faire goûter au paradis...

90.

Centre d'interrogatoire n°3, 7 août, au même moment.

Sous la direction du scientifique, les hommes en noir installent le lit au milieu de ce qui ressemble à une salle d'opération, non loin des équipements électroniques.

— Prêts, messieurs ?

Aussitôt, les soldats passent leur main droite sur les mailles de leurs cagoules, au niveau de leurs tempes. Un matériau réfléchissant, semblable à des verres solaires, se déplie et vient se placer devant leurs yeux, à présent intégralement dissimulés par ce masque.

Le cœur battant à cent à l'heure, Vincent les imite, pour éviter de se faire repérer. Il ne tarde pas à déceler une sorte de bouton qui, à peine effleuré, déploie l'écran, dissimulant à son tour son regard.

Ces cagoules sont des bijoux de technologie...

À voir l'effet, on dirait une sorte de verre polarisant.

L'homme de science chausse à son tour une paire de lunettes, faite du même matériau. Il s'assure qu'aucune lumière parasite ne puisse pénétrer par les côtés, également protégés. Une fois tout le monde équipé, les deux premiers hommes en noir retirent soigneusement la couverture, découvrant à un Vincent stupéfait ce qui se cache en dessous.

Heureusement que cette visière dissimule mon expression... je serais grillé direct sinon...

Bien qu'il s'en soit douté, il lui faut le voir pour le croire.

La couverture recouvrait un extraterrestre vivant, du même type que ceux croisés précédemment, solidement attaché au lit par les quatre membres, la tête fermement sanglée. La créature se débat comme un beau diable, sans parvenir à s'échapper. À la vue des hommes en noir et surtout du chercheur, l'extraterrestre semble saisi d'une peur panique. L'effroi transpire de ses grands yeux en amande.

Il a peur. Peur des hommes en noir et du savant. Peur de nous...

Plus impressionnante encore est sa bouche, grande ouverte. C'est comme s'il essayait de crier, sans qu'aucun son ne sorte de son gosier.

Cette créature doit souffrir le martyre et personne ne s'en soucie. Ou pire, ils aiment ça...

Sans montrer la moindre émotion, les hommes en noir recouvrent son corps d'électrodes, concentrant ces dernières sur sa volumineuse tête. Leurs gestes sont froids et précis, dépourvus de la moindre humanité. Face à eux, un être dont la détresse émane de tous ses pores, mais dont le sort ne semble en rien les émouvoir. Vincent assiste impuissant à ce spectacle abominable.

Cette chose venue d'ailleurs semble plus humaine que les hommes qui s'affairent autour d'elle...

Au prix d'un énorme effort sur lui-même, Vincent dissimule la sensation d'horreur qui l'envahit. D'un coup d'œil, il évalue la situation. Il remarque aussitôt que certains membres de l'extraterrestre sont tuméfiés, tandis que d'autres portent la trace de brûlures électriques.

Ne me dites pas que ce sont eux qui...

Le scientifique s'empare d'un casque semblable à ceux portés par les opérateurs des *call centers*. Ce dernier est relié à la machine d'où partent les électrodes attachées à la tête de la créature. L'homme le revêt tout en allumant un écran d'ordinateur, qui surplombe la scène. Ce dernier se trouve placé bien en évidence, face aux yeux terrifiés de l'extraterrestre.

Sur l'écran apparaît un éclat de cristal portant la mention *Artefact 9.293*. Vincent n'en croit pas ses yeux.

C'est donc ce cristal qui...

Attachée au lit, la créature a le regard vide de ceux qui n'ont plus rien à espérer de la vie. Le scientifique se place entre lui et l'écran et lui lance, d'une voix dure :

— Pour la dernière fois, c'est quoi ce truc...

L'être reste imperturbable. Le savant appuie sur l'écran. Une nouvelle image apparaît. Cette fois Vincent manque de tomber à la renverse.

— Et elle, c'est qui ?

Une photo de Karine, prise à son arrivée à la base, s'affiche en grand sur l'écran. Un écran que Vincent ne parvient pas à lâcher des yeux.

Le scientifique montre des signes d'impatience :

— Parle, monstre ! Arrête de dire que tu refuses de coopérer...

La créature n'a rien dit... à moins que ce casque ne soit une sorte de machine à capter ses ondes télépathiques, et qu'il ne se soit adressé ainsi au scientifique...

Le savant, déterminé, se recule d'un pas et lance d'une voix ferme, dénuée de la moindre empathie :

— Bien... tu l'auras voulu...

L'homme de science se tourne vers les hommes en noir, dont Vincent.

— Mettez le jus...

Ils ne vont quand même pas...

Sans la moindre hésitation, l'un des militaires appuie sur un gros bouton rouge, qui équipe l'engin attaché aux électrodes. Immédiatement, l'aiguille du voltmètre fait un bond, tandis qu’un son lancinant d'électricité statique monte de l'appareil. Le corps de l'extraterrestre se met à trembler. Tout son être semble se muer en un réceptacle de douleurs.

Je ne peux pas laisser faire ça...

Sous les yeux terrifiés de Vincent, des arcs électriques surgissent entre les membres de la créature. La chose semble hurler de douleur, dans le silence le plus complet. Aucun son ne sort de sa gorge. La scène n'en est que plus insoutenable. Pétrifié par la peur, Vincent reste figé, incapable d'agir.

Si je bouge, je suis le prochain sur la liste...

Ses yeux effectuent des allers / retours entre l'écran et cette pauvre créature, soumise à ce traitement inhumain. L'un des hommes en noir lui jette un bref regard qu'il ne remarque même pas, tant il est happé par l'horreur de la situation.

Le scientifique fait cesser le supplice.

— Parle, sinon...

Rien. Pas un son.

Alors, le chercheur se ravise. Fini la high-tech. Il décide de recourir à des méthodes plus ancestrales.

Une bonne vieille barre de fer. Simple, mais efficace.

— Maintenant tu vas comprendre ta douleur, sale bête !

Sa voix dégouline littéralement de haine.

Dans un geste bestial et primaire, l'homme de science arme son geste. Il semble viser la voûte plantaire de la créature. Vincent reste figé, obligé de prendre sur lui, sous peine de se démasquer. Dans sa tête, une pensée tourne en boucle :

Mon Dieu, faites qu'on ne soit pas tombés aussi bas...

91.

Appartements du général Skinner, 7 août, au même moment.

Le docteur Ramesh masse avec délicatesse la voûte plantaire de Karine.

— Ça vous plaît mademoiselle ?

— Je n'ai jamais rien ressenti d'aussi bon de toute ma vie...

92.

Centre d'interrogatoire n°3, 7 août, au même moment.

Les os des pieds de la créature volent en éclat sous la violence du choc. Un rictus de douleur encore plus terrible que les précédents se dessine sur son visage difforme. Ivre de rage et de haine, le scientifique s'acharne à présent sur ses frêles jambes :

— Ça, c'est pour tous tes congénères, qui comme toi gardent le SILENCE !

Bien que cachée par ses lunettes, la cruauté froide qui luit dans son regard est palpable. L'homme s'arrête un instant pour reprendre son souffle. C'est là qu'il remarque que quelque chose ne colle pas dans le comportement de l'un de ses *assistants* :

— Qu'est-ce que t'attends, toi, pour lui faire cracher le morceau ?

La suspicion se répand comme une traînée de poudre. En un instant, tous les regards convergent sur Vincent.

L'un des hommes en noir lui tend un aiguillon électrique.

Je ne peux pas faire ça...

Vincent fait mine d'hésiter. Trop. Déjà, son interlocuteur porte la main à son arme, prêt à démasquer le jeune homme.

Au dernier instant, Vincent trouve une solution :

— J'ai une meilleure idée...

Il s'efforce d'employer le ton sadique de circonstance. Il se saisit alors de son arme et vise le haut des jambes de la créature, que les coups précédents ont encore épargné. Ses *collègues* semblent ravis de son initiative. Ils se languissent de voir la créature endurer le châtiment que le jeune homme lui réserve. Déjà son doigt caresse la gâchette.

Moment suspendu. Les yeux de Vincent passent du savant aux hommes en noir, des hommes en noir à l'extraterrestre.

Je dois agir...

C'est alors qu'il décide de passer à l'action.

D'une rafale, il aligne les hommes en noir ainsi que le scientifique.

Net et sans bavure.

À présent il est seul, face à cette créature qui souffre le martyre.

Je viens de choisir mon camp...

Intuitivement, il retire sa cagoule, dévoilant son visage à l'extraterrestre, croisant l'étrange, mais bienveillant regard de ses grands yeux noirs. Dès que son regard croise celui de cet être, il comprend qu'il doit mettre le casque que porte encore la dépouille du scientifique.

Il essaie de communiquer avec moi, comme son congénère l'a fait dans le crématoire...

Vincent ramasse l'objet et l'ajuste sur sa propre tête. Dans l'oreillette du casque, les pensées de la créature se font paroles :

— Merci de m'avoir sauvé de ces... monstres...

La bouche de l'extraterrestre ne bouge pas. Cette voix que Vincent perçoit à présent clairement est exclusivement télépathique, amplifiée jusqu'à devenir audible grâce au casque.

J'avais vu juste à son sujet...

— Je peux vous aider ?

— Non. Vous ne pouvez plus rien pour moi. Merci quand même...

Tout en lui parlant, Vincent délivre l'extraterrestre de ses entraves. Ce dernier le fixe de ses grands yeux noirs :

— Vous vous demandez pourquoi ils me traitaient de la sorte ? ... Parce qu'ils veulent comprendre, mais pour de mauvaises raisons. Ils savent que ce cristal est la clé, et que la fille est liée à lui.

Vincent jette un œil à l'écran. Ce dernier affiche toujours le portrait de Karine. Il hésite un instant puis lance :

— Cette fille, c'est Karine, ma compagne...

Moi aussi, je veux savoir.

Il sent soudain tous ses souvenirs se bousculer dans sa tête.

C'est comme si l'extraterrestre lisait en moi comme dans un livre ouvert.

— Je sais, Vincent...

La créature... elle sait mon nom, mon nom à moi. Et sans doute le reste aussi. Notre séjour dans la base, notre périple à travers les États-Unis, ma rencontre avec Karine, ainsi que la première fois que je l'ai vue en rêve, le jour où tout à commencé. Peut-être même qu'il...

Le jeune homme n'a pas le temps de réfléchir davantage que la voix télépathique de l'être se manifeste à nouveau, coupant net ses pensées. Ou plutôt, les complétant, attrapant la balle au bond :

— ...peut-être même qu'il pourrait expliquer ce rêve ? Vous voyez, je sais tout...pour votre rêve, disons que ce sont des choses qui arrivent... En tout cas, ça ne m'étonne guère, qu'elle ait choisi de partager sa vie avec vous. Les gens bien semblent rares sur cette planète...

Bien vu...

— Mais qu'a-t-elle de spécial ? En quoi est-elle liée à votre cristal ? Il serait venu à bord d'un de vos vaisseaux en 1946... Karine n'était pas encore née à l'époque...

L'extraterrestre marque une pause, puis répond :

— Parce qu'elle fait partie des êtres les plus évolués de votre monde. Vous-même n'en êtes pas très loin, c'est sans doute pour cela qu'elle a choisi de vivre à vos côtés, même si vous n'êtes pas encore à son niveau, ce qui a d'ailleurs été source de frictions entre vous...

Aussitôt Vincent comprend. Comme si, par télépathie, cette créature l'aidait à y voir clair :

Son refus des armes à feu. Son refus de la chasse. Son refus de tuer le chat dans le supermarché. Son refus de toute violence. Bref, son côté bisounours fleur bleue qui m'a plus d'une fois excédé. C'était donc ça...

— Elle n'est pas la seule, bien sûr, mais c'est sur elle que nous avons décidé de miser, c'est notre premier choix...

— Pourquoi elle ?

— Nous l'avons choisie peu après qu'elle ait perdu la vue. Sa détresse d'alors nous a touchés. C'est un choix purement arbitraire, je le reconnais, mais nous devions choisir quelqu'un et c'est tombé sur elle. Voilà pourquoi nous avons réglé sa fréquence sur celle du cristal. Nous pensions que sa cécité serait un puissant moteur qui la pousserait à réaliser son destin. Hélas nous savions que le cristal était aux mains des forces obscures qui dominent encore votre monde, mais c'était un risque qu'il nous fallait courir...

— Quel risque ?

— Tout ce qui vous est arrivé. Normalement rien de tout cela n'aurait dû se passer... mais hélas, l'un des nôtres a parlé sous la torture. Je ne lui jette pas la pierre, mais le résultat est là. Il a révélé à ces brutes le lien entre le cristal et l'élue, ainsi que la manière d'utiliser le cristal afin d'identifier et de localiser cette personne... votre amie. C'est à cause de lui que vous avez été traqués, ce qui a terriblement compliqué la situation. Heureusement que...

Le jeune homme écoute avec attention.

La façon dont on vous a accueilli est indigne de nous. Ou du moins de l'image que je me faisais encore il y a peu de mon espèce...

L'extraterrestre continue :

— Nous savions que le cas de votre planète serait spécial. Dès votre usage de l'arme atomique, nous avons accouru. Normalement la découverte de ce genre de technologies se fait bien plus tard dans le cycle de l'évolution. Croyez-moi, vous êtes bien trop en avance sur le plan scientifique au vu de votre niveau de conscience...

Ainsi donc les événements de 1946 avaient bien un lien avec le projet Manhattan, comme je le subodorais...

— Nos pires craintes se sont hélas confirmées quand notre vaisseau mère est arrivé près de votre monde...

Nouvel aveu. Le vaisseau mère existe bel et bien. Tout ce que les militaires nous ont raconté lors de notre arrivée à la base n'était donc pas du flan...

— Soudain nous avons vu comme vos villes ont explosé les unes après les autres. Nous étions terrifiés. Jamais auparavant nous n'avions rencontré pareille situation, pareille folie meurtrière. Nous avons même hésité un temps à battre en retraite, et à rentrer chez nous...

Vincent blêmit. La créature semble sincère. Vraiment sincère.

Ce ne sont donc pas eux qui ont réduit les villes en poussière. Mais dans ce cas, c'est qui ?

Le souffle de l'extraterrestre faiblit. Il continue néanmoins :

— Normalement nous aurions dû vous étudier depuis l'orbite géostationnaire, mais quand nous avons compris que nous étions la cause de ce terrible carnage, nous nous sommes vus dans l'obligation d'activer le cristal, et par la même votre amie. Nous avons dû entamer la procédure...

Comment ça à cause de nous ? Cela voudrait-il dire que si les extraterrestres n'ont pas détruit les villes en personne, leur présence serait malgré tout à l'origine de ce carnage ?

— Et cette *activation* dont vous parlez, c'était donc ça, la grande lumière que nous avons vue ?

Sans bouger, l'extraterrestre acquiesce. À nouveau, un frisson parcourt l'échine de Vincent, tandis qu'un flot de questions monte en lui :

— Vous nous accusez de... mais vous aussi, vous avez tué plein de gens en activant votre arme de fin du monde ! Bien plus encore que celles qui sont mortes dans ces villes, bien plus que nous n'aurions jamais pu tuer, même en larguant toutes nos bombes atomiques, même si on se balançait tout notre arsenal à la gueule...

Et ça veut donner des leçons de morale...

— Non Vincent. Nous n'avons tué personne... nous avons juste...

Vincent sent poindre une hésitation chez la créature.

— Nous sommes venus en paix... permettez juste à Karine de rejoindre notre vaisseau, et nous vous expliquerons tout...

— Comment ? Comment pouvons-nous rejoindre votre vaisseau mère ?

— Par la porte. Par la porte qui se trouve à l'endroit que vous appelez Airport Mesa.

— Airport Mesa ? Vous voulez dire LE Airport Mesa, celui qui se trouve à Sedona ?

L'être acquiesce.

— Oui. C'est elle qui attire Karine depuis que...

Depuis qu'elle en rêve...

— Elle sent où elle se trouve... elle vous y guidera. Retrouvez Karine et aidez là à rejoindre la porte. Il en va du sort de votre monde. Nous devons savoir si...

Le jeune homme boit littéralement les paroles de cet être d'outre-terre.

— ...c'est là aussi que nous pourrons lui rendre l'usage de ses yeux, ce que nous ne pouvions pas faire à la surface de votre planète...

Soudain, des pas retentissent dans les couloirs adjacents.

Nombreux.

Rapides.

Déterminés.

Vincent est pris de panique. L'extraterrestre aussi.

— Vincent, j'ai une dernière faveur à vous demander.

Le regard de l'extraterrestre se fait implorant :

— ...achevez-moi... ne me laissez pas retomber entre leurs griffes. En me libérant, vous vous montreriez digne de ce que nous attendions de vous, digne d'être le compagnon de Karine...

Une profonde détresse se lit dans les yeux de la créature, tandis que les pas se font de plus en plus pressants.

— Promis, vous lui rendrez la vue si je l'amène à bord de votre vaisseau mère ?

— Promis. Sur l'univers entier.

La créature est de plus en plus faible. Vincent retire le casque de communication et revêt à nouveau la cagoule de son uniforme d'homme en noir. Il vise la tête et, d'un tir bien ajusté, accomplit sa dernière volonté.

Délivre-moi...

L'extraterrestre esquisse un sourire au moment où la balle lui transperce la tête.

Adieu, l'ami...

Un dernier tressaillement parcourt son corps frêle, alors que déjà les portes s'ouvrent sur un détachement d'hommes en noir au pas rapide, l'arme au poing. Ces derniers ne prêtent même pas attention aux corps de leurs collègues qui gisent encore sur le sol, ensanglantés. En un éclair, ils encerclent Vincent, braquant leurs armes sur lui, l'air plus menaçants que jamais.

Le chef de l'unité se rapproche du jeune homme et, d'un geste sec, lui retire sa cagoule.

— Vous êtes en état d’arrestation, *private* Skyvington.

93.

Appartements du général Skinner, 7 août, au même moment.

Le traitement du docteur Ramesh vient de se terminer. Karine, encore sur son nuage, reste un instant allongée sur la table de massage. Elle savoure encore ces instants de plénitude, qu'elle vient de passer entre les mains expertes du masseur, puis elle se rhabille. Alors qu'elle revêt son T-shirt, une voix surgie des ténèbres l’interpelle soudain :

— La journée s'est-elle bien passée ?

C'est la voix du général Skinner.

Et s'il avait assisté à tout ? M'a-t-il vue nue ? Vite, ne pas montrer ma gène...

— Merveilleuse, Mon général...

Elle l'entend s'approcher d'un pas léger.

— J'ai encore un cadeau pour vous. Je suis sûr qu'elle vous ira à ravir...

Skinner lui tend un vêtement. À tâtons, Karine découvre une petite robe en jersey de soie, qui a tout pour être élégante.

— De quelle couleur est-elle ?

— Noire. Une de ces petites robes noires qui mettront sans nul doute vos charmes féminins en valeur, mademoiselle Faure.

— Merci beaucoup, Mon général.

— Préparez-vous, mademoiselle Faure. J'ai encore une dernière affaire à régler et je vous attends à ma table, dans un quart d'heure.

Sur ce, il s'éclipse.

Tout en revêtant la robe qui lui va comme un gant, elle se demande pourquoi le général est à ce point aux petits soins avec elle...

94.

Secteur S3, 7 août, au même moment.

Les hommes en noir ont solidement attaché Vincent au lit à roulettes, en lieu et place de l'extraterrestre. Ils le poussent sans ménagement à travers les couloirs lugubres du secteur S3. Des ecchymoses recouvrent son visage, suite au passage à tabac que ces hommes lui ont réservé, avant de le faire prisonnier.

— T'as vu ce qu'on a fait à *Grosse tête* ? Toi ce sera pire !

Nouveau coup de poing. Son arcade sourcilière crache le sang.

J'ai commis l'erreur de ma vie en me rendant, je vais le payer au prix fort...

Les tubes fluorescents du plafond défilent devant ses yeux terrorisés, seul élément que son corps entravé est encore en mesure de mouvoir.

Où m'emmènent-ils ? Que vont-ils faire de moi ?

Le chef de l'unité s'empare de son talkie :

— Unité 220 pour général Skinner. Nous l'avons. Nous avons cette enflure de Skyvington...

Balayant du regard le décor glacial de ces couloirs, il cherche désespérément un moyen de s'enfuir.

Il n'y en a aucun.

J'ai abrégé les souffrances de cette créature, j'aurais plutôt dû abréger les miennes...

La troupe s'arrête devant la porte d'un ascenseur. Le chef de l'unité prend les opérations en main :

— Reprenez les patrouilles, je l'emmène en cellule...

Les hommes obtempèrent, aidant juste leur chef à pousser le prisonnier dans la cabine d'ascenseur.

— Bon boulot, les gars...

Sur ce, le chef appuie sur un bouton et les portes se ferment. L'instant d'après, la cabine entame son ascension. Aussitôt seuls, l'attitude du chef change du tout au tout. Il fait signe à Vincent de se taire, puis s'empresse de le libérer.

— Pourquoi faites-vous...

L'homme retire sa cagoule. Vincent le reconnaît aussitôt. C'est le docteur Kasdan, le gynécologue de Karine. Celui qui lui avait subtilement fait comprendre qu'il était membre du groupe Vespucci.

— Je suis venu pour te tirer de là...

— Comment avez-vous...

— Ça fait des mois que nous infiltrons ces salopards, ça nous permet de réaliser ce genre d'opérations...

— Mais pourquoi... ?

— Pour que tu nous aides à sauver Karine...

Le sang de Vincent ne fait qu'un tour.

— Qu'est-ce qu'il lui est arrivé ?

— Skinner la retient prisonnière dans ses quartiers privés. On n'en sait pas plus pour l'instant, sinon qu'il compte l'utiliser ce soir encore pour quelque chose, et qu'après, il veut l'éliminer...

L'éliminer...

Le docteur Kasdan tire alors un petit objet de sa poche, similaire à une télécommande. Aussitôt l'ascenseur s'arrête et sa porte s'ouvre sur un tunnel creusé à même la roche, de manière bien plus artisanale que le reste de la base.

Deux hommes en tenue civile les y attendent.

— Bienvenue à la base Vespucci one, *private* Vincent Skyvington.

95.

Appartements du général Skinner, 7 août, au même moment.

Assise face au général, vêtue de la petite robe noire, Karine goûte aux mets raffinés que le militaire lui a fait servir. Tartare exotique et vinaigrette épicée en entrée, fricassée de lapin à l'olive verte en plat de résistance, le dessert restant à venir.

— Dites-moi, général, pourquoi m'avez-vous offert cette journée de rêve ? Pourquoi toutes ces attentions ?

Le chef de la base est fasciné par la grâce de la jeune femme. Sa longue chevelure brune tombe à merveille sur les courbes généreuses de sa poitrine, parfaitement mises en valeur par la coupe de la robe. Une pure merveille.

— Mademoiselle Faure... je vous ai fait venir car je vous dois des excuses.

— Des excuses ? Comment ça ?

— Je sais que vous êtes une jeune femme perspicace, et que vous avez compris que, contrairement à ce que mes subordonnés ont pu vous raconter lors de votre arrivée, nos ennemis ne sont pas de vulgaires colons galactiques, limités par la vitesse de leur astronef, condamnés à conquérir les mondes qu'ils abordent...

— Comment pouvez-vous savoir que... ?

Je n'ai évoqué le sujet qu'une seule fois avec Vincent, et ce dans l'intimité de notre appartement...

— La question n'est pas comment, mais pourquoi. Pourquoi nous vous avons menti. Pourquoi nous avons dû mentir à tout le peuple de la base. Parce que cela permettait de donner l'illusion que nos envahisseurs ne sont après tout pas si avancés que cela, ce qui devait nous laisser une chance de les vaincre... sans cela, il y a fort à parier que l'équilibre social ici-bas aurait depuis longtemps volé en éclats, et avec lui nos seules chances de succès...

Karine écoute avec intérêt les dires du général, tandis que ce dernier se plonge avec délectation dans le regard éteint de ses splendides yeux d'émeraude, qu'un rayon de lumière vient souligner avec délice.

— Vous voulez dire que c'est fichu... qu'on va tous mourir ?

La jeune femme affiche une mine défaite. Pas le général.

— Non mademoiselle. Je ne vous cacherai pas que lors de leur arrivée, lorsque la sonde nous a révélé les premières images de ce gigantesque astronef qui sortait de l'hyperespace au niveau de Jupiter, nous avons eu des sueurs froides...

— L'hyperespace ?

— Oui. C'est ainsi que les scientifiques appelaient un espace, jusqu'à là hypothétique, dans lequel étaient censés baigner les astronefs voyageant à des vitesses superluminiques, c'est-à-dire plus rapides que celle de la lumière. Voyez-vous mademoiselle, selon les lois de la relativité d'Einstein, aucun élément physique ne peut se déplacer plus vite que la lumière à travers l'espace-temps...

Karine acquiesce, sous le regard charmé du général.

Cette fille est belle à damner un saint... elle sera à moi !

— Mais depuis quelques années, des physiciens comme le mexicain Miguel Alcubierre[25] ont mis au point des théories qui contournent la difficulté, en isolant, de manière purement théorique certes, les potentiels astronefs dans des bulles d'espace-temps. Ces bulles permettraient donc...

Karine le coupe, sidérée :

[25] Véridique. https://fr.wikipedia.org/wiki/Miguel_Alcubierre

— Attendez... vous voulez dire qu'on a trouvé comment voyager plus vite que la lumière ?

Le général temporise :

— ...disons que certains de nos scientifiques ont posé les premiers jalons, avant même l'arrivée de nos... visiteurs. Un peu comme Léonard de Vinci dessinant ses modèles d'homme oiseau, annonçant avec quelques siècles d'avance l'invention de l'avion... il est néanmoins intéressant de noter que les distorsions de l'espace-temps observées à l'arrivée de cet astronef collent parfaitement avec celles prévues par les théories de ce physicien mexicain...

— Ce qui veut dire... ?

— Ce qui veut dire que ce que nous pensions initialement être un mensonge nécessaire au maintien de la cohésion sociale s'est finalement révélé être une vérité. Oui, ces êtres ont une sérieuse avance technologique sur nous, oui ils ont transformé certains de nos compatriotes en zombies qui ont fait exploser nos principales villes pour mieux nous déstabiliser, avant d'utiliser leur rayon de la mort. Oui ils ont tenté de nous exterminer, mais la bonne nouvelle est que, malgré leurs indéniables succès militaires, leur avance technologique est moins grande que nous le pensions initialement, nous ouvrant un chemin, étroit certes, vers une possible victoire...

— Vous... vous pensez qu'on peut les vaincre ?

— Oui, et voyez-vous mademoiselle, une fois que nous nous serons débarrassés d'eux, nous verrons leur arrivée comme ce qu'elle aura réellement représenté pour notre monde : une incroyable opportunité.

— Vous appelez opportunité un génocide planétaire ?

Une pointe de colère s'est glissée dans la voix de la jeune femme.

Skinner la dévore des yeux.

Elle est encore plus belle quand elle se met dans ces états...

— Oui mademoiselle, c'est exactement à cela que je voulais venir. Depuis que ces événements ont commencé, nous les vivions comme une malédiction qui a détruit notre monde, une malédiction qui nous a condamnés à cette vie souterraine. Mais pleurer sur le sort de nos morts ne nous fera pas avancer d'un iota. Il est temps de tourner la page et d'aller de l'avant. Il est temps de faire de notre malheur une force. L'avenir appartient à ceux qui s'adaptent, à ceux qui tirent le meilleur parti d'un monde qui change. Plus nous en apprenons sur eux, plus je me dis qu'en réalité, leur arrivée est une bénédiction. Peut-être même la meilleure chose qui nous soit arrivée de toute notre histoire...

La jeune femme, impressionnée, commence à comprendre.

Skinner continue :

— Demain, quand nous les aurons mis à terre, nous pourrons nous emparer de leur technologie et faire un bond en avant fantastique. Un peu comme si les Grecs de l'antiquité avaient eu accès à Google... vous savez, avant leur arrivée, notre espèce commençait à se sentir à l'étroit sur cette planète... un peu comme les Européens l'étaient sur leur continent, à la fin du Moyen Âge.

Karine complète :

— ...en 1492...

Skinner sourit. Il sent qu'il touche au but.

— Oui mademoiselle Faure. Je sais que vous avez déjà entendu parler de la petite surprise que nous préparons à nos nouveaux *amis*, et je sais que vous mourez d'envie d'en savoir davantage...

La jeune femme est littéralement pendue aux lèvres du général. Ce dernier fond devant la splendide créature qu'il a en face de lui.

Déjà sur la vidéosurveillance elle était belle, mais en vrai, quelle merveille...

— Voilà. À la fin du Moyen Âge. L'Europe avait épuisé

toutes ses ressources naturelles. C'est pour cela que les monarques de l'époque financèrent des expéditions à la recherche de nouveaux mondes. Ça a donné 1492 et Christophe Colomb, et accessoirement la plus grande période de prospérité pour le monde occidental. En ce début de troisième millénaire, notre planète entière a épuisé ses ressources. Pour continuer sur notre rythme, il nous faudrait deux, trois, voire quatre planètes... Hélas, les dirigeants politiques du temps d'avant n'avaient pas les moyens d'imaginer un voyage vers d'autres mondes, qui nous aurait offert les ressources nécessaires pour continuer notre croissance. Mais avec l'arrivée de nos envahisseurs, la donne a changé... Croyez-moi, mademoiselle Faure, si nous parvenons à les vaincre, nous nous emparerons de leur technologie, et alors le développement de l'humanité ne connaîtra plus de limite... commencera alors la plus grande période de prospérité et de croissance de toute l'histoire, commenceront alors les temps excitants et glorieux où l'humanité régnera sur la Galaxie, pacifiant cette dernière, comme les Romains le firent sur tout le pourtour méditerranéen, du temps de la *Pax Romana*... voilà ce qu'est le projet 1492, mademoiselle Faure. Notre avenir. Notre radieux avenir de pacificateurs, celui où nous ne nous contenterons plus d'être l'espèce alpha de la terre, mais celle de tout l'univers...

Malgré sa cécité, l'éloquence du général réussit à faire briller le fascinant regard de la jeune femme. C'est à ce moment qu'il décide d'abattre sa carte maîtresse :

— Et d'ailleurs, je suis persuadé que leur technologie nous permettra aussi de vous rendre ce que la vie vous a injustement retiré, à savoir l'usage de vos yeux.

Une vague d'émotion submerge la jeune femme.

Voir à nouveau...

Elle inspire profondément avant de lâcher :

— Général... que puis-je faire pour vous aider ?

96.

Base Vespucci one, 7 août, au même moment.

Vincent a troqué son costume d'homme en noir pour le triptyque Jeans-Basket-T-shirt emblématique de sa génération.

Enfin débarrassé de ce maudit costume...

Les résistants du groupe Vespucci l'accueillent chaleureusement, l'invitant à visiter leur base dans la base, creusée à l'arrache au cœur de la roche. De petites cellules à l'allure de grottes personnelles font office de chambres. Des rideaux de fortune, confectionnés à partir de bout de tissus assemblés en patchwork font office de portes sommaires, dépourvues de tout système de verrouillage.

Ici, je me sens enfin libre, loin du côté chirurgicalement froid du gigantesque complexe, à la botte du général.

Kasdan lui présente plusieurs de leurs militants – tous des civils – avant de l'emmener rencontrer un certain Monsieur Williams.

— Qui est-il ?

— C'est notre chef, le leader du groupe Vespucci.

Williams est un homme d'un âge certain, comme en attestent ses rides, la canne à l'aide de laquelle il se déplace, ainsi que les quelques cheveux blancs qui peuplent encore son crâne presque dégarni. Assis à son bureau, éclairé par un vieil abat-jour qui diffuse une lumière douce, le vieux chef rebelle attend patiemment l'arrivée de Vincent.

— Bienvenue parmi nous, Monsieur Skyvington. Kasdan m'a longuement parlé de vous...

Vincent prend place face à son interlocuteur, assis sur une vieille chaise en bois, récupérée dans une maison alentour, lors d'une incursion à la surface. Après l'avoir accueilli,

Monsieur Williams lui a fait un topo de la situation, avant de révéler à Vincent ce que le général a probablement dû raconter à sa compagne.

— ...et voilà en gros ce que le général a dû dire à Karine...

La vitesse réelle du vaisseau extraterrestre, entre autres...

Le jeune homme écoute avec intérêt, allant de surprise en surprise :

— Ainsi donc ils savaient tout depuis le début... et notamment que ces êtres sont capables de voyager plus vite que la lumière...

— Oh ça, ils le savent depuis 1946, comme Josh vous l'a sans doute dit...

Sans surprise, Williams lui révèle que le caporal Harrison était, lui aussi, membre du groupe Vespucci. Sa mission était de les approcher, Karine et lui. Lorsque Vincent fait part de son décès, une chape de plomb s'abat sur l'assistance.

— Paix à son âme... nous continuerons la lutte en son nom. Voyez-vous Monsieur Skyington... Vincent... le problème n'est pas qu'ils aient menti au sujet de la vitesse des vaisseaux de nos visiteurs...

— Ça a quand même un rapport... remarque Kasdan.

Williams acquiesce et continue :

— ...le problème est qu'ils ont également menti sur tout le reste, à commencer par le fait que l'arrivée du vaisseau mère n'était en rien une surprise pour eux... ils l'attendaient serais-je tenté d'ajouter, et même que son apparition représentait en réalité le top départ de l'exécution de leur agenda secret...

Vincent n'en croit pas ses oreilles :

— Quel agenda secret ?

— D'abord, ils ont manipulé les gouvernements en leur faisant croire qu'ils repousseraient les extraterrestres en pratiquant la politique de la terre brûlée...

— C'est à dire ?

— Les villes qui ont explosé, les unes après les autres. C'était un plan secret qu'ils ont vendu aux différents gouvernements de par le monde, pour soi-disant faire fuir les extraterrestres. En leur montrant de quelles horreurs nous autres humains étions capables, en faisant la démonstration que notre espèce se tenait prête à saborder son monde plutôt que de le laisser tomber entre leurs mains, on devait les impressionner, leur faire comprendre qu'avec nous, ils auraient fort à faire...

Vincent est pendu aux lèvres de Monsieur Williams. Ce dernier poursuit :

— Ils savaient bien sûr que cela n'aurait aucun effet sur ces êtres, voire même l'effet inverse de celui qu'en escomptaient les gouvernements, mais c'est ainsi qu'ils ont vendu leur plan aux politiques, pour détourner l'attention au dernier moment...

— Vous voulez dire que c'est l’État qui... ?

— Qui a fait sauter nos principales villes ? Oui. Sur les conseils d'hommes de la trempe de Skinner. Cette manipulation avait par ailleurs également pour but d'exciter nos visiteurs, qui, ils le savaient, captaient les ondes de nos programmes télévisés. D'où les images léchées qui illustraient l'explosion de ces villes, fruit du travail de professionnels de l'audiovisuel. Plus qu'à l'opinion publique terrienne, ces images *leur* étaient destinées...

Ainsi donc la mort de Jenny est le fruit d'une manipulation bassement humaine... quant au reste, au sujet de la qualité des images que je jugeais étrangement bonne, je tiens là ma réponse... tout colle...

— Mais pourquoi ?...

— Leur but était de mettre ça sur le dos des extraterrestres, pour ensuite monter une *armée terrienne libre* composée de survivants qui, mus par la haine envers ces créatures, auraient été prêts à tous les sacrifices pour se venger d'eux. Seulement ils n'avaient pas prévu leur parade, à savoir cette étrange lumière, qui a fait disparaître presque tout le monde...

— C'était quoi cette lumière ?

— On n'en a aucune idée, mais ce qui est bizarre, c'est que d'après les rapports que nous sommes parvenus à pirater, des groupes d'humains réapparaîtraient de-ci de-là, hébétés, mais en parfaite santé. C'est d'ailleurs en récupérant ces derniers que le général trouve ses nouvelles recrues. J'avoue que nous ne comprenons rien à ce phénomène...

Vincent ne peut s'empêcher de penser à la réapparition soudaine des animaux, alors qu'il sillonnait les routes de l'Indiana, en compagnie de Karine.

— Rassurez-vous, Skinner non plus n'y comprend rien, ce qui ne l'empêche pas de continuer à mettre son plan à exécution, attisant la haine contre ces créatures, comme vous avez sans doute pu le constater...

— Mais quel est son plan ?

— Son plan ? Il est d'une simplicité désarmante. Grâce à l'engin récupéré en '46, lui et les siens savent de longue date qu'il existe un moyen de voyager plus vite que la lumière. C'est donc en partant de cette donnée essentielle qu'un plan d'action a été élaboré dans le plus grand secret, sans même en aviser les politiques.

— Qui a monté ce truc ?

— Un groupe de militaires, qui a compris que l'arrivée de ces êtres était liée à notre armement nucléaire, et à nos tendances belliqueuses en général. Ces types se sont donc dit que forcément, vu les tensions géopolitiques à la surface de notre bonne vieille terre, ces créatures finiraient bien un jour où l'autre par se pointer à nouveau, et cette fois sans doute en masse. Ils l'ont prévu et ça s'est réalisé. Ils savaient que c'est là que tout se jouerait, qu'ils tiendraient enfin l'occasion de comprendre les éléments de leur technologie qui leur échappaient encore...

— Bien vu...

Le plan est même diaboliquement génial...

— Grâce aux premières connaissances acquises en examinant la soucoupe qu'ils ont abattue en '46, ils se sont dit qu'ils avaient des chances non négligeables de les vaincre et, d'après nos sources, ils auraient à présent un plan d'attaque, qui serait sur le point d'être mis à exécution...

Ah oui, quand même...

— Croyez-moi, ils sont prêts à tout. Je vous l'ai dit, leur plan est simple. Ils prêtent à ces créatures le désir d'envahir la galaxie, mais en réalité, ils ne révèlent là que leur propre dessein. En réalité, ils n'ont aucune idée de ce que veulent ces êtres, mais par contre, ils savent pertinemment ce qu'eux feraient, si par malheur cette technologie devait tomber entre leurs mains. Si le projet de ce diable de Skinner s'appelle 1492, c'est parce qu'il a en tête de nouveaux mondes, des mondes qu'il compte conquérir avec une brutalité qui n'aura d'égale que celle des conquistadors, partant à l'abordage de notre bonne vieille Amérique... l'histoire des vilains extraterrestres qui envahissent la galaxie planète après planète, comme dans *Independance day*, ce n'est pas ce que nous vivons, mais ce que le reste de l'univers vivra, quand nous autres terriens viendrons dévaster leurs mondes, comme le général le prévoit, s'il devait parvenir à ses fins...

Vincent, éberlué, ne peut s'empêcher de penser à la communication télépathique qu'il a eue quelques heures plus tôt, dans la salle d'interrogatoire, où l'extraterrestre s'inquiétait de voir la technologie nucléaire entre les mains de l'humanité.

Osait-il seulement imaginer ce que donnerait une espèce comme la nôtre disposant d'une technologie comme la sienne ?

Monsieur Williams continue :

— Skinner a l'habitude de dire que l'avenir appartient à ceux qui s'adaptent et qui tirent le meilleur parti d'un monde qui change. Mais il oublie de préciser que lui et son cercle de félons travaillent d'arrache-pied à ce *changement* depuis des lustres. Regardez ce que ces types ont déjà prévu...

Monsieur Williams tend alors un classeur – un bon vieux classeur papier – à Vincent. À l'intérieur, le fac-similé d'un document portant le logo du projet 1492, datant de...

— 1969 !?

Le jeune homme n'en croit pas ses yeux. Alors Williams enfonce le clou :

— Eh oui, Monsieur Skyvington. Alors que cette base était encore en construction, et que Skinner n'était même pas encore de ce monde... vous voyez, tout ça n'est pas né de la dernière pluie...

Feuilletant le classeur, Vincent y découvre des documents étonnants. Certains semblent tout droit sortis d'un ouvrage d'économie :

— Prévisions de croissance à année A+1, A+5, A+10, ça veut dire quoi tout ça ?

— Ils ont même prévu l'impact économique qu'aurait pour notre planète le succès de leur plan...

Les courbes de croissance sont éloquentes. Après trois années de récession, l'économie devait rebondir pour grimper au rythme hallucinant de 20% à 80% de croissance annuelle. Du délire... à moins de devenir les maîtres de la galaxie.

Avant les événements, Vincent s'intéressait aux idées prônées par certains mouvements écologistes. Ces derniers partaient du constat que la croissance perpétuelle était vouée à l'échec, du fait des ressources limitées dont dispose notre planète. Mais si le terrain de jeu évolue pour passer à la galaxie dans son ensemble, cela change forcément la donne...

— Mais c'est de la folie ! Et les politiques les ont laissé faire ?

— Pourquoi croyez-vous qu'ils ne les ont jamais informés de ce plan ? ...

Vincent reste sans voix, laissant à Williams tout loisir de continuer :

— À ce sujet... je ne sais pas si vous avez remarqué, mais il n'y a pas de caméras de surveillance dans les zones les plus sensibles du projet 1492...

Vincent a effectivement noté ce détail.

— Ce n'est pas un hasard. Skinner se méfie comme de la peste de ces engins, surtout depuis qu'il s'est fait prendre à son propre piège, par l'une de ses propres caméras...

Vincent ne comprend pas à quoi ses nouveaux amis font référence, mais les écoute néanmoins avec attention.

— Ce diable de Skinner est persuadé que ces images ont été effacées, mais nous avons réussi à mettre la main dessus à temps... visionnez-les, et vous comprendrez mieux à qui nous avons affaire...

Sur ce, Monsieur Williams ouvre un tiroir de son bureau et en sort une tablette tactile. Il la tend à Vincent tout en l'invitant à cliquer sur l'unique vidéo qu'elle contient...

97.

Appartements du général Skinner, 7 août, au même moment.

Le général Skinner guide Karine à travers un couloir, taillé à même la roche.

— Vous croyez vraiment que vous parviendrez à me rendre mes yeux ?

Skinner la prend dans ses bras et se plonge longuement dans ce qui reste de son regard.

Ces yeux, qu'est-ce que cette fille a des yeux fascinants...

— Je vous en donne ma parole d'honneur, mademoiselle Faure. Mais pour cela, il y a une dernière chose que je dois vous demander...

— Quoi ?

Le général reste un instant silencieux.

Qu'il est dur de se concentrer face à une femme dont on tombe raide dingue...

— Il faut que vous retourniez à Sedona...

À l'évocation de ce lieu mythique, Karine est interloquée. Skinner continue :

— Voyez-vous, il y a encore une dernière chose que je ne vous ai pas dite... il y a deux semaines environ, nos services ont découvert un étrange objet, juste à la verticale du vaisseau mère, au sommet d'une formation rocheuse appelée Airport Mesa...

Airport Mesa... c'est l'endroit que de nombreux adeptes du new age considéraient comme le plus haut point énergétique de Sedona. C'est aussi la vue que j'avais en poster, dans ma chambre...

— Qu'avez-vous trouvé là-bas ?

— Un cristal... une sorte de grand cristal, comme du cristal de roche, mais en bien plus grand, d'une vingtaine de mètres de haut, entièrement noir, recouvert de tonnes de gravats, que nous venons juste de déblayer...

Un cristal noir... comme dans mon rêve...

Le trouble envahit la jeune femme, ce qui n'échappe pas au général.

— Mais le plus étrange, mademoiselle Faure, c'est qu'à la base de ce cristal, à hauteur d'homme, nous y avons trouvé une forme... la forme d'une main.

— Une main ?

— Oui, une main humaine, comme gravée dans le cristal.

— Humaine ?

— Oui. Avec luxe de détails, y compris les empreintes digitales.

— Les...

L'angoisse gagne la jeune femme.

Ne me dites pas que...

Le général reprend, d'une voix empreinte de gravité :

— Et ces empreintes, mademoiselle Faure, ce sont les vôtres...

Karine reste bouche bée. Le général la prend dans ses bras pour la réconforter. Timidement, la jeune femme ose :

— Les miennes... comment savez-vous que...

— Nous les avons comparées à celles de notre base de données. Comme nous procédons systématiquement au relevé des empreintes lorsque de nouveaux habitants viennent peupler la base, les vôtres y figurent depuis lors.

Aucun doute n'est donc permis...

— Et vous voulez que j'y mette ma main ?

— Oui mademoiselle. Nous pensons que le fait d'y poser votre paume déverrouillera un mécanisme, que les nôtres n'ont pas réussi à déclencher...

— Un mécanisme ?

Comme dans mon rêve... le rêve où je posais ma main dans cette forme juste avant qu'elle ne s'illumine, le rêve dont j'ai été tirée ce matin, par le son du clairon...

Le général continue :

— A priori. Nous avons scanné ce cristal aux rayons X et nous avons toutes les raisons de penser qu'il s'agit d'une sorte de passage, un système de transport permettant de rejoindre le vaisseau mère, en orbite exactement à la verticale de ce point.

— Et vous... vous voulez que je monte dans ce vaisseau... ?

Une pointe d'inquiétude se glisse dans la voix de la jeune femme.

— Non, rassurez-vous mademoiselle. Tout ce qu'on vous demande, c'est de nous prêter votre main pour enclencher le système. Ensuite, ce sera à nous d'agir. En quatre mois, nous avons eu le temps de sonder l'intérieur de leur astronef à l'aide de nos radars, et nous avons établi un plan qu'il serait trop long de vous exposer ici. Mais si je devais vous le résumer, je dirais qu'une fois ce passage ouvert, je ne donne pas plus de quatre heures avant que nos forces ne viennent à bout de ces créatures, tout en nous ramenant les éléments manquants de leur technologie, y compris le nécessaire pour vous rendre l'usage de vos yeux...

Un sentiment de puissance et d'excitation gagne la jeune femme, au bord des larmes. Des larmes de joie.

Revoir...

— Karine... je peux vous appeler ainsi ?

La jeune femme acquiesce.

— Si vous collaborez avec nous, si vous apposez votre main sur ce cristal, je vous promets qu'aujourd'hui encore, nous viendrons à bout de ces êtres, et que grâce à leur technologie, bientôt nous serons en mesure de réaliser votre rêve le plus cher : vous rendre la lumière qui fait défaut aux miroirs de votre âme...

La jeune femme est aux anges. Son rêve est à portée de main.

Mon intuition initiale était la bonne. C'est bien Sedona qui me rendra la vue. Je me suis juste trompée sur l'identité de mon Cédalion. C'est Skinner, pas Vincent qui me rendra la lumière qui me fait défaut...

Soudain, elle perçoit la présence d'un autre homme, qui se tient à leurs côtés. Elle ne le voit pas, mais il s'agit d'un homme en noir, que le général a discrètement fait venir. Ce dernier reprend :

— Mademoiselle Faure, je vous confie à Martin. Ce dernier vous guidera jusqu'à l'héliport où je vous rejoindrai. Je dois encore régler quelques détails auparavant. Des détails... administratifs.

Le général confie la jeune femme à son subordonné, qui prend soin de la guider avec délicatesse.

— J'ai une dernière faveur à vous demander, général...

— Quoi très chère ?

Il a dit « très chère »...

— Tout ça est quand même... dangereux. J'aimerais, avant de partir, pouvoir tenir une dernière fois Lucia entre mes bras... elle est à la crèche de la base... je me dis que si je pouvais...

— Accordé. Martin, veuillez guider Karine à la crèche avant de nous rejoindre, et laissez-lui cinq minutes avec son enfant...

L'homme en noir acquiesce, avant d'inviter la jeune femme à prendre place à bord de l'une des voitures électriques de la base.

98.

Base Vespucci one, 7 août, au même moment.

Vincent vient d'achever le visionnage de la vidéo. Ses yeux écarquillés trahissent le choc qu'il vient d'encaisser. Ses premiers mots en disent long sur la teneur de l'enregistrement :

— Si ça se sait, c'est la fin du général Skinner...

— Ça se saura, Monsieur Skyvington, ça se saura. Tout vient à point pour qui sait attendre... mais pour l'instant, le plus urgent est de mettre son plan en échec, en retrouvant votre compagne au plus vite. S'il arrive à ses fins, croyez-moi, cette vidéo ne nous servira plus à rien...

— Où est-elle ? Où est Karine ?

— Elle est aux mains du général. Il aura sans doute su trouver les mots pour la convaincre d'accomplir sa mission...

— La convaincre ? Sa mission ? Quelle mission ?

À nouveau Vincent est perdu.

Monsieur Williams lui explique alors la récente découverte du cristal noir, de la main gravée, ainsi que la concordance des empreintes digitales.

— Il a donc besoin d'elle pour...

— Oui, Monsieur Skyvington. Ils ont trouvé la serrure dont elle est la clé. Elle est la *Santa Maria* qui donne accès au Nouveau Monde. Ils ont besoin d'elle pour ouvrir la porte, mais rien de plus. Une fois son devoir effectué... bang !

Bang...

Le jeune homme est sous le choc.

S'il touche au moindre cheveu de Karine, c'est moi qui lui trouerai la peau, à ce fumier de Skinner...

Williams voit la colère envahir le regard de Vincent. Il attend que celle-ci se calme puis reprend, sur un ton posé :

— Si le général veut lui faire ouvrir cette porte, c'est qu'il sait pertinemment ce qu'il fera ensuite. Il n'est pas homme à agir sans plan. S'il parvient à monter dans le vaisseau mère, alors nous sommes cuits. Nous et tout l'univers, du fait de ses funestes projets...

L'enjeu est clair.

— À vous de jouer, Skyvington. Allez à Sedona, retrouvez Karine et empêchez-la de commettre l'irréparable, pour le compte de cette vermine de Skinner. Seul vous pouvez le faire, car vous seul la connaissez assez pour la convaincre de ne pas suivre ce psychopathe...

Le poids du destin vient de s'abattre sur Vincent. Le docteur Kasdan tire un pistolet de sa poche et le lui remet :

— Ça pourra vous être utile...

Le jeune homme considère l'arme un instant, se rappelant des réticences de son amie vis-à-vis de ces dernières. Néanmoins, il décide de l'accepter.

La voix de la raison a parlé.

Il reste un instant pensif.

Après quatre mois de vie commune dont presque deux en autarcie, j'ai appris à la connaître. Qu'est-ce que Karine...

Soudain, il a comme une illumination :

— Je crois savoir comment m'y prendre, mais il faut agir vite...

99.

Couloirs de la base, 7 août, au même moment.

Assise à l'arrière de la voiture électrique, Karine parcourt les couloirs de la base, en direction de la crèche. Les nombreux écrans géants qui constellent le complexe s'allument soudain, pour une allocution extraordinaire du général Skinner :

— Amies terriennes, amis terriens. Le grand jour est arrivé. Le temps de notre exil souterrain va, ce soir, prendre fin. Grâce à notre intelligence, grâce à notre sagacité, grâce à notre esprit d'abnégation, bref, grâce à votre travail à toutes et tous...

*

Enfourchant chacun une vieille moto, Vincent et le docteur Kasdan quittent la base *Vespucci one* par une porte dérobée, débouchant sur un appartement inoccupé, dans les bas fonds de l'aile nord de la base.

— Accélère, on 'a pas de temps à perdre...

La porte de l'appartement donne sur les célèbres couloirs en béton de ce gigantesque complexe. Montés sur leurs engins, Vincent et le docteur Kasdan se faufilent à travers ce dédale, à pleine vitesse. À leur grande surprise, leurs véhicules n'attirent en rien l'attention des badauds. Ces derniers sont absorbés par le flash spécial, diffusé simultanément sur tous les écrans du complexe. On y voit Skinner, qui poursuit son allocution :

— Ce soir, grâce à une découverte capitale, nous sommes en mesure de porter un coup fatal à nos envahisseurs, qui nous permettra de reconquérir ce monde qui autrefois fut le nôtre...

Les habitants de la base exultent, tandis que derrière eux passent deux motos, qu'ils ne remarquent même pas...

*

La voiture de Karine arrive au niveau de la crèche. Elle s’apprête à déplier *Blanchette 2* quand Martin, l'homme en noir qui l'accompagne, la prend par le bras.

— Laissez-moi vous guider, mademoiselle...

Une femme au pas léger vient à leur rencontre. Dès qu'elle voit l'homme en tenue commando, son sang ne fait qu'un tour. L'homme en noir lui fait signe de se calmer, tandis que Karine s'approche d'elle.

— Est-ce que je pourrais voir ma fille, Lucia ?

— Certainement...

La voix de son interlocutrice transpire la peur. Ses yeux ne parviennent pas à se défaire de l'homme en noir. Ce dernier prend Karine à part et lui précise les termes du contrat, incapable de se départir de son ton martial :

— Vous avez cinq minutes, comme l'a dit le général. Pas une de plus...

La femme au pas léger prend alors Karine par le bras et la guide à travers l'unité puériculture de la base, l'emmenant jusqu'à une porte close.

— Elle dort dans le lit. Il se trouve au milieu de la pièce, vous ne pouvez pas le rater...

Karine la remercie et pénètre dans la chambre, en quête du lit qu'elle trouve aussitôt.

— Mon amour...

À tâtons, elle cherche l'enfant. Une expression de bonheur se lit sur son visage. Pas longtemps cependant. Dès que ses doigts entrent en contact avec les draps vides, la stupeur la gagne.

— Lucia...

La voix de la jeune femme trahit sa soudaine angoisse.

Montée d'adrénaline...

Tâtant le fond du lit, elle s'apprête déjà à demander de l'aide quand ses doigts entrent en contact avec un objet en plastique, qu'elle reconnaît immédiatement. Son nom y est toujours inscrit, en braille.

Mon smartphone.

Un millier d'idées lui traversent l'esprit.

Quelqu'un a retrouvé mon téléphone et l'a mis là, en lieu et place de Lucia... Cela ne peut avoir qu'une seule signification : allume ton appareil si tu veux savoir ce qui est arrivé à ta fille...

La peur au ventre, Karine s'exécute. Ce dernier ne lui demande plus son mot de passe.

Quelqu'un à trifouillé dedans...

Inspection rapide : toutes les photos contenues dans sa mémoire ont disparu. En lieu et place, un seul fichier. De la vidéo :

lis_moi.mp4

De son index léger, elle en lance la lecture.

Espérons qu'il ne s'agisse pas d'une demande de rançon...

Aussitôt, la voix de Vincent monte des haut-parleurs de l'appareil :

— Karine, j'espère que tu seras seule quand tu découvriras cette vidéo. D'abord rassure-toi, Lucia va bien. Elle est entre les mains du docteur Kasdan qui s'occupe d'elle en ce moment même. Je ne sais pas ce que Skinner t'a dit, mais je t'en prie, écoute ça. Quoi qu'il ait pu te raconter pour te baratiner, il ne t'a sans doute pas révélé ce qu'une caméra de surveillance a capté ce jour-là, le 12 avril précisément :

Tenant fermement son portable entre les mains, la jeune femme se met à trembler.

Pitié, c'est quoi encore ce bins...

Commence alors une seconde vidéo.

On y entend un avion en train d'atterrir sur ce qui semble être le tarmac d'un aéroport. Soudain, la voix du général entre dans le champ sonore :

— Mais c'est pas possible ! C'est quoi cette bande d'incapables, même pas foutus de descendre ce zinc !

— Qu'est-ce que vous dites là, capitaine Skinner ? C'est Air Force One, c'est le Président, c'est notre chef légitime...

Son interlocuteur appelle le général capitaine. Intéressant...

Dans la vidéo, Skinner poursuit :

— Vous êtes vraiment trop bête, Lawrence...

— Mais vous m'aviez dit que son avion a été abattu au-dessus du Kansas...

— Ça, c'est ce qu'on allait raconter aux corniauds qui viendraient nous rejoindre, Lawrence. Bon, comme ces *aliens* sont des foutus enfoirés de pacifistes, et que ces imbéciles de la DCA ne valent pas mieux, 'faudra qu'on fasse le boulot nous-mêmes...

Karine, toute ouïe, n'en croit pas ses oreilles.

Il ne va quand même pas...

Le dénomme Lawrence reprend la parole :

— Capitaine, je ne vous permettrai pas de...

Aussitôt un tir retentit, suivi du bruit d'un corps s'écroulant mollement, à même le sol.

Skinner vient de trouver les bons arguments pour faire taire les objections dudit Lawrence.

— Le président Scofield sort de l'avion, capitaine...

Karine reconnaît cette voix. C'est celle de son aide de camp. Elle l'a croisé à son arrivée, dans les appartements du général.

— Montrez-vous digne de succéder à Lawrence...

— Entendu, capitaine...

On entend alors des pas s'approcher de l'avion, suivis immédiatement d'une rafale d'arme automatique. Au loin, de brefs hurlements d'agonie, puis le silence.

— Bien joué Simmons, je savais que je pouvais compter sur vous...

Bien qu'il lui manque l'image, il ne fait aucun doute que le Président ainsi que ses principaux conseillers viennent d'être froidement assassinés, sur ordre du général... qui n'était alors que capitaine...

— Je serai toujours à vos côtés, capi... *général* Skinner.

— Je vois que vous apprenez vite, *colonel* Simmons. Maintenant que nous nous sommes débarrassés de ces sales petits bisounours de politiques, plus personne ne se mettra en travers de notre chemin...

La vidéo s'arrête sur ces mots terribles, laissant Karine en proie aux tremblements.

Ça confirme en tout point ce que le sergent Mitchell nous a raconté. Ce général est un usurpateur, un félon. Comment ai-je pu faire confiance à un monstre pareil ? Il m'a promis de me rendre mes yeux, mais s'il est capable de ça, alors...

De grosses gouttes de sueur perlent sur le front de la jeune femme.

...si seulement Vincent était là...

Soudain, une main douce se pose sur son épaule. Surprise, elle sursaute :

— Vous êtes qui ?

— Chut, c'est moi...

— Vincent !

Elle prononce son prénom avec un plaisir non dissimulé.

Jamais je n'ai été aussi contente de le retrouver...

Le jeune homme n'a hélas pas le temps de verser dans le sentiment :

— Suis-moi, il faut faire vite...

*

Cinq minutes se sont écoulées. L'homme en noir s'impatiente. Il vérifie sa montre et, pile au top, pénètre d'autorité dans la crèche, d'un pas alerte et décidé. Aussitôt, les employées s'interposent :

— Monsieur, vous n'êtes pas autorisé à...

Sans hésiter, l'homme en noir les met en joue. À son regard froid et déterminé, les puéricultrices comprennent qu'il ne rigole pas.

— Où est-elle ? Où est la fille...

La femme qui les a accueillis prend sur elle et monte au créneau :

— Encore avec son enfant...

— Amenez-moi là-bas. Tout de suite !

— Mais...

Il pointe son canon sur elle, fixant son interlocutrice d'un regard glacial :

— C'est un ordre !

La peur au ventre, la puéricultrice guide l'homme en noir vers la chambre où Lucia est censée dormir. Elle hésite un instant puis lâche :

— C'est là...

D'un geste brusque, l'homme en noir ouvre la porte. En un instant, ses yeux virent de l'assurance à la stupeur.

La chambre est vide...

Plus de Lucia, plus de Karine, juste l'autre porte, du côté opposé de la chambre, toujours battante.

— Bordel, elle s'est barrée...

Sans perdre un instant, l'homme en noir se rue sur la porte d'en face. Elle débouche sur un nouveau couloir. Aussitôt un bruit de moteur sur sa gauche l'interpelle. Tout juste a-t-il le temps de voir Karine, toujours vêtue de la robe en chiffonade noire, grimper à l'arrière d'une moto qui démarre.

Une moto conduite par Vincent.

De rage, il arrose la zone d'une rafale de sa mitraillette.

Les balles passent à un cheveu du couple.

— Accroche-toi Karine...

La jeune femme obtempère, serrant fort son Vincent retrouvé.

Enfin réunis... mais de nouveau en cavale...

Vincent jette un œil au rétroviseur et voit l'homme en noir se saisir de son talkie-walkie :

— Alerte, alerte générale !

100.

Couloirs de la base, 7 août, quelques instants après.

Karine et Vincent filent à toute vitesse. Autour d'eux, les murs des couloirs défilent. Soudain un virage. Vincent penche l'engin et vire, à la limite du dérapage. Toujours fermement cramponnée à lui, Karine hurle :

— Attention !

— Plus le temps de faire dans le détail...

Dans le rétroviseur, d'autres motos ont fait leur apparition, chevauchées par des hommes en noir.

Ils nous prennent en chasse...

Les yeux de Vincent zappent entre la route et le rétro, où les engins s'approchent. Son rythme cardiaque s'emballe.

On 'va jamais y arriver...

Plus lourdes, à la motorisation plus puissante, elles gagnent du terrain, réduisant inexorablement l'écart avec les deux fuyards.

Soudain, un flash de lumière. Vincent relève la tête :

— Oh non...

— Quoi ? Qu'est-ce qu'il y a ?

Comme si leurs poursuivants ne suffisaient pas, voilà qu'à présent d'autres motos arrivent en face, pilotées elles aussi par les hommes d'élite du général. Elles foncent à pleine vitesse sur la monture du jeune couple.

Ils veulent nous prendre en tenaille...

Vif comme l'éclair, Vincent évalue la situation. Soudain, il hurle :

— Cramponne-toi...

D'un coup sec, le jeune homme braque sa moto, s'engouffrant dans un petit couloir sur sa droite, aussitôt suivi par la meute. Karine s'agrippe tant bien que mal à son compagnon.

— Fais gaffe quand même...

— Je fais comme je peux...

Ils dévalent à présent un étroit couloir, à toute vitesse. Ce dernier est tout sauf rectiligne. De brusques angles droits forment de dangereuses chicanes. Les yeux rivés à la route, Vincent cabre l'engin, rase un mur, évite de justesse de s'écraser, avant de reprendre son slalom infernal, s'enfonçant toujours davantage à travers ce dédale de béton.

Ses poursuivants font de même.

Savent conduire, ces bâtards...

Toujours solidement cramponnée à Vincent, Karine n'attend plus que la fin de ce manège infernal. Dans sa tête, des milliers de questions se bousculent :

— Comment t'as fait pour retrouver mon portable ?

— C'est une longue histoire...

— Dis...

— Fais-moi confiance. Fais-moi confiance aussi quand je te dis que Skinner n'en avait rien à faire de toi... Il voulait juste t'utiliser, pour que tu lui ouvres le passage vers le vaisseau mère. Une fois ton job accompli, il t'aurait fait flinguer aussi sec, comme le Président...

En guise de réponse, la jeune femme se contente de serrer son ami plus fort encore.

Les roues de la moto dévorent le béton. Vincent, concentré, slalome à une vitesse hallucinante entre les chicanes. Dans son rétroviseur, les motos des hommes en noir gagnent inexorablement du terrain. Déjà ils se préparent à faire feu.

Karine ne les voit pas, mais elle les entend.

Ils se rapprochent...

— Combien 'y en a ?

— Beaucoup. Trop... autant que les mensonges de Skinner...

— Il m'a dit que si je lui ouvrais l'accès au vaisseau, il aurait les moyens d'en ramener la technologie qui me rendrait la vue...

— Il t'a aussi offert une belle robe... tu sais ce que c'est qu'un cadeau empoisonné ?

Il a remarqué ma robe... serait-il jaloux du général ?

— Rien ne vaut le cadeau que serait pour moi de voir à nouveau...

— Je sais. C'est même pour ça que je suis venu te délivrer. Rien ne vaut le cadeau qu'*ils* te feront, en te rendant la vue dès ce soir, lorsque tu monteras avec moi à bord de leur vaisseau...

Karine n'en croit pas ses oreilles, alors Vincent enfonce le clou :

— Tu as peut-être parlé au big boss. Moi, j'ai pris contact avec ceux d'en haut...

— Les... les extraterrestres ?

Une pointe d'étonnement s'est glissée dans sa voix.

— Gagné. On file chez eux. C'est peut-être le dernier endroit où on sera en sécurité...

*

Au même instant, le général Skinner rejoint son héliport personnel, creusé dans le flanc de la montagne. L'endroit est spacieux. Sa large ouverture sur l'extérieur offre un panorama unique sur les roches rouges de la vallée de Sedona. Un hélicoptère *Black Hawk* aux couleurs du projet 1492 l'attend, prêt à décoller.

Mais pas de Karine en vue...

Son aide de camp se presse vers lui, l'air grave :

— Mon général, j'ai de mauvaises nouvelles... Skyvington est vivant et il est parvenu à enlever Karine...

L'air supérieur du général vole en éclat.

— Répétez-moi ça...

— Skyvington est vi...

Le général entre dans une colère noire. Il saisit son aide de camp par le col et lui crache à la figure, le fixant droit dans les yeux :

— Rattrapez-les... je la veux vivante... et lui, je le veux mort !

*

Nouvelles détonations. Une rafale de mitraillette. Plus proche cette fois. Un bris de verre résonne. Karine hurle, terrifiée :

— C'était quoi ?

— Le rétro...

Plus moyen de les voir venir...

Vincent jette un bref regard en arrière. Assez long cependant pour constater que ses poursuivants se rapprochent toujours davantage.

Plus proches. Plus nombreux aussi.

Sans hésiter, il donne un coup d'accélérateur.

— Ce n'est pas le moment de me lâcher...

Devant lui une lourde porte métallique, au bout du couloir. Le logo du projet 1492 peint à sa surface apparaît lentement, à mesure qu'elle se ferme, comme une guillotine s'abattant lentement depuis le plafond, transformant le couloir en cul-de-sac.

De nouveaux tirs résonnent. Soudain, un hurlement.

Aigu.

Féminin.

C'est Karine !

— Chérie, ça va...

— Oui... la balle n'a fait que me frôler...

La porte en face est déjà aux trois quarts close, tandis que les motos de leurs poursuivants gagnent encore du terrain. Avec l'énergie du désespoir, Vincent donne un dernière coup d'accélérateur, avant un violent coup de guidon. Karine hurle :

— Qu'est-ce que tu...

La moto se couche, glisse à la limite du sol, se faufilant in extremis sous la porte, sur le point de se fermer sur eux.

Il était moins une...

Derrière eux, les hommes en noir freinent sec. L'un d'eux, incapable d'arrêter sa monture à temps, vient même s'encastrer dans le métal de la porte à présent close.

Un instant, le jeune couple se croit tiré d'affaire. À peine une seconde plus tard, ils comprennent l'étendue de leur erreur. Les yeux de Vincent s'écarquillent, alors qu'il découvre où ils ont mis les roues. Ils viennent d'accéder à un gigantesque hangar grouillant d'hommes en noir, avec au milieu...

— C'est pas possible...

— Quoi ? Quoi Vincent ?

Au milieu du hangar, une soucoupe volante faite d'un matériau argenté trône là, en parfait état. D'un diamètre d'environ quinze mètres, elle ressemble en tout point aux descriptions classiques de ces astronefs de forme discoïdale, telles que rapportées par les témoins de rencontres du troisième type. Sa rampe d'accès en forme de plan incliné est déployée, droit dans l'axe de la moto.

Aussitôt, les hommes en noir remarquent la présence des deux intrus. Déjà ils s'abattent sur eux, dégainant leurs armes, prêts à faire feu.

Son sang encore saturé d'adrénaline, Vincent n'hésite pas une seconde.

— Cramponne-toi Karine...

La jeune femme est terrifiée. Elle ferme les yeux et pose sa tête sur son épaule. Déjà ballottée en tous sens dans les couloirs, elle ne se sent pas prête pour un second tour de manège, alors que Vincent :

— On va tenter le tout pour le tout...

Oh non...

Tout en dégainant son pistolet, Vincent remet les gaz et file droit sur la rampe d'accès de l'astronef. Certains hommes en noir tentent en vain de s'interposer : Vincent fonce tête baissée sur eux et tire dans le tas, les obligeant à battre en retraite.

La meilleure défense, c'est l'attaque...

À toute vitesse, la moto grimpe la rampe d'accès, pénétrant dans l'astronef.

Derrière eux, les hommes en noir se ressaisissent déjà et repassent en mode attaque.

Dans l'engin, tout est sombre. En lieu et place du décor high-tech que Vincent s'est imaginé, l'intérieur de la soucoupe est des plus dépouillés, comme si la soucoupe n'était qu'une coquille vide.

Ou que les hommes de Skinner l'ont déjà vidée...

Seule une barre métallique verticale d'environ un mètre de haut, fermement attachée à la structure de l'astronef, occupe le centre de ce qui semble être son habitacle. En arrivant, Vincent a juste eu le temps de contourner cette barre et de freiner sa moto, évitant de justesse de s'écraser contre les parois de la soucoupe.

Karine et lui se trouvent à présent à l'intérieur de l'engin spatial, cernés par les hommes en noir. Ces derniers approchent à grands pas, courant vers la rampe d'accès, prêt à aborder l'astronef où ils ont trouvé refuge.

On est cuits...

Les yeux de Vincent balaient frénétiquement l'intérieur de l'engin. Pas le moindre bouton, levier ou élément de ce genre à la ronde.

— 'Y a pas un moyen de fermer ce truc ?

— Fermer ? Fermer quoi ?

Dès que Karine prononce ces mots, l'astronef se met en branle. Sous les yeux ébahis du jeune homme, la rampe d'accès se rétracte pour se fondre dans les parois de la soucoupe, calfeutrant hermétiquement l'engin. On jurerait à présent que le vaisseau n'est constitué que d'un seul bloc, ne laissant plus apparaître la moindre trace de jointure qui aurait trahi l'existence encore récente de la rampe.

Surpris, les hommes en noir ont un mouvement de recul.

Jamais les scientifiques de la base ne sont parvenus à actionner ce bidule...

Pour autant, les troupes d'élite du général Skinner ne s'avouent pas vaincues. Au contraire, le chef des hommes en noir affiche une mine satisfaite. Pour lui, la situation est claire :

Ces deux imbéciles ont peut-être gagné quelques instants de répit, mais cet engin sera leur tombeau...

101.

Dans la soucoupe, 7 août, quelques instants après.

Le soulagement de voir la rampe se rétracter fait place à la claustrophobie.

On a échappé à nos poursuivants pour se retrouver enfermés là, dans un engin issu d'une technologie qui nous est totalement inconnue.

Alors que l'astronef s'est fermé sur eux, l'intérieur de la soucoupe s'est éclairé d'une lumière diffuse et tamisée, qui semble émaner de sa carlingue. Vincent n'en croit pas ses yeux :

— C'est quoi encore ce truc ?

Sous son regard médusé, l'aspect des parois de l'engin évolue pour devenir semi-transparent. Un peu comme un pare-brise par temps de pluie, offrant une vue approximative et floue sur le monde alentour. Elle est néanmoins suffisante pour remarquer un changement d'attitude total de la part des hommes en noir, qui cernent toujours l'astronef.

À présent, on dirait qu'ils se protègent les yeux...

Vue de l'extérieur, la soucoupe s'est soudain mise à rayonner d'une lumière intense, tandis que ses pieds se rétractent, immobilisant l'astronef en vol stationnaire, comme s'il disposait d'un système antigravitationnel.

— Baissez les visières !

Sur ordre de leur chef, les hommes en noir obéissent sur-le-champ. Filtrée par ce dispositif, la lumière émise par l'astronef se fait plus tolérable.

— Et maintenant, feu à volonté !

De l'intérieur de la soucoupe, le spectacle est insolite. Sous les yeux ébahis du jeune homme, les premiers impacts de balles viennent percuter la carlingue semi-transparente de l'engin, dessinant comme de petites ondes à sa surface, à l'instar de la surface d'un étang lorsqu'il se met a pleuvoir.

Sauf que là, il pleut des balles. Du 9mm à haute dose...

Karine est, quant à elle, terrorisée. Le crépitement incessant des mitraillettes, bien qu'atténué par les parois de l'engin, résonne comme un grondement sourd à l'intérieur de la soucoupe. Elle vient se blottir dans les bras de son ami et lui lance, comme un SOS :

— Faut sortir d'ici coûte que coûte...

— Ah oui ? Pour se faire flinguer aussi sec ? Et comment tu veux sortir ? Je ne sais même pas comment ouvrir ce truc...

À vrai dire, je ne sais même pas comment il s'est fermé...

La jeune femme le fixe de ses yeux éteints et lance, le plus naturellement du monde :

— Je ne te parle pas de sortir de la soucoupe, je te parle de sortir *à bord de celle-ci.*

La candeur avec laquelle elle lui lâche ça le laisse à nouveau interloqué. Il lui rétorque, ironique :

— Tu sais piloter une soucoupe, toi ?

— Non, mais toi... il doit bien y avoir un cockpit ou quelque chose du genre, non, tu peux pas voir pour... ?

— Non Karine, il n'y a rien, rien du tout. Ce machin est une coquille vide...

Une coquille vide aux propriétés bizarres tout de même...

Les rafales d'armes automatiques s'intensifient. À chaque nouvelle série de tirs, Vincent a l'impression que les balles pénètrent de plus en plus profondément les étranges parois de l'engin.

Comme si ces dernières étaient sur le point de céder sous les coups incessants.

Vincent le voit, Karine les entend.

J'entends aussi le vide. Cet engin sonne creux. Vincent ne m'a pas menti, il n'y a aucun cockpit dans ce truc-là...

— Tu 'vois rien, pas le moindre poste de pilotage ?

L'angoisse de la jeune femme rend tremblante sa petite voix.

— Il n'y a que cette barre, au milieu...

Vincent la fixe à présent, comme happé par cet étrange objet.

À bien y regarder, elle ressemble à un joystick géant...

Karine revient aussitôt à la charge :

— Quelle barre ?

Vincent s'en saisit et tente de l'actionner. Rien n'y fait.

— La barre là, mais elle ne sert à rien...

— Tu peux m'y mener ?

À nouveau, Vincent n'en revient pas.

Elle espère quoi ?

De nouveaux tirs résonnent, noyant l'habitacle sous un déluge sonore des plus oppressants. Les balles entament de plus en plus profondément la coque de l'astronef. Tout en guidant son amie jusqu'à la barre centrale, Vincent garde un œil inquiet sur les impacts de plus en plus profonds.

Si ça continue, dans quinze secondes, ils percent la coque...

Plus inquiétant encore : certains hommes en noir semblent s'être équipés d'un armement supplémentaire. Malgré l'image imprécise, Vincent comprend aussitôt.

C'est un lance-roquettes.

— Ils vont nous fumer...

Karine ne prend pas la peine de répondre. Elle se contente de chercher la barre à tâtons. Soudain, elle la trouve. Dès que ses doigts entrent en contact avec l'objet, l'intérieur de la soucoupe s'illumine, passant d'une lumière tamisée à une franche lumière estivale.

Vincent n'en revient pas.

On dirait... c'est comme la main du roi Arthur se posant sur Excalibur...

— Qu'est-ce que tu as fait ?!

— Quoi ? Qu'est-ce qui se passe ? J'ai juste...

Vincent se souvient d'une phrase lâchée par l'extraterrestre, celui qu'il a *délivré*, dans la chambre d'interrogatoire.

L'artefact 9.293, cet éclat de cristal trouvé à bord de la soucoupe, est réglé sur la fréquence de Karine. C'est ça ou l'inverse, je ne m'en souviens plus exactement... Cet objet doit toujours être en contact avec cet engin, ce qui expliquerait pourquoi seule Karine semble pouvoir interagir avec lui...

Soudain, un bruit de succion monte au niveau du sol. Aussitôt Vincent se retourne et découvre sous ses yeux médusés la moto, celle-là même qui les a menés jusque là, se faire avaler par les parois de l'engin, se fondant littéralement dans la coque de l'astronef, comme absorbée par ce dernier.

— Bordel, la bécane...

La réponse de Karine est tout sauf ce à quoi il s'attend :
— Là où nous allons, nous n'avons pas besoin de moto...
En un instant, l'expression de la jeune femme change du tout au tout. Une assurance qu'il ne lui connaît pas émane de toute sa personne. Elle s'empare de la barre centrale, la tenant fermement entre ses deux mains. Aussitôt, les parois semi-transparentes de la soucoupe deviennent limpides comme du verre.
C'est à peine si l'on devine encore leur existence.
Vincent assiste éberlué à cette nouvelle transformation. Devant lui, les portes du hangar donnant sur l'extérieur de la base s'ouvrent lentement, dévoilant le décor ocre de la vallée de Sedona aux heures du soir, sous le regard affolé des hommes d'élite, qui encerclent toujours le vaisseau.
Vincent n'en mène guère plus large.
— Karine, qu'est-ce que...
Son regard se fixe sur la barre centrale, à laquelle Karine se cramponne comme à une bouée de sauvetage. En quelques secondes, l'objet passe d'un matériau métallique et opaque à une consistance molle et translucide, évoquant davantage une sorte de gomme fluorescente, épousant de manière ergonomique la main de la jeune femme.
Les yeux de son compagnon ne sont plus que stupeur.
Il vient de comprendre.
Elle va piloter l'engin...
— Mais tu n'y vois rien...
Karine fait mine de ne pas entendre. Elle ferme ses yeux, se concentre, puis, de sa petite voix douce, lâche un mot. Un seul mot.
Son mot fétiche :
— Sedona...
À peine l'a-t-elle prononcé que déjà la soucoupe s'élance, propulsée vers l'avant par une force inconnue, franchissant les portes du hangar à une vitesse époustouflante.

*

L'engin passe à toute allure devant l'héliport du général, au nez et à la barbe de ce dernier. Le pilote de l'hélicoptère croit halluciner :

— 'Faut envoyer la chasse, tout de suite !

Le général balaie l'hypothèse d'un revers de main.

— Négatif, si on l'abat, on n'aura plus aucune chance d'ouvrir le cristal, et...

Le pilote reste stupéfait, mais comprend aussitôt.

Surtout, il a une foi inébranlable en l'intelligence supérieure du général.

Ce dernier reste un instant pensif, avant de se raviser aussi sec. Il se retourne lentement, exhibant un sourire narquois qui illumine son visage d'une lumière noire :

— Et puis si, envoyez-la, envoyez la chasse avec l'ordre d'abattre ces chiens...

Le colonel Simmons s'approche de son mentor. Une pointe d'inquiétude se glisse dans sa voix :

— Mon général. Si nous l'abattons, nous perdons toute chance de pénétrer dans le vaisseau mère...

Skinner temporise un instant, puis lâche, sûr de lui :

— En effet Simmons, mais si elle est bien celle que je crois, nos chasseurs ne seront qu'une formalité pour elle...

Simmons reste sans voix. Face à lui, le général est plus déterminé que jamais :

— Envoyez nos meilleurs pilotes. Lâchez les *Raptors* !

102.

À l'extérieur de la montagne, région de Sedona, 7 août, quelques instants après.

La lourde porte d'un hangar creusé à même la montagne s'ouvre. Elle donne sur le tarmac d'une base d'aviation souterraine, que quatre F-22 *Raptor* s'apprêtent à emprunter. À leur bord, quatre pilotes surentraînés, 10/10 aux deux yeux, dévoués corps et âme au général. Ils baissent leur visière, parés à l'action, désireux d'en découdre.

Le F22 est le fleuron de l'US Air Force. Son surnom de *raptor*, en référence aux Vélociraptors popularisés par *Jurassic Park*, en dit long sur son efficacité en combat aérien, une efficacité encore décuplée par la sélection drastique des pilotes habilités à en prendre les commandes. Seule l'élite de l'élite accède à ce privilège.

Et aujourd'hui, elle va avoir de la viande à se mettre sous la dent...

— Ordre de décollage confirmé...

Simultanément, les quatre pilotes mettent les gaz.

— On va se les faire...

Poussée au maximum. Les pilotes sont collés à leurs sièges. Les avions décollent à toute allure avec un objectif clair, qui déjà apparaît sur leur radar...

*

— Comment tu fais ça, Karine ?

— J'en ai moi-même aucune idée...

Vincent, debout aux côtés de sa compagne, n'en revient pas. Il vole à bord d'un aéronef extraterrestre, piloté par une aveugle.

Ma compagne...

Il reste stupéfait par l'incroyable stabilité de l'engin. Rien à voir avec les avions qu'il a pu prendre. Même lors du décollage pourtant fulgurant, il n'a senti aucune accélération. Dans un avion basé sur la technologie humaine, une telle poussée l'aurait fait valser contre les parois de l'engin.

Voilà sans doute pourquoi ses concepteurs n'ont pas jugé nécessaire d'équiper ce vaisseau de sièges et autres ceintures de sécurité, qui auraient été indispensables à bord d'un avion classique ayant de telles caractéristiques de vol...

La soucoupe volante s'approche d'une formation rocheuse de couleur ocre, que le soleil du soir rend encore plus rougeoyante qu'à l'accoutumée.

— Fais gaffe ! 'Y a une falaise, là !

Karine redresse le manche, longeant à présent la roche, épousant la découpe de la paroi, comme une sorte de rase-mottes à la verticale.

— Wow ! C'est génial !

La jeune femme est tout émoustillée. Elle lance son engin dans une série d'acrobaties, à quelques mètres de la paroi. Vincent la fixe, stupéfait :

— Attends... tu y vois là ?

— Non, mais c'est bizarre comme sensation... Je suis toujours dans le noir complet, mais j'ai l'impression de savoir ce qu'il y a autour de moi... un peu comme si j'étais chez moi ou dans notre appart', que je connaissais sur le bout des doigts et...

— Et...

L'attitude de Karine change du tout au tout. La jeune femme se raidit. Son visage reprend aussitôt son masque d'angoisse.

— Et 'y a comme un problème là...

Vincent n'en mène pas plus large :

— Quoi, quel problème ?

— Ça doit venir de là...

Tout en continuant sa route, la soucoupe bascule sur elle même, volant pour ainsi dire en marche arrière, faisant face au *problème* que la jeune femme vient de percevoir. Le temps de la rotation, Vincent est ébahi par les incroyables caractéristiques de l'astronef. Une fois l'opération effectuée, son étonnement laisse place à l'effroi. D'une voix blanche, il lâche, terrifié :

— Karine, on est morts...

— Quoi ? Qu'est-ce qu'il y a ?

Il y a que quatre chasseurs sont en train de fondre sur eux tels des oiseaux de proie, longeant eux aussi la paroi ocre, postcombustion allumée.

Une terreur sans nom s'empare du jeune homme, tandis que les pilotes des *Raptors* arment déjà leurs *sidewinders.*

Des missiles air-air à tête chercheuse. Les meilleurs au monde...

*

— Eagle leader pour aiglons, feu à mon commandement...

Les quatre pilotes sont fin prêts, cran de sécurité retiré. Le bouton rouge au sommet de leur joystick les titille.

— Feu !

Au même moment, quatre doigts se contractent, lançant une salve de missiles sur l'astronef du jeune couple.

*

— Ils ont tiré !

Vincent voit les missiles foncer droit sur leur soucoupe.

Sur nous...

Ils arrivent à toute allure. Leur cible est verrouillée. Impact dans vingt secondes.

Notre sort est scellé...

Les quatre engins de mort se rapprochent à une vitesse fulgurante. Le cœur de Vincent passe en mode *techno hardcore*, rythmant cet hallucinant combat aérien, qui n'aurait pas dépareillé dans *Star wars*. Ses yeux affolés se fixent sur Karine. Au contraire de lui, cette dernière garde son calme. Tout juste lâche-t-elle :

— Alors on bouge...

D'un mouvement leste, la jeune femme pousse la barre, entraînant la soucoupe dans un plongeon vertigineux le long de la paroi rocheuse. Aussitôt, l'engin se remet dans le sens de la marche. En lieu et place des missiles fonçant sur eux, le sol qui se rapproche à toute allure emplit soudain le champ visuel de Vincent, qui manque de tomber à la renverse.

800 mètres, 700 mètres...

Seule Karine, qui n'a rien vu ni même ressenti l'inflexion de son appareil reste sereine, debout à son poste de pilotage, fixant intensément les ténèbres qui l'entourent.

Ce n'est finalement pas une si mauvaise idée de confier le pilotage de ce genre d'engins à une aveugle... un pilote normal aurait déjà fait une crise cardiaque...

La sueur envahit le front de Vincent. Il jette un œil rapide vers l'arrière. Les missiles sont toujours là, ils gagnent même du terrain, tandis que la soucoupe poursuit son infernale descente en piqué, rasant la paroi rocheuse. Devant eux, le sol s'approche à vitesse grand V, toujours plus vite, toujours plus proche.

400 mètres...

Les yeux terrifiés du jeune homme passent alternativement du sol au missile, des missiles à la paroi rocheuse, de la paroi à Karine, de Karine à ses yeux d'émeraude, qui inlassablement fixent le vide.

300 mètres...

Aussitôt Vincent comprend.

Les informations que la soucoupe lui transmet ont leur limite. Elle fonce comme une folle vers le sol tout simplement parce qu'elle ne le voit pas.

Mû par l'énergie du désespoir, Vincent hurle :

— Redresse !

La jeune femme garde le cap, droite dans ses bottes, fonçant bille en tête sur la végétation qui pousse au pied de la formation rocheuse.

200 mètres...

— Redresse, redresse bordel !

100 mètres...

Les missiles sont sur le point de les rattraper. Arrivés à une cinquantaine de mètres du sol, Vincent a un ultime réflexe. Dérisoire. Il met ses mains en travers de son visage, comme pour se protéger du choc. Au même moment, Karine sort de son mutisme et lâche, déterminée :

— Maintenant !

À quelques mètres du sol, elle redresse.

Aussitôt, la soucoupe bifurque à angle droit. Derrière eux, les missiles, qui ne disposent pas de cette maniabilité, s'écrasent au sol dans une gerbe de feu, entre cactus et agaves.

*

— T'as vu ça !

Les pilotes des *Raptors* n'en croient pas leurs yeux.

— Je n'ai jamais vu un engin capable de faire ça...

— Eagle leader pour aiglons. On plonge. On les prend aux mitrailleuses.

Les quatre chasseurs fondent sur la soucoupe comme un seul homme.

Elle ne pourra pas nous échapper...

*

L'engin survole une forêt de conifères en rase-mottes. La cime des arbres passe à quelques mètres de l'aéronef. Vincent, toujours éberlué par l'incroyable manœuvre ayant permis de se débarrasser des missiles, n'a pas le temps de souffler. Déjà il voit les avions fondre sur eux, comme un essaim de guêpes sur un pot de miel.

— Ils ne lâchent pas l'affaire...

— Alors on va leur faire comprendre leur douleur...

Je n'ai encore jamais entendu Karine parler comme ça...

Tombant du ciel, les quatre avions arrivent à leur hauteur. A présent ils les suivent à la trace, filant comme eux au ras des arbres. À nouveau, leur silhouette terrifiante s'approche, à portée de tir.

— Ils sont là. On fait quoi maintenant ?

À nouveau, l'assurance de Karine le laisse sans voix :

— On va voir s'ils savent voler entre les arbres...

S'ils savent QUOI ?!?

Vincent n'a pas le temps d'émettre une objection. Déjà Karine profite d'une trouée entre les cimes pour s'y glisser, passant sous la canopée, slalomant à présent à une allure démentielle entre les arbres, comme dans un jeu vidéo au rythme frénétique.

Vincent n'en croit pas ses yeux. La soucoupe virevolte à pleine vitesse entre les troncs comme une libellule entre les roseaux des marais.

C'est de la folie. On ne va pas tenir dix secondes à ce rythme...

*

— Eagle 4 pour Eagle leader. Qu'est-ce qu'on fait ?

— Impossible de les suivre parmi ces arbres, ce serait du suicide...

— Je pense que je peux le faire...

— Eagle 4, non...

À son tour, Eagle 4 profite d'une clairière pour lui aussi se hasarder sous le couvert végétal. Ils sont à présent deux à slalomer entre les arbres. Le chasseur parvient à décocher une salve de mitrailleuse, qui touche presque sa cible.

— Eagle leader pour Eagle 4, vous êtes complètement malade, remontez immédiatement...

Une clairière plus loin, Eagle 4 s'exécute et regagne sa formation, incapable de suivre le train d'enfer imposé par la soucoupe, qui se faufile à travers les arbres avec une aisance déconcertante.

— Faut attendre qu'ils sortent de là en dessous...

— On a encore un *mile* de forêt. Après, ils seront à découvert...

— Ou alors on peut débroussailler...

— Maverick ?[26]

— Affirmatif...

— On ne les touchera jamais, ils filent trop vite...

— Le missile non. Le souffle si. Ça suffira pour les déstabiliser, pour qu'ils se prennent un arbre...

— OK. On te suit. Mavericks prêts...

Les deux avions de tête volent en formation serrée. Ils aperçoivent par moment l'astronef en contrebas.

La cible...

Soudain, la soucoupe jaillit de la végétation juste devant eux, opérant sans crier gare un virage à 90°, fonçant comme un éclair vers le ciel. Eagle leader et Eagle 2 ont juste le temps de passer. Eagle 3 tente désespérément une manœuvre d'évitement. Il parvient à ne pas s'encastrer dans l'aéronef, mais percute Eagle 4 par le côté. Les deux avions finissent leur course sous la forme d'une boule de feu, tandis que la soucoupe s'élève dans les airs, droit dans l'azur...

---

[26] L'AGM-65 Maverick est le missile air-sol standard de l'US Air force. https://fr.wikipedia.org/wiki/AGM-65_Maverick

*

— Tu les as fait se foncer dedans !

— Yes !

La jeune femme est euphorique. Vincent lui jette un regard inquiet.

Où est passée la Karine qui ne fait pas de mal à une mouche ?

— Où t'as appris à faire ça ?

— J'en sais rien...

— Tu jouais aux jeux vidéo quand t'étais gamine ?

— Pas autant que Dylan...

— Tu t'intéressais à l'aviation ?

— C'était le dernier de mes soucis...

— Mais alors...

— J'en sais rien je te dis... c'est comme... c'est comme si cet engin me soufflait quoi faire...

Vincent n'en revient pas.

Voilà pourquoi elle a pu survivre avant, dans la forêt...

*

— Eagle leader pour base Cadix. Ils ont eu Eagle 3 et 4.

— Eagle leader poursuivez la mission. Abattez-les...

Debout dans le centre de contrôle, dans les tréfonds de la base, le général Skinner esquisse un petit sourire discret.

— OK Mon général. On va neutraliser le *target*...

On va vous griller ces salopards...

Les deux avions toujours en piste grimpent à leur tour dans le ciel, à la poursuite de la soucoupe et de ses occupants.

*

L'astronef survole à toute allure l'une des *mesas* entourant Sedona. Toujours en rase-mottes, ce n'est qu'au bout de cette formation rocheuse qu'enfin la ville apparaît, baignée dans la chaude lumière du soleil couchant.

Sedona.

Un charme tout en douceur se dégage de la localité, nichée au cœur de la vallée. Ce côté enchanteur a sans doute contribué à en faire un haut-lieu du *New age*.

Le contraste entre les tons ocre des roches et le bleu intense du ciel est juste sublime.

— C'est magnifique...

— Quoi Vincent ?

— Sedona. 'Y a Sedona droit devant...

Karine ne répond pas. Ou du moins pas verbalement. Une petite larme se contente de couler de son œil droit.

Sedona... lumière...

Vincent la prend dans ses bras.

On y est arrivé, on va aller à Sedona, mon amour...

Soudain, alors qu'ils s'approchent du bord de la *mesa*, une rafale de mitrailleuse retentit, tirant les deux amoureux de leurs rêveries. Un pan de la paroi de la soucoupe vole en éclat, transpercé de part en part. L'air s'engouffre dans l'habitacle, devenu pour partie un gruyère volant.

Un mètre à côté et c'était Karine qui prenait...

Aussitôt, la jeune femme repasse en mode guerrière. Elle fait virevolter la soucoupe sur elle même, révélant Eagle leader et Eagle 2 aux yeux de Vincent.

Ils nous attendaient, tapis derrière la mesa...

— ILS SONT LÀ !

Le hurlement de Vincent résonne dans l'aéronef. Karine, quasi en transe, impulse de fins mouvements à la barre de pilotage. Aussitôt, la soucoupe donne l'impression de tomber en vrille, comme une feuille morte.

— Qu'est-ce que tu fais ?

— Je simule, ça nous fera gagner un peu de temps...

*

— On les a eus ! Ils sont en train de s'écraser...

Eagle leader exulte. Dans le centre de commandement, le général blêmit.

J'ai commis la plus grande erreur de ma vie...

Soudain, à sa grande surprise, Eagle leader voit l'engin se ressaisir, reprenant son vol le long de la base de la *mesa*.

— Fausse alerte général...

Skinner reprend des couleurs. Il lance néanmoins un signe discret à son aide de camp.

— Simmons, prévenez l'hélico que j'arrive. 'Faut qu'on aille là-bas...

*

Arrivés pratiquement au niveau du sol, Karine redresse le manche de l'aéronef et longe la base de la *mesa*. Aussitôt, Eagle leader et Eagle 2 le remarquent et piquent en sa direction, postcombustion au maximum.

— Tu prends à gauche, je prends à droite...

— OK...

L'instant d'après, Vincent ne voit plus qu'un seul avion.

Mais où donc est passé l'autre gusse...

Karine semble calme, détendue même. Son ami beaucoup moins, à mesure que l'avion qui les a pris en chasse se rapproche :

— Trace, il arrive sur nous !

— Je sais, je lui prépare une petite surprise, à lui et à son pote...

Le jeune homme reste interdit. Déjà l'avion qui les pourchasse fait feu. Pas juste de la mitraille, un missile. Vincent est terrifié :

— *Sidewinder !*

— Génial...

La réaction de Karine défie l'entendement.

— Comment ça génial ?

— Tu verras...

Le *sidewinder* accroche sa cible et gagne du terrain, tandis que Karine longe toujours la paroi de la mesa, frôlant la roche.

— Impact dans cinq secondes...

Vincent a les yeux rivés sur le missile. Ce dernier fonce droit sur eux.

— Deux secondes... le corrige la jeune aveugle.

Aussitôt Vincent se retourne. En un éclair, il comprend.

L'autre avion a contourné la *mesa* en sens contraire, afin de les prendre à revers. Il arrive à présent de face, à toute blinde. Sans hésiter, Karine fonce droit sur lui, avant même qu'il ne puisse armer ses mitrailleuses. À quelques fractions de seconde de l'impact, elle dévie d'un rien la course de son engin, rayant presque la peinture d'Eagle 2.

Le *sidewinder* qui les poursuit n'a pas la même agilité. Il continue sur sa lancée et percute de plein fouet l'avion qui arrive en face. Le pilote d'Eagle 2 n'a même pas le temps de comprendre que déjà son avion explose, frappé net par le missile de son collègue.

Et de trois...

*

Au même instant, l'hélicoptère du général Skinner décolle de son héliport privé. Il apprend la nouvelle par radio.

Karine 3 – Raptors 0.

— Vous n'allez pas vous laisser vaincre par une bigleuse et un naze comme lui... soit vous les butez, soit ils vous butent, mais si vous rentrez bredouille, c'est moi qui terminerai le boulot, pigé bande de demeurés ?

Le général s'emporte, mais il ne joue là qu'un rôle. En son for intérieur, il affiche une sérénité qui tranche avec la panique de ses subordonnés.

Je joue toujours avec un coup d'avance...

*

Eagle leader est toujours à leurs trousses. Il décoche une rafale rageuse.

Raté.

Karine, toujours aux commandes de son astronef, est comme transfigurée :

— Et maintenant, le bouquet final...

L'entrée d'une grotte se dessine au pied de la *mesa*. Aucun pilote sain d'esprit n'aurait osé s'aventurer en un tel lieu, à bord d'un aéronef volant aux vitesses folles que sont les leurs.

Mais Karine n'est pas un pilote comme les autres.

Celui d'Eagle leader non plus.

D'un geste brusque, la jeune femme fait virer son engin à angle droit, l'engageant subitement dans le boyau obscur, immédiatement suivie par Eagle leader.

— Qu'est-ce qui te prends ?

— J'en sais rien. L'intuition.

Le jeune homme est en panique.

Ne me dites pas qu'elle fonce à travers ce dédale à... l'intuition !

L'intense lumière dégagée par la soucoupe éclaire un gigantesque labyrinthe de grottes, aux boyaux de plus en plus étroits.

Cette montagne est un vrai gruyère...

Slalomant à toute blinde entre stalactites et stalagmites, la soucoupe et Eagle leader se lancent dans une chasse à mort. Eagle leader tire. Sa mitrailleuse crépite. Les balles vont s'écraser sur les roches alentour, effleurant plusieurs fois la soucoupe du jeune couple.

— Je vais vous fumer !

L'astronef passe à deux doigts d'un rocher, Eagle leader de même. Karine ferme les yeux, comme pour mieux ressentir ce que l'engin lui communique. Vincent, terrifié, fait de même, incapable de soutenir davantage le spectacle de cette course folle dans laquelle il est embarqué.

Voilà ce que Karine a dû ressentir avant, sur la moto...

Nouveaux tirs. La soucoupe les évite de justesse, se glissant dans une nouvelle caverne qui s'ouvre sur sa gauche, passant à ras des rochers. Comme en transe, les mains de Karine communiquent une série de micro inflexions à la barre de commande. Eagle leader idem. Son pilote fait corps avec son appareil. Sans crier gare, la jeune femme bifurque en direction d'un boyau encore plus étroit, aussitôt suivie par l'ultime chasseur restant.

— Cette fois, je vous tiens...

Le boyau devient de plus en plus étroit.

— *Sidewinder...*

Il tire. Le missile s'élance en direction de l'astronef. Karine le laisse venir au plus près puis, juste avant l'impact, manœuvre lestement pour l'éviter, passant à ras d'une stalagmite contre lequel le *sidewinder* s'écrase, dans un fracas assourdissant.

Eagle leader parvient également à la contourner, évitant de justesse la colonne de pierre, tandis que l'immense pilier calcaire commence à se fissurer, à cause de l'impact du missile.

Toute la montagne se met à trembler.

Cette stalagmite jouait un rôle de mur porteur...

Des pans de la caverne se détachent du plafond, fondant sur les deux aéronefs en une pluie de rochers. Heureusement pour le jeune couple, la sortie est en vue, de l'autre côté de la *mesa.*

Karine accélère. Sa soucoupe passe de justesse au ras d'un rocher qui s'est détaché du plafond de la caverne. Eagle leader n'a pas la même chance. L'impact est aussi terrible que définitif. L'avion est pulvérisé net, alors qu'au loin, la soucoupe s'élance à nouveau dans l'azur, cap sur *Airport mesa*, dans un ciel à présent libre de toute menace.

Vincent ose enfin ouvrir ses yeux. La première chose qu'il voit est sa compagne, droite comme un I, pilotant avec adresse son vaisseau, filant droit sur la fameuse formation de roche rouge. Celle-là même qu'elle avait en poster, dans sa chambre d'adolescente.

Airport mesa...

Cette dernière lance, euphorique :

— Finalement, j'aurais dû m'intéresser au pilotage plus tôt, c'est un vrai kif !

Alors que leur destination se rapproche, Vincent fixe son amie d'un regard angoissé. Il ne parvient pas à chasser cette terrible pensée de sa tête :

Si c'est bien la soucoupe qui lui a enseigné toutes ces manœuvres, est-il bien raisonnable d'aller à la rencontre de ses concepteurs, à bord d'un vaisseau géant en orbite géostationnaire ?

L'idée du *gentil extraterrestre pacifique* vient d'en prendre un coup.

Bref, est-ce que depuis le début, on ne court pas droit dans la gueule du loup ?

103.

Airport mesa, Sedona, 7 août, quelques minutes plus tard.

La soucoupe se pose en douceur au sommet de la bien nommée *Airport mesa*. Aussitôt au sol, ses pieds comme sa rampe d'accès se déploient, invitant ses occupants à quitter l'aéronef.

Karine lâche la barre centrale. La soucoupe cesse immédiatement d'être transparente, pour reprendre l'aspect gris métallisé qu'elle arborait initialement.

— Tu peux me guider chéri ?

Encore vaillante pilote de soucoupe l'instant d'avant, elle redevient subitement la jeune femme aveugle et vulnérable, dès que l'appareil s'éteint. Vincent la prend par le bras et la guide le long de la rampe, découvrant avec stupeur le splendide panorama d'Airport mesa.

C'est là... aucun doute possible. C'est cet endroit que j'ai vu en rêve, juste avant que Manhattan n'explose...

Karine ne lui demande pas de décrire ce qu'il voit.

Je connais...

— Skinner m'a parlé d'un cristal noir où il y aurait une main gravée dedans, portant mes empreintes digitales...

Skinner est un bon alibi. Je me souviens surtout d'en avoir rêvé moi-même, jusqu'à la main gravée dans le cristal.

Vincent cherche le cristal des yeux et ne tarde pas à repérer une formation rocheuse noir de jais, qui tranche nettement avec la géologie environnante.

— Il est là.

Un sourire se dessine sur le visage de la jeune femme, tandis que son *cédalion* la guide en direction de l'étrange roche.

En direction de son destin.

Qu'importe que dans le feu de l'action, elle ait perdu *Blanchette 2*. Elle le sait, elle le sent :

Le temps des blanchettes sera bientôt révolu.

Les roches rouges à la tombée de la nuit sont magnifiques. Un décor digne d'un rêve.

C'est le cas de le dire...

Quelques conifères desséchés par la chaleur intense poussent alentour. C'est l'été. Une splendide soirée d'été. Il est là, avec elle. Ils marchent ensemble sur ce plateau rocheux, typique de l'Ouest américain. Elle porte une petite robe noire plus adaptée aux soirées mondaines qu'aux balades en pleine nature. Elle se tourne vers lui, comme dans son rêve.

Sauf que cette fois-ci, je ne me réveillerai pas.

Ils viennent d'arriver face au cristal noir, qui doit bien mesurer une vingtaine de mètres de haut. Vincent découvre ce roc insolite tout en le décrivant à sa moitié :

— Là, je vois la forme de la main, gravée dans la pierre...

Elle est là. Et à côté, il y a un éclat qui ressemble bigrement à la forme d'une porte, pile à notre taille...

— Guide-moi...

Il s'exécute. Karine prend une profonde inspiration, puis pose sa main dans son négatif, gravé à même l'immense cristal. Les doigts de la jeune femme épousent parfaitement la forme dans la roche.

Vincent la fixe, anxieux.

Elle appuie. Juste une légère pression.

Sedona... lumière...

Soudain, le cristal au bout de ses doigts devient brillant. D'abord juste les abords de la main gravée, puis très vite, cette brillance se propage à l'ensemble de la roche, comme des métastases lumineuses. Le cristal se met à irradier d'une lumière d'abord douce, puis de plus en plus vive.

Au début, Vincent parvient à en soutenir l'intensité, mais très vite, le cristal devient aussi clair que le soleil de midi. Il crie :

— Bordel, ce truc est en train de me griller la rétine !

Karine ne comprend pas :

— Quoi, quoi Vincent ?

Afin de ne pas finir aveugle à son tour, il ferme les yeux, forçant autant que possible sur ses paupières.

La lumière gagne encore en intensité. Vincent hurle de douleur.

— Karine, même toi, ferme les yeux...

Il retire prestement son T-shirt pour s'en faire un bandeau improvisé. Malgré l'épaisseur, ce dernier laisse filtrer une quantité non négligeable de lumière.

Si je n'avais pas eu cette initiative, j'étais bon pour Blanchette...

À présent aveugles tous les deux, ils entendent un bruit de roche qui coulisse, juste à côté d'eux.

Aucun doute possible. Ça vient de l'éclat en forme de porte.

Elle s'ouvre.

Skinner avait raison, ce cristal est sans doute le marchepied vers ailleurs... plus haut...

Vincent est terrorisé. Malgré la chaleur ambiante, tout son corps n'est plus que tremblements. Karine, au contraire, affiche une sérénité rare.

— Viens, Vince'...

En désespoir de cause, le jeune homme lui tend le bras. À présent elle le guide, l'aveugle expérimentée ouvrant la voie au débutant, pénétrant avec lui d'un pas assuré, cap sur l'intérieur de cet étrange cristal, chargé de mystères...

*

Au même instant, l'hélicoptère du général Skinner se pose au sommet d'une *mesa* voisine. De là il voit le cristal noir s'allumer, et devine les formes de Karine et Vincent qui s'y engouffrent.

Il laisse alors éclater un rire démoniaque.

— Skinner pour base Cadix. Mettez le champagne au frais. Nous avons gagné...

PARTIE 5 - ALLER PLUS HAUT.

104.

À l'intérieur du cristal, Airport mesa, Sedona, 7 août, quelques instants après.

Elle avance à tâtons, guidant Vincent à travers un océan de lumière. L'intense clarté est telle qu'elle traverse aisément le T-shirt que le jeune homme a *in extremis* transformé en bandeau de fortune, protégeant ses rétines d'une cécité certaine.

Les bras tendus devant lui, il progresse péniblement, pénétrant toujours plus profondément dans un monde aussi mystérieux qu'invisible.

— Va moins vite, je n'arrive pas à te suivre...

Elle ne voit aucune lumière, lui souffre de son excès.

Causes opposées, conséquences identiques...

Jamais jusqu'alors il n'avait envisagé qu'un jour, malgré son handicap, elle puisse devenir son guide. Une guide qui le pousse à toujours avancer davantage.

De toute façon, impossible de faire marche arrière...

Karine prend son apprenti en cécité par le bras, progressant inexorablement vers l'intérieur du cristal. Bien qu'aveuglé par son bandeau, Vincent remarque qu'ils ont déjà dû parcourir une bonne centaine de mètres :

— Karine, 'y a un problème... c'est pas possible... ce cristal avait à peine trois-quatre mètres de côté, or là, on a marché bien plus que ça, et je n'ai senti ni plan incliné, ni escaliers, ni rien... même si cet éclat était une porte qui donne accès à l'intérieur du cristal, nous aurions du depuis longtemps buter dans le mur d'en face, alors que là...

— J'en sais rien Vincent. Tout ce que je perçois, c'est que le tunnel se prolonge devant nous...

Voilà la différence entre ceux qui regardent et ceux qui écoutent...

Ils reprennent leur marche, cap sur l'invisible. Soudain, une voix étrange se met à résonner dans leurs têtes, sans que leurs oreilles ne perçoivent le moindre son.

C'est un peu comme la petite voix intérieure qui nous parle, quand on s'entend penser, mais en bien plus puissant...

La mystérieuse voix est claire et distincte, s'exprimant dans un anglais parfait :

— On va baisser la lumière, vu qu'elle semble vous incommoder...

Aussitôt, l'intensité lumineuse diminue, pour atteindre des seuils tolérables pour l'œil humain. Sans attendre, Vincent retire son bandeau, émettant un ouf de soulagement tout en découvrant l'incroyable décor alentour, qu'il parcourait en aveugle jusque là.

— Qu'est-ce que tu vois ?

— On est... on est dans un couloir, un long couloir. Je ne sais pas de quoi il est fait, on dirait une sorte de... une sorte de cristal, mais un cristal mou et fluorescent, qui diffuse une lumière uniforme... on dirait qu'elle vient d'un peu partout à la fois... du coup 'y a pas d'ombres, mais il y a...

Vincent arrête net sa phrase, comme s'il venait de voir quelque chose d'incroyable.

— Quoi Vince, 'y a quoi ?

L'étrange voix silencieuse se manifeste à nouveau :

— Il y a qu'il me voit, et qu'il ne s'attendait pas à ça... n'ayez aucune crainte jeune homme, décrivez-moi à votre amie tel que vous me percevez, ne voyez-vous pas qu'elle en meurt d'envie ?

Karine agrippe le bras de Vincent avant de lever la tête vers lui, comme pour le supplier d'obtempérer.

Je t'en prie, dis-moi ce que tu vois...

Le jeune homme souffle un bon coup puis se lance :

— Il est là... il est différent des autres... celui-là est grand, presque trois mètres de haut... ses membres... ses membres et son corps sont gris clair... ils sont encore plus fins que ceux des extraterrestres que j'ai croisés en bas, dans la base... son corps est long, mais très mince, un peu comme celui d'un phasme... allez, vingt centimètres de tour de taille max... la seule exception est sa tête... oh mon dieu sa tête... elle est énorme, avec d'immenses yeux noirs en amande et une bouche minuscule... je me demande comment cette tête tient sur son long cou de girafe...

Karine acquiesce :

— Je vois. Un peu comme l'extraterrestre de la scène finale de *Rencontres du troisième type...*

— Voilà. En gros c'est ça...

Un sentiment d’appréhension gagne le jeune homme. Il ne parvient pas à quitter des yeux cette créature à la fois gracieuse et étrange, semblant défier les lois de l'évolution comme celles de la gravité.

À nouveau, la voix télépathique se manifeste :

— N'ayez pas peur Vincent...

Cette créature sait mon nom. Elle doit lire en moi comme dans un livre ouvert. Et probablement en Karine aussi...

Bien qu'incapable de le voir, Karine est fascinée par cet être. Elle sent sa présence, là, tout près d'elle.

— Vous non plus, n'ayez pas peur, chère Karine. Si vous le désirez, je vous autorise à prendre conscience de mon apparence, à l'aide de vos mains.

L'extraterrestre s'avance alors vers la jeune femme. Elle en fait de même, s'approchant courageusement de l'extraterrestre, marchant à tâtons, les bras tendus vers l'avant, sous le regard médusé de son compagnon.

Puis c'est le contact.

Du bout de ses doigts, elle découvre l'étrange morphologie de cette créature d'outre-terre, dont le diamètre des jambes et des longs bras ne dépasse pas les deux centimètres. L'être s'accroupit afin de lui permettre de découvrir sa volumineuse tête, que la jeune femme tâte consciencieusement.

L'émotion de Karine est palpable. Elle est remuée par ce corps si différent du sien, si différent de tout ce qu'elle a pu connaître sur Terre.

Ce dernier reprend, toujours par télépathie :

— Il est à présent temps de monter. Mais avant, veuillez me laisser votre arme...

D'un mouvement ample et gracieux, l'extraterrestre s'approche de Vincent. Sous ses yeux effarés, il sent les longs doigts de la créature lui frôler la taille pour se glisser dans la poche de son pantalon, où le pistolet dont il s'était servi contre les hommes en noir se trouve toujours. D'un geste aérien, l'extraterrestre s'en empare, avant de le déposer en douceur à même le sol, hors de portée du jeune homme. Aussitôt, le bruit de succion qui s'était déjà manifesté lorsque la soucoupe avait avalé la moto se fait à nouveau entendre. Sous ses yeux incrédules, Vincent voit l'arme se faire absorber par le sol, comme ce fut précédemment le cas pour sa monture. Le métal se dissout avant de se fondre dans la matière environnante. L'instant d'après, il n'en reste plus la moindre trace, comme si le pistolet n'avait jamais existé.

Vincent est éberlué.

Cette technologie n'a rien de commun avec la nôtre...

— Venez à présent, montons.

L'extraterrestre invite le jeune couple à prendre place sur une sorte de plateforme circulaire, légèrement surélevée.

Ils s'exécutent.

Aussitôt, le couloir de lumière par lequel ils sont arrivés disparaît dans l'obscurité. Ce dernier fait place à un tube vertical aux parois laiteuses, à l'exception d'une bande horizontale située à la hauteur des yeux, parfaitement transparente quant à elle. Le tube semble s'étendre à l'infini, pile à la verticale de la plateforme.

Qu'est-ce que...

L'instant d'après, Vincent comprend. La plateforme sur laquelle ils ont pris place s'élève, gagnant de la vitesse à l'intérieur du tube, sans qu'aucun mouvement ne soit perceptible. À travers la bande horizontale qui semble faire office de fenêtre, le sol d'*Airport mesa* disparaît en un éclair, laissant place à une vue panoramique sur toute la vallée de Sedona.

Un point de vue unique sur un décor enchanteur.

L'extérieur du cristal...

Vincent baisse la tête. Il constate avec stupeur que la bande transparente suit son regard. Alors qu'ils grimpent à toute allure à bord de leur plateforme élévatrice, le jeune homme remarque le général Skinner ainsi que plusieurs de ses hommes qui s'affairent au sol, à proximité du cristal noir.

À nouveau, la voix télépathique de l'extraterrestre se manifeste :

— N'ayez pas peur, nous allons nous occuper d'eux...

La créature s'approche de Vincent et vient poser sa main sur son épaule, comme pour le rassurer. Le regard inquiet du jeune homme fixe les longs doigts, à quelques centimètres de ses yeux.

Si cette chose pense me rassurer, c'est raté...

Aussitôt, sa main s'enlève, alors que la voix télépathique reprend :

— Excusez-moi. N'ayez aucune crainte envers nous. Par ailleurs, excusez-nous pour la gêne que notre mode de communication provoque en vous...

Vincent regarde fixement la créature dont les lèvres – quasi inexistantes au demeurant – ne bougent pas, alors qu'il entend clairement sa voix.

Je n'arrive pas à m'y faire, à votre télépathie...

Le regard de l'extraterrestre se fait doux. Un peu amusé aussi :

— Nous avons depuis longtemps dépassé le stade d'*espèce sonore*. Je comprends néanmoins que pour vous, qui ne disposez d'aucun exemple d'évolution à ce niveau sur votre planète, ce moyen de communication puisse être quelque peu troublant...

La bienveillance de cet être venu de l'espace est évidente, mais Vincent ne peut s'empêcher de se sentir troublé. Autant il s'est habitué à ses congénères de petite taille, autant cette *chose* qui le dépasse de plus d'un mètre le bouleverse. Tout comme une partie de son vocabulaire :

— Vous parlez d'*Espèces sonores...* qu'appelez-vous une espèce *sonore* ?

— C'est ainsi que nous désignons les êtres qui, à l'instar de votre espèce, communiquent par ondes acoustiques et non cérébrales...

La créature s'en tient au fait. Aucun affect particulier ne transparaît dans son intonation. Vincent le fixe. Les grands yeux en amande de son interlocuteur lui rendent la pareille. Le jeune homme comprend le message :

Notre espèce à encore de nombreux stades d'évolution à parcourir avant de...

Cela ne l'empêche pas d'avoir encore un bon millier de questions qui se bousculent sous son crâne :

— Comment se fait-il que...

L'extraterrestre ne laisse pas Vincent finir sa phrase. De toute façon, il sait. Il a déjà lu en lui ce que le jeune homme souhaite lui dire :

— ...que vous nous entendiez sans l'usage de l'amplificateur dont vos semblables ont besoin pour capter nos flux télépathiques ?

Vincent fixe l'être, mi-stupéfait, mi-terrifié.

Ainsi donc ils savent pour les amplificateurs... et probablement pour l'usage qui en est fait, dans les salles de torture de la base...

— Parce que la structure même de nos vaisseaux fait office d'amplificateur, cher Vincent...

Le jeune homme reste stupéfait devant l'avance technologique de ces créatures. Karine, quant à elle, ferme ses yeux. Tout en elle respire la sérénité et la confiance.

Je monte vers mon destin, je monte vers la lumière. Je m'élève, je suis prête à aller plus haut...

Au fur et à mesure de leur ascension toujours plus rapide, ils traversent de fins nuages. La rotondité de la terre apparaît, alors que la plateforme s'élève de plus en plus vite. Le bleu du ciel cède lentement sa place au noir de l'espace, constellé d'étoiles.

Le spectacle est époustouflant.

— À quelle altitude sommes-nous ?

— À une cinquantaine de vos *miles*...

Bref, aux portes de l'orbite, aux portes de l'espace...

Soudain, levant les yeux vers la voûte étoilée, Vincent le voit. D'abord de manière floue, puis de plus en plus nette. C'est comme s'ils traversaient le champ d'invisibilité qui le cache aux yeux des terriens. L'immense vaisseau mère est là, en orbite géostationnaire, à la verticale de Sedona. L'engin est encore plus grand qu'il ne l'imaginait. Ce dernier forme une sorte de chape géante qui recouvre la terre de sa surface étrange, sur un bon millier de *miles* à la ronde.

Le jeune homme reste bouche bée devant le spectacle de cet astronef, au gigantisme ahurissant.

— Karine... faudra que tu voies ça un jour... On dirait l'étoile noire de *la guerre des étoiles*, en orbite autour de notre bonne vieille terre...

La jeune femme prend son compagnon par le bras et lâche, confiante :

— Tu me le montreras d'ici quelques heures...

Un élément intrigue néanmoins Vincent. Au-delà du gigantesque astronef, de petits engins semblent construire une sorte de structure géodésique autour de la terre, comme une espèce de gigantesque toile d'araignée, enveloppant lentement mais sûrement la planète dans un cocon, l'isolant du reste de l'univers.

Et s'ils étaient en train de nous enfermer, à la surface de notre planète... ?

L'idée, terrifiante, fuse dans l'esprit de Vincent. Il ne peut empêcher son cœur de s'emballer.

Cette fois, la créature d'outre-terre ne répond pas.

Or elle a du lire dans mes pensées que...

— Oh, ne vous en faites pas, Monsieur Skyvington. La réalité n'est pas toujours celle que l'on perçoit avec yeux. Nos sens sont... faillibles.

— Oui, mais... on dirait que vous essayez de...

Une terreur sourde envahit le jeune homme, l'empêchant de penser clairement.

— C'est une procédure classique, le coupe sèchement l'extraterrestre. Je ne peux vous en dire davantage...

Un peu comme s'il voulait mettre un terme à cette discussion. Entre la soucoupe qui a transformé Karine en guerrière et à présent cette mystérieuse construction enveloppant la terre, la confiance que j'accorde à ces êtres venus de l'espace fond comme neige au soleil... et si, au fond, leur plan était le même que celui du général Skinner, en juste plus raffiné encore ?

Le jeune homme balaie l'endroit du regard, se rapprochant davantage encore de Karine, lui prenant la main. Elle remarque que son compagnon tremble de tout son corps.

— Vince', ça ne va pas ?

Alors qu'il s'apprête à répondre, sans crier gare, l'incroyable vision de ce gigantesque vaisseau tissant sa toile autour de la terre fait place aux parois toutes proches d'un tube high-tech, bardées de ce qui semble être des circuits électroniques. Ces derniers défilent à toute vitesse dans la bande horizontale qui fait office de fenêtre.

— Nous arrivons, Messieurs Dames...

Le ton télépathique de l'extraterrestre s'est fait très doux.

Comme pour me faire oublier qu'il ne m'a pas tout dit...

Aussitôt, la plateforme débouche du tube pour s'immobiliser au beau milieu d'un endroit encore plus mystérieux que tout ce qu'ils ont traversé jusque là. Leur point de chute est une sorte d'immense hall aux murs quasi cotonneux, diffusant une lumière uniforme d'une blancheur intense, à la limite du supportable. De temps à autre, ne répondant à aucun schéma ou structure évidente, des cristaux ressemblant vaguement à des améthystes semblent encastrés dans ce décor d'un autre monde, qui rappelle quelque peu certaines œuvres d'artistes visionnaires, qui utilisaient les fractales tridimensionnelles pour générer informatiquement des décors aussi stupéfiants que merveilleux[27]. Le sol quant à lui est constitué d'un seul bloc, d'une matière rappelant une sorte de plastique phosphorescent, encore inconnu sur Terre.

Un comité d'accueil semble les attendre. Il est composé d'une dizaine d'êtres semblables à la créature qui les a accueillis en bas, et qui les a accompagnés jusque là. Se tenant en cercle autour du point d'arrivée de cet ascenseur spatial, ces créatures – onze au total – les cernent littéralement. Toutes focalisent leurs grands yeux noirs sur le jeune couple, qui débarque pour ainsi dire dans un autre monde.

Leur monde. Leur vaisseau mère.

L'une des créatures – un peu plus grande encore que les autres - s'avance d'un pas léger vers Karine. Son assurance laisse présager que cette dernière à pour mission de présider le comité d'accueil.

Ce doit être leur chef...

À nouveau, l'être les aborde télépathiquement :

— Bienvenue à bord, vous qui cherchez la lumière...

Karine lâche alors spontanément :

— Lumière...

[27] Quelques exemples d'art fractal ayant inspiré ce décor sont disponibles ici : https://www.deviantart.com/mandelbulb3d/gallery/

La jeune femme est rayonnante de bonheur. Vincent, plus factuel, remarque que la plate-forme qui les a menés jusque là se fond déjà dans le sol pour disparaître aussi sec, comme la rampe d'accès de la soucoupe l'avait fait auparavant.

Plus possible de faire marche arrière. Nous sommes prisonniers de ce vaisseau...

La créature qui préside le comité d'accueil passe ses longs bras autour du jeune couple, comme un parent qui retrouverait ses enfants qui se seraient longtemps absentés, avant de lâcher :

— Venez, suivez-nous. Nous allons vous rendre vos yeux...

105.

À bord du vaisseau mère, 7 août, quelques instants après.

Guidés par les extraterrestres, Karine et Vincent marchent à travers le gigantesque vaisseau. Les parois cotonneuses, dont par moment s'échappent comme des volutes de brouillard, rendent plus difficile encore l'appréhension de la taille réelle des halls et couloirs qu'ils traversent.

La seule certitude est que ce truc est largement plus grand que n'importe quelle construction humaine.

Vincent découvre l'intérieur de l'immense astronef dans un mélange d'émerveillement et de stupéfaction, mais se révèle incapable de le décrire à son amie.

C'est comme si cet endroit était une sorte de négatif lumineux de la base souterraine, celle du général Skinner...

Il remarque néanmoins que là où la base suit des motifs géométriques classiques, à base de verticales et d'horizontales, ici tout sauf le sol adopte la forme fractale d'éclats de cristal. Que ce soit dans le design des halls comme des couloirs, cette géométrie étrange domine l'architecture de ces lieux, bâtissant des décors stupéfiants pareils à d'immenses cathédrales cosmiques, nimbées de lumière. Un monde étrange, extraterrestre dans tous les sens du terme.

De temps en temps, ils croisent d'autres êtres, tantôt grands comme ceux qui les escortent, tantôt plus petits, comme ceux déjà aperçus sur Terre. Aucune de ces créatures ne semble prêter la moindre attention au jeune couple.

Tout en guidant Karine par le bras, Vincent découvre cet endroit à la fois merveilleux et inquiétant, loin de tout ce qu'il a pu connaître jusque là. L'élément le plus impressionnant n'est cependant pas ce décor incroyable, mais plutôt le silence froid et stérile qui y règne, où la télépathie a remplacé la parole.

Même les cavernes bioluminescentes me paraissent à présent d'une banalité affligeante, à côté de l'intérieur de cet astronef...

Tout en marchant, l'une des créatures en profite pour ausculter les yeux de Karine. Son diagnostic tombe, sans surprise :

— Un cas classique de rupture des nerfs optiques. Une formalité. Nous allons vous rendre l'usage de vos yeux, mademoiselle...

Karine affiche une mine ravie. Vincent ne peut s'empêcher de penser à une célèbre phrase d'Arthur C. Clarke, auteur de *2001 L'odyssée de l'espace* : toute technologie suffisamment avancée est indiscernable de la magie[28].

Il se rappelle aussi qu'à la base de toute science, se trouve la curiosité.

— Je peux vous poser une question ?

Aucune réponse.

Même s'il sait que cela signifie non, il le prend pour un oui :

[28] Cette phrase porte le nom de Troisième loi de Clarke. https://fr.wikipedia.org/wiki/Trois_lois_de_Clarke

— Pourquoi faites-vous cela ? Pourquoi avez-vous laissé souffrir cette jeune femme alors que pour vous, sa cécité n'est qu'une formalité, comme vous le dites ? Et puis pourquoi elle ? En quoi est-elle différente ?

L'être d'outre-terre toise un instant le jeune homme avant de reprendre sur un ton très doux, comme pour apaiser Vincent :

— L'évolution n'est pas chose uniforme. Certains sont plus en avance que d'autres. Karine était toujours d'une nature plus ouverte, plus sensible, plus imaginative... et parfois, il suffit de quelques épreuves de la vie pour passer à un stade *encore* supérieur. La mort de son père biologique, puis la perte de la vue ont toutes été des épreuves difficiles... qui ont cependant grandi votre amie.

Un autre extraterrestre vient se mêler à la conversation :

— L'adversité a toujours été source de progrès ou de régression, mais jamais de stagnation. Nous avions Karine à l'oeil depuis un bon bout de temps. Elle a toujours su tirer le meilleur des épreuves que la vie a mises en travers de son chemin...

La jeune femme reste stupéfaite.

Ainsi donc ils me suivent depuis...

— C'est par son évolution que Karine est arrivée à entrer en résonnance avec notre technologie qui, comme vous avez pu le constater, est fort différente de celle que vous avez développée. Voilà pourquoi nous avons pu régler l'artefact sur sa fréquence, lui permettant notamment de faire corps et de voler à bord de l'astronef, que les vôtres tentaient désespérément de faire décoller depuis qu'ils l'ont abattu, en l'an 1946 de votre calendrier...

C'est donc bien à bord de l' « l'épave » du crash de 46 qu'on s'est enfuis... Ses facultés aérodynamiques sont loin d'être mauvaises pour un appareil vintage, en mauvais état de surcroît...

Karine n'en revient pas.

C'est de moi qu'ils parlent ?

— Pour votre gouverne, sachez qu'elle n'était bien sûr pas la seule. Mais votre amie, croyez-le, est une jeune femme exceptionnelle. Pas étonnant qu'elle se soit liée d'amitié avec la dénommée Jennifer Kendall, qui était l'une de nos options, en cas d'échec de sa part...

Voilà pourquoi elle aussi rêvait de Sedona...

La jeune femme a une pensée émue pour sa consœur, dont elle est toujours sans nouvelles.

— Quant à vous, Monsieur Skyvington, sachez que pour lui rendre la vue, nous procéderons en utilisant une méthode proche de ce que les scientifiques de votre planète appellent les thérapies géniques...

Le petit groupe reprend son chemin lorsque Vincent embraye sur une seconde salve de questions.

S'ils ont balancé tout ça aussi facilement, c'est qu'ils veulent me cacher le reste, ce qui est vraiment important...

— Tant qu'on y est, dites-moi ce qu'était *vraiment* cette grande lumière ? Pourquoi vous avez fait disparaître tout le monde ? Pourquoi le monde est si bizarre depuis cette soirée, sur la colline, à DeRuyter ?

Aussitôt, l'un des extraterrestres le coupe net :

— Personne n'a disparu...

À part peut-être la douceur dans sa voix, totalement absente dans cette réponse, balancée sèchement...

— Alors où sont passés nos proches ? Où est passée la famille de Karine ?

Aucune réponse.

— Pourquoi au début les animaux ont-ils disparu ? Pourquoi sont-ils réapparus comme par enchantement, pile au moment où on en a eu besoin ?

Même silence.

Il remarque cependant que l'un des êtres a tiqué lorsqu'il a prononcé les mots *au début*.

— Et tous les indices qui nous ont guidés vers Sedona, c'était vous ?

Toujours pas de réponse. Cependant, à leurs regards fuyants, Vincent peut sentir leur gêne. C'est alors que Karine vole à leur secours :

— Vince', ne les harcèle pas. On verra tout ça quand... quand j'y verrai à nouveau...

Le jeune homme ne tient aucun compte de la remarque de sa compagne. Il continue sur un ton plus inquisiteur encore, pesant chaque mot :

— Et pourquoi ai-je cette désagréable sensation que depuis ces événements, tout le monde tourne autour de... nous ? Pourquoi la nature devient-elle belle quand nous allons bien, et moche quand nous sommes mal ? Pouvez-vous m'expliquer tout ça ?

Silence embarrassé des extraterrestres.

— Et tant qu'à faire, pourquoi ressemblez-vous tant aux *aliens* des classiques cinématographiques du genre ? Vous bossez avec Spielberg ? Vous avez son 06 ?

Vincent fait référence à la fameuse scène finale de *Rencontres du troisième type*, où des créatures en tout point similaires à celles qui se tiennent face à lui sortent d'un vaisseau spatial, sur la piste d'une base secrète, dans le Wyoming.

— Vous posez trop de questions...

— Je suis un scientifique, Monsieur l'extraterrestre, ma quête est de poser des questions... et d'obtenir des réponses...

Le ton du jeune homme est aux limites de la défiance.

À mesure que Vincent pousse ces êtres dans leurs retranchements, Karine sent l'exaspération monter en elle.

— Les réponses viendront en temps voulu, quand vous serez prêt...

— Ce temps est arrivé.

L'extraterrestre marque une courte pause, dévisageant son interlocuteur d'un regard empreint de fermeté, avant de reprendre, ironique :

— Oui, Monsieur Skyvington, le temps est arrivé pour vous de vous taire, et pour nous de rendre la vue à votre amie...

C'est alors que Karine sort de ses gonds. Elle prend Vincent à partie, sous le regard satisfait des créatures qui les escortent.

— Tu ne vois pas que tu les énerves avec tes questions ? TA GUEULE, VINCENT !

Je ne l'ai que rarement vue dans cet état...

Vincent s'exécute et se tait.

Mine de rien, leur silence a valeur de réponse...

Déjà les extraterrestres emmènent Karine vers une porte en forme d'éclat de cristal, située au fond du couloir. Le jeune homme s'empresse de la suivre, mais l'une des créatures s'interpose.

— Désolé Monsieur, mais vos ondes interféreraient avec l'opération. Nous ne pouvons pas vous laisser y assister...

— Mes quoi ?!

Plus que ses soi-disant *ondes*, Vincent a l'impression que ces créatures souhaitent lui cacher quelque chose, et ce d'autant plus depuis qu'il a osé mettre le doigt sur des points visiblement sensibles.

Ils sentent que je suis en train de percer à jour leurs secrets. Ils savent qu'il ne me manque plus que quelques fragments pour tenir entre les mains toutes les pièces du puzzle...

Au moment de passer la porte, Karine se retourne et s'adresse une dernière fois à Vincent :

— Fais leur confiance comme je leur fais confiance. Je suis sûre que tout ira bien. Crois en eux...

En guise de réponse, Vincent tente de jeter un œil à l'intérieur de ce qui semble être la salle d'opération. L'une des créatures s'interpose immédiatement.

— Karine, fais attention, je t'aime...

La jeune femme demande à être guidée auprès de son ami. Aussitôt, l'un des extraterrestres s'exécute. Elle prend Vincent une dernière fois dans ses bras, comme pour se faire pardonner son emportement.

Mais aussi comme lors d'un adieu...

— Moi aussi je t'aime, Vincent...

Elle tient à ce dernier contact avec lui, à sentir sa peau une dernière fois, à se blottir une dernière fois dans ses bras, tout contre la cicatrice que Jim lui a infligée. Même si elle a confiance en ces êtres venus d'ailleurs, elle sent également la peur monter en elle, au moment de faire le grand saut.

Au moment de confier mes yeux et peut-être plus encore à des créatures venues d'ailleurs...

— Il est temps, mademoiselle...

Elle dépose un dernier baiser sur la bouche de son compagnon, avant de suivre l'extraterrestre, qui l'invite à franchir le pas de la porte. Cette dernière se referme aussitôt, laissant Vincent seul, au cœur du vaisseau mère.

Seul... avec eux.

106.

À bord du vaisseau mère, 7 août, quelques minutes plus tard.

Il reste un bon moment là, sur le pas de cette porte, derrière laquelle ces êtres sont censés rendre la vue à son amie.

Elle n'a pas vu le vaisseau ni l'étrange cocon que ces êtres tissent autour de notre planète. Elle n'a pas vu ces créatures. Elle ne comprend pas que tout n'est pas aussi clair que ça, même ici, chez ces êtres prétendument supérieurs. Pas étonnant qu'ils aient opté pour des aveugles comme « élus »...

Il colle son oreille à la porte. Rien. Pas même un souffle.

Il se hasarde alors à explorer les couloirs alentour, tout en prenant garde à ne pas s'aventurer trop loin, de peur de se perdre. De temps en temps, il croise quelques-unes de ces créatures. Ces dernières évoluent dans le plus parfait des silences, sans même lui prêter attention.

Alors qu'il déambule, il remarque que même ses pas n'émettent aucun bruit.

C'est comme si la matière dont est fait ce vaisseau absorbait tous les sons...

Puis soudain, il entend quelque chose.

C'est une voix.

Humaine.

Il la reconnaît dans l'instant même :

C'est la voix du général Skinner.

Son sang ne fait qu'un tour. Il se colle contre l'une de ces étranges parois et écoute. Sa cible est à peine à quelques mètres de lui, en pleine discussion avec un extraterrestre de bonne taille.

Ce qu'il entend le fige littéralement sur place, pétrifié :

— Je vous les ai livrés comme demandé, vous pouvez en faire ce que vous voulez...

Frappé de stupeur, Vincent écarquille les yeux.

Mon Dieu, Karine...

Il ne remarque pas que derrière lui, une autre de ces créatures s'approche. Elle tient une sorte de cylindre translucide entre ses mains. Vincent s'en rend compte au dernier moment.

Trop tard.

Au même moment, un rayon bleu clair sort du cylindre et vient le frapper.

Le jeune homme s'effondre, inanimé et inconscient.

107.

Quelque part, temps indéterminé.

Il est couché sur quelque chose de dur, dans le noir total.

Où suis-je ? Depuis combien de temps ?

Vincent essaie de se remémorer les événements précédents... la course-poursuite en soucoupe, la montée à bord du vaisseau mère, le comité d'accueil, la salle d'opération, le général et soudain cet extraterrestre, qui lui a tiré dessus.

Il ouvre les yeux sur une nuit insondable. Pas même un petit rayon de lumière pour le réconforter, juste les ténèbres à l'infini.

Le quotidien de Karine...

Soudain la lumière se fait. Vincent découvre l'endroit où il se trouve. C'est un espace réduit d'environ six mètres carrés, construit dans l'étrange matériau qui compose l'intérieur du vaisseau mère. Il est couché à même une sorte de banquette, composée elle aussi de cette matière inconnue.

Sur le mur d'en face, une porte en forme d'éclat de cristal. Il s'en approche, espérant qu'elle s'ouvrira sur son passage.

Hypothèse fausse...

Il balaie l'endroit des yeux, à la recherche d'un bouton, levier ou tout autre dispositif qui en commanderait l'ouverture.

Chou blanc... à moins que là encore, cette porte s'ouvre par télépathie...

Il se concentre, pense *ouverture, ouverture porte, délivrance.* Sans succès.

Son rythme cardiaque se met à grimper.

Ils me retiennent prisonnier ici. Cet endroit est une cellule...

Soudain, la porte s'ouvre.

Bonne nouvelle ? Pas sûr...

Quand il découvre qui s'apprête à pénétrer dans sa cellule, le jeune homme a un mouvement de recul.

Skinner !

Le général Skinner en personne vient le voir, une mallette à la main. Le militaire est escorté par deux extraterrestres de bonne taille.

— Laissez-moi seul avec lui...

Il y a quelque chose de vicieux dans sa voix. Dans son regard aussi.

Les deux extraterrestres s'exécutent, laissant le général en tête à tête avec Vincent. Le militaire attend un moment, le temps que ces créatures prennent le large, puis soudain, sans crier gare, décoche un violent uppercut au visage du jeune homme, qui s'effondre à même le sol. Il enchaîne aussi sec avec un coup dans le ventre, suivi d'un autre dans les parties génitales.

'Y a rien de tel que la violence pour parler aux faibles...

Vincent hurle et se tord de douleur. Les coups du général redoublent d'intensité. Le militaire s'en donne à cœur joie, passant ses nerfs sur celui qui a osé lui résister. Puis soudain, il s'arrête aussi sec, allant jusqu'à tendre la main, pour aider Vincent à se relever.

— Désolé mec, mais j'ai dû le faire pour donner le change...

Vincent ne l'entend pas de cette oreille. Il tente à son tour de frapper le militaire. Ce dernier pare le coup sans difficulté, avant de plaquer le jeune homme contre le mur.

— Arrête. T'as pas compris que je viens pour te sauver ?!

Incompréhension.

Me sauver ?!

Le général jette un regard inquiet autour de lui tout en faisant signe à Vincent de se taire, avant de reprendre, sur le ton de la confidence :

— Tout se passe comme prévu, rassure-toi...

— Comment ça ? Qu'est-ce qui est prévu ?

Le militaire lui fait signe de chuchoter.

— Votre évasion, tout, ça à marché nickel. Ces *choses* y ont cru dur comme fer...

Comment ça... ?

— Tu crois que tu aurais réussi à t'en tirer tout seul, si je n'avais pas ordonné à mes hommes de tirer à blanc ?

Tirer à blanc ? Mais alors les ondes, à la surface de la soucoupe ? Et les missiles qui ont fait sauter les chasseurs entre eux ?

— Pourquoi alors sacrifier quatre de vos avions...

— Pour qu'ils ne se doutent de rien... pour pouvoir introduire le virus au cœur même du système, sans qu'ils ne fassent gaffe...

— Le virus ?

— Oui. Vois-tu Vincent, ces êtres ont beau avoir des milliers d'années d'avance sur nous, ils ont une faiblesse...

— ?!?

Le général savoure, reprenant :

— La grippe... leurs corps sont incapables de résister au simple virus de la grippe. Ils auraient certes la technologie pour mettre un remède au point, mais pas si l'on parvient à introduire le virus au cœur même de leur vaisseau mère, là où son système d'aération permet d'assurer sa diffusion optimale. Nos expériences sont formelles : l'incubation est indétectable chez ces créatures, mais une fois l'apparition des premiers symptômes, ils en meurent dans les secondes qui suivent pour les plus petits spécimens, en quelques minutes pour les plus grands. Même eux ne seraient pas capables de mettre un antidote au point en si peu de temps...

Vincent reste bouche bée.

La grippe... une bête grippe... c'est donc ça, l'arme absolue de Skinner...

Le général reprend :

— Je sais que tu as entendu parler du projet 1492, mais sais-tu pourquoi *réellement* ce projet porte ce nom ?

— En référence à Christophe Colomb...

— Pas uniquement. Il a surtout été choisi en raison du passager clandestin qui avait embarqué à bord des caravelles de ce bon vieux Christophe : le virus de la grippe, contre lequel les populations amérindiennes n'avaient aucune immunité. Tu as sans doute entendu parler de la légendaire violence des conquistadors, qui a causé tant de tort aux populations autochtones, n'est-ce pas ?

Vincent acquiesce.

— Alors sache que si l'arrivée des conquistadors a sonné le glas de 91% de la population indigène, seul un petit pour cent de ces *sauvages* est mort sous le fil de leurs épées. Un pour cent. Les quatre-vingt-dix autres y sont passés à cause des virus que ces hommes venus d'Europe transportaient sur eux, sans le savoir. Bref, la leçon a retenir est que si tu veux te débarrasser d'une population différente de la tienne, l'arme biologique est ta meilleure alliée...

Vincent écoute le général comme halluciné. Il boit littéralement ses paroles.

Ces créatures sont venues sur terre alarmées par notre usage de la bombe atomique... elles ne savaient pas que, depuis le XVIe siècle au minimum, l'humanité était déjà passée à l'étape d'après...

— Mais comment comptez-vous faire pour introduire le virus dans ce vaisseau ?

— C'est déjà fait. Vois-tu Vincent, alors que tu jouais au héros dans les bas fonds de notre base, j'offrais une journée Spa / détente à ta chère et tendre Karine...

— ???

— Cette journée comprenait notamment une séance de massage tellement relaxante qu'elle n'a même rien senti, quand nous lui avons administré la piqûre...

— La piqûre... quelle piqûre ? Vous voulez dire que vous avez infecté Karine avec ce virus ?! Vous avez fait d'elle votre cheval de Troie pour...

C'est pas possible...

— Oui. Rassure-toi, elle s'en tirera comme un charme, à l'inverse de ces créatures. Elle devra juste garder le lit quelques jours, et prendre quelques médicaments... pour elle, ce sera au pire comme une petite grippe saisonnière, mais rien de plus...

— Vous avez...

Vincent sent la rage monter en lui.

Tu as infecté Karine, et cela volontairement !

Il s'apprête à lui coller son poing dans la gueule. Le général pare le coup avec une facilité déconcertante, mettant à nouveau le jeune homme en échec. En guise de réponse, le militaire prend alors Vincent par le col, se tenant à présent à quelques centimètres de son visage :

— Oui, je lui ai fait administrer ce virus, mais je te promets que nous lui offrirons les meilleurs traitements à son retour, alors maintenant, fini les enfantillages, pigé ? Crois-moi, c'est de loin le moindre mal...

— Le moindre mal ?

— Oui. Moi aussi j'aurais préféré marcher main dans la main avec ces créatures, comme toi même tu voulais le faire. Hélas, ces monstres se sont crus tout permis, et aucun compromis n'était possible. Dès lors, c'était eux ou nous. J'ai donc dû agir en responsable. Vous savez ce que ça veut dire, res-pon-sable ?

Un air de dégoût se lit sur le visage de Vincent.

— Infecter les jeunes femmes, vous appelez ça *agir en responsable* ?

— Quand il s'agit de sauver mon espèce, la sienne et accessoirement la tienne, ma réponse est sans ambiguïté. C'est oui. Sais-tu à quel titre j'ai été autorisé à monter à bord de ce vaisseau ? Rien de moins que parce que je leur ai promis de signer la reddition pure et simple de notre planète, et d'autoriser leur...

Un silence gêné coupe net la tirade du général.

— Leur quoi ?

Le militaire hésite.

Qu'est-ce qu'il me cache encore ?

Vincent insiste :

— Leur QUOI ?!

Le général souffle un bon coup, comme s'il cherchait au plus profond de lui même le courage nécessaire pour terminer sa phrase :

— ...leur programme d'hybridation.

Le visage du général se détend.

On dirait qu'un poids vient de lui être retiré de la conscience...

Vincent n'en revient pas. Ses yeux sont gagnés par la terreur. Le général reprend, sur un ton compatissant :

— Désolé Vince', mais tu m'obliges à t'en parler... si ces *choses* vous ont autorisé à monter, ce n'est pas juste pour rendre la vue à ta copine. Oh certes, il l'auraient fait, juste pour que vous ne vous doutiez de rien, mais la vraie raison de votre venue ici est leur programme d'hybridation...

— Vous voulez dire que...

Le jeune homme blêmit à vue d’œil.

— Oui. Ils en profitent au passage pour modifier le code génétique du bébé que ta compagne porte dans son ventre, afin d'y intégrer le leur...

Les jambes de Vincent se mettent à flageoler.

Voilà pourquoi je n'ai pas été autorisé à assister à l'opération...

Le général gratifie Vincent d'une tape amicale et virile dans le dos, alors que les larmes lui montent aux yeux :

— Notre bébé... notre bébé... NOTRE BÉBÉ !

— Sincères condoléances, Vincent. Je n'ai hélas rien pu faire pour sauver votre enfant. C'était le prix à payer pour pouvoir introduire le virus et empêcher ces monstres de mettre la suite de leur plan à exécution...

— La suite de leur plan ? Ah parce qu'il y a une suite ?!

— Oui. Quand tu es monté, tu n'as pas vu cette coque qu'ils sont en train de construire, autour de notre planète ?

Oh que si...

— Ils veulent bloquer les rayons du soleil pour faire périr toute vie à la surface de notre monde, afin de le repeupler ensuite, à leur guise. Crois-moi, je n'ai pas sacrifié votre enfant de gaîté de cœur, mais parce que c'était le seul moyen de leur faire baisser la garde...

Des larmes envahissent les yeux de Vincent. Sa voix se fait amère :

— Notre bébé...

Vous allez morfler grave, salauds venus des étoiles !

Le général reprend, sur le ton de la confidence :

— Tu te rends compte du nombre de planètes que ces *monstres* ont déjà *baisé* de la sorte ? J'ai juré sur ma vie que je défendrai notre Terre jusqu'au bout, et que notre monde sera leur tombeau. Tu peux me croire Vincent, je tiendrai parole. Ils n'avaient pas l'habitude qu'on leur oppose de résistance sérieuse, mais avec moi, ça va changer... avec le virus que j'ai collé à Karine, crois-moi que d'ici une heure au plus, ces choses seront de l'histoire ancienne. Il est encore temps, Vincent, de te ranger du côté de ceux qui ont le vrai sens des priorités : notre monde d'abord !

Comment ai-je pu être aussi aveugle...

Le jeune homme serre la main du général, qui accepte sans hésiter.

— Notre monde d'abord...

Le militaire le salue respectueusement, comme un chef face à l'un de ses soldats.

— Bon, maintenant que le virus est dans la place, 'faut te sortir de là, *private* Skyvington...

Le général Skinner ouvre alors la mallette qu'il a apportée. À l'intérieur se trouvent deux paires de lunettes, une espèce de collier, ainsi qu'une sorte de clé USB, dotée d'un système électronique complexe à son extrémité.

— Qu'est-ce que c'est ?

Le général tire la pseudo clé USB de la mallette et l'offre à Vincent.

— Prends là. C'est un dispositif que nous avons développé, qui permet à nos ondes mentales de piloter les différents équipements de ce vaisseau. Sans cela, tu ne pourrais même pas ouvrir la moindre porte ici...

Voilà pourquoi j'étais piégé ici. Je n'avais pas ce truc...

— Fonce au plus vite vers l'ascenseur qui mène au cristal noir et sors de ce fichu vaisseau. Moi, je m'occuperai de faire évader Karine...

Vincent hoche négativement de la tête :

— Karine aura davantage confiance en moi qu'en vous, mon général. Il vaudrait mieux que je m'en charge...

— Non Vincent. Ils te connaissent au niveau du bloc opératoire. Comme tu as pu le constater, dès que tu leur as livré Karine, ils n'ont pas fait dans le détail. Si tu vas là-bas, tout capotera. Par contre moi, je peux y aller et sauver ta compagne, pendant que tu fileras au plus vite vers la sortie...

— Comment je la trouverai, cette fameuse sortie ?

Le général arbore un sourire complice :

— Pendant ces quelques mois sous terre, crois-moi, nos services de recherche et développement n'ont pas chômé. Et alors que les quelques satellites que nous contrôlions encore scannaient l'intérieur de ce vaisseau pour en dresser les plans, nos petits génies de l'électronique développaient ces binocles...

Le général tend la paire de gauche à Vincent. Dès qu'il la chausse, il voit apparaître en surimpression la projection d'un plan tridimensionnel de l'astronef. Ce dernier évolue au gré de ses déplacements, à l'instar des cartes d'un GPS. Un itinéraire fléché lui indique le chemin à suivre.

— Ces lunettes te guideront vers la sortie.

Vincent, stupéfait par ce bijou de technologie, retire les lunettes de son nez et les repose dans la mallette.

— Et la seconde paire ?

— Ce sont les miennes, celles qui me guideront vers le bloc opératoire, là où se trouve Karine. Une fois là-bas, elles m'indiqueront à mon tour comment sortir d'ici avec elle. Sois-en sûr, j'exfiltrerai ta compagne d'ici, au péril de ma vie si nécessaire...

Une idée germe aussitôt dans l'esprit de Vincent.

Il faut que je parvienne à le distraire pour échanger les lunettes si je veux la tirer de là...

— Et ce collier ?

— Ah, merci de me le rappeler...

Le général se saisit alors du dernier objet contenu dans sa mallette et l'ajuste au cou de Vincent. Ce dernier se laisse faire, profitant de l'occasion pour subrepticement échanger les lunettes.

— Ça sert à quoi... ?

Vincent n'a pas à en dire davantage. Il comprend immédiatement. Ce collier change son timbre vocal. Dès qu'il le porte, sa propre voix se mue en celle... du général Skinner.

— Comme tu viens de le constater, grâce à ce système, ta voix se confond maintenant à s'y méprendre avec la mienne...

— Dans quel but ?

Vincent est surpris de s'entendre parler avec la voix du général.

— Je suppose que ces *choses* t'ont également parlé de leur mépris pour les *espèces sonores* que nous sommes...

En effet, lors de l'ascension vers le vaisseau mère, la créature qui nous a accompagnés a fait référence à ce concept...

— Eh bien sache que c'est par nos caractéristiques *sonores* que leurs systèmes de sécurité nous repèrent. En arrivant à bord, ils enregistrent nos empreintes vocales et les autorisent ou non à bord. La mienne est autorisée, la tienne ne l'est plus. Si jamais un seul mot devait être prononcé de ta voix en dehors de cette cellule, tu serais fait comme un rat. Mais avec ce système, on peut les induire en erreur et tromper leur vigilance...

— C'est sur ça que se base toute leur sécurité ?

— Non bien sûr, mais c'est le seul système que nous ne sommes pas parvenus à pirater depuis le sol... si nos équipes en bas n'avaient pas fait le boulot, notre petite conversation nous aurait déjà été fatale. Mais il nous faut faire vite à présent. Ils ne tiendront pas éternellement dans leurs systèmes avant de se faire repérer...

— On a combien de temps ?

Le général jette un œil à sa montre. Vincent en profite pour lire l'heure.

On est toujours le 7 août, à 21h57 plus précisément.

Le verdict du militaire tombe :

— Vingt minutes environ...

Le compte à rebours est lancé.

Le général chausse ses lunettes, Vincent en fait de même.

Le militaire pose sa main sur la porte en forme d'éclat de cristal. Celle-ci s'ouvre aussitôt, donnant accès à un grand couloir vide.

— Rendez-vous en bas à la demie. Bonne chance, *private* Skyvington. L'humanité vaincra !

— L'humanité vaincra.

Les deux hommes quittent la cellule, prenant chacun des chemins opposés.

Vincent active le système de repérage 3D intégré à ses lunettes. Le parcours proposé par ces dernières est différent de celui suggéré par la paire précédente.

Mon petit échange standard a bien fonctionné...

Dès le général hors de son champ visuel, il s'élance à travers les couloirs du vaisseau mère, confiant. Il se sent tel un preux chevalier allant délivrer sa belle, prisonnière des griffes des monstres qui la gardent captive...

Tiens bon, mon amour...

108.

À bord du vaisseau mère, 7 août, 22h02.

Suivant fidèlement le plan suggéré par ses lunettes, Vincent progresse rapidement à travers le vaisseau mère. À sa grande surprise, ce dernier est quasiment désert.

Est-ce que le virus a déjà fait son effet ?

Il arrive face à une porte en forme d'éclat de cristal. S'inspirant des gestes du général, il pose sa main à sa surface et aussitôt celle-ci s'ouvre, débouchant sur une nacelle en cristal. Cette dernière flotte en lévitation, le long d'une paroi aux formes étranges, comme faite de cristaux imbriqués entre eux, donnant sur un grand volume vide. Une brume mystérieuse nimbe l'endroit, empêchant d'en appréhender la taille réelle, mais celle-ci défie manifestement l'entendement.

Quel vaisseau de folie...

Il grimpe à bord de la nacelle qui aussitôt l'emporte vers le haut, longeant l'impressionnante paroi, suivant le plan intégré à ses lunettes. Comme précédemment, aucune accélération n'est sensible, alors qu'il s'élève rapidement à travers le vaisseau géant.

Je guide ce bidule par la pensée, de manière totalement intuitive. Quelle technologie !

Le gigantisme de ce vaisseau ainsi que son architecture sans pareil impressionnent toujours autant le jeune homme.

Et dire que d'ici peu, nous autres petits terriens viendrons à bout d'êtres capables de construire pareille merveille...

Soudain, alors qu'il est sur le point d'atteindre la prochaine bifurcation, trois autres nacelles, similaires à la sienne, font leur apparition. À leur bord, des extraterrestres de petite taille, similaires à ceux faits prisonniers dans la base. Les nacelles s'approchent à vive allure, fondant sur Vincent tels des oiseaux de proie.

Sans doute la garde... et moi leur fugitif...

Le rythme cardiaque de Vincent s'emballe. Il se met automatiquement en mode *fuite*. Sa nacelle accélère brusquement puis s'engouffre sans crier gare dans un tunnel de forme hexagonale, situé sur sa droite. Comme un GPS, les lunettes du jeune homme prennent en compte ce changement inopiné de trajectoire, calculant déjà un nouvel itinéraire.

Puissant, ce truc...

Le jeune homme jette un regard rapide par-dessus son épaule. Les trois nacelles l'ont bel et bien pris en chasse. Leurs aéronefs empruntent le même passage que lui, s'approchant inexorablement.

— Trace, trace !

Vincent tente désespérément d'accélérer sa nacelle. Cette dernière semble avoir atteint sa vitesse maximale. De la sueur perle sur son front. Il zigzague entre d'immenses cristaux indigo, qui par moment obstruent partiellement le tunnel.

Pas le temps d'admirer le paysage...

Sa nacelle fonce à toute allure, passant au ras des cristaux. Celles de ses poursuivants aussi.

Au bout du tunnel, une nouvelle paroi verticale, identique à la précédente, lui permet in extremis de se dégager de cet étroit boyau.

Trop tard hélas. Déjà ses poursuivants sont sur lui.

Rien à faire, leurs engins vont trop vite...

Arrivées à sa hauteur, les trois nacelles encerclent celle de Vincent, qui s'immobilise net. Les extraterrestres à leur bord le fixent de leurs grands yeux noirs, cylindres translucides à la main, prêts à faire feu.

Je suis fait...

Déjà ses poursuivants s'apprêtent à aborder sa nacelle.

Réfléchir. Vite.

C'est alors que l'une des créatures se met à tousser. Vincent écarquille les yeux.

J'ai compris. C'est le virus. Ce dernier commence à faire effet...

Les autres êtres sont à leur tour saisis d'une quinte de toux. En un rien de temps, leurs symptômes s'aggravent. Un mal aussi terrible que fulgurant terrasse les extraterrestres. Ces derniers sont d'abord pris de convulsions, avant qu'un liquide verdâtre ne se mette à couler de leurs bouches atrophiées. Rampants à même le sol de leurs nacelles, ils se tordent de douleur, à l'agonie, incapables du moindre geste envers le jeune homme. Vincent, aussi terrifié que soulagé, constate avec stupeur l'ampleur du désastre. Quelques instants plus tard, la dernière créature rend l'âme, sous les yeux ébahis du jeune homme.

C'est peut-être de la légitime défense, ça n'en reste pas moins un génocide...

Le cœur de Vincent bat la chamade.

Pour cette fois, j'ai eu de la chance...

Il saute alors dans la nacelle d'en face, encore occupée par la dépouille d'un extraterrestre. Sans hésiter, il la balance par dessus bord, droit dans l'abîme en contrebas, avant de reprendre son chemin à bord de sa nouvelle embarcation, suivant scrupuleusement la route qui doit le mener à sa belle...

*

Skinner parcourt tranquillement les couloirs du vaisseau mère, comme s'il était en terrain conquis. Il active le système de repérage de ses lunettes. Lorsqu'il découvre le tracé que ces dernières lui suggèrent, un petit sourire narquois se dessine sur son visage.

Ce con à échangé les binocles comme je l'avais prévu... l'amour rend vraiment aveugle...

Il ouvre le bouton du col de son uniforme, révélant un collier similaire à celui qu'il a offert à Vincent.

Aussitôt, il l'active :

— Test un deux trois...

En l'espace d'un instant, la voix du général se mue en celle de... Vincent.

— Parfait...

J'ai horreur de m'entendre avec la voix de cet imbécile, mais ça fait partie de mon plan...

Skinner referme alors son col, avant de reprendre sa route d'un pas décidé.

Karine, j'arrive...

109.

À bord du vaisseau mère, 7 août, 22h05.

Les couloirs du vaisseau mère n'en finissent pas. Vincent, haletant, à laissé la nacelle derrière lui, pour reprendre son chemin le long d'un interminable boyau, qu'il parcourt d'un pas fébrile, mais rapide. La géométrie des lieux est toujours aussi complexe qu'esthétique, à l'inverse du spectacle macabre qu'offrent les nombreux corps d'extraterrestres qui désormais jonchent le sol, morts ou agonisants.

Qu'est-ce qu'on a fait ...mon Dieu, QU'EST-CE QU'ON A FAIT ?

Il n'ose les regarder dans les yeux. Malgré les révélations du général Skinner, un sentiment de honte l'envahit.

Avancer, toujours avancer. Tracer tout droit. Retrouver Karine et s'enfuir au plus vite de cet endroit de malheur...

À en croire ses lunettes, il n'est plus qu'à quelques mètres de sa moitié. Seule une porte le sépare encore d'elle.

Un instant, Vincent a comme un doute. Il ne se souvient pas être passé par là, lors de son arrivée à bord de ce vaisseau.

Mais tous ces couloirs se ressemblent, et il y a peut-être différents moyens d'accéder au bloc opératoire... de toute façon, mes lunettes ne peuvent pas se tromper...

Vincent pose la main sur l'ultime porte qui doit le séparer de sa belle et s'y engouffre en trombe.

Karine...

Ce n'est qu'une fois son seuil franchi qu'il se rend compte de son erreur. À la vue du spectacle qui s'offre à lui, ses yeux s'écarquillent. Il n'y a pas de Karine ici, juste une immense pièce circulaire, d'environ trois cent mètres de diamètre, et d'une hauteur telle qu'on n'en voit pas le plafond. Contrairement au reste du vaisseau, ici sol et murs sont lisses, comme une couche de glace à température ambiante, sur laquelle on ne glisserait pas. En son centre, un trou d'environ vingt mètres de large. Un cristal géant, de la taille d'un immeuble, flotte en plein milieu.

Comme si la gravitation n'avait aucune prise sur lui...

Il émet une lumière pulsée qui passe par toutes les couleurs de l'arc-en-ciel, éclairant à lui seul ce lieu quasi onirique.

Violet, Bleu, vert...

Vincent découvre avec stupeur cet endroit insolite. Ses yeux, comme hypnotisés par le cristal, ne parviennent pas à s'en détacher.

Quel est cet endroit ? Où est Karine ?

Il vérifie ses lunettes. Il ne s'est pas trompé. C'est bien là. Le chemin qu'elles lui indiquent s'arrête ici, face à ce minéral aux propriétés incroyables.

Le cristal passe du vert au jaune, du jaune au rouge.

Peut-être que c'est une sorte de téléporteur qui me mènera auprès d'elle, pour peu que je m'en approche assez...

Toujours subjugué par le spectacle, Vincent s'avance en direction du cristal. Il ne se rend pas compte que, derrière lui, la porte par laquelle il est arrivé se ferme doucement, sans un bruit. Il avance pas à pas, fixant toujours la roche de ses yeux ébahis, s'approchant du bord du trou central, à une dizaine de mètres de l'étrange minéral.

Quel spectacle fascinant...

Plus que quelques pas le séparent du bord. C'est alors que l'objet ressemblant à une clé USB – l'amplificateur télépathique que Skinner lui a remis et qui lui sert à ouvrir les portes – se met à remuer de lui-même, dans sa poche.

C'est quoi encore ce...

Instinctivement, il s'en saisit. C'est alors que l'incroyable se produit : deux paires d'hélices se déploient à sa surface et se mettent aussitôt à tourner, d'abord lentement puis de plus en plus vite. Déjà les premiers coups de pales s'écrasent contre ses doigts, manquant de les entailler, alors que les rotors gagnent en vitesse.

Aïe !

Par réflexe, Vincent lâche l'objet. Dès ce dernier libéré, ses hélices accélèrent subitement, freinant sa chute avant de le stabiliser en vol stationnaire, sous les yeux incrédules du jeune homme.

Mais qu'est-ce que...

Nouvelle accélération des rotors. L'engin se met à voler de manière autonome, filant en direction du cristal.

C'est quoi encore ce délire ?!

Très vite, l'objet passe hors de portée, survolant le trou central, en direction de l'immense gemme. Vincent, hébété, en est réduit à la laisser filer, suivant des yeux l'étrange appareil. Ce dernier se colle à l'une des parois du cristal, à quelques mètres au-devant de lui.

Qu'est-ce que...

C'est alors qu'il remarque que quelque chose se met à bouger, à l'arrière de l'objet. Il plisse les yeux pour mieux voir.

Heureux les ignorants...

À l'arrière de la clé, un petit projecteur holographique se déploie. L'instant d'après, il entame sa projection. Cette dernière est sans appel :

C'est un compte à rebours.

15:00 – 14:59 – 14:58...

Vincent blêmit. Il vient de comprendre.

C'est une bombe.

Une bombe qui va jusqu'à me dire quand elle va sauter. Dans ma langue.

Ce décompte n'est pas destiné aux extraterrestres, il m'est destiné à moi, Vincent Skyvington, idiot utile de cette ordure de Skinner qui m'a une fois de plus retourné le cerveau...

14:56 – 14:55 – 14:54...

Soudain, un craquement.

Ça vient d'en bas.

Hypnotisé par le cristal, il ne s'est intéressé qu'à ce qui se passait devant lui, oubliant de prêter attention au seul élément qui vaille : le sol.

Celui sur lequel je me tiens...

Aussitôt, il répare son erreur. Trop tard. Déjà les premières crevasses apparaissent sous ses pieds, se propageant rapidement dans toutes les directions.

Les neurones de Vincent moulinent à cent à l'heure.

Je fais quoi maintenant ?

Nouveau craquement. Un bout de sol cerné de craquelures cède. La gravitation reprend ses droits. Le bout fraîchement détaché s'enfonce dans les profondeurs en contrebas, dévoilant à la fois la fine épaisseur de ce qui fait office de plancher, ainsi que ce qui se trouve en dessous :

Du vide, sur des kilomètres...

Le cœur de Vincent se met à battre la chamade.

Si je reste là, je suis foutu...

14:49 – 14:48 – 14:47

Boum boum... boum boum...

Il se rappelle du moment où il a échangé les lunettes.

Même ça il l'a prévu, ce salaud. Il savait que j'allais le faire, pour peu qu'il me dise que les autres mènent à Karine. À l'heure qu'il est, il doit déjà être avec elle...

110.

À bord du vaisseau mère, secteur médical, 7 août, 22h06.

Skinner pénètre au pas de charge dans la salle d'opération. D'un coup d'œil rapide, il évalue la situation. Karine est là, toujours vêtue de sa petite robe noire, couchée à même une table d'opération en cristal vert, qui flotte en lévitation.

Elle est belle comme une déesse...

Ses yeux encore clos ne portent aucune trace d'intervention chirurgicale.

Autour d'elle, les corps sans vie d'une dizaine d'extraterrestres jonchent le sol, baignant dans une substance verdâtre et nauséabonde.

Leur vomi.

Ce dernier apporte une touche glauque et pestilentielle à cet endroit par ailleurs pur et minimaliste, comme taillé dans un cristal d'une blancheur étincelante.

À grands coups de pieds, le général dégage sans ménagement les dépouilles des extraterrestres qui s'interposent entre lui et la jeune femme. Elle semble endormie, sereine.

Comme les princesses des contes de fées...

Le général prend son pouls. Tout est normal.

Ne pas oublier qu'à partir de maintenant, je dois faire semblant d'être son crétin de Vincent...

Soudain, elle ouvre les yeux. D'abord lentement, puis plus franchement, fixant le monde d'un regard éteint. Sa petite voix se manifeste, penaude :

— Ça... ça n'a pas marché ?

— Oh que si ça a marché...

Le général constate avec satisfaction le carnage opéré par son virus.

Ça a marché au-delà de mes espérances les plus folles...

La voix penaude de Karine se manifeste à nouveau :

— Vincent... Je ne vois rien, je suis toujours dans le noir...

Le militaire se penche sur la jeune femme et la regarde droit dans les yeux.

Qu'est-ce qu'ils sont beaux... la nature l'a dotée de deux joyaux qui feraient fondre même les cœurs de pierre... n'empêche que si elle est toujours miraude, alors tant pis pour elle...

C'est alors qu'elle se met à battre des paupières. D'abord lentement puis de plus en plus rapidement. En l'espace de quelques instants, son expression change du tout au tout. Ses traits inquiets se muent en un grand sourire, qui gagne aussitôt l'ensemble de son visage, comme si une onde de bonheur la submergeait.

— Je... je crois voir de la lumière...

Un déluge de photons vient s'abattre sur sa rétine. De là, l'information remonte à son cerveau via ses nerfs optiques enfin rétablis, inondant son cortex visuel de signaux lumineux si longtemps attendus, brisant le mur de ténèbres derrière lequel elle n'est que trop longtemps restée prisonnière.

Sedona, lumière... LUMIÈRE !

Son regard encore dans le vague commence à fixer le général.

— Vincent, c'est toi ?

— Oui, mon amour...

Si tu savais, bécasse...

La jeune femme cligne à nouveau des yeux. Devant elle se tient une silhouette extrêmement trouble pouvant être celle d'un humain comme d'un extraterrestre.

— Tout est flou, c'est un vrai brouillard...

Elle ferme un instant ses yeux et se relève doucement, sous le regard inquiet du général :

— Peut-être que ta vue reviendra progressivement...

Elle ouvre à nouveau ses paupières. L'intense lumière environnante met en valeur les moindres détails de son regard émeraude, dans lequel Skinner se plonge avec délectation. De son côté, l'acuité visuelle de la jeune femme augmente à vue d’œil.

À présent, je pourrais distinguer un chien d'un chat...

Elle tourne la tête, découvrant par étapes le monde qui l'entoure, plissant les yeux.

— C'est blanc ici...

— 'Faut y aller, *chérie...*

Sa vue s'améliore de seconde en seconde. Pour la première fois, Karine a un vrai regard franc. Son sourire déjà éclatant se fait rayonnant. Tout son être respire la joie.

Ne plus être enfermée dans le noir...

Un bonheur incomparable l'envahit, un bonheur qu'elle résume par cette simple phrase, qui vaut tous les trésors du monde :

— Vincent... je te VOIS !

La voix de la jeune femme se fait torrent d'émotions.

Jamais je n'ai été aussi heureuse de ma vie...

Il est là, debout devant elle, grand, beau, musclé comme elle l'avait découvert, à tâtons. Sa chevelure est sombre et ses yeux sont noirs.

— Je... Je t'aime, Vincent...

Karine se lève et embrasse langoureusement celui qu'elle prend pour son compagnon. Aussitôt, un sentiment bizarre l'envahit.

'Y a quelque chose qui cloche...

— Vincent... c'est toi Vincent ?

Le général se tient sur ses gardes.

Si elle a pigé qui je suis, c'est mort... et elle aussi...

La jeune femme a un mouvement de recul :

— ...il y a... quelque chose est différent...

Sans hésiter, Skinner la serre contre lui et l'embrasse à nouveau. Son geste est fougueux, bestial presque.

— D'habitude, tu n'y voyais rien. Voilà ce qui a changé...

Karine dévisage l'homme qui se tient face à elle :

— Tu as des lunettes maintenant ?

La jeune femme n'a pas fini sa phrase que le général lui tend ses lunettes. Aussitôt elle comprend. Le plan en 3D qui s'affiche en surimpression vaut tous les discours.

— Ces lunettes sont notre fil d'Ariane, le plan du vaisseau... elles nous serviront à trouver notre chemin dans ce dédale...

Tandis que le général chausse à nouveau ses lunettes, la jeune femme jette un œil autour d'elle. Aussitôt elle découvre les corps sans vie des extraterrestres, éparpillés dans la salle d'opération.

Elle a un mouvement de recul. Son expression passe en un instant du bonheur à l'effroi :

— Qu'est-ce qui leur est arrivé ?

— Écoute, je ne peux pas te raconter tout en détail, faut d'abord qu'on se casse d'ici...

— Ils sont...

— Morts. Tués par Skinner.

— Comment... ?

— Il t'a inoculé le virus de la grippe, et comme tu peux le constater, cette dernière ne fait pas bon ménage avec ces *choses*...

— Il m'a... c'est...

L'effroi dans son regard se double d'un sentiment de culpabilité :

— ...c'est *moi* qui les ai tués !?

Elle pose ses mains sur ses joues, bouleversée, incapable d'aligner une phrase sans bégayer :

— ...Ils... ils sont... ils sont morts pour me rendre mes yeux...

Skinner décide de couper court à ses remords :

Il faut trancher dans le vif...

— Oui, mais crois-moi, le général a eu raison d'agir ainsi. J'ai appris quelques trucs sur ces créatures et je peux t'assurer que c'était la meilleure chose à faire...

— Quoi ?! Vincent... Tu oublies ce qu'ils ont fait pour moi ?

Skinner la prend par le bras et lui intime l'ordre de se mettre en route. Du genre tout de suite...

— Je ne peux pas tout te raconter là, mais fais-moi confiance...

— Ils m'ont rendu mes yeux et toi tu trouves normal de les exterminer ?!? Vincent, qu'est-ce qui t'arrive ?

Le militaire prend alors Karine par la taille et se colle à elle. Ses yeux noirs se plongent dans son merveilleux regard émeraude.

Ne pas se laisser troubler...

— Ils t'ont rendu tes yeux, oui, mais ils l'ont fait pour mieux nous piéger. Si Skinner n'avait pas agi de la sorte, on serait déjà tous morts...

— ?!? Comment ça ?

— Morts... comme notre enfant que tu portais dans ton ventre...

Une expression de terreur gagne la jeune femme.

Il a dit portais. Au passé...

— Qu'est-ce que...

— Je t'expliquerai. Mais une fois de retour sur Terre, faudra avorter...

— Avorter, ça 'va pas Vincent ? Tu as perdu la tête ? On le voulait, cet enfant. Tu étais d'accord pour le garder...

— Oui. Sauf que maintenant, c'est *leur* enfant...

D'un regard, Skinner fixe les dépouilles des extraterrestres qui jonchent le sol. Façon de lui faire comprendre que ce sont *eux*, les responsables. À nouveau, les grands yeux de la jeune femme se posent sur leurs corps sans vie.

Certaines de ces choses semblent être mortes dans d'atroces souffrances...

Pendant que Karine examine les cadavres éparpillés à la ronde, Skinner consulte discrètement sa montre. Cette dernière est synchronisée avec l'amplificateur qu'il a confié à Vincent, affichant à présent le même compte à rebours.

Tout a marché comme sur des roulettes... cet idiot a livré le cadeau comme prévu...

La jeune femme n'arrive pas à décoller ses yeux horrifiés des cadavres d'extraterrestres. Skinner décide alors de passer à la vitesse supérieure. Il colle sa montre sous le nez de la jeune femme, dévoilant à Karine les secondes qui s’égrainent inexorablement.

— C'est le temps qu'il nous reste avant que tout explose...

13:58 – 13:57 – 13:56

La jeune femme écarquille les yeux, tandis que le général enfonce le clou :

— Allons-nous-en, 'faut pas traîner ici...

111.

À bord du vaisseau mère, dans la chambre du grand cristal, 7 août, 22h08.

13:54 – 13:53 – 13:52

Le cœur de Vincent bat de plus en plus fort. Son cerveau fait le tri dans ses pensées, n'en retenant qu'une seule. La seule qui vaille :

Fuir. Au plus vite...

Déjà, un nouveau pan du sol s'effondre, suivi d'un troisième.

Cet endroit est en train de se désintégrer...

La peur fait place à l'angoisse, l'angoisse à la terreur.

13:39 – 13:38 – 13:37

Ses yeux balaient le décor, en mode 100% adrénaline. Son regard se fixe sur la porte, celle par laquelle il est entré.

Fermée. Comment je vais faire pour l'ouvrir, maintenant que je n'ai plus mon amplificateur ?

Il souffle un bon coup.

On verra ça après... faut déjà que j'y arrive...

Autour de lui, les crevasses progressent de plus en plus vite. Sans hésiter, il pique un sprint, cap sur la porte.

Plus une seconde à perdre...

Il fonce droit devant. Trop tard. Déjà un pan de sol situé entre lui et la porte se détache, tombant à son tour dans le vide.

Plus possible de freiner. Tant pis, je saute...

Il a juste le temps de s'élancer. Une seconde plus tard et c'était la chute. Il se jette in extremis par dessus le trou béant, poussant son saut aussi loin que possible, pour atterrir de justesse de l'autre côté, au bord de l'abîme.

Un autre côté qui, déjà, vacille à son tour.

Pas le temps de souffler. Il reprend sa course et accélère encore, redoublant d'efforts pour regagner la porte, alors que le plancher alentour se volatilise.

La lumière du cristal pulse de plus en plus vite.

On dirait comme un mécanisme d'autodestruction...

Alors qu'un nouveau pan de sol s'effondre derrière lui, Vincent arrive à la porte.

Fermée.

Il pose sa main à sa surface, comme il le faisait auparavant, alors que l'étrange objet que Skinner lui avait remis était encore en sa possession.

Sans surprise. La porte reste close.

La terreur emplit son regard.

Je suis coincé ici...

Il pense aussi fort que possible *ouverture, ouverture porte.* Rien n'y fait.

La porte, immuable, refuse de s'ouvrir.

Ses yeux balaient frénétiquement les alentours, à la recherche de la moindre solution, du moindre indice. Il se rend compte que du sol qui s'étendait derrière lui ne reste plus qu'un seul lambeau, d'environ un mètre carré.

Celui sur lequel je me trouve, face à la porte.

Il souffle.

Je suis au cœur du vaisseau mère d'une civilisation extraterrestre, mais je n'ai plus moyen d'interagir avec lui. Skinner a fait de moi une mule transportant sa cargaison de mort, à mon insu. Il y a un compte à rebours qui tourne et le sol se dérobe sous mes pas. Charmant...

Un nouveau craquement tire Vincent de ses pensées. Inutile d'en chercher l'origine. Son regard vient d'accrocher la fissure qui en est à l'origine.

Elle est là, juste entre mes deux pieds...

Devant lui, la porte reste désespérément close.

Je n'ai pas le choix, je dois trouver un moyen de l'ouvrir...

— Ouverture, ouverture porte... ouvrez, je vous en prie...

Aucune réaction. La fissure entre ses jambes progresse et se ramifie, fragilisant chaque seconde davantage l'ultime bout de sol, qui prend des allures de radeau de sauvetage.

— Ouvrez, il y a une bombe ici, ouvrez cette porte ! Par pitié, laissez-moi sortir...

Nouveau craquement.

Nouvelle montée d'adrénaline.

En désespoir de cause, l'instinct prend le dessus. Vincent cesse de réfléchir et passe en mode ancestral.

La force brute.

'Faut que je défonce cette porte.

— Ouvrez ! Ou-vrez !

Il frappe et frappe encore. Sans effet.

Sous ses pieds, les fissures progressent. Une partie du sol se détache, tombant dans le vide. Vincent parvient de justesse à se glisser sur le dernier îlot de sol, collé à la paroi. Son promontoire est à peine assez large pour s'y tenir et déjà ce dernier commence à se fendiller...

Je n'arriverai pas à ouvrir cette porte. Faut que je trouve autre chose...

Ses yeux affolés cherchent une solution.

Il n'y en a aucune.

Maman...

La sueur qui sature son front se met à couler le long de ses joues, alors que son regard fixe le vide en contrebas. Un instant, il hésite même à sauter.

Qui sait ce que je trouverai là en bas, au-delà de cette bouche de ténèbres...

D'instable, le sol devient vacillant. Une terreur sans nom suinte de tous ses pores.

De toute façon, je finirai bien par savoir...

Afin de se donner une dernière chance, il se dresse sur la pointe des pieds.

L'instinct de survie dans toute sa splendeur...

Crac.

Adieu...

Les derniers centimètres de sol se dérobent sous ses pieds, tandis que la gravité reprend ses droits.

Skinner avait raison, il pouvait bien m'avouer son forfait. Il savait que j'étais foutu et il avait raison. Adieu Karine...

C'est alors que la porte s'ouvre sur une main frêle, mais ferme qui l'agrippe...

112.

À bord du vaisseau mère, dans les couloirs, 7 août, 22h10.

11:51 – 11:50 – 11:49...

Karine et Skinner – qu'elle croit toujours être Vincent – courent à perdre haleine le long des imposants couloirs du vaisseau mère. Pour la première fois en plus de trois ans, la jeune femme peut enfin se mouvoir librement, sans canne ni guide. Ses yeux réparés découvrent avec éblouissement l'étonnante architecture extraterrestre.

— Quel endroit incroyable ! Dommage que je n'ai pas mon appareil photo pour...

— On en parlera une autre fois...

11:34 – 11:33 – 11:32...

Écartant sans ménagement les cadavres d'extraterrestres en travers de sa route, Skinner se fraye un chemin vers la sortie.

Une fois son crétin de Vincent mort, je lui expliquerai pourquoi je me suis fait passer pour lui. Tu n'es pas la première nénette *que je manipulerais, et crois-moi, comme les autres, tu céderas... Tu deviendras alors ma femme, fidèle et dévouée...*

Le plan affiché par ses lunettes indique à présent un couloir sur la gauche. Il s'apprête déjà à l'emprunter lorsque...

...lorsqu'il tombe nez à nez avec un mur.

Il n'y a pas de couloir ici...

!?!

Stupeur.

Le général tapote les branches de sa monture. Rien n'y fait. Soit ses lunettes bugguent, soit...

Instant de flottement. Karine le remarque aussitôt :

— Quelque chose ne va pas ?

— Devrait y avoir un chemin, là...

Le général pointe le mur du doigt. De toute évidence il n'y a pas de couloir à cet endroit.

— Comment ça ?

La peur gagne le regard de la jeune femme. Elle jette un œil inquiet à son compagnon. De la sueur perle sur son front. Cependant son regard déterminé parle de lui même :

Il est loin d'avoir dit son dernier mot...

— Bon, on essaie par là...

Skinner opte pour un nouveau chemin. Il sait que le système intégré à ses lunettes s'adaptera à cet imprévu, comme un GPS après une erreur de navigation.

Il reprend sa course, entraînant Karine dans son sillage.

11:10 – 11:09 – 11:08...

Comme prévu, le plan tridimensionnel trace une nouvelle route. Prendre à gauche, puis tout droit, puis à droite...

À droite...

Sauf que là encore, au lieu de déboucher sur le couloir indiqué, ils tombent face à un mur qui leur barre la route. Cette fois, même le général montre des signes d'inquiétude.

— Vincent, ne me dis pas qu'on est perdus...

L'angoisse est perceptible. Skinner regarde autour de lui, balayant l'endroit de son regard dur et perçant.

Bordel, qu'est-ce qui se passe ?

Soudain il comprend. Le couloir derrière eux, celui qu'ils viennent d'emprunter, se remplit d'un brouillard blanc, comme venu de nulle part.

— Ils...

L'instant d'après, l'étrange brume se solidifie. En lieu et place du couloir se trouve à présent un mur de cristal, dur comme de la pierre.

Les yeux des deux fuyards s'emplissent d'effroi.

— Ils sont en train de condamner les issues !

Le général a beau tenter de le cacher, son angoisse est palpable.

Le vaisseau change de configuration. Le plan dans me lunettes ne me sert plus à rien...

Des sueurs froides gagnent Karine et Skinner. Le général s'éponge le front tout en cherchant une issue. Il fulmine :

— C'est un piège..

Pour la première fois, il ne contrôle pas la situation.

Karine vient se blottir dans ses bras. Elle aussi est morte de peur.

— Vincent, qu'est-ce qu'on fait maintenant ?

113.

À bord du vaisseau mère, 7 août, 22h11.

Vincent tombe à même le sol, face à un extraterrestre de grande taille, à l'agonie. Ce dernier l'a retenu in extremis, juste avant qu'il ne tombe dans le puits, dans la salle du cristal multicolore.

À présent tous deux à terre, Vincent croise l'étrange regard de son *sauveur*, que la vie quitte lentement mais sûrement. Aussitôt le contact télépathique s'établit. Ce que la créature lui communique est sans ambiguïté :

— Ne perdez pas de temps à me remercier. Sauvez-vous, Vincent, et sauvez votre amie. Elle vous mérite, contrairement à lui...

Le jeune homme reste interloqué.

Cette créature est mourante à cause de notre virus, mais ses dernières pensées vont à notre bien-être...

Entre deux convulsions, l'extraterrestre continue :

— Skinner nous a informés pour la grippe. Il nous a dit que vous nous aviez piégés en contaminant volontairement votre amie, avant de monter à bord de notre vaisseau...

Les yeux de Vincent s'écarquillent. La surprise se mêle à la colère :

Ce salaud de général a mis ses propres crimes sur mon dos... mais pourquoi alors cette créature se montre-t-elle si bienveillante avec moi ?

L'être continue :

— ...nous savions bien sûr que c'était faux, que le général est la personne responsable de cette contamination. Mais nous vous avons néanmoins fait arrêter, pour donner le change. Excusez-nous...

Voilà à présent que cet être s'excuse alors que nous sommes les coupables...

L'incrédulité gagne le regard de Vincent. Dans son esprit, des tonnes de questions s'amoncellent :

— Pourquoi... pourquoi nous avoir laissé monter à bord alors que vous saviez que... pourquoi avez-vous...

Pourquoi avez-vous accepté de nous prendre à bord, alors que vous saviez que cela vous condamnerait à une mort aussi cruelle ?

— Pour voir jusqu'où vous iriez. Pour voir vos réactions. C'est tout ce qui compte pour nous...

À nouveau, la créature est prise de convulsions. Un liquide jaunâtre coule de sa bouche atrophiée. Le jeune médecin tente de lui venir en aide. En vain.

— Vous ne pouvez plus rien pour nous...

Vincent n'en revient pas.

Ainsi donc le simple virus de la grippe...

Il a déjà oublié que ces êtres savent lire dans les pensées. La créature agonisante reprend :

— C'est une faiblesse que nous avons volontairement entretenue... Nous aurions depuis longtemps pu vaincre cette maladie, mais nous avons décidé de ne pas le faire, pour raisons... éthiques. Si l'on se permet de devenir invincible, on perd tout sens de l'autre. Or ce sont les autres qui donnent à la vie sa raison d'être... Il nous fallait donc conserver un talon d’Achille pour donner sens à nos existences... or votre général l'a trouvé et l'a exploité contre nous...

La réponse de l'extraterrestre trouble profondément Vincent.

Jamais l'humanité ne sera capable d'une telle abnégation.

La créature fixe son interlocuteur dans les yeux. Vincent n'en revient pas. Il croit déceler comme de la compassion dans son regard d'outre-terre.

Cet être est à l'agonie, mais c'est lui qui compatit avec moi...

— En quoi peut-on vous aider ? Qu'est-ce qu'on peut faire ?

— Vous n'avez donc rien compris au sens réel de notre venue...

— Quel sens ?

Nouveaux spasmes. Elle ne pipe mot, mais Vincent remarque que la créature réprime une douleur insoutenable, qui s'infiltre jusqu'aux ultimes recoins de son être.

— Vous comprendrez tout quand nous serons partis... puissent les étoiles vous éclairer...

Le jeune homme reste bouche bée.

— Pourquoi devez-vous partir ? Nous avons tant de choses à apprendre de vous... Aidez-nous à devenir meilleurs, aidez-nous à...

aidez-nous à devenir... vous.

Le souffle de l'extraterrestre se fait de plus en plus ténu. Il trouve néanmoins la force de continuer à communiquer. Coûte que coûte :

— Non. C'était à vous de trouver le chemin...

C'était...

Vincent ferme les yeux. Il n'est plus que remords.

C'est un risque de dingue, mais je dois le faire...

Il prend alors son courage à deux mains et décide de révéler ce qui vient de se dérouler juste avant, dans la salle adjacente, lorsque l'amplificateur qu'il portait s'est envolé, pour aller se coller au grand cristal, lançant le compte à rebours.

Au point où on en est...

— C'est une bombe. Le dernier coup porté par Skinner contre vous.

— Non Vincent. Quoi que ce soit, ça ne peut être une bombe, nos systèmes l'auraient repérée... Et heureusement pour vous autres terriens d'ailleurs, car si votre général avait réussi à poser une bombe dans notre vaisseau, les débris de ce dernier tomberaient sur votre planète en ayant le même impact que des dizaines d'astéroïdes géants venant s'écraser à sa surface. Cela aurait causé un désastre bien pire encore que celui qui a mis fin au règne de ces créatures que vous appelez dinosaures. Par chance, notre système d'autodestruction ne laisse derrière lui que de fins débris, de la taille d'un grain de sable, épargnant ainsi votre planète...

L'effroi gagne Vincent.

— Quel système d'autodestruction ?!?

— Celui qui s'active automatiquement quand on nous frappe à notre seul point faible. C'est la procédure classique face à ceux qui échouent.

Le fatalisme de cet être venu des étoiles laisse Vincent sans voix.

— Mais vous n'avez en rien échoué ! Vous êtes venus sur Terre avec de bonnes intentions ! Vous n'y êtes pour rien si certains d'entre nous ont la gâchette facile...

L'extraterrestre lâche un soupir las :

— Vous n'avez donc rien compris...

— Mais comprendre QUOI ?

La créature dévisage le jeune homme. Ses grands yeux noirs ne sont plus que détresse.

Détresse et compassion.

— Fuyez, fuyez pendant qu'il est encore temps, fuyez avant que ce vaisseau n'explose...

— Dans combien de temps ?

— Même plus dix de vos minutes...

Le sang de Vincent ne fait qu'un tour.

La créature invite le jeune homme à se rapprocher d'elle.

— N'ayez crainte...

D'un geste fébrile, elle lui touche les branches de ses lunettes. Aussitôt, le plan en 3D s'enrichit de nouvelles données, à commencer par le chemin à suivre pour intercepter deux points rouges qui se déplacent côte à côte, à travers les couloirs.

Karine... et Skinner !

Vincent jette un regard incrédule à l'extraterrestre.

— Comment avez-vous fait ça ?

— On sait encore reconnaître notre technologie... ou du moins sa grossière imitation...

Ainsi donc ces lunettes aussi...

L'extraterrestre, en proie à de nouveaux spasmes, se tourne lentement contre le mur. Il ne fait aucun doute que chaque geste lui fait souffrir le martyre.

— Au fait, vous aurez besoin de ça aussi...

La créature appuie sur un pan du mur. Ce dernier se gonfle pour prendre la forme d'un pistolet, qui l'instant d'après se matérialise. Vincent le reconnaît aussitôt. C'est l'arme qui lui a été confisquée, celle qui s'est dissoute dans la structure même du vaisseau. Cette dernière l'a visiblement gardée en mémoire.

Cette étrange matière blanche dont sont constitués les murs et le sol n'est pas de la matière ordinaire, c'est de l'information pure, concentrée et solidifiée... quelle technologie incroyable !

La découverte des incroyables propriétés de cet astronef ne rendent le jeune homme que plus amer.

Ces êtres si avancés sont à l'agonie à cause de notre... bêtise...

Il ramasse le pistolet et s'apprête déjà à suivre les conseils de l'extraterrestre lorsque ce dernier l'interpelle.

— Vous... vous pouvez quand même encore quelque chose pour moi...

La créature se tord de douleurs, tandis que le liquide qui s'écoule de sa bouche vire au vert. Entre deux spasmes, elle lui lâche :

— La même chose que pour mon infortuné collègue que vous avez délivré de ses tortionnaires là en bas, s'il vous plait...

Vincent saisit toute l'horreur de la situation.

Ainsi donc ils savent tout, mais n'ont rien dit. Y compris pour les tortures de leurs semblables que les hommes du général leur infligent.

Le jeune homme fixe le regard de l'extraterrestre. Ce qu'il y lit est on ne peut plus clair : le dernier espoir de cet être des étoiles est de voir ses souffrances abrégées par un coup de feu...

Sans hésiter, il vise la tête, attendant son aval.

L'extraterrestre acquiesce. Vincent ferme les yeux et tire.

Ainsi meurt le plus grand des savoirs... le plus humain *peut-être aussi...*

La volumineuse tête de l'extraterrestre vole en éclats sous la violence de l'impact.

Adieu, ami des étoiles...

Vincent examine son chargeur. Il ne lui reste plus qu'une seule balle et pas un instant à perdre. Pistolet au poing, il se lance dans une course éperdue à travers les couloirs du vaisseau. Ses uniques objectifs : sauver Karine et s'enfuir de ce gigantesque astronef, sur le point de s'autodétruire.

Il ne peut néanmoins s'empêcher de ressasser l'une des phrases que cet être avait lâchée :

C'est la procédure classique face à ceux qui échouent...

114.

À bord du vaisseau mère, dans les couloirs, 7 août, 22h16.

Le vaisseau, jusque là stable, se met à trembler de partout.

— Qu'est-ce qui se passe encore, Vincent ?

Qu'est-ce que j'ai horreur qu'elle m'appelle par le prénom de cet imbécile...

— J'en sais rien, *chérie...*

Karine et Skinner tentent désespérément de trouver leur chemin dans un vaisseau dont la configuration change à vue d’œil. Autour d'eux les murs apparaissent et disparaissent de plus en plus vite.

— Encore une impasse...

Le militaire retire ses lunettes, désormais inutiles.

C'est un vrai cauchemar...

Soudain, tout autour d'eux, des portes apparaissent.

— C'est quoi encore ce *bins* ?!

La réponse tombe aussitôt. Les portes s'ouvrent sur des extraterrestres de grande taille, armés de cylindres translucides. Ils débarquent de partout, tenant Karine et le général en joue, encerclant ces derniers.

— Vince', qu'est-ce qu'on fait ?...

Le regard du général passe alternativement des *choses* à la jeune femme.

S'il faut employer les grands moyens...

Il dégaine son arme, se glisse subrepticement derrière Karine et, sans crier gare, l'agrippe. Elle hurle :

— Hé, tu me fais mal !

Skinner n'en a cure. Il la plaque contre son corps, pointant fermement son arme contre sa tempe, menaçant de lui faire sauter la cervelle. Dans son regard, une lueur de folie lance des éclairs de haine aux créatures qui les tiennent en joue.

— Arrière, monstres ! Un pas de plus et je la bute...

— Vincent, arrête !

Elle ne l'a jamais connu comme ça...

Les extraterrestres cessent aussitôt d'avancer.

Le bouclier humain, ça marche toujours...

— Vincent... tu sais que j'ai horreur des armes et que...

— Désolé *chérie*... à la guerre comme à la guerre...

Opérant une rotation sur lui même, Skinner scrute du regard les êtres qui les encerclent, mais qui à présent hésitent à tenter quoi que ce soit. L'évolution rapide de la configuration du vaisseau cesse aussi net. Karine, quant à elle, ne parvient pas à lâcher l'arme des yeux, que celui qu'elle prend toujours pour son compagnon pointe sur sa tête.

Skinner, défiant les extraterrestres du regard, pose ses exigences d'une voix autoritaire :

— Maintenant vous allez reculer et nous indiquer la sortie, sinon... bang !

Il ordonne à Karine d'avancer. Elle obtempère sans discuter.

Sinon bang...

Soudain, l'une des créatures se met à tousser. Skinner a un léger rictus.

Et voilà... tout vient à point pour qui sait attendre... vous avez peut-être de grosses têtes, mais vous n'avez pas compris que mon flingue n'était que mon assurance vie, alors que ma véritable arme est le virus qu'elle porte en elle...

Déjà deux autres subissent le même sort. Toux et crachats d'une substance verte. Maintenant toujours son arme solidement vissée à la tempe de la jeune femme, il contemple avec délectation ces êtres gagnés par la maladie, tombant l'un après l'autre à même le sol, agonisants. Sous les yeux affolés de Karine, ces créatures encore menaçantes il y a peu se tordent à présent de douleur.

— Qu'est-ce qui leur arrive ? C'est le virus ?

Sans même daigner répondre, Skinner lui intime l'ordre de reprendre sa route.

C'est alors que des pas rapides se font entendre dans son dos. Tout en gardant Karine en joue, il se retourne pour en identifier la provenance, le regard déterminé.

Ça, ce n'est pas l'une de ces choses...

L'instant d'après, la silhouette de Vincent – le vrai – apparaît à l'angle du couloir. Lorsqu'il découvre le général braquant son amie, son sang ne fait qu'un tour.

— Lâchez-la, Skinner !

Ce dernier fulmine :

Comment cet imbécile a-t-il fait pour sortir de là-bas et arriver jusqu'ici...

Vincent le met en joue.

— Vous êtes sourd ? Je vous ai dit de la lâcher !

Par contre Vincent a oublié un détail. Son collier vocal. Il parle toujours avec la voix du général Skinner.

Dès qu'elle l'entend, les jambes de Karine se mettent à flageoler.

Il est là, ce monstre. Si même mon mec me braque, que fera ce salaud avec moi ?

Vincent remarque aussitôt son erreur et retire son collier, lançant ostensiblement ce dernier au sol avant de répéter, de sa vraie voix :

— Lâchez-la, Skinner, et rendez-vous !

La jeune femme écarquille les yeux.

C'est sa voix... qu'est-ce que...

Ses yeux fixent alternativement les deux hommes.

Lequel des deux est le vrai Vincent ? Celui qui me braque ou l'autre ?

Vincent – le vrai – découvre alors pour la première fois un regard franc dans les yeux de Karine. Son cœur est saisi d'un sentiment contradictoire.

Ils ont réussi. Elle y voit, mais elle est entre ses griffes...

— Allez en enfer, Skinner ! hurle alors sans sourciller le général, tentant d'embrouiller la jeune femme. Je la fume si vous avancez...

Le regard de Karine en dit long sur son état d'esprit.

Je suis perdue. Qui est qui ?

Aussitôt, le général en profite pour prendre l'ascendant :

— C'est moi, Vincent Skyvington, lâche-t-il sans trembler.

L'authentique Vincent réplique :

— Non, moi, je suis Vincent Skyvington, le vrai Vincent Skyvington...

Les yeux de la jeune femme passent de l'un à l'autre. Le nouveau venu est également un beau brun, d'une corpulence assez similaire à celle de l'autre homme. Dans son regard, une unique question. Terrible :

L'un d'eux est Vincent, l'autre est Skinner. Mais qui est qui ?

Soudain, le nouveau venu change de stratégie. Il retire son T-shirt, exhibant son torse nu, sur lequel les stigmates de son combat avec Jim sont toujours aisément visibles. Il lance, sûr de lui :

— Souvenir de Jim Richardson, Skinner... vous vous souvenez, c'est le type que vous avez fait abattre, à Diablo Canyon...

La jeune femme est prise de tournis.

Il faut que je sache...

Elle se blottit contre l'homme qui la tient en joue, profitant au passage pour tâter le haut de son avant-bras gauche.

J'y vois peut-être à nouveau, mais j'ai gardé mes réflexes d'aveugle...

Aussitôt ses yeux s'écarquillent.

Aucune trace de blessure. Alors que chez Vincent, le vrai...

Son regard se fixe sur le cou de l'homme qui la tient en joue. Lui aussi porte un collier serré, identique à celui dont l'autre s'est débarrassé, avant de changer de voix. D'un geste sec, elle lui arrache et le jette par terre.

Aussitôt Skinner réagit :

— Petite salope !

Le timbre de voix est sans équivoque. C'est celui de Skinner. Dans l'esprit de la jeune femme, tout devient clair.

Je t'ai démasqué, imposteur !

Karine n'a pas le temps de réagir que déjà ce dernier resserre son étreinte, lui collant plus fermement encore son arme contre la tempe.

Maintenant que les masques sont tombés, autant montrer mon vrai visage...

Le général défie Vincent du regard.

— Lâche ton arme, Skyvington, sinon je lui fais sauter la cervelle !

J'aurais préféré ne pas en arriver là, mais au moins je ne devrai plus me faire passer pour ce minable...

Vincent tient toujours le général en joue. Skinner en fait de même avec Karine. De son autre bras, il serre plus fort encore le cou de la jeune femme, obligeant cette dernière à le suivre coûte que coûte, marchant à reculons.

— Je compte jusqu'à trois... un... deux...

Le regard toujours braqué sur l'extrémité du canon, Karine est à deux doigts de s'effondrer. L'index du général titille la gâchette.

Si je tente quoi que ce soit, je suis morte...

Soudain, elle entend le bruit métallique d'un pistolet, balancé à même le sol. Son regard lâche un instant le canon qui la menace. Ce qu'elle redoutait vient de se produire : Vincent – le vrai – a cédé, jetant son arme à terre, non loin de l'un des extraterrestres à l'agonie.

Skinner a de nouveau gagné... maintenant c'est clair, l'amour n'est pas une force, c'est un handicap...

Le militaire, conscient d'avoir pris l'ascendant, savoure sa victoire :

— Mains en l'air et pas un geste, connard, sinon tu peux dire adieu à ta pouffiasse !

Le cœur de Vincent bat la chamade. Sa haine envers le général n'a plus de limites.

Sauf peut-être celle de la vie de Karine.

Il obtempère et lève lentement les bras, la peur au ventre, tandis que Skinner s'apprête à partir, emmenant Karine avec lui. Cette dernière supplie :

— Vincent... fais quelque chose...

La jeune femme fond en larmes. Sa vue se brouille. Elle ne remarque pas l'extraterrestre agonisant, à côté duquel l'arme est tombée. Vincent et Skinner pas davantage. Au prix d'un effort surhumain, la créature rampe au sol, et, du bout d'un de ses longs doigts, parvient à s'emparer du pistolet.

C'est alors qu'il commet l'acte dont jamais il ne se serait cru capable.

Il est certes à l'agonie, mais il lui reste une dernière chose à faire. Une chose que plus aucun représentant de sa civilisation n'a commise depuis des millions d'années.

Je vais m'abaisser au niveau de ces soi-disant humains...

Il pointe l'arme sur la tête du général et, lançant ses ultimes forces dans la bataille, lui colle une balle pile entre les deux yeux.

La détonation résonne comme un coup de tonnerre.

Un coup de tonnerre immédiatement suivi d'un second.

Un second qui n'est pas un écho.

Avant de mourir, Skinner a lui aussi tiré. À bout portant. Droit dans la tête de...

— KARINE !

L'instant d'après, le général et la jeune femme tombent à terre, inanimés. Les yeux écarquillés de Vincent ont tout vu. Comme dans un état second, il se précipite au chevet de son amie. Le sang coule abondamment de sa tempe.

— Karine, Karine, KARINE...

Il se retourne et voit le corps sans vie de l'extraterrestre, l'arme à la main.

Avant de rendre son dernier souffle, il a fait basculer le destin.

— Karine, non ! NON !

La respiration de Vincent est haletante. Malgré tout, ses réflexes de médecins prennent le dessus. Il prend le pouls de sa moitié.

Il est faible, mais elle est en vie.

Le général, par contre, a eu son compte.

Au moins une bonne chose de faite...

115.

À bord du vaisseau mère, dans les couloirs, 7 août, 22h19.

La structure même du vaisseau se met à trembler, de plus en plus fort.

Il ne faudra plus longtemps avant que ce dernier ne se disloque...

Toujours au chevet de sa compagne, Vincent examine sa blessure. La balle a traversé le crâne de part en part.

Elle ne va pas s'en tirer...

Le jeune homme est livide, choqué. Machinalement, il la hisse sur son dos, comme on lui a appris à le faire, en cas d'urgence. Il reprend péniblement sa route, chargé du corps inanimé de sa compagne, sans même jeter un œil à la montre du général.

3:08 – 3:07 – 3:06...

Son sang saturé d'adrénaline décuple ses forces. Ça l'aide à tenir.

Tant qu'il y a de la vie, il y a de l'espoir.

Autour de lui les murs s'effritent, le sol tremble. Partout, des cadavres d' extraterrestres jonchent le sol.

Vision d'apocalypse.

Mais pour Vincent, la fin du monde est ailleurs :

— 'Lâche pas, mon amour. Je t'en prie, reste avec moi, Karine, tu m'entends...

Progressant péniblement à travers ce désastre, Vincent continue à lui parler, encore et encore, espérant qu'elle l'entende.

Que je puisse lui donner la force de tenir...

— Karine, Karine, je t'en prie, écoute-moi, écoute ma voix...

À bout de force, il parvient à rejoindre le grand hall, celui par lequel il est arrivé à bord de ce vaisseau, quelques heures auparavant, au bras de sa compagne. Une forme circulaire se détache du sol.

C'est l'ascenseur. Celui qui nous ramènera en bas, à Sedona...

Puisant dans ses réserves, Il grimpe dessus et y dépose le corps de Karine.

— Descente...descente ascenseur...

Aucune réaction. La plateforme ne bouge pas, tandis que le vaisseau se désintègre à vue d’œil. Sentant ses nerfs lâcher, il hurle. Dans sa voix passe toute sa peur. Toute sa colère aussi :

— S'il n'y a qu'une seule fois où vous devez m'aider, amis des étoiles, c'est maintenant... faites-moi descendre ce fichu d'ascenseur !

Soudain, la plateforme se met en mouvement, d'abord doucement puis de plus en plus vite, à travers le tube qu'ils ont emprunté à l'aller. Vincent ne profite cependant pas du spectacle. Il ne parvient pas à décoller son regard de Karine :

— On retourne chez nous mon amour, on revient sur Terre...

La jeune femme gît inconsciente. Son pouls est de plus en plus faible et irrégulier. Idem pour sa respiration, tandis que le sang continue à s'écouler de sa tempe. Ils franchissent la coque du vaisseau et traversent à présent le tube semi-transparent en sens inverse, direction le cristal d'*Airport mesa*.

Un instant, Vincent lève les yeux, en direction du gigantesque astronef.

Ce dernier tombe littéralement en pièces...

Soudain, il ne sent plus le pouls de son amie.

— Karine, Karine, reste avec moi...

Il faut agir. Vite. D'un geste brusque, presque brutal, il lui déchire sa robe noire et entame un massage cardiaque.

— Karine, je t'en pire... Karine...

Rien.

L'ascenseur file de plus en plus vite en direction de la Terre. Autour d'eux, des morceaux incandescents se détachent du vaisseau spatial, tombant en direction de la planète en contrebas, se consumant dans l'atmosphère.

La scène a la beauté tragique des grands naufrages.

Le cœur de sa jeune amie reste quant à lui toujours inerte.

C'est fichu...

Perdu pour perdu, il tente le tout pour le tout. Aucun manuel médical n'enseigne cette technique, qui lui vient des tripes.

De son intuition.

Sans hésiter, il colle une violente claque au visage de la jeune femme.

— Karine !

Il récidive. Encore et encore, frappant de plus en plus fort.

Par amour.

— Karine, tu m'entends, je t'interdis de mourir. Je te l'interdis ! Tu ne partiras pas comme maman... tu ne partiras pas comme papa... tu ne partiras pas comme Jenny, tu ne partiras pas comme Josh... tu resteras avec moi, tu m'entends Karine, KA-RINE...

Vincent se souvient qu'elle s'y est prise ainsi pour tenter de le tirer de sa paralysie, sur la colline, à DeRuyter.

Elle l'en a sorti en l'embrassant. Comme dans les contes de fées.

Il la fixe, gisant à même le sol, comme une princesse endormie.

À moi de me comporter en prince charmant...

Il colle ses lèvres aux siennes et l'embrasse. Tout son amour passe en elle.

Karine, je t'aime...

Elle est là, merveilleuse, mais immobile. Comme dans un profond sommeil, de ceux dont on ne se réveille pas, radieuse malgré le sang qui coule de sa plaie béante, au contact duquel ses longues boucles brunes deviennent collantes.

Pas de miracle cette fois...

Sans que Vincent ne s'en aperçoive, l'ascenseur atteint le sol.

Ils sont de retour sur leur planète natale, à *Airport Mesa*.

Lorsqu'il en prend conscience, son sens du devoir reprend le dessus. Il charge le corps inanimé de son amie sur son dos, s'apprêtant à parcourir les derniers mètres qui les séparent de la sortie.

Ceux que j'ai parcourus les yeux bandés, guidé par Karine...

À son tour, les larmes envahissent ses yeux, brouillant son regard.

Il lui faut se rendre à l'évidence.

— Karine... Karine...

Il ne veut pas croire à sa mort. C'est impossible. Pourtant, la petite voix de sa raison lui souffle :

Réveille-toi, Vincent. Karine s'en est allée. Tu ne veux juste pas voir la réalité en face...

Il parvient à se hisser jusqu'à la porte en forme d'éclat de cristal. Des hommes se tiennent là. Ce ne sont pas les troupes du général. Ce sont des civils. Monsieur Williams, le docteur Kasdan et d'autres encore, qui lui sont inconnus. Ils ont l'air ravis, jusqu'à ce qu'ils remarquent ce qu'il porte sur son dos.

Épuisé, à bout de forces, Vincent lance :

— Karine. Le général l'a...

Il ne parvient pas à terminer sa phrase. L'instant d'après, il s'écroule net. Ses nerfs viennent de lâcher. Son corps de même, tombant à même le sol, lâchant Karine.

Aussitôt Kasdan se rue à leur chevet.

Affalé à même la roche chaude d'*Airport mesa*, ses yeux fixent le ciel, vides de toute expression. À ses côtés le corps inerte de la jeune femme. C'est alors qu'une gigantesque explosion emplit la voûte céleste.

Toute la voûte.

Les hommes autour de lui lèvent les yeux et, comme lui, assistent au même événement : l'explosion en forme de bouquet final du gigantesque vaisseau mère des extraterrestres.

C'en est fini...

À son tour, Vincent sombre dans le néant.

116.

Dans la base souterraine, date et heure inconnues.

Il ouvre les yeux. D'abord timidement puis plus franchement, avant de les refermer aussi sec.

La lumière me fait encore trop souffrir...

Aussitôt, une voix se manifeste, demandant à ce que l'on en baisse l'intensité.

Je reconnais cette voix, c'est Kasdan. Le docteur Kasdan...

Vincent est encore à moitié dans les vapes.

— Vous avez dormi pendant presque trois jours...

— Nous sommes le 10 août, vient compléter une seconde voix.

Monsieur Williams.

— Le... le 10 août...

Les derniers événements lui reviennent par bribes. Le vaisseau mère, Skinner, les extraterrestres, la confrontation, le tir, Karine, KARINE...

— Karine !

Il ouvre brusquement les yeux, soudain pleinement réveillé.

Le docteur Kasdan lui fait signe de se calmer. Vincent n'en a cure. Il veut savoir. Il *doit* savoir :

— Elle est morte n'est-ce pas...

Les mines graves des deux hommes ne lui laissent que peu d'espoir.

— Elle est en soins intensifs et son pronostic vital reste engagé... elle a 30% de chances de s'en tirer...

Elle a donc surtout 70% de probabilité de décès, mais en attendant, elle est toujours vivante. Vivante...

Williams reprend :

— Au niveau militaire, nous avons gagné. La disparition du général et la diffusion de la vidéo ont fait l'effet d'une bombe. La majorité des soldats et de son état major ont déserté pour rejoindre nos rangs. À présent, nous contrôlons la base. Le projet 1492 a été démantelé, seules sont restées les unités de recherche et développement.

Vincent respire lentement puis lance, comme on brandit un trophée :

— Il est mort. Ce salaud de général est mort. J'ai vu son cadavre là-haut.

Williams et Kasdan affichent une mine ravie. Ils ont la même réaction que Vincent en apprenant le décès de Skinner : *au moins une bonne chose de faite.*

— Quand est-ce que je pourrais voir Karine ?

— Du calme, Vincent. Il vous faut encore vous reposer...

Williams ajoute :

— Et de toute façon, nous avons encore quelque chose à vous montrer avant…

117.

QG de Monsieur Williams, dans la base souterraine, 12 août, 10h24.

Le QG du général Skinner n'est pas resté inoccupé longtemps. Monsieur Williams et les rebelles du groupe Vespucci y ont déjà pris leurs marques. Leurs nouveaux locaux sont bien plus spacieux que leur ancienne cachette, taillée à même la roche.

Le bureau d'où le militaire dirigeait la base est très sobre. Seul un ordinateur trône sur le meuble. Le portrait géant du général orne toujours le mur, tout juste son visage a-t-il été défiguré à coup de bombe de peinture.

Williams y a donné rendez-vous à Vincent le matin même. Le docteur Kasdan est lui aussi convié à la réunion. Tous deux fixent l'écran de l'ordinateur, sur lequel défilent des pages et des pages de données cryptées.

— Voilà le résultat du dernier coup du général. 7000 pétaoctets de données. L'équivalent d'un milliard sept de DVD pleins à ras-bord, directement puisés à la source, dans la mémoire de l'ordinateur central du vaisseau mère. Un vrai coup de maître...

Kasdan ajoute :

— Une fois qu'on aura décrypté tout ça, notre civilisation fera un bond en avant de milliers d'années...

Le médecin est tout excité par la promesse de progrès que cela représente.

Vincent, lui, se contente d'une moue dubitative.

Des millions même... bien que je doute que le secret de leur sagesse puisse se trouver dans des données informatiques...

— Comment a-t-il réussi à subtiliser ces données ?

Williams ouvre l'un des tiroirs du bureau et en tire une sorte de clé USB améliorée. Vincent reconnaît immédiatement l'engin. C'est l'amplificateur que Skinner lui a donné, celui qui est allé se coller de lui-même au grand cristal...

Williams contemple l'objet, puis il le tend à Vincent.

— Grâce à cela...

— Qu'est-ce que c'est ?

— Une invention top secret des mecs de la DARPA[29], la section Recherche et Développement du département de la Défense. C'est le nec plus ultra de l'espionnage industriel. Ce truc vous pompe les données brutes et vous les envoie par un canal sécurisé sur vos serveurs....

Vincent fixe l'objet de sinistre mémoire, sans dire qu'il en a été le porteur bien involontaire.

L'extraterrestre avait raison, ce n'était pas une bombe au sens classique du terme. C'était une bombe de savoir. Reste à savoir laquelle est la plus dangereuse...

— Combien de temps mettrons-nous à décoder ça ?

Williams hausse les épaules :

[29] Pour plus d'infos sur la DARPA : https://fr.wikipedia.org/wiki/Defense_Advanced_Research_Projects_Agency

— Dieu seul le sait... mais ça pourrait aller plus vite qu'on ne le pense. Nos gars ont déjà décodé leur format pour les fichiers vidéo...

Le nouveau chef de la base lance la lecture d'une séquence, stockée sur le bureau de son ordinateur. On y découvre une vue plongeante sur deux hommes en train de filmer l'explosion de Manhattan, le matin du 11 avril. L'un d'entre eux a l'air d'avoir repéré la caméra et fait des signes en ce sens à son collègue.

Les deux cadreurs du début.

Williams continue :

— C'est sûr que ça prendra plus de temps que si l'on était arrivé à établir un vrai contact, mais croyez-moi, on va finir par casser leurs codes et acquérir leur technologie...

Kasdan est fasciné par ce qu'il a devant les yeux.

— Ça pourra aussi être utile pour *elle...*

118.

Secteur médical, dans la base souterraine, 12 août, 14h39.

Elle est là, immobile, les yeux fermés, couchée sur un lit médicalisé, dans la section des soins intensifs. De son visage encore juvénile se dégage une sérénité rare, une sagesse même, comme une belle aux bois dormant des temps modernes, entourée des multiples appareils qui la maintiennent en vie. Son rythme cardiaque s'est stabilisé, même s'il reste encore faible.

Assis face à elle, Vincent reste un bon moment à la regarder, les yeux inondés de larmes.

— Karine, je suis là...

Même à l'article de la mort, elle est belle à en crever...

Un médecin vient poser sa main sur l'épaule du jeune homme. Son regard en dit long sur ses chances de survie.

Elle ne reviendra pas...

Les jours passent. 12 août, 13 août, 14 août...

Une fois la disparition de toute forme de vie extraterrestre confirmée, les habitants de la base sont autorisés à en sortir. La majorité décide néanmoins de rester. Au mieux certains envisagent-ils à terme d'aller s'installer dans les environs, principalement autour de Sedona ou de Flagstaff. Mais pas tout de suite.

Ils n'ont plus nulle part où aller alors pourquoi partir, alors que leur nouvelle vie est ici...

16 août, 17 août, 18 août...

En l'absence de Karine, Vincent s'occupe au mieux de la petite Lucia. La fillette grandit à vue d’œil. Elle semble également ressentir le grand vide que Karine laisse derrière elle. Souvent le soir, une fois l'enfant couchée, Vincent fond en larmes, dans la solitude d'un lit devenu trop grand pour lui tout seul.

Un jour, alors qu'il arrive à l'hôpital, il trouve une jeune aveugle assise au chevet de Karine. C'est Jennifer. Elle aussi est en larmes.

— Vous devez être mademoiselle Kendall...

La jeune femme opine.

— Dites-moi qu'elle va s'en tirer...

Vincent ne peut rien lui promettre.

Pour chasser ses idées noires, il arpente les couloirs de la base, se repassant en boucle les événements de ces derniers mois, et en particulier certaines phrases sibyllines, héritage des extraterrestres :

Pourquoi m'ont-ils parlé de « ceux qui échouent ? », en quoi n'ai-je pas compris le sens réel de leur venue ? Pourquoi comprendrions-nous tout une fois qu'ils seraient partis ? Et pourquoi toutes ces cachotteries avant l'opération de Karine ?

Le 8 septembre, à 14h12, enfin le téléphone sonne.

Vincent accourt aussitôt.

Elle est sortie du coma.

À son arrivée aux soins intensifs, le docteur Kasdan l'accueille et l'accompagne.

— Merci d'être venu Docteur...

Kasdan le fixe longuement d'un air soucieux, avant de lâcher :

— Courage quand vous lui annoncerez...

Il reste en retrait, respectant l'intimité du couple, alors que Vincent prend place au chevet de la jeune femme.

— Karine, tu m'entends ?

Elle respire encore difficilement. Au bout d'une bonne minute, une petite voix enrouée, presque inaudible, se fraie un chemin entre ses lèvres.

— Oui Vincent, tu es là ?

Le jeune homme lâche un soupir de soulagement.

Elle a été intubée plus d'un mois, ses cordes vocales ont été malmenées, mais avec le temps, sa voix douce reviendra.

— Et notre bébé ?

Vincent prend la main de sa compagne, comme pour l'aider à affronter ce qu'il se doit de lui annoncer. Il jette un œil au docteur Kasdan, comme s'il attendait son approbation.

Le médecin opine de la tête.

Vas-y...

Vincent commence alors :

— Lucia va bien... par contre...

Il hésite un instant, manque de se raviser, avant de finalement se lancer :

— ...par contre notre fils, celui que tu portais en toi est mort, des suites de tes blessures...

Un long silence s'ensuit. Puis vient une question qu'elle a déjà posée, plus de trois ans auparavant :

— Et pourquoi 'y a pas de lumière ?

Ses grands yeux sont toujours aussi splendides, mais leur regard éteint fixe imperturbablement le plafond. Une larme se met à couler sur la joue de Vincent. Karine entend ses sanglots et comprend aussitôt.

J'ai bien compris, merci...

La balle que Skinner lui a logée dans la tête a de nouveau sectionné ses nerfs optiques. Elle est de nouveau aveugle.

Mêmes causes, mêmes effets...

La jeune femme tourne péniblement la tête en direction de son ami, tentant d'esquisser un sourire.

— Au moins je t'aurais vu, une fois...

— Au moins j'aurais vu un vrai regard de tes beaux yeux...

La jeune femme respire un grand coup :

— Peut-être que je resterai dans le noir pour le restant de mes jours, mais ce n'est pas grave... tant que Lucia sera avec nous, tant que tu seras avec moi, vous serez pour moi la plus brillante des lumières...

À mesure que ces mots lui parviennent aux oreilles, Vincent fond en larmes.

— Écoute, je ne peux rien te promettre, mais avant que tout n'explose, Skinner a réussi à télécharger un sacré paquet de données depuis l'ordinateur central du vaisseau mère. Avec un peu de chance, quand nous aurons décrypté tout ça, nous saurons comment ils ont procédé pour te rendre la vue. Et alors...

La jeune femme tend son bras. Son index vient se poser sur les lèvres de son ami, lui intimant de se taire.

Au fond d'elle, elle a compris. Lui aussi.

On mettra sans doute des siècles à comprendre leur technologie. Pas la peine d'espérer revoir un jour...

Vincent reste un bon moment à réconforter son amie, définitivement entrée dans l'âge adulte.

À l'admirer aussi...

Le docteur Kasdan s'éclipse discrètement, laissant le jeune homme en tête-à-tête avec sa moitié. Une fois hors du secteur des soins intensifs, il sort son portable :

— Elle s'est réveillée... oui... oui... Vous avez raison, je le pense aussi...

119.

Dans la base souterraine, grand hall, 4 novembre, 15h00.

Le grand puits central de la base a été bouché. À sa place, un grand hall remplace le trou béant. Dorénavant ce lieu sera le théâtre de tous les événements importants de la base, à commencer par le mariage de Karine et Vincent.

Pour ce grand jour, l'endroit a été aménagé spécialement en leur honneur. Un long tapis rouge mène à l'autel où un prêtre les attend, en compagnie de Monsieur Williams.

Assis de part et d'autre, de nombreux habitants de la base sont venus assister au plus beau jour de leur vie.

Le mariage de leurs héros...

Vêtus d'un costume crème pour lui et d'une somptueuse robe blanche pour elle, ils pénètrent dans le hall sous les vivats de l'assistance.

La marche nuptiale retentit aussitôt.

— Vincent... ils sont là ?

— Tout le monde est là, tout le monde nous regarde...

— Jennifer aussi ?

— Elle est au premier rang à gauche, elle pleure à chaudes larmes...

— ...

— Et Kasdan porte Lucia dans ses bras...

L'émotion submerge Karine.

Qu'est-ce que j'aurais aimé voir ça...

Arrivés au niveau de l'autel, le prêtre leur tend les alliances.

— Vincent Skyvington, voulez-vous prendre pour épouse Karine Faure ici présente ?

— Oui, je le veux.

— Karine Faure, voulez-vous prendre pour époux Vincent Skyvington ici présent ?

Elle ferme un instant ses grands yeux, d'où les premières larmes coulent déjà.

— Oui, je le veux.

— Vous êtes à présent unis par les liens sacrés du mariage...

Les jeunes mariés s'embrassent. Des applaudissements nourris résonnent dans tout le hall. Quand le silence revient, Monsieur Williams s'empare du micro et s'approche du couple fraîchement uni :

— J'ai une proposition à vous faire...

Un silence religieux s'abat sur l'assistance.

— Nous... nous aimerions que vous deveniez nos leaders, les leaders de l'humanité. Par votre sagacité, par votre pureté d'âme, par cette fougue qui vous caractérise et qui vous a rendus assez forts pour traverser ensemble toutes ces épreuves, vous êtes plus à même que n'importe lequel d'entre nous de prendre le commandement de cette base, et par conséquent du monde. Vous seuls vous êtes montrés dignes de nos frères des étoiles que, par la folie démoniaque de ce général de sinistre mémoire, nous ne connaîtrons jamais. Vous seuls avez su reconnaître en eux ces êtres bienveillants qui étaient venus pour nous sauver et que, par la folie de cet homme, nous avons détruits. Vous méritez donc plus que quiconque de prendre la tête des lambeaux de notre Ancien Monde. Que puisse votre sagesse nous guider vers un avenir meilleur, acceptez-vous de...

Une onde de bonheur envahit les jeunes mariés. D'une voix emplie d'émotions, Karine et Vincent répondent conjointement :

— Oui...

Nouveaux vivats dans la salle, encore plus soutenus.

Jennifer éclate à nouveau en larmes.

Je suis si heureuse pour toi, ma Karine...

Assis à côté du docteur Kasdan, un vieil homme lui adresse discrètement la parole :

— Williams vient de réussir un coup de maître. Certes, ça ira un peu moins vite avec eux, mais in fine, on va finir par acquérir leur technologie et là, le résultat sera le même : la Galaxie sera à nous... et au moins ces deux imbéciles ne nous voleront pas notre plan, comme ce satané Skinner était en train de le faire...

— Oui, général Bayley. Heureux les simples d'esprit...

120.

Airport mesa, Sedona, 4 novembre, 18h24.

Un hélicoptère noir fend le ciel enchanteur de l'heure bleue. Peu à leur aise en société, Karine et Vincent ont préféré s'éclipser par une porte dérobée, pour aller fêter l'événement à leur manière :

Un tête-à-tête en amoureux là où tout a commencé, là où les songes nous ont permis de nous rencontrer : Airport mesa, Sedona.

L'hélicoptère se pose en douceur. L'instant d'après, le jeune couple en sort. À peine Karine a-t-elle posé pied-à-terre qu'elle déplie sa nouvelle amie, qui désormais fendra les ténèbres pour elle :

Blanchette 3.

La nuit est en train de tomber sur les roches rouges. Quelques conifères desséchés par l'ardeur du soleil poussent ça et là.

Mais ce qui compte est qu'il soit là, avec elle.

Oui elle. Son épouse.

Elle est belle, elle est brune, son corps est svelte et élancé. Ses longs cheveux forment de larges boucles qui rougeoient à la lumière du soir.

Par contre, ses yeux sont morts.

Définitivement morts.

Ils marchent ensemble sur ce plateau rocheux, typique de l'Ouest américain. Elle lui semble de plus en plus belle. Elle porte une robe de mariée plus adaptée aux soirées mondaines qu'aux balades en pleine nature. Elle se retourne vers lui et dit :

— Ça doit être magnifique...

— C'est surtout aride...

Aride et triste...

— Bizarre, d'habitude la nature nous faisait la fête dans nos bons moments...

Comme si quelque chose ne tournait pas rond...

— Est-ce qu'on voit déjà les étoiles ?

— Les premières apparaissent, oui...

— Avant de m'opérer, l'un des extraterrestres m'a dit que pour comprendre le vrai sens de leur venue, je devais regarder vers mon étoile...

Sauf qu'ils n'ont pas prévu que je serai à nouveau aveugle...

— Quelle étoile ?

— Sans doute une étoile de ma constellation fétiche, le Lion...

Vincent laisse échapper un souffle, las.

— Hélas en novembre on ne voit pas le Lion, ou alors il faut attendre tard dans...

Le jeune homme pose nonchalamment sa main sur l'épaule de sa compagne, sans penser à quoi que ce soit de spécial. Soudain, ses yeux s'écarquillent. Au moment où sa peau entre en contact avec la sienne, les étoiles au-dessus d'eux se mettent à tourner à grande vitesse. Vincent, bouche bée, ne peut s'empêcher de s'exclamer :

— Oh bordel...

— Quoi ? Quoi Vincent ?

L'angoisse fait son grand retour dans la voix de Karine. Au même moment, la rotation du ciel s'arrête. Le jeune marié examine la nouvelle configuration stellaire, qui orne à présent la voûte céleste.

— Les étoiles... elles ont bougé... ce ne sont plus les étoiles d'automne... et pas non plus celles qu'on devrait voir depuis cette latitude...

— Comment ça ?!?

Vincent balaie le ciel du regard. Aucun doute possible. Son passé d'astronome amateur refait surface :

— C'est le ciel du printemps, à la latitude de... ...de DeRuyter !

— Quoi ? Le ciel de chez moi ?

La voix de son épouse trahit sa plus totale surprise.

Une étoile inconnue au bataillon, brillant d'une étrange lumière verte, fait son apparition à côté de Regulus, l'étoile principale de la constellation du Lion.

Elle brille du même vert que les yeux de la jeune femme.

Vincent laisse les photons de cet astre mystérieux atteindre sa rétine.

Soudain, il comprend. Tout. Comme si l'étoile lui parlait par télépathie.

Elle... ou les êtres qui en sont à l'origine...

Dans sa tête, tout se dénoue.

Pourquoi ces créatures m'ont parlé de « ceux qui échouent », en quoi je n'ai pas compris le sens réel de leur arrivée, en quoi la réalité est bien différente de celle que nous avons devant nos yeux...

Il s'en veut aussi d'avoir oublié une phrase clé, que l'extraterrestre lui a pourtant soufflée en bas, dans la salle de torture, juste avant qu'il ne le délivre : *nous avons dû entamer la procédure...*

Vincent n'en revient pas. D'une voix mêlant l'émotion à l'effroi, il reprend :

— Karine... je crois qu'on n'a jamais quitté DeRuyter... je crois qu'on est toujours là-bas, je crois qu'on est toujours en avril, sur la colline...

La jeune femme, bouche bée, n'en croit pas ses oreilles :

— Comment ça ? Et tout ce qu'on a vécu ensemble depuis...

— ...n'était qu'un rêve, une simulation, un peu comme si nous étions dans la *Matrice*[30], dans un monde virtuel qu'ils nous ont mis devant nos yeux pour nous...

— Pour nous quoi ?

C'est horrible. Si c'est ça, c'est horrible...

Vincent reprend, tremblant :

— ...pour nous tester... c'était ça, la grande lumière : notre entrée dans ce monde créé de toutes pièces pour nous. Un monde où tout était faux sauf...

Son cœur bat à tout rompre, alors qu'il achève :

— ...sauf nos décisions et nos sentiments...

— Nous quoi... résume Karine, qui soudain prend conscience de la portée de ces révélations.

C'est un vrai coup de tonnerre...

Ses jambes chancellent. Celles de Vincent aussi. Ils sont obligés de s'asseoir à même le sol, pour ne pas s'effondrer. Au loin, les montagnes qui dessinent la ligne d'horizon deviennent troubles, comme si elles n'étaient qu'un mirage.

[30] *La matrice* ou *Matrix* est un célébrissime film des frères (sœurs) Wachowski, où le héros se rend compte que le monde dans lequel il a cru vivre toute sa vie n'est qu'une gigantesque simulation informatique. https://fr.wikipedia.org/wiki/Matrix_(film)

— Ils ont fait ça pour savoir qui nous étions, pour nous tester...

La chair de poule gagne les bras de Vincent. Il commence à prendre conscience de l'importance de ce qu'ils ont vécu. À ses côtés, Karine en a le souffle coupé :

— ...nous... nous deux ? Ils nous ont testés nous deux ?

— J'en sais rien. Nous deux ou l'humanité tout entière. Si ça se trouve, ils ont mené un paquet de tests en parallèle, et bien d'autres histoires comme la nôtre se sont déroulées en même temps, à notre insu. Ils ne risquaient rien, vu que tout était virtuel. À mon avis, ils nous ont d'abord testés nous deux, quand nous étions seuls, puis notre rapport aux animaux quand ces derniers sont réapparus, puis enfin ils nous ont confrontés au reste de l'humanité, ou du moins à la partie de celle-ci qu'ils voulaient qu'on rencontre, à celle qui révélerait au mieux qui nous sommes vraiment, autant nous-même que notre espèce...

Ça colle. Tout colle...

— ...ça explique les *Sedona* qui apparaissaient de partout, et aussi pourquoi la nature semblait s'adapter à notre état d'esprit, tantôt belle tantôt laide, ça explique pourquoi l'apparence de ces créatures était exactement celle que nous attendions de la part d'extraterrestres... ça explique même pourquoi ces derniers ont pu se permettre d'avoir un point faible à notre portée, la grippe, qui leur a permis de tester...

Les deux amoureux blêmissent sous l'effet de leur terrible prise de conscience. Ils terminent la phrase de concert, d'une même voix :

— ...si on allait s'en servir pour leur faire la peau…

Le regard à jamais perdu dans le vide, Karine ajoute, fataliste :

— Et c'est exactement ce qu'on a fait…

Mon Dieu… faites que ce ne soit pas ça...

Vincent ferme les yeux, tout en reprenant :

— Quand cet extraterrestre m'a parlé de *ceux qui échouent*, j'ai cru qu'il parlait de sa civilisation, alors qu'en fait, il parlait de la nôtre…

Karine a du mal à respirer. Son ami aussi. L'horrible vérité les oppresse :

L'humanité a été soumise à un test qui déciderait – ou non – de son entrée dans la grande famille galactique... et elle a lamentablement échoué...

Le jeune couple reste là, hagard, le regard dans le vide, contemplant l'ampleur de la déroute de leur espèce.

La déroute de notre prétendue humanité...

Les montagnes au loin disparaissent, puis c'est au tour des abords de la vallée de subir le même sort : de nets, ils prennent doucement l'aspect fantomatique de mirages, avant de s'éteindre dans le néant, rocher par rocher, comme on efface un monde virtuel de la mémoire d'un ordinateur.

Les extraterrestres ont cherché à tester notre grandeur d'âme, nous nous sommes comportés en génocidaires. Au moins le résultat a l'avantage d'être explicite...

À présent la vallée en contrebas s'est elle aussi volatilisée. Seule reste du monde la *mesa* sur laquelle Karine et Vincent se tiennent toujours. Leur monde disparaît dans le néant, mais ça leur est à présent complètement égal.

À quoi bon... on a tout raté...

C'est alors que Karine se lève. Elle fait signe à son mari d'en faire de même, tandis que la base de la *mesa* entame déjà son processus de désintégration.

— Mais nous Vincent, nous deux ?

L'étoile verte brille toujours haut dans le ciel. Le jeune homme la toise d'un air défiant. Il lance alors, à l attention de l'astre :

— Si tout cela n'est qu'un test, alors voici qui nous sommes, êtres des étoiles...

Il la prend dans ses bras.

Il ferme ses yeux. Ceux de Karine le sont déjà.

Leur amour est plus fort que jamais. À jamais il sera plus fort que tout.

Plus fort que la monstruosité du genre humain.

Ils s'embrassent. Fougueusement. Comme en ce soir du douze avril à dix-huit heures trente-quatre et sept secondes, sur la colline au-dessus de DeRuyter, alors que l'étrange nuage les surplombait.

La *mesa* disparaît, le ciel s'évanouit. Seuls restent Karine, Vincent et l'étoile verte, toujours brillante au cœur du néant.

Les masques sont tombés.

C'est alors qu'une grande lumière, si intense que même Karine la voit, inonde le jeune couple...

*

Colline au-dessus de DeRuyter, État de New York, dans le monde réel, 12 avril, 18h34 et 8 secondes.

Ils sont là, debout, collés l'un à l'autre, à jamais amoureux, sur la colline couverte d'herbe fraîche. Un câble d'énergie pure est connecté à la base de leur crâne. De là, il s'élève jusqu'au ciel, où l'étrange nuage se dissipe, révélant une immense sphère artificielle qui désormais enveloppe la terre, comme un cocon métallique tissé par une araignée gigantesque.

D'autres câbles identiques montent au loin. Eux aussi sont reliés à cette sphère. Dylan, le demi-frère de Karine, est lui aussi connecté. À l'écran de son portable comme à celui de la jeune femme, seuls éléments ayant continué leur existence propre, s'affiche la date du douze avril à dix-huit heures trente-quatre et huit secondes, une seconde après l'instant où toute vie s'est figée à jamais, à la surface d'un astre autrefois connu sous le nom de planète bleue, mise au ban de l'univers du fait de l'échec patent de ses habitants au *Grand Test*.

L'*Encyclopedia Galactica* mentionne néanmoins nos deux amis, et ce depuis maintenant plus de neuf cents millions d'années.

À la rubrique des circonstances atténuantes...

FIN.

Notes de l'auteur.

La trame de ce roman est basée sur une hypothèse, peut-être la plus fantastique de toutes : celle de l'existence d'une vie extraterrestre intelligente, capable de traverser les vastes étendues de vide qui séparent les étoiles entre elles, pour venir jusqu'à nous.

À mes yeux, de tous les mystères encore irrésolus, c'est sans doute le plus intrigant, le plus terrifiant, mais le plus porteur d'espoir aussi... car si rien à l'heure où j'écris ces lignes ne démontre *leur* existence, en la matière, comme l'affirmait justement l'astronome et auteur de science-fiction Carl Sagan, « L'absence de preuves n'est pas la preuve de l'absence ».

Si pour beaucoup, s'intéresser à l'hypothèse d'une rencontre entre l'humanité et des êtres venus d'ailleurs, c'est forcément y croire et adhérer à tous les délires liés à cette hypothèse, il existe aussi une approche beaucoup plus rationnelle de cette question. C'est bien sûr celle que je privilégie... sauf peut-être lorsque je rédige mes romans :-) .

Même en l'absence de preuves, certains scientifiques ont déjà permis au débat d'avancer à force d'arguments quasi imparables. Le premier d'entre eux est Enrico Fermi (1901-1954), physicien italien naturalisé américain du fait des méandres de l'histoire, qui a entre autres collaboré au projet Manhattan qui a doté les États-Unis d'Amérique de la première bombe atomique de l'histoire.

Au cours de l'été 1950, lors d'une conversation informelle avec trois de ses collègues du laboratoire de Los Alamos, ce dernier souleva le paradoxe qui allait porter son nom : le paradoxe de Fermi.

Qu'est-ce que le Paradoxe de Fermi ? Il est très simple à comprendre. Si l'on estime qu'il faudrait à l'humanité disons... encore un million d'années avant d'être capable d'entreprendre le premier vol interstellaire (hypothèse maladivement pessimiste), et si chaque voyage d'étoile en étoile devait à chaque fois durer mille ans, il faudrait moins d'une cinquantaine de millions d'années à l'humanité pour conquérir l'intégralité de la galaxie.

Or pourquoi l'évolution, qui sur terre a mené à l'homme n'aurait-elle pas peu ou prou eu lieu *ailleurs*, une bonne cinquantaine de millions d'années avant nous ? Si tel était le cas, *ils* devraient déjà être partout dans la galaxie... y compris chez nous !

Or, jusqu'à preuve du contraire, on ne *les* a pas encore vus... selon Fermi, c'était là une preuve de leur inexistence. Si cette hypothèse reste la plus probable, d'autres solutions justifiant leur absence ont vu le jour. Parmi elles celle que le voyage interstellaire serait tout bonnement impossible (dans ce cas *ils* pourraient exister, mais seraient cloués au sol de leur planète... comme nous ici), celle qui prétend que le voyage est peut-être possible, mais que la technologie nécessaire est bien plus avancée que celle permettant l'autodestruction de la planète, penchant naturel de l'humanité... et d'autres peut-être ?

Enfin il y a aussi la solution la plus simple à ce fameux paradoxe : et si certaines observations d'OVNI étaient réellement la trace d'une activité extraterrestre aux alentours de la terre ? Dans ce cas, le paradoxe de Fermi sauterait de lui même...

Mais la théorie la plus riche aux yeux du passeur d'histoires que je suis est celle dite « du zoo », que nous devons à l'astronome John A. Ball, qui l'a énoncée en 1973. Cette dernière résout le paradoxe de Fermi d'une manière originale : *ils* seraient là, nous observent, mais ne se montrent pas afin de ne pas interférer avec notre évolution – ou le moins possible – afin de nous accueillir dans la grande famille cosmique... quand nous y serons prêts. Et force est de constater que s'ils captent nos chaînes d'info, ces intelligences d'outre-terre seraient sans doute capables d'établir le triste constat que nous-mêmes dressons devant ce spectacle affligeant : nous ne sommes vraiment pas au niveau...

Une variante de la théorie « du zoo » précise que l'histoire humaine a montré que la rencontre, même pacifique, entre une civilisation avancée et une autre plus archaïque se solde inévitablement par l'effondrement de la seconde. Bref la nôtre en cas de rencontre extraterrestre...

Cette idée, popularisée par la série *Star Trek* sous le nom de *Directive Première* (qui interdit justement ce genre d'interférences au Capitaine Kirk et a ses hommes) a inspiré une loi – bien réelle elle – aux législateurs brésiliens, afin de protéger les quelques tribus vivant encore coupées du monde dans les profondeurs de l'Amazonie, sachant que leur rencontre avec la civilisation moderne serait forcément fatale pour la leur.

Une partie du comportement des extraterrestres dans mon roman est basé sur cette théorie dite « du zoo ».

Néanmoins, cette théorie du « Zoo » présuppose que ces êtres venus d'ailleurs soient sinon bienveillants, au moins neutres envers l'humanité. Cette hypothèse heureuse, à la base de célèbres films présentant *la* rencontre sous un angle positif (*E.T., Rencontres du 3e type,...*) est néanmoins battue en brèche par l'un des plus grands scientifiques de notre temps : Stephen Hawking (1942 – 2018).

En plus d'avoir postulé le lien entre vitesse de déplacement d'éventuels astronefs extraterrestres et dangerosité potentielle de leurs occupants – lien que j'ai vulgarisé dans le chapitre 68 de mon roman – il a établi un raisonnement d'une rigueur redoutable qui, en peu de mots, justifie qu'hélas, si une telle rencontre devait un jour avoir lieu, elle prendrait plus vraisemblablement la forme d'une apocalypse à la sauce *Independance day* que celle d'une rencontre pleine de sagesse, telle que les films de Spielberg nous l'ont fait miroiter.

Le raisonnement de Hawking est d'une limpidité exemplaire : si ces extraterrestres existent et sont en mesure de voyager jusqu'à chez nous, il ne faut pas oublier d'où ils viennent, c'est à dire quelles étapes évolutives ces créatures ont dû franchir pour passer du stade d'unicellulaire à celui d'espèce capable de voyager entre les étoiles.

Comme les lois de la biologie sont sans doute les mêmes dans tout l'univers, il est fort probable que ces êtres aient dû passer par cette tête d'épingle de l'histoire évolutive qui permet à une espèce d'évoluer vers une forme dite intelligente. Or cela nécessite des conditions initiales très précises (ne pas être naturellement trop fort ou trop faible, avoir une capacité cérébrale plus importante que la moyenne...), conditions qui ne sont biologiquement possibles que chez... les omnivores.

Bref, une intelligence extraterrestre aura forcément un passé de chasseur. Or qui dit chasse dit armes, stratégie et pour être clair : goût du sang. C'est ce passé de chasseur préhistorique qui justifie notre propension actuelle à la guerre... et sans doute la *leur* aussi !

Voilà pourquoi Stephen Hawking préconisait de ne surtout, surtout rien faire pour provoquer ce potentiel contact, et de se montrer les plus discrets possible. Sage prudence...

Seulement voilà, discret, le sommes-nous ? Si la signature spectrale de la terre – observable depuis une bonne partie de la Voie lactée pour peu d'avoir un télescope suffisamment puissant, tel le projet d'hypertélescope d'Antoine Labeyrie – trahit la preuve de l'existence de formes de vie à sa surface depuis des millions d'années, il y a du nouveau : depuis 120 ans environ, nous émettons la preuve de l'existence d'une vie *intelligente* sur notre bonne vieille terre... du fait de nos émissions diverses (radio, télé,...). Oui oui, ne riez pas... même nos émissions de télé-réalité les plus affligeantes sont des preuves de vie intelligente ! De quoi sérieusement attirer l'attention d'éventuels auditeurs involontaires et faire sauter l'audimat galactique...

Alors certes, nos ondes ne voyagent « qu'à » la vitesse de la lumière, et ne sont donc captables que sur un rayon de 120 années-lumière à la ronde (soit quand même depuis plusieurs milliers d'étoiles à présent), ces ondes vont néanmoins continuer à se propager dans l'espace, et qui sait, peut-être qu'*autre chose* les captera un jour, pour le meilleur ou pour le pire...

On m'objectera peut-être qu'à l'inverse, on n'a pas encore capté de signal extraterrestre... c'est vrai. Du moins n'a-t-on jamais capté de signal démontrant par A + B qu'*ils* en sont à l'origine...

Néanmoins, un signal étrange – baptisé depuis le « signal wow », du « wow ! » noté dans la marge du relevé par l'astronome en charge de cette observation - a été capté le 15 août 1977 par un radiotélescope dans l'Ohio. Si le signal n'a plus été capté depuis, ce dernier n'a jamais trouvé d'explication faisant consensus, et figure donc à juste titre dans les annales des mystères de l'astronomie. Ce n'est pas une preuve certes, mais peut-être un sérieux indice...

Par ailleurs, dans mon roman, les premiers à ouvrir le feu sont... les humains. Est-ce crédible ? Hélas oui ! En 1980, un pilote de chasse péruvien du nom d'Oscar Santa Maria Huerta a eu pour ordre de décoller et de faire feu sur ce qui aurait certes pu être un ballon-espion, mais qui s'est très vite révélé être *autre chose.* Une chose de quelle nature ? Mystère. Rien ne prouve qu'il s'agisse d'un engin d'origine extraterrestre bien sûr, mais rien ne prouve le contraire, mais un principe de précaution de base aurait voulu de ne pas engager les hostilités envers cet objet inconnu. Hélas, les ordres étaient les ordres, et l'OVNI – car c'en était bien un au sens d'objet volant non identifié – a eu droit à sa salve de mitraille...

Enfin, je terminerai ces notes par un petit scoop. Voulez-vous savoir si nous sommes seuls dans l'univers ? Vous pouvez démontrer de façon sure et certaine que nous ne sommes pas seuls dans l'univers en... mesurant la somme des angles d'un triangle !

Oui, je sais, vous allez me dire : on nous a tous appris au collège que la somme des angles d'un triangle équivaut à 180°, en quoi cela nous démontrerait-il qu'il y a de petits hommes verts quelque part ?

Eh bien désolé de vous le dire, mais vos profs de maths sont peut-être allés un peu vite en besogne... car si la somme des angles d'un triangle fait bien 180° en géométrie euclidienne (la géométrie utilisée dans la vie de tous les jours), rien ne garantit que l'univers dans lequel nous vivons obéit *exactement* aux principes de cette géométrie.

Or c'est ce *exactement* qui fait toute la différence.

La somme – réelle – des angles d'un triangle a été mesurée avec une infinie précision par des scientifiques dotés du matériel le plus performant en la matière. Leur verdict : la somme des angles d'un triangle est extrêmement proche de

180°... sans qu'ils puissent assurer que ce soit *exactement* le cas.

Que changerait cette exactitude ? Eh bien tout simplement tout !

Si la somme des angles d'un triangle était pile égale à 180°, alors l'univers ne pourrait être qu'infini (ce dont nous n'avons aucune preuve formelle à l'heure actuelle. Nous savons qu'il est gigantesque, que l'univers observable s'étend sur 13,7 milliards d'années-lumière en tous sens – un chiffre qui dépasse l'imagination – cela n'en fait cependant pas *assurément* un univers infini).

Car si nous avions la *certitude* de l'infinité de l'univers, alors tout événement ayant une probabilité non nulle de se produire au sein dudit univers se produirait... une infinité de fois. Or comme la vie intelligente existe sur terre, il y aurait forcément, du simple fait des lois statistiques, une infinité de mondes porteurs de vie intelligente dans l'univers... y compris des mondes en tout point similaires au nôtre, au point que *quelque part*, un autre vous même serait en train de parcourir ces lignes, qu'un autre moi-même aurait écrites là-bas, un certain 6 mai 2019 de son calendrier, par une journée bien trop froide pour la saison...

Étourdissant, non ?

Remerciements

Je tiens à remercier ceux sans qui ce roman n'aurait très probablement jamais vu le jour :

Mes parents, ma famille et mes amis proches qui m'ont soutenu et encouragé durant le long travail d'élaboration de ce dernier, le temps où je passais pour le dingue de service qui s'enferme dans sa chambre au lieu de se faire un petit restau'... eh oui, même les livres ne naissent pas par enchantement…

Nadine, une amie journaliste, pour m'avoir fait prendre conscience que – peut-être – je ne suis pas trop mauvais à l'écrit...

Les lectrices, lecteurs et auteur(e)s d'un site destiné aux nouvelles plumes, qui par leurs retours merveilleux ont confirmé l'intuition de Nadine. Grâce à vous, grâce à vos retours à faire naître une galaxie entière d'étoiles dans mes yeux, je me suis lentement mis à croire que oui, peut-être, que j'ai trouvé ma voie : celle de vous raconter les histoires qui naissent dans quelques lobes mystérieux de mon cerveau bizarroïde... Je remercie particulièrement Annie, Cécile, Charlène, Clarisse, Florence, Gwendoline, Isabelle, Karine, Martine, Sandrine et Suzanne (sans que cette liste ne soit limitative :-)).

Mes amis astronomes, photographes, mes anciens potes *demomakers*, ainsi que les amis du lycée, au bon vieux temps des années 90... il faudra que je songe à écrire notre odyssée un jour…

Les deux femmes qui m'ont inspiré le personnage de Karine. Où que vous soyez, vous m'avez permis de trouver la force d'achever ce roman... qui est un peu le vôtre aussi.

Je tiens également à remercier les programmeurs aussi talentueux que généreux qui ont donné de leur temps pour créer ces merveilles du logiciel libre que sont *Open Office* et *Libre Office*, sur lesquels j'ai rédigé le roman que vous tenez entre vos mains. Si vous-même êtes aspirant romancier mais que les logiciels de traitement de texte sur le marché vous semblent inabordables, je vous invite à télécharger ces logiciels géniaux qui, grâce à votre talent, vous permettront aussi un jour de tenir votre premier roman entre vos mains… vous verrez, c'est une sensation unique !

Je remercie également les équipes de Librinova pour le chaleureux accueil qu'elles ont réservé à la sortie initiale mon roman, qui, je l'espère, trouvera son public grâce à elles. Je tiens à remercier plus particulièrement Madeline et Mathieu.

Le public, parlons en… comment pourrais-je clore ces remerciements sans penser à vous, chers lecteurs, sans qui nos romans n'ont pas de sens. Vos nombreux retours ayant suivi la première édition de ce roman, en 2019, m'ont fait chaud au cœur et ont marqué le début d'une grande aventure que j'espère continuer à vos côtés. J'espère donc vous retrouver au plus vite... peut-être du côté de mon site officiel https://philmeisauteur.home.blog/ ou sur ma page Facebook, qui n'attend que vos « like » :

https://www.facebook.com/PhilippeMeisburgerAuteur

Je vous y attends... l'aventure continue !

*

Pour me contacter, je vous invite à passer par mes réseaux sociaux ou alors par le formulaire de contact présent sur mon site, que vous trouverez prêt à recevoir votre prose à l'adresse suivante : https://philmeisauteur.home.blog/contact/

À bientôt :-)

Bien à vous,
Philippe Meisburger.

Table des matières

Du même auteur:

Le livre qui parle de toi

Croyez-vous aux livres qui changent la vie ?

Que feriez-vous si, en rentrant du travail, vous trouviez chez vous un livre qui parle… de vous ? Un livre apparu comme par enchantement, qui vous ouvre les yeux sur votre vie, et comme vous êtes en train de la gâcher ?

Aurélie menait une existence normale, au point d'en avoir oublié le sens. Jusqu'au jour où le livre qui parle d'elle est entré dans sa vie, lui promettant un trésor sans nul pareil. Un trésor dont même **vous** pourriez profiter !

À cheval entre traité d'épanouissement personnel et roman à suspense, ce livre prône la recherche de la sobriété et la capacité à se révolter individuellement, préalable à tout véritable changement de vie.

En interpellant directement le lecteur à travers son personnage principal, ce livre veut changer la perception de l'individualité et de l'écologie : seul l'individu peut agir à son niveau et ainsi faire l'expérience de l'effet « colibri » défendu par Pierre Rabhi.

Éditeur: **M+ Éditions** – ISBN: **978-23-821-1100-0**

*

"*Un super roman, que je n'arrivais plus à poser.*"
- Cécile / Aix-en-Provence (13)

"*Un livre qui nous parle directement pour nous aider à changer de vie.*" - Charlène / Guenin (56)

"*Une histoire aussi rythmée que l'aiguille des secondes, sans temps mort (...) le lecteur tourne les pages sans s'en rendre compte. L'auteur aborde certaines aberrations de notre société moderne avec humour, à la façon de Bernard Werber.*"
- Karine / Masevaux (68)

Éditeur:
Philippe Meisburger
F-68128 VILLAGE-NEUF

Imprimé par Amazon

Impression à la demande

Dépôt légal Août 2022

Printed by Amazon Italia Logistica S.r.l.
Torrazza Piemonte (TO), Italy

47256929R00344